D1923451

BASTEI LÜBBE

Bisher sind im BASTEI-LÜBBE Taschenbuchprogramm von SAMUEL R. DELANY nachstehende Bände erschienen:

22 058 Nova
22 076 Einstein, Orpheus und andere
24 011 Dhalgren
24 016 Triton
24 026 Geschichten aus Nimmerya
24 029 Treibglas
24 035 Babel-17
24 053 Das Land Nimmerya
24 072 Die Türme von Toron

Samuel R. Delany

Die Ballade von Beta 2

BASTEI LÜBBE SCIENCE FICTION

BASTEI-LÜBBE-TASCHENBUCH
Science Fiction Special
Band 24 076

© Copyright 1962, 1965, 1966
by Ace Books, Inc., and Samuel R. Delany
All rights reserved
Deutsche Lizenzausgabe 1985
Bastei-Verlag Gustav H. Lübbe GmbH & Co., Bergisch Gladbach
Originaltitel: The Ballard of Beta-2, Empire Star,
The Jewels of Aptor
Einzelrechte und Übersetzernachweise am Ende des Bandes.
Titelillustration: Oliviero Berni
Umschlaggestaltung: Quadro-Grafik, Bensberg
Satz: Computersatz Bonn GmbH, Bonn
Druck und Verarbeitung:
Elsnerdruck, Berlin
Printed in Western Germany
ISBN 3-404-24076-6

Der Preis dieses Bandes versteht sich einschließlich
der gesetzlichen Mehrwertsteuer.

Inhalt

Die Ballade von Beta–2

Zwei unserer Schiffe werden vermißt

Vor einigen Jahrhunderten hatte das Sternenvolk in zwölf Raumschiffen die Erde verlassen, um in einer Generationen umspannenden Mission die fernen Sterne zu besiedeln. Zehn der Schiffe hatten ihr Ziel erreicht. Zwei waren gescheitert – und niemand, in all den Jahrhunderten seit dem Unglück, hatte auch nur den leisesten Schimmer, was geschehen war.

Joneny, ein Student der Galaktischen Anthropologie, wurde auf das Problem angesetzt. Es war ihm trivial erschienen: Eine Reise mit Überlichtgeschwindigkeit zu zwei zerstörten Raumschiffen, ein kurzes Herumstöbern und die Aufzeichnung dessen, was er dort fände.

Auf das jedoch, was er am Unfallort der beiden alten Schiffe im Weltraum fand, war er nicht gefaßt. Eines, Sigma–9, unterwarf sich nicht den Gesetzen der Zeit-Stasis (die einzige Ausnahme, von der er Kenntnis hatte), und es war vollständig von einem mysteriösen, grünen Leuchten überzogen, das durch sein Schimmern lebendig erschien. Und das andere Raumschiff, Beta–2, war nirgends zu finden.

Ach, die Schwarze kam zurück vor die Stadt,
Das Haar zerzaust vom Wüstenwind;
Auf wunden Füßen kam sie matt
Und trug ein grünäugiges Kind.

Aus: *Die Ballade von Beta–2*

I

»Ganz einfach, die Antwort lautet ... weil es sie gibt!« Das weiße Licht der spiralenförmigen Lampe ließ die Wangenknochen des Professors scharf hervortreten.

»Aber ...« begann Joneny.

»Aber nein«, schnitt ihm der Professor das Wort ab. »So einfach ist das nicht, oder? Der Grund ist, daß es einmal viele von ihnen dort gab, und sie schufen etwas, was noch nie zuvor jemandem gelungen war und nie wieder jemandem gelingen wird – und außerdem, daß es noch Nachkommen von ihnen dort gibt. Daher werden Sie sie studieren.«

»Aber Sir«, beharrte Joneny, »darum hatte ich doch gar nicht gebeten. Ich bitte nur um den persönlichen Dispens, der mich von der Forschungsarbeit an dieser Einheit entbindet. Ich erwarte schon, auf alle Prüfungsfragen über das Sternenvolk Rede und Antwort stehen zu müssen, aber ich habe bereits ein gutes Examen abgelegt und bitte deswegen, daß ich die Detailforschung über sie fortlassen kann. Ich bin gerne bereit, die Zeit für meine Dissertation über die Nukton-Zivilisation auf Creton III oder für irgend etwas anderes Vernünftiges aufzuwenden, Sir.« Dann fügte er als nachträglichen Gedanken hinzu: »Ich bin mir bewußt, daß es sich bei dieser Befreiung um ein Privileg handelt, das Sie allein gewähren können.«

»Das stimmt genau«, erwiderte der Professor kühl; dann beugte er sich vor. »Wegen Ihres guten Examens, Joneny – und Sie sind mehr als nur ein guter Student, Sie sind ausgezeichnet – höre ich mir Ihre Einwände an. Aber ich gebe zu, daß etwas an Ihrer Bitte mich ein wenig ärgert.«

Joneny holte tief Luft. »Ich will einfach nicht weiter meine Zeit mit ihnen verschwenden, Sir. Es ist so viel Forschung auf dem Gebiet der Galaktischen Anthropologie notwendig, und soweit ich das beurteilen kann, ist das Sternenvolk doch einfach ein Seitenzweig ohne jegliche Bedeutung. Sie stellten einen unwichtigen Übergangsfaktor dar, der schon vor dem Erreichen seines Ziels aus der kosmischen Gleichung eliminiert wurde. Ihre ›Beiträge zur Kunst‹ waren Plagiate – und etwas anderes haben sie nicht hervorgebracht. Von ihnen ist nur eine kleine barbarische Siedlung übriggeblieben, wenn man das überhaupt so nennen kann, deren Existenz der Bund in der Nähe von Leffer VI aus sentimentalen Gründen zuläßt. Es gibt einfach zu viele Kulturen und Zivilisationen, die nach weiterer Erforschung nur so schreien, als daß man seine Zeit damit verschwenden sollte, Dutzende von chromumhüllten Eierschalen zu durchwühlen und die Geschichte eines ... eines Haufens chauvinistischer, degenerierter Halbirrer zu dokumentieren. Und mir ist egal, welcher Meinung andere darüber sind, Sir. Mehr ist an denen nicht dran!«

»Nun ...«, murmelte der Professor. »Nun ... Sie legen sich aber mächtig ins Zeug.« Er blickte auf den Monitor auf seinem Schreibtisch, ließ ein paar Zahlen darübertanzen und blickte dann Joneny ernst an. »Ich werde Ihnen Ihre Bitte nicht bewilligen, aber den Grund werde ich Ihnen nennen. Ich werde sogar mit Ihnen streiten – wegen Ihrer guten Noten. Sie behaupten, die Kultur des Sternenvolks sei ein unbedeutender Übergangsfaktor gewesen, der unterging, noch ehe er sein Ziel erreichte. Aber warum?«

»Weil ...« Joneny war auf diese Frage vorbereitet » ... sie die Erde mit ihren Schiffen schon im Jahre 2245 verließen und zwölf Generationen lang durch den Raum schweben sollten, ehe sie ein ungewisses Ziel erreichten. Sie waren erst sechzig Jahre unterwegs, als die Eroberung des Hyperraums zur großartigen Wirklichkeit wurde. Zu diesem Zeitpunkt kamen die zehn verbliebenen Generationsschiffe im Leffer-System an. Die Erde hatte bereits mit Dutzenden von planetarischen Systemen einen blühenden Handel und Kulturaustausch aufgebaut, der schon an die hundert Jahre alt war. Und das war auch gut so, weil der Zivilisationsstandard auf den Raumschiffen sich noch im primitiven, barbarischen Stadium befand. Die Abkömmlinge des stolzen Sternenvolks hätten sonst auf fremden Planeten niemals überleben, geschweige denn mit einer der dortigen

Kulturen Kontakt aufnehmen können. So trieb man die zehn Schiffe in die Umlaufbahn von Leffer und erlaubte den schwachsinnigen Überlebenden ihrer Bevölkerung, ihrer Auslöschung entgegenzutreiben. Allen Berichten zufolge sind diese Wesen so zufrieden, wie man es in diesem Zustand nur sein kann. Daher meine ich: Belassen wir sie darin. Ich persönlich bin einfach nicht daran interessiert, mehr über sie zu erfahren.«

Er war sicher, seine Meinung deutlich gemacht zu haben, und wartete auf die – vielleicht zögernde – Erfüllung seiner Bitte, doch das Schweigen zog sich in die Länge. Als der Professor endlich wieder das Wort ergriff, klang er noch distanzierter als zuvor.

»Sie behaupten, daß das Sternenvolk keinen wichtigen Beitrag zur Kunst geliefert habe. Sind Sie denn überhaupt mit allen Aufzeichnungen vertraut?«

Joneny errötete. »Man kann mich kaum einen Experten nennen, Sir. Aber man möchte doch meinen, daß sie in zwölf Generationen wenigstens ein Gedicht, ein Gemälde, irgend etwas anderes als jene belanglosen, weinerlichen, abgeschauten Übungen in Nostalgie hervorgebracht hätten.«

Die Miene des Professors veränderte sich nicht, doch er zog fragend eine Braue hoch.

Joneny beharrte auf seiner Meinung. »Ich habe mir die Balladensammlung angesehen, die Xamol Nella '79 zusammengestellt hat, und dort habe ich nicht eine einzige Metapher oder ein Bild gefunden, das man möglicherweise als orginell oder auch nur als dem Leben auf den Raumschiffen angemessen bezeichnen könnte. Dort steht nichts anderes als halbmythische Legenden über Sand und Meer und Städte und Nationen – einige ohne Zweifel recht interessant, aber reine Phantasien, ohne einen Bezug zu den Menschen, die auf den Raumschiffen lebten und starben. An solchen Zuckerwatteergüssen könnte ich kaum weniger interessiert sein.«

Der Professor zog seine andere Braue hoch. »Oh? Nun, ehe ich Ihnen den Auftrag erteile, möchte ich noch einmal betonen, was ich vorhin sagte: daß das Sternenvolk etwas tat, was nie zuvor und danach jemand gewagt hat. Sie sind über einen sehr langen Zeitraum durch einen großen Teil des Raumes geflogen. Dort ist eigentlich noch nie jemand gewesen, denn die Hyperraumfahrt bringt einen ja um den Interstellarverkehr herum.« Er lachte leise auf. »Vielleicht haben sie also dort all den Sand und die Meere, die Städte und Nationen gefunden.« Er hob eine Hand, als Joneny den Mund öffnete. »Sie sind noch nicht dort gewesen. Daher können Sie nicht das Gegenteil beweisen. Jedenfalls unternahmen sie die gefährlichste Reise, die man sich vorstellen kann, und aus diesem Grund allein verdienen sie weitere Forschung.«

»Was könnte denn sicherer sein als interstellares Reisen, Sir?« Jonenys Tonfall war leicht verächtlich. »Das ist doch nichts Besonderes.«

Die Brauen des Professors sackten herunter. »Selbst wenn wir davon überzeugt wären – und das sind wir nicht: Was, um Himmels willen, läßt Sie denken, daß es für Erdmenschen in irdischen Raumschiffen sicher war? Es liegt im Bereich des Möglichen, daß es noch andere gegeben hat. Ich möchte Sie darauf hinweisen, daß zwar zwölf Schiffe die Erde verließen, aber nur zehn im Leffer-System ankamen; und zwei von diesen waren bei der Landung leer. Vielleicht gab es etwas im sogenannten sicheren interstellaren Raum – im Sand und im Meer –, das wir noch nicht kennen.«

Knochige Finger drückten die Knöpfe unter dem Bildschirm; wieder huschten Zeichen darüber.

»Sie behaupten, mit der Nellaschen Balladensammlung vertraut zu sein. Dann kennen Sie ohne Zweifel auch die ›Ballade von Beta-2‹. Ich möchte eine vollständige historische Analyse dieser Ballade – anhand der Primärquellen. Das wird Ihr Auftrag für diese Forschungseinheit sein.«

»Aber . . . Professor!«

»Entlassen!«

II

Joneny überflog Samol Nellas lakonische Fußnote: »Beta–2 war eines der Raumschiffe, die ihr Ziel erreichten. Die Ballade ist unter den Überlebenden des Sternenvolkes sehr beliebt (S. Anhang unter ›Musik‹). Zu beachten sind die unregelmäßige Wiederholung des Refrains, ein originelles Merkmal vieler Sternenvolkballaden, wie auch die leicht elliptische Syntax.«

»Das ist aber weit hergeholte Originalität«, dachte Joneny, als er sich wieder der Ballade zuwandte.

Dann kam die Schwarzäugige vor die Stadt,
Das Haar zerzaust vom Wüstenwind;
Auf wunden Füßen kam sie matt
Und trug ein grünäugiges Kind.

Drei standen auf der Mauer Brüstung,
Drei Männer, schwach in ihrer Rüstung.
Die gold'ne Trompete blies einer so klar,
Daß die Nachricht weithin zu hören war:

Daß die Schwarze gekommen sei vor die Stadt,
Das Haar zerzaust vom Wüstenwind.
Auf wunden Füßen kam sie matt
Und trug ein grünäugiges Kind.

Am Markt stand eine Frau im Licht,
Ein Auge war blind, doch Tränen liefen,
Diamanten gleich, ihr über's Gesicht,
Als von der Mauer die Wächter riefen:

Daß die Schwarze gekommen sei vor die Stadt,
Das Haar zerzaust vom Wüstenwind.
Auf wunden Füßen kam sie matt
Und trug ein grünäugiges Kind.

Ein Mann stand vor'm Gesetzeshaus,
Und wie er stets gerichtet hatt',

Sprach, als die Wächter riefen, er aus:
»Zum Sterben kommt sie zurück in die Stadt.«

Ja, die Schwarze kam zurück vor die Stadt,
Das Haar zerzaust vom Wüstenwind.
Auf wunden Füßen kam sie matt
Und trug ein grünäugiges Kind.

Ein anderer stand auf dem Totenkopfhang,
Die Hände war'n ruhig, maskiert sein Gesicht.
Auf der Schulter trug ein Seil dieser Mann,
Stand auf dem Hügel und rührte sich nicht,

Die drei auf der Stadtmauer riefen: ›Hinfort!
Ein andermal öffne das Tor sich für dich‹.
Doch unten die Frau, sie wich nicht von dort:
›*Ich sagt' es vorher – und heim kehrte ich!*

Oh ja, ich komme zurück vor die Stadt,
Das Haar zerzaust vom Wüstenwind.
Auf wunden Füßen komme ich matt
Und trage ein grünäugiges Kind.

Weit zu reisen gabt ihr mir Zeit,
Zu finden das GRÜNE, das euch macht, wie ihr seid.
Ich fand nicht – und ich suchte doch lang –
Einen Mann, der schuld ist am Untergang.

Aber ich kam zurück vor die Stadt,
Das Haar zerzaust vom Wüstenwind.
Auf wunden Füßen kam ich matt
Und trug ein grünäugiges Kind.‹

Sie kam durch das Tor, und jedes Kind schrie,
Stimmen erstarben, über'n Markt kam sie,
Sie kam am Richter vorbei ohne Gruß,
Sie kam zu des Totenkopfhanges Fuß.

Der Mann mit dem Seil kam den Hügel hinab,
Dort traf er sie stumm, er redete nie.
Sie sah auf die Stadt, wandte lachend sich ab:
Die Einäugige trug das Kind nun für sie.

Gezwungen sind Blut, Fleisch und Feuersbrunst,
Knochen und Dung hinab auf die Knie;
Die Stadt ist dahin, Stahl und Stein sind heut' Dunst.
Doch sie sagt' es vorher – und heim kehrte sie!

Ja, die Schwarze kam zurück in die Stadt,
Das Haar zerzaust vom Wüstenwind.
Auf wunden Füßen kam sie matt
Und trug ein grünäugiges Kind.

Eine vollständige historische Analyse anhand der Primärquellen bedeutete, daß er die Raumschiffe persönlich besuchen und herausfinden mußte, was er nur konnte, und zwar von mindestens drei verschiedenen Sternenmenschen. Die vorgeschriebene Zeit für die ›Feldstudie‹ betrug vierundzwanzig Stunden, aber er konnte eine Zeitaufhebung beim Zentrum der Universität beantragen, was bedeutete, daß er bis zu einer Woche bei der Schiffskolonie verbringen könnte, während auf dem Campus nur vierundzwanzig Stunden verstrichen. Joneny hatte nicht die Absicht, mehr als das Minimum an erforderlicher Zeit für sein Forschungsprojekt aufzuwenden. Und um sich die Aufgabe so leicht wie möglich zu gestalten, beschloß er, seiner Spritztour ein paar Stunden in der Bibliothek vorangehen zu lassen.

Zu Beginn überflog er noch einmal die Einleitung zur Balladensammlung von Nella und fand etwas, was ihn ein wenig aufhorchen ließ: »Natürlich habe ich die Raumschiffe wegen des Zeitmangels und der kulturellen Unvereinbarkeit nicht selbst betreten, doch man gestattete einem Robotaufzeichner den Zutritt, dem ein gewisses Maß an Kooperationswillen entgegengebracht wurde. Das Gerät übermittelte sofort eine ausgedruckte Kopie der Worte und der dazu gehörigen Noten und fertigte natürlich eine speicherbare Aufzeichnung an. Änderungen habe ich einzig an den Stellen vorgenommen, wo Worte oder Sätze offensichtlich vertauscht worden waren. Dieses Projekt wurde recht eilig abgewickelt, und derartige Mängel können – darauf muß ich hinweisen – entweder Fehler des Kopiergerätes oder Versprecher des Sängers sein. Bei Unstimmigkeiten ziehen Sie bitte die Variorum-Edition heran.«

Joneny lehnte sich mit der Wut eines rechtschaffenen Wissenschaftlers zurück. Robotaufzeichner! Nicht wirklich dort gewesen! Die gesamte Sammlung war vermutlich in weniger Zeit zusammengestellt worden, als er bei einer einzigen Ballade zubrachte. Er konnte sich den Verlauf gut vorstellen: Nella, der irgendwo in der Nachbarschaft von Leffer saß, hatte plötzlich die Idee, seinen Aufzeichner loszuschicken, um festzustellen, ob der nicht etwas in den Raumschiffen fände. (Vermutlich kam ihm der Einfall beim Warten auf irgendeine Reparatur oder als er in Quarantäne saß.) Er ließ die Maschine sechs, sieben Stunden eingeschaltet und brachte dann ans Tageslicht, was wie eine gelehrte Sammlung unzugänglicher Volkslieder aussah. Derart schludrige Forschung ärgerte Joneny, und er war sicher, daß sich von dieser Art eine Menge in den Archiven der Galaktisch-Anthropolgischen Bibliothek befand.

Weil ihn der Teufel ritt, schlug er in der Variorum-Edition nach. Die einzigen von Nella hinzugefügten Zeilen der ›Ballade von Beta-2‹ standen in der siebten Strophe. Der Aufzeichner hatte die Zeilen so wiedergegeben:

Sie kam durch das Tor, und jede Stimme schrie,
Die Kinder starben, über'n Markt kam sie.

Nun, das war eine offensichtliche Korrektur – oder nicht? Joneny runzelte die Stirn. Nein, überlegte er. Nella hatte vermutlich recht; andernfalls klang es ein wenig zu surreal – und das war das Gegenteil dessen, was er dem Sternenvolk zutraute.

Das Lied strahlte eine schlichte Schönheit aus; er merkte es erst, als er es langsam noch einmal las. Schade, daß es von nichts Wirklichem handelte.

Joneny ging zum Katalog und suchte ein paar weitere Kristallaufzeichnungen über das Sternenvolk heraus. Es gab insgesamt nur ein halbes Dutzend, und er suchte nach einer, die blau war – was bedeutete, daß es sich um ein Original handelte. Zu seiner Überraschung gab es nur einen einzigen. Da er einen Irrtum im Katalog vermutete, fragte er den Bibliothekar und stellte fest, daß es in der Tat nur einen einzigen Bericht aus erster Hand gab.

Er hatte keinen Titel, und als Joneny den Kristall in das Abspielgerät gleiten ließ, stellte er zu seiner Überraschung fest, daß es sich um die Aufzeichnung jenes allerersten Kontakts handelte, als die fast vergessenen Raumschiffe vor neunzig Jahren im Blickfeld des Bundes aufgetaucht waren.

Die Stimme war die eines Erdenmenschen, die Hochzentaurisch mit dessen vielen Konsonanten und mißtönenden Silben sprach. (Es handelte sich um eine extrem komprimierte Sprache, die daher für offizielle Berichte sehr gut geeignet war.) Der Bericht betraf die erste Kontaktaufnahme und die zunächst kriegerische Zurückweisung durch das Sternenvolk:

»... schließlich mußten hypnotische Vibrationen angewendet werden. Doch auch so hat sich der Eintritt als äußerst schwierig erwiesen. Die Degeneration befindet sich in einem fortgeschrittenen Stadium. Die schlafenden Wesen, über den Waffen auf dem Boden des Innenraums zusammengesunken, sind haarlos, nackt, hellhäutig und sehen zerbrechlich aus. Trotz ihrer ungeheuren (man möchte sagen: ›heroischen‹) Anstrengungen gab es keine Todesfälle, und die Probe zeigt, daß sie grundsätzlich nicht feindselig sind. Sie sind jedoch so sehr in einer unglaublichen Mythologie befangen, die sich unter ihnen ausgebreitet hat und auf den unerklärlichen Vorfällen bei ihrer Reise beruht, daß wir es für ratsam halten, sie in Ruhe zu lassen. Ihre technische Ausrüstung reicht nur zu einem interplanetarischen Sprung über etwa neun oder zehn Millionen Kilometer. Zwischen den einzelnen Schiffen scheint es eine Verbindung durch Funk gegeben zu haben, ebenso, wie man vermutet, durch gelegentliche Besuche von einem zum anderen.«

Nach einer längeren Pause fuhr die Stimme fort: »Sie bedienen sich immer noch einer Schriftsprache, und trotz der vielsprachigen Zusammensetzung der ursprünglichen Besatzung ist es Englisch – aber ein Englisch, dem man nur schwer folgen kann, weil es orthographische Veränderungen gegeben hat und weil der Text ausschließlich aus Euphemismen zu bestehen scheint. Viele der von uns studierten Berichte erwähnen einen Aufruhr auf dem ›Markt‹, was wir für einen hydroponischen Garten oder eine der anderen nahrungproduzierenden Anlagen auf dem Schiff hielten. Der Semantiker Burber brauchte eine Stunde, um herauszufinden, daß es sich hierbei um einen Bezug auf den komplexen Paarungs- und Geburtsprozeß auf den Raumschiffen handelte. Um die Bevölkerungszahl zu halten, mußten Geburten künstlich in einer mechanischen ›Geburtsbank‹ oder einem ›Geburtsmarkt‹ stattfinden, wo die zukünftigen Eltern ihre Kinder in Empfang nahmen. Dies sollte den Stamm einigermaßen stabil halten und ihn gegen zu viele Strahlungsschäden schützen. Dem Aussehen der armen Leute nach ist ihnen das nicht besonders gut gelungen.«

Joneny drückte auf den Schalter und las noch einmal die beiden korrigierten Zeilen der Ballade. *Das* war also ein Markt! Dann gehörte ›Markt‹ vielleicht wirklich zu ›Kindern‹. Zweifelsohne hätte die Korrektur lauten sollen:

»Die Stimmen erstarben, durch das Tor kam sie;
Sie kam über'n Markt, und jedes Kind schrie.«

Oder vielleicht doch so wie ursprünglich? Aber wenn ja, warum? Rasch ging er die Berichte der einzelnen Schiffe durch und konzentrierte sich besonders auf eine Stelle:

». . . Beta-2 haben wir vollständig leer vorgefunden. Die langen Gänge sind verlassen, die blauen Lichter brennen noch. Türen stehen offen; in Abspielgeräten haben wir halb durchgelaufene Bänder gefunden. Utensilien lagen herum, als seien sie bei einer Unterbrechung abgelegt worden. Beim Totenkopf bietet sich uns ein Anblick, der den Berichterstatter an die Bilder und Beschreibungen der Auschwitz-Grausamkeiten während des sogenannten Zweiten Weltkriegs erinnert: Er ist mit Skeletten vollgestopft, als habe der Drang zum Selbstmord plötzlich die gesamte Besatzung überkommen oder als sei ein unglaublicher Massenmord geschehen. Wieder war es der Semantiker Burber, der die Aufmerksamkeit darauf lenkte, daß es sich bei den Toten ausschließlich um Erwachsene handelte.

Dies führte zu einer Überprüfung des ›Marktes‹, welcher sich als hoffnungslos funktionsunfähig erwies. Viele der kleinen Glaszellen, in denen sich die Föten entwickelten, waren gnadenlos zerschmettert worden. Offensichtlich gibt es eine Verbindung zwischen den beiden schrecklichen Geschehnissen, aber die Zeit reicht nicht für weitere Nachforschungen. Hypnotische Proben auf den anderen Schiffen enthüllten die Kenntnis über ein ernsthaftes Problem auf Beta-2 vor mehreren Generationen, aber was genau geschehen ist und in welchem Ausmaß, bleibt verschwommen, ungenau und durch die Legenden vernebelt. . .«

Wieder brach Joneny ab und überflog rasch den verbliebenen Text nach weiteren Erwähnungen des Totenkopfes: »Totenkopfeinheit«, »in den Totenkopf gebracht«, und sogar: »Totenkopfabhang«, aber keine genaue Beschreibung, um was es sich eigentlich handelte.

Joneny suchte einen weiteren Kristall aus, eine Übertragung von einem der alten Mikrofilme. Es handelte sich um den Bericht über den Bau eines Raumschiffes in den Tagen vor der interplanetarischen Raumfahrt:

». . .wird mit einer Totenkopfeinheit ausgestattet, die Abfälle wiederaufbereitet. Sie kann ebenfalls als Instrument für die Ausführung der Todesstrafe benutzt werden, für jene extremen Fälle, mit denen man in einer so begrenzten Gemeinschaft anders nicht fertigwerden kann.«

Mit einem Gefühl, das Interesse sehr nahe kam, wandte sich Joneny wieder der Kopie zu, die er von der Ballade angefertigt hatte. Auf Beta-2 hatte es Schwierigkeiten mit dem Markt gegeben. Den Totenkopf konnte man für die Todesstrafe nutzen. Vielleicht hatte die Originalversion von Strophe sieben doch eine Bedeutung, so, wie die Robots sie aufgezeichnet hatten:

»Sie kam durch das Tor, und jede Stimme schrie,
Die Kinder starben, über'n Markt kam sie,
Sie kam am Richter vorbei ohne Gruß,
Sie kam zu des Totenkopfhanges Fuß.«

Immerhin hatte er einen Anfang gefunden.

III

Joneny lehnte sich in dem Fahrernetz zurück und starrte auf die schwarzen Sichtschirme, die bei der Hyperraumfahrt immer leer blieben. Er durchfuhr innerhalb von Sekunden die ungeheure Leere, die die alten Raumschiffe über fünfzig Jahre lang mit einer Geschwindigkeit von nur ein paar tausend Kilometern pro Sekunde durchquert hatten. Trotz Ansätzen von Erregung, die anzuerkennen er sich weigerte, sah er sich – den zukünftigen galaktischen Anthropologen – immer noch auf dem Weg zur Erforschung eines trivialen, unwichtigen Vorfalls, der in eine kulturelle Sackgasse führte.

Wie sehr sehnte er sich nach der Stadt Nukton auf Creton III, nach den silbernen Hallen dort, den schwarzen Steinparks, den Überresten einer unglückseligen Rasse mit einer erstaunlichen Architektur und Musik, die umso erstaunlicher waren, da dieses Volk nie eine Form der Sprache oder andere Mittel zur direkten Kommunikation entwickelt hatte. Dieses Phänomen war es sicher wert, gründlich erforscht zu werden.

Als sich das Sichtfeld beim Verlassen des Hyperraumes leicht vernebelte, kehrten seine Gedanken zur Wirklichkeit zurück, und er beugte sich in seinem Netz vor.

In der oberen Ecke des Bildschirms konnte man das grünliche Glühen von Leffer erkennen. Dicht daneben hingen, wie eine Gruppe von Halbmonden, die Raumschiffe. Er zählte sechs, die wie abgeschnittene Fingernägel auf dunklem Samt wirkten. Jede Kugel hatte, wie er wußte, einen Durchmesser von zwanzig Kilometern. Die anderen drei waren vermutlich verdeckt, und als er sie weiter beobachtete, wurden ihre Bewegungen sichtbar – ein feierlicher, ritueller Tanz. Man hatte sie in eine enge, fein abgestimmte Umlaufbahn in sechzig Kilometern Abstand voneinander getrieben; der Orbit selbst verlief dreihundert Millionen Kilometer von Leffer entfernt, und dessen Umkreisung dauerte jeweils zehn Jahre.

Langsam tauchte ein weiterer Halbmond auf, während sein Gegenüber im Dunkel verschwand. Joneny schaltete den Bildschirm auf eine feinere Wellenlänge, das bisher schwarze Feld leuchtete nun in einem Preußisch-blau, auf dem die Halbmonde als grüne Ränder schattenhafter Körper erschienen.

Jonenys Schiff war ein kompakter, fünfzehn Meter langer Chronokreuzer, mit einem zeitlichen Spielraum von sechs Wochen – nicht eben lange für eine Sternenreise. Aber Studenten gestattete man nicht mehr, weil die angeblich unverantwortlichen »Burschen« immer wieder in paradoxe Situationen gerieten, die der Zentralen Leitstelle höllischen Ärger bereiteten. Einigen großen Schiffen gab man eine Zeitspanne von mehreren Jahren zum Herumspielen, was schon weitaus vernünftiger war. Wenn man nämlich in der kürzeren Zeitspanne in eine Katastrophensituation geriet, deren kritischer Punkt mehr als sechs Wochen zurücklag, hatte man einfach Pech gehabt. Man hatte dann die Wahl, entweder zwischen dem kritischen Moment und dem Höhepunkt zu oszillieren und wild um Hilfe zu funken, bis jemand vorbeikam und einen herausholte (und das war nicht sehr wahrscheinlich), oder es einfach durchzustehen und zu hoffen – und bei einer Weltraumkatastrophe bestand niemals viel Hoffnung. Die Folge war, daß die Behörden immer wieder die hohe Anzahl der von Studenten verursachten Unfälle beklagten. Das Ganze war einfach unfair.

Beim Abstand von 1 500 Kilometern senkte Joneny die Geschwindigkeit auf dreihundert Kilometer pro Stunde und glitt neben die Raumschiffe, wobei er sich fragte, wie er Beta-2 finden könne. Und was sollte er zuerst tun: die verlassene Beta-2 identifizieren und untersuchen oder mit den Bewohnern eines der anderen Schiffe reden (falls sie mit ihm sprachen)?

Eine weitere Frage quälte ihn, wenn sie auch direkt nichts mit seinem Forschungsprojekt zu tun hatte. Als letztes hatte er von den Kristallen aus der Bibliothek etwas über das andere verlassene Schiff erfahren, die Sigma-9:

». . .vollständig leer«, hatte die Stimme auf dem Kristall gesagt. »Ein großer, unregelmäßiger Teil der Hülle ist abgerissen, und das Innenskelett glitzert im Licht Leffers und schimmert sonderbar. Ansonsten ist die Hülle fast überall gesprungen. Es gibt keine Chance, daß irgend jemand überlebt hat. Es ist erstaunlich, daß die Massenträgheit und der automatische

Steuermechanismus ein derart verzogenes Wrack bis ans Ziel gebracht haben.«

Joneny stellte die Vergrößerung auf dem Schirm so stark ein, daß die Kugeln die gesamte Wand bedeckten. Inzwischen tauchte ein weiteres Schiff auf, das er ohne Schwierigkeiten als Sigma-9 identifizieren konnte. Es sah aus wie eine zerdrückte Eierschale, und die Ränder der Risse waren von spinnennetzfeinen Streben gesäumt. Der Hauptschaden bestand in der Tat darin, daß ein riesiges Stück in der Außenhülle fehlte; von dort aus zogen sich Risse nach allen Seiten; hier und dort hingen noch Fragmente.

Jonenys erster Gedanke war, daß sich innerhalb des Schiffes eine ungeheure Explosion ereignet haben mußte, aber als er den Gedanken verfolgte, diese sei absichtlich herbeigeführt worden, gelangte er zu der Überzeugung, daß eine Explosion, die ausgereicht hatte, einen so großen Teil der Hülle abzureißen, auch den Rest des Schiffes auseinandergebrochen hätte. Die Gesetze, die er in einem Kursus über Kollisionsphysik gelernt hatte, schlossen eine Einwirkung von außen aus. Es war eine völlig unmögliche Art von Wrack, aber hier hing es direkt vor seinen Augen.

Er ließ sich von dem Mechano in die Gruppe hineinmanövrieren, schaltete den Bildschirm auf normale Vergrößerung und sah zu, wie die Kugeln immer größer wurden. Als er nur noch hundert Kilometer von dem nächsten Raumschiff entfernt war, hielt er seinen Kreuzer wieder an und betrachtete es, ohne weiteren Aufschluß zu erlangen. Schließlich bewegte er sich mit einer Geschwindigkeit von nur noch hundert Kilometer pro Stunde hinein – was ihm Zeit zum weiteren Nachdenken gab. Nach zweiundvierzig Sekunden betätigte er den Zeit-Stop.

Und die Zeit blieb stehen.

Aus praktischen Gründen befand er sich nun umgeben von chronologischer Stasis. Sein Kreuzer hing etwa drei Meter über dem Raumschiff. Er schaltete den Bildschirm auf mobile Sicht, und das Bild wurde größer, bis es ihn völlig umgab. Er senkte das Sichtfeld, bis er auf der Oberfläche des großen Schiffes zu stehen schien. Dann sah er sich um.

Der Horizont war erschreckend nah, und die Außenplatten, die er für glatt und eben gehalten hatte, wirkten wie angeknabberter Käse: Sie waren verrottet, zu Furchen und abschilfernden Beulen korrodiert und von einem eigenartigen Grün, das tiefer wirkte als das Licht der fernen Sonne. Joneny blickte auf.

Und er hielt den Atem an. Sigma-9, vierzehn mal so groß wie der Mond von der Erde aus, hing über ihm. Er wußte, daß sich nichts bewegte in seiner Stasis. Er wußte, daß er sicher in seinem Schiff saß, Minuten entfernt von einem Dutzend Sterne und ihren sicheren Planeten. Aber das drohende, skelettartige Wrack schien auf ihn zuzuschweben.

Er schrie, hielt sich mit einer Hand die Augen zu und schlug mit der anderen Hand auf den Schalter für die mobile Sicht. Zitternd fand er sich an Bord seines Kreuzers wieder; der Bildschirm war wieder ein zwei Meter großes Fenster wie zuvor.

Nein: Das Gehirn des Menschen war für die grenzenlose Raumfahrt noch nicht bereit. Der Sichtfeldrand eines Raumhelmes war noch etwas Reales, an das man sich klammern konnte. Doch dieses Wrack, das feurig grün schimmerte – es strahlte etwas Furchterregendes aus, so daß Joneny es keine Sekunde lang aus der Nähe betrachten konnte, ohne das Gefühl zu bekommen, es wolle ihn verschlingen . . . schimmernd?

Joneny nahm die feuchte Hand von der Lehne seines Sitzes. Schimmernd? Das mußte Teil der optischen Illusion sein, daß das Wrack auf ihn falle. Er befand sich doch in Stasis! Nichts konnte da schimmern. Aber er erinnerte sich genau an das gasartige grüne Glühen, das das Wrack zu umfunkeln schien. Er schwenkte das Sichtfeld herum, um Sigma-9 aus einer anderen Richtung zu betrachten, dieses Mal aber von der psychologisch sicheren Position seines Sitzes aus. Grün und zerbrochen *schimmerte* es im Raum.

Sein Magen krampfte sich in Panik zusammen. Irgend etwas stimmte mit der Zeitspanne nicht. Sein Blick huschte über tote Warnlichter. Es war alles in Ordnung. Er wollte sich schon wieder in den Hyperraum hinausschießen, ehe wirklich etwas schiefging, aber er hielt inne. Dort lag Leffer. Er schaltete einen Filter ein und erhöhte die Vergrößerung.

Die Oberfläche einer Sonne sieht unter dem Einfluß von Zeitstasis ganz anders aus als bei normalem Zeitverlauf. Etwas, das als Keefen-Effekt bekannt ist, läßt sie aussehen wie einen Gummiball, den man in Leim getaucht und in buntem Glitzerstaub gewälzt hat. Jede Farbe glänzt in einem anderen Punkt auf, abgegrenzt und prismatisch. Bei ordentlicher Zeitabfolge wirkt die Oberfläche wie fluoreszierende Orangenschale. Aber der Keefen-Effekt zeigte sich perfekt. Er befand sich also doch in Zeitstasis. Aber irgend etwas in Sigma-9 schien sich nicht darum zu scheren.

Mit nur zwanzig Kilometer pro Stunde schleichend, schaltete Joneny auf normale Zeit zurück und suchte nach einem Eingang. Er fand ihn als aufgeplatzte Blase in der Oberfläche, schwebte aller Angst zum Trotz über die Schleuse und sendete seinen Identitätsstrahl aus, um herauszufinden, was noch funktionierte. Zu seiner Überraschung dröhnte eine Stimme in reinstem Englisch aus seinem Lautsprecher:

»Ihre Ohren sind offen, doch Ihre Augen sind leer. Ihre Ohren sind offen, doch Ihre Augen sind leer. Kein Zugang, solange Ihre Augen leer sind. Bitte identifizieren. Over.«

Die eintönige Stimme kam von einer automatischen Antwortmaschine, aber ihre Botschaft versetzte ihn in Erstaunen. Wieder schickte er seinen Identitätsstrahl aus und sprach dieses Mal dazu: »Wenn dies eine Robotantwort ist, bitte ich um einen menschlichen Mittler, der mich einläßt. Ich möchte mit einem menschlichen Mittler sprechen.«

»Ihre Ohren sind frei von Wachs, frei und unverschlossen«, ertönte wieder die Stimme. »Aber Ihre Augen sind blind. Wir können Sie nicht sehen.«

Dann begriff Joneny. Der Robot konnte offensichtlich Veränderungen in der Artikulation bemerken. Und er wollte ihn wohl visuell erfassen. Er schickte ein Bild von sich über einen einfachen Strahl und wartete auf das Gegenbild auf seinem Schirm.

»Ihre Augen sehen deutlich. Einen Moment, und wir geben Ihnen einen Zugangsschlüssel.«

In einer Ecke des Schirms flackerte es schwarz und weiß auf; dann erschien eine Serie von weißen Kreisen und schwarzen

Linien. Darüber stand in Blockbuchstaben:

SIE BETRETEN JETZT DIE STADT GAMMA–5

Eine der Blasen unter ihm begann sich zu drehen. Die Fähren, für die die Schleuse eigentlich gebaut war, hatten fast die dreifache Größe von Jonenys Kreuzer gehabt. Von der kristallisierten Außenhülle brachen Schuppen ab, lösten sich in großen Teilen und wirbelten als Wolke aus feinem Staub hoch. Drehend senkte sich die Hülle und teilte sich in drei Teile, die in das Schiff zurückglitten. Ein Mechano manövrierte Jonenys Kreuzer über den Eingangstunnel. Als sich das Schiff drehte, sah Joneny wieder Sigma–9 auf dem Bildschirm, und ihm fiel ein, was er zu dem Professor gesagt hatte: »Was könnte sicherer sein als interstellare Raumfahrt?« Die Schiffe verfügten angeblich über unzerstörbare Triebwerke und Hüllen von unglaublicher Stärke. Was hatte die Platten zersetzt und Sigma–9 zerstört wie eine Porzellanschale? Seine Neugier verdichtete sich zu dem Entschluß, die winzige Iridiumzelle des Schiffscomputers nach diesem Problem zu befragen, um aus den Angaben über die Belastbarkeit des zerstörten Metalls vielleicht eine Antwort zu bekommen. Wenn er mit allem anderen fertig war, würde er ausgedehnte Nachforschungen darüber anstellen. Selbst die ersten Berichterstatter hatten keine nützlichen Recherchen angestellt. Als sich die dreifachen Türen der ersten Schleuse schlossen, grunzte Joneny verdrießlich und wartete nur noch darauf, daß die Landung beendet würde.

Das Schiff ruckte, und das Licht für das Abstoßfeld blitzte auf. Diese Schleusen waren für viel größere Fähren konstruiert, und die Greifer tasteten ins Leere. Das Feld hielt das Schiff in der Mitte der Schleuse, aber die Greifer waren einfach zu kurz. Er erhöhte die Kraft des Abstoßfeldes sechs Meter um seinen Kreuzer herum auf die Stärke von Titanstahl. Sollten sie doch ihre Klauen dahinein bohren. *Klack!* Sie gehorchten. Durch den Lautsprecher ertönte eine Stimme:

»Vorbereiten für den Ausstieg.«

Hier funktioniert nichts, dachte Joneny. Der Luftdruck in der Schleuse war dem der Erde angeglichen. Wie sah es wohl auf dem übrigen Schiff aus? Die Robots sollten eigentlich so vernünftig sein, den Zugang zu verwehren, falls etwas nicht in

Ordnung war. Dennoch ließ Joneny rasch einen Druckausgleicher in sein Notpäckchen gleiten. Er überprüfte den Energiespender an seinem Gürtel, band seine linke Sandale zu, deren Riemen sich gelöst hatte, und ging zur Tür.

Selektorfelder hatten die doppelte Luftschleuse überflüssig gemacht. Die Iris aus Metall zog sich auseinander, und er blickte ins Innere der Schiffsschleuse, wo sich die biegsame Eingangsröhre gegen den Rand des Abstoßfeldes gedrückt hatte.

Jonenys Kreuzer war angenehm an die normale Schwerkraft angeglichen, im Raumschiff aber herrschte Schwerelosigkeit. Als er sich hineinbewegte, spürte er, wie sein Gewicht ihn verließ. Dann glitt das runde Ende der Röhre auf ihn zu und verschluckte ihn wie das Maul eines Neunauges. Innen herrschte weiches, blaues Licht. Im Innern der Röhre drückte Joneny auf einen Knopf an seinem Energiegürtel und hielt damit an. Er griff nach dem Geländer an der Innenseite der Röhre und tastete sich daran entlang.

Rechteckige Fenster blickten ins Innere der Schleuse, die von dem gleichen Blauweiß schwach beleuchtet war. Fünf Meter weiter ging die gerippte Wand in blanken Stahl über, und es gab keine Fenster mehr. Er war ins Schiffsinnere gelangt. Bei einem leisen Geräusch in der Röhre drehte er sich um. Ein dreifacher Kiefer umklammerte gerade die Gangöffnung. Innerhalb der Röhre war es vergleichsweise kühl, und von irgendwoher wehte eine Brise. Er gelangte zum Ende.

Ein dreieckiger Gang führte in zwei Richtungen. Durch seine Mitte wand sich eine Spirale. Ein Pfeil wies in die Richtung des »REKREATIONSRAUMS«, ein anderer zum »NAVIGATIONSBÜRO«.* Joneny beherrschte nur das Schulenglisch; er

* Unübersetzbares Wortspiel mit der Doppelbedeutung des Wortes »office«, das u. a. sowohl »Büro« als auch Gottesdienst (mit Opferung) bedeutet. Da der Begriff »navigation« seinen Ursprung im Wortstamm »Meer«/»See« hat, kann man natürlich »navigation office« bei nur noch rudimentärer Kenntnis der englischen Sprache – wie es bei dem Protagonisten ja der Fall ist – auch als »Opfer an das Meer« verstehen. Anm. der Redaktion.

konnte sich mühelos unterhalten, kannte aber nur wenige technische Begriffe, da diese inzwischen alle veraltet waren. Er war aber mit einer Reihe lateinischer Wortstämme vertraut, die einem angeblich aus vertrackten Übersetzungsschwierigkeiten heraushelfen sollten.

Nachdem er lange überlegt hatte, schloß er, daß das Navigationsbüro interessanter sei. Er war ein wenig neugierig, was in der anderen Richtung rekreiert werden sollte und welches Rekreationssystem man benutzen würde. Aber der Gedanke an ein *Opfer an das Meer* verblüffte ihn völlig; daher wandte er sich zunächst in diese Richtung.

Einen Moment später gelangte er in einen kleinen Raum. In der Mitte stand eine hohe Säule. Entlang der Wände waren Bildschirme, Schaltpulte und Stühle vor zahlreichen Schreibtischen zu sehen. Der Boden bestand aus Metall; daher erzeugte Joneny ein leichtes magnetisches Feld unter seinen Schuhsohlen und klickte sich fest. Er warf einen Blick über die Tische. Offensichtlich hatte in diesem Teil des Schiffes einst Schwerkraft geherrscht.

»Einen Augenblick«, sagte die Stimme im Lautsprecher. »Ich versuche, einen menschlichen Mittler zu besorgen, der sich Ihrer Bitte annimmt.«

»Danke«, antwortete Joneny dem Robot. »Wo sind denn alle?«

»Diese Frage ist zu kompliziert. Ich versuche, einen menschlichen Mittler aufzuspüren.« Nach fünf Sekunden Schweigen sagte die Stimme: »Es ist kein menschlicher Mittler zu finden, der antwortet. Entschuldigung.«

»Leben denn überhaupt noch Menschen auf diesem Schiff?« wollte Joneny wissen.

»Menschen leben«, antwortete der Robot. Die flache Automatenstimme klang ungewollt drohend.

Auf einem Schreibtisch lag ein Stapel Bücher. *Bücher!* Echte Bücher waren Jonenys Entzücken. Schwer, unhandlich und schlecht aufzubewahren, waren sie der Fluch der meisten Gelehrten. Joneny fand sie faszinierend. Es war ihm gleichgültig, was in ihnen stand. Jedes Buch, auf das er heutzutage stieß, war so alt, daß jedes einzelne Wort für ihn wie eine Facette eines verlorenen Edelsteins glitzerte. Die Idee eines Buches allein stand so im Gegensatz zu seiner komprimierten, dichtbevölkerten, halsbrecherischen Ära, daß ihn der bloße Anblick von Papier schon in Ekstase versetzte. Seine Bibliothek, die aus etwa siebzig Bänden bestand, galt an seiner Universität als angeberischer Luxus. Das Prachtstück seiner Sammlung, bei dem jede Seite in schützenden Kunststoff eingeschweißt war, war das Telefonbuch von Manhattan aus dem Jahre 1975.

Joneny klickte auf den Schreibtisch zu und hob den obersten Band hoch. Es löste sich mit schwachem Widerstand: die Magnete gaben nach. Er öffnete es; die Seiten bestanden aus dünnem Metall, das im bläulichen Licht silbrig glänzte. Die Schrift stammte von einer Maschine. Es war ein Logbuch oder Tagebuch, und jeder Eintrag war mit Datum und Zeitangabe versehen. Joneny schlug es in der Mitte auf und begann zu lesen:

»Bin jetzt seit neununddreißig Stunden in der Wüste. Weiß nicht, ob das Schiff das weiter aushält. Die Sandwerte schwanken zwischen fünfzehn und zweiundzwanzig. Das schrecklichste ist, daß wir nicht wissen, wie lange es noch so weitergehen wird. Die erste Wüste, in die wir vor zwölf Jahren stießen, umgab uns vierzehn Stunden. Zwei Jahre später verließen wir wieder das Meer und reisten fast elf Monate lang durch leichten Sand. Die Abnutzungserscheinungen am Schiff waren unglaublich. Mehr davon, so befand man damals, und das Schiff würde nicht einmal bis zur dritten Generation überdauern. Dann wieder hatten wir freie Fahrt und fast sechs Jahre nur Ozean. Dann kam ein über dreistündiger Sandsturm von ungeheurer Stärke, in dem die Werte auf hundertfünfzig stiegen – was ebensoviele Schäden verursachte wie der erste vierzehnstündige. Wie lange wird dieser dauern? Noch eine Stunde? Ein Jahr? Hundert Jahre? Fünfhundert?«

In einem späteren Eintrag hieß es:

»Die Sandwerte sind in den letzten neun Tagen stetig bei sechs verblieben. Dafür sollte man dankbar sein, aber selbst wenn sie über einen längeren Zeitraum nur ein oder zwei betragen, wird es auf Dauer fatal für uns. Habe heute abend eine Ehe geschlossen: Afrid Jarin–6 und Peggy Ti–17. Auf dem

Markt gab es eine Feier. Ich ging früh, war leicht betrunken. Sie hatte Fötus BX–57911 ausgewählt, der einige von meinen Genen enthielt. Peggy sagte scherzhaft: ›Da du ohnehin der Pate sein wirst, kannst du auch bei den Genen deine Hand im Spiel haben.‹ Afrid nahm den Scherz recht gutmütig auf, vermutlich weil das Kind primär Peggys und seins ist. Ich war leicht deprimiert. Diese jungen Leute, die selbst vom Markt stammen, erscheinen uns, die wir uns noch an die Erde erinnern, so oberflächlich und leer. Natürlich hat man ihnen nichts über die wirkliche Gefahr der Wüste erzählt. Sie ziehen so viel Vergnügen aus so wenig, glauben so fest an den guten Ausgang unserer Reise, daß es grausam wäre, ihnen das bißchen Vergnügen durch die Wahrheit über den Sand zu nehmen. Ich wußte zwar, daß ich mich danach noch schlimmer fühlen würde, dennoch rief ich Leela in Beta–2 an. ›Wie steht's, Captain?‹ fragte ich.

›Gut, danke, Captain.‹

›Willst du nicht rüberkommen und mit mir ein Kind großziehen?‹

›Du bist betrunken, Hank,‹ antwortete sie.

›Nicht sehr‹, gab ich zurück. ›Ich meine es ernst. Warum wirfst du die Verantwortung für Beta–2 nicht deinem nächsten Untergebenen hin und nimmst eine Fähre hierher zu mir? Ich ziehe mich auf eine Beratungsposition zurück, und du und ich leben in der idyllischen Schwerelosigkeit im Mittelsektor bis zum Ende unseres natürlichen Lebens – das vielleicht nicht mehr so lange währt. Denk darüber nach, Lee.‹

›Deprimiert dich diese Wüste, Hank?‹

›Lee, es ist eine solche Verschwendung! Wie, zum Teufel, hätten wir wissen können, daß wir auf einen solchen Mist stoßen? Wenn wir darüber informiert gewesen wären, hätten wir uns vielleicht darauf vorbereitet. Aber so werden wir auf dem ganzen Weg hinaus durch Mesonenfelder fahren, die so dick sind wie hier, und sie fressen uns die Hülle weg wie Feilen.‹

›Oder wir kommen in den nächsten zehn Minuten hier heraus und stoßen für den Rest der Reise auf kein anderes mehr. Wir wissen doch gar nicht, was dort draußen auf uns wartet, Hank.‹

›Teufel, ein lila Drache mit Kreppapierflügeln, der darauf wartet, daß ihm Gummibärchen wie wir ins Maul kullern. Aber sehr wahrscheinlich ist das nicht. Das einzig Wahrscheinliche ist im Moment, daß uns diese verdammten Mesonenfelder auffressen, bis kein Fetzchen mehr übrig bleibt, das noch Ähnlichkeit mit einem Raumschiff hat. Das Außensichtgerät zeigt uns bereits, daß die Hülle wie die Straßenkarte der Nordatlantikstaaten aussieht. Noch dreihundert Jahre, und wir können uns glücklich schätzen, wenn ein Schweizerkäse auf Leffer ankommt. Lee, komm doch rüber und bleib ein bißchen bei mir.‹

›Hank‹, antwortete sie. (Sehen konnte ich sie nicht. Wir sprachen immer nur mit schwarzen Augen miteinander. Ich hatte sie nicht mehr angesehen, seit sie zweiundzwanzig war. Der Gedanke, daß sie langsam auf die Siebzig zuging, gab mir ein komisches Gefühl.) ›Hank, wenn wir nun aus dieser Wüste herauskommen, muß ich mindestens noch zehn weitere Jahre unterrichten, damit diese Kinder die nächsten dreihundert Jahre lebend überstehen und so aussehen, daß die Erde noch stolz auf sie sein kann. Aber dann sind wir beide vermutlich reif für den Totenkopf.‹

›Andere können sie doch unterrichten, Lee.‹

›Es gibt nicht genügend Lehrer. Das weißt du genau.‹

Ich schwieg vielleicht sechs Sekunden lang. ›Ja, ja, ich weiß.‹

Dann jedoch überraschte sie mich, und ich merkte plötzlich, wie sehr ihr diese Sandwertegeschichte zu Herzen ging. Sehr rasch sagte sie: ›Wenn die Werte das nächste Mal hundertfünfundzwanzig erreichen, komme ich zu dir, Hank.‹ Dann schaltete sie ab. Ich hatte das Gefühl, weniger wert zu sein, als ein Zweipfennigstück.«

Hier endete der Eintrag, und Joneny überflog die folgenden: »Sandwert steigt auf elf«, und der nächste: »Sand auf acht runter«. Dann: »Sand auf sieben runter«. Dann: »Sand auf sieben eingependelt.« Fast einen Monat lang hielt sich dieser Wert. Dann folgte ein beunruhigtes: »Sandwert auf neunzehn.« »Sandwert auf zweiunddreißig.« Eine Stunde später: »Sandwert auf neunundreißig.« Eine Stunde später: »Sandwert auf neunundsiebzig.« Und in der nächsten Stunde:

»Wie es geschah oder warum, weiß ich nicht. In den letzten drei Stunden habe ich nur zugesehen, wie die Nadel immer höher rückte. Sandwert vierundneunzig, hundertsiebzehn. Ich fühlte mich wie ein Schweißsorbet, gefroren und nutzlos. Dann klingelte das verdammte Interschiffstelefon neben mir. Als ich den Schalter drückte, hörte ich Lees Stimme. ›Oh, um Gottes willen, Hank, was sollen wir tun? Was geschieht nur? Und warum?‹

›Lee . . . ich weiß es nicht.‹

›Jesus Christus, Hank, Sandwert hundertachtunddreißig, eins-vier-neun. Oh, Hank, wir hatten einen Traum, einen Traum von den Sternen! Und jetzt werden wir sie nie erreichen. Oh, Gott, wir werden nie ankommen . . .‹ Sie weinte. Ich war völlig benommen. Als ich auf den Zähler blickte, bewegte sich die Nadel empor wie der Sekundenzeiger in einer Uhr.

›Jetzt steht sie auf hundertsechsundneunzig, Hank. Ich komme rüber. Ich komme zu dir, Hank.‹ Ich konnte sie wegen des Schluchzens kaum verstehen.

Jetzt stand der Zähler auf zweihundertneun. ›Du bist verrückt,‹ rief ich ihr zu. ›Auch die Fähre wird zerfressen, noch ehe du auf dreihundert Kilometer kommst. Oh, verdammt, Lee, wir schaffen es nicht.‹

Sie weinte immer noch. ›Ich komme zu dir, Hank!‹ Und die Nadel zitterte irgendwo oberhalb von dreihundert. Dann . . . kehrte sie einfach um und sauste auf Null zu, hielt etwa drei Sekunden lang bei fünfundvierzig inne, ehe sie endgültig auf das andere Ende der Skala zurückfiel.

Ich konnte hören, wie Lee am anderen Ende der Leitung um Atem rang. ›Hank?‹

›Lee?‹

›Wir haben es hinter uns, Hank.‹ Nichts war kaputt, bis auf etwas in meinem Innern vielleicht. ›Wir sind wieder im Meer. Freie Fahrt, Hank.‹ Dann fügte sie hinzu: ›Ich komme auf einen Besuch zu dir, werde aber nicht lange bleiben. Ich möchte dich nur gern sehen.‹«

Joneny drehte die Seite um und las weiter:

»Eine halbe Stunde lang wehte der Treibstoffschweif ihrer Fähre wie eine wilde Haarsträhne hell über den Bildschirm. Sie kam mit offenen Augen und Ohren herein. Ich ging hinab in die Röhre, um sie zu begrüßen. Ich sah sie hereinkommen. Sie mußte mich gesehen haben und blieb einen Moment stehen. Ich glaube, sie hob den Kopf, und ich sah ihre braunen Augen blitzen und ihr schwarzes Haar über den Schultern wehen. Ich sah die leicht stupsige Nase, die klare Alabasterhaut und das Lächeln auf ihren etwas zu vollen Lippen. Dann trat sie auf mich zu – und ich merkte, was ich gesehen hatte!

›Hank‹, sagte sie, als sie – sehr langsam – drei Viertel des Weges zurückgelegt hatte. Jetzt trat ich auf sie zu. Sie trug das Haar kurz, weiß; ihre Augen wirkten groß, aber in ihren Zügen lag kein Lächeln. ›Hank?‹ Sie schien nicht zu glauben, daß ich es war. Dann sagte sie: ›Hank, du mußt mich aus der Schwerkraft bringen, ehe ich einen Anfall bekomme.‹

›Was?‹

›Mir ist es in der letzten Zeit nicht gut gegangen, und ich habe mich überwiegend im schwerelosen Sektor aufgehalten.‹

›Oh, ja. Klar‹, antwortete ich.

›Meine Füße bringen mich um.‹ Sie stieß ein leises Lachen aus.

Es war ihre Stimme. In den vierzig Jahren, die uns von der Erde trennten, hatte ich ihren Alterungsprozeß mitbekommen. Aber als ich ihr den Arm helfend um die Schultern legte, merkte ich erst, wie locker die Haut über den Knochen lag. Wir gelangten an den Ausgang der Röhre und in den Lift. Als wir im schwerelosen Sektor ankamen, wirkte sie schon viel entspannter. Einmal blieb sie stehen, um mich anzublicken. ›Ich glaube . . . du hast alles in besserer Form überstanden als ich, Hank. Nun, es heißt, hübsche Frauen altern schnell. Und ich war immer . . . sehr hübsch, stimmt's, Hank?‹ Wieder lachte sie. Ach, was soll's, Hank. Junge, jetzt weiß ich erst, was es heißt, wunde Füße zu haben.‹

›Wunde Füße?‹ fragte ich.

›Hat sich das hier noch nicht herumgesprochen? Das sagen die Jungen, wenn man zu lange in der Schwerelosigkeit gewesen ist und den Schwerkraftsektor betritt. Mach dir keine Sorgen. Ich komme schon zurecht. Komisch, wie die Jungen solche Ausdrücke aufschnappen. Sie übernehmen sie von uns und schenken ihnen neue Bedeutung. Dann bekommen wir sie wieder. Und sie beeinflussen uns fast genau so stark wie wir sie.‹ Sie seufzte. ›Wir haben ihnen soviel von der Erde mitgegeben, daß sie hier alles wie auf der Erde haben wollen. Sie geben allen Dingen Erdennamen und benützen Erdphrasen. Glaubst du, daß wir es schaffen werden, Hank?‹

Ich schwieg, wollte etwas sagen, konnte aber nicht. Sie wartete ab mit einem Lächeln, das in ihren lockeren Hautfalten sonderbar schien. Dann verschwand das Lächeln, und sie blickte auf ihre faltigen Hände. Als sie wieder aufschaute, verriet ihre Miene leise Furcht.

›Lee, wir sind jetzt alt, nicht wahr? Es scheint gar nicht so lange her zu sein.‹ Es klang fast wie eine Frage, als könnte sie mir vielleicht erklären, was geschehen war. Als sie wieder sprach, sagte sie nur: ›Ich glaube, ich gehe wieder zurück.‹

An der Fährentür tauschten wir noch zwei Worte aus: Auf Wiedersehen. Ich nahm sie in die Arme, und sie klammerte sich an meine Schultern, so eng sie nur konnte. Aber sehr eng war das nicht, und ich ließ sie schnell wieder los. Dann sah ich nur noch einen silbernen Schweif über den Bildschirm huschen.

Den Rest des Tages hatte ich schlechte Laune, und die Jungen belästigten mich wie Fliegen. Aber an jenem Abend schaltete ich einen Ruf nach Beta–2–Stadt.

»Na, Captain!« hörte ich die vertraute Stimme.

»Hallo, Captain«, antwortete ich, und wir beide lachten. Dann taten wir etwas, was wir lange Zeit nicht mehr gemacht hatten: Wir redeten anderthalb Stunden über die Sterne.«

Joneny schloß das Buch. Sand und Wüste: Mesonenfelder! Und ›Stadt‹ war Teil der Raumschiff-Namen. Wildes Haar: der Schweif einer Fähre! Wunde Füße, schwarze Augen . . . Natürlich stammte die Ballade von Beta–2 aus einer viel späteren Zeit als Hank und Leela, die ersten Captains der Schiffe. Aber fast alles, zumindest fast alles aus dem Refrain, machte jetzt irgendeinen Sinn. Er rief sich die Worte der Strophe noch einmal ins Bewußtsein, seine ganze Aufmerksamkeit lenkte er darauf, er vergaß all die Anzeigetafeln und Bildschirme ringsum, ja sogar das Logbuch, das er in den Händen hielt:

Dann kam die Schwarzäugige vor die Stadt,
Das Haar zerzaust vom Wüstenwind;
Auf wunden Füßen kam sie matt
Und trug ein grünäugiges Kind.

Dann sagte jemand »Hallo.«

IV

Joneny wirbelte herum und löste sich mit seinen Magneten fast vom Boden. Das Buch flog ihm aus der Hand.

Der Junge hielt sich mit einer Hand an dem runden Türeingang fest. Jetzt streckte er einen mageren Fuß aus und fing das Buch mit den Zehen auf. »Hier«, sagte er und schubste es so, daß es wieder auf Joneny zuschwebte.

Joneny fing es auf und sagte: »Danke.«

»Gern geschehen«, sagte der Junge. Er war dünn, nackt und hatte durchscheinende, weiße Haut. Joneny hätte ihn auf vierzehn oder fünfzehn geschätzt, wenn das lange feine und helle Haar nicht an den Schläfen ausgefallen gewesen wäre, wie bei einem alten Mann, was den Charakter seines Gesichts völlig veränderte. Die Nase war flach, die Lippen dünn, und die Züge wurden von den großen seegrünen Augen beherrscht. »Was machst du da?«

»Ich . . . äh . . . sehe mich nur um«, antwortete Joneny.

»Was suchst du denn?«

»Äh . . . was immer ich finden kann . . .« Joneny war überrascht und leicht gereizt.

»Das hast du gefunden?« fragte der Junge und zeigte mit einem Fuß auf das Buch.

Vorsichtig nickte Joneny.

»Kannst du es lesen?«

Wieder nickte Joneny.

»Du mußt ziemlich schlau sein«, grinste der Junge. »Ich kann es sicher auch. Gib es mir.«

Joneny fiel nichts anderes ein, daher warf er das Tagebuch zurück. Der Junge schnappte es mit den Zehen, öffnete es mit einem Fuß, bückte sich und blätterte die erste Seite mit der freien Hand um. »Dies ist das Logbuch von Gamma-5, Alleineigentum von Captain Hank Brandt, begonnen im Jahr . . .«

»Schon gut«, sagte Joneny. »Ich glaube es dir.« Dann kam ihm ein Gedanke. »Wo hast du sprechen gelernt?«

»Wie meinst du das?« fragte der Junge. Seine grünen Augen weiteten sich vor Überraschung.

»Dein Akzent«, erwiderte Joneny. »Du sprichst ziemlich modernes Englisch.« Es war viel moderner als die abgekürzten Verzerrungen des Robotsprechers, der ihn hineingeleitet hatte.

Ich . . .« Der Junge hielt inne. »Ich weiß nicht, wo ich es gelernt habe. Halt . . .« Er blickte um sich. » . . .einfach hier.«

»Wo sind die anderen?« fragte Joneny.

Der Junge ließ den Türrahmen los und drehte sich langsam durch die Luft, das Buch immer noch zwischen den Zehen. »Welche anderen?«

»Die anderen Leute.«

»Auf den Schiffen« sagte der Junge. Dann fügte er hinzu: »Auf Sigma-9 und auf Beta-2 gibt es keine Menschen.«

»Das weiß ich«, sagte Joneny mit gespielter Geduld. »Wo sind die Leute auf diesem Schiff?«

»Überwiegend im Mittelsektor, auf dem Markt, im Fischladen, in den Bergen oder unten im Poolraum.«

»Kannst du mich zu ihnen bringen?« bat Joneny.

Der Junge schwebte jetzt fast waagerecht. »Bist du sicher, daß du das willst?«

»Warum denn nicht?«

»Sie werden dich nicht sonderlich mögen«, antwortete der Junge. Jetzt streckte er eine Hand aus und tastete sich zurück zum Eingang. »Die letzten Besucher hier haben sie fast umgebracht. Die Betäubungsgewehre sind immer noch ganz schön wirksam.«

»Was waren denn das für Besucher?«

»Vor ungefähr neunzig Jahren haben einige Leute versucht reinzukommen.«

Klar, dachte Joneny, der erste Kontakt mit den Forschern des Bundes. Plötzlich hing der Junge an der Decke. Joneny zuckte zurück und verlor fast wieder die Bodenhaftung. Aber der Junge hatte ihn absichtlich verfehlt und legte nun einfach das Buch zurück auf den Schreibtisch. *Tsk*, machten die Magnete. Der Junge griff mit einer Hand und einem Fuß um den Schreibtischrand. Jene flinken, greiffähigen Zehen waren, wie Joneny aus der Nähe erkannte, fast halb so lang wie seine Finger. »Was machst du dann hier?« fragte Joneny.

»Der Robotmechano hat mir erzählt, daß du hier bist, deshalb bin ich gekommen.«

»Gibt es hier niemand, der älter ist als du, irgend jemand in verantwortlicher Position, der mir vielleicht weitere Informationen geben kann?«

»Ich glaube nicht, daß dir die Verantwortlichen viel helfen werden.«

»Also, wo sind sie?«

»Ich sagte doch, unten auf dem Markt und im Poolraum.« Er drehte sich zur Wand und betätigte einen Schalter. »Hier, komm, ich zeige es dir.«

Ein grauer Bildschirm explodierte in Farben, die sich schließlich zum Bild eines großen Raumes gruppierten. Joneny bemerkte, daß dieser Raum zumindest ein wenig Schwerkraft besaß. Der Boden war mit Wasser bedeckt, das in langsamen Wellen blubbernd an den Rand schwappte. Durchsichtige Plastikröhren durchzogen den Raum kreuz und quer. Ungeheure Sammelschienen verschiedener Länge verschwanden im Wasser, und an einer Wand war eine Reihe recht großer Waldos angebracht.

Durch die Röhren sprangen Menschen – ob Männer oder Frauen, das vermochte er nicht zu unterscheiden. Ihre Augen waren klein und rosa, wahrscheinlich halbblind. Sie waren kahl. Die Ohrläppchen waren an den Schädel angewachsen.

Sie hatten runde, hängende Schultern und knubblige, nagellose Finger. Mit abgehackten Bewegungen bedienten sie die Instrumente und Schalter und senkten und hoben die Stangen in dem Becken. Plötzlich fiel Joneny wieder die Beschreibung ein, die die ersten Erkunder von dem Sternenvolk gegeben hatten. Diese Leute kamen der Beschreibung viel näher als der grünäugige Junge neben ihm. Joneny warf einen kurzen Blick auf Hände und Füße des Jungen. Die Nägel waren zwar etwas abgekaut, aber deutlich vorhanden. Der Junge hatte auch Haare, während diese . . . Menschen vollständig kahl waren.

»Das ist der Oberste«, sagte der Junge und deutete auf eine Gestalt. Während dieser Worte gab die Person auf dem Bildschirm einem seiner Kollegen einen Schlag auf den Hinterkopf. Dieser stolperte fort, gewann sein Gleichgewicht zurück und trat zu einer Instrumententafel. »Ich glaube nicht, daß er sehr daran interessiert ist, dir zu helfen. Das ist übrigens der Poolraum. Ich gehe nicht gern dorthin.«

Joneny betrachtete die Gestalten, die alle fest mit dem Boden verbunden waren; dann blickte er auf den Jungen, der sich so geschickt in der Schwerelosigkeit bewegte. »Bekommst du wunde Füße?«

»Du sagst es.«

»Was machen sie denn dort?« fragte Joneny und wandte sich wieder dem Bildschirm zu.

»Sie kümmern sich um einen Hilfsreaktor. Er muß immer unter Wasser bleiben. Er hält die Rotation dieses Sektors aufrecht.«

Als würde eine Spirale sich in einem Wasserball drehen, überlegte Joneny. Ein Unterwasserreaktor! Wie primitiv waren denn diese Schiffe eigentlich? Mit so vielen beweglichen Teilen war es ein Wunder, daß es sie überhaupt noch gab.

»Warum siehst du nicht aus wie sie?« fragte Joneny den Jungen, als dieser den Schirm abschaltete. Es war wohl am besten, direkte Fragen zu stellen.

»Ich stamme aus einer anderen Stadt«, antwortete der Junge.

»Oh«, sagte Joneny nur. Offensichtlich hatte diese Degeneration nicht auf allen Schiffen stattgefunden. »Gibt es denn niemanden hier, der mir helfen könnte?«

»Wobei soll man dir denn helfen?«
»Ich brauche Informationen.«
»Über was denn? Du drückst dich nicht sehr deutlich aus.«
»Ich brauche Informationen über ein Lied«, erzählte Joneny. »Ein Lied über Beta-2.«
»Welches Lied denn?« fragte der Junge nach. »Über diese Stadt gibt es mehr Lieder als über alle anderen zusammen.«
»Kennst du sie alle?«
»Ich kenne eine Menge«, gab der Junge zurück.
»Es handelt sich um die Ballade von Beta-2. Sie beginnt: »Dann kam die Schwarzäugige vor die Stadt . . .«
»Oh, klar kenne ich die.«
»Um wen, zum Teufel, geht es darin?«
»Leela RT-857.«
Konnte es sich dabei um eine Nachfahrin der Frau handeln, in die Hank Brandt verliebt gewesen war? »Wer war das?«
»Sie war Captain von Beta-2, als . . .« Er stockt. »Als alles . . . alles . . . ich weiß nicht, wie ich es ausdrücken soll.«
»Was denn?«
»Als sich alles veränderte.«
»Veränderte? Was hat sich denn verändert?«
»Alles«, wiederholte der Junge. »Es war, als Epsilon-7 und Delta-6 angegriffen wurden, als Sigma-9 zerstört wurde, wir in der Wüste festsaßen, als der Markt zusammenbrach und . . . sich alles veränderte.«
»Angegriffen? Was meinst du mit ›verändert‹?«
Der Junge schüttelte den Kopf und zuckte die Achseln. »Mehr weiß ich nicht. Ich kann es nicht weiter erklären.«
Jetzt herrschte Stille. Die grünen Augen waren geweitet und blickten verstört.
»Kannst du mir denn sagen, wann das alles geschehen ist?«
»Ungefähr vor zweihundertfünfzig Jahren«, antwortete der Junge endlich. »Die Schiffe waren noch hundertfünfzig weitere Jahre unterwegs. Und Leela RT-857 war Captain von Beta-2.«
»Und was ist damals geschehen?«
Der Junge hob die Schultern. »Genau das, was im Lied beschrieben ist, vermutlich.«

»Und genau das will ich herausfinden.« Joneny dachte einen Augenblick über die Verse nach. »Kannst du mir zum Beispiel sagen, wer die einäugige Frau war?«

»Ihr Name lautete Merril. Die einäugige Merril. Und sie war . . . nun, ein Einauge.«

»Und wer waren diese Einaugen?«

»Sie sind jetzt tot«, sagte der Junge nach kurzer Pause. »Sie hätten dir helfen können. Aber sie sind alle tot.«

»Was haben sie denn getan?«

»Sie haben uns vor den anderen geschützt. Haben versucht, uns etwas beizubringen. Sie versuchten, es zu schaffen, damit wir wüßten, was zu tun sei. Aber sie wurden schließlich von denen, die du gesehen hast, umgebracht.«

Joneny runzelte die Stirn. Da klärte sich etwas auf, aber er war noch nicht sicher, was. »Vielleicht gibt es jemanden in deinem Schiff, der mir das genauer erklären kann. Warum gehen wir nicht dorthin?«

Der Junge schüttelte den Kopf. »Niemand dort kann dir helfen.«

»Warum bist du so sicher? Kennst du denn jeden auf dem Schiff?« Joneny erwartete eigentlich keine Antwort, aber der Junge nickte. »Viele.«

»Versuchen wir es doch einfach«, drängte Joneny.

Der Junge zuckte mit den Achseln.

»Sie werden sich doch mir gegenüber nicht feindselig verhalten, oder?«

»Nein, feindselig nicht.«

»Schön«, sagte Joneny. Der Gedanke, auf den anderen Schiffen etwas zu entdecken, erregte ihn. Aber seine magnetischen Sohlen waren schwächer, als er gedacht hatte, und als er sich umdrehte, löste er sich vom Boden und schwebte hilflos durch den Raum.

Der Junge, der sich immer noch am Schreibtisch festhielt, streckte helfend die Beine aus. »Halt dich an meinem Arm fest.«

Joneny schwebte auf den Jungen zu, griff den Knöchel und wurde zurückgezogen, bis seine Sohlen wieder auf den Boden klickten.

»Du bist nicht an die Schwerelosigkeit gewöhnt, wie?« fragte der Junge.

»Ich bin ein bißchen aus der Übung«, antwortete Joneny, ließ den Fuß des Jungen los und richtete sich wieder auf. »Nennst du das einen Arm?«

»Wie nennst du es denn?« fragte der Junge leicht befremdet zurück. »Ich nenne es ein Bein«, lachte Joneny.

»Klar«, meinte der Junge. »Aber ein Bein ist doch ein Arm, oder?«

»Vermutlich kannst du technisch gesehen alles so nennen, was vom Körper absteht . . . ist schon gut.« Es hatte wirklich keinen Sinn, sich auf eine solche Unterhaltung einzulassen. Als sie auf die Tür zutraten, überlegte Joneny: Hier haben wir eine Information, die vielleicht nichts mit der Ballade zu tun hat. Beine und Arme waren gleichermaßen Arme; das war nur logisch, wenn in der Schwerelosigkeit Hände und Füße fast die gleiche Geschicklichkeit entwickelten. *Und trug ein grünäugiges Kind – in ihren Beinen?*

Das gehörte mit Sicherheit in den Bereich des Unsinns.

Aber da bohrte sich ein Gedanke in sein Bewußtsein; etwas, das er in einem Semantikkurs aufgeschnappt hatte. Wie hieß es doch gleich: Die Spirale von abnehmender semantischer Funktionalität . . . irgendwie so. Dann fiel es ihm ein. In einer Umgebung ohne Schwerkraft – oder so wenig Schwerkraft, daß man diese Geschicklichkeit in Händen und Füßen entwickelt – verlieren Worte, die die Vertikale bestimmen – wie auf, ab, unter, über, oberhalb und unterhalb –, rasch ihre genaue Bedeutung. Nach der Spirale bleiben diese Worte, ehe sie völlig aus der Sprache verschwinden, noch eine Weile als subtile Varianten mit unmittelbarer Bedeutung erhalten: innerhalb, durch, zwischen . . . (zwei wunderbare Beispiele der Spirale abnehmender semantischer Funktionalität, die Joneny nicht wahrgenommen hatte, waren *Rekreationsraum* und *Navigationsbüro. Zwischen,* dachte Joneny. Zwischen ihren Beinen muß sie das grünäugige Kind getragen haben. Er blieb stehen, als sie gerade den Tunnel zu seinem Kreuzer betreten wollten. Der Junge hielt ebenfalls inne, sah verwirrt aus und blinzelte ihn mit großen, grünen Augen an.

Es war unmöglich; sie wurden doch alle auf dem Markt geboren. Aber der Markt war zerstört worden, und alles hatte sich verändert. »Aus welchem Schiff stammst du?« fragte Joneny plötzlich.

»Sigma-9.«

Joneny blieb stehen. Die dreifache Tür zu dem biegsamen Teil der Röhre vor ihnen versank in der Wand.

»In welcher Schleuse liegt deine Fähre?« fragte Joneny.

Der Junge schüttelte den Kopf.

»In welcher Schleuse?« drängte Joneny.

»Ich habe keine Fähre . . .« begann der Junge.

»Wie, zum Teufel, bist du denn hierher gekommen?«

»So«, antwortete der Junge.

Und dann war da plötzlich kein Junge mehr. Joneny schwebte allein in der Röhre. Er blinzelte. Er befand, er sei verrückt geworden. Dann befand er, daß er bei vollem Verstand sei und daß sich etwas Sonderbares abspiele. Aber wenn das alles seiner Phantasie entsprungen war, warum erkannte er die Widersprüche darin? Der Junge hatte gesagt, auf Sigma-9 lebten viele, aber auch, es gäbe keine Menschen dort. Unvermittelt drehte sich Joneny um und hangelte sich zurück in das Navigationsbüro. Er schleuderte sich in den Raum und schrie den Robotmechanismus an: »Schaff mir Kontakt zu jemandem, der mir vernünftige Informationen darüber geben kann, was sich hier abspielt!«

»Tut mir leid«, ertönte die abgehackte, altmodische Stimme. »Ich habe es auf dem ganzen Schiff ausgerufen, Sir, und kein menschlicher Mittler hat auf meine Ankündigung Ihrer Gegenwart reagiert.« Dann wiederholte er: »Kein menschlicher Mittler hat auf Ihre Anwesenheit reagiert.«

Joneny spürte, wie ihm eine Gänsehaut den Rücken heraufkroch.

V

Joneny saß erneut im Fahrersitz seiner Chronofähre und beobachtete, wie die verdrehte Muschel von Sigma-9 auf seinem Bildschirm größer wurde. Die Hüllenplatten waren durch wahnwitziges Stürmen durch wer weiß wie viele Millionen Kilometer eines Mesonenschauers aufgezehrt und zersetzt worden – von jenen winzigen Partikelchen, die größer als Elektronen sind, aber kleiner als Nukleonen, und in einer schwindelerregenden Vielfalt von Massen, Spins und Ladungen vorkommen – aber die Katastrophe war von etwas anderem verursacht worden.

Er reduzierte sein Tempo automatisch, als das Netz der nackten Stahlrippen im direkten Licht der Sonne aufblitzte. Er glitt über das Wrack und schwebte über die riesige, klaffende Öffnung. Aus dieser Nähe war das Schimmern über den Ruinen nicht wahrnehmbar. Joneny schaltete den Iridiumzellencomputer ein und ließ die Verdrehungen und Verbiegungen des Metalls aufzeichnen. Vielleicht konnte man so die Katastrophe rekonstruieren. Er trieb über den Rand des Loches, das von oben wie eine schwarze Blase aussah. Langsam führte ihn der Mechano in die Grube hinab. Der Bildschirm wurde schwarz, als sie in den Schatten eintauchten. Joneny schob den Selektor im Spektrum auf und ab. Am violetten Ende des Bandes konnte er durch den Dunst die Umrisse des Wracks erkennen. Streben mit Verdickungen an den Enden durchzogen bläulichen Unterwassernebel. Abgebrochene Teile bewegten sich träge im Griff der schwachen Gravitation der Schiffsmasse.

Unter ihm war ein Gang aufgerissen wie ein Gummischlauch. Als er das Sichtfeld durch die Tiefen von Sigma-9 gleiten ließ, hielt er plötzlich inne. Tief in dem Marineblau konnte er einen schwachen rötlichen Schimmer erkennen. Sein Blick huschte über die Anzeigetafeln. Es gab keine besorgniserregende Strahlung. Als er nochmal nachsah, bemerkte er, daß die Strahlung links von ihm höher war. Er fragte sich wieder, was wohl das Schimmern erzeugt hatte. Das Schiff sank tiefer. Einmal schaltete er auf natürliches Licht zurück, aber sein Bildschirm verdunkelte sich sofort.

Der Computer tickte vor sich hin, war aber bislang zu keinem Ergebnis gekommen. Joneny holte einen Druckausgleicher hervor, als sich das Schiff endlich an einer Strebe festmachte. Dieser Ausgleicher war eine bewegliche Blase, die aus einer komplexen Anordnung geodesisch kristallisierter Plasmen bestand. Sie enthielt Luft für etwa sechs Stunden, konnte vom Energiegürtel abgenommen und jedweder Strahlung gegenüber undurchdringlich gemacht werden. Am Rand der Blase konnte man feinere Arbeiten verrichten, indem man einen Teil der Außenhaut zu Handschuhen formte.

Die Blase schwebte, größer werdend, über den Boden. Joneny trat vor, und sie umhüllte ihn mit einem leichten Kitzeln auf der Haut, ehe sich das Plasma versiegelte.

Er ging auf die Tür zu, wobei die Blase mit ihm rollte.

Es war, als bewege er sich in einem Ballon. Die Metallflügel der Schleuse gaben eine runde schwarze Öffnung frei. Joneny berührte seinen Gürtel, und das Lichtfrequenzdifferential sackte ins Violette ab: Das Schiff hinter ihm verdunkelte sich, und zugleich glühte die Szenerie ringsum hellblau-neblig auf.

Das Schiff hatte an einer Wand aus Streben festgemacht, die dreihundert Meter weit in einem riesigen, achteckigen Netz in das Wrack hineinragten. Eine Reihe von Gängen wand sich in die Höhle hinein, wie abgeschnittene Arterien. Joneny blickte auf und erkannte, von welcher Stelle hinter den verbogenen Streben und aufgeplatzten Kammern das rötliche Glühen stammte.

Als er sich aus der Schleuse gleiten ließ und nun im Blau schwebte, blickte er zu seinem Kreuzer zurück, einem dünnen, nahtlosen, silberblauen Rechteck. Aber als er auf das oktagonale Netz neben sich sah, griff er an seinen Gürtel und brachte sich schnell zum Halten, wobei er gegen die durchsichtige Wand seiner Kammer stieß. Irgend etwas kletterte über die Streben.

Jetzt richtete es sich auf und winkte ihm zu.

Der Junge, immer noch nackt, schien keinen Schutz gegen das harte Vakuum dieses zerborstenen Raumschiffes zu tragen. So, wie sich sein feines Haar hob, wirkte alles noch mehr wie eine Unterwasserszene. Der Junge befand sich etwa zehn

Meter von ihm entfernt, und aus dieser Entfernung wirkten seine Augen (unter der besonderen Lichtfrequenz, die die Druckausgleichblase vermittelte) schwarz. Wieder winkte er.

Jonenys Gedanken schossen in ein halbes Dutzend Richtungen, und bei einigen hegte er Zweifel an seinem Verstand. Er verwarf jedoch alle Möglichkeiten und winkte schließlich einfach zurück, weil ihm nichts anderes einfiel. In diesem Augenblick löste sich der Junge von den Streben und segelte durch den freien Raum zwischen ihnen. Mit Händen und Füßen landete er auf der Blase und blieb wie ein Frosch hocken. Erst drang er zur Hälfte ein, dann vollständig. »Hallo«, sagte er.

Joneny hatte den Rücken gegen die gebogene Wand der Blase gedrückt und seine Hände auf dem durchsichtigen Plasma gespreizt. Und er schwitzte. »Was . . .«, begann er. Wie Motten durchflatterten die Unmöglichkeiten seinen Kopf.

Er versuchte kopfschüttelnd, seine Gedanken zu ordnen: Menschen, die durch das Vakuum springen, durch Druckausgleichzellen steigen, verschwinden und wieder auftauchen – unmöglich!

»Hallo«, wiederholte der Junge und blinzelte mit den grünen Augen.

Jetzt wiederholte Joneny: »Was . . .?«

»Alles in Ordnung?«

WAS bist du?!« stammelte Joneny endlich und löste sich von der Hülle.

Der Junge blinzelte wieder und hob die Achseln.

Joneny wollte schreien »Raus hier!« und seine Augen bedekken, bis die Erscheinung verschwände, um dann unverzüglich nach Hause zu fahren. Doch das tat er nicht. Der gleiche Impuls, der ihn in einer Welt mit Aufzeichnungskristallen dazu bewog, seltene und mühsam zu benutzende Bücher zu sammeln, ließ ihn nun alle Unmöglichkeiten ringsum aufmerksam betrachten.

Jetzt sah er fünfzehn von ihnen. Sie standen auf dem Strebennetz, einige mit dem Kopf nach unten, andere seitlich hängend, alle nackt. Sie beobachteten ihn, und soweit er es erkennen konnte, sahen sie alle aus wie Duplikate des Jungen, der die Druckblase mit ihm teilte.

»Ich habe mir gedacht, daß du hier auftauchen würdest«, sagte der Junge. Dann fragte er: »Bist du sicher, daß mit dir alles in Ordnung ist?«

»Nur mein Adrenalinspiegel liegt leicht über normal«, antwortete Joneny mit möglichst normaler Stimme. »Aber das liegt daran, daß im Augenblick viele Dinge passieren, die ich nicht begreife.«

»Zum Beispiel?«

»Zum Beispiel du!« Joneny verlor etwas von seiner Ruhe.

»Ich sagte doch, ich weiß nicht, was ich bin. Ich weiß es einfach nicht.« Joneny brauchte einen Augenblick, um seine eigene Aufregung außer acht zu lassen und die echte Verwirrung auf dem Gesicht des Jungen lesen zu können. »Was bist du denn?« fragte der Junge.

»Ich bin Student der galaktischen Anthropologie. Ich bin ein Mensch. Ich bestehe aus Fleisch und Blut und Knochen und Hormonen und Antikörpern, kann weder ohne Schutz durch Hunderte von Kilometern kalten Raumes springen, noch verschwinden und wieder auftauchen, noch durch eine kristallisierte Druckausgleichkabine treten. Ich heiße Joneny Horatio T'waboga und bin vielleicht absolut wahnsinnig.«

»Oh.«

»Möchtest du es jetzt einmal versuchen?«

Der Junge starrte ihn leer an.

»Nun, wie heißt du?«

Der Junge zuckte die Achseln.

»Wie nennen dich die anderen?«

»Die Leute nennen mich die Kinder des Zerstörers.«

Joneny war, wie bereits erwähnt, semantisch nicht sonderlich geschult, und so begriff er nicht alles, was ihm der Junge mit dieser Bemerkung mitteilte; sie berührte nur die Oberfläche seines Bewußtseins. Aus dem Augenwinkel erspähte er das rote Glühen in den labyrinthischen Ruinen. »Was ist das dort?« fragte er, weil ihm wiederum nichts anderes einfiel.

»Ein Totenkopf«, antwortete der Junge.

Jetzt fiel sein Blick wieder auf die Doppelgänger des Jungen zwischen den Streben. Einer sprang los und segelte in drei Meter Entfernung an ihnen vorbei, wobei er über die Schulter zurückblickte, bis er zu klein wurde, um noch wahrgenommen zu werden. »Was ist mit denen da?«

»Hm?«

»Sind das auch Kinder des Zerstörers?«

Der Junge nickte. »Ja. Das sind die anderen von mir.«

Wieder achtete Joneny nicht auf die semantische Widersprüchlichkeit, die ihm Antwort auf viele seiner Fragen gegeben hätte. Jetzt sah er wieder zu dem Totenkopf. Er berührte seinen Gürtel, und die Druckblase schwebte mit zunehmender Geschwindigkeit auf das Glühen zu. Es hätte ihn nicht überrascht, wenn der Junge bei der Bewegung einfach aus der Blase geglitten wäre, aber er schwebte ganz normal mit ihm.

»Übrigens«, begann Joneny, »wieviel Luft brauchst du zum Atmen? Dies hier reicht nur für eine Person für sechs Stunden. Ich habe keinen Nachfüller mitgebracht.«

»Kommt darauf an«, gab der Junge zurück. »Ich muß eigentlich überhaupt nicht atmen.«

»Dann laß es.«

»Ist gut. Aber dann kann ich auch nicht sprechen.«

»Dann atme eben nur, wenn du etwas sagst. In Ordnung?«

»In Ordnung.«

Sie näherten sich einer Wand aus Trümmerteilen. Die Stücke schwebten dicht aneinander, aber sie fanden Lücken zwischen ihnen. »Welche Richtung?« fragte Joneny.

»Du kannst einen Gang benutzen«, antwortete der Junge. Dann fügte er mit seltsam erstickter Stimme hinzu: »Ich . . . habe . . . gerade . . . zwei . . . Sekunden . . . Luft . . . verbraucht.«

»Hm?« gab Joneny zurück. »Welchen Korridor denn?«

»Du kannst den da nehmen«, antwortete der Junge. »Noch . . . anderthalb . . . Sekunden.«

Joneny steuerte die Zelle in das Ende eines runden Ganges, der zermalmt und aufgebrochen war. Die Wände waren kahl und mit Haltestangen für die Schwerelosigkeit versehen. Sie kamen an einer Stelle vorbei, wo ein weiterer Gang eingemündet war. Die Kreuzung war an der Nahtstelle aufgerissen.

»Wohin gehen wir nun?« fragte er wieder über die Schulter.

»Wir kommen bald in die Berge.« Dann wieder die erstickte Stimme: ». . . andert . . .«

»Oh, laß das«, unterbrach ihn Joneny. »Mir ist egal, wieviel du verbrauchst. Ich will ohnehin nicht so lange bleiben.«

»Ich wollte dir nur helfen.«

Sie bogen um eine weitere Ecke, gelangten wieder in einen Teil, von dem die Wand abgerissen war, und schwebten weiter. Am Ende des Ganges brachte Joneny ihre Kugel zum Stillstand und holte tief Luft.

Vor ihnen im blauen Nebel breitete sich ein riesiges Auditorium aus. Über einem Podium in der Mitte hing eine ungeheuer große Kugel. Selbst aus dieser Entfernung und bei dem schlechten Licht konnte Joneny erkennen, daß auf die Oberfläche die Kontinente und Ozeane der Erde eingraviert waren. Das ungeheuer große Rund der Halle, verbunden mit den unzähligen Sitzreihen und dem isolierten Globus in der Mitte, schenkten dem Raum eine Großartigkeit, die völlig anders wirkte als der Ausblick auf den leeren Raum, in dem das Wrack schwebte. Die Atmosphäre von umschlossener Größe war beruhigend, fast religiös. »Was ist das? Ist es der Totenkopf?«

»Nein, das Gericht«, antwortete der Junge.

»Das Gericht?« Jonenys Blick schweifte von der glatten, gewölbten Decke über die Sitzreihen und schließlich wieder zu dem Globus. »Was fand hier statt?«

»Prozesse.« Dann fügte der Junge hinzu: »Gegen Kriminelle.«

»Gab es viele Kriminelle an Bord der Raumschiffe?«

»Nein. Zumindest am Anfang nicht. Gegen Ende waren es viel mehr.«

»Was haben die Kriminellen denn verbrochen?«

»Die meisten verstießen gegen die Norm.«

»Die Norm?«

»Genau. Gegen die Norm. Du kannst dir ja die Aufzeichnungen anhören. Alles wurde aufgezeichnet.«

»Funktionieren denn die Mechanismen noch?«

Der Junge nickte.

»Wo liegen sie?«

»Da unten.« Der Junge deutete auf das Podium.

Joneny drückte auf seinen Gürtel, und die Druckausgleichblase schwebte über die Sitzreihen auf den Globus zu. Er hielt genau über der Bühne an und stellte die Blase auf Hyperweiche und Magnodurchdringlichkeit ein. Seine Sandalensohlen klickten auf den Boden, als er auftrat, und hafteten sich durch die Haut der Blase fest.

Als er sich nach dem Jungen umsah, merkte er, daß dieser bereits auf der anderen Seite des Podiums schwebte, wieder außerhalb der Blase. Der Junge winkte Joneny zu, und dieser schritt vorsichtig in seiner Hülle um den Rand herum. Als er auf der anderen Seite angekommen war, steckte der Junge (Plopp!) seinen Kopf hinein (Joneny zuckte leicht zusammen) und sagte: »Hier liegt das Verzeichnis.« Dann ploppte er wieder hinaus.

Joneny steckte die Hände durch die weich gewordene Hülle nach dem schrägen Pult aus. Die Hülle legte sich um seine Finger. Er ließ sie am Rand des Pultes entlanggleiten, bis er den Riegel fand. Er schob ihn beiseite und hob den Deckel des Pultes hoch. Darunter lag ein kompliziertes Mosaik. Joneny beugte sich dichter darüber und erkannte, daß es sich um eine Matrix aus fünfeckigen Schildchen handelte; jedes trug zwei Namen. Der Pultdeckel schnappte hoch und faltete sich zusammen. Joneny kniff die Augen zusammen und starrte ins Blaue hinab:

45-A7 Milar geg. Khocran, 759-V8 Travis geg. Norm, 654-M87 DeRougue geg. Blodel, 89-T68L Einauge Davis geg. Norm.

Die Namen befanden sich auf einem sehr langen Band, das sich nach oben abrollte. Es war nach einem Fünfkoordinatensystem aufgebaut, das einigermaßen chronologisch schien. Als Joneny die Schildchen überflog, wurde ihm eines klar: Es gab immer mehr Verfahren von Einaugen mit den verschiedensten Namen gegen die Norm. Joneny gelangte an die Stelle, wo die Kristallschildchen abbrachen. Das letzte Verfahren hatte im Jahr 2388 stattgefunden: T87 Einauge Jack geg. Norm.

Er blickte auf, als der Junge wieder in seine Blase platzte. »Was macht man damit?« fragte Joneny.

»Was man damit macht? Na, man drückt auf eines, und es wird abgespielt.«

»Drücken?«

»Mit deinem Finger, deinem Zeh oder dem Ellbogen«, antwortete der Junge ein wenig ungeduldig. »Einfach drücken.«

Joneny streckte eine Hand aus und drückte auf das letzte beschriftete Fünfeck. Er zuckte zusammen, als ringsum ein Dröhnen ertönte: Die Laute wurden durch seine Fußsohlen übertragen. Der Boden des Podiums wirkte wie ein Resonanzboden für Lautsprecher. Das Dröhnen kam von vielen Menschen, die zugleich sprachen. Dann erklang ein lautes, trommelndes Staccato, und ein älterer Bariton rief mit sonderbarem Akzent: »Ruhe im Gerichtssaal! Ruhe bitte! Ordnung im Gericht!« Das Dröhnen ließ nach und wurde zu einem Rascheln, wenn sich zuweilen einer auf seinem Sitz bewegte oder hinter der vorgehaltenen Hand hustete.

Joneny blickte auf die leeren Sitzreihen im blauen Saal.

»Ruhe und Ordnung!« wiederholte die Stimme überflüssigerweise. Nach einer Pause fuhr die Baritonstimme fort: »Wir haben eine leichte Abweichung von der normalen Prozedur. Captain Alva, ehe wir die Sitzung offiziell eröffnen, geben Sie bitte Ihre Erklärung ab.«

»Danke, Richter.« Es war die Stimme eines jüngeren Mannes. Joneny dachte, daß er sehr müde klang. Seine Äußerungen waren gemessen, unterbrochen von langen Pausen. »Danke. Es ist eigentlich keine Erklärung, die ich abgeben will. Es ist eine Bitte . . . an das Gericht und ein Appell an die Großzügigkeit der Bürger von Sigma-9. Ich bitte darum, dieses Verfahren einzustellen . . .« (In der folgenden Pause schwoll das Murmeln unter den Zuschauern an.) ». . . und Einauge Jack und mit ihm alle anderen in Sigma-A-9 verbliebenen Einaugen unter die Vormundschaft des Navigationsteams des Schiffs zu stellen, wobei ich persönlich und vollständig für ihr Verhalten verantwortlich sein werde.« Das Murmeln wich lauten Unmutsäußerungen. Alles übertönend prallte der Hammer des Richters auf, und die Richterstimme durchschnitt scharf den Lärm:

»Captain Alva, dies ist höchst . . .«

Und dies noch übertönend, unterbrach die scharfe Stimme des Captains: »Ich stelle diese Bitte nicht allein in meinem Namen, sondern mit der ausdrücklichen Zustimmung und Befürwortung eines jeden anderen Captains der Städte des Verbunds. Wir stehen seit der Tragödie von Epsilon-7 ständig in Funkkontakt miteinander. Captain Vlyon von Alpha-8, Captain Leela von Beta-2, Captain Riche von Epsilon-6 – die Captains *aller* Schiffe haben mich gebeten, diese Bitte zu stellen, Euer Ehren, und sie alle stellen in den Gerichten ihrer Schiffe ähnliche Anträge.«

Die Menschenmenge im Hintergrund lärmte chaotisch. Wieder donnerte der Hammer nieder. Als die Ordnung einigermaßen wieder hergestellt war, ertönte die gleichmäßige Stimme des Richters über dem Krach. »Captain Alva, darf ich Sie daran erinnern, daß Sie als Captain dieses Schiffs für dessen Wohlergehen vollständig verantwortlich sind. Aber hier geht es noch um andere Dinge, und als geistiges Oberhaupt, als Leitstelle für die moralische Sauberkeit und als Stellvertreter der Norm muß ich im Namen des Schiffs Ihre Bitte mit Bestimmtheit abschlagen. Mit Bestimmtheit muß ich sie abschlagen!«

Das Geraune schwoll wieder an, dieses Mal klang es erleichtert. Der Hammer sauste nicht so laut wie zuvor nieder, und ein folgsames Schweigen stellte sich ein.

»Um mit der förmlichen Eröffnung des Verfahrens zu beginnen: Fall 2338-587 Jackson E-A 5611, körperliche und geistige Abweichung ersten Grades, alias Einauge Jack, gegen die Norm. Befinden Sie sich im Raum, Jackson?« Kurzes Schweigen. »Befinden Sie sich im Gerichtssaal, Jackson?«

Eine Stimme, aus der die gleiche Erschöpfung klang wie aus den Worten des Captains, gab schrill zurück: »Du hast doch Augen im Kopf. Kannst du nicht sehen, daß ich hier bin?«

»Ich muß Sie bitten, den vorgeschriebenen Regeln zu folgen, die in der Norm niedergelegt sind, und keine impertinenten, unwichtigen Fragen zu stellen. Befinden Sie sich im Gerichtssaal?«

»Ja, ich befinde mich im Gerichtssaal.«

»Wollen Sie nun bitte Ihre Abweichung von der Norm beschreiben, wie Sie sie empfinden?«

Ein Laut von rasch durch die Zähne eingesogener Luft. »Das ist keine irrelevante Frage. Es ist eine Aussage – Sie haben Augen und können sehen.«

Jackson E-A-5611 . . .« Die Stimme des Richters klang träge und geringschätzig. »Die Vorschriften der Norm besagen, daß ein Abweichler, den man zur Verantwortung ziehen will, sich seiner Abweichung bewußt sein muß. Würden Sie nun bitte Ihre Abweichung dem Gericht gegenüber beschreiben?«

»Ich hatte das Pech, dem Markt mit einem ausgeprägten Gehirn zu entschlüpfen. Das ist hier nicht normal. Vielleicht aber bin ich auch ein Abweichler, weil ich meinte, es gäbe ein bestimmtes Maß an Informationen über die Erde und über unsere Ziele, das auch ohne die Erlaubnis der Norm wichtig wäre, erforscht zu werden. Vielleicht auch, weil ich beschloß, daß die Sache es wert sei, mich anderen anzuschließen, die diese Forschung verfolgten. Doch für euch bin ich deshalb ein einäugiges Monster, das man vernichten muß, ehe es in die falsche Richtung zu denken anfängt und alle anderen korrumpiert.«

»Offensichtlich ist Jackson sich seiner Abweichung nicht bewußt. Das entbindet ihn davon, sein Wiederverwertungszertifikat selbst zu unterschreiben. Wir sehen keine Schwierigkeiten, ihn unverzüglich zu ›Totentopf‹ zu verurteilen.«

»Um Himmels Willen! Ich habe Arme, Beine, Hände und Füße. Meine Augen sehen, meine Ohren hören. Also. Sagt mir, was mit mir los ist.«

»Würde die medizinische Expertin bitte den vergleichenden Normbericht abgeben?«

Man hörte Geraschel von Papier, und jemand stand auf. Dann sagte eine Altstimme: »Medizinischer Bericht, aufgenommen vor zwei Tagen, von Jackson E-A-5611, Größe: 180 cm. Der Norm auf Sigma-9 entsprechen aber 176 cm. Natürlich weist diese Diskrepanz auf nichts Endgültiges hin, aber es bedeutet dennoch eine Abweichung. Jackson E-A-5611 ist chronischer Nägelkauer, und zwar seit der Kindheit. Dies ist eine große Abweichung von der Norm, eine Neigung, die nur bei weniger als fünf Prozent vorkommt und ihn definitiv als ungewöhnlich kennzeichnet.«

»Ich bemerke, daß Sie die Standardkriterien übergehen, Doktor Lang«, unterbrach die Stimme des Richters.

»Ja, Euer Ehren. Aber wie Sie mir zuvor rieten, dachte ich im Hinblick auf die Zerstörung von Epsilon-7 vor so kurzer Zeit, daß ich die drastischeren Abweichungen auslasse.«

»Sehr gut. Ich wollte nur zu Protokoll geben, daß ich diesen Rat erteilte. Ich sehe, daß Captain Alva Einwand erheben will.«

Die Stimme des Captains sagte: »Keinen Einwand, Euer Ehren. Ich möchte nur sagen, daß die Zerstörung von Epsilon-7 genau den Grund darstellt, warum ich – und die anderen Captains – glauben –«.

»Gut«, unterbrach wieder die Stimme des Richters. »Dann wird Doktor Lang einen vollständigen Bericht über die Abweichungen abgeben.«

»Euer Ehren, das war nicht mein Ziel . . .«

»Ich habe einen gründlichen Bericht von Doktor Lang erbeten. Einen anderen Grund für Ihren Einwand kann ich nicht erkennen. Bitte, fahren Sie fort, Doktor Lang.«

»Aber, Euer Ehren . . .«

»Bitte, Doktor Lang.«

Wieder hörte man ein Gemurmel im Publikum, und dann fuhr die Altstimme fort: »Gewicht: 169 Pfund, verglichen mit dem Normgewicht von 162. Ich muß erwähnen, daß dieser Unterschied nur im Zusammenhang mit der Körpergröße von Wichtigkeit ist, denn so wird erst offenkundig, daß das Subjekt zwar größer als die Norm, aber dennoch proportional leicht untergewichtig ist.«

Da schaltete sich Jacksons gepreßte Stimme ein: »Ist das nicht eine fürchterlich komplizierte Ausdrucksweise für den Tatbestand, daß ich dank der Jagd durch eure Gewehrbrigade seit drei Monaten keine anständige Mahlzeit mehr genossen habe?«

»Jackson!«

Doktor Lang fuhr fort: »In Punkto Geschicklichkeit entspricht er einigermaßen der Norm. Er ist rechtshändig, und nach der Norm sind das neunundachtzig Prozent der Bevölkerung.«

Wieder ertönte Jacksons Stimme scharf und schneidend: »Ich bemerke, daß Sie Ihren Stift in der linken Hand halten, Doktor Lang. Würden Sie sagen, daß das auf eine Abweichung hindeutet?«

»Jackson, muß ich Sie daran erinnern, daß in verschiedenen anderen Städten die Einaugen bei ihren Verfahren nicht das Wort ergreifen dürfen? Gelegentlich verweigert man ihnen sogar die Teilnahme. Ich fände es ärgerlich, wenn ich zumindest zeitweise zu einem solchen Mittel greifen müßte.«

»Captain Alva . . .« Die Stimme klang jetzt nicht mehr gepreßt, sondern flehend.

»Jackson, ich tue mein möglichstes . . .«

»Es besteht ein geringer Unterschied in der Länge seiner Gliedmaßen. Der rechte Arm ist fast anderthalb Zentimeter länger als der linke. Die Norm läßt nur einen Zentimeter Unterschied zu. Die Beine sind gleich lang. Die Norm auf Sigma-9 ist aber, daß das rechte Bein zwei Millimeter länger ist. Beachten Sie bitte sein hageres Gesicht, für das ich keine Zahlenangaben gemacht habe, aber es entspricht gewiß nicht der Norm. Seine Nase ist zweimal gebrochen. Der Bevölkerungsprozentsatz, der sich Knochen bricht, beträgt 1,6 Prozent. Das schließt ihn definitiv von der Norm aus. Auch ein kleines Geburtsmal auf der rechten Schulter kennzeichnet ihn als Abweichler. In künstlich hergestellten Streßsituationen beträgt sein Schweißabsonderungsfaktor 9,75 – im Gegensatz zu 8,91 bei der Norm. Außerdem finden wir eine überdurchschnittliche . . .« Die Altstimme führte eine Reihe von Drüsensekretionen, submetabolischen Funktionen und tropalen Differenzierungen auf, die sich anhörten wie der Katalog eines modernen Biologen, der ein gerade entdecktes Lebewesen beschreibt. Nichts weniger, überlegte Joneny, verdiente solche Ausführlichkeit. Nach fünfzehn Minuten hielt Doktor Lang inne, und dann erklärte sie mit abgehackter Stimme, aus der Joneny die mangelnde Überzeugung heraushörte: »Aufgrund unserer extremen Situation bedeuten diese Einzelheiten insgesamt gesehen eine solche Abweichung, daß es für die Empfehlung einer Wiederverwertung im Totenkopf reicht.« Zustimmendes Geflüster erhob sich im Publikum und erstarb.

»Sie können, wenn Sie wollen, Doktor Lang weitere Fragen hierzu stellen«, sagte der Richter. »Wenn Sie sich die Zeit dazu nehmen wollen.«

»Ja, das möchte ich.« Die Antwort erfolgte rasch und verzweifelt.

»Dann beginnen Sie. Diese Fragen sind allerdings eine reine Formsache.«

»Euer Ehren haben mich heute an viele Dinge erinnert.« Es folgte eine erwartungsvolle Pause, aber der Richter blieb stumm. »Doktor Lang, Sie sind Wissenschaftlerin. Sie arbeiten eng mit dem Personal auf dem Markt und in der Biologie zusammen. Sie sind mit vielen der Navigationsoffiziere befreundet.« »Das stimmt.«

Doktor Langs Stimme wurde sogleich von der Stimme des Richters unterbrochen: »Ich weiß nicht, was das mit dem . . .«

»Bitte, lassen Sie ihn fortfahren«, sagte Captain Alva.

Stille. Dann wiederholte Doktor Lang: »Ja, das trifft zu.«

»Erinnern Sie sich, Doktor Lang, an den Fall vor zwei Jahren, als ein dreizehnjähriges Mädchen mit Namen Tomasa als erster Patient in den zehn Generationen der Stadt an Bauchspeicheldrüsenkrebs litt?«

»Ich erinnere mich an den Fall.«

»Wie rettete man Tomasa das Leben?«

»Mit der veralteten Technik der Radiomikrochirurgie.«

Wie haben Sie von der Existenz dieser Technik und von ihrer Anwendung erfahren?«

»Von einer alten Frau mit Namen. . .«

»Mavle TU-5, die sechs Monate später als einäugige Abweichlerin verurteilt und im Totenkopf exekutiert wurde!«

»Ich sehe immer noch nicht, was dies. . .« begann der Richter. Im Saal war es wieder unruhig geworden, und der Hammer übertönte nun laut zuschlagend die Stimmen. Aber sobald die Ordnung wieder halbwegs hergestellt war, hörte man Jacksons Stimme: »Captain Alva, als die Kreiselzentrierung für den Schwerkraftverteiler versagte, sind Sie nicht zu Ben Holden I-6 in einen Zweiwochenschnellkurs in Allgemeiner Relativitätsphysik gekommen, noch ehe Sie überhaupt wagten, das Gehäuse zu öffnen?«

Der Richter: »Das hat doch wirklich nichts mit dem Fall zu tun! Sie wurden gebeten, Doktor Lang Fragen nach dem Bericht über Ihre Abweichung zu stellen.«

»Ich frage aus Liebe zum Wissen. Ich sage, wir sind kein Haufen mutierter Monster. Ich behaupte, wir sind die einzigen hier, die das zu bewahren versuchen, was in dieser Barbarenhöhle, die ihr eine Stadt nennt, noch an Wissen übriggeblieben ist. Eure geliebte Norm! Die zwanzig Menschen irgendwo einkreist und sie wegen ihrer Liebe zur Geschichte vergast! Die einen Mann mit einem Haufen eigens dafür gezüchteter, zwanzigpfündiger Ratten aus seinem Versteck jagt, nur weil er sich in der Infinitesimalrechnung auskannte. Die eine Frau mit einem halben Dutzend pathologischer Viren impft, bis sie das Gödelsche Gesetz gesteht, um sie dann als unheilbare Mutantin zum Totenkopf zu schicken. Was ist das für eine Norm? Hat sie irgend etwas mit dem Standard der menschlichen. . .«

»Ruhe!« Der Hammer donnerte auf das Pult. Dann ertönte es langsam, immer lauter werdend: »Unsere Ahnen haben uns den Auftrag erteilt, *Menschen* zu den Sternen zu bringen. Keine Abweichung wird geduldet werden. Wie lange ist es her, daß die einäugigen Verräter Epsilon-7 übernahmen und zerstörten?«

Zwei Stimmen versuchten, zu unterbrechen, die Jacksons und Doktor Langs. »Aber Euer Ehren, wir. . .«

»Daß der letzte Funkkontakt mit einem Einauge geführt wurde, ist ausreichender Beweis dafür, daß sie als letzte die Verantwortung trugen, und daher auch dafür, daß sie zuvor die Herrschaft der Norm stürzten. Fünfzehntausend Menschen starben auf Epsilon-7: Sigma-9 wird diesem Beispiel nicht folgen. Angesichts einer solchen Bedrohung durch die Abweichler kann ich mich nur Doktor Langs Meinung anschließen und den Tod. . .«

»Entschuldigt, Euer Ehren!« Das war Captain Alvas Stimme, und sie klang verzweifelt. »Ich habe gerade eine Nachricht vom Kommunikationstor bekommen. Statik hat unsere Verbindung mit Delta-6 unterbrochen. Es kommen nur leise Hilferufe durch. Sie scheinen. . .« Man hörte ein Geräusch wie von einer Explosion, aber es hörte nicht auf.

Joneny zuckte zusammen. Zuerst dachte er, die Menschen im Gerichtssaal hätten eine Rebellion begonnen. Dann merkte er, daß es sich um wilde Statik handelte. Er drückte wieder auf den Schalter; der Lärm brach ab. Verwirrt und immer wieder von Entsetzen übermannt trat er zurück und zwang sich in die Gegenwart. Das Auditorium vor ihm war nicht mehr leer.

Er zuckte zusammen. Fast ein Viertel der Sitze war von blauhäutigen Jungen belegt, die alle schweigend der Prozeßaufzeichnung zugehört hatten. Joneny starrte sie mit offenem Mund an, und mehrere glitten, da die Aufzeichnung nun zu Ende war, von ihren Plätzen und schwebten in die eine oder andere Richtung. Joneny sah sich nach seinem Führer um und erblickte ihn endlich ausgestreckt auf seiner Druckausgleichkugel liegen.

»Wer . . . sind denn die?« fragte Joneny und deutete auf die Gestalten ringsum.

Der Junge steckte den Kopf herein und antwortete: »Ich habe es dir doch gesagt. Das sind die anderen von mir . . . die Kinder des Zerstörers.«

»Und was bist du?«

Der Junge glitt gänzlich in die Zelle und zuckte die Achseln, und als Joneny wieder in den Saal blickte, war er leer.

»Wolltest du nicht zum Totenkopf gehen?«

Joneny schüttelte den Kopf, nicht verneinend, sondern um besser denken zu können. Er überlegte immer noch, warum die Aufzeichnung des letzten Verfahrens so abrupt endete; außerdem versuchte er, das Verhältnis zwischen den Einaugen und der Norm zu begreifen. Es gab keine Erklärung für diese grünäugigen Jungen, die sich so sicher im Vakuum bewegten.

»Du hast aber gesagt, daß du es sehen wolltest.«

»Hm?« Auf nichts fiel ihm eine Antwort ein. »Oh, ja. Ja, sicher.«

»Folge mir einfach«, verkündete der Junge und fügte dann mit leicht tröstend wirkendem Tonfall hinzu: »Du wirst schon sehen.«

Der Junge zog den Kopf wieder aus der Blase, und Joneny steuerte nervös seine Kabine hinter ihm her.

VI

Darum ging es also in der Ballade, wenn vom Totenkopfhang die Rede war!

Die Blase mit Joneny war in einen Raum geglitten, der noch größer war als das Auditorium. Die Wände schwangen sich zu einem Spitzgewölbe auf. Das bläuliche Glühen veränderte sich ins Rote hinein. Der Boden bog sich aufwärts, die Decke senkte sich, und beide liefen in einen ungeheuer großen Trichter zusammen, der von einem schädelförmigen Gitter verschlossen war. Die große Tür an der Stelle, wo der Mund sein sollte, verstärkte die Ähnlichkeit mit einem Schädel noch. Joneny blieb unten auf dem Metallhang stehen und starrte eine ganze Minute lang darauf.

Schließlich senkte sich sein Blick, und er erspähte eine Nische. In ihrer Rückwand befand sich eine Tür. Mit klickenden Sandalen ging er darauf zu. Einen Augenblick später schob er die Tür auf und blinzelte, weil sich das Licht nun wieder zu Blau veränderte. Es war eine Wohnung, die nicht für die Schwerelosigkeit eingerichtet war, die jetzt in diesem Teil des Raumschiffes herrschte. Bücher waren von den Regalen getrieben und klebten wie Muscheln an den Wänden. Eine Lampe war den gleichen Weg gegangen. Als Joneny eintrat, blinkte die Birne, die seit einer Ewigkeit nicht mehr gestört worden war, einmal auf. Wer hatte hier wohl gelebt, fragte sich Joneny.

Sein Blick schweifte über die Bücher: *Moby Dick, Les Illuminations* von Rimbaud, *Voyage Orestes, The Worm Ouroboros.* Er hatte keines von ihnen gelesen und nur von einem gehört. Gegenüber befand sich eine weitere Tür. Wieder zog er sich die Außenhaut der Blase wie einen Handschuh über und öffnete sie. Für einen Sekundenbruchteil geriet er in Panik, weil das schwarze Ding, das ihm entgegenwehte, so lebendig schien. Aber es war nur Stoff. Überrascht streckte Joneny die Hand aus, nahm den Anzug aus dem Schrank und breitete ihn aus. Auf der Schulter war etwas befestigt, und als er die schwarzen Falten auseinanderzog, erkannte er ein Seil, ein Seil, das zusammengerollt auf einer Schulter hing, wie ein Emblem.

Ohne den leisesten Luftzug blähte sich der Anzug auf und schwebte hoch; hinter dem Kragen tauchte ein Teil auf, das er noch nicht gesehen hatte. Es war eine schwarze Kapuze, die das Gesicht verbergen sollte und zwei riesige Augenschlitze hatte.

Joneny runzelte die Stirn. Er hängte den Anzug wieder in den Schrank und schloß die Tür. Doch ein Ärmel blieb im Spalt stecken und baumelte in dem windlosen Raum langsam hin und her wie ein abgetrennter Arm. Wieder blickte Joneny auf die Bücher, die zwischen den Regalbrettern schwebten.

Eines war schwarz und groß und sah vertraut aus. Es war von der gleichen Art wie das, in dem Captain Brandt sein Tagebuch geführt hatte. Joneny zog es heran und öffnete die silbernen Seiten. Es war kein Tagebuch. Die Eintragungen waren rein statistisch und knapp. Auf der ersten Seite stand als Epigramm:

Herr, was tue ich hier. . .

Dann folgte:

Exekutiert 2 Uhr. . . Name und Datum. Heute morgen um 6:30 exekutiert: . . . Name und Datum. Heute nachmittag exekutiert . . . Name und Datum.

Das Buch war nur halbvoll. Joneny suchte nach der letzten Eintragung: . . . heute abend 11:45; Einauge Jackson E-A-5611.

Die Worte, die er in Gedanken aussprach, waren auch in der Blase zu vernehmen. Er wandte sich zu dem Jungen um, der eine sonderbar schlichte Melodie sang:

»Auf dem Totenkopfberg ein anderer Mann stand,
vor dem Gesicht eine Maske und ruhig die Hand.
Über die Schulter ein Seil geschlungen war,
auf dem Totenkopfhang stand er schweigend und starr.«

Joneny ließ das Buch aus den Händen gleiten, ging zur Tür der Henkerswohnung und blickte auf den Totenkopf.

Die Kinder des Zerstörers, jetzt etwa siebenhundert, standen alle auf dem Hang, der sich zu dem Schädel hochzog. Sie drehten sich um und sahen ihn an. Ihre mageren Körper warfen dünne Schatten in die karminrote Höhle.

Joneny drehte sich wieder um. Der Junge stand jetzt außerhalb der Blase. Die Worte: *Was bist du?* drängten sich in seine Gedanken, aber ehe er sie aussprach, zuckte der Junge schon wieder die Achseln. Joneny dachte drei Sekunden lang darüber nach, ehe er fragte: »Du kannst meine Gedanken lesen, nicht wahr?«

Der Junge nickte.

»Kannst du daher so gut sprechen?«

Wieder nickte der Junge.

»Und du behauptest, du wüßtest nicht, wer du bist?« fragte Joneny, der versuchte, Stimme und Gedanken unter Kontrolle zu halten.

Der Junge nickte ein drittes Mal.

»Warum versuchst du nicht, es herauszufinden?« Joneny winkte dem Jungen, der vortrat und (plopp) wieder in die Blase stieg.

»Gehen wir zurück zu meinem Kreuzer, ja?«

»Gut«, antwortete der Junge.

Sie glitten zurück, von der Totenstätte aus durch einen blauen Gang, durch das Gericht und hinaus in die hohle Wunde des Raumschiffes, in der Jonenys Kreuzer zwischen den Streben hing.

Die Blase fiel durch den offenen Raum auf das silbrige Rechteck zu. Wenige Schritte vor der Tür verlangsamte Joneny das Tempo. »Ich möchte, daß du draußen bleibst, bis ich dich hereinrufe«, sagte er.

»Ist gut.«

Joneny steuerte die Blase vor, und der Junge ploppte durch die Rückwand hinaus. Das Selektorfeld glitt an der Kugel vorbei, und Joneny verspürte wieder die alte Schwere. Er ließ die Blase zusammenfallen und trat sie wie einen Zellophanball in die Ecke. Dann sah er zur Tür hinaus. Der Junge stand im Licht des Kreuzers in sechs Meter Entfernung und winkte ihm zu. Joneny winkte zurück und ging zum Kontrollpult.

Noch einmal warf er einen Blick auf den Jungen, ehe er das Schiff auf Zeitstasis schaltete. Wieder ging er zur Tür und blickte hinaus. Jetzt würde sich in der Dunkelheit draußen nichts bewegen können, überlegte Joneny, denn relativ gesprochen war alles außerhalb des Schiffes in diesem Augenblick in der Zeit festgehalten, wenn man es auch so ausdrükken konnte, daß Jonenys Kreuzer festgehalten war.

»Jetzt kannst du reinkommen«, sagte Joneny. Er erwartete, daß eines von zwei möglichen Dingen geschähe. Entweder würde der Junge an Ort und Stelle verharren, oder er trieb nun durch die Tür. Joneny hoffte auf letzteres: Das würde zu dem sonderbaren Geflacker passen, das er zuvor um Sigma-9 gesehen hatte und das ebenfalls die Zeitstasis ignorierte. Es wäre der Beginn der Definition, worin die Nichtmenschlichkeit des Jungen bestand, und seine Unkenntnis der Zeit würde seine Mißachtung des Raumes weniger seltsam wirken lassen.

Joneny erwartete nur eine von diesen beiden Möglichkeiten. Aber keine trat ein; stattdessen explodierte alles.

Eine purpurne Lichtwelle rollte vor der Tür durch die Streben. Die Schwerkraft im Kreuzer spielte verrückt; Joneny wurde in schwindelerregenden Wellen abwechselnd leichter und schwerer. Die Gestalt des Jungen funkelte in einem Geysir grüner Strahlen auf, die auf die Tür des Kreuzers zuflogen und ihn verfehlten.

Alle Lautsprecher auf dem Schiff begannen in verschiedenen Tonlagen zu stöhnen. Als Joneny zum Kontrollpult taumelte, geschah etwas mit seinen Augen. Der Raum verdoppelte, vervierfachte, verachtfachte sich, und seine Hand, die nach dem Schalter suchte, welcher das Schiff wieder in die normale Zeit bringen sollte, verlor sich zwischen unendlich vielen Möglichkeiten und Entscheidungen. Dann verdrehte sich sein Kopf.

Er fiel, umkreiste große pulsierende, gedankliche Leuchterscheinungen. Vor ihm glühte ein weißes Licht auf, so schön, daß er weinen wollte. Er wandte sich ab und war nun einem blendend kühlen Grün ausgesetzt, das ausgesprochen komisch wirkte. Er glitt darauf zu und wurde von trauriger Hitze umhüllt. Durch eine lange Halle rollte ein Gesicht auf ihn zu, das Gesicht eines Mannes mit grünen Augen, dunklem Haar und hohen Wangenknochen. Das Gesicht rollte über ihn, und er streckte die Hand aus, um es fortzuschieben, doch seine Hand bewegte sich weiter, vermeintlich kilometerweit, bis sie auf den Zeitschalter fiel.

Und dann stand er vor dem Kontrollpult mit einer leichten

Übelkeit, aber ansonsten in Ordnung. Er sank in sein Netz und wandte das Gesicht zur Tür, gerade rechtzeitig, um den Jungen eintreten zu sehen.

»Was ist geschehen?« fragte Joneny.

»Du . . . hast mich hereingerufen. Aber ich konnte nicht. . .«

»Was?«

»Ich konnte dich nicht hören. Daher hat mir mein . . . Vater . . . Vater? . . . Solche Worte kennt ihr nicht. Mein Vater hat mir gesagt, du hättest mich gerufen.«

»Wovon sprichst du?« fragte Joneny.

»Mein . . . Vater . . . aber eigentlich ist er kein Vater. Der Zerstörer.«

»Was ist der Zerstörer?«

»Er kommt . . . daher, wo ich herstamme.«

»Als ich dich fragte, woher du stammst, sagtest du, von diesem Raumschiff, Sigma-9.«

»Genau. Und dort ist auch mein Vater.«

»Und wo auf dem Schiff befindet er sich?«

Der Junge runzelte die Stirn. »Überall.«

Joneny schloß die Tür. »Ich fahre jetzt nach Beta-2«, sagte er. »Vielleicht finden wir dort etwas.« Er versuchte, die Lähmung abzuschütteln, die dieser letzte seltsame Vorfall bei ihm verursacht hatte, löste den Kreuzer von den Streben und steuerte auf das Loch in der Hülle von Sigma-9 zu.

Der Iridiumzellencomputer, der die ganze Zeit über gesummt hatte, ließ plötzlich seine Ergebnis-Anzeige aufblitzen. Joneny öffnete den Bandkasten und ließ die Antwort durch seine Finger gleiten. Der Computer war nur zu einem einzigen Resultat gelangt: daß Sigma-9 aufgerissen worden war – von außen aufgerissen, so, wie man die Schale von einer Orange reißt!

»He, halt!« sagte der Junge. Sie befanden sich auf halbem Weg zwischen den beiden Raumschiffen.

»Warum?«

»Halt dein Schiff an.«

»Wozu?«

»Du wirst schon sehen. Halt an.«

Joneny steuerte das Schiff in eine Warteschleife.

»Jetzt schalt die Stasis ein.«

Vorsichtig schaltete Joneny das Schiff in Stasis. Nichts geschah.

»Und jetzt blick zurück auf Sigma-9. Dann wirst du meinen Vater sehen.«

Verwirrt drehte Joneny den Sichtnehmer zurück auf das gerade verlassene Wrack. Wie zuvor glühte und schimmerte es in völliger Mißachtung ihrer zeitlichen Position.

»Das Flackern«, sagte der Junge. »Das ist er.«

»Was?«

»Das ist der Zerstörer.«

VII

Beta-2 blieb stumm. Die Schleusen öffneten sich ohne ein Wort aus den Robotlautsprechern. Die Gänge waren hier zwar luftgefüllt, aber ohne Schwerkraft. »Ich suche nach Aufzeichnungen«, sagte Joneny zu seinem Begleiter, als sie sich durch die dreieckigen Flure einen Weg suchten.

»Hier«, sagte der Junge.

Sie betraten einen Raum, der wohl einst die Bibliothek des Schiffes gewesen war. »Das sind die letzten Aufzeichnungen«, sagte der Junge und trat zu einer Reihe von Büchern hinter Glas. Joneny öffnete die Schranktür. Auf den Regalen reihten sich schwarze Bücher aneinander, die Logbücher für den gesamten Reiseverlauf. Joneny nahm das erste heraus, dann noch eines. Es waren Aufzeichnungen über den Markt und die Nahrungsmittelproduktion; er hatte absolut keine Ahnung, wo er beginnen sollte, aber der Junge suchte einen Band aus und reichte ihn ihm.

»Das ist der von meiner Mutter.«

Ehe sich dieser Gedanke setzen und zu Bedeutung aufblühen konnte, klappte der Deckel auf, und Joneny las: »Das ist das Logbuch von Beta-2, alleiniges Eigentum von Captain Leela RT-857.«

»Mutter?« Joneny fiel wieder seine neue Interpretation dieser Zeile ein:

Und trug ein grünäugiges Kind.

Der Junge nickte. »Blättere weiter bis zu dem Tag, als das erste Schiff angegriffen wurde.« Er faßte Joneny über die Schulter und suchte. Die Stelle befand sich fast am Ende:

»Heute nachmittag erhielten wir die Nachricht, daß wir das Meer verlassen haben und in leichten Sand geraten sind. Die Werte in der ersten halben Stunde lagen bei Ende dreißig, was bei mir eine sonderbar lähmende Beunruhigung auslöste, die ich bei all dem Unsinn über die Einaugen in der letzten Zeit so häufig empfinde. Aber die Werte sanken auf drei und blieben in den letzten zwei Stunden so. Jeder Sand ist gefährlich, aber so lange es so wenig bleibt, können wir noch Jahre durchhalten. Doch die Unsicherheit darüber, ob er nun zunehmen oder aufhören wird, wirkt sehr beunruhigend. Als ich, früher an diesem Abend, die Personalversammlung verließ, beschloß ich, dem Einaugenviertel einen Besuch abzustatten. Als ich über den Zentralplatz der Stadt ging, traf ich Richter Cartrite.

›Was führt Sie denn in diesen Teil des Schiffes?‹ fragte er.

›Ich gehe nur spazieren‹, antwortete ich.

›Sehen sich Ihre Untertanen an, was, Lee?‹ Er wies auf die Menschen ringsum.

›Ich gehe nur spazieren, Richter‹, wiederholte ich.

›Nun, wir scheinen in die gleiche Richtung zu gehen. Spazieren wir doch ein wenig zusammen und geben damit ein Bild der offiziellen Solidarität ab.‹

›Ich wollte hier abbiegen‹, erwiderte ich, aber er begleitete mich weiter über den Steg.

›Haben Sie schon etwas über die neue rituelle Gruppe gehört, die sich drüben im Quadranten zwei gebildet hat? Sie haben ein paar elegante neue Komplexitäten bei den Ritualen entwickelt, die ich vor zehn Jahren eingeführt habe. Das gibt einem das Gefühl, etwas erreicht zu haben. Wissen Sie...‹ Sein Ton senkte sich. ›... ich höre kaum jemals, daß Offiziere der Stadt die rituellen Gruppen besuchen. Sie sollten sie ein wenig dazu ermutigen, Lee. Wir brauchen Solidarität.‹

›Ich lächelte ihn an. Wir haben viel zu tun, Richter. Sehen wir doch den Tatsachen ins Auge: Die Rituale sind größtenteils Zeitverschwendung.‹ Ich lächelte, um nicht vor ihm auszuspucken, glaube ich.

›Sie bedeuten den Menschen aber eine Menge.‹

›Ich werde einen Aushang machen‹, versprach ich. Am liebsten würde ich ihn ihm aufs Gesicht kleben.

Richter Cartrite grinste. ›Mehr kann man nicht verlangen.‹ Als wir auf der anderen Seite des Platzes ankamen, blieb er stehen. ›Wollten Sie hier abbiegen?‹

›Ich fürchte, ja.‹ Ich ließ ihn am Lift zum Verwaltungsbereich stehen.

Der hohe Gang war leer. Meine Schritte lösten ein Echo aus. Dann endete der Flur vor dem Netz, das sich dämmrig und riesig vor mir ausbreitete, durchzogen von Laufstegen und freien Gängen. Es ist ein solches Gewirr, daß man keine hundert Meter weit hineinblicken kann. Als ich am Rande des sich vor mir auftuenden Abgrunds stand, erinnerte ich mich, wie gern wir als Kinder hier gespielt hatten. Wir hatten immer schreckliche Angst, uns dort unten zu verlieren. Aber jetzt holte ich nur kurz Luft und schob mich über den Rand. Die Schwerkraft schwand, und ich schwebte auf das Gewirr der Streben zu, die das Netz bilden. Man braucht eine gewisse Geschicklichkeit, um sich von der normalen Schwerkraft in die Schwerelosigkeit fallen zu lassen. Manche lernen es nie. Mehr als ein Körper ist schon mit gebrochenem Hals im Totenkopf gelandet, weil er mit dem Kopf gegen eine Sammelschiene oder eine Wandplatte gestoßen war. Ich zog mich hinab auf den Boden und hielt mich an einem Geländer fest. Es ist sehr offenkundig, daß dieser Teil des Raumschiffes nicht als Wohnsektor geplant war. Bestimmte Reparaturen werden hier vorgenommen, aber die verborgenen Gänge und künstlichen Höhlen, die Nischen und Pfade des Mittelteils werden von den Bürgern der Stadt niemals betreten. Dennoch sollen an die sechs-, siebenhundert Menschen hier wohnen. Von der anderen Seite meiner Stützplatte konnte ich das Gehäuse für das kleine Bremsgyroskop sehen, eine gerillte Kugel aus Metall von gut zwanzig Metern Durchmesser. Ich schwang mich auf eines der Leitkabel zu. Es schwebte mir entgegen. Ich schnappte es und zog mich auf den Boden herab. Vom Spielen mit anderen Kindern am Rand des Netzes hatte ich gelernt, daß ein einzelner magnetischer Schuh sehr nützlich sein konnte. Zwei waren bereits lästig. Jetzt stand ich also mit einem Fuß auf dem Gehäuse.

Ich betätigte gerade einige Male meinen Gürtelkommunikator, um die anderen wissen zu lassen, daß ich da war, als eine leise, vertraute Stimme hinter mir fragte: »Warum tust du das?«

Ich unterdrückte den Impuls, herumzuwirbeln – und mich dabei vielleicht loszureißen. Die Stimme kicherte, und ich versuchte, über die Schulter zu blicken. ›Ralf sagt mir jedes Mal, wenn ich hierher komme, du wüßtest sofort, wenn ich die Schwerkraft verlasse, daß ich hier bin, aber ich möchte trotzdem Bescheid geben. Ich habe keine Zeit, den ganzen Tag auf einem Bein zu stehen.‹

Wieder kicherte die Stimme.

›Bist du das, Timme?‹ fragte ich. Ich drehte mich langsam um, und er, der sich fünfmal so schnell wie ich bewegen konnte, rückte immer wieder aus meinem Blickfeld.

Schnell drehte ich mich in die andere Richtung, und er schwebte, immer noch kichernd, vor mir.

Timme ist vielleicht siebzehn oder achtzehn. Er ist ein dunkelhäutiger Junge mit ungeschnittenen schwarzen Haaren; seine Kleider sind unbeschreibbare Lumpen. Timme fehlt ein Arm, und der linke Ärmel ist einfach an der Schulter zusammengeknotet. »Du willst Ralf besuchen?« fragte er.

»Deshalb bin ich hergekommen«, antwortete ich.

»Aye, aye, Captain Lee«, sagte er und neigte den Kopf mit einem leicht spöttischen Lächeln zur Seite.

Mit seiner einen Hand löste er ein Seil von der Hüfte und warf mir das Ende zu. Ich knüpfte eine Schlinge, ließ sie über Kopf und Arme gleiten und zog sie vor der Brust zu.

Timme schlang sich das andere Ende mehrere Male um das Handgelenk – was ich immer ein wenig unsicher fand – und sagte: »Stoß dich ab!« Ich löste meinen magnetischen Stiefel. »Wir gehen in die Richtung«, sagte er und deutete auf den

Spalt zwischen zwei riesigen Säulen, die etwa drei Meter voneinander entfernt standen. Dann duckte er sich wie ein Frosch und sprang von dem Gehäuse in die völlig falsche Richtung! Das verwirrt mich jedes Mal in der Schwerelosigkeit: Wie kann man seine Richtung überhaupt bestimmen? Das Seil spannte sich. Ich wurde mitgezogen, etwa dreimal so schnell, wie ich selbst zu schweben wagte. Dann ließ das Seil Timme herumwirbeln, und der Zug ging in die entgegengesetzte Richtung. Da wir an beiden Enden des Seils hingen, stellten wir ein recht komplexes Gewicht dar. Gemeinsam rotierten wir nun direkt auf den Raum zwischen den Trägern zu.

Ein Ausflug durch das Netz ist vermutlich viel besser als das, was unsere Ahnen Rollschuhfahren mit den Händen in den Taschen nannten. Alle fünf bis sechs Sekunden wurden wir in eine andere Richtung gerissen.

Dann befanden wir uns wieder im freien Raum; und vor uns drehte sich der Ring. Inmitten des verwirrenden Netzes hatte man eine Kreisbahn von hundert Metern Durchmesser entdeckt, die ringsum Objekte von zehn, zwölf Metern Breite zuließ. In ihr hatten die Einaugen einen Metallring konstruiert, der von der überschüssigen Energie des Schiffes gedreht wurde. Darauf hatte man kleine Wohnwürfel befestigt, in denen vier Fünftel der normalen Schwerkraft herrschten. Die Häuser selbst, ziemlich wacklige Kästchen, die gelegentlich einfach abbrachen und eine Menge Schaden verursachten, hingen daran wie die Gondeln an einem alten Riesenrad. Ich bin sicher, einen fahrenden Zug zu besteigen war nicht schwerer, als in den Ring zu gelangen. Ich schaffte es immer nur mit geschlossenen Augen und ließ mich einfach ziehen.

Timme schwang sich auf die wirbelnden Metallplattenhüttchen zu, und ich hielt mich am Seil fest und schloß die Augen. Einen Moment später wurde ich in die Schwerkraft gezogen. Die Einaugen haben allgemein, auch wenn sie körperlich behindert sind wie Timme, eine Geschicklichkeit entwickelt, die den weniger abenteuerlichen Teil der Bevölkerung immer wieder bestürzte. Das ist sicherlich einer der Gründe für die Angst vor ihnen.

Als ich die Augen wieder öffnete, schloß Timme gerade die

Falltür. Ich saß auf dem Boden, und Merril stand neben mir und sagte: ›Hallo, Captain Lee, was führt Sie heute abend hierher?‹

›Ich wollte mit Ihnen und Ralf über ein paar Dinge sprechen. Haben Sie von der Wüste erfahren, die wir gerade befahren?‹

Sie reichte mir die Hand, als ich aufstand. ›Ja, doch daran kann man nichts machen. Sie kommen doch sicher nicht den ganzen Weg hier heraus, um uns etwas zu erzählen, was unsere Instrumente ebensogut anzeigen wie Ihre?‹ Ihre Stimme klang, genau wie die von Timme, leicht höhnisch.

›Es geht um mehr‹, antwortete ich. ›Ist Ralf da?‹

Merril nickte. Diese beiden, Ralf und Merril, galten mehr oder minder als die Anführer der Einaugen, wenn auch das Netz ihrer Gesellschaft vertikal und horizontal so flexibel ist, daß diese Bezeichnung vielleicht zu präzise ist.

›Kommen Sie mit‹, sagte sie. ›Er hat Ihre Signale empfangen. Wir erwarten Sie schon.‹

Wir schritten durch einen niedrigen Gang. Durch ein Fenster fiel unruhiges Licht von draußen auf die gegenüberliegende Wand und erinnerte uns an die wirbelnde Konstruktion, an der wir hingen. Als wir das Nebenzimmer betraten, blickte Ralf lächelnd von seinem Schreibtisch auf.

›Captain Leela! Was kann ich für Sie tun?‹

Wir befanden uns in einem gemütlichen Büro mit ein paar Aktenschränken an den Wänden. Daneben hingen zwei Gemälde. Das eine war die *Auferstehung* von einem alten Maler, Tizian, das andere stammte von einem Künstler des Schiffes aus der zweiten Generation: abstrakt, eine wirbelnde Dunkelheit in die andere übergehend, schwärzlich und grün.

›Was Sie für mich tun können?‹ fragte ich. ›Reden Sie zu mir wie ein intelligenter Mensch, in Sätzen, die ich in einen logischen Zusammenhang setzen kann. Vielleicht sagen Sie auch ein paar lustige Dinge, etwas über die lächerlichen Dummheiten der Stadt, und vielleicht vermischen Sie es mit ein paar Ratschlägen.‹

›Steht es so schlecht?‹

Ich setzte mich auf der anderen Seite des Schreibtisches in das von der Decke hängende Netz. Merril ließ sich neben einem der Aktenschränke nieder. Timme sah ich ruhig in einer Ecke hocken, obwohl ihn niemand zum Bleiben aufgefordert hatte. Aber weder Ralf noch Merril schienen ihn loswerden zu wollen.

›Auf dem Weg hierher stieß ich auf Richter Cartrite. Er schlug vor, daß die Offiziere jetzt auch an den Ritualen teilnehmen sollen. Hölle, ich kann jetzt kaum noch mehr machen, als sie davon abzuhalten!‹

›Was passiert denn bei den Ritualen?‹ fragte Timme aus seiner Ecke.

›Glücklicherweise wirst du niemals etwas damit zu tun haben‹, erwiderte Ralf. ›Das ist einer der Vorteile, wenn man hier draußen lebt. Du kamst hierher, als du nur drei Jahre alt warst. Aber einige von uns, die ein wenig länger brauchten, um hier zu landen, wissen zu viel darüber, was dort geschieht.‹

Timme – das hatte mir Ralf bei meinem letzten Besuch erzählt – war als Kind ins Netz gefallen und dort mehr als dreißig Stunden herumgeschwebt, ehe man ihn entdeckt hatte. Er war schließlich von einem der riesigen Ventilatorschächte angesaugt worden, die die Luft mit einer Geschwindigkeit von einhundert Kilometern in der Stunde anziehen. Sein Arm war zwischen zwei Propellerblätter geraten und oberhalb des Ellbogens abgerissen worden. Aber anstatt ihn dorthin zurückzuschicken, wo er von der Norm verfolgt worden wäre, die in jenem Jahr eine besonders strenge Auslese an den Kindern traf, hatten ihn die Einaugen bei sich behalten und gesundgepflegt.

›Eine Menge Menschen versammeln sich und verrichten stundenlang völlig bedeutungslose Dinge, für die man sich unmögliche Gründe ausgedacht hat – wie zum Beispiel fünf Minuten auf dem Kopf stehen und dann ein Glas mit rosa Wasser trinken, und das siebzehn Mal hintereinander, eingedenk dessen, daß sich der Poolraum siebzehn Mal in der Stunde dreht, um seine Schwerkraft beizubehalten. Und die rosa Flüssigkeit ist zu Ehren der roten Schleier von Sol. . .‹

Timme lachte. ›Doch, ich weiß, was sie tun, zumindest ein paar der Dinge. Aber ich meine, *warum* tun sie es?‹

›Wenn ich das nur wüßte‹, antwortete ich.

›Stimmt das?‹ fragte Merril.
›Was meinen Sie?‹
›Warum begehen sie Ihrer Meinung nach die Rituale?‹
›Weil sie nichts besseres zu tun haben. Sie brauchen etwas, auf das sie ihre Gedanken ausrichten können, und sie haben nicht die Nerven, hierher ins Netz zu kommen und zu kämpfen.‹
Jetzt lachte Ralf. ›Wenn sie alle hierher auswanderten, Leela, gäbe es keinen Kampf mehr. Wir würden alle sterben. Auf unsere eigene Weise leben wir von euch Leuten im offiziellen Teil der Stadt. Wir kämpfen und stehlen vielleicht ein wenig aus den Farmüberschußläden oder handeln mit euch, wenn es um eine besondere Kenntnis geht, über die ihr nicht verfügt. Wir sind nur die Leute, für die die Rituale nicht funktionieren und die ein wenig verrückt spielen würden, wenn wir nicht den Radarsektor der Stadt rekonstruierten, nur als Miniatur, als Hobby, oder wenn wir keine Verbesserungen an einem Modell der hydroponischen Gärten entwickelten – nicht der Nahrung wegen, sondern aus Spaß. Oder wenn wir nicht Farben und Formen auf Leinwände auftrügen als Ausdruck unserer Imagination. Vielleicht sind das alles nur andere Rituale?‹
In dem Augenblick stand Timme auf. ›Ist es nicht schon Zeit, daß Hodge kommt?‹
›Genau‹, sagte Merril. ›Er wird es bis zum Rand des Weges schaffen. Geh nur und bring ihn herüber auf den Ring.‹
Timme sprang zur Tür hinaus.
›Hodge?‹ fragte ich.
›Mmhmm‹, nickte Merril.
›Besucht der Sie auch?‹
›Er ist oft einsam‹, antwortete sie. ›Vielleicht einsamer als Sie.‹
›Komisch‹, sagte ich. ›Manchmal sehe ich ihn über den Zentralplatz spazieren. Niemand spricht mit ihm, und alle weichen ihm aus. Aber er geht umher, betrachtet Dinge und Menschen. . . Ich glaube, niemand spricht mit ihm. Wenn das schon im offiziellen Teil so ist, bin ich überrascht, daß ihn hier jemand einläßt.‹
›Warum?‹ fragte Merril mit dem Anflug eines Lächelns.

Ich zuckte mit den Achseln. ›Nun . . . er ist doch verantwortlich für . . . Ich meine, wann immer die Rechtsabteilung es sich in den Kopf setzt, die Norm durchzusetzen. . .‹ Ich brach ab.

›Verantwortlich?‹ fragte Merril.

Wieder hob ich die Schultern. ›Ich verstehe, wie Sie das meinen. Er führt nur Befehle aus.‹

›Hodge ist ein sehr einsamer Mann‹, sagte Ralf. ›Die meisten hier unten im Netz sind einsam. Vielleicht sollten wir Angst empfinden, aber wir sind auch ein ganz schön selbstmörderischer Haufen.‹

›Hodge kommt zweimal in der Woche her‹, erzählte Merril. ›Er verbringt den Abend mit uns, ißt hier oder spielt mit Ralf Schach.‹

›Zweimal in der Woche?‹ fragte ich. ›Ich bin schon überrascht, wenn er zweimal im Jahr in den offiziellen Teil kommt.‹

›Wissen Sie, ich denke oft, daß Hodge und Sie viel gemeinsam haben.‹

›Wie meinen Sie das?‹

»Nun, Sie sind die einzigen beiden Leute, denen es nicht gestattet ist, sich einen Partner zu suchen, zum Markt zu gehen und Kinder großzuziehen.«

›Mit dem Unterschied‹, erinnerte ich ihn, ›daß ich zurücktreten und jederzeit Mutter spielen kann, wenn ich will, während Hodge auf Lebenszeit auf seinem Job festsitzt.‹

Ralf nickte. ›Aber Sie sind auch beide auf Ihre Weise für das ganze Schiff verantwortlich, nicht nur für einen Sektor. Selbst Richter Cartrite hat keine wirkliche Macht über die Einaugen, es sei denn, er fängt uns. Aber Ihnen müssen wir ebenso gehorchen wie alle anderen auf dem Schiff.‹

›Ich weiß‹, antwortete ich. Dann fügte ich hinzu: ›Diese Verantwortung, Ralf, Merril, genau über die wollte ich mit Ihnen sprechen. Irgendwie habe ich das Gefühl, daß ich mich, auch wenn ich die Rituale einfach nur stattfinden lasse, meiner Verantwortung entziehe. Oh, Sie haben mir ein paar Mal, als wir über die Rituale sprachen, gesagt, wie hätten alle unsere Riten, von meiner Pflicht als Captain über irgendeine arme Kreatur, die zu Ehren der Reise zu den den Sternen einen kleinen Stahlball auf eine Rampe schiebt, bis hin zu Ihren Forschungen in Politischer Wissenschaft der Alten Erde. Aber man muß doch zwischen ihnen unterscheiden. Ich sehe mir die Kinder an, die im offiziellen Sektor spazieren gehen, und dann blickte ich auf Timme mit seinem einen Arm. Timme ist lebendig und aufmerksam, das sieht man schon an seinem Gesicht. Es gibt da einen Jungen bei Parks, der Marktwissenschaft lehrt, ein kluger Kerl. Aber jede Reaktion erfolgt wie in Zeitlupe. Parks erzählt mir, daß der Junge entsetzt ist über unsere Gleichgültigkeit gegenüber den Ritualen und denkt, wir seien alle dumme Flegel ohne Interessen an den höheren Dingen.‹

Ralf wartete, daß ich fortführe, als ich mich auf meinem Sitz umdrehte.

›Aber worauf das alles hinausläuft, ist – und das scheinen alle vergessen zu haben –, daß wir eines Tages keine Städte mehr haben werden. Eine schöne, neue Welt wird im Dunkel vor uns hängen, auf der wir gegen natürliche Kräfte kämpfen und auf der wir Essen suchen, aufspüren und jagen müssen; Essen, das uns nicht vom Rollband aus den hydroponischen Gärten entgegenkommen wird. Gut, Sie und ich werden sie nie kennenlernen, aber es dauert jetzt keine fünf-, sechshundert Jahre mehr, sondern nur noch einhundertfünfzig bis zweihundert. Und wenn ich so über alles nachdenke, möchte ich lieber einen Timme auf die neue Welt loslassen, der kämpft, als den kleinen klugen Jungen von Parks. Wenn ich die Stadt zu einem Haufen leergesichtiger Ritualfolger verkommen lasse, erfülle ich meine Aufgabe nicht.‹

Ein paar Sekunden lang herrschte Stille. Ich fragte mich, welche Antwort Ralf wohl geben würde. Merril schien keine parat zu haben.

In dem Augenblick platzte Timme herein: ›Hier ist Hodge.‹

Ich wandte mich zur Tür, als Hodge eintrat. Er war groß, hatte hohe Wangenknochen und tiefliegende Augen. Die schwarze Kapuze war aus dem Gesicht geschoben, und als er auf der Schwelle stehenblieb, schwang das Seilemblem von seiner Schulter auf die Brust. Seine schwarze Uniform machte mir alle anderen Farben im Raum bewußt; die Gemälde, die ich für sehr düster gehalten hatte, schienen nun zu leuchten.

Wir unterhielten uns ein wenig bis zum Essen, dann entschuldigte ich mich. Timme führte mich den hektischen Weg zurück zum Ausgang des Netzes. Dieses Mal behielt ich die Augen auf. Ich sah, wie viele Einaugen den irrwitzigen Sprung auf den Ring schafften, als träten sie einfach vom Bordstein.

Timme, der mich wieder am Seil zog, erriet meine Gedanken. ›Sie wissen, daß Hodge sich im Netz fast ebenso gut bewegen kann wie ein Einauge‹, sagte er. ›Für den Sprung benötigt er immer noch Hilfe. Doch er braucht nur noch etwas mehr Übung.‹

Er löste mich und schob mich in den Gang. Die Schwerkraft umgab mich, und ich stolperte vorwärts. Dann drehte ich mich um, um Timme zuzuwinken, und ging zurück in mein Büro.«

VIII

Zweiter Eintrag:

»Parks hat mich heute früh um halb vier geweckt, um mir als erster Bericht zu erstatten. Er hatte die Nachtwache auf dem Markt, daher bemerkte er es so früh. Ich stand auf und drückte den Empfängerknopf des Notinterkoms: ›Was, zum Teufel, ist los?‹ fragte ich. ›Sind die Sandwerte wieder gestiegen?‹

›Captain, hier ist Parks unten auf dem Markt.‹

›Was in allen Welten wollen Sie so früh am Morgen?‹

›Ich habe gerade den Sandzähler überprüft, Captain. Die Werte sind konstant. Aber hier gibt es noch etwas anderes, etwas Schlimmeres. . .‹

›Oh?‹

›Die harte Strahlung hat sich überall in der Stadt verdreifacht. Es reicht nicht, um Leuten in Ihrer Gegend Schaden zuzufügen, aber ich mache mir Sorgen wegen der Wirkung auf die Föten hier. Ich habe versucht, die Regale abzuschirmen, aber ich weiß nicht, wieviel das bringt.‹

›Wo liegt denn der Fehler? Haben Sie herausgefunden, welcher der Reaktoren verrückt spielt?‹

›Genau da liegt das Problem. Es ist keiner der Reaktoren. Es kommt von außerhalb des Schiffes.‹

›Sind Sie sicher? Haben Sie bei den anderen Schiffen angefragt, ob sich bei denen etwas Ähnliches abspielt?‹

›Ich wollte zuerst Sie benachrichtigen, Captain, und auf Ihre Anweisungen warten.‹

›Dann werde ich Alpha-9 anrufen und hören, wie es dort aussieht.‹

›Gut, Captain. Kann ich mithören?‹

Ich bekam Anschluß zur Neun und wartete fünf Minuten auf Riches Antwort. Endlich hörte ich seine Stimme: ›Leela! Wie geht's denn meinem Mädchen heute?‹

›Es ist verwirrt‹, antwortete ich. ›Unsere Stadt wird von Strahlung überflutet. Bislang ist sie nicht sehr hoch, aber sie stammt von draußen, wie man mir sagt.‹

›Bei euch auch?‹ Seine Stimme klang nun ein wenig besorgt. ›Mich hat vor zwanzig Minuten jemand geweckt, um mir das gleiche mitzuteilen. Ich habe ihn angewiesen, alles von oben bis unten zu überprüfen, und bin wieder ins Bett gegangen. Ich hatte hier einen harten Abend, weil ich mit Richter Philots gestritten habe. Jemand in einem der Schwerelosigkeitsektoren hat sich zu fest abgestoßen und sich den Schädel zertrümmert. Zwei Einaugen fanden ihn und versuchten, ihm zu helfen, aber er starb. Jetzt will der gute Richter sie anklagen, weil sie einen Bürger belästigt haben. Ich habe ihn den ganzen Abend angebrüllt, bis er müde wurde. Aber ich bin auch völlig fertig. Was hat es bloß mit dieser Strahlung auf sich? Ich weiß, daß wir gestern auf leichten Sand gestoßen sind. . .‹

Plötzlich brach Statik aus, und ich konnte eine volle Minute lang nichts verstehen. Dann brach sie ab, und Captain Riche fragte: ›He, was ist passiert?‹

›Ich weiß es nicht‹, antwortete ich. ›Bei euch alles in Ordnung?‹ Aber mitten in meinem Satz kam es wieder zu Störungen, und dieses Mal blinkten alle Warnlichter auf meinem Pult auf.

Ich drückte auf den nächstliegenden Knopf.

Meeker von der Kommunikation antwortete. ›Ich habe keine Ahnung, aber was immer es ist, es passiert auf Epsilon-7. Sie versuchen, mit uns in Kontakt zu treten, aber da ist etwas fürchterlich faul.‹

›Schalten Sie mich bitte zu.‹

›Okay.‹

Die Statik war wieder da, verbunden mit unverständlichen Stimmen. Meeker schaltete sich ein: ›Stellen Sie den Video ein, Captain, und ich schicke mein Bild rüber.‹

Ich schaltete den großen Bildschirm über meinem Pult an. Er verfärbte sich von grau zu schwarz, und vor fern funkelnden Sternen erschien eine Handvoll leuchtender Scheiben. Das war das Funkbild aller Schiffe.

Irgendwie behoben sie die Statik, und die Stimmen – wie ich jetzt bemerkte, war es nur eine einzige Stimme, die sich ständig wiederholte – waren kurze Zeit verständlich.

›. . . Epsilon-7, hier ist Epsilon-7. Notsignal Rot, Notsignal Rot. Kann mich jemand hören? Kann mich jemand hören . . . Epsilon-7. . .‹

Die anderen Schiffe mußten sich inzwischen zugeschaltet haben. Schließlich antwortete eine andere Stimme völlig ohne Störgeräusche: ›Hier spricht Captain Vlyon von Delta-6. Ich verstehe gut. Weiter.‹ Offensichtlich hatte Delta-6 viel weniger Probleme mit den Interferenzen als wir.

›Gott sei Dank. Hier spricht Einauge Pike aus dem Einaugensektor auf Epsilon-7. Alle anderen sind tot, der ganze offizielle Sektor. Ich weiß nicht, ob sie durchgedreht sind oder was sonst passiert ist. Irgend jemand kam, oder etwas, ein Mann mit einem grünen. . .‹ Wieder Statik, und als sie abebbte, sagte Captain Vlyon: ›Tut mir leid, aber ich verstehe deine Geschichte nicht. Bitte beruhige dich, Pike, und erzähl mir alles noch einmal.‹

›Das verdammte Schiff ist fast vollständig in die Luft geflogen, glaube ich. Vor etwa vierzig Minuten. Es war Nachtzyklus in der Stadt, aber es gab einen gewaltigen Ruck, und alle wurden wach. Ein paar wurden verletzt, und dann drehten sie durch, weil sie nicht wußten, was geschah. Und auf dem Zentralplatz – ich selbst habe es nicht gesehen, aber man hat es mir erzählt – begann eine Flammengestalt mit grünen Augen herumzugehen. Nein, ich verstehe es auch nicht. Aber alle starben. Vor zwanzig Minuten versuchten einige von uns, den offiziellen Sektor zu betreten, und da waren überall tote Körper, und ein paar schrien noch und versuchten, uns zu erzählen, was passiert war, und dann sahen wir ein Licht und flüchteten hierher zurück.›

›Warte mal, Pike. . .‹

›Warten Sie doch! Gott verdammt, kommt herüber und holt uns hier heraus. Wir verstecken uns im Netz, aber mit den Fähren kommt Ihr durch. Kommt um Gottes willen her und holt uns hier 'raus. . .‹ Neben Pikes Stimme ertönte ein Schrei; dann schrie Pike auf. Erst da merkte ich, warum mich Meeker auf Video gestellt hatte.

Eine der Scheiben – Epsilon – sah nicht normal aus. Das Schiff wurde von einem Schein umgeben, und es zitterte. Dann brach die Funkverbindung plötzlich ab, und auf dem Bildschirm fiel Epsilon-7 auseinander. Zuerst sackte das Schiff ein, dann folgten fünf oder sechs Fragmente in verschiedene Richtungen, als seien sie fortgeschleudert worden. Der Rest brach einfach auseinander wie eine Eierschale. Innerhalb von fünf Minuten wurde der zwanzigtausend Meter große Block aus Metall vor meinen Augen zu Stücken zerrissen, die in den Raum gewirbelt wurden.

Inzwischen sahen wohl Leute auf allen verbliebenen Raumschiffen zu und erlebten mit, was ich gerade beobachtet hatte. Zehn Minuten lang herrschte Schweigen. Auch mir fehlten die Worte.

Schließlich ertönte Captain Alvas Stimme: ›Captain Vlyon, sind Sie noch da? Was ist geschehen?‹

Eine sehr gepreßte Stimme antwortete: ›Ja . . . ich bin noch . . . da. Ich weiß nicht. . .‹

Er beendete den Satz nicht. Ich hatte das Gefühl, daß Captain Vlyon nicht mehr der war, dessen Stimme wir zuvor gehört hatten. Ich meine damit nichts Geheimnisvolles: Wir alle waren nicht mehr die gleichen.

›Ich weiß es nicht‹, wiederholte er.«

Dritter Eintrag

»Der Schock klang ab; Gerüchte verbreiteten sich in der Stadt. Noch immer umgab uns leichter Sand, aber das ist, verglichen mit der Vernichtung eines ganzen Schiffes, kein Problem. Es herrscht immer noch Panik, und es gibt keine Möglichkeit, uns zu schützen. Heute morgen grüßte mich Richter Cartrite sehr verbindlich: ›Nun, zumindest ein Gutes hat diese Katastrophe: Viele Menschen sind zu den Ritualen zurückgekehrt.‹

Vermutlich erwartete er, daß ich überglücklich reagierte. Meeker und drei Kommunikationsingenieure aus anderen Schiffen hatten genug Geistesgegenwart besessen, um alles an jenem Abend Vorgefallene aufzuzeichnen. Die Kommunikationsabteilung war den ganzen Morgen damit beschäftigt, einen detaillierten Vergleich aufzustellen. Außerdem versuchten sie, einige der statikverzerrten Stellen zu entstören. Gegen Ende des Nachmittags hatten sie etwa zehn weitere Worte herausgeholt, was uns aber nichts Neues brachte. Dann folgte eine deprimierende Konferenz mit den anderen Schiffen, in der wir Vorschläge unterbreiten sollten.

Zuerst schwiegen alle fünf Minuten lang; dann folgten fünfzehn Minuten verlegener, lachhafter Spekulationen. Schließlich wurde die Sitzung vertagt.

Kurz vor der Abendessenszeit rief mich Captain Alva wieder an.

›Was ist denn jetzt los?‹ fragte ich. ›Irgend etwas Neues?‹

›Nur weitere Probleme. Jemand verbreitet das Gerücht, daß auf Epsilon-7 die Einaugen die Herrschaft an sich gerissen hatten und das Ganze hochgehen ließen.‹

›Was?‹

›Oh, es ist nichts Ernstes, aber man redet davon, die Norm wieder mit mehr Nachdruck durchzusetzen.‹

›Wer hat diese Idee gehabt?‹

›Ich weiß es nicht. Der Gedanke, daß ein Schiff einfach so in die Luft gehen kann, ist für die Leute zuviel. Man kann fast zusehen, wie sich alle immer wieder umdrehen, um endlich einen Schuldigen auszumachen. Und bei den Einaugen fällt das am leichtesten.‹

›Aber warum?‹

›Oh, so funktioniert die Logik zuweilen: Der letzte Bericht von Epsilon-7 stammte von einem Einauge – daher waren sie die letzten, die die Stadt unter Kontrolle hatten –, daher müssen sie sie von den Offiziellen übernommen haben – und so weiter und so weiter.‹

›Und dann ist es ihnen gelungen, die ganze Stadt zu zerstören?‹

›Fragen Sie mich nicht. Eine der rituellen Gruppen hat das bereits verarbeitet. Zuerst benebeln sie sich alle mit Äther, dann stellen sie sich im Kreis auf, während der Leiter einer großen Puppe das linke Auge aussticht. Und alle stöhnen und haben Visionen von der Zerstörung.‹

›Äther?‹ fragte ich. ›Das gefällt mir überhaupt nicht.‹

›Mir auch nicht. Was mich angeht, so können die Rituale so verdreht sein, wie die Leute es wollen, aber bei mir endet es bei dem Einsatz von Narkotika.‹

Ich stimmte ihm zu. ›Ich hoffe nur, daß uns diese Rituale nicht völlig aus der Hand gleiten. Heute nachmittag habe ich eine Beschwerde von Parks bekommen – das ist mein oberster Marktwissenschaftler –, und zwar über den Jungen, den er gerade in der Assistentenausbildung hat. Parks erzählte mir, daß der Junge immer einen kleinen Block und einen Stift mit zur Arbeit bringt und gelegentlich herumkritzelt. Parks hatte immer gedacht, er benütze das Papier, um etwas zu berechnen. Aber als der Junge heute morgen erschien, konnte Parks ihn absolut nicht an die Arbeit bringen. Er saß einfach da und kritzelte, und als Parks ihn nach dem Grund fragte, antwortete er, in seiner rituellen Gruppe schrieben sie immer bestimmte Zeichen auf, wenn ihnen eine bestimmte Kategorie von Gedanken in den Sinn käme. Er wollte nicht preisgeben, was für Gedanken das waren, aber offensichtlich schwirrten sie ihm die ganze Zeit im Kopf herum, und er mußte einfach in der Ecke sitzen und Kreise, Kreuze und Parallelogramme zeichnen.‹

›Ich glaube es schon‹, antwortete Captain Alva. ›Mir macht diese Sache Sorgen – was wohl der Euphemismus des Tages ist.«

Vierter Eintrag

»Ich saß gerade etwa eine Viertelstunde in meinem Büro bei der Arbeit, als Richter Cartrite bestellen ließ, er wünsche mich zu sehen.

›Kommen Sie herein‹, sagte ich durch mein Interkom, und einen Augenblick später trat er ein. ›Guten Morgen, guten Morgen. Ich dachte, ich komme rasch herüber und bespreche alles mit Ihnen, ehe ich mich ins Zeug lege. Wir müssen eine Menge Veränderungen vornehmen. Eine Reihe ziemlich laxer Gesetze wird striktere Anwendung finden müssen.‹

›Wie meinen Sie das?‹

›Also, ist das nun die offizielle Erklärung für die Katastrophe auf Epsilon-7 oder nicht?‹

Ich legte die Fingerspitzen gegeneinander und lehnte mich zurück. ›Soweit ich weiß, gibt es noch keine Erklärung, die auch nur annähernd plausibel wäre.‹

›Ach, kommen Sie‹, sagte der Richter. ›Sie wollen doch nicht etwa behaupten, Sie hätten noch nichts davon gehört? Ich bin ja hergekommen, um herauszufinden, ob es schon offiziell ist. Man spricht in der ganzen Stadt darüber.‹

›Worüber?‹

›Daß der Einaugen-Sektor von Epsilon-7 versucht hat, die Stadt zu übernehmen, die Bevölkerung abgeschlachtet und das Schiff in die Luft gejagt hat.‹

›Nichts Derartiges wurde als Erklärung auch nur in Betracht gezogen.‹

›Aber das sollten Sie vielleicht tun. . .‹

›Das ist doch lächerlich!‹

›Sind Sie sich Ihrer Worte so sicher?‹

›Jawohl. Ich möchte, daß Sie sich eine Kopie von allem ansehen, was uns an diesem Abend von Epsilon-7 erreicht hat.‹

Ich rief Meeker herein und bat ihn, Tonband und Video anzustellen. Der Richter hörte zu und sah sich alles absolut reglos an. Ich hatte es schon fünfzehn Mal gesehen, und daher vergessen, wie schockierend ein erster Anblick sein mußte. Er schwieg, und sein Gesicht war verzerrt. Schließlich murmelte er: ›Nun. . .‹

›Hörte sich der Mann Ihrer Meinung nach so an, als habe er gerade ein Schiff erobert?‹

›Nun . . .‹ wiederholte er. ›Vielleicht war . . . es nicht echt . . . und sie haben etwas zusammengestellt. Was sonst könnte das Schiff denn unter Kontrolle gebracht haben? Der grüne Mann mit den flammenden Augen oder was auch immer für ein Unsinn das war?‹

Nachdem der Richter gegangen war, rief mich Parks an. ›Wissen Sie, Captain, daß die Strahlung immer noch sehr hoch ist? Die Mutationen, die dabei herauskommen, werden die Norm sprunghaft verändern.‹

›Ich komme herunter und sehe es mir an.‹

›Nicht, daß man irgend etwas unternehmen könnte‹, sagte Parks. Dann fügte er hinzu: ›Aber wir fühlen uns wohler, wenn Sie kommen.‹

Der Markt erstrahlt hell unter den fluoreszierenden Röhren, und Stand um Stand ist mit glitzernden Reagenzgläsern bestückt, in denen Kinder den Zeitpunkt ihrer Geburt erwarten. Vorn am Markt befinden sich die genealogischen Akten, in denen das Chromosomenmuster einer jeden Person der Stadt aufgezeichnet ist.

Parks' Assistent saß an seinem Schreibtisch, den blonden Kopf gesenkt, in seinen Schreibblock vertieft. Einen Augenblick später kam Parks auf mich zu. ›Hallo‹, sagte er lächelnd. Er bemerkte meinen Blick auf den Assistenten und machte eine hoffnungslose Handbewegung. ›Ignorieren Sie ihn. Ich werde Ihnen zeigen, was ich unternommen habe.‹

Wir gingen nach hinten. ›Ich habe die frühen Blastulas mit Bleifolie abgedeckt. Sie brauchen es am dringendsten. Ich glaube, alles über vier Monaten wird nicht beeinträchtigt, aber es bleibt eine Sache auf gut Glück.‹ Ein Teil der Regale war dunkel, weil die Gläser mit Blei abgedeckt worden waren.

Als ich auf die stumpfe, zerknitterte Folie blickte, spürte ich plötzlich die Last der Verantwortung für die Tausende von Geborenen und Ungeborenen, die unter den Sternen dahinwirbelten, irgendwo verloren zwischen Zeitlosigkeit, Meer und Wüste, zwischen Leben und Katastrophe, einander umkreisend wie die Punkte eines Würfels.

›Nun‹, sagte ich zu Parks, ›Wie Sie schon sagten, viel kann man nicht tun. Das deprimiert mich. Vielleicht aber weckt dieser Ort einfach die Muttergefühle in mir.‹

Parks lachte. Ich verließ den Markt und ging hinauf in meine Kabine.«

Fünfter Eintrag

»Heute abend rief Captain Alva von Sigma-9 sehr aufgeregt an. ›Lee, wie steht es bei euch mit den Einaugen?‹

›Cartrite ärgert sie bis zum Gehtnichtmehr‹, antwortete ich.

Ich hörte, wie er durch die Zähne pfiff. ‹Hier ist es schlimmer‹, sagte er dann. ›Ich muß dich jetzt etwas sehr Merkwürdiges fragen.‹

›Nur zu‹, erwiderte ich fragend.

›Würdest du mich bei einer offiziellen Petition an die Richter von allen Schiffen unterstützen, die Einaugen nicht mehr zu verfolgen? Ich bitte alle Captains darum. So, wie es hier zugeht, werden sie in kurzer Zeit ausgerottet sein, und wenn ihr Wissen verschwindet, verschwindet auch alle Menschlichkeit.‹

›Wir dürfen uns eigentlich nicht in die Gerichtsbarkeit einmischen‹, überlegte ich.

›Lee. . .‹

›Ach, sei still, Alva. Ich überlege nur laut. Aber wir sind hier nicht weit von einer Situation entfernt, wie sie bei euch herrscht. Wenn du bereits die Zustimmung der anderen Captains hättest, wäre mir wohler. Oh, Teufel, was bin ich, eine Frau oder ein Angsthase? Klar, du hast meine Zustimmung, Captain Alva; aber schick mir bitte den Wortlaut der Erklärung, ehe du sie vorlegst.‹

›Schön, Lee.‹ Die Dankbarkeit in seiner Stimme spiegelte meine Erleichterung wider. ›Du bist der dritte Captain, der mitmacht.‹

›Ich glaube, du bekommst die Zustimmung von allen‹, sagte ich, ›wenn der Zustand in dieser Stadt symptomatisch ist.‹

Dann fügte ich hinzu: ›Ich hoffe, es nützt etwas.‹

Ich hörte Alva seufzen. Es war ein langer Seufzer. Ich wette, er hat die Sterne draußen erzittern lassen. ›Das hoffe ich auch, Lee.‹«

Sechster Eintrag

»Sie sind verschwunden. Muß ich schreien, wüten? Das Raumschiff Delta-6 ist vernichtet worden. Dieses Mal dauerte es zehn Stunden. Es begann mit einer turbulenten Statik, die die Übertragung vom Verfahren gegen Einauge Jack ausblendete, das wir alle verfolgten. Dann brachen schwache Signale durch. Auf dem Raumschiff war Panik ausgebrochen, und dann folgte ein Hilferuf von der Kommunikationsabteilung. Dann wieder Statik. Offensichtlich war das grünäugige Wesen zurückgekehrt. Es war unheimlich. Ich weiß nicht, wie ich es glauben soll. Es wäre leichter, alles für einen kosmischen Scherz zu halten. Aber es ist wirklich, und das Leben aller Bürger der Schiffe hängt davon ab, ob wir die Realität korrekt wahrnehmen. Gegen Ende fand die einzige Kommunikation wieder nur mit Einaugen statt. Hilfe, Hilfe und wieder Hilfe. Irgendein grünäugiges Wesen hatte ihnen den Verstand geraubt und die Organisation genommen, es bewegte sich zehn Stunden lang unter den Überlebenden des zugrundegerichteten Schiffes, und am Ende stand die vollständige Zerstörung. Gegen Ende ließ ich mich zu Captain Alva durchschalten. ›Können wir nichts tun? Wenn ich nun rübergehe. . .?‹

›Sei nicht albern, Lee. Was willst schon erreichen?‹

›Ich kann zumindest herausfinden. . .‹

Durch das Interkom schrie jemand.

›Was nützt es, wenn du stirbst, Lee?‹

›Es wird etwas nützen, wenn ich herausfinde, was die anderen umbringt.‹

Dann begann das Raumschiff auf dem Bildschirm auseinanderzubrechen . . . Gott, die Schreie. . .!«

IX

»Überspring die nächsten paar Seiten«, sagte der Junge.

Joneny blätterte daher weiter. Sein Blick fiel auf die Zeilen:

»Als ich Captain Alva über den rauschenden Lautsprecher schreien hörte: ›Hilfe, um Gottes willen, hilf uns doch jemand!‹ – was konnte ich da schon tun?

Ich stellte die Verbindung zu Meeker her. ›Ich will eine Interschiffähre. Ich gehe hinüber und schaue mir das an.‹

›Aber Captain. . .‹ antwortete Meeker. ›Wenn es Sie nun auch erwischt. . .‹

›Die letzte Katastrophe dauerte zehn Stunden. Das gibt mir Zeit genug, hin und zurück zu fahren.‹

›Die davor dauerte aber nur sechzehn Minuten. Die nächste kann länger sein, kürzer oder gleich lang. Was ist mit den Sandwerten. . .?‹

›Ich gehe, Meeker. Machen Sie die Fähre bereit.‹

Als ich mich fünf Minuten später aus meinem Büro schwang, bellte plötzlich jemand aus dem angrenzenden Gang: ›Captain!‹

›Was ist, Richter Cartrite?‹

›Meeker hat mich gerade informiert, daß Sie hinüber zu Sigma-9 wollen?‹

›Und was, zum Teufel, geht Sie das an?‹ schnappte ich wütend zurück.

›Captain, ich verbiete Ihnen, zu gehen. Und wenn Sie gehen, werde ich Ihnen gewiß verbieten, zurückzukehren.‹

Das brachte mich in Rage. ›Und wo nehmen Sie die Autorität her, mir zu befehlen, was ich zu tun und zu lassen habe?‹

›Ich trage, wie Sie sich bitte erinnern werden, die Verantwortung für die Moral auf diesem Schiff. Ich habe das Gefühl, daß eine Rückkehr von Sigma-9 demoralisierend wirken würde.‹

›Um Himmels willen, Richter, vor was haben Sie Angst?‹

›Und wenn Sie nun den Zerstörer mitbringen?‹

›Den Zerstörer. . .?‹

›Ja, das grünäugige Wesen, das alle Schiffe vernichtet. . .‹

Ich unterbrach ihn. ›Nun, immerhin schieben Sie es nicht mehr auf die Einaugen. Ich gehe, Richter. . .‹

Ich schenke ihm nicht besonders viel Aufmerksamkeit, weil ich wütend und verängstigt war.

Ich gelangte zu der Fähre, schloß die Schleusen hinter mir, öffnete meine Augen und Ohren, und stellte Funkkontakt her. Die dreifachen Türen schwangen auf, und ich schob mich hinaus in den Sand. Das Gerät zeigte drei Komma sieben an. Die Sigma-9 zeigte sich auf dem Bildschirm als ein schimmerndes Ei.

Der Robotempfänger verkündete: ›Ihre Ohren sind unverschlossen. . .‹ Ich schaltete meinen Funk ein. ›. . . Und Ihre Augen sehen.‹

Die Luke öffnete sich, und als ich in die Schleuse glitt, fiel der Sandwert ab. Die Tunnelröhre paßte sich an, und als ich heraustrat, zog mein Magen sich wieder zusammen aus Angst vor dem, was ich wohl vorfinden würde. Ich spürte ein leichtes metallisches Kitzeln, das ich zunächst für meine eigene Spannung hielt. Als ich über den Flur ging – er war leer –, wurde es stärker, aber erst als ich auf das Navigationsbüro zuging, merkte ich, daß in meinem Kopf etwas klingelte und summte. Ich wandte mich zum Zentralplatz der Stadt und fragte mich, wo auf dem Weg der Zerstörung ich mich jetzt wohl befand.

Plötzlich sah ich vor mir ein paar Leute. Sie taumelten stumm von mir fort. Einer fiel, dann zwei. Die anderen schwankten zur Seite – eine Frau lehnte sich einen Moment gegen eine Säule, ehe auch sie zu Boden glitt.

Ich betätigte meinen Gürtelfunker, weil ich dachte, ich könnte die verbliebenen Menschen auf dem Schiff vielleicht aufspüren. Als ich den Schalter drückte, verschwand das Summen in meinem Kopf und wurde wirklich hörbar. Gerade als ich herauszufinden versuchte, was zu tun sei, schwoll das Summen in den Lautsprechern an und ab. Dann artikulierte es sich zu einer Stimme: ›*Wer bist du?*‹

›Hä?‹ fragte ich überrascht und wollte wissen – wenn ich das auch nicht sagte: ›Wer, zum Teufel, bist *du*?‹

›*Ich bin der Zerstörer. Euer Volk nennt mich den Zerstörer. Wer bist du, daß du den Zerstörer jagen willst?*‹

Es war unheimlich. Ich dachte, daß vielleicht jemand verrückt geworden sei und sich der letzten Reste von Kommunikationsmitteln bemächtigt habe.

›Wo bist du?‹ fragte ich. Mein Funkgerät war nur einseitig, aber in meiner Verwirrtheit mußte ich das vergessen haben. Ich erinnere mich, daß ich rief: ›Wo bist du? Ich versuche, dir zu helfen!‹

Und aus dem Radio bellte die oszillierende Stimme: *›Ich bin hier.‹*

Dann geschah es. Ich glaube, das meiste spielte sich in meinem Kopf ab. Alles wurde einfach wirr, Gefühle, Gedanken, Eindrücke, und durch das wirbelnde Chaos ringsum taumelte etwas Großes, Schimmerndes auf den Platz, die riesige Gestalt eines Mannes, nackt und mit geisterhaft glühenden Augen.

Das Ganze erschütterte mich derart, daß ich einfach schrie: ›Aufhören!‹

Und es hörte auf. Mein Kopf saß wieder richtig auf meinen Schultern, und ich sah die Gestalt aufglitzern, verschwimmen, verschwinden und sich hinter den Trümmern und Ruinen des Platzes wieder neu bilden.

›Ich bin hier‹, wiederholte die Gestalt, aber dieses Mal hallte die Stimme ungefähr aus der Richtung des Kopfes.

›Was tust du!‹ wollte ich wissen, und erst da fiel mir auf, daß ich unmöglich mit der Gestalt hatte kommunizieren können.

›Hilf mir. . .‹, sagte sie. *›Ich weiß . . . es nicht.‹*

›Du bringst uns um!‹ schrie ich. ›Das tust du!‹

›Ich habe mich langsam genähert‹, sagte das Wesen. *›Bin sehr vorsichtig in ihre Gedanken eingedrungen, aber sie sind schreiend gestorben. Ihre Seelen sind nicht groß genug.‹* Dann schwankte und taumelte das Wesen, nahm Gestalt an und verlor sie, wie in einem Traum.

Mein Herz raste, aber ich erholte mich langsam. ›Aber mich bringst du nicht um‹, sagte ich.

›Du hast mir befohlen, aufzuhören. Ich bin jetzt nicht in deinen Gedanken, nur ein Bild in deinen Augen und Ohren.‹

Ich war nicht ganz sicher, wovon es redete, daher sagte ich: ›Bring dein Abbild ein wenig näher heran, aber tu nichts, was . . . meinen Geist verletzt. Ich möchte dich sehen.‹

Drei Schritte brachten das Wesen über den Platz, und dann stand es grünäugig und riesig über mir.

›*Du siehst mich nicht wirklich*‹, sagte er. ›*Ich habe dieses Abbild aus ihren Gedanken genommen, um mich ihnen besser nähern zu können. Aber ihre Seelen zerbrechen, auch wenn ich langsam komme.*‹

›Und ich?‹ fragte ich, unsicher, worüber ich eigentlich redete.

›*Ich näherte mich dir zu schnell, du hast gebrüllt, ich solle aufhören. Daher habe ich aufgehört.*‹

›Oh,‹ erwiderte ich. ›Nun, danke schön.‹ Ich erinnerte mich, was die schnelle Annäherung für die anderen bedeutet hatte. Plötzlich fiel mir ein: ›Wo ist Captain Alva?‹

›*Tot, wie die meisten anderen . . . da; jetzt sind sie alle tot.*‹

›Alle. . .?‹

›*Sie haben nicht gesagt, ich solle aufhören.*‹

Plötzlich traf es mich wie ein Blitz: ›Nun, dann bleib auch so, verdammt. Alle? Was, zum . . . Reg dich niemals wieder. Warum hast du nicht von selbst aufgehört? Was, zum Teufel, glaubst du eigentlich, das du bist?‹ Ich schrie die letzten Worte; vielleicht sagte ich auch noch mehr, aber ich kann mich nicht erinnern. Als ich aufhörte, zitterte ich außer mir vor Wut und Angst.

Das Wesen sagte nichts, sondern schüttelte sich nur. Endlich konnte ich nur fragen: ›Was bist du?‹

Und leiser, als hätte es in einem tieferen Sinne begriffen, antwortete es. ›*Ich weiß es nicht.*‹

Dann kam mir eine andere Frage in den Sinn: ‹Woher kommst du?‹

›*Von draußen, von außerhalb der Stadt. Ich existiere im Sand, wie ihr es nennt, in den Mesonfeldern außerhalb der Raumschiffe.*‹

›Du. . .‹ Dieser Gedanke erschien mir zu gewaltig, um in meinen Kopf zu passen. ›Du bist ein . . . Lebewesen aus dem Meer und dem Sand?‹

Er nickte.

Bislang hatte mich eine Hysterie getrieben, die alles andere radikal unterdrückte. Aber jetzt überschwemmten die Unwahrscheinlichkeiten mein Denken, und ich bekämpfte sie mit Fragen.

›Aber wie ... wie kannst mit mir in Verbindung treten?‹

›*Eigentlich kann ich es nicht*‹, erklärte das Wesen. ›*Ich habe euer Denken analysiert, und ich kenne eure Worte und Bilder. Aber euer Geist ist zu klein für mich. Ich kann nicht wirklich mit euch kommunizieren, doch ich weiß, was ihr denkt. Ich nahm Gestalt an, damit du etwas von mir sehen kannst. Aber diese Gestalt stammt von deinem Volk.*‹

Ich ließ die Luft, die ich irgendwie angehalten hatte, wieder in meine Lungen strömen. ›Ich verstehe.‹

›*Ich hatte nicht gemerkt*‹, fuhr es fort, ›*daß du noch am Leben warst, bis du mir befahlst, aufzuhören. Das war das erste Mal, daß einer von euch mich direkt angesprochen hat.*‹

Wieder nickte ich.

›*Mir kommt in den Sinn, wie einer aus deinem Volk einen Ameisenhaufen auseinandernimmt, um sich das Innere anzusehen. Genau so brach ich eure Schiffe auf. Ich sah die Verwirrung, aber ich merkte nicht, daß es falsch war, bis du mir sagtest, ich solle aufhören.*‹

›Du gehörst zu einer anderen Lebensform als wir, nicht wahr?‹ fragte ich. ›Ist dein Volk über den gesamten interstellaren Raum verteilt?‹

›*Ich habe kein Volk. Es gibt nur mich.*‹

›*Dann mußt du sehr einsam sein*‹, *antwortete ich.*

›*Einsam. . .?*‹

Und ich hörte deutlich, wie fragend das klang.

›*Ich . . . einsam. . .*‹ Und dann geschah etwas Sonderbares. Der Raum ringsum begann zu zittern, und einen Augenblick fürchtete ich, das Chaos werde wieder ausbrechen.

›*Ja, ich bin sehr einsam. Aber ich wußte es nicht, bis du das Wort ausgesprochen hast.*‹

Wieder begann das Zittern, und alle Farben veränderten sich.

›Um Himmelswillen‹, rief ich, ›was geschieht mit dir?‹

Und plötzlich sah ich Tränen aus den grünen Augen rollen und die schimmernden Wangen überfluten.

›*Du siehst doch, ich tue das, was ihr weinen nennt.*‹

›Versuch, dich zu beherrschen‹, sagte ich. ›Ich . . . verstehe. Es wäre unmöglich, das zu begreifen, wenn man ganz allein ist. Erst wenn man einen anderen trifft, merkt man es.‹

›*Ja.*‹ Dann schwieg es. ›*Sobald man jemanden trifft, der nicht allein ist.*‹

›Glaubst du, ich sei nicht allein?‹ fragte ich.

Wieder folgte eine Pause, und seine Farben waren wieder halbwegs normal. ›Du bist einsam, das sehe ich in deinem Geist, aber nicht so sehr wie ich.‹

Wieder eine Pause, dann das Zittern, dann das Kaleidoskop. Es sagte: ›*Ich liebe dich.*‹

›Was?‹

Die Worte wiederholten sich, und die Sinnverwirrung ließ nach.

›Du liebst mich?‹ fragte ich. ›Warum?‹

›*Weil du unter deinem Volk eine Macht darstellst. Du bist einsam und auch wieder nicht.*‹

Das war völlige Verwirrung, aber zugleich dachte ich zu verstehen.

›Das ist . . . sehr schmeichelhaft.‹

›*Wirst du mich lieben?*‹

Doch das erschütterte mich. Ich hatte die verschiedensten Stufen des Mitleids mit dieser Kreatur durchlebt, hatte begonnen, es zu verstehen, auch wenn ich ihm die Zerstörung nicht verzieh. Doch das. . .?

›Ich weiß nicht einmal, was das bedeuten würde‹, sagte ich. ›Ich will dich nicht auslachen, aber ich habe nicht die leiseste Ahnung, was es bedeuten würde, dich zu lieben.‹

›*Das Wort stammt aus deinem Geist*‹, lautete die Antwort. ›*Wenn ich dir etwas gebe, das du dir sehr wünschst, wirst du mich dann lieben?*‹

›Ich weiß immer noch nicht. . .‹

Es unterbrach mich. ›*Mehr als alles andere wünscht du dir eine Nachkommenschaft, die fähig ist, zwischen den Sternen zu leben, und du weißt auch, daß dein Volk dazu jetzt nicht in der Lage ist. Ich verspreche dir, daß ich keines eurer Schiffe mehr zerbrechen werde und daß eure Nachkommen zwischen den Sternen leben und mit mir in Verbindung treten können – für alle Zeiten. . .*‹

Vermutlich hat jeder den Druckpunkt, der einfach nur berührt werden muß, um alles hochgehen zu lassen. Dieses Mal veränderten sich die Farben, weil sich meine Pupillen plötzlich weiteten. Das Zittern war in mir selbst. Ich weiß nicht, welches Gefühl es war.

Es aber sagte: ›*Du liebst mich*‹, und breitete die riesigen, glitzernden Arme aus. ›*Komm*‹, und ich trat vor.

Was geschah dann, oh, Kraft und Gegenwart der Sterne, was geschah? Ich weiß es nicht – die Farben, der Schmerz, die Gefühle, die mich gefangennahmen und in metallischen Eiswirbeln zerrissen, die mich mit Myriaden von Gedanken und Gedankensplittern versengten. Die Farben? Sich brechend von Weiß und Rot, durch Kaskaden von Grün, schwebend durch Gold, das glitzerte und smaragden wurde – Smaragde seine Augen! Der Schmerz? Klar wie Lust, leicht in den Knien und kühl in den Lenden, mich wieder und wieder wie eine Fontäne durchspülend, in meinen Fingern explodierend und aufglitzernd, sich im Zentrum der Spannung windend – Welle um Welle auf einem glänzenden, sauberen Strand. Die Empfindungen? Sie stiegen, stiegen und fielen und stiegen wieder an, bis ich schrie und lachte und mir den Mund mit gespreizten Händen bedeckte, als die gesamte Muskulatur meines Körpers sich spannte und löste, auf eine Entspannung zuzitterte, die von der Wurzel meines Rückgrats mein Becken durchflutete, um dort aufzublühen, zu brennen und zu glühen. . . Ich hielt seine flackernde Gegenwart in meinen Armen, sanft wie Nebel, hart wie Metall.«

Nächster Eintrag

»Zwei Minuten, nachdem ich das Raumschiff mit meiner Fähre verlassen hatte, brach Sigma-9, sich aufbäumend, auseinander. Die Radiointerferenz schlug meine Augen mit Nachtschwärze und irgend etwas mit der Gravitationsrotation stimmte nicht, so daß ich den ganzen Rückweg in freiem Fall trieb und mich fühlte, als hätte ich einen ausgewachsenen Kater.

Ich funkte um Einlaß, und nachdem der Robot seine Sätze abgespult hatte, schaltete sich plötzlich eine Stimme ein: ›Hier spricht Smythers vom Gericht. Captain Lee, Richter Cartrite hat uns untersagt, Ihnen den Zugang zur Stadt zu gewähren.‹

›Was?‹

›Ich sagte, Richter Cartrite will nicht. . .‹

›Sie öffnen noch in diesem Augenblick diese verdammte Schleuse, sonst reiße ich Sie in Stücke, wenn ich reinkomme!‹

›Tut mir leid. . .‹

›Stellen Sie mir Cartrite durch. Er hat nur darauf gewartet, daß ich mich hinausbegebe, aber er ist verrückt, wenn er glaubt, er könnte mich aussperren.‹

›Hier sind noch zwei andere, und wir drei werden Sie überprüfen. Wenn Sie vielleicht gehen und ein andermal wiederkommen wollen. Richter Cartrite. . .‹

›Seid ihr denn alle irre geworden?‹

›Nein, Captain, aber unsere Rituale. . .«

›Mir sind eure Rituale scheißegal.‹

›Captain‹, sagte eine andere Stimme, ›Können Sie mir sagen, was für ein Ton dies ist?‹

Dann ertönte etwas durch den Lautsprecher, was eindeutig wie eine Trompete klang.

›Nein‹, antwortete ich. ›Warum sollte ich?‹

›Nun, das ist Teil der rituellen Prüfung, die Richter Cartrite Ihnen für Ihren Einlaß auferlegt hat. Der Ton der Trompete ist der Ruf, den unsere Ahnen erhielten. . .‹

›Ich bringe euch um‹, sagte ich. ›Wenn ich herausfinde, wer ihr seid, werde ich euch für wahnsinnig erklären und in den Totenkopf bringen. Und jetzt laßt mich rein. Ich sagte, daß ich zurückkommen würde, und ich bin zurückgekommen. Ich sollte euch sagen, daß ich herausgefunden habe, was die beiden Schiffe zerstört hat. Ich sollte euch erzählen, daß ich verhindern kann, daß es auch hier geschieht – *wenn* ihr mich nur hereinlaßt.‹

Schweigen.

›Sie haben den grünäugigen Anführer der rebellierenden Einaugen gefunden?‹

›Sie haben ihn nicht mitgebracht?‹ fragte der andere.

›Natürlich habe ich das nicht‹, bellte ich. ›Und es ist auch kein Mensch, ob mit einem oder zwei Augen.‹

›Was war es dann?‹ fragte der dritte Anwalt, derjenige mit der Trompete.

›Ich glaube, ich bleibe einfach hier sitzen und lasse euch rätseln, bis ihr entscheidet, daß die Zeit reif ist.‹

›Ich hole Richter Cartrite‹, sagte einer und blies auf seiner Trompete.

Zwei Minuten später, ehe der Richter erschien, sagte einer – und man konnte hören, wie er auf seine Fingernägel einbiß –: ›Ich lasse sie rein.‹ Und die dreifache Schleuse rollte zur Seite. Ich stellte mir vor, daß sie weinen würden, wenn der Richter sie sich vorknöpfte, aber es war mir egal.

Zwanzig Minuten später sprach ich am Telefon mit Richter Cartrite und erzählte ihm soviel, daß ihm die Haare zu Berge standen. Aber ich ließ die Katze nicht aus dem Sack. In den nächsten Wochen hielt ich mich nur in meinem Quartier auf. Am ersten Tag waren meine Füße noch wund von der Schwerelosigkeit auf der Rückfahrt, aber danach war ich einfach vorsichtig.

Schließlich ging ich hinab zum Markt. ›Parks‹, sagte ich. Sein Assistent kritzelte wieder am Schreibtisch vor sich hin. Hinter uns stapelten sich Reihen um Reihen von Embryogläsern. ›Parks, ich habe ein Problem. Vielleicht können Sie mir helfen?‹

›Was ist es denn, Captain?‹

›Ich bin schwanger, Parks.‹

›Sie sind *was?*‹

›Ich sagte, ich bekomme ein Kind.‹

Er sank hinter seinem Schreibtisch nieder. ›Aber. . . wie?‹

›Das ist eine sehr gute Frage‹, antwortete ich. ›Und über die Antwort bin ich mir selbst nicht so im klaren. Aber ich möchte es aus mir herausbekommen.‹

›Sie meinen eine Abtreibung?‹

›Hölle, nein‹, antwortete ich. ›Ich möchte, daß Sie es liebevoll und vorsichtig entfernen und in eine von diesen Embryoflaschen stecken.‹

›Ich sehe immer noch nicht. . . Ich meine, alle auf dem Schiff werden harmonisch steril gehalten. Wir konnten Sie. . .‹ Dann fragte er: ›Sind Sie sicher?‹

›Untersuchen Sie mich‹, erwiderte ich.

Das tat er und sagte dann: ›Nun, ich glaube auch, daß Sie schwanger sind. Wann wollen Sie die Übertragung vornehmen?‹

›Jetzt‹, sagte ich. ›Passen Sie darauf auf, Parks. Ich würde es gern selbst austragen, aber niemand in der ganzen Nation besitzt noch die Muskeln, um bei lebendigem Leib die Wehen zu überstehen.‹

›Es wird leben‹, sagte Parks.

Ich bekam eine örtliche Betäubung und beobachtete die Geschichte über eine Reihe von Spiegeln. Es war faszinierend, und als es beendet war, spürte ich Hunger wie nie zuvor. Ich ging nach oben, aß in meinem Zimmer zu Abend und dachte weiter nach.

Da summte plötzlich Parks vom Markt durch den Lautsprecher. ›Captain Lee, Captain Lee...‹ Und dann klang seine Stimme, als werde er gewürgt.

›Geht es dem Kind gut?‹ fragte ich drängend.

›Oh, ja, dem geht's gut. Aber Captain, die anderen sterben. Sie sterben überall. Ich habe bereits den halben Bestand verloren.‹

›Ist die Strahlung auf dem Schiff gestiegen?‹ Mein erster Gedanke war, daß der Zerstörer sein Versprechen gebrochen hatte und jetzt uns belagerte. Aber das Wrack von Sigma-9 trieb immer noch in unsere Nähe.

›*Sie* sind es, Captain. Überprüfen Sie sich! Das ist alles, was mir dazu einfällt. Ich habe Ihren Embryo überprüft, und er strahlt wie ein Weihnachtsbaum. Ich verstehe nicht, wie er noch leben kann. Aber er *ist* lebendig, und es geht ihm sehr gut. Doch irgendwie ist dieser Raum so von harten Gammastrahlen unter Beschluß genommen worden, daß fast alles umkam. Ich fühle mich selbst ein wenig benommen und mußte mich der Entgiftung unterziehen.‹

›Ich verstehe‹, sagte ich. ›Ich rufe Sie zurück und teile Ihnen meine Ergebnisse mit.‹

Ich schalte den Lautsprecher ab und trat zum Szintillator. Die Werte besagten, daß ich seit meiner Ankunft auf dem Schiff eigentlich hätte tot sein müssen. Ich wollte gerade Parks anrufen, als mich ein *biep* unterbrach. Auf dem Bildschirm wurde langsam Richter Cartrites Gesicht erkennbar.

›Captain, tut mir leid, Sie stören zu müssen, aber ich glaube, ich muß mich persönlich darum kümmern.‹

›Was ist denn?‹

›Ich fürchte, ich werde Sie verhaften müssen.‹

›Und weshalb?‹

›Leela RT-857 geg. Die Norm.‹

›Und wie – abgesehen von Kleinigkeiten – unterscheide ich mich vom Hauptstrang?‹

›Es ist keine Kleinigkeit, Captain. Sie waren schwanger. Und das ist in dieser Stadt ebenso unverzeihlich wie illegal.‹

›Wer hat Ihnen das erzählt?‹ wollte ich wissen. Ich konnte mir nicht vorstellen, daß Parks mich verraten hatte.

Aber als die Antwort kam, klang sie nur zu glaubhaft: ›Parks neuer Assistent hat mitgehört. . .‹«

Nach ein Paar weiteren Zeilen hörten die Eintragungen auf.

Joneny schloß das Buch. Der Junge, immer noch in der Blase, hielt einen anderen Band, ein ähnliches Tagebuch. ›Das hier gehörte Hodge‹, sagte er. ›Hodge war der Scharfrichter.‹

Stirnrunzelnd nahm Joneny es entgegen, und als er die Seiten mit den lakonischen Aufzeichnungen von einem Tod nach dem anderen durchblätterte, dachte er wieder an die Zeilen in der Ballade:

»Sie kam durch das Tor, und jede Stimme schrie,
Die Kinder starben, über'n Markt kam sie,
Sie kam am Richter vorbei ohne Gruß
Sie kam zu des Totenkopfhanges Fuß«.

Und die einäugige Frau, die ihr grünäugiges Kind hielt? Die letzten Seiten waren ausführlicher. Hodge hatte geschrieben:

»Das Verfahren ist vorbei. Es ging alles sehr schnell. Eine Verteidigung gab es nicht. Ich war nicht selbst dabei, habe aber davon gehört.

Ich sehe sie jetzt in ihrer Todeszelle alle paar Stunden, wenn sie langsam an dem langen, schmalen Fenster vorbeigeht. Der

Tod lastet schwer auf ihren Schultern. Ich glaube nicht, daß sie Angst hat. Einmal blieb sie stehen und rief mich zu sich. Ich trat zu ihrer Zelle und öffnete das kleine obere Türchen, um sie besser hören zu können. Sie fragte: ›Hodge, was geschieht jetzt in der Stadt?‹

›Sie befindet sich im Chaos‹, antwortete ich. ›Die Rituale sind allen aus der Hand geglitten, die Leute sind in das Netz eingedrungen und bringen die Einaugen um. Sie ziehen jetzt in richtigen Jagdgruppen mit Gas und Speeren los. Ralf ist tot, das weiß ich genau. Ich gehe nicht mehr dorthin.‹

Zuvor hatte sie ruhig gewirkt, aber jetzt schien sie erschüttert. ›Können Sie Parks hierherbringen?‹ fragte sie leise.

›Das darf ich eigentlich nicht‹, antwortete ich. ›Aber ich werde es tun, Captain.‹

Parks eilte so schnell vom Markt herauf, daß er außer Atem war. Er sah mich an, als wolle er, daß ich mich entferne, aber das konnte ich nicht tun. Schließlich sagte Captain Lee zu ihm, er solle ruhig sprechen, weil man mir vertrauen könne. Da warf er mir einen haßerfüllten Blick zu und sagte: ›Vertrauen darauf, daß er Sie tötet?‹

›Auch darauf‹, erwiderte Sie. ›Machen Sie schon, Parks, wie geht es dem Kind. Ist es noch sicher?‹

Er nickste. ›Man hat versucht, einzubrechen, und eine Menge Reagenzgläser wurden zerstört. Aber nach dem ersten Angriff . . . nun, ich hatte eine Idee. Wissen Sie, Captain, ich habe noch jemanden eingeweiht.‹

Sie runzelt die Stirn.

›Nach einem der Angriffe auf das Netz, als Ralf umkam, ist Merril zu uns auf den Markt gekommen. Sie weiß, daß ich den Einaugen freundlich gesonnen bin. Und genau wie wir das Kind aus Ihnen herausgeholt haben, haben wir es ihr wieder eingepflanzt. Sie wird es behalten bis etwa eine Woche vor Einsetzen der Wehen, und dann entbinden wir es mit Kaiserschnitt. Immerhin befindet es sich in einem mobilen Behältnis, und weitere verrückte Reagenzglaszerstörer werden es nicht in die Finger bekommen.‹

›Gut‹, sagte ich.

›Aber welche Bedeutung hat dieses Kind, Captain?‹ fragte

Parks. ›Da ist doch irgend etwas Außergewöhnliches, nicht wahr? Es hängt doch mit den Geschehnissen auf Sigma-9 zusammen, oder?‹

›Stimmt.‹ Und dann erzählte sie es ihm. Ich habe nicht alles verstanden. Aber sie sprach über eine Menge Dinge, die sich sehr wissenschaftlich anhörten, und am Schluß meinte Parks: ›Dann werden wir es schaffen, die Sterne zu erreichen.‹ Das sagte er sehr langsam, sehr leise. Und dann fügte er hinzu: ‹Sie werden es nicht erwischen. Die überlebenden Einaugen werden es großziehen. Merril hatte sich so etwas schon gedacht. Aber ich wußte nicht. . .‹ Er brach ab. ›Merril hat um Sie geweint, Captain. Als wir auf dem Markt standen und über Ihre Exekution sprachen, da weinte – da weinten wir.‹

Sie umklammerte den Fensterrand, und ein Kiefermuskel zuckte ein paar Mal. Aber sie sagte nur: ›Sorgen Sie dafür, daß es lebt.‹«

Die letzten beiden Eintragungen in Hodges Tagebuch lauteten:

»Die Unruhen nehmen zu; sie drohen sogar uns hier.«

Und:

»Heute nachmittag um vier Uhr Captain Leela RT-857 exekutiert.«

Joneny wandte sich an das Kind des Zerstörers. »Es hat überlebt«, sagte er.

Der Junge nickte. »Als ich erwachsen war, konnte ich so viele Duplikate von mir herstellen, wie wir wollten, ohne den Geburtsprozeß mühselig wiederholen zu müssen.«

Plötzlich runzelte Joneny die Stirn. »Und das erklärt all deine Besonderheiten. Du existierst wie dein Vater ein wenig außerhalb der Zeit. Daher das Schimmern und die Bewegung während des Zeitstopps. Aber das Versprechen! Er hat ihr doch versprochen, daß ihr eines Tages die Sterne erreichen und Kontakt herstellen könnt.«

»Er hat aber nicht genau gesagt, wann das sein wird. Nimmst du mich mit auf die Universität, damit ich studieren kann?«

»Ja, natürlich . . . aber. . .« Plötzlich begann Joneny zu lachen. »Du kannst doch Gedankenlesen – so kannst du mit jeder Rasse Kontakt aufnehmen. Und das, verbunden mit der Extra-Zeitfähigkeit – nun, das ist wohl die größte Entdeckung in der galaktischen Anthropologie seit . . . seit ich-weiß-nicht-wann.«

Der Junge nickte. »Dafür wurden wir geschaffen. Wir können alle Informationen zurück zu meinem Vater bringen, und er überdenkt sie für euch, und wir geben sie an euch weiter. Ihr bringt uns an die Orte, an denen ihr Kontakt schaffen wollt, und dann übernehmen wir.«

Joneny platzte beinahe. »Das heißt, das Versprechen wirklich einzulösen, weil ihr den Kontakt nicht nur für Halbmenschen schafft, sondern für alle, auch für die Urenkel genetisch vollständiger Menschen. Stehst du die ganze Zeit über mit ihm in Kontakt, wo immer er sich auch aufhält, wo immer du dich befindest?«

Der Junge neigte den Kopf und nickte. »Mein Vater und ich sind eins«, antwortete er.

Als Joneny wieder in seinem Kreuzer saß, dachte er noch einmal an die Ballade von Beta-2 und staunte darüber, wie klar ihm jetzt alles erschien. Die Geschichte von Leelas Versuch, ihr Volk zu retten, stellte sich ihm in den zusammengedrängten Versen ebenso deutlich dar wie viele der Begebenheiten, die er selbst erlebt hatte. Wer hatte wohl die Ballade geschrieben? Einer der letzten Einaugen? Oder vielleicht jemand aus dem offiziellen Sektor, in dem sich machtloses Mitleid in mächtige Worte wandelte? Joneny plante schon den Einsatz der Kinder des Zerstörers bei seiner Forschung auf Creton III, aber immer wieder durchdrangen ihn die letzten Zeilen der Hymne – und eine Hymne war es wohl:

Gezwungen sind Blut, Fleisch und Feuersbrunst,
Knochen und Dung hinab auf die Knie;
Die Stadt ist dahin, Stahl und Stein sind heut' Dunst.
Doch sie sagt' es vorher – und heim kehrte sie!

Imperiums-Stern

Einmal auf die Idee gebracht,
Nach Atlantis zu gelangen,
Fandest du natürlich bald,
Daß nur das Schiff der Narren
Die Reise dieses Jahr macht,
So wie Stürme von ungewöhnlicher Gewalt
Vorhergesagt sind und daß du
Darum bereit sein mußt, zu
Bedenken, daß du dich absurd genug gibst,
Um als einer der Knaben durchzugehen,
Zumindest scheinen machend, du liebst
Harte Schnäpse, Pferdewetten und Geschrei.

W. H. Auden

. . . Wahrheit ist ein Standpunkt,
von dem aus man Dinge betrachtet.

Marcel Proust

I

Er hatte:

einen hüftlangen blonden Haarschopf;

einen Körper, der braun war und schlank und von dem man sagte, daß er katzengleich aussah, wenn er sich halb im Schlaf am flackernden Feuer des Feldwächters in Neu Zyklus zusammenrollte;

eine Okarina;

ein Paar schwarze Stiefel und ein paar schwarze Handschuhe, mit denen er an Wänden und Decken entlang klettern konnte;

graue Augen, die zu groß waren für sein kleines, wildes Gesicht;

Messingklauen an der linken Hand, mit denen er bis zum gegenwärtigen Zeitpunkt drei wilde Keparde getötet hatte, die während seiner Wache in Neu Zyklus durch eine Lücke im Hochspannungszaun gekrochen waren (und einst in einem Kampf mit Billy James – einer freundschaftlichen Rauferei, in der ein Schlag plötzlich zu schnell und zu fest gekommen war und Ernst daraus gemacht hatte – den anderen Jungen getötet hatte; aber das lag zwei Jahre zurück, er war damals sechzehn gewesen, und er dachte nicht gerne daran);

achtzehn Jahre eines rauhen Lebens in den Höhlen des Satelliten Rhys, wo er die unterirdischen Felder bewachte, während Rhys die rote Riesensonne Tau Ceti schwungvoll umkeiste;

den Trieb, von den heimatlichen Höhlen wegzuwandern und die Sterne zu beobachten, was ihn in den letzten vier Monaten mindestens viermal in Schwierigkeiten gebracht und ihm in den letzten vierzehn Jahren den Spitznamen Kometen-Jo eingebracht hatte;

einen Onkel namens Clemens, den er nicht mochte.

Und später, als er beinah wie durch ein Wunder die Okarina nicht verloren hatte, dachte er über all diese Dinge nach und was sie ihm bedeutet hatten und wie sehr sie gleichbedeutend mit seiner Jugend waren und wie wenig man ihn auf das Erwachsensein vorbereitet hatte.

Bevor er jedoch zu verlieren begann, gewann er: zwei Dinge, die er zusammen mit der Okarina bis zum Schluß behielt. Das eine war ein Teufelskätzchen namens Tek. Das andere war ich. Ich bin Juwel.

Ich habe ein multiplexes Bewußtsein, das heißt, ich sehe Dinge aus verschiedenen Blickwinkeln. Es ist eine Funktion der Assoziationsfolgen im Harmoniemuster meines inneren Gefüges. Daher werde ich einen großen Teil der Geschichte vom Standpunkt des in literarischen Kreisen so genannten allwissenden Beobachters erzählen.

Die karmesinrote Ceti zerklüftete die westlichen Klippen. Tyrus, riesig wie der Sonnenjupiter, bildete einen schwarzen Bogen über einem Viertel des Himmels, und der weiße Zwerg Auge überzog die Felder im Osten mit Silber. Kometen-Jo mit seinem weizenfarbenen Haar ging hinter seinen beiden Schatten, von denen der eine lang und grau war, der andere gedrungen und rostrot. Er hatte den Kopf in den Nacken gelegt und starrte im Ansturm der weinroten Dämmerung zu den ersten Sternen hinauf. In der langfingrigen Rechten, deren Nägel abgekaut waren wie die von anderen Jungen auch, hielt er seine Okarina. Er wußte, er sollte umkehren; er sollte vor der Nacht davonkriechen in den leuchtenden Kokon seiner Heimathöhle. Er sollte ehrerbietig sein gegen seinen Onkel Clens, er sollte sich nicht auf Kämpfe mit den anderen Jungen der Feldwache einlassen; es gab so viele Dinge, die er tun sollte. –

Ein Geräusch. Zusammenprall von Fels und Nicht-Fels.

Er duckte sich, und seine klauenbewehrte linke Hand, todbringend an dem hageren, verdrahteten Arm, schnellte hoch, um sein Gesicht zu schützen. Keparde schlugen nach den Augen. Aber das war kein Kepard. Er senkte seine Klauenhand ein wenig.

Das Teufelskätzchen kam, auf fünf seiner acht Beine balancierend, aus dem Spalt hervorgeklettert und fauchte. Es war dreißig Zentimeter lang, hatte drei Hörner und große Augen vom selben Grau wie Jos. Es keckerte so, wie Teufelskätzchen zu keckern pflegen, wenn sie aufgeregt sind, normalerweise, weil sie ihre Teufelskatzeneltern verloren haben – die zwanzig Meter lang und vollkommen harmlos sind, wenn sie nicht versehentlich auf einen treten.

»Was 'n los?« fragt Kometen-Jo. »Sin Mami un Papi abgehaun?«

Das Teufelskätzchen keckerte wieder.

»Was 'n passiert?« beharrte Jo.

Das Kätzchen schaute über die linke Schulter und fauchte.

»La' ma' sehn«, nickte Kometen-Jo. »Komm, Pussi.« Stirnrunzelnd ging er voran. So ungehobelt seine Sprache war, so anmutig waren die Bewegungen seines nackten Körpers, wenn er über den Felsen glitt. Er ließ sich von einem Felsvorsprung auf krümelige rote Erde fallen. Gelbes Haar umschattete seine Schultern im Sprung und fiel ihm dann in die Augen. Er schüttelte es zurück. Das Kätzchen rieb sich den Knöchel, keckerte wieder und stürmte dann um den Felsblock herum.

Jo folgte ihm – dann warf er sich zurück gegen den Felsen. Er preßte die Klauen seiner linken Hand und die Kuppen der rechten gegen den Granit. Schweiß brach ihm aus. Die große Schlagader an der Seite seiner Kehle pulsierte heftig, und sein Hodensack zog sich zusammen wie eine Dörrpflaume.

Grüner Schlamm schäumte und brauste in einem Geiser, einen halben Meter höher als er selbst. Es gab Dinge in diesem brodelnden Schmutz, die er nicht sehen konnte, aber er konnte sie fühlen – sich winden, lautlos schreien, unter großen Schmerzen sterben. Eines versuchte sich freizukämpfen.

Das Teufelskätzchen, blind gegen den Todeskampf im Inneren, hüpfte mitten hinein, fauchte übermütig und sprang zurück. Als Jo wagte, Atem zu holen, brach das Ding aus dem Inneren aus. Es taumelte qualmend vorwärts. Es schlug graue Augen auf. Ein Windstoß fing sich in langen, weizenfarbenen Haaren und wehte sie über die Schultern zurück, als es sich für einen Augenblick mit katzenhafter Anmut bewegte. Dann fiel es vornüber.

Irgend etwas jenseits der Angst ließ Kometen-Jo nach seinen ausgestreckten Armen fassen. Hand traf auf Klaue. Klaue traf auf Hand. Erst als Kometen-Jo sich niederkniete und die Gestalt schwer nach Luft ringend in seinen Armen lag, erkannte er, daß es sein Ebenbild war.

Überraschung explodierte in seinem Kopf, und seine Zunge hing unzusammenhängend und mißtönend zwischen den anderen Dingen. »Wer du?«

»Du mußt eine . . .« begann die Gestalt, hustete, und ihre Umrisse verschwammen für einen Augenblick; ». . . mußt eine . . .« wiederholte sie.

»Was? Was?« Jo war verwirrt und verängstigt.

». . . eine Botschaft zum Imperiums-Stern bringen.« Seine Sprache hatte die saubere, präzise Betonung des Interlingua der Fremden. »Du mußt eine Botschaft zum Imperiums-Stern bringen!«

»Was soll ich 'n sagen?«

»Geh einfach hin und sag ihnen . . .« es hustete wieder. »Geh einfach hin, egal, wie lange es dauert.«

»Was, zum Teufel, sag ich, wenn ich hinkomm?« fragte Jo. Dann fielen ihm all die Dinge ein, die er schon längst hätte fragen sollen. »Wo sin deine Leute? Wo willste hin? Was 'n passiert?«

Von einem Krampf geschüttelt, spannte sich der Rücken des Wesens, und es glitt Kometen-Jo aus den Armen. Kometen-Jo streckte die Hand aus, um seinen Mund aufzustemmen und zu verhindern, daß es seine Zunge verschluckte, aber bevor er es noch berührte – löste es sich auf.

Es brodelte und qualmte, schäumte und dampfte.

Die größere Erscheinung hatte sich beruhigt, war jetzt nur noch eine Pfütze, die um die Gräser schwappte. Das Teufelskätzchen näherte sich dem Rand, schnüffelte und scharrte etwas heraus. Die Pfütze glättete sich und begann dann schnell zu verdunsten. Das Kätzchen hob das Ding mit dem Maul auf, kam herbei und legte es, heftig blinzelnd, zwischen Jos Knie; dann kauerte es sich nieder und leckte sich die flaumige Brust.

Jo blickte hinunter. Das Ding war farbenprächtig, facettenreich, multiplex und ich. Ich bin Juwel.

II

Ach, unsere Reise hatte so lange gedauert, um so plötzlich und verheerend zu enden. Wir, das waren Norn, Ki, Marbika und ich. Natürlich hatte ich sie gewarnt, als unser ursprüngliches Raumschiff versagt hatte und wir den Organiform Kreuzer von S. Doradus übernommen hatten. Alles klappte großartig, solange wir in der verhältnismäßig staubigen Region der Magellanischen Wolke blieben, aber als wir den freieren Raum des heimatlichen Spiralnebels erreichten, gab es nichts mehr für den Mechanismus, durch das er katalysieren konnte.

Wir waren gerade im Begriff, Ceti zu umkreisen und den Imperiums-Stern mit unserer Bürde von guten und schlechten Nachrichten anzusteuern, mit unserem Bericht von Erfolg und Niederlage. Aber wir verloren unsere Außenhaut, und der Organiform klatschte wie eine wuchernde Amöbe auf den Satelliten Rhys auf. Der Druck war verhängnisvoll. Ki war bereits tot, als wir aufkamen. Marbika war in hundert unsinnige Bestandteile zerschmettert, die in der nährenden Gallerte, in der wir schwebten, tobten und starben.

Norn und ich hielten eine kurze Beratung. Wir setzten eine ziemlich schadhafte Wahrnehmungssonde auf einen Hundert-Meilen-Radius von der Stelle unseres Aufpralls an. Der Organiform hatte bereits begonnen, sich selbst zu zerstören; seine primitive Intelligenz machte uns für den Zwischenfall verantwortlich, nun wollte er töten. Die Wahrnehmungssonde zeigte eine kleine Gruppe von Terranern, die damit beschäftigt waren, Plyasil zutage zu fördern, das in riesigen unterirdischen Höhlen wuchs. Ungefähr zwanzig Meilen nördlich gab es eine kleine Frachtstation, von wo aus das Plyasil zum Galaxis-Zentrum verschifft wurde, um von dort dann an die Sterne verteilt zu werden. Aber der Satellit selbst war unglaublich rückständig. »Das ist so ungefähr die simplexeste Gemeinschaft, die man noch als intelligent bezeichnen kann, die mir je begegnet ist«, kommentierte Norn. »Ich kann nicht mehr als zehn intelligente Wesen auf diesem Planeten ausmachen, die schon einmal in einem anderen Sternsystem waren, und die arbeiten alle auf der Frachtstation.«

»Wo sie nicht-organische, zuverlässige Raumschiffe haben, die nicht feindselig werden und auseinanderbrechen«, sagte ich. »Wegen diesem hier müssen wir beide sterben, und wir werden nun niemals zum Imperiums-Stern kommen. Mit einem Schiff wie dem dort hätten wir reisen sollen. Das Ding hier – bah!« Die Temperatur des Proto-Protoplasmas wurde ungemütlich.

»Irgendwo ist ein Kind hier in der Gegend«, sagte Norn. »Und ein – was, zum Teufel, ist das eigentlich?«

Ich nahm die Information auf und sagte: »Die Terraner nennen es Teufelskätzchen.«

»Das ist mit Sicherheit keine simplexe Intelligenz!«

»Es ist auch nicht gerade multiplex«, sagte ich. »Aber es ist etwas. Vielleicht kann es die Botschaft überbringen?«

»Aber seine Intelligenz ist subinfantil«, sagte Norn. »Die Terraner haben wenigstens eine beträchtliche Menge grauer Masse. Wenn es uns nur gelänge, die beiden zur Kooperation zu bewegen. Das Kind ist ziemlich schlau – nur so simplex! Das Kätzchen ist komplex, so daß es wenigstens als Träger der Botschaft fungieren könnte. Na gut, wir versuchen es. Versuch, ob du sie hierherholen kannst. Wenn du kristallisierst, kannst du den Tod noch eine Weile hinauszögern, oder nicht?«

»Ja«, sagte ich widerstrebend, »aber ich weiß nicht, ob ich es will. Ich glaube nicht, daß ich es ertragen kann, so passiv zu sein, lediglich ein Standpunkt zu sein.«

»Selbst passiv«, sagte Norn, »kannst du sehr nützlich sein, besonders diesem simplexen Jungen. Er sieht schweren Zeiten entgegen, wenn er sich darauf einläßt.«

»Na gut«, sagte ich, »ich werde kristallisieren, aber es wird mir nicht gefallen. Geh du hinaus und sieh zu, was du machen kannst.«

»Verdammt«, fluchte Norn, »ich mag nicht sterben. Ich will nicht sterben. Ich will leben und zum Imperiums-Stern gehen, um ihnen zu berichten.«

»Beeil dich«, drängte ich, »du verlierst Zeit.«

»Schon gut, schon gut. Was meinst du, welche Gestalt soll ich annehmen?«

»Vergiß nicht, du hast es mit einer simplexen Intelligenz zu tun. Es gibt nur eine Gestalt, von der anzunehmen ist, daß er sie beachtet und nicht morgen früh einem schlechten Traum zuschreibt.«

»Schon gut«, wiederholte Norn. »Dann mal los. Leb wohl, Juwel.«

»Leb wohl«, sagte ich und begann zu kristallisieren.

Norn kämpfte sich vorwärts. Die kochende Gallerte sank ein, als er zu den Felsen durchbrach, wo das Kind wartete. *Hierher Pussi, Pussi, Pussi,* projizierte ich zu dem Kätzchen hin. Es war sehr kooperativ.

III

Kometen-Jo ging zurück zu den Höhlen. Er spielte getragene Melodien auf der Okarina und dachte nach. Der Edelstein (der Juwel war, der ich bin) lag in dem Beutel an seiner Taille. Das Teufelskätzchen schnappte nach Feuerfliegen, hielt dann inne, um sich Dornen aus den Fußballen zu ziehen. Einmal rollte es sich auf den Rücken und fauchte einen Stern an, aber dann hoppelte es eilig hinter Komet her. Es war absolut kein simplexes Gemüt.

Komet erreichte den Rand von Toothsome. Als er über den Felsen spähte, sah er Onkel Clemens im Eingang der Höhle stehen. Er sah sehr verärgert aus. Komet bohrte mit der Zunge in der Backe auf der Suche nach Überresten vom Mittagessen, denn er wußte, er würde kein Abendessen bekommen.

Über ihm sagte jemand: »He, du Depp! Onkel Clem is sauer uf dich, un wie!«

Er blickte auf. Seine vierte Cousine Lilly hing am Rand einer höhergelegenen Klippe und schaute herunter.

Er winkte ihr zu, und sie kam zu ihm herunter. Sie trug ihr Haar in einem kurzen Bürstenschnitt, um den er die Mädchen immer beneidete. »Das da dein Teufelspussi? Wie heißt's?«

»Is nich von mir«, sagte er. »He, wer hat'n gesagt, daß du meine Stiefel un Handschuhe ham kannst?«

Sie trug die kniehohen schwarzen Stiefel und die ellbogenlangen Handschuhe, die Charona ihm zum zwölften Geburtstag geschenkt hatte. »Ich wollt' uf dich wa'tn un dir erzähl'n, wie sauer Onkel Clem is'. Un' da mußt' ich mich da oben hinhängen, wo ich dich komm'n sehn konnt.«

»Ja, das haste! Gib se her. Du wollt'st se bloß benützen. Jetz gib se her. Ich hab nich gesagt, daß de se ham kannst.«

Widerstrebend streifte Lilly die Handschuhe ab. »Na gut«, sagte sie. »Willst se mir nich lassen?« Sie schlüpfte aus den Stiefeln. »Ne«, antwortete Komet.

»Na gut«. Liliy drehte sich um und rief: »Onkel Clem!«

»He . . .!« sagte Jo.

»Onkel Clem, Komet is wieder da!«

»Halt's Maul!« zischte Komet, dann drehte er sich um und rannte hinter den Felsvorsprung zurück.

»Onkel Clem, er rennt wieder weg –« Genau an dieser Stelle stach das Teufelskätzchen zwei seiner Hörner in Lillys Knöchel, hob die Handschuhe und die Stiefel mit dem Maul auf und rannte hinter Komet her – eine sehr multiplexe Handlung, wenn man bedenkt, daß ihm niemand etwas gesagt hatte.

Fünfzehn Minuten später hockte Komet ängstlich und wütend zwischen den Felsen. Das war zur selben Zeit, als das Teufelskätzchen hinauflief und die Stiefel und Handschuhe vor ihm fallen ließ.

»Huch?« sagte Komet, als er sie in der braunroten Dunkelheit erkannte. »He, danke!« Und er hob sie auf und zog sie an. »Charona«, überlegte er und stand auf. »Ich geh zu Charona.« Weil Charona ihm die Stiefel geschenkt hatte und weil Charona niemals wütend auf ihn war und weil Charona wahrscheinlich wußte, was der Imperiums-Stern war.

Er ging los, drehte sich dann um und schaute das Teufelskätzchen stirnrunzelnd an. Teufelskatzen sind bekanntermaßen unabhängig und heben keine Sachen auf und tragen sie für menschliche Wesen herum wie Hunde. »Teufelskätzchen«, murmelte er. »T'kätzchen. Te'k; was für'n Name. Te'k, willste mit mir kommen?« eine überraschend un-simplexe Handlung – jedenfalls überraschte sie mich.

Kometen-Jo setzte sich in Bewegung, und Te'k folgte ihm.

IV

Gegen abend regnete es. Ein feiner Sprühnebel benetzte sein Gesicht und überzog seine Wimpern mit Diamanten, als er an der Unterseite des Felsens hing und zum Tor des Transportgeländes hinuntersah. Er hing da wie ein Faultier, und Te'k hockte in seiner Bauchkuhle.

Zwei Plyasiltransporter krochen im rötlichen Licht zwischen den Felsen dahin. In einer Minute würde Charona kommen und sie einlassen. Wenn er den Kopf zurücklegte, bis die Welt auf dem Kopf stand, konnte er durch das felsige Tal, über das sich der Doppelbogen der Brooklyn Brücke spannte, bis zu den Ladeflächen sehen, wo die Raumschiffe sich im roten Regen der Dämmerung wiegten.

Als die Lastwagen sich aus dem Dickicht der Weinstöcke lösten, die an einer Stelle die Straße einsäumten, sah er Charona auf das Tor zu laufen. 3-Hund rannte vor ihr her und bellte die Fahrzeuge durch den Maschenzaun hindurch an, als sie hielten. Das Teufelskätzchen trippelte nervös von einem Bein auf das andere. Ein Punkt, in dem es seinen Namensvettern ähnlich war, war seine Abneigung gegen Hunde.

Charona zog den Riegel zurück, und die Schranken öffneten sich. Als die Lastwagen hindurchholperten, brüllte Jo von der Klippe hinunter: »He, Charona, halt se für mich auf!«

Sie hob den Kopf und wandte ihm ihr zerfurchtes Gesicht zu. »Wer seid Ihr dort droben?« 3-Hund bellte.

»Obacht«, rief Jo, dann ließ er sich vom Felsen los und wirbelte durch die Luft. Beide, er und Te'k, rollten sich im Fall zusammen. Er streckte sich und landete leicht auf seinen gestiefelten Füßen vor ihr.

»Nun«, lachte sie und steckte die Fäuste in die Taschen ihres Anzugs aus Silberhaut, der vom Regen glänzte, »Ihr seid ein anmutiger Elf. Wo habt Ihr Euch den größten Teil des Monats verborgen gehalten?«

»Der Wächter von Neu Zyklus«, sagte er grinsend. »Siehste, ich trag dein Geschenk.«

»Und es ist gut, Euch damit zu sehen. Tretet ein, tretet ein, damit ich das Tor schließen kann.«

Komet duckte sich unter den halb heruntergelassenen Schranken hindurch. »He, Charona«, sagte er, als sie sich auf der regennassen Straße in Bewegung setzten, »wa's Imperiums-Stern? Un' wo's er? Un' wie komm ich hin?« In stillschweigender Übereinstimmung verließen sie die Straße und bahnten sich einen Weg über den felsigeren Boden des Tales unter der Metallzunge hindurch, die Brooklyn Brücke hieß.

»'S ist ein großer Stern, mein Kind, den Eure Ur-Ur-Ur-Großväter auf der Erde Aurigae nannten. Er ist zweiundsiebzig Grad vom Mittelpunkt der Galaxis in einer hyperstatischen Entfernung von fündundfünfzig Komma neun von hier, und – um überlieferte Weisheit zu zitieren – Ihr könnt von hier aus nicht dorthin gelangen.«

»Warum?«

Charona lachte. 3-Hund rannte vor ihr her und bellte Te'k an. Der machte einen Buckel und wollte etwas in Kätzchensprache erwidern, besann sich aber eines Besseren und stolzierte davon. »Man könnte sich von einem Transportschiff mitnehmen lassen und einen Anfang machen; aber Ihr könntet nicht. Das ist das Entscheidende.«

Kometen-Jo runzelte die Stirn.

»Warum könnt ich nich?« Er hieb einer Graspflanze den Kopf ab. »Ich geh weg von dem Planet – jetzt!«

Charona hob die kahle Haut, wo einst die Augenbrauen gewesen waren. »Ihr scheint ein wenig entschlossen. Ihr seid die erste hier geborene Person, die mir das in vierhundert Jahren sagt. Kehret Ihr, Kometen-Jo, zurück zu Eurem Onkel, und laßt Frieden einziehen in der Heimathöhle.«

»Jupp«, murrte Kometen-Jo und stieß mit dem Fuß nach einem Stein. »Ich will gehn. Warum kann ich nicht gehn?«

»Simplex, komplex und multiplex«, sinnierte Charona. Und ich wachte auf in meinem Beutel. Vielleicht gab es doch noch Hoffnung. Wenn es jemanden gab, der es ihm erklären konnte, würde das die Reise erleichtern. »Dies hier ist eine simplexe Gesellschaft, Komet. Raumfahrt gehört nicht dazu. Außer den Plyasiltransportern und ein paar neugierigen Kindern wie Ihr tritt niemand je durch diese Pforten. Und übers Jahr werdet Ihr aufhören zu kommen, und all Eure Besuche werden schließlich nur bedeuten, daß Ihr ein wenig nachsichtiger mit Euren eigenen Kindern sein werdet, wenn sie zu den Toren laufen oder mit Zauberflitter zu den Heimathöhlen zurückkehren werden. Um zwischen den Welten zu reisen, muß man es zumindest mit komplexen Wesen zu tun haben, oft sogar mit multiplexen. Ihr würdet Euch nicht zurechtfinden, nicht wissen, wie Ihr Euch verhalten solltet. Nach einer halben Stunde in einem Raumschiff würdet Ihr Euch entschließen, zurückzukehren, und den ganzen Gedanken als Narrheit abtun. Die Tatsache, daß Ihr einen simplexen Verstand habt, ist in mancher Hinsicht gut, denn so bleibt Ihr geborgen auf Rhys. Und auch wenn Ihr die Tore durchschreitet, werdet Ihr nicht ›verdorben‹ werden, nicht einmal, wenn ihr das Frachtgelände besucht oder gelegentlich Dingen von den Sternen begegnet, wie diesen Stiefeln und Handschuhen, die ich Euch gab.«

Sie schien fertig zu sein, und ich war traurig, denn das war ganz sicher keine Erklärung. Und ich wußte jetzt, daß Jo die Reise antreten würde.

Aber Kometen-Jo griff nach seinem Beutel, schob die Okarina zur Seite, holte mich heraus und legte mich in seine Handfläche. »Charona, haste sowas schomma gesehn?«

Gemeinsam beugten sie sich über mich. Hinter Komets Klauenspitzen, hinter ihren umschatteten Gesichtern zeichnete sich das schwarze Band der Brooklyn Brücke scharf am malvenfarbenen Himmel ab. Seine Handfläche war warm unter meiner Rückenfacette. Ein kühler Tropfen fiel auf meine Gesichtsflächen und brachte ihre in Unordnung.

»Nun . . . mir dünkt . . . Nein, es kann nicht sein. Wo habt Ihr es errettet?«

Er zuckte die Schultern. »Hab's bloß gefunden. Was glaubste, was es is?«

»Beim Licht der sieben Sonnen, es sieht aus wie ein kristallisierter Tritovier.«

Sie hatte natürlich recht, und ich wußte sofort, daß ich es hier mit einer weitgereisten Raumfrau zu tun hatte. Kristallisiert sind wir Tritovier nicht so alltäglich.

»Muß ihn zum Imperiums-Stern bringen.«

Hinter der zerfurchten Maske ihres Gesichts dachte Charona

schweigend nach. Die Assoziationen verrieten mir, daß es multiplexe Gedanken waren, mit Bildern vom Raum und den Sternen, gesehen in der Schwärze der galaktischen Nacht, von eigenartigen Landschaften, die selbst mir fremd waren. Die vierhundert Jahre als Torwächter des Transportgeländes auf Rhys hatten ihren Geist auf eine Ebene gebracht, die fast simplex war. Aber die Multiplexität war erwacht.

»Ich werde versuchen, Euch etwas zu erklären, Komet. Sagt mir, welches ist die wichtigste Sache, die es gibt?«

»Jupp«, antwortete er wie aus der Pistole geschossen, dann sah er ihr Stirnrunzeln. Er wurde verlegen. »Ich mein Plyasil. Ich wollt keine schmutzigen Wörter nich sagen.«

»Worte stören mich nicht, Komet. Tatsächlich fand ich es immer ein wenig eigenartig, daß Eure Leute so etwas wie ein ›schmutziges Wort‹ für Plyasil kennen. Obwohl ich es nicht mehr so eigenartig finde, wenn ich mir die ›schmutzigen Wörter‹ der Welt, von der ich komme, in Erinnerung rufe. Wasser war ein verbotenes Wort, da, wo ich aufgewachsen bin – es war sehr knapp, und man durfte nicht wagen, es anders als bei seiner chemikalischen Formel und in technischen Diskussionen zu nennen und niemals in Gegenwart seines Lehrers. Und auf der Erde durfte man zu unserer Ur-Ur-Großväter Zeiten Nahrung, die einmal verzehrt und vom Körper wieder ausgeschieden war, in guter Gesellschaft nicht beim Namen nennen.«

»Was is denn unanständig an Essen un Wasser?«

»Was ist schmutzig an Jupp?«

Er war überrascht, daß sie sich der Umgangssprache bediente. Aber sie hatte es immer mit Lastwagenfahrern und Packern zu tun, die bekanntlich ein loses Mundwerk haben und denen es an Respekt für alles und jedes fehlte – sagte Onkel Clemens.

»Weiß nicht.«

»Es ist ein organischer Stoff, der in der Blüte einer mutierten Getreideart wächst, die nur durch die Strahlung aus dem Herzen von Rhys in der Dunkelheit seiner Höhlen zur Blüte kommt. Es ist niemandem auf diesem Planeten von Nutzen, dient lediglich zur Verstärkung anderer Plastikstoffe und ist doch der einzige Sinn und Zweck von Rhys im Universalplan – den Rest der Galaxis damit zu versorgen. Denn es gibt Orte, wo es gebraucht wird. Alle Männer und Frauen auf Rhys arbeiten an seiner Erzeugung, Verarbeitung oder seinem Transport. Mehr ist nicht daran. Nirgendwo in meiner Definition habe ich etwas Unanständiges erwähnt.«

»Na ja, wenn 'n Ballen aufreißt un es verschüttet wird, is es irgendwie ... na ja, nicht unanständig, aber 'ne Schweinerei.«

»Verschüttetes Wasser oder Essen ist auch eine Schweinerei. Aber nichts ist es von Natur aus.«

»Über manche Sachen spricht man halt nich vor anständigen Leuten. Das sagt Onkel Clem.« Jo suchte schließlich bei seiner Erziehung Zuflucht. »Un', wie du sagst, is Jupp das wichtigste, was es gibt, deswegen muß man ... na ja, 'n bißchen Achtung davor haben.«

»Nicht ich habe es gesagt, sondern Ihr. Und darum habt Ihr einen simplexen Geist. Wenn Ihr das zweite Tor durchschreitet und einen Frachtkapitän darum bittet, Euch mitzunehmen – und er wird es sicherlich tun, denn es sind gutmütige Burschen –, werdet Ihr Euch in einer anderen Welt befinden, wo Plyasil lediglich vierzig Boni pro Tonne bedeutet und beträchtlich weniger wert ist als Dernit, Kippelpobs, Klöppelkisten oder Beusch, von denen jedes ungefähr fünfzig Boni einbringt. Und Ihr könntet den Namen jedes einzelnen hinausschreien, ohne daß man Euch für mehr als einen Krawallmacher halten würde.«

»Ich werd überhaupt nich rumschrein«, versicherte Kometen-Jo. »Un alles, was ich an deim Gebrabbel über ›simplex‹ versteh, is, daß ich weiß, was Höflichkeit is, auch wenn 'ne Menge andre Leute das nicht wissen – ich weiß, ich bin nich so höflich, wie ich sein sollte, aber ich kanns.«

Charona lachte. 3-Hund kam angerannt und rieb seinen Kopf an ihrer Hüfte.

»Vielleicht kann ich es in rein technologischen Begriffen erklären, obwohl mir schmerzlich bewußt ist, daß Ihr es nicht verstehen werdet, bevor Ihr es nicht selbst gesehen habt. Haltet ein und seht hinauf.«

Sie hielten in einem Steinschlag und schauten nach oben.

»Seht Ihr die Löcher?« fragte sie.

In den Metallplatten, die den Boden der Brücke bildeten, gab es hier und da nadelfeine Lichtpunkte.

»Sie sehen nicht anders aus als zufällige Tupfen, nicht wahr?«

Er nickte.

»Das ist der simplexe Blickwinkel. Nun setzt Euch in Bewegung und seht weiter nach oben.«

Komet ging mit stetigem Schritt voran und starrte hinauf. Die Lichtpunkte erloschen, hier und dort erschienen andere, erloschen wieder, und wieder andere, oder vielleicht die ursprünglichen, tauchten auf.

»Über der Brücke ist ein Aufbau von Trägern, die einige der Löcher bedecken, so daß Ihr sie nicht alle gleichzeitig wahrnehmen könnt. Aber Ihr erhaltet nun den komplexen Blickwinkel, denn Euch wird bewußt, daß es mehr gibt als das, was Ihr von jedem einzelnen Punkt aus sehen könnt. Nun lauft und haltet dabei die Augen nach oben.«

Jo begann, zwischen den Felsen entlang zu rennen. Die Anzahl der Flimmerpunkte nahm zu, und plötzlich wurde ihm klar, daß die Löcher in einem Muster angeordnet waren, sechszackige Sterne, die von Diagonalen mit je sieben Löchern durchkreuzt wurden. Erst dadurch, daß er das Flimmern so schnell sah, konnte er das Gesamtmuster erkennen. –

Er stolperte und fiel auf Hände und Knie.

»Saht Ihr das Muster?«

»Äh . . . ja.« Jo schüttelte den Kopf. Seine Handflächen schmerzten durch die Handschuhe hindurch, und ein Knie war aufgeschlagen.

»Das war der multiplexe Blickwinkel.«

3-Hund beugte sich hinunter und leckte ihm das Gesicht.

Te'k beobachtete es ein wenig verächtlich aus der Astgabel eines Dreizackbusches.

»Ihr seid gleichzeitig einer der Hauptschwierigkeiten des simplexen Verstandes begegnet, der versucht, den multiplexen Standpunkt zu begreifen. Es ist sehr wahrscheinlich, daß er aufs Gesicht fällt. Ich weiß wirklich nicht, ob Ihr den Übergang schaffen werdet, Ihr seid jung, und ältere Leute als Ihr mußten umkehren. Auf jeden Fall wünsche ich Euch Glück. Obwohl Ihr auf den ersten paar Etappen Eurer Reise jederzeit umkehren und zurückkommen könnt. Immerhin werdet Ihr selbst mit einem kurzen Sprung nach Ratshole mehr vom Universum gesehen haben als die Mehrzahl der Leute auf Rhys. Aber je weiter Ihr vordringt, desto schwerer wird es sein, zurückzukommen.«

Kometen-Jo schob 3-Hund zur Seite und stand auf. Die nächste Frage stellte er sowohl aus Angst vor seiner eigenen Courage als auch wegen der Schmerzen in den Händen. »Brooklyn Brücke«, sagte er, den Blick immer noch nach oben gerichtet. »Warum nennen sie es Brooklyn Brücke?« Er stellte diese Frage wie einer, der keine Antwort erwartet, und wäre sein Verstand präzise genug gewesen, ihre wahre Bedeutung zu artikulieren, hätte er gefragt: »Warum will mich dieses Bauwerk dort überhaupt zu Fall bringen?«

Aber Charona erwiderte: »Auf der Erde gibt es ein Bauwerk, das diesem gleicht und das zwei Inseln verbindet – es ist nur ein bißchen kleiner als dieses hier. ›Brücke‹ heißt diese Art von Bauwerken, und Brooklyn heißt der Ort, wo sie hinführt, darum wurde sie Brooklyn Brücke genannt. Die ersten Kolonisten brachten diesen Namen mit und gaben ihn dem, was Ihr hier vor Euch seht.«

»Du meinst, das hat 'nen Grund?«

Charona nickte.

Plötzlich fing sich eine Idee in seinem Kopf, schweifte um eine Ecke, stieg auf und hämmerte und schrillte in seinen Ohren. »Werd ich die Erde sehen können?«

»'s wird Euch nicht allzu weit vom Wege abführen«, sagte Charona.

»Un kann ich dann auch die Brooklyn Brücke sehn?« Seine Füße zuckten in den Stiefeln.

»Ich sah sie vor vierhundert Jahren, und damals stand sie noch.«

Kometen-Jo sprang plötzlich auf und schleuderte seine Fäuste gegen den Himmel, eine wunderbar komplexe Handlung, die mich mit noch größerer Hoffnung erfüllte; dann stürmte er voran, sprang gegen einen Brückenpfeiler und schnellte aus purem Übermut weit hinauf.

Auf halbem Wege zur Spitze hielt er an und schaute hinunter. »He, Charona«, rief er, »Ich geh zur Erde! Ich, Kometen-Jo, ich geh zur Erde un seh die Brooklyn Brücke!«

Unter uns lächelte die Torhüterin und streichelte 3-Hunds Kopf.

V

Sie stiegen unter der Balustrade hervor, als es aufhörte, zu regnen. Dann kletterten sie über das Geländer und schlenderten auf dem naß-schwarzen Asphalt auf das zweite Tor zu. »Ihr seid sicher?« fragte Charona zum wiederholten Mal.

Er nickte ein wenig unsicher.

»Und was soll ich Eurem Onkel sagen, wenn er kommt und Fragen stellt, was er sicher tun wird?«

Der Gedanke an Onkel Clemens steigerte seine Unsicherheit. »Sag bloß, ich bin abgehaun.«

Charona nickte, zog den zweiten Riegel zurück, und die Schranke öffnete sich.

»Und werdet Ihr das dort mit Euch nehmen?« Charona zeigte auf Te'k.

»Klar. Warum nich?« Und damit schritt er mutig voran. Te'k schaute sich nach links und rechts um, dann rannte es hinter ihm her. Charona hätte alles darum gegeben, ihn begleiten zu können, aber plötzlich bedeutete ihr das Aufleuchten eines Signallämpchens, daß sie am ersten Tor wieder gebraucht wurde. So folgte ihm nur ihr Blick, als sich die Schranke senkte. Dann kehrte sie über die Brücke zurück.

Er hatte noch nie mehr als einen Blick durch das zweite Tor geworfen. Auf die zwiebelförmigen Schiffsrümpfe, die Frachtgebäude, auf die mechanischen Ladefahrzeuge und -schlitten, die sich emsig auf den Wegen des Transportgeländes hin und her bewegten. Als er eintrat, sah er sich um und erwartete, daß, wie Charona ihn gewarnt hatte, die Welt ganz anders sein würde. Aber seine Vorstellung von *anders* war ziemlich simplex, so daß er nach den ersten zehn Metern enttäuscht war.

Weitere zehn Meter, und seine Enttäuschung machte gewöhnlicher Neugier Platz. Ein kleiner flacher Gleiter schwebte auf ihn zu. Eine hohe Gestalt lenkte ihn ungerührt die Rampe hinunter. Er fühlte Angst und Überraschung in sich aufsteigen, als ihm klar wurde, daß der Gleiter direkt auf ihn zukam. Einen Augenblick später kam er zum Stehen.

Die Frau, die vor ihm stand – und er brauchte eine Minute, um das herauszufinden, denn sie trug ihr Haar lang wie ein Mann und so kunstvoll frisiert, wie er es noch nie gesehen hatte –, trug ein rotes Gewand, dessen Stoffbahnen, obgleich alle von derselben Farbe, aus verschiedenen Materialien gemacht waren und sie bald einhüllten, bald in der feuchten Abendbrise hochflatterten. Er bemerkte, daß ihre Haare, ihre Lippen und ihre Fingernägel rot waren. Das war merkwürdig. Sie sah auf ihn nieder und sagte: »Du bist ein hübscher Junge.«

»Was?« fragte Kometen-Jo.

»Ich sagte, du bist ein hübscher Junge.«

»Hm, Jupp, ich meine . . . hm . . .« Dann hob er die Augen vom Boden und erwiderte ihren Blick.

»Aber deine Haare sind ein Durcheinander.«

Er runzelte die Stirn. »Wie meinsten das, 'n Durchnander?«

»Ich meine es genau so, wie ich es sage. Und *wo* hast du Interlingua sprechen gelernt? Oder erhalte ich nur eine verschwommene telepathische Entsprechung deiner mündlichen Äußerungen?«

»Was?«

»Vergiß es. Du bist trotzdem ein hübscher Junge. Ich werde dir einen Kamm geben, und ich werde dir Sprechunterricht geben. Komm auf mein Schiff – du wirst mein Schiff nehmen, da in nächster Zeit kein anderes startet. Frag nach San Severina.«

Der Gleiter wendete, bereit, davonzuschweben.

»He, wo gehste hin?« rief Kometen-Jo.

»Kämm zuerst dein Haar, alles andere werden wir in den Unterrichtsstunden besprechen.« Sie löste etwas von einer Stoffbahn ihres Kleides und warf es ihm zu.

Er fing es auf und betrachtete es. Es war ein roter Kamm.

Er zog seine Haarpracht über die Schulter nach vorne, um sie zu untersuchen. Sie war verfilzt vom nächtlichen Marsch zum Transportgelände. Er machte ein paar Kammstriche und hoffte, daß es vielleicht ein Spezialkamm wäre, der das Entwirren erleichterte. Es war keiner. Daher brauchte er ungefähr zehn Minuten, und dann flocht er, um eine Wiederholung der Quälerei möglichst lange hinauszuschieben, einen festen Zopf über eine Schulter. Dann steckte er den Kamm in seinen Beutel und nahm die Okarina heraus.

Er ging an einem Stapel Fracht vorüber, als er sah, daß ein junger Mann, ein paar Jahre älter als er, oben auf den Kisten thronte. Er hatte die Arme um die Knie geschlungen und starrte zu ihm herunter. Er war barfuß und ohne Hemd, und seine ausgefransten Hosen wurden durch ein Seil zusammengehalten. Sein Haar war von wahlloser, geschlechtsloser Länge und wesentlich verfilzter, als es Jos gewesen war. Er war sehr schmutzig, aber er grinste.

»He!« sagte Jo. »Weißte, wer mich von hier mit rausnehm' kann?«

»T'chapubna«, antwortete der Junge und deutete über das Feld, »f'd' Jupp n'Lll.«

Jo fühlte sich ein bißchen verloren, weil das einzige, was er von dem Satz verstand, ein Schimpfwort war.

»Ich will mitgenomm' wern«, wiederholte Jo.

»T'chapubna«, sagte der Junge und deutete wieder mit der Hand. Dann legte er die Hände an den Mund, als würde er auch auf einer Okarina spielen.

»Willste probiern?« fragte Jo und wünschte gleich darauf, er hätte es nicht getan, weil der Junge so schmutzig war.

Aber der Junge schüttelte lächelnd den Kopf. »Bloß 'n Hilfspendler. Kann kein Musik machen.«

Was vielleicht halbwegs einen Sinn ergab, vielleicht. »Wo kommste her?« fragte Jo.

»Bloß 'n Hilfspendler«, wiederholte der Junge. Dann zeigte

er zu dem rosafarbenen Mondmond über dem Horizont. »Hin 'n rück, hin 'n rück, 'salles, wo ich war.« Er lächelte wieder.

»Oh«, sagte Jo und lächelte, weil ihm nichts anderes einfiel. Er war nicht sicher, ob er aus der Unterhaltung etwas erfahren hatte oder nicht. Er fing wieder an, auf der Okarina zu spielen, und ging weiter.

Diesmal hielt er direkt auf ein Schiff zu; eines wurde gerade beladen, also entschied er sich für dieses.

Ein muskulöser Mann überwachte die Robotpacker und überprüfte die Waren anhand einer Liste. Sein schmieriges Hemd war noch feucht vom Regen, und er hatte es über seinem haarigen Bauch geknotet, der über und unter dem Knoten hervorquoll.

Ein anderer Junge, dichter an Jos Alter, lehnte gegen ein Spannkabel, das vom Schiff herunterführte. Wie der erste war er schmutzig, ohne Schuhe und ohne Hemd. Ein Hosenbein war am Knie abgerissen, und zwei Gürtelschlaufen wurden von einer Drahtschlinge zusammengehalten. Dem wettergegerbten Gesicht fehlte sogar die Bereitschaft, zu lächeln, die das des anderen gezeigt hatte. Der Junge beugte sich vor und drehte sich langsam um das Spannseil, um Jo zu beobachten, als er näher kam.

Jo wollte sich dem großen Mann nähern, der die Ladung überprüfte, aber der war gerade sehr beschäftigt, den Stapel neu zu ordnen, den einer der Packer falsch aufgeschichtet hatte, daher trat Jo zurück. Er sah wieder zu dem Jungen hin, lächelte ein wenig und nickte. Kometen-Jo war nicht danach zumute, eine Unterhaltung anzufangen, aber der Junge nickte kurz zurück, und der Mann sah aus, als würde er noch eine Weile beschäftigt sein. »Biste 'n Hilfspendler?«

Der Junge nickte.

»Fährste von da un zurück?« fragte er und zeigte auf die Scheibe des Mondmondes. Der Junge nickte wieder.

»Gibt's ne Möglichkeit, daß ich mitgenomm werde nach ... na ja, egal wohin?«

»Es gibt eine, wenn du einen Job annehmen willst«, sagte der Junge.

Die Aussprache überraschte Jo.

»Klar«, sagte Jo, »wenn ich Arbeit krieg, machts mir nix aus.«

Der Junge zog sich an dem Kabel hoch. »Hallo, Elmer«, rief er. Der Mann sah sich um, dann drückte er auf einen Knopf an seinem Handgelenkschalter, und die Robotpacker blieben alle stehen. *Das war einfach,* dachte Jo.

»Was ist Euer Wunsch?« fragte Elmer, indem er sich umdrehte und sich die Stirn wischte.

»Wir haben den zweiten Hilfspendler. Der Junge sucht einen Job.«

»Gut und schön«, sagte Elmer. »Ihr werdet Euch also um ihn kümmern. Er sieht aus wie ein brauchbarer Bursche, man muß ihm nur ordentlich zu essen geben, dann wird er arbeiten, das garantiere ich.« Er grinste und wandte sich wieder den Robotpackern zu. »Du bist eingestellt«, sagte der Junge, »mein Name ist Ron.«

»Ich bin Jo«, sagte Jo, »man nennt mich Kometen-Jo.«

Ron lachte laut auf und schüttelte Jo die Hand. »Ich werde das nie begreifen. Ich treibe mich jetzt seit sechs Monaten im Stasisstrom herum, und jeder erprobte und wirkliche Raumfahrer, auf den man trifft, heißt Bob oder Hank oder Elmer. Und dann, in dem Augenblick, in dem man auf einen zurückgebliebenen Planeten oder eine mono-produktive simplexe Kultur trifft, heißt jeder Sternmann oder Kosmos-Schmidt oder Kometen-Jo . . .« Er schlug Jo auf die Schulter. »Sei nicht beleidigt, aber Ihr werdet Euren Kometen noch früh genug loswerden.«

Jo war nicht beleidigt, hauptsächlich, weil er nicht sicher war, worüber Ron sprach, aber er lächelte. »Wo kommste her?«

»Ich habe mir ein Jahr von der Centauri Universität freigenommen, um um die Sterne zu hüpfen und ein bißchen zu arbeiten, wenn es sein muß. Ich fahre seit ein paar Monaten als Hilfspendler durch dieses Viertel des Spiralnebels. Ist dir aufgefallen, daß mir Elmer hier beigebracht hat, wie ein richtiger Raumfahrer zu reden?«

»Der Junge, der da hinten sitzt? Is' der auch von der . . . Universit?«

»Hank? Dieser zurückgebliebene, unplexe Knabe, der auf der Ladung saß?« Ron lachte.

»Unplex?« fragte Jo. Er brachte das Wort mit den anderen in Verbindung, die er am selben Morgen gelernt hatte. »Wie simplex, komplex un' der Kram?«

Ron bemerkte offensichtlich, daß die Frage ernst gemeint war. »So etwas wie unplex gibt es nicht wirklich. Aber manchmal fragt man sich. Hank pendelt nur zwischen Rhys und dem Mondmond. Seine Leute sind sehr arm, und ich glaube nicht einmal, daß er lesen und seinen Namen schreiben kann. Ihr werdet feststellen, daß die meisten Hilfspendler aus ähnlichen Verhältnissen kommen. Sie haben nur ihre eine Strecke, meistens zwischen zwei Planeten, und das ist alles, was sie je sehen werden. Aber ich springe auch von Stern zu Stern. Ich möchte die Position des Maats erreichen, bevor die Halbdrehung um ist, aber irgendwo müßt Ihr anfangen. Wie weit fährst du?«

»Imperiums-Stern«, sagte Jo. »Weißte . . . ich meine, wißt Ihr, wos is?«

»Versuchst du schon, die Raumfahrersprache zu übernehmen?« fragte Ron. »Mach dir keine Sorgen, sie wird auf dich abfärben, bevor du es merkst. Imperiums-Stern? Ich glaube, er ist ungefähr siebzig, fünfundsiebzig Grad um das galaktische Zentrum herum.«

»Zweiundsiebzig Grad, auf einer Entfernung von 55,9«, sagte Jo.

»Warum fragst du mich dann?« wollte Ron wissen.

»Weil mir das nix sagt.«

Ron lachte wieder. »Ach so. Ich verstehe. Du warst noch nie im Raum?«

Jo schüttelte den Kopf.

»Ich verstehe«, wiederholte Ron, und sein Lachen wurde lauter. »Nun, es wird dir bald etwas sagen. Glaubt mir, das wird es!« Dann sah Ron Te'k. »Ist das deins?«

Jo nickte. »Ich kanns doch mitnehm', oder nich?«

»Elmer ist der Kapitän. Frag ihn.«

Jo sah zu dem Kapitän hinüber, der wütend damit beschäftigt war, einen Stapel Fracht wieder auf dem Lader ins Gleichgewicht zu bringen. »Na gut«, sagte er und setzte sich zu ihm in Bewegung. »Elm –«

Ron faßte ihn heftig an der Schulter, und Jo schnellte herum. »Was? Jupp –« »Nicht jetzt, Unplexer, Warte, bis er fertig ist.«

»Aber du hast gerade –«

»Du bist nicht ich«, erklärte Ron, »und er hat nicht versucht, die Ladung ins Gleichgewicht zu bringen, als ich ihn angehalten habe. Wenn du ihn beim Namen rufst, muß er anhalten, und du hättest ihn umbringen können, wenn diese Ladung umgekippt wäre.«

»Oh. Wie soll ich 'n rufen?«

»Versuch es mit Kapitän«, sagte Ron. »Das ist seine Stellung, und wenn du ihn so rufst, muß er nicht mit dem aufhören, was er tut, wenn es ihm nicht paßt. Ruf ihn nur im Notfall Elmer.« Er sah Jo von der Seite an. »Wenn ich es recht bedenke, laß einen anderen entscheiden, ob es ein Notfall ist oder nicht. Für dich ist er ›Kapitän‹, bis er etwas anderes sagt.«

»War es ein Notfall, als du ihn gerufen hast?«

»Er wollte einen weiteren Hilfspendler für diese Fahrt haben, aber ich habe auch gesehen, daß er mit nichts beschäftigt war, was er nicht unterbrechen konnte, und . . . ach, du mußt einfach noch eine Menge lernen.«

Jo sah niedergeschlagen aus.

»Kopf hoch«, sagte Ron. »Du machst hübsche Sachen mit der Süßkartoffel da. Ich habe eine Gitarre drinnen – ich werde sie herausholen, dann können wir zusammen spielen, ja?« Er faßte das Spannseil und begann, sich Hand um Hand hinaufzuhangeln. Er verschwand in der überhängenden Lukenöffnung. Jo beobachtete ihn mit großen Augen. Ron trug nicht einmal Handschuhe.

In diesem Augenblick sagte Kapitän Elmer: »He, du kannst dein Kätzchen mitnehmen, aber du mußt deine Handschuhe und Stiefel hierlassen.«

»Och? Warum?«

»Weil ich es sage. Ron?«

Der Hilfspendler schaute aus der Luke. »Was?« Er hatte eine Gitarre in der Hand.

»Erzähl ihm etwas über mit dem Kulturbann belegte Kunsterzeugnisse.«

»In Ordnung«, sagte Ron und glitt mit den Füßen und einer Hand wieder an der Spannleine herunter. »Du tust die jetzt besser weg.«

Widerstrebend begann Jo, sie von Händen und Füßen abzustreifen.

»Weißt du, wir werden einige komplexe Kulturen anlaufen, deren Technologien derjenigen, die diese Stiefel gemacht hat, weit unterlegen sind. Wenn sie es herausbekommen würden, könnte es ihre ganze Kultur unterlaufen.«

»Wir könnten sone Stiefel nich machen«, sagte Jo, »un' Charona hat se mir gegeben.«

»Das liegt daran, daß ihr hier simplex seid. Nichts könnte eure Kultur spalten, außer man würde sie in eine andere Umgebung versetzen. Und selbst dann würdet ihr wahrscheinlich mit derselben herauskommen. Aber komplexe Kulturen sind überempfindlich. Wir bringen eine Ladung Jupp nach Genesis. Dann werden die Lll weiter nach Ratshole gebracht. Dort findest du sicher jemanden, der dich zur Erde mitnimmt, wenn du willst. Ich nehme an, du willst die Erde sehen. Jeder will das.«

Jo nickte.

»Von der Erde aus kannst du überall hin gelangen. Vielleicht bekommst du sogar eine direkte Verbindung zum Imperiums-Stern. Wozu mußt du dort hin?«

»Muß 'ne Nachricht bringen.«

»So?« Ron begann, seine Gitarre zu stimmen.

Jo öffnete seinen Beutel und nahm mich heraus – ich wünschte, er würde nicht herumgehen und mich jedem vorzeigen. Es gab Leute, die ziemlich aus der Fassung geraten würden, wenn ich auftauchte, kristallisiert oder nicht.

»Das hier«, sagte Jo. »Das muß ich hinbringen.«

Ron besah sich mich genau. »Oh, ich verstehe.« Er legte die Gitarre beiseite. »Ich nehme an, dann ist es gut, daß du mit der Ladung Lll fährst.«

Ich lächelte in mich hinein. Ron war ein multiplex erzogener junger Mann. Ich schauderte bei dem Gedanken, was passiert wäre, wenn Jo mich Hank gezeigt hätte; der andere Hilfspendler hätte höchstwahrscheinlich versucht, Jo zu überreden, mich gegen irgend etwas einzutauschen, und das wäre verheerend gewesen.

»Was ist Lll?« fragte Jo. »Ist das eines von den Dingen, die wichtiger sind als Jupp?«

»Gütiger Himmel, ja«, sagte Ron. »Du hast noch nie welche gesehen, oder?«

Jo schüttelte den Kopf.

»Dann komm mit«, sagte Ron. »Wir können später spielen. Auf in die Luke mit dir, und wirf deine Stiefel und Handschuhe weg.«

Jo ließ sie auf der Asphaltbahn zurück und begann, an dem Kabel hochzuklettern. Es war leichter, als er sich vorgestellt hatte, aber als er oben ankam, war er schweißgebadet. Te'k kletterte mit seinen Saugfüßen einfach am Schiffsrumpf hoch und wartete in der Lukenöffnung auf ihn.

Jo folgte Ron einen Korridor hinunter, durch eine weitere Lukenöffnung und eine kurze Leiter hinab. »Die Lll sind hier drin«, sagte Ron vor einer Drehtür. Er trug die Gitarre immer noch auf der Schulter. Er stieß die Tür auf, und irgend etwas packte Jo am Magen und zerrte daran. Tränen stiegen ihm in die Augen, und sein Mund öffnete sich. Sein Atem kam jetzt sehr langsam.

»Es hat dich wirklich erwischt, nicht wahr«, sagte Ron mit sanfter Stimme. »Laß uns hineingehen.«

Jo hatte Angst, und als er in das Halbdunkel trat, fielen seine Eingeweide bei jedem Schritt fünf Meter tief. Er blinzelte, um seinen Blick zu klären, aber neue Tränen stiegen hoch.

»Das sind die Lll«, sagte Ron.

Jo sah Tränen auf Rons wettergehärtetem Gesicht. Er sah wieder nach vorn.

Sie waren an Hand- und Fußgelenken an den Fußboden gekettet; sieben zählte Jo. Ihre großen, grünen Augen schimmerten in der blauen Frachtbeleuchtung ... Ihre Rücken waren bucklig, ihre Haare zottig. Ihre Körper schienen ungeheuer stark.

»Was ist es, das ...« versuchte Jo zu sagen, aber etwas

würgte in seiner Kehle, und der Ton wurde zum Krächzen. »Was ist es, das ich fühle?« flüsterte er, denn lauter konnte er nicht sprechen.

»Traurigkeit«, sagte Ron.

Und einmal ausgesprochen, wurde das Gefühl erkennbar – eine unermeßliche, überwältigende Traurigkeit, die alle Bewegung seiner Muskeln erstickte und alle Freude aus seinen Augen verdrängte.

»Sie machen mich . . . traurig?« fragte Jo. »Warum?«

»Sie sind Sklaven«, sagte Ron. »Sie bauen – bauen wunderschön, großartig. Sie sind ungeheuer wertvoll. Sie bauen im halben Imperium. Und das Imperium beschützt sie auf diese Weise.«

»Beschützt?« fragte Jo.

»Man kann sich ihnen nicht ohne solche Gefühle nähern.«

»Wer will sie dann kaufen?«

»Nicht viele Leute. Aber genug, daß sie unglaublich wertvolle Sklaven sind.«

»Warum machen sie sie nicht *frei?*« fragte Jo, und der Satz wurde auf halbem Wege zum Schrei.

»Ökonomie«, sagte Ron.

»Wie kannste an Ökonomie denken, wenn du dich so fühlst?«

»Nicht viele Leute können es«, sagte Ron. »Das ist der Schutz der Lll.«

Jo rieb sich die Augen. »Laß uns hier rausgehn.«

»Laß uns einen Moment bleiben«, erwiderte Ron. »Wir werden jetzt für sie spielen.« Er setzte sich auf eine Kiste, nahm die Gitarre auf den Schenkel und zupfte einen leisen Akkord darauf. »Spiel«, sagte Ron, »ich werde dich begleiten.«

Jo begann zu blasen, aber sein Atem war so schwach, daß der Ton bebte und halb gespielt erstarb. »Ich . . . ich will nich«, protestierte Jo.

»Das ist dein Job, Hilfspendler«, sagte Ron einfach. »Du mußt dich um die Fracht kümmern, sobald sie an Bord ist. Sie mögen Musik, und sie macht sie glücklich.«

»Wird es . . . mich auch glücklicher machen?« fragte Jo.

Ron schüttelte den Kopf. »Nein.«

Jo hob die Okarina an den Mund, füllte seine Lungen und blies. Die langen Töne erfüllten den Laderaum des Schiffes, und als Jo die Augen schloß, ließen die Tränen die Dunkelheit hinter seinen Lidern verschwimmen. Rons Begleitung wogte um die Melodie, die Jo der Okarina entlockte. Jede Note bekam eine süße Schwere wie Parfum und rief in Jo, als er mit geschlossenen und tränenströmenden Augen spielte, Neu Zyklus wach, als das Plyasil ausgegangen war, das Begräbnis von Billy James, den Tag, an dem ihn Lilly ausgelacht hatte, als er versucht hatte, sie hinter dem Generator des Starkstromzaunes zu küssen, das eine Mal, als die getöteten Keparde gewogen worden waren und er erfahren hatte, daß seiner zehn Pfund wenig wog als der von Yl Odic – und Yl war drei Jahre jünger als er, und alle sagten immer, wie wunderbar sie war –, kurz, alle traurigen, schmerzlichen Erinnerungen seiner simplexen Existenz.

Als sie den Laderaum eine halbe Stunde später verließen und die Empfindung von ihm abglitt wie eine zurückweichende Welle, in dem Moment, als Ron die Luke schloß, fühlte sich Jo erschöpft und zitterte.

»Harte Arbeit, was?« sagte Ron lächelnd. Tränen hatten den Staub auf seinem Gesicht durchfurcht.

Jo sagte nichts, versuchte nur, nicht wirklich zu schluchzen vor Heimweh, das ihm immer noch die Kehle zuschnürte. *Du kannst immer umkehren und nach Hause gehen,* hatte Charona gesagt. Fast hätte er es getan. Aber eine Stimme aus dem Lautsprecher sagte: »Der schöne Knabe möchte bitte zu seiner Interlinguastunde kommen.«

»Das ist San Severina«, sagte Ron. »Sie ist unser einziger Passagier. Die Lll gehören ihr.«

Eine ganze Palette von Gefühlen öffnete sich plötzlich in Jos Kopf, darunter Verletztheit, Furcht und Neugier. Die Neugier behielt die Oberhand.

»Ihre Kabine liegt nur diesen Weg hoch und um die Ecke«, sagte Ron.

Jo setzte sich in Bewegung. Wie konnte sie es nur über sich bringen, diese unglaublichen Kreaturen zu besitzen?

VI

»Ein enormer Fortschritt«, sagte San Severina, als er ihre Tür öffnete. »Du fragst dich, wie ich es über mich bringen kann, diese unglaublichen Kreaturen zu besitzen.«

Sie saß in einem üppigen Schaumstoffsessel, vom Hals bis zu den Fußgelenken in Blau gehüllt. Ihre Haare, ihre Lippen, ihre Nägel waren blau.

»Es ist nicht leicht«, sagte sie.

Er trat ein. Eine Wand war mit überfüllten Bücherregalen bedeckt.

»Du«, fuhr San Severina fort, »mußt es wenigstens nur fühlen, wenn du in ihrer Nähe bist. Ich als Eigentümer bin diesem Gefühl während der gesamten Dauer meiner Besitzerschaft ausgesetzt. Das ist Teil des Vertrages.«

»Fühlst du es . . . jetzt?«

»Um einiges stärker als du vorhin. Mein Empfindungsspektrum ist wesentlich größer als deins.«

»Aber . . . warum?«

»Es ist nicht zu ändern. Ich muß acht Welten, zweiundfünfzig Zivilisationen und zweiunddreißigtausenddreihundertundsiebenundfünfzig vollständige und unterschiediche ethnische Systeme wiederaufbauen. Ich kann es nicht ohne die Lll. Drei dieser Welten sind vollkommen verbrannt und ohne einen Wassertropfen auf ihrer Oberfläche. Eine ist halb vulkanisch und muß eine völlig neue Kruste bekommen. Eine andere hat einen großen Teil ihrer Atmosphäre verloren. Die anderen drei sind wenigstens bewohnbar.«

»Was is passiert?« fragte Jo ungläubig.

»Krieg«, sagte San Severina. »Und er ist heutzutage so viel verheerender als vor tausend Jahren. Achtundsechzigbillionenfünfhunderttausendzweihundertundfünf Menschen auf siebenundzwanzig reduziert. Es blieb nichts anderes übrig, als unseren verbliebenen Besitz zusammenzulegen und uns darauf zu einigen, die Lll zu erwerben. Ich bringe sie jetzt über die Erde zurück.«

»Lll«, widerholte Jo. »Was *sind* sie?«

»Hast du den anderen jungen Mann nicht gefragt?«

»Ja, aber –«

San Severinas Lächeln ließ ihn innehalten. »Ah, die Saat der Komplexität. Wenn du eine Antwort bekommst, fragst du nach einer zweiten. Sehr gut. Ich werde dir eine zweite geben. Sie sind die Schande und die Tragik des multiplexen Universums. Kein Mensch kann frei sein, bevor sie nicht frei sind. Solange sie gekauft und verkauft werden, kann jeder Mensch gekauft und verkauft werden – wenn der Preis nur hoch genug ist. Jetzt komm, es ist Zeit für deinen Interlinguaunterricht. Würdest du mir das Buch dort herübergeben?«

Gehorsam, aber verwirrt holte Jo das Buch vom Tisch. »Wozu muß ich sprechen lernen?« fragte er und reichte es ihr.

»Damit die Leute dich verstehen können. Du hast eine lange Reise vor dir, an deren Ende du eine Botschaft ziemlich präzise, ziemlich genau, überbringen mußt. Es wäre furchtbar, wenn man dich falsch verstehen würde.«

»Ich weiß nich ma', was es ist!« sagte Jo.

»Du wirst es wissen, wenn du sie überbringst«, erwiderte San Severina. »Aber jetzt solltest du am besten anfangen zu arbeiten.«

Jo sah das Buch zögernd an. »Hast du nich was, mit dem ich 's vielleicht richtig schnell lernen kann, im Schlaf, oder sowas wie hypnotisiern?« Er erinnerte sich an die Enttäuschung mit ihrem Kamm.

»Ich habe jetzt nichts dergleichen bei mir«, sagte San Severina traurig. »Ich dachte, der andere junge Mann hätte es erklärt. Wir werden mit einigen ziemlich primitiven komplexen Gesellschaften in Berührung kommen. Kunsterzeugnisse die dem Kulturbann unterliegen, sind verboten. Ich fürchte, du wirst auf die schwere Art lernen müssen.«

»Jupp«, sagte Jo, »ich will nach Hause.«

»Sehr gut, aber du wirst einen Flug von Ratshole zurück nehmen müssen. Wir sind schon einhundertdreiundfünfzigtausend Meilen von Rhys entfernt.«

»Huch?«

San Severina erhob sich und zog ein paar Jalousien hoch, die eine Wand bedeckten. Hinter dem Glas: Finsternis, die Sterne und die rote Aureole von Ceti.

Kometen-Jo stand mit offenem Mund da.

»Während du wartest, könnten wir ein paar Übungen erledigen.«

Die Aureole von Ceti wurde kleiner.

VII

Die eigentliche Arbeit auf dem Schiff war sicher ebenso leicht wie das Bewachen der unterirdischen Plyasilfelder. Außer was die Lll anging, war sie, einmal zur Routine geworden, vergleichsweise angenehm. San Severinas Witz und Charme machten die Sprachstunden zu einem Höhepunkt des Vergnügens eines auch sonst schon erfreulichen Tages. Einmal überraschte sie uns beide, Jo und mich, als sie während einer Unterrichtsstunde, in der er besonders widerspenstig schien und nach einem weiteren Grund für die Notwendigkeit, sein Interlingua zu verbessern, fragte, sagte: »Außerdem, überleg dir, wie ermüdend deine unbeholfene Sprache für deine Leser sein wird.«

»Meine was?« Er hatte, mit einigen Schwierigkeiten, bereits die Endungen in den Griff bekommen.

»Du hast ein Unternehmen von großer Bedeutung und Tragweite auf dich genommen, und ich bin sicher, daß es eines Tages irgend jemand aufschreiben wird. Wenn du deine Diktion nicht verbesserst, wirst du deine gesamte Leserschaft noch vor Seite dreißig verlieren. Ich schlage vor, du gibst dir ernsthaft Mühe, denn dir steht eine ziemlich aufregende Zeit bevor, und es wäre recht traurig, wenn dich alle wegen deiner schauderhaften Grammatik und Aussprache auf halbem Wege im Stich lassen würden.«

San Severinas Multiplexheit übertraf die meinige ganz sicher.

Am vierten Tag unterwegs beobachtete Jo Elmer aufmerksam, als er pfeifend an der Sichtluke im T-Bereich saß. Als er (eindeutig) zu der Überzeugung gekommen war, daß der Kapitän nicht mit etwas beschäftigt war, das zu unterbrechen verhängnisvoll wäre, legte er die Hände auf den Rücken und sagte: »Elmer?«

Elmer sah sich um. »Ja. Was ist?«

»Elmer, wieso tut jeder mehr darüber wissen, was ich auf diesem Schiff tue, als ich?«

»Weil sie es schon länger tun als Ihr.«

»Ich meine nicht über meine Arbeit. Ich meine über meine Reise und die Botschaft und alles.«

»Oh.« Elmer zuckte mit den Achseln »Simplex, komplex und multiplex.«

Jo war es gewöhnt, diese drei Worte auf so ziemlich alles, was er nicht begriff, hingeworfen zu bekommen, aber diesmal sagte er: »Ich will eine andere Antwort.«

Der Kapitän stützte sich auf die Knie, rieb sich die Nase und runzelte die Stirn. »Schaut, Ihr seid an Bord gekommen und habt erzählt, daß Ihr eine Botschaft über die Lll zum Imperiums-Stern bringen müßtet, also haben wir –«

»Elmer, warte einen Moment. Woher weißt du, daß die Botschaft die Lll betrifft?«

Elmer sah überrascht aus. »Ist es nicht so?«

»Ich weiß es nicht«, sagte Jo.

»Oh«, sagte Elmer. »Nun, ich weiß es. Es betrifft die Lll. In welcher Weise es die Lll betrifft, werdet Ihr später herausfinden müssen, aber ich kann Euch versichern, daß es so ist. Darum hat Ron sie Euch als erstes gezeigt, und darum hat San Severina solches Interesse an Euch.«

»Aber woher weiß es jeder, wenn ich es nicht weiß?« Er spürte, wie der Ärger ihm wieder aus der Tiefe seiner Kehle aufstieg.

»Ihr fahrt zum Imperiums-Stern«, begann Ehner geduldig wieder, »und es ist der Imperiums-Stern, der die Lll beschützt.«

Kometen-Jo nickte.

»Sie sind äußerst besorgt um sie, wie wir alle es sein sollten, wie wir es alle sind. Ihr führt einen kristallisierten Tritovier mit Euch, und die Tritovier führen die Bewegung zur Befreiung der Lll an. Sie arbeiten schon seit fast tausend Jahren dafür. Darum ist die Wahrscheinlichkeit sehr groß, daß Eure Botschaft die Lll betrifft.«

»Oh – das ist einleuchtend. Aber San Severina scheint Dinge zu wissen, die sie nicht einmal sehen oder sich ausrechnen könnte.«

Elmer bedeutete Jo, näherzukommen. »Wenn ein Mensch einen Krieg überlebt, der achtundsechzig Billionen Menschen auf siebenundzwanzig reduziert, muß dieser Mensch eine Menge wissen. Und es ist ein bißchen dumm, überrascht zu sein, daß ein solcher Mensch dreimal so viel weiß wie Ihr oder ich. Es ist nicht nur dumm, es ist unglaublich simplex. Nun geht wieder an die Arbeit, Hilfspendler.«

Da er zugeben mußte, daß es tatsächlich ziemlich simplex war, ging er hinunter in den Laderaum, um das Beusch und Rennedox und die Kippelpobs zu wenden. Bis nach dem Abendessen würde er nicht mehr für die Lll spielen müssen.

Zwei Tage danach landeten sie auf Ratshole. San Severina nahm ihn mit zum Einkaufen in einem freien Markt und kaufte ihm einen schwarzsamtenen Konturenumhang mit silberner Stickerei, dessen Muster mit der Stärke des Lichtes, bei dem es betrachtet wurde, wechselte. Danach brachte sie ihn zu einem Pflegesalon. Während der Fahrt war er ebenso schmutzig wie jeder andere Hilfspendler geworden. Indem sie ihn sanft am Ohr festhielt, zog sie ihn zu dem weißbekittelten Inhaber. »Mach diesen hier zurecht«, sagte sie.

»Für was?« fragte der Besitzer.

»Zuerst für die Erde, dann für eine lange Reise.«

Als sie fertig waren, war sein Zopf abgeschnitten, seine Klauen waren entfernt, und er war von den Zähnen bis zu den Fußnägeln gesäubert. »Wie gefällst du dir?« fragte sie und legte ihm den Umhang über die Schultern.

Jo fuhr sich mit der Hand durch das kurze, gelbe Haar. »Ich sehe aus wie ein Mädchen«, sagte er stirnrunzelnd. Dann betrachtete er seine Fingernägel. »Ich hoffe nur, ich treffe auf keine Keparde unterwegs.« Dann sah er wieder in den Spiegel. »Der Umhang ist immerhin große Klasse.«

Als sie wieder hinausgingen, sah Te'k Jo einmal an, blinzelte und wurde so aufgeregt, daß es sich in einen Schluckauf kekkerte und zum Transportgelände getragen werden mußte, wobei sein Bauch gerieben wurde und es sich zusammennahm.

»Es ist ein Jammer, daß ich wieder schmutzig werden muß«, wandte er sich an San Severina, »aber es ist schmutzige Arbeit.«

San Severina lachte: »Du wunderbar simplexes Kind! Du wirst den Rest des Weges zur Erde als mein Schützling reisen.«

»Aber was ist mit Ron und Elmer?«

»Sie sind bereits gestartet. Die Lll sind auf ein anderes Schiff gebracht worden.«

Jo war überrascht, traurig, dann neugierig.

»San Severina?«

»Ja?«

»Warum tust du das alles für mich?«

Sie küßte ihn auf die Wange und tänzelte dann zurück vor einem halbherzigen Stoß, den Te'k mit seinen Hörnern versuchte. Jo massierte ihm immer noch den Bauch. »Weil du ein sehr schöner Junge bist und sehr wichtig.«

»Oh«, sagte er.

»Verstehst du es?«

»Nein.« Sie setzten ihren Weg zum Raumschiff fort.

Und eine Woche später standen sie zusammen auf einer felsigen Anhöhe und sahen zu, wie die verhältnismäßig kleine Sonnenscheibe hinter der Brooklyn Brücke unterging. Ein dünnes Wasserrinnsal wand sich durch den ausgetrockneten, schwarzen Schlammgraben, der in den Reiseführern immer noch als East River bezeichnet wurde. Der Dschungel flüsterte hinter ihnen, und über dem Fluß senkte das Netzwerk von Stahltrossen die Brücke selbst zu dem weißen Strand von Brooklyn hin. »Sie ist kleiner als die zu Hause«, sagte Jo. »Aber sie ist sehr schön.«

»Du klingst enttäuscht.«

»Oh, nicht wegen der Brücke«, sagte Jo.

»Ist es, weil ich dich hier verlassen muß?«

»Nun . . .« Er hielt inne. »Ich würde gerne ja sagen. Weil ich glaube, daß es dir gut tun würde. Aber ich will nicht lügen.«

»Die Wahrheit ist immer multiplex«, sagte San Severina, »und du mußt dir angewöhnen, mit Multiplexität umzugehen. Was hast du im Sinn?«

»Erinnerst du dich, daß ich sagte, wie nett jedermann bisher zu mir war? Und du sagtest, ich könne aufhören, zu erwarten, daß Leute nett sind, wenn ich einmal auf der Erde bin? Das macht mir Angst.«

»Ich habe auch gesagt, es würde Dinge außer den Menschen geben, die nett sein würden.«

»Aber Menschen, das bedeutet jedes intelligente Wesen von jedem beliebigen Lebenssystem. Du hast mich das gelehrt. Was dann, wenn es keine Menschen sind?« Plötzlich ergriff er ihre Hand. »Du wirst mich ganz alleine lassen, und vielleicht sehe ich dich niemals wieder!«

»Das ist richtig«, sagte sie. »Aber ich würde dich nicht einfach so mit nichts ins Universum stoßen. Darum werde ich dir einen Rat geben: finde den Lamp.«

»Äh . . . wo schlägst du vor, soll ich ihn suchen?« Wieder war er verwirrt.

»Er ist zu groß, um zur Erde zu kommen. Ich habe ihn zuletzt auf dem Mond gesehen. Er wartete darauf, einem Abenteuer zu begegnen. Vielleicht bist genau du es, auf den er wartet. Ich bin sicher, er wird nett zu dir sein; er war immer sehr nett zu mir.«

»Es ist kein Mensch?«

»Nein. Nun, ich habe dir deinen Rat gegeben. Ich gehe jetzt. Ich habe eine Menge zu tun, und du hast eine Vorstellung von der Qual, die ich leide, bis es vollbracht ist.«

»San Severina!«

Sie wartete.

»An dem Tag auf Ratshole, als wir einkaufen gingen und du lachtest und mich ein wunderbar simplexes Kind nanntest – als du lachtest, warst du da glücklich?«

Lächelnd schüttelte sie den Kopf. »Die Lll sind immer bei mir. Ich muß jetzt gehen.«

Sie ging rückwärts, bis die Blätter ihre silbernen Lippen, ihr Kleid und ihre Fingerspitzen streiften. Dann drehte sie sich um, und mit sich trug sie die unglaubliche Traurigkeit des Besitztums der Lll. Jo sah ihr nach, dann wendete er sich zurück und sah das letzte Fleckchen Sonnenlicht vom Sand verschwinden.

VIII

Es war Nacht, als er zum Transportterminal zurückkam. Die Erde war ein einigermaßen großes Touristengebiet, so daß es immer Leute unter der glitzernden Decke gab. Er hatte noch nicht einmal angefangen, darüber nachzudenken, wie er zum Mond gelangen würde, und ging, seiner Neugierde folgend, umher, als ein behäbiger, gut gekleideter Gentleman eine Unterhaltung begann. »Sagen Sie mal, junger Mann, Sie sind schon seit einiger Zeit hier, nicht wahr? Warten Sie auf ein Schiff?«

»Nein«, sagte Jo.

»Ich habe Sie heute nachmittag mit dieser reizenden jungen Dame gesehen, und ich konnte nicht umhin, Sie heute abend zu sehen. Mein Name ist Oskar.« Er streckte seine Hand aus.

»Kometen-Jo«, sagte Jo und schüttelte sie.

»Wohin sind Sie unterwegs?«

»Ich würde gerne zum Mond fahren. Ich bin per Anhalter von Rhys gekommen.«

»Meine Güte. Das ist ein langer Weg. Welches Schiff nehmen Sie?«

»Ich weiß nicht. Ich vermute, man kann vom Flughafen nicht besonders gut trampen, oder? Wahrscheinlich täte ich besser daran, es bei einem Handelsschiff zu versuchen.«

»Sicher, wenn Sie trampen wollen. Wenn Alfred natürlich nicht aufkreuzt, können Sie vielleicht seine Fahrkarte benutzen. Er hat schon zwei Schiffe verpaßt; ich weiß nicht, warum ich hier herumhänge und auf ihn warte. Außer, daß wir *vorhatten*, zusammen zu reisen.«

»Zum Mond?«

»Richtig.«

»Oh, großartig«, sagte Jo, und seine Augen leuchteten auf.

»Ich hoffe, er kommt nicht« Er unterbrach sich. »Das kam ganz simplex raus, oder?«

»Die Wahrheit ist immer multiplex«, deklamierte Oskar.

»Ja. Das sagte sie auch.«

»Die junge Dame, mit der Sie heute nachmittag zusammen waren?«

Jo nickte.

»Wer war sie übrigens?«

»San Severina.«

»Den Namen habe ich schon gehört. Was hat sie in diesem Zweig der Galaxis getan?«

»Sie hatte gerade einige Lll gekauft. Sie hatte einige Arbeit vor sich.«

»Hat einige LII gekauft, eh? Und sie hat Sie ohne Geld für eine Fahrkarte zurückgelassen? Man sollte meinen, sie hätte diese hundertfünf Boni für den Mondflug für Sie übrig haben können.«

»Oh, sie ist ein sehr großzügiger Mensch«, sagte Jo. »Und Sie müssen nicht schlecht von ihr denken, weil sie die Lll gekauft hat. Es ist furchtbar traurig, sie zu besitzen.«

»Wenn ich genug hätte, um Lll zu kaufen«, sagte Oskar, »könnte mich nichts, aber auch *gar nichts* traurig machen. Einige Lll? Wie viele hat sie gekauft?«

»Sieben.«

Oskar legte die Hand auf die Stirn und stieß einen Pfiff aus. »Und der Preis steigt geometrisch! Es kostet viermal soviel, zwei zu kaufen, wie einen, wissen Sie. Sie hat Ihnen kein Fahrgeld gegeben?«

Jo schüttelte den Kopf.

»Das ist unglaublich. So etwas habe ich noch nie gehört. Haben Sie eine Vorstellung, wie phantastisch reich diese Frau sein muß?«

Jo schüttelte wieder den Kopf.

»Sie sind nicht sehr helle, oder?«

»Ich habe nie gefragt, wieviel sie kosten, und sie hat es mir nie gesagt. Ich war nur ein Hilfspendler auf ihrem Schiff.«

»Hilfspendler? Das klingt aufregend. So etwas wollte ich immer machen, als ich in Ihrem Alter war. Leider hatte ich nie den Mut.« Der behäbige Mann schaute sich plötzlich mit beunruhigter Miene auf dem Terminal um. »Sehen Sie, Alfred taucht nicht auf. Nehmen Sie seine Fahrkarte. Gehen Sie nur zum Schalter und fragen Sie danach.«

»Aber ich habe keine von Alfreds Papieren«, sagte Jo.

»Alfred hat seine Papiere nie bei sich. Verliert immer seine Brieftasche und so. Immer, wenn ich Reservierungen für ihn vornehme, vereinbare ich, daß er wahrscheinlich keine Papiere bei sich haben wird. Sagen Sie ihnen nur, Sie seien Alfred A. Douglas. Sie werden sie Ihnen geben. Beeilen Sie sich jetzt.«

»Na gut.« Er bahnte sich einen Weg durch die Leute zu einem der Schalterbeamten.

»Entschuldigen Sie«, sagte er. »Haben Sie ein Ticket für A. Douglas?«

Der Schalterbeamte blätterte seine Bordliste durch. »Ja. Hier ist es.« Er grinste Jo an. »Sie müssen eine ganz angenehme Zeit gehabt haben, während Sie auf der Erde waren.«

»Hä?«

»Dieses Ticket liegt hier schon seit drei Tagen.«

»Oh«, sagte Jo. »Nun, ich war irgendwie in schlechter Verfassung, und ich wollte nicht, daß meine Eltern mich sehen, bevor ich wieder auf der Höhe bin.«

Der Schalterbeamte nickte und zwinkerte ihm zu. »Hier ist Ihre Fahrkarte.«

»Danke«, sagte Jo und ging zurück zu Oskar.

»Das nächste Raumschiff startet jetzt gleich«, sagte Oskar. »Kommen Sie, kommen Sie. Er wird sich eben etwas anderes ausdenken müssen, wie er hinkommt.«

An Bord des Raumschiffes fragte Jo: »Wissen Sie, ob der Lamp noch auf dem Mond ist?«

»Ich würde es annehmen. Er geht niemals irgendwo hin, soweit ich weiß.«

»Glauben Sie, daß ich Schwierigkeiten haben werde, ihn zu finden?«

»Ich bezweifle es. – Ist das nicht ein wunderbarer Blick aus dem Fenster?«

Oskar erzählte ausführlich eine weitere langweilige Geschichte, als sie das Flughafengebäude auf Luna verließen. Ein leuchtender Sonnenlichtbogen säumte den Plastidom, der sich eine Meile hoch über ihren Köpfen wölbte. Zu ihrer Rechten wellten sich die Mondberge in die Ferne hin, und hinter ihnen hing die Erde wie ein grünlicher Pokerchip.

Irgend jemand schrie plötzlich: »Da sind sie!«

Eine Frau schrie auf und floh zurück.

»Haltet sie«, rief ein anderer.

»Was zum . . .« stieß Oskar hervor.

Jo blickte um sich und hob aus Gewohnheit die linke Hand. Aber die Klauen waren ab. Vier von ihnen – einer von hinten, einer von vorne, einer von jeder Seite. Er duckte sich und stieß mit Oskar zusammen, der zerschellte. Stücke wirbelten und sausten umher und unter seine Füße.

Er sah sich um, als die vier anderen Männer explodierten. Die surrenden, zischenden Teile wirbelten durch die Luft, umkreisten ihn und verwischten die erstaunten Gesichter der anderen Fluggäste. Dann plötzlich verschmolzen sie alle, und er befand sich in zitternder Finsternis. Ein Licht stieg auf in dem Moment, als er zusammenbrach.

»Bosie!« kreischte jemand. »Bosie . . .!«

Jo landete in einem Schaumstoffsessel in einem sehr kleinen Raum, der sich zu bewegen schien, aber er war sich nicht sicher. Eine Stimme, die Oskars Stimme war, sagte: »April, April. Überraschung.«

»Jupp!« rief Jo aus und stand auf. »Wa' zum Taufel is' – was geht hier vor?«

»April, April«, wiederholte die Stimme. »Es ist mein Geburtstag. Du siehst völlig durcheinander aus; das alles hat dich nicht verärgert?«

»Ich bin zu Tode erschrocken. Was soll das? Wer bist du?«

»Ich bin der Lamp«, sagte der Lamp. »Ich dachte, du wüßtest es.«

»Wüßte was?«

»Das ganze Theater mit Oskar und Alfred und Bosie. Ich dachte, du würdest das Spiel nur mitmachen.«

»Welches Spiel mitmachen? Wo bin ich?«

»Auf dem Mond natürlich. Ich dachte nur, es wäre eine schlaue Methode, dich hierher zu holen. San Severina hat deine Fahrkarte *nicht* bezahlt, weißt du. Ich nehme an, sie hat vorausgesetzt, daß ich es tun würde. Nun, da ich die Rechnung begleiche, mußt du mir einen kleinen Scherz erlauben. Du hast es nicht mitbekommen?«

»Was mitbekommen?«

»Es war eine literarische Anspielung. Ich mache das immer.«

»Na, paß auf, das nächste Mal. Was bist du überhaupt?«

»Ein linguistischer, allgegenwärtiger Multi-Plex. Lamp für dich.«

»Eine Art Computer?«

»Äh-hm. Mehr oder weniger.«

»Nun, was soll jetzt geschehen?«

»Das sollst du mir sagen«, sagte der Lamp, »ich helfe nur.«

»Oh«, sagte Jo.

Hinter dem Sessel ertönte ein Keckern, und Te'k marschierte hervor, setzte sich vor Jo und sah ihn anklagend an.

»Wohin bringst du mich?«

»Zu meiner Heimatkonsole. Dort kannst du dich ausruhen und Pläne machen. Lehn dich zurück und entspann dich. Wir werden in drei oder vier Minuten dort sein.«

Jo lehnte sich zurück. Er entspannte sich nicht, sondern er nahm seine Okarina heraus und spielte darauf, bis sich eine Tür in der vorderen Wand öffnete.

»Wieder daheim, wieder daheim, zurück am selben Tag«, sagte der Lamp. »Willst du nicht hereinkommen?«

IX

»Ich« – er schleuderte seinen Umhang auf die Konsole – »muß« – er schmetterte den Beutel gegen die Glaswand – »hier raus!« Seine abschließende Geste war ein flüchtiger Tritt nach Te'k. Te'k wich aus; Jo wankte und fand schwankend das Gleichgewicht wieder.

»Wer hindert dich daran?« fragte der Lamp.

»Jupp«, brummte Jo. »Hör zu, ich bin jetzt seit drei Wochen hier, und jedesmal, wenn ich bereit bin zu gehen, enden wir in einer dieser lächerlichen Unterhaltungen, die neun Stunden dauern, und dann bin ich zu müde.« Er ging durch die Halle und hob seinen Umhang auf. »Na gut, dann bin ich dumm. Aber warum macht es dir solchen Spaß, mir das unter die Nase zu reiben? Ich kann es nicht ändern, wenn ich ein zurückgebliebener Unplex bin –«

»Du bist kein Unplex«, sagte der Lamp. »Deine Ansicht der Dinge ist inzwischen ziemlich komplex – obwohl du eine ganze Menge verständlicher nostalgischer Gefühle für deine alte simplexe Wahrnehmungsweise hast. Manchmal versuchst du, sie zu nähren, nur um des Streitens willen. Wie das eine Mal, als wir die einschränkenden psychologischen Faktoren in der Wahrnehmung der scheinbaren Gegenwart diskutierten, und du beharrtest auf der Behauptung, daß –«

»Oh nein, das wirst du nicht!« unterbrach Jo. »Ich werde mich nicht wieder in eine hineinziehen lassen.« Er hatte jetzt seinen Beutel am anderen Ende des Raumes erreicht. »Ich gehe. Te'k, komm mit, wir gehen.«

»Jetzt«, sagte der Lamp, wesentlich autoritärer, als er gewöhnlich sprach, »bist du albern.«

»Dann bin ich simplex. Ich gehe trotzdem.«

»Intelligenz und Plexität haben nichts miteinander zu tun.«

»Da ist dieses Raumschiff, mit dem umzugehen du mich gerade vier Tage lang gelehrt hast«, sagte Jo und zeigte durch die Glaswand. »Du hast am ersten Abend, an dem ich hier war, ein Hypnoimplantat der Strecke in meinen Kopf übertragen. Was, beim Licht der sieben Sonnen, hält mich auf?«

»Nichts hält dich auf«, erwiderte der Lamp. »Und wenn du dir endlich aus dem Kopf schlagen würdest, daß jemand das tut, könntest du dich entspannen und diese Sache mit Verstand angehen.«

Entrüstet wandte sich Jo zu der Zwanzigmeterwand voller Mikroverbindungen und logischer Blöcke mit ihren blinkenden Kontrollampen und den Schalttafeln. »Lamp, mit *gefällt* es hier. Es ist großartig, dich zum Freund zu haben, wirklich.

Aber ich bekomme all mein Essen, meine Übung, alles; und ich werde verrückt. Glaubst du, es ist leicht, nur eben hinauszugehen und dich so zu verlassen?«

»Sei nicht so emotional«, sagte der Lamp. »Ich bin nicht dazu geschaffen, mit so etwas umzugehen.«

»Weißt du, daß, seitdem ich aufgehört habe, ein Hilfspendler zu sein, ich weniger gearbeitet habe als je zuvor in meinem Leben in einer vergleichbaren Zeitspanne?«

»Du hast dich auch mehr verändert, als du es je in einer vergleichbaren Zeitspanne getan hast.«

»Schau, Lamp, versuch, das zu verstehen.« Er ließ seinen Umhang fallen und ging zurück zu der Konsole. Es war ein großer Mahagonitisch. Er zog den Stuhl heraus, kroch darunter und umfaßte seine Knie. »Lamp, ich glaube nicht, daß du verstehst. Also hör zu. Hier bist du, alle Büchereien und Museen in diesem Zweig der Galaxis stehen dir zur Verfügung. Du hast eine Menge Freunde, Leute wie San Severina und die anderen, die immer vorbeischauen, um dich zu besuchen. Du schreibst Bücher, machst Musik, malst Bilder. Glaubst du, daß du glücklich sein könntest in einer kleinen Monoprodukt-Kultur, wo es Samstag abends nichts weiter zu tun gibt, als sich zu betrinken, mit nur einem Teletheater und keiner Bibliothek, wo vielleicht vier Leute die Universität besucht haben, und die würdest du sowieso nicht zu Gesicht bekommen, weil sie zuviel Geld machten, und jeder würde jedermanns Geschäfte kennen?«

»Nein.«

»Nun, ich konnte es, Lamp.«

»Warum bist du dann weggegangen?«

»Nun, wegen der Botschaft und weil es eine Menge Dinge gab, die ich nicht richtig zu würdigen wußte, glaube ich. Ich glaube nicht, daß ich bereit war, wegzugehen. Du könntest dort nicht glücklich sein. Ich konnte es. So einfach ist das, und ich glaube nicht wirklich, daß du es ganz begreifst.«

»Doch«, sagte der Lamp. »Ich hoffe, du kannst an jedem ähnlichen Ort glücklich sein. Denn daraus besteht der größte Teil des Universums. Du bist dazu verdammt, einen Großteil deiner Zeit an Orten wie diesem zuzubringen, und wenn du sie nicht zu schätzen wüßtest, wäre das ziemlich traurig.«

Te'k schaute unter den Tisch und sprang dann auf Jos Schoß. Dort unten war es immer zehn Grad wärmer, und die zwei warmblütigen Kreaturen, Te'k und Jo, suchten diesen Ort, unabhängig voneinander oder zusammen, immer wieder auf.

»Jetzt hör mal zu«, sagte der Lamp.

Jo lehnte seinen Kopf gegen die Seite des Tisches. Te'k sprang von seinem Schoß, lief hinaus und kam einen Augenblick später, den Plastikbeutel hinter sich herziehend, zurück. Jo öffnete ihn und nahm die Okarina heraus.

»Es gibt Dinge, die ich dir sagen kann, von denen ich dir das meiste schon gesagt habe. Es gibt Dinge, die du mich fragen mußt. Nach sehr wenigen davon hast du gefragt. Ich weiß wesentlich mehr über dich als du über mich. Und wenn wir Freunde werden sollen – was sehr wichtig ist für dich und für mich –, müssen wir diese Situation ändern.«

Jo legte seine Okarina weg. »Das ist richtig – ich weiß nicht besonders viel über dich, Lamp. Woher kommst du?«

»Ich wurde von einem sterbenden Lll gebaut, um sein sich zerstreuendes Bewußtsein zu beherbergen.«

»Lll?« fragte Jo.

»Du hattest sie fast vergessen, oder nicht?«

»Nein, hatte ich nicht.«

»Du siehst, mein Geist ist der Geist eines Lll.«

»Aber du machst mich nicht traurig.«

»Ich bin halb Lll und halb Maschine. Darum habe ich den Schutz eingebüßt.«

»Du bist ein Lll?« fragte Jo noch einmal ungläubig. »Es ist mir nie in den Sinn gekommen. Jetzt, da du es mir erzählt hast, glaubst du, es wird einen Unterschied machen?«

»Ich bezweifle es«, sagte der Lamp. »Aber wenn du etwas über einige deiner besten Freunde sagst, werde ich einen Großteil meines Respektes für dich verlieren.«

»Was ist mit meinen besten Freunden?« fragte Jo. »Wieder eine Anspielung. Es ist schon gut, du hast es nicht begriffen.«

»Lamp, warum machen wir nicht zusammen weiter«, fragte

Jo plötzlich. »Ich gehe – dazu habe ich mich entschlossen. Warum kommst du nicht mit mir?«

»Wunderbare Idee. Ich dachte, du würdest nie fragen. Das ist sowieso die einzige Mögichkeit für dich, hier herauszukommen. Natürlich ist das Gebiet, in das wir uns begeben, sehr feindselig gegen freie Lll. Es führt genau in das Imperiumsterritorium hinein. Sie beschützen Lll, und sie werden ziemlich verärgert, wenn einer ihren Schutz abschüttelt und sich entschließt, frei auf seinen eigenen Füßen zu stehen. Einige der Dinge, die sie getan haben und die bekannt geworden sind, sind furchtbar grausam.«

»Nun, wenn jemand fragte, sagst du, du bist ein Computer. Wie ich schon sagte, ich hätte es nicht gemerkt, wenn du nichts gesagt hättest.«

»Ich habe nicht die Absicht, zu passieren«, sagte der Lamp ernst.

»Dann werde *ich* sagen, du seist ein Computer. Aber laß uns endlich gehen. Wir werden hier noch stundenlang sitzen, wenn das so weitergeht. Ich spüre wieder eine von diesen Diskussionen aufkommen.« Er kam unter dem Tisch hervor und bewegte sich auf die Tür zu.

»Komet?«

Jo hielt inne und schaute über die Schulter zurück. »Was? Ändere mir jetzt nicht deine Meinung.«

»Oh nein. Ich komme definitiv mit. Aber . . . also, wenn ich – jetzt sei ehrlich – nur so die Straße entlang lampen würde, glaubst du wirklich, die Leute würden sagen: ›Oh, da geht ein linguistischer, allgegenwärtiger Multi-Plex‹, und sie würden nicht an Lll denken?«

»Genau das würde ich sagen, wenn ich überhaupt etwas sagen würde.«

»Also gut. Nimm die Röhrenbahn zum Journal Platz, und ich treffe dich in vierzig Minuten.«

Te'k hüpfte achtbeinig hinter Jo her, als er über die rissige, staubige Mondebene auf das eiförmige Raumschiff zulief.

Die Röhrenbahn war ein künstlicher statischer Strom, der Raumschiffe schnell über Pluto hinaus brachte, von wo aus sie das System verlassen konnten, ohne schwere Schäden durch Sonnenstaub befürchten zu müssen. Die große Plastikplatte, etwa zehn Meilen auf jeder Seite, unterhielt Gebäude, ihre eigene Atmosphäre und Vergnügungsbereiche. Jo parkte sein Schiff in einer Seitenstraße und trat hinaus in die kalte Luft.

Auf dem Platz übten Soldaten Exerzierformationen.

»Warum tun sie das?« fragte Jo einen uniformierten Mann, der sich auf der Seite ausruhte.

»Es ist die Feldbrigade der Imperiumsarmee. Sie werden in wenigen Tagen von hier fortgehen; sie werden nicht lange hier sein.«

»Ich habe nichts gegen sie«, sagte Jo. »War nur neugierig.«

»Oh«, sagte der Soldat und bot keine weiteren Erklärungen an.

»Wohin wollen sie?« fragte Jo nach einer Weile.

»Schauen Sie«, sagte der Soldat und drehte sich zu Jo wie zu einem hartnäckigen Kind, »alles die Imperiumsarmee Betreffende, das man nicht sofort sieht, ist geheim. Wenn es Sie nicht betrifft, wohin sie gehen, vergessen Sie es. Wenn ja, versuchen Sie, ob Sie Aufklärung von Prinz Nactor erhalten.«

»Nactor?« fragte Jo.

»Der dort.« Der Soldat deutete auf einen finsteren Mann mit einem Spitzbart, der einen Zug anführte.

»Ich glaube nicht, daß es mich betrifft«, sagte Jo.

Der Soldat warf ihm einen angewiderten Blick zu, stand auf und ging fort. Die schwarzen Umhänge schlugen zusammen, als die Männer eine zackige Kehrtwendung machten.

Dann gab es einen Tumult unter den Zuschauern. Sie blickten nach oben und begannen, hinaufzuzeigen und aufgeregt zu reden.

Es schob sich ins Sonnenlicht, schraubte sich auf den Platz zu und wurde größer und größer. Es war annähernd kubisch und – riesig! Als eine Seite sich dem Licht zukehrte, verwand eine andere, bis Jo plötzlich seinen Sinn für Proportionen wiederfand: Es war auf jeder Seite fast eine Viertelmeile lang.

Es streifte den Platz, und Jo und alle Soldaten und eines der größeren Gebäude fielen zu Boden. Eine Massenhysterie brach aus, Sirenen heulten, und Leute rannten zu dem Objekt hin und zurück.

Jo rannte darauf zu. Die niedrige Schwerkraft brachte ihn ziemlich schnell hin. Auf dem Platz waren ein paar Risse entstanden, die sich über das Gelände ausbreiteten. Er sprang über einen und sah Sterne unter sich.

Mit angehaltenem Atem landete er auf der anderen Seite und setzte seinen Weg etwas langsamer fort. Das Objekt war, wie er bemerkte, mit irgendeiner kochendheißen Gallerte überzogen; die Gallerte sah überraschend bekannt aus, aber er konnte sie nicht einordnen. Die Seite des Objekts, die ihm zugewandt war, war, wie er durch den leicht rauchenden Schlabber hindurch ausmachen konnte, aus Glas. Und hinter dem Glas, dämmrig in der transplutonischen Nacht: Mikroverbindungen, logische Blöcke und das schwache Blinken von Kontrollampen.

»Lamp!« schrie Jo und stürmte vorwärts.

»Schsch«, sagte eine vertraute, von Gallerte gedämpfte Stimme. »Ich versuche, keine Aufmerksamkeit auf mich zu ziehen.«

Jetzt marschierten Soldaten. »Was zum Teufel *ist* das überhaupt für ein Ding?« fragte einer.

»Es ist ein linguistischer, allgegenwärtiger Multi-Plex«, sagte der andere.

Der erste kratzte sich am Kopf, und sein Blick wanderte die Länge der Wand hinauf und hinunter. »Allgegenwärtig wie die Hölle, was?«

Ein dritter untersuchte den Rand eines Risses im Platz, »Glaubt ihr, sie werden einen verdammten Lll hierherholen müssen, um das hier wieder aufzubauen?«

Lamp flüsterte: »Soll mir nur einer von ihnen etwas ins Gesicht sagen. Nur einer –«

»Ach, sei still«, sagte Jo, »oder ich werde dir meine Tochter nicht zur Frau geben.«

»Was soll das heißen?«

»Es ist eine Anspielung«, erklärte Jo. »Ich habe ein bißchen gelesen, als du letzte Woche ein Nickerchen gemacht hast.«

»Sehr komisch, sehr komisch«, sagte der Lamp.

Die Soldaten setzten sich wieder in Bewegung. »Sie werden keinen LII herholen«, sagte einer der Soldaten und kratzte sich am Ohr. »Das hier ist Soldatenarbeit. Wir erledigen doch sowieso alle richtige Bauarbeit hier. Obwohl ich wünschte, es *wäre* ein verdammter Lll in der Gegend.«

Einige von Lamps Kontrollampen änderten die Farbe hinter der Gallerte.

»Was ist das für ein Jupp um dich herum?« fragte Jo und trat jetzt zurück.

»Mein Raumschiff«, sagte der Lamp. »Ich benutze einen Organiform. Das ist wesentlich bequemer für unbeseelte Objekte wie mich. Hast du nie zuvor einen gesehen?«

»Nein – doch! Auf Rhys. Mit so einem kamen der Tritovier und die anderen Dinger an.«

»Eigenartig«, sagte Lamp. »Sie benutzen gewöhnlich keinen Organiform. Sie sind nicht gerade unbeseelt.«

Immer mehr Leute drängten sich um den Computer. Die Sirenen kamen näher.

»Laß uns hier verschwinden«, sagte Jo. »Bist du in Ordnung?«

»Mir geht es gut«, sagte Lamp. »Ich frage mich nur, was mit dem Platz ist.«

»Blutend, aber ungebeugt«, sagte Jo. »Das ist wieder eine Anspielung. Fahr los, und wir werden uns auf Tantamount wieder treffen.«

»Schön«, sagte Lamp. »Tritt zurück. Ich starte.«

Es gab ein Blubbern, einen enormen Sog, und Jo taumelte in dem Windzug. Die Leute fingen wieder an zu schreien.

Auf Jos Schiff hatte sich Te'k unter dem Armaturenbrett versteckt und die Vorderpfoten über den Kopf gelegt. Jo drückte den Startknopf, und die Robotmannschaft übernahm. Die Verwirrung auf dem Platz fiel hinter ihnen zurück. Er ging die Hypostase-Kontrollen durch, dann signalisierte er den Sprung.

Die Stasisgeneratoren brüllten auf, und das Raumschiff begann, in der Hyperstasis zu gleiten. Er hatte den Gleitvorgang noch nicht beendet, als das Schiff schlingerte und er nach vorne gegen das Armaturenbrett geschleudert wurde. Seine Handgelenke fingen den Stoß auf, und beide schmerzten ihn, als er abprallte. Te'k quietschte auf.

»Passen Sie auf, wohin Sie gehen«, ertönte eine Stimme aus dem Lautsprecher.

X

Jo zog seine Eckzähne aus der Unterlippe.

»Sie spielen nicht Schach«, fuhr die Stimme fort. »Wenn Sie mein Feld besetzen, werde ich nicht vom Brett genommen. Passen Sie das nächste Mal auf.«

»Gnnnnnnng«, sagte Jo und rieb sich den Mund.

»Dasselbe für Sie und noch viele mehr.«

Jo schüttelte den Kopf und setzte den Sensorhelm auf. Es roch wie altes Jupp. Es klang wie Metallschrott, der unter einer hydraulischen Presse zerquetscht wird. Aber es sah wunderschön aus.

Rampen wanden sich in Formen, die wie Blumen blühten. Schlanke Türme brachen auf den Spitzen in Metallgebilde auf, und zerbrechliche Beobachtungskuppeln wurden von dünnen Masten getragen.

»Sie könnten da herauskommen und sehen, ob Sie uns irgendwelchen Schaden zugefügt haben.«

»Oh«, sagte Jo, »Ja, natürlich.«

Er ging auf die Schleuse zu und war im Begriff, sie zu öffnen, als er bemerkte, daß das Warnlicht noch leuchtete. »He«, rief er nach hinten zum Interkom, »es gibt keine Luft da draußen.«

»Ich dachte, Sie würden für diesen Fall Sorge tragen«, antwortete die Stimme. »Einen Augenblick.« Das Licht verlosch. »Danke«, sagte Jo. Er zog den Öffnungsmechanismus. »Was sind Sie übrigens?«

Außerhalb der Schleuse kam ein kahl werdender Mann in weißem Kittel eine der Rampen herunter. »Dies ist die Geodätische Überwachungsstation, die Sie fast über den Haufen gerannt hätten, junger Mann.« Seine Stimme war, wenn man vor ihm stand, um einiges abgeschwächt. »Sie kommen besser weiter in das Kraftfeld, bevor diese Atmosphäre entweicht. Was hatten Sie übrigens vor?«

»Ich war im Begriff, einen Stasissprung zu beenden, auf dem Weg nach Tantamount. Simplex von mir, nicht wahr?« Jo ging mit dem Mann die Rampe hoch, der mit den Achseln zuckte.

»Ich gebe nie solche Beurteilungen ab«, sagte der Mann. »Jetzt sagen Sie mir Ihre besondere Fähigkeit.«

»Ich glaube nicht, daß ich eine habe.«

Der Mann runzelte die Stirn. »Ich glaube nicht, daß wir im Moment einen Synthesizer brauchen. Sie neigen dazu, extrem langlebig zu sein.«

»Ich weiß so ungefähr alles, was es über das Anpflanzen und die Lagerung von Plyasil zu wissen gibt«, sagte Jo.

Der Mann lächelte. »Ich fürchte, das würde nicht viel nützen. Wir sind erst bei Band einhundertsiebenundsechzig: *Bba* bis *Bbaab*.«

»Sein gebräuchlicher Name ist Jupp«, sagte Jo. Der Mann lächelte ihn wohlwollend an. »Bis *J* ist es noch ein weiter Weg. Aber wenn Sie in fünf- oder sechshundert Jahren noch am Leben sind, werden wir Ihre Bewerbung berücksichtigen.«

»Danke«, sagte Jo, »aber ich werde es einfach vergessen.«

»Auch gut«, sagte der Mann und wandte sich zu ihm. »Auf Wiedersehen.«

»Aber was ist mit dem Schaden an meinem Schiff? Wollen Sie es nicht nachsehen? Sie sollten sich eigentlich nicht hier befinden in erster Linie. Ich hatte auf dieser Strecke freie Fahrt.«

»Junger Mann«, sagte der Gentleman, »erstens haben wir Vorfahrtsrecht. Zweitens, wenn Sie keinen Job suchen, mißbrauchen Sie unsere Gastfreundschaft, indem Sie unsere Luft verbrauchen. Drittens muß wegweisende Arbeit getan werden auf dem Gebiet der *biologischen, humanen* – und wenn Sie mich noch länger belästigen, werde ich Sie als Musterexemplar verfrachten und in kleine Stücke schneiden lassen. Und glauben Sie nicht, ich würde das nicht tun.«

»Was ist mit meiner Botschaft?« fragte Jo. »Ich muß eine Botschaft, die die Lll betrifft, zum Imperiums-Stern bringen. Und es ist wichtig. Das ist der Hauptgrund, warum ich Sie gerammt habe.«

Das Gesicht des Mannes war jetzt feindselig.

»Schließlich«, sagte er ungerührt, »werden wir unser Vorhaben zu Ende bringen, und wir werden so viele Kenntnisse haben, daß die Lll ökonomisch untragbar werden, weil das Bauen ohne sie möglich wird. Wenn Sie die Lll unterstützen wollen, werde ich den Befehl geben, Sie auf der Stelle in Scheiben zu schneiden. Vater arbeitet im Moment an den Wucherungen. Es gibt einen Haufen Arbeit an den Prämolaren. Wir haben gerade mit dem Dickdarm angefangen, und der Zwölffingerdarm ist ein vollkommenes Rätsel. Wenn Sie Ihre Botschaft ausrichten wollen, tun Sie das hier.«

»Aber ich weiß nicht, was es ist!« sagte Jo und zog sich zum Ende des Kraftfeldes zurück. »Ich glaube, ich gehe jetzt.«

»Wir haben einen Computer für genau solche Probleme wie Ihres«, sagte der Mann. »Nicht mit einer Lunge voll von unserer Luft, das werden Sie nicht«, fügte er hinzu und hechtete auf Jo zu.

Jo sah, wohin er sprang, und war einfach nicht da.

Das Kraftfeld war durchdringbar, und er tauchte hindurch. Er sprang zur Schleusentür seines Raumschiffs und schlug sie hinter sich zu. Weniger als eine Sekunde später leuchtete das Warnlämpchen auf.

Er warf den Rückwärtsgang ein und betete, daß die automatische Steuerung die Ströme noch überwinden und sich auf eine tiefere Stasisebene begeben konnte. Sie tat es, wenn auch ein bißchen ruckartig. Die Geodätische Überwachungsstation verblaßte auf den Sichtscheiben des Sensorhelmes, der mit der Vorderseite nach oben auf dem Armaturenbrett lag.

Es war leicht, Lamp auf einer Umlaufbahn um Tantamount auszumachen. Es war ein Planet aus vereistem Kohlenwasserstoff mit soviel vulkanischer Aktivität, daß die Oberfläche permanent aufbrach und explodierte. Es war das einzige Tochtergestirn eines extrem heißen weißen Zwerges, so daß es von hier aussah wie zwei Augen, eines diamenten und glitzernd, das andere silbergrau in die Nacht spähend.

»Lamp, ich will nach Hause. Zurück nach Rhys. Gib die ganze Sache auf.«

»Warum in aller Welt?« ertönte die ungläubige Stimme des Computers aus dem Interkom. Jo lehnte sich auf die Ellenbogen und starrte verdrießlich seine Okarina an.

»Das multiplexe Universum zieht mich nicht an. Ich mag es nicht. Ich will weg davon. Wenn ich jetzt komplex bin, ist das sehr schlimm, es ist ein Fehler, und wenn ich je zurück nach Rhys komme, werde ich alles in meiner Macht stehende versuchen, um simplex zu sein. Das werde ich wirklich.«

»Was ist in dich gefahren?«

»Ich mag einfach die Leute nicht. Ich glaube, so einfach ist das. Hast du je von der Geodätischen Überwachungsstation gehört?«

»Natürlich habe ich das. Bist du auf sie gestoßen?«

»Ja.«

»Das *ist* Pech. Nun, es gibt gewisse traurige Dinge im multiplexen Universum, mit denen man fertigwerden muß. Und eines dieser Dinge ist Simplexität.«

»Simplexität?« fragte Jo. »Was meinst du damit?«

»Und du solltest dankbar sein, daß du so viel Multiplexität der Betrachtung erlangt hast, sonst wärest du ihnen niemals lebend entkommen. Ich habe von anderen simplexen Geschöpfen erzählen gehört, die ihnen begegnet sind. Sie kommen nicht zurück.«

»Sie sind simplex?«

»Guter Gott, ja. War dir das nicht klar?«

»Aber sie tragen all diese Information zusammen. Und der Ort, an dem sie leben – er ist wunderschön. Sie können nicht dumm sein und das gebaut haben.«

»Erstens ist der größte Teil der Geodätischen Überwachungsstation von Lll erbaut worden. Zweitens gehen, wie ich schon oft gesagt habe, Intelligenz und Plexität nicht Hand in Hand.«

»Aber wie konnte ich es erkennen?«

»Ich nehme an, es wird dich nicht verletzen, wenn ich die Symptome aufzeige. Haben sie dir eine einzige Frage gestellt?«

»Nein.«

»Das ist der erste Anhaltspunkt, jedoch nicht beweiskräftig. Haben sie dich richtig beurteilt, soweit du das an ihren Äußerungen über dich erkennen konntest?«

»Nein. Sie dachten, ich wäre auf der Suche nach einem Job.«

»Was bedeutet, daß sie Fragen hätten stellen müssen. Ein multiplexes Bewußtsein fragt immer, wenn es sein muß.«

»Ich erinnere mich«, sagte Jo und legte die Okarina beiseite, »als Charona versuchte, es mir zu erklären, fragte sie mich, was das wichtigste auf der Welt sei. Wenn ich sie dasselbe fragen würde, weiß ich, was sie antworten würden: ihr Wörterbuch oder die Enzyklopädie oder was immer es ist.«

»Sehr gut. Jeder, der eine nicht relative Antwort auf diese Frage geben kann, ist simplex.«

»Ich antwortete Jupp«, sagte Jo nachdenklich.

»Sie sind dabei, alles Wissen des Universums zu katalogisieren.«

»Das ist wichtiger als Jupp, vermute ich«, sagte Jo.

»Vom komplexen Standpunkt aus betrachtet, vielleicht. Aber aus multiplexer Sicht ist es in etwa dasselbe. Vor allem ist es ein ziemlich schwieriges Unterfangen. Als ich das letzte Mal davon hörte, waren sie bereits bei B, und ich bin sicher, sie haben nichts über Aaaaaaaaaaaaaaavdqx.«

»Was ist . . . also, was hast du gerade gesagt?«

»Es ist der Name für einen ziemlich engagierten Lehrsatz zur deterministischen Moralentwicklung, der durch eine relativistische Auffassung des dynamischen Moments entstanden ist. Ich habe es vor einigen Jahren studiert.«

»Mir war die Bezeichnung nicht bekannt.«

»Ich habe sie gerade erfunden. Aber was es bezeichnet, ist real und eine Bezeichnung wert. Ich glaube nicht, daß sie es überhaupt verstehen könnten. Aber von nun an werde ich mich darauf als Aaaaaaaaaaaaaaavdqx beziehen, und wir sind jetzt zwei, die das Wort kennen, also ist es gültig.«

»Ich glaube, ich verstehe den springenden Punkt.«

»Im übrigen ist das Katalogisieren allen Wissens, sogar allen verfügbaren Wissens, obwohl bewundernswert, ... nun, das einzige Wort dafür ist simplex.«

»Warum?«

»Man kann alles lernen, was man wissen muß; oder man kann lernen, was man wissen will. Aber alles lernen müssen, was man wissen will, und das ist genau das, was die Geodätische Überwachungsstation macht, bricht schon semantisch zusammen. Was ist mit deinem Schiff los?«

»Auch die Geodätische Überwachungsstation. Wir sind kollidiert.«

»Sein Aussehen gefällt mir nicht.«

»Mein Start war irgendwie ruckhaft.«

»Mir gefällt sein Aussehen ganz und gar nicht. Besonders, wenn man bedenkt, wie weit der Weg ist, den wir noch vor uns haben. Warum hüpfst du nicht herüber und reist mit mir weiter? Dieser Organiform ist eine Schönheit, und ich glaube, ich habe meine Landungen und Starts ein bißchen besser unter Kontrolle.«

»Wenn du versprichst, mir nicht den Rücken zu brechen, wenn wir landen.«

»Versprochen«, sagte der Lamp, »ich werde dir öffnen. Dreh nach links ab, dann kannst du diesen Klapperkasten da verlassen, wo er ist.«

Sie stellten Kontakt her.

»Jo«, sagte Lamp, als die flexible Röhre an seiner Luftschleuse festmachte, »wenn du es wirklich willst, kannst du umkehren. Aber es kommt ein Punkt, von dem an es schwerer ist, umzukehren als weiterzumachen. Du hast eine weitreichende, sehr spezialisierte Erziehung genossen. Nicht nur, was San Severina und ich versucht haben, dir beizubringen, sondern auch auf Rhys hast du schon gelernt.«

Jo begab sich auf den Weg durch die Röhre. »Ich will trotzdem nach Hause.« Er verlangsamte seinen Schritt, als er sich dem Schaltraum näherte. »Lamp, manchmal fragt man sich, selbst wenn man simplex ist, wer bin ich? Na gut, du sagst, die Geodätische Überwachungsstation sei simplex. Das gibt mir ein bißchen Auftrieb. Aber ich bin immer noch ein sehr gewöhnlicher Junge, der zurück zu einem Juppfeld möchte und vielleicht gegen ein paar wilde Keparde kämpfen. Das bin ich. Das weiß ich.«

»Wenn du zurückgingest, würdest du die Leute um dich herum den Geodätischen Überwachern sehr ähnlich finden. Du hast deine Heimat verlassen, Jo, weil du nicht glücklich warst. Erinnerst du dich, warum?«

Jo erreichte den Schaltraum, zögerte aber, eine Hand an jedem Türpfosten. »Jupp, ja. Natürlich erinnere ich mich. Weil ich dachte, ich wäre anders. Dann erreichte mich die Botschaft, und ich dachte, das sei der Beweis, daß ich etwas Besonderes bin. Anderenfalls hätten sie sie mir nicht übermittelt. Siehst du nicht, Lamp« – er lehnte sich nach vorne gegen die Hände – »wenn ich wirklich wüßte, daß ich etwas Besonderes bin – ich meine, wenn ich *sicher* wäre –, dann würden mich Dinge wie die Überwachungsstation nicht so aus der Ruhe bringen! Aber meistens fühle ich mich nur unglücklich und gewöhnlich.«

»Du bist du, Jo. Du bist du mit allem, was dich ausmacht, von der Art, wie du stundenlang dasitzt und Te'k beobachtest, wenn du nachdenken willst, bis zu der Art, wie du dich eine Zehntelsekunde schneller in Reaktion auf etwas Blaues als auf etwas Rotes herumdrehst. Du bist alles, was du je gedacht hast, alles, was du je gehofft, und auch alles, was du gehaßt hast. Und alles, was du gelernt hast. Du hast eine Menge gelernt, Jo.«

»Aber wenn ich nur wüßte, daß es mein ist, Lamp. Dessen möchte ich sicher sein: daß die Botschaft wirklich wichtig war und daß ich der einzige war, der sie überbringen konnte. Wenn ich wirklich wüßte, daß diese Erziehung, die ich genossen habe, mich zu – nun, wie ich schon sagte, etwas Besonderem gemacht hat, dann würde es mir nichts ausmachen, weiterzumachen. Jupp, ich wäre glücklich darüber.«

»Jo, du bist du. Und das ist so wichtig, wie du es machen möchtest.«

»Vielleicht ist das das wichtigste von allem, Lamp. Wenn es eine Antwort auf diese Frage gibt, Lamp, dann ist es die, daß du weißt, du bist du selber und niemand sonst.«

Gerade als Jo in den Schaltraum eintrat, begann der Lautsprecher der Kommunikationseinheit zu flüstern. Als Jo sich umsah, nahm das Flüstern zu. »Was ist das, Lamp?«

»Ich bin nicht sicher.«

Die Tür schloß sich, die Röhre schwenkte ab, und der zerstörte Kreuzer glitt zurück. Jo beobachtete ihn durch die Glaswand, die mit undeutlich verwischendem Organischaum bedeckt war.

Der Lautsprecher lachte jetzt.

Te'k kratzte sich mit einer Pfote am Ohr.

»Es kommt von dort drüben«, sagte Lamp. »Und es kommt furchtbar schnell.«

Das Gelächter schwoll an, steigerte sich zu Hysterie und erfüllte den hohen Raum. Etwas sauste an der Glaswand des Lamps vorbei, schwang dann plötzlich herum und kam auf fünf Meter heran.

Das Lachen erstarb und wurde von erschöpftem Keuchen abgelöst.

Das Ding draußen sah aus wie ein riesiger Felsbrocken, nur die Frontseite war geschliffen. Als sie sich ein wenig in den blendenden Glanz des Tantamount schoben, glitt das weiße Licht von der Oberfläche; Jo sah, daß es eine transparente Platte war. Dahinter stand eine nach vorne gebeugte Gestalt, die Hände über dem Kopf, die Füße weit auseinander. Sogar von hier aus konnte Jo sehen, wie sich seine Brust im Rhythmus zu dem Keuchen hob, das durch den Schaltraum brauste. »Lamp, drossele die Lautstärke, ja?«

»Oh, es tut mir leid.« Das Keuchen fand nun nicht mehr in seinem Ohr statt, sondern beruhigte sich zu einem annehmbaren Geräusch aus einer erklecklichen Anzahl von Metern Entfernung. »Willst du zu ihm sprechen oder soll ich?«

»Mach du das nur.«

»Wer bist du?« fragte der Lamp.

»Ni Ty Lee. Wer bist du, verdammt, daß du so interessant bist?«

»Ich bin der Lamp. Ich habe von dir gehört, Ni Ty Lee.«

»Ich habe noch nie von dir gehört, Lamp. Aber ich weiß, ich sollte es. Warum bist du so interessant?«

Jo flüsterte: »Wer ist das?«

»Sch«, sagte der Lamp, »das sage ich dir später. Was wolltest du gerade tun, Ni Ty Lee?«

»Ich raste auf die Sonne dort zu und starrte sie an, dachte dabei, wie schön sie ist, und lachte, weil sie so schön ist, lachte, weil sie mich zerstören würde und immer noch schön sein, und ich schrieb ein Gedicht darüber, wie schön die Sonne ist und wie schön der Planet, der sie umkreist. Und all das tat ich, bis ich etwas fand, was interessanter war, nämlich herauszufinden, wer du bist.«

»Dann komm an Bord und finde etwas mehr heraus.«

»Ich weiß bereits, daß du ein linguistischer, allgegenwärtiger Multi-Plex mit einem auf Lll basierenden Bewußtsein bist«, antwortete Ni Ty Lee. »Gibt es noch mehr, was ich herausfinden sollte, bevor ich in die Gluten segele?«

»Ich habe einen Jungen in deinem Alter an Bord, von dem du überhaupt nichts weißt.«

»Dann komme ich hinüber. Fahr deine Röhre aus.« Er setzte sich in Bewegung.

»Woher wußte er, daß du ein Lll bist?« fragte Jo, als der Felsbrocken sich näherte.

»Ich weiß es nicht«, sagte der Lamp. »Manche Leute können es dir auf den Kopf zu sagen. Das ist besser als die, die herumsitzen und eine Stunde mit dir reden, bevor sie dazu kommen, Fragen zu stellen. Ich wette nur, er weiß nicht, welcher Lll ich bin.«

Die Röhre kuppelte an Nis Gefährt an. Einen Augenblick später wurde die Tür geöffnet, und Ni Ty Lee trat gemächlich, die Daumen in die Taschen gehakt, ein und sah sich um.

Jo trug immer noch den schwarzen Umhang, den San Severina ihm auf Ratshole gekauft hatte. Ni Ty Lee dagegen sah aus wie ein sauberer Hilfspendler. Er war barfuß. Er trug kein Hemd und ausgeblichene Arbeitshosen, deren eines Knie durchgewetzt war. Seine zu langen Haare waren silberblond und klebten über seinen Ohren und auf der Stirn; sein Gesicht war hochwangig und mit schrägen orientalischen Augen von der Farbe von Schieferplatten. Seine Augen waren auf Jo geheftet, und er grinste. »Hallo«, sagte er und trat näher.

te der Lamp. »Ein älterer Schriftsteller, ein jüngerer Schriftsteller – oft fast ein Kind – und etwas Tragisches. Und etwas Wunderbares wird der Welt gegeben. Seit der Romantik ist es alle fünfundzwanzig oder fünfzig Jahre passiert.«

»Wer war der ältere Dichter?« fragte Jo.

Ni Ty senkte den Blick. »Muels Aronlyde.«

»Ich habe nie von ihm gehört«, sagte Jo.

Ni Ty blinzelte. »Oh, ich dachte, jedermann wüßte über den ganzen unerfreulichen Mist Bescheid.«

»Ich würde ihm gerne begegnen«, bot Jo an.

»Ich bezweifle, daß das je geschehen wird«, sagte der Lamp. »Was passierte, war sehr, sehr tragisch.«

»Aronlyde war ein Lll«, Ni Ty holte Atem und begann. »Wir haben eine lange Reise zusammen gemacht, und . . .«

»Du hast eine Reise mit einem Lll gemacht?«

»Nun, in Wirklichkeit war er nur teil –« dann unterbrach er sich. »Ich kann es nicht ändern«, sagte er. »Das ist, was ich getan habe. Ich schwöre, ich kann es nicht ändern.«

»Dann weißt du über die Traurigkeit der Lll Bescheid?« sagte Jo.

Ni Ty nickte. »Ja. Weißt du, ich habe ihn verkauft. Ich war verzweifelt, ich brauchte das Geld, und er sagte mir, ich solle es tun.«

»Du hast ihn verkauft? Aber warum –«

»Ökonomie.«

»Oh.«

»Und mit dem Geld habe ich einen weniger teuren Lll gekauft, um die Welt wieder aufzubauen, die wir zerstört hatten; daher kenne ich die Traurigkeit der Lll und die Traurigkeit des Besitztums von Lll – obwohl es eine kleine Welt war und es nur kurze Zeit dauerte. Ich habe das vor nur wenigen Tagen San Severina erklärt, und es hat sie sehr aus der Fassung gebracht – sie hat auch Lll gekauft und verkauft und sie zum Wiederaufbau von . . .«

»Du kennst San Severina?«

»Ja. Sie gab mir Interlinguastunden, als ich Hilfspendler war –«

»Nein!« schrie Jo auf.

Ni Ty schüttelte den Kopf und flüsterte: »Ich schwöre es, ich kann es nicht ändern! Ich schwöre es!«

»Nein!« Er wandte sich ab und preßte die Hände auf die Ohren, krümmte sich zusammen und zitterte.

Hinter ihm rief Ni Ty aus: »Lamp, du hast gesagt, er braucht mich.«

»Du erfüllst sein Bedürfnis sehr gut.«

Jo wirbelte herum. »Mach, daß du hier raus kommst!«

Ni Ty sah verängstigt aus und stand vom Tisch auf. »Es ist mein Leben, verdammt, nicht deins. Es ist meins!« Er ergriff Nis Hand mit den Klauen. »Meins. Ich habe es aufgegeben – aber das heißt nicht, daß du es haben kannst.«

Ni zog den Atem ein. »Das ist nicht mehr interessant«, sagte er hastig und löste sich vom Tisch. »Das habe ich schon zu viele Male erlebt.«

»Aber ich nicht!« schrie Jo. Er fühlte sich, als sei etwas in ihm vergewaltigt und mißhandelt worden. »Du kannst mir mein Leben nicht stehlen!«

Plötzlich stieß Ni ihn weg. Jo glitt zu Boden, und der Dichter stand jetzt zitternd über ihm. »Was, zum Teufel, macht dich glauben, es sei deines? Vielleicht hast du es mir gestohlen. Wie kommt es, daß ich nie etwas zu Ende führen kann? Wie kommt es, daß ich jedesmal, wenn ich einen Job bekomme, mich verliebe, ein Kind bekomme, plötzlich weggeschleudert und auf einen anderen Misthaufen geworfen werde, wo ich den ganzen Dreck wieder von vorne beginnen muß? Tust du mir das an? Reißt du mich weg von dem, was mein ist, und klaubst die tausend wunderbaren Leben, die ich angefangen habe, für dich selber auf?« Plötzlich schloß er die Augen und schleuderte seine linke Hand gegen die rechte Schulter. Mit zurückgelegtem Kopf zischte er zur Decke. »Gott, ich habe das schon so viele Male gesagt! Und es langweilt mich, verdammt! Es langweilt mich!« Er hatte seine Klauen über die Schulter gezogen, und fünf Blutfäden tröpfelten auf seine Brust – und für einen schrecklichen Augenblick blitzte in Jos Kopf die Szene auf, als er vor Lillys Gelächter davongelaufen war und mit zusammengepreßten Augen und zurückgeworfenem Kopf dagestanden hatte und seine Krallen über die Schulter gezogen hatte. Er schüttelte die Erinnerung von sich ab und zwinkerte mit den Augen. Unter der Spur, die die frischen Striemen zeichneten, bedeckte eine Menge alten Narbengewebes Ni Tys Schulter.

»Immer wiederkehren, immer zurückkommen, dieselbe Sache wieder und wieder und *wieder!*« schrie Ni Ty.

Er taumelte auf die Tür zu.

»Warte!«

Jo schnellte auf den Bauch und kroch auf den Knien hinter ihm her.

»Was wirst du tun?« Er warf sich vor Ni Ty und legte seinen Arm über die Tür.

Ni Ty legte seine Klauenhand um Jos Unterarm. Jo schüttelte den Kopf – Billy James hatte ihm den Weg zum Gang abgeschnitten, und er hatte darum seine Klauen auf den Arm des Jungen gelegt, und so hatte alles angefangen.

»Ich werde mich auf mein Schiff begeben«, sagte Ni Ty gleichmütig, »und ich werde dieser Sonne entgegentreten und den Motor auf dem Weg drosseln. Einmal habe ich es lachend getan. Diesmal werde ich sicher weinen. Und es soll verdammt nochmal aufregend sein.«

»Aber *warum?*«

»Weil eines Tages«, und Nis Gesicht verzerrte sich unter der Last der Worte – »ein anderer kommen wird, um sich, erst lachend, dann weinend, in eine silberne Sonne zu stürzen, und sie werden darüber gelesen haben und sich erinnern, und plötzlich werden sie wissen, verstehst du das nicht? Sie werden wissen, daß sie nicht die einzigen sind«

»Aber niemand wird jemals lesen, was du zu sagen hast über –«

Ni Ty schlug seinen Arm zur Seite und rannte die Röhre hinunter. Er verfehlte Te'k um Haaresbreite, der gerade mit einem Bündel Papiere im Maul herauskam.

Die Röhre sprang ab, und der Organischaum floß ineinander, als sich die Tür in dem Schaltraum schloß. Jo sah, wie Ni Ty sich über die Steueranlage beugte; dann stand er da und preßte Gesicht und Hände gegen den Sichtschirm, als die automatische Steuerung den ausgehöhlten Meteor in den blendenden Glanz der Sonne trug. Jo starrte ihm nach, bis seine aufgerissenen Lider schmerzten. Das Schluchzen, das aus dem Interkom kam, dauerte noch etwa eine Minute an, als das Schiff außer Sicht war.

Jo rieb sich die Stirn und wandte sich von der Wand ab.

Te'k saß auf dem Papierbündel und kaute auf einer geknickten Ecke herum. »Was ist das?«

»Ni Tys Gedichte«, sagte der Lamp.

»Te'k, du hast sie doch nicht aus dem Schiff gestohlen?« fragte Jo.

»Bei Leuten wie ihm ist das einzige, was man tun kann, ihnen ihre Arbeiten wegnehmen, bevor sie sie vernichten. Auf diese Weise ist alles, was wir von ihm haben, in unsere Hände gelangt. Das war alles schon einmal da«, sagte der Lamp müde.

»Aber Te'k wußte das nicht«, sagte Jo. »Du hast nur geklaut, stimmt's?« Er versuchte, überzeugend zu klingen.

»Du unterschätzt dein Teufelskätzchen«, sagte der Lamp. »Es hat keinen simplexen Verstand.«

Jo bückte sich und zog die Papiere unter Te'k hervor. Es rollte herum und hieb ein paar Mal nach seinen Händen. Dann trug er sie zum Tisch und kroch darunter.

XI

Drei Stunden später, als er wieder zum Vorschein kam, ging Jo langsam zu der Glaswand hinüber und starrte noch einmal auf den weißen Zwerg. Er drehte sich um, spielte drei Noten auf der Okarina und ließ dann die Hand sinken. »Ich glaube, das ist das multiplexeste Bewußtsein, das mir bis jetzt begegnet ist.«

»Vielleicht ist er das«, sagte der Lamp, »aber du bist es jetzt auch.«

»Ich hoffe, er stürzt sich nicht in die Sonne«, sagte Jo.

»Er wird es nicht tun, wenn er etwas Interessanteres findet zwischen hier und dort.«

»Es gibt nicht viel dort draußen.«

»Es ist nicht viel erforderlich, um einen Geist wie Lees zu fesseln.«

»Was du über Multiplexität und das Verständnis von Gesichtspunkten gesagt hast: Er hat meinen Standpunkt vollkommen übernommen, und du hattest recht; es war unheimlich.«

»Es ist ein multiplexes Bewußtsein nötig, um die Multiplexität eines anderen Bewußtseins zu verstehen, weißt du.«

»Ich verstehe, warum«, sagte Jo. »Er machte von all seinen Erfahrungen Gebrauch, um meine zu verstehen. Es hat mich eigenartig berührt.«

»Du weißt, daß er diese Gedichte geschrieben hat, bevor er überhaupt wußte, daß du existierst.«

»Das stimmt. Aber das macht es noch seltsamer.«

»Ich fürchte«, sagte Lamp, »du hast deinen Vernunftschluß von der falschen Seite her gezogen. Du hast deine Erfahrungen gebraucht, um ihn zu verstehen.«

»Habe ich das?«

»Du hast in letzter Zeit eine Menge Erfahrungen gemacht. Ordne sie multiplex, und sie werden viel klarer sein. Und wenn sie klar genug sind, wird immer noch so viel Verwirrung übrig bleiben, daß du die richtigen Fragen stellst.«

Jo schwieg einen Augenblick und ordnete. Dann sagte er: »Wie war der Name des Lll, auf dessen Geist du basierst?«

»Muels Aronlyde«, sagte der Lamp.

Jo wandte sich wieder zum Fenster. »Dann ist das alles schon einmal passiert.«

Nach einer weiteren Minute des Schweigens sagte der Lamp: »Du weißt, daß du den letzten Abschnitt der Reise ohne mich machen mußt.«

»Ich hatte gerade begonnen, das auszusortieren«, sagte Jo. »Auf multiplexe Weise.«

»Gut.«

»Ich werde mich zu Tode fürchten.«

»Das brauchst du nicht«, sagte Lamp.

»Warum nicht?«

»Du hast einen kristallisierten Tritovier in deinem Beutel.«

Er spielte natürlich auf mich an. Ich hoffe, Sie haben mich

nicht vergessen, denn der Rest der Geschichte würde unverständlich werden, falls dem so sein sollte.

XII

»Was soll ich mit ihm tun?« fragte Jo.

Er legte mich auf ein Samttuch auf dem Tisch. Die Lampen an der hohen Decke des Schaltraumes waren gedämpft und hatten Lichthöfe in dem dünnen Nebel der Luftbefeuchter.

»Was ist das Multiplexeste, was du tun kannst, wenn du nicht weißt, was zu tun ist?«

»Fragen stellen.«

»Dann frag.«

»Wird es antworten?«

»Es gibt einen leichteren Weg, das herauszufinden, als mich zu fragen«, sagte Lamp.

»Nur einen Augenblick«, sagte Jo. »Ich muß meine Wahrnehmungen multiplex ordnen, und das kann eine Weile dauern. Ich bin es nicht gewohnt.« Etwas später sagte er: »Warum muß ich der Armee des Imperiums beitreten und Prinz Nactor dienen?«

»Ausgezeichnet«, sagte Lamp. »Genau das habe ich mich auch gefragt.«

Weil, übermittelte ich, *die Armee denselben Weg hat wie du.* Es war eine Erleichterung, sprechen zu können. Aber das ist eine der Mühseligkeiten der Kristallisation: man kann nur antworten, wenn man direkt gefragt wird.

Zufällig hatte zwischen dem Moment, als Jo sagte: »Ich bin es nicht gewohnt«, und dem Augenblick, als er seine Frage stellte, das Radio losgeplärt, und Prinz Nactors Stimme hatte verkündet, daß alle menschlichen Wesen in diesem Gebiet der sofortigen Einberufung Folge zu leisten hätten, worauf Lamp sagte: »Ich vermute, das löst dein Problem.« Es ist also überhaupt nichts Geheimnisvolles an Jos Frage. Ich möchte betonen, für die, die der Argumentation bis hierher gefolgt sind, daß Multiplexität sich vollkommen innerhalb der Gesetze der

Logik bewegt. Ich habe den Zwischenfall ausgelassen, weil ich dachte, daß er ablenken würde und voraussetzte, daß aus Jos Frage vollkommen abzuleiten sei, was geschehen war, und ich war sicher, daß der multiplexe Leser es für sich selbst ergänzen würde. Ich habe das im Laufe der Geschichte mehrmals getan.

»Warum kann ich nicht einfach meine Botschaft überbringen und dann meiner Wege gehen?« fragte Jo.

Kristallisiert hat man die scheinbare Aktivität, daß man rhetorische Fragen stellen kann. *»Bist du bereit, die Botschaft auszurichten?«* strahlte ich aus.

Jo schlug mit beiden Fäusten auf den Tisch. Der Raum schien zu schwanken, als ich hin und her rollte.

»Jupp! Wie lautet die Botschaft? Das muß ich jetzt herausfinden. Wie lautet sie?«

Jemand ist gekommen, die Lll zu befreien.

Jo stand auf, und Betroffenheit vertiefte die jungen Linien seines Gesichts. »Das ist eine sehr wichtige Botschaft.«

Die Betroffenheit wandelte sich zu einem Stirnrunzeln. »Wann werde ich bereit sein, sie zu übermitteln?«

Sobald jemand gekommen ist, sie zu befreien.

»Aber ich bin von so weit hergekommen . . .« Jo unterbrach sich. »Ich? Ich sie befreien? Aber . . . Ich mag vielleicht bereit sein, die Botschaft zu übermitteln, aber woher soll ich wissen, wann ich bereit bin, sie zu befreien?«

Wenn du es nicht weißt, sendete ich, *dann ist es offensichtlich nicht die Botschaft.*

Jo war verwirrt und beschämt. »Aber es müßte sie sein.«

Er hatte keine Frage gestellt, also konnte ich ihm nichts übermitteln. Aber Lamp sagte an meiner Stelle: »Es ist die Botschaft, aber du hast sie mißverstanden. Versuch, eine andere Interpretation zu finden, die keine Widersprüche enthält.«

Jo wandte sich vom Tisch ab. »Ich sehe nicht genug«, sagte er entmutigt.

»Manchmal muß man durch die Augen eines anderen sehen«, sagte Lamp. »An diesem Punkt würde ich sagen, daß du dir einen großen Dienst erweisen würdest, wenn du Juwels Augen benutzen könntest.«

»Warum?«

»Du wirst immer tiefer mit den Lll verbunden und mit unserem Kampf für ihre Befreiung. Die Tritovier sind die aktivsten unter den Nicht-Lll-Spezies in diesem Kampf. So einfach ist das. Übrigens würde es deine militärische Karriere wesentlich erleichtern.«

»Ist es machbar?« fragte Jo.

»Eine sehr einfache Operation«, sagte Lamp. »Du kannst sie selbst durchführen. Geh und hol den Tritovier.«

Jo ging zum Tisch zurück und hob mich von dem Samt auf.

»Jetzt zieh dein rechtes Augenlid hoch.«

Jo tat es. Und andere Dinge nach Lamps Anweisungen. Eine Minute später schrie er vor Schmerz auf, wirbelte vom Tisch und fiel auf die Knie, die Hände vors Gesicht geschlagen.

»Der Schmerz wird nach einer Weile vergehen«, sagte der Lamp ruhig. »Ich kann dir Augentropfen geben, wenn das Stechen zu stark ist.«

Jo schüttelte den Kopf. »Es ist nicht der Schmerz, Lamp«, flüsterte er. »Ich sehe. Ich sehe dich und mich und Te'k und Juwel, nur alle gleichzeitig. Und ich sehe das Militärraumschiff, das mich erwartet, und sogar Prinz Nactor. Aber das Schiff ist hundertsiebzig Meilen entfernt, und Te'k ist hinter mir, und ihr seid alle um mich herum, und Juwel ist in mir, und ich bin – nicht mehr ich.«

»Du solltest besser ein bißchen üben, herumzulaufen«, sagte Lamp. »Wendeltreppen sind zuerst besonders schwierig. Wenn ich es genau bedenke, solltest du dich besser erst daran gewöhnen, nur stillzusitzen und nachzudenken. Dann werden wir zu komplizierteren Dingen übergehen.«

»Ich bin nicht mehr ich«, wiederholte Jo leise.

»Spiel auf der Okarina«, schlug Lamp vor.

Jo beobachtete sich selbst, wie er das Instrument aus dem Beutel nahm und es an seine Lippen setzte, sah, wie sich seine Lider schlossen, eins über sein linkes Auge, eins über die glitzernde Gegenwärtigkeit, die sein rechtes Auge ersetzte. Er hörte sich selbst eine langsame Melodie anstimmen, und mit geschlossenen Augen sah er, wie Te'k schmeichelnd auf ihn zu kam und den Kopf an seinem Schoß rieb.

Etwas später sagte Jo: »Ich glaube nicht, daß es mir etwas gebracht hat, mit Juwel zu sprechen.«

»Sicher nicht so viel wie durch ihn zu schauen.«

»Die Botschaft ist mir immer noch furchtbar schleierhaft.«

»Du mußt Zugeständnisse machen. Wenn Leute so militant werden wie er, werden die multiplexesten Geister vollkommen linear. Aber er hat das Herz auf dem rechten Fleck. Tatsächlich hat er eine ganze Menge gesagt, wenn du es multiplex betrachten kannst.«

Jo beobachtete, wie seine eigenen Gesichtszüge konzentriert wurden. Es ist ziemlich eigenartig, dachte er beiläufig – wie ein überängstliches Eichhörnchen mit zwei Köpfen, das ein diamentenes Monokel trägt. »Die Botschaft muß aus den Worten bestehen: *Jemand ist gekommen, um die Lll zu befreien.* Und ich muß bereit sein, die Lll zu befreien. Aber ich bin es nicht, der sie befreien wird.« Er wartete darauf, daß Lamp seinen Folgerungen zustimmte. Es folgte jedoch nur Schweigen. Also fuhr er fort: »Ich wünschte, ich wäre es. Aber ich nehme an, es gibt Gründe, warum das nicht sein kann. Ich muß auch bereit sein, die Botschaft zu überbringen. Der einzige Weg, wirklich bereit zu sein, ist, mich zu versichern, daß, wer immer die Lll befreien wird, bereit ist.«

»Sehr gut«, sagte der Lamp.

»Wo finde ich diese Person und wie kann ich mich versichern, daß sie bereit ist, die Lll zu befreien?«

»Vielleicht mußt du ihn selbst darauf vorbereiten.«

»Ich?«

»Du hast in den vergangenen paar Monaten eine ziemlich gründliche Erziehung erhalten. Du wirst einen Großteil dieser Erziehung mit jemandem teilen müssen, der ebenso simplex ist, wie du es warst, als du die Reise antratst.«

»Und verlieren, was immer mir Ni Ty an Einmaligkeit gelassen hat?«

»Ja.«

»Dann werde ich es nicht tun«, sagte Jo.

»Ach, hör auf.«

»Schau, mein altes Leben ist mir gestohlen worden. Nun willst du, daß ich mein neues Leben einem anderen gebe. Ich werde es nicht tun.«

»Das ist eine sehr egoistische Art der –«

»Übrigens kenne ich simplexe Kulturen gut genug, um zu wissen, daß das einzige, was man ihnen mit einer Armee antun könnte, das einen oder zwei Menschen aufrütteln könnte, ist, sie zu zerstören. Und das werde ich nicht tun.«

»Oh«, sagte der Lamp. »Das hast du herausgefunden.«

»Ja. Und es wäre sehr schmerzhaft.«

»Die Zerstörung wird stattfinden, ob du nun dabei bist oder nicht. Der einzige Unterschied ist, daß du nicht in der Lage sein wirst, deine Botschaft zu überbringen.«

»Wird er nicht ohne mich bereit sein?«

»Der springende Punkt ist, daß du keine Möglichkeit haben wirst, es herauszufinden.«

»Ich werde es darauf ankommen lassen«, sagte Jo. »Ich gehe anderswo hin. Ich werde das Risiko auf mich nehmen, vielleicht erfüllt sich alles zum Besten, ob ich dabei bin oder nicht.«

»Du hast keine Ahnung, wie gefährlich das ist. Schau, wir haben ein bißchen Zeit. Laß uns einen kleinen Abstecher machen. Ich will dir etwas zeigen, das deinen Sinn ändern wird.«

»Lamp, ich glaube nicht, daß ich es gerade jetzt ertragen könnte, geschundenen, ausgebeuteten, endlos leidenden Lll ausgesetzt zu werden. Dahin willst du mich doch bringen, oder nicht?«

»Das Leiden der Lll ist etwas, was dir geschieht, nicht den Lll«, sagte der Lamp. »Es ist unmöglich, das Leiden der Lll aus dem Blickwinkel der Lll selbst zu verstehen, es sei denn, du bist einer. Verstehen ist eines der Dinge, vor denen das Imperium sie schützt. Sogar die Lll können nicht damit einverstanden sein, was so furchtbar an ihrer Situation ist. Aber es gibt ausreichenden Augenschein, du mußt uns also beim Wort nehmen. Es gibt Mauern, die die Multiplexität nicht überwinden kann. Gelegentlich kann sie sie sprengen, aber es ist sehr schwer und hinterläßt Narben in der Erde. Und ihre Unüberwindbarkeit zuzugeben ist der erste Schritt zu ihrer Zerstörung. Ich werde dir etwas zeigen, was du in jeder Plexität gutheißen kannst. Wir werden mit San Severina sprechen.«

XIII

»Ist das eine der Welten, die sie mit den Lll aufgebaut hat?« fragte Jo, als er die silbernen Straßen der leeren Stadt entlang schaute, dann zurück zu den sich ausdehnenden, bewaldeten Hügeln, die bis zum Rand des windgekräuselten Sees hinter ihnen hinunterreichten.

»Das ist eine davon«, sagte Oskar. »Es ist die erste, die fertig wurde, und wird die letzte sein, die wiederbevölkert wird.«

»Warum?« fragte Jo und stieg über das neue schmiedeeiserne Rinnsteingitter am Straßenrand. Die bläuliche Sonne flammte in dem Spiralfenster, das den großen Turm zu ihrer Linken umgab. Ein großartiger Brunnen stand leer zu ihrer Rechten. Jo ließ die Finger über den trockenen Granitrand des Fünfzehnmeterbeckens gleiten, als sie vorübergingen.

»Weil sie hier ist.«

»Wieviel Arbeit ist noch zu tun?«

»Alle Welten sind wiederaufgebaut. Sechsundvierzig Zivilisationen sind wieder etabliert. Aber es sind diese ethnischen Systeme, die Zeit brauchen. Sie werden für weitere sechs Monate oder länger in Arbeit sein.« Oskar deutete auf eine schwarze Metalltür, die mit Messing beschlagen war. »Da durch.«

Jo sah sich zwischen den gewaltigen Turmspitzen um. »Es ist wunderschön«, sagte er. »Wirklich. Ich glaube, ich verstehe ein bißchen besser, warum sie es wiederaufbauen wollte.«

»Hier hinein«, sagte Oskar.

Jo trat ein.

»Die Treppen hier hinunter.«

Ihre Schritte hallten in dem düsteren, weiträumigen Treppenhaus.

»Hier durch«, Oskar stieß eine kleinere Tür in der grauen Steinmauer auf.

Als Jo eintrat, rümpfte er die Nase. »Riecht kom-«

Sie war nackt.

Ihre Hand- und Fußgelenke waren an den Fußboden gekettet.

Als der graue Lichtstreifen auf ihren gebeugten Rücken fiel, bäumte sie sich in den Ketten auf und heulte. Ihre Lippen zogen sich von Zähnen zurück, von denen er nicht bemerkt hatte, daß sie so lang waren. Das Geheul endete in einem knirschenden Röcheln.

Er sah sie an.

Er beobachtete sich selbst, wie er sie ansah, und er beobachtete sich, wie er zur Tür zurückwich und die Tür zuschwang und mit einem metallischen Laut hinter ihm ins Schloß fiel.

Die Anstrengung hatte ihre Schultermuskeln hart und deutlich hervortreten lassen. Ihr Hals war angebunden, ihre zottigen, ermatteten Haare hingen halb über das Gesicht. *Ein Kamm,* dachte er unsinnigerweise. Oh Gott, *ein roter Kamm.* Und beobachtete, wie ihm Tränen in das wirkliche Auge stiegen. Das andere wurde krustig trocken.

»Sie halten sie jetzt hier«, sagte Oskar. »Die Ketten sind gerade kurz genug, daß sie sich nicht umbringen kann.«

»Wer –«

»Es gab noch sechsundzwanzig andere, erinnere dich. Oh, sie hat den Punkt längst überschritten, an dem sie, könnte sie sie freilassen, es tun würde. Aber die anderen halten sie jetzt so hier. Und ihre Lll arbeiten weiter.«

»Das ist nicht fair!« stöhnte Jo. »Warum macht niemand sie los?«

»Sie wußte, was ihr bevorstand. Sie hat ihnen vorher gesagt, daß sie das tun müßten. Sie kannte ihre Grenzen.« Oskars Gesicht verzog sich schmerzlich. »Sieben von ihnen. Das ist mehr, als irgendein Mensch je auf einmal besessen hat. Es ist wirklich zu viel. Und die Traurigkeit nimmt zu, je mehr die Lll bauen. Geometrisch. Wie der Preis.«

Jo starrte sie an, entsetzt, fasziniert, zerrissen.

»Du bist hierher gekommen, um mit ihr zu sprechen«, sagte Oskar. »Tu es.«

Jo ging vorsichtig voran und beobachtete sich dabei. Ihre Hand- und Fußgelenke waren mit Narben bedeckt.

»San Severina?«

Sie fuhr zurück, ein ersticktes Würgen in der Kehle.

»San Severina, ich muß mit dir sprechen.«

Ein dünner Blutfaden kroch über die Sehnen ihres linken Handrückens.

»Kannst du nicht mit mir sprechen? San Severina –«

Mit rasselnden Ketten warf sie sich ihm entgegen, und ihre Zähne schnappten nach der Stelle, wo sein Bein gewesen wäre, wäre er nicht ausgewichen. Sie biß sich auf die Zunge und brach schreiend auf dem Steinboden zusammen, den Mund mit Blut gefüllt.

Jo sah nur, daß er eine Minute später an die Tür hämmerte und Oskar ihn in den Armen hielt. Oskar gelang es, den Riegel zu öffnen, und sie taumelten hinaus ins Treppenhaus. Oskar atmete auch schwer, als sie nun die Treppen wieder hinaufstiegen. »Fast hätte sie mir leid getan«, sagte er auf halbem Wege.

Entsetzt drehte sich Jo zu ihm um. »Du hast kein . . .«

»Ich habe Mitleid für die Lll«, sagte Oskar. »Vergiß nicht, ich bin einer.«

Jo sah sich, wie er die Treppe wieder hinaufzusteigen begann, während seine eigene Verwirrung auf ihm lastete. »Ich habe Mitleid mit ihr«, sagte Jo.

»Genug, um in die Armee einzutreten?« fragte Oskar.

»Jupp«, erwiderte Jo. »Ja.«

»Das hatte ich gehofft.«

Als sie oben aus der Tür und wieder auf die Straße traten, blinzelte Jo im Licht. »Ni Ty«, sagte er einen Augenblick später, »er sagte, er hätte vor ein paar Tagen mit San Severina gesprochen.«

Oskar nickte.

»Hier? Er hat sie so gesehen?«

»Dann hat er auch das getan«, sagte Jo. Er ging die Straße hinunter. »Ich hoffe, er hat die Sonne erwischt.«

»Sie konnten sie nicht mit etwas in Schlaf versetzen oder sie vielleicht hypnotisieren«, grübelte Jo, zurück im Schaltraum, und starrte durch die Glaswand.

»Wenn sie schläft, hören die Lll auf, zu bauen«, erklärte der Lamp. »Das ist Teil des Vertrages. Besitztum muß bewußtes Besitztum zu jeder Zeit sein, damit die Lll funktionieren.«

»So habe ich es mir in etwa vorgestellt. Wie kannst du überhaupt sicher sein, daß sie bewußt ist in diesem . . . Biest? Kann irgend jemand zu ihr durchkommen?«

»Dieses Biest ist ihr Schutz«, erklärte der Lamp. »Bist du bereit, zu gehen?«

»So bereit, wie ich nur je sein werde.«

»Dann möchte ich, daß du eine komplexe Feststellung mit auf den Weg nimmst, die weiterhin für die multiplexe Entwicklung von Bedeutung ist: Die einzig wichtigen Elemente in jeder Gesellschaft sind die künstlerischen und die kriminellen, da sie allein, indem sie die Werte der Gesellschaft in Frage stellen, sie zwingen können, sich zu ändern.«

»Ist das wahr?«

»Ich weiß es nicht. Ich habe es nicht multiplex untersucht. Aber laß mich dir weiter sagen, daß du eine Gesellschaft ändern wirst. Du hast nicht die Übung, die, sagen wir, Ni Ty hat, es künstlerisch anzugehen.«

»Ich habe dich schon verstanden, Lamp«, sagte Jo. »Lamp, wohin geht die Armee übrigens?«

»Imperiums-Stern«, sagte Lamp. »Hast du eine Vorstellung, welches deine erste kriminelle Handlung sein wird?«

Jo zögerte einen Augenblick. »Nun, bis du mir sagtest, welches unser Ziel ist, war es, nach AWOL zu gehen. Jetzt bin ich nicht so sicher.«

»Gut«, sagte Lamp. »Lebwohl, Jo.«

»Lebwohl.«

XIV

Fast augenblicklich wußte Jo, daß er die Armee nicht mochte. Er befand sich seit drei Minuten auf dem Zehn-Meilen-Raumschiff und lungerte mit den anderen Rekruten herum, als Prinz Nactor vorbeischritt. Als die Rekruten zurücktraten, sah Prinz Nactor Te'k. Das Teufelskätzchen strampelte mit den Pfoten in der Luft und quietschte vor Vergnügen. Als Jo hinging und es aufhob, sagte Prinz Nactor: »Gehört das Ihnen?«

»Ja, Sir«, sagte Jo.

»Nun, Sie können das nicht mit an Bord bringen.«

»Selbstverständlich, Sir«, sagte Jo. »Ich werde mich sofort darum kümmern.«

Mit seinem erweiterten Sichtfeld war es kein Problem, einen Ort in dem Schlachtschiff ausfindig zu machen, an dem er Te'k verstecken konnte. Es war ein paar Jahre zuvor neu ausgerüstet worden, und viele Teile der alten Ausstattung waren entfernt und durch kompaktere Einheiten ersetzt worden. Der alte Aussichtsraum, der den Direktkontakt-Photoregenerator beherbergt hatte, war überflüssig geworden, und die Parzelle in dem glasumgebenen Rumpf war zuerst als Lagerraum für Dinge verwendet worden, die nie wieder gebraucht werden würden, dann hatte man sie versiegelt.

Jo schlich sich davon, nahm heimlich einen Schraubenschlüssel aus der Wartungskammer und machte die versiegelte Luke ausfindig. Er löste den Verschluß und scheuchte Te'k hinein in die Dunkelheit. Er wollte die Tür gerade wieder schließen, als ihm eine Idee kam. Er ging zurück zur Wartungskammer, nahm eine Buchstabenschablone, eine Dose gelber Farbe und einen Pinsel. Zurück an der Luke, malte er auf die Tür:

EINTRITT
NUR FÜR J-O PERSONEN

Er kam rechtzeitig zur Auslieferung der Uniform und der Ausrüstung wieder oben an. Der Quartiermeister fragte ihn nach seiner Bewilligungskarte. Jo erklärte, daß er keine habe.

Der Quartiermeister ging zum Kontrollcomputer, um es zu überprüfen. Jo kehrte zu der Luke zurück und trat ein. Dahinter war ein kleiner Korridor, sein gelbes Haar streifte die Decke und wurde staubig. Dann hörte er Musik.

Er hatte ein solches Instrument vor langer Zeit gehört, damals, als er ein Hilfspendler gewesen war. Rons Gitarre. Nur wurde diese Gitarre anders gespielt, viel schneller. Und die Stimme – er hatte noch nie eine solche Stimme gehört. Sie war langsam und voll wie seine Okarina.

Er wartete, versucht, nachzusehen, aber er widerstand der Versuchung. Er lauschte dem Lied einmal bis zum Ende, und die Melodie wiederholte sich, also nahm er sein Instrument und begann, mit dem Gesang zu spielen. Das Singen brach ab; die Gitarre verstummte. Jo spielte die Melodie zu Ende, dann ging er hinaus.

Sie saß auf dem Fußboden vor einer Säule aus Kristallblökken. Die Glaswand des Raumschiffes ließ das weiße Licht von Tantamount ein. Sie sah von ihrer Gitarre auf, und das Gesicht – es war ein wunderschönes Gesicht, feine Linien, dunkel, schweres, braunes Haar fiel auf eine Schulter herunter – verzerrte sich in schweigendem Entsetzen.

»Was tust du?« fragte Jo.

Sie wich zurück zu der Mauer aus Kristallblöcken, ihre Hand lag flach auf der hellen Oberfläche der Gitarre, die Finger glitten über das Holz und hinterließen glitzernde Spuren auf dem Lack.

»Hast du Te'k gesehen?« fragte Jo. »Ein Teufelskätzchen, ungefähr so groß, acht Beine, Hörner? Kam vor ungefähr fünfzehn Minuten hier herein?«

Sie schüttelte heftig den Kopf, eine Wildheit in der Bewegung, die ihm verriet, daß die Verneinung generell war und mit seiner besonderen Frage nichts zu tun hatte.

»Wer bist du?« fragte er.

In diesem Augenblick kam Te'k hinter den Kristallblöcken hevor, stolzierte vor das Mädchen hin, rollte sich auf den Rükken, strampelte mit den Pfoten in der Luft, miaute, streckte die Zunge heraus und war, kurz gesagt, absolut einschmeichelnd. Jo streckte das Bein aus und streichelte Te'ks Bauch mit dem nackten Zeh. Er war noch nackt von der Musterung, und die Uniform hing über seinem Arm.

Das Mädchen trug eine weiße Bluse, die hoch am Hals geschlossen war, und einen dunklen Rock, der bis knapp unter die Knie reichte. Was immer sie an ihm ängstigte, schien hinter seiner Uniform zu stecken, denn sie starrte sie an, als versuchte sie, hindurchzusehen. An ihren zuckenden Gesichtsmuskeln konnte er sehen, daß ihre Gedanken verwirrter wurden.

»Dein Gesang gefällt mir«, sagte Jo. »Du brauchst keine Angst zu haben. Ich heiße Jo. Was tust du hier?«

Plötzlich kniff sie die Augen zusammen, ließ die Gitarre mit der Oberseite nach unten in den Schoß fallen und preßte die Hände auf die Ohren. »Singen«, sagte sie hastig. »Ich singe nur. Singen ist das wichtigste, was es gibt, weißt du. Ich tue niemandem etwas zuleide. Nein, sag nichts zu mir. Ich weigere mich, irgendwelche Fragen zu beantworten.«

»Du siehst ganz schön durcheinander aus«, sagte Jo. »Willst du irgendwelche Fragen stellen?«

Sie schüttelte den Kopf und duckte ihn dann zwischen die Schultern, als wolle sie einem Schlag ausweichen.

Jo runzelte die Stirn, schob seinen Mund auf die eine Seite seines Gesichts, dann auf die andere. Er kaute auf der Lippe und sagte schließlich: »Ich glaube nicht, daß du wirklich so simplex bist.« Sie duckte sich nur noch enger an die Kristallblöcke. »Weißt du, ich bin kein richtiger Soldat.«

Sie sah auf. »Warum hast du dann eine Uniform?«

»Siehst du, jetzt hast du doch eine gestellt.«

»Oh!« Sie setzte sich auf und legte die Hand auf den Mund.

»Ich habe die Uniform, weil ich nahe daran war, ein Soldat zu werden. Ich muß sie nur tragen, wenn ich hinausgehe. Wenn sie dir Angst macht, lege ich sie weg.« Er warf sie über die Kristallsäule. Das Mädchen ließ die Schultern sinken und entspannte sich sichtlich. »Du versteckst dich vor den Soldaten«, sagte Jo langsam. »Wenn sie dich finden, ist es dir lieber, wenn sie denken, du seist simplex. Bist du auch auf dem Weg zum Imperiums-Stern?«

Sie nickte.

»Wer bist du?«

Sie hob die Gitarre auf. »Das möchte ich lieber nicht sagen. Nicht, daß ich dir nicht traue. Aber je weniger Leute auf diesem Schlachtschiff es wissen, desto besser.«

»Na gut. Aber würdest du dann eine andere Frage beantworten?«

»Ja. Alle diese Soldaten unter Prinz Nactor sind unterwegs zum Imperiums-Stern, um mich zu töten, wenn ich nicht zuerst dort bin.«

»Das ist nicht die Antwort auf die Frage, die ich stellen wollte.«

Sie sah furchtbar verlegen aus.

»Aber ich glaube, es ist eine ziemlich gute.« Jo lächelte. Sie hob die Hand, um Te'ks Bauch zu streicheln. »Eines Tages werde ich lernen, wie dieses Antworte-bevor-du-gefragt-wirst-Spiel geht. Es ist so beeindruckend, wenn es richtig herauskommt. Ich dachte, du wolltest fragen, was das alles zu bedeuten hat.«

Jo sah erstaunt aus. Dann lachte er. »Du versteckst dich vor den Soldaten, indem du dich vor ihre Nase setzt! Sehr multiplex! Sehr multiplex!« Er ließ sich mit gekreuzten Beinen auf der anderen Seite von Te'k auf den Boden nieder.

»Wenn ich mit ihnen fahre, ist es auch ziemlich sicher, daß ich nicht nach ihnen dort sein werde. Schlimmstenfalls werden wir zur selben Zeit ankommen.« Sie schob die Lippen vor. »Aber ich muß einen Weg finden, um vor ihnen dort zu sein.«

Jo fing auch an, Te'k zu streicheln, und ihre Finger berührten sich an den Knöcheln. Er grinste. »Was ich dich fragen wollte, war nur, wo du herkommst. Ich weiß, wohin du gehst und wo du jetzt bist.«

»Oh«, sagte sie. »Kennst du Miss Perrypicker?«

»Wen?«

»Wo. Miss Perrypickers Pensionat für junge Damen.«

»Was ist das?«

»Das ist der Ort, von dem ich herkomme. Es ist ein absolut scheußlicher Ort, wo hauptsächlich nette Mädchen aus den besten Familien hingebracht werden und beigebracht bekommen, wie man so simplex erscheint, daß du es nicht glauben würdest.«

»Ich habe es nicht geglaubt«, sagte Jo.

Sie lachte. »Ich bin einer von Miss Perrypickers Fehlern. Es gibt auch vieles dort, was Spaß macht – Tennis, Antigrav-Volleyball, Wasserpolo, Vierwand-Handball – mein Lieblingssport – und Drei-D-Schach. Es kamen auch manche Lehrer, die wirklich etwas wußten. Aber Singen und Gitarrespielen, was ich wirklich gerne tue, habe ich mir selber beigebracht...«

»Du machst es sehr gut.«

»Danke.« Sie zupfte eine absteigende Akkordfolge auf den Saiten, öffnete die Lippen und ließ eine Melodie daraus hervorsprudeln, die langsam anstieg, überraschende Intervalle, die mitfühlende Bande von Freude, Sehnsucht und Vergnügen anrührten, die Jo nicht mehr gespürt hatte, seit er für die Lll gespielt hatte.

Sie hielt inne. »Das ist ein Lied, das die Lll gemacht haben. Es ist eines meiner Lieblingslieder.«

»Es ist wunderschön«, sagte Jo, und seine Lider zuckten. »Spiel bitte weiter. Sing es zu Ende.«

»Das war schon alles«, sagte sie. »Sehr kurz. Nur sechs Noten. Es sagt, was es zu sagen hat, dann endet es. Alles, was die Lll tun, ist sehr ökonomisch.«

»Oh«, sagte Jo. Die Melodie lag glatt wie ein Regenbogen über seiner Seele, beruhigend, sich ausbreitend.

»Ich werde ein anderes sin –«

»Nein«, sagte Jo. »Laß mich einen Augenblick über dieses nachdenken.«

Sie lächelte und ließ ihre Hand auf die Saiten sinken.

Jos Hand wanderte ziellos über Te'ks Bauch. Das Teufelskätzchen schnurrte leise. »Sag mir«, sagte Jo, »warum will Prinz Nactor dich auf dem Imperiums-Stern umbringen?«

»Mein Vater ist sehr krank«, erklärte sie. »Ich wurde von Miss Perrypickers Pensionat nach Hause berufen, weil es so aussieht, als könnte er jeden Tag sterben. Wenn er stirbt, werde ich die Herrschaft über das Imperium erben – wenn ich da bin. Wenn nicht, wird Prinz Nactor sie an sich reißen. Wir haben uns den ganzen Weg gegenseitig gejagt.«

»Du bist eine Prinzessin des Imperiums?«

Sie nickte.

»Du mußt ganz schön wichtig sein«, sagte Jo verwundert.

»Ich werde überhaupt nichts sein, wenn ich Prinz Nactor nicht schlage. Auf diesen Moment wartet er schon seit Jahren.«

»Warum ist es besser, wenn du die Macht hast und nicht Prinz Nactor?«

»Aus einem Grund. Ich werde die Lll freigeben. Prinz Nactor will sie unter seinem Schutz behalten.«

»Ich verstehe.« Er nickte und umfaßte seine Knie. »Wie wirst du das tun, und warum will Nactor es nicht?«

»Ökonomische Gründe«, sagte das Mädchen. »Ich habe die Unterstützung der sechsundzwanzig reichsten Männer des Imperiums. Sie haben Vertrauen, daß ich die Angelegenheit multiplex löse. Sie warten auf dem Imperiums-Stern auf mich, um zu erfahren, wie es zwischen mir und Nactor ausgehen wird. Sie weigern sich, Prinz Nactor zu unterstützen, und er hat niemanden, auf den er sich verlassen kann, als die Armee. Obwohl er ein recht multiplexer Mann ist, hat er nur das eine Mittel, die Gewalt, zur Verfügung. Wenn du nur eine Richtung hast, in die du stoßen kannst, könntest du ebenso gut simplex sein, ob du nun willst oder nicht. Also warten sie auf mich, versammelt in der Ratshalle mit den Säulen aus Messing, während die Mosaike der Bleiglasfenster ihre vielen Schatten auf die blauen Kacheln werfen, und irgendwo in einem kristallenen Bett liegt mein Vater im Sterben ...«

»Jupp«, sagte Jo beeindruckt.

»Ich bin nie dort gewesen. Ich habe darüber in einer Novelle von Muels Aronlyde gelesen. Wir haben seine ganze politische Trilogie bei Miss Perrypicker gelesen. Kennst du seine Werke?«

Jo schüttelte den Kopf. »Außer ...«

»Ja?«

»Ich glaube, ich habe eine Botschaft für die dort in der Ratshalle.«

»Wirklich?«

»Das ist der Grund, warum ich zum Imperiums-Stern unterwegs bin. Ich habe eine Botschaft zu überbringen, und ich glaube, ich bin ziemlich nahe daran, sie zu überbringen.«

»Wie lautet sie?«

Jo ließ jetzt seine Knie los. »Du bist nicht begierig, mir zu sagen, wer du bist; ich glaube, ich behalte meine Botschaft besser für mich, bis ich in der Ratshalle bin.«

»Oh«, sie versuchte, befriedigt auszusehen, aber die Neugierde kämpfte sich an die Oberfläche ihres Gesichts.

»Ich werde dir soviel sagen«, sagte Jo, leise lächelnd, »daß es die Lll betrifft.«

»Oh«, wiederholte sie noch langsamer. Plötzlich erhob sie sich auf die Knie und beugte sich über ihre Gitarre. »Schau her, ich werde ein Geschäft mit dir machen! Du kannst nicht ohne meine Hilfe in die Ratshalle gelangen –«

»Warum nicht?«

»Niemand kann es. Die große Energieiris, die die Halle bewacht, öffnet nur auf achtundzwanzig Gedankenmuster – du solltest in deinem Aronlyde nachlesen. Sechsundzwanzig sind bereits drinnen. Mein Vater liegt im Sterben, und ich bezweifle, daß er noch erkennbar ist. Also bin nur ich übrig. Ich werde dir helfen, in die Ratshalle zu gelangen, wenn du mir hilfst, Prinz Nactor zu schlagen.«

»Also gut«, sagte Jo. »In Ordnung. Das ist fair. Welche Art Hilfe benötigst du?«

»Nun«, sagte sie und setzte sich wieder nieder. »Du hast diese Uniform, du kannst also unauffällig hier hinaus- und hereinschleichen.«

Jo nickte und wartete darauf, daß sie fortfuhr.

Aber sie zuckte die Achseln. Sah ihn dann fragend an. »Das ist doch etwas, oder nicht?«

»Du meinst, den Rest muß ich herausfinden?« sagte Jo. »Ich werde es versuchen. Welche Hilfe hast du bis jetzt bekommen?«

»Ich habe einen kleinen Computer, der Schwierigkeiten für mich aus dem Weg räumt.«

»Ich mag vielleicht klein sein«, sagte eine Stimme unter Jos Uniform hervor, die auf den aufeinander gestapelten Blöcken lag, »aber ich habe meine volle Größe noch nicht erreicht.«

»Hä?« rief Jo erstaunt aus.

»Das ist ein Lamp«, sagte das Mädchen. »Er ist ein linguistischer –«

»– allgegenwärtiger Multi-Plex«, ergänzte Jo. »Ja. Ich bin schon einmal einem begegnet.« Jetzt erst bemerkte er, daß die wahllos zusammengewürfelten Kristalle logische Blöcke waren. Aber es waren erstaunlich wenige. Er war es gewohnt, sie über eine Zwanzigmeter-Wand im Schaltraum angeordnet zu sehen.

»Es war seine Idee, im Schlachtschiff ein Versteck zu suchen.«

Jo nickte und blieb dann stehen. »Vielleicht«, sagte er, »wenn alle zusammenarbeiten, können wir uns mit Glück durch diese Sache hindurchwinden. Obwohl ich das Gefühl habe, daß es ein bißchen verwirrend sein wird. Sag, etwas wollte ich fragen. Auf welchem Planeten um den Imperiums-Stern werden wir landen?«

Das Mädchen sah sehr erstaunt aus.

»Nun, wir werden uns nicht in den Stern selbst begeben, oder?«

Lamp sagte: »Ich glaube nicht, daß er es weiß. Du solltest wirklich Aronlyde lesen.«

»Ich nehme an, er weiß es nicht«, sagte sie und kaute auf ihrem Knöchel. »Soll ich es ihm sagen?«

»Laß mich das machen.«

»Du meinst, es *leben* Leute in dem Stern?«

»Sie könnten es«, sagte Lamp. »Die Oberflächentemperatur von Aurigae ist weniger als zweitausend Grad Fahrenheit. Es ist ein sehr schwacher Stern, und es dürfte nicht schwer sein, ein Kühlsystem zu erfinden, das die Temperatur auf ein vernünftiges Maß herunter –«

»Sie leben nicht darinnen«, sagte das Mädchen, »aber es gibt keine Planeten um Aurigae.«

»Aber wo –«

»Laß es mich erklären. Bitte«, wiederholte der Lamp. »Aurigae ist nicht nur der größte Stern der Galaxis – hundertmal die Masse der Sonne und tausendmal so groß. Sondern es ist nicht einfach nur ein Stern –«

»Es ist komplizierter –« begann das Mädchen.

»Multiplizierter«, sagte Lamp. »Aurigae war jahrtausendelang als dunkler werdender Doppelstern bekannt. Aber es sind mindestens sieben riesige Sterne – riesig verglichen mit der Sonne –, die dort draußen einen ziemlich komplizierten, aber wunderschönen Tanz umeinander vollführen.«

»Alle um einen Punkt herum«, sagte das Mädchen. »Dieser Punkt ist das Zentrum des Imperiums.«

»Der ruhende Punkt«, sagte der Lamp, »in der sich drehenden Welt. Das ist eine Anspielung. Es ist das Gravitationszentrum dieses riesigen Multiplexes von Materie. Es ist auch das Zentrum der Macht des Imperiums.«

»Es ist der Ursprung der Herrschaft im Imperium«, sagte das Mädchen.

»Kannst du dir vorstellen, welcher unglaublichen Spannung sowohl Raum als auch Zeit an diesem Punkt ausgesetzt sind? Die Fäden der Wirklichkeit laufen dort auseinander. Die temporale Gegenwart trifft mit der räumlichen Vergangenheit und der möglichen Zukunft zusammen, und sie werden vollkommen vermischt. Nur die multiplexesten Intelligenzen können dort hingehen und ihren Weg so wieder hinausfinden, wie sie hineingekommen sind. Man kommt dort am Mittwoch an und kehrt am Dienstag vor hundert Jahren und tausend Lichtjahre entfernt zurück.«

»Es ist eine Lücke in Raum und Zeit«, erklärte das Mädchen. »Der Rat kontrolliert sie und bewahrt so seine Macht. Ich meine, wenn man in die Zukunft gehen kann, um zu sehen, was geschehen wird, und dann in die Vergangenheit, um sicherzustellen, daß es so geschieht, wie man es will, dann hat man so ungefähr das Universum in seiner Tasche, mehr oder weniger.«

»Mehr oder weniger«, sagte Jo. »Wie alt bist du?«

»Sechzehn«, erwiderte das Mädchen.

»Zwei Jahre jünger als ich«, sagte Jo. »Und wie oft hast du schon die Lücke des Imperiums-Sterns durchschritten?«

»Noch nie«, sagte sie überrascht. »Dies ist das erste Mal, daß ich je von Miss Perrypicker weggekommen bin. Ich habe nur darüber gelesen.«

Jo nickte. »Sag mir« – er zeigte auf den Stapel von logischen Blöcken – »ist Lamp dort auf einem Lll-Bewußtsein aufgebaut?«

»Ich muß schon sagen« begann der Lamp.

»Weißt du, du bist wirklich sehr taktlos«, warf das Mädchen klärend ein. »Welchen Unterschied könnte es überhaupt für dich machen?«

»Es macht keinen«, sagte Jo. Er seufzte. »Nur glaube ich, daß dies alles schon einmal passiert ist. Ich glaube auch, daß ich euch eine Menge zu sagen habe.«

»Was denn?«

»Wovon spricht er?« fragte der Lamp.

»Hört zu«, sagte Jo. »Es wird ein bißchen länger dauern, die Lll zu befreien, als ihr im Augenblick glaubt. Du wirst die unsägliche Traurigkeit des Lll-Besitztums selbst durchmachen müssen –«

»Oh, ich würde niemals einen –«

»Du wirst«, sagte Jo traurig. »Du wirst mehr von ihnen besitzen als jemals einer vor dir. Das ist wahrscheinlich der einzige Weg, sie zu befreien.« Jo schüttelte den Kopf. »Es wird einen Krieg geben, und vieles von dem, was du schön und wichtig findest, wird zerstört werden.«

»Oh, einen Krieg! Mit wem . . .«

Jo zuckte die Achseln. »Vielleicht mit Prinz Nactor.«

»Oh, aber selbst im Falle eines Krieges würde ich nicht – Oh, Lamp, du weißt, ich würde niemals –«

»Viele Menschen werden getötet werden. Die wirtschaftliche Lage wird so sein, nehme ich an, daß der Rat und du entscheiden werdet, daß die einzige Möglichkeit des Wiederaufbaus ist, die Lll zu erwerben. Und du wirst es tun. Ihr werdet große Traurigkeit und Schlimmeres zu tragen haben, ihr alle beide. Aber in ferner Zukunft, während das, wovon ich euch jetzt erzähle, geschehen wird, wirst du einem Jungen begegnen.« Jo warf einen Blick auf sein Spiegelbild im Glas. »Ich wollte gerade sagen, daß er aussieht wie ich. Aber das stimmt nicht, nicht so sehr. Seine Augen – er hat nicht dieses Glasding anstelle seines rechten Auges. Seine Hände – er wird Klauen an seiner linken haben. Er wird brauner sein als ich, weil er mehr Zeit im Freien verbracht hat als ich in letzter Zeit. Seine Sprache wird fast unverständlich sein. Obwohl sein Haar ungefähr von derselben Farbe sein wird wie meins, wird es viel länger sein und ein Durcheinander –« Plötzlich griff Jo nach seinem Beutel und kramte darin. »Hier. Behalt das, bis du ihn triffst, dann gib es ihm.« Er reichte ihr den roten Kamm.

»Ich werde ihn aufheben«, sagte sie überrascht. Sie drehte ihn herum und betrachtete ihn. »Wenn er so furchtbar schlecht spricht, kann ich ihm Sprachstunden in Interlingua geben. Miss Perrypicker war richtig fanatisch, was die Aussprache betraf.«

»Ich weiß, daß du das kannst«, sagte Jo. »Behaltet mich beide im Gedächtnis, und wenn er zu Euch kommt, versucht, ihn mir so ähnlich zu machen, wie ihr könnt. Hier, auf diese Weise werdet ihr ihn erkennen.« Er deutete auf Te'k. »Er wird so eins als Haustier haben. Er wird auf dem Weg sein zum Imperiums-Stern wie wir jetzt, nur werdet ihr dann anderswo hingehen. Er wird eine Botschaft zu überbringen haben, aber er wird sie nicht kennen. Er ist sich seiner selbst nicht sicher, und er wird nicht verstehen, wie du es über dich bringen kannst, solche unglaublichen Kreaturen wie die Lll zu besitzen.«

»Aber *ich* verstehe nicht, wie –«

»Dann wirst du es verstehen«, sagte Jo. »Mach ihm Mut. Sag ihm, daß er erfahren wird, welches die Botschaft ist, zu der Zeit, wenn er sie überbringen muß. Er ist ein sehr unsicherer kleiner Junge.«

»Du läßt ihn nicht sehr attraktiv erscheinen.«

Jo zuckte die Achseln. »Vielleicht wird bis dahin dein Gefühlsspektrum breiter sein. Es wird etwas an ihm sein –«

»Weißt du«, sagte sie plötzlich und schaute von dem Kamm auf, »ich finde, daß du ein hübscher Junge bist.« Dann wetteiferten Überraschung und Bescheidenheit darum, sich ihres Lächelns zu bemächtigen.

Jo brach in Gelächter aus.

»Ich wollte dich nicht . . . Oh, es tut mir leid, wenn ich etwas –«

»Nein!« Jo ließ sich auf den Rücken rollen. »Nein, es ist schon in Ordnung!« Er strampelte mit den Füßen in der Luft.

»Nein, es ist alles vollkommen in Ordnung.« Er rollte sich wieder zum Sitzen nach vorne. Dann brach das Gelächter ab.

Sie hatte ihre Hände ineinander verschlungen und umfaßte krampfhaft eine Falte ihres Rockes.

»Ich wollte dich nicht auslachen«, sagte Jo.

»Das ist es nicht.«

Er beugte sich vor. »Dann sag mir, was es ist.«

»Es ist nur – nun, seit ich das Pensionat verlassen habe, sind mir die merkwürdigsten Dinge passiert. Und jeder, auf den ich treffe, scheint über das, was da los ist, einen Bleb von einer Menge mehr zu wissen als ich.«

». . . Bleb!«

»Ach, du liebe Zeit. Ich wollte das eigentlich nicht sagen. Miss Perrypicker würde der Schlag treffen.«

»Äh . . . was genau ist Bleb?«

Sie kicherte und senkte die Stimme ungewollt zu einem Flüstern, als sie sich zu ihm beugte. »Es ist das, was alle Mädchen bei Miss Perrypicker *aufpicken!*«

Jo nickte. »Ich begreife den ungefähren Sinn. Du bist noch nicht sehr lange multiplex, oder?«

»Nein. Und bis vor ein paar Wochen«, sie zeigte auf Lamp, »hieß er Lusp.«

»Wirklich«, empörte sich Lamp, »du mußt ihm nicht alles erzählen.«

»Ist schon gut«, sagte Jo. »Ich verstehe.«

»Ich habe so viele Abenteuer gehabt, seit es losgegangen ist. Und sie erscheinen alle so merkwürdig.«

»Welche Art von Abenteuern?« fragte Jo. »Erzähl mir darüber.«

»Das letzte geschah auf dem Schiff, auf dem ich vor diesem hier war – ich mußte mich dort nicht verstecken –, es gab da einen Hilfspendler, dem ich Interlinguastunden gab. Es stellte sich heraus, das er die wunderbarsten Gedichte geschrieben hatte. Ich glaube, sie haben mein ganzes Leben verändert – klingt ziemlich melodramatisch, ich weiß, und ich nehme an, du würdest nicht verstehen, auf welche Weise. Aber wie auch immer, er stellte mich Lamp vor. Lamp sagt, er hat die Idee, sich im Schlachtschiff zu verstecken, von ihm. Offensichtlich ist dieser Junge auch einmal von einer Armee verfolgt worden, und –«

»Ni Ty hatte es schon getan?«

»Woher weißt du seinen Namen?«

»Ich kenne seine Gedichte«, sagte Jo. »Ich verstehe, auf welche Weise sie dein Leben verändert haben. Er zeigt dir, wieviel von deinem Leben dir gehört und wieviel der Geschichte.«

»Ja. Ja, genau so hat es mich berührt!«

Sie senkte den Blick. »Und wenn du eine Prinzessin des Imperiums bist, gehört so viel der Geschichte, daß kaum etwas für dich übrig bleibt.«

»Manchmal sogar, wenn du keine bist.« Er griff in seinen Beutel und nahm seine Okarina heraus. »Spiel mit mir.«

»Gut«, sagte sie und hob ihre Gitarre auf. Sie spielte eine zarte, ansteigende Melodie. Hinter der Glaswand raste die Nacht vorüber. Sie hätte ebenso gut stillstehen und lauschen können, als die beiden jungen Menschen ihre Musik spielten und das Schiff dahinschwebte.

»Du siehst mich an«, sagte sie schließlich, »als ob du so viel über mich wüßtest. Liest du meine Gedanken?«

Jo schüttelte den Kopf. »Nur simplex, komplex und multiplex.«

»Du sprichst, als ob du auch das wüßtest.«

»Ich weiß, daß Lamp dort Muels Aronlydes Bewußtsein trägt.«

Sie drehte sich um. »Lamp . . . das hast du mir nicht erzählt!«

»Ich wußte es nicht. Ni Ty hat es mir nicht gesagt. Er hat mir nur gesagt, daß ich Lll-begründet bin. Er hat nicht gesagt, welcher Lll.«

»Und du bist San Severina.«

Sie wirbelte zurück. »Aber du hast zuvor gesagt, daß du nicht –«

»Und jetzt sage ich, daß ich es weiß.«

»So wie die Zeit fortschreitet«, stellte Lamp fest, »lernen die Menschen. Das ist die einzige Hoffnung.«

Durch die Wand des Raumschiffes waren die dunklen, flammenden Massen des multiplexen Systems des Imperiumsterns gerade sichtbar.

San Severina ging zur Wand hinüber und lehnte ihre Wange an das Glas. »Jo, hast du je die Zeitspalte des Imperiums-Sterns durchschritten? Vielleicht weißt du darum so viel über die Zukunft!«

»Nein. Aber du wirst es tun.«

Sie hob den Kopf, und ihre Augen weiteten sich. »Oh, du wirst mit mir kommen, nicht wahr? Allein würde ich mich fürchten!«

Sie berührte seine Schulter.

»Jo, weißt du, ob wir siegen werden oder nicht?«

»Ich weiß nur, daß, ob wir nun gewinnen oder verlieren, es länger dauern wird, als wir denken.«

Ihre Hand glitt an seinem Arm hinunter und ergriff seine. »Aber du wirst mir helfen! Du wirst helfen!«

Er hob die Hände und legte sie beide auf ihre Schultern. Ihre Hände hoben sich mit seinen. »Ich werde dir helfen«, sagte er. Der Imperiums-Stern kam näher. »Natürlich werde ich dir helfen, San Severina. Wie könnte ich es verweigern, nach allem, was du für mich getan hast?«

»Was habe ich getan?« fragte sie wieder voller Erstaunen.

»Sch«, sagte er und berührte ihre Lippen mit einem Finger. »Wenn du Fragen stellst, die niemand beantworten kann, mußt du einfach abwarten und sehen.«

Te'k schluckte im Schlaf, und Lamp hüstelte diskret. Sie wandten sich um, noch einmal nach dem Imperiums-Stern zu schauen, und von meiner schützenden Höhle aus Knochen und Fleisch schaute ich auch und sah viel weiter. Ich bin Juwel.

XV

Der multiplexe Leser hat inzwischen entdeckt, daß die Geschichte viel, viel länger ist, als Sie glauben, zyklisch und aus sich selbst heraus leuchtend. Ich muß viel auslassen; ordnen Sie Ihre Wahrnehmungen nur multiplex, dann werden Sie die Lücken nicht vermissen.

Überhaupt kein Ende! höre ich von einer komplexen Stimme.

Ungerecht. Schauen Sie auf die zweite Seite. Dort habe ich Ihnen gesagt, daß es ein Ende geben würde und daß Te'k, ich selbst und die Okarina dann noch bei ihm sein würden.

Ein Teilchen zum Mosaik?

Hier ist ein Stück. Das Ende kam irgendwann, nachdem San Severina (nach vielen Reisen durch die Zeitlücke), haarlos, zerfurcht, verwundet, geheilt und hundert Jahre alt, erlaubt wurde, ihre Souveränität aufzugeben und mit ihr ihren Namen und einen Großteil ihrer schmerzlicheren Erinnerungen. Sie nahm einen großen 3-Hund als Begleiter und den Namen Charona und zog sich auf einen Satelliten namens Rhys zurück, wo sie vierhundert Jahre lang nichts Anstrengenderes zu tun hatte, als die Tore des Transportgeländes zu bewachen und freundlich zu Kindern zu sein, wie es ihrem hohen Alter anstand.

Noch ein Teilchen? *Bleb* ist Wasser, in der Morgendämmerung Tropfen für Tropfen von den Blättern der Lilienfarne gepickt von den Mädchen in Miss Perrypickers Pensionat für junge Damen.

Oh, ich könnte Ihnen gute und schlechte Neuigkeiten erzählen, von Erfolgen und Niederlagen. Prinz Nactor führte einen Krieg, der acht Welten verbrannte, zweiundfünfzig Zivilisationen und zweiunddreißigtausenddreihundertsiebenundfünfzig vollständige und unterschiedliche ethnische Systeme zerstörte, eine kleine Niederlage. Ein großer Sieg: Prinz Nactor floh, aufgrund einer Kette von Umständen, die abzuleiten ich Ihnen überlasse, wahnsinnig vor Angst, schweißnaß, um Mitternacht durch die Dschungel des Central Park auf der Erde, als Te'k fauchte, hinter einer Ansammlung von Bäumen hervorkam und, mehr durch einen Zufall, auf ihn trat – Te'k, nun zu seiner vollen Größe von zwanzig Metern herangewachsen.

Ich habe Ihnen erzählt, wie San Severina, bejahrt, haarlos und Charona genannt, dem Kind Kometen-Jo unter einem Platz namens Brooklyn Brücke auf einer Welt mit Namen Rhys als erste etwas über simplex, komplex und multiplex beibrachte. Genausogut könnte ich Ihnen erzählen, wie Jo, ebenso alt und ebenso zerfurcht und mit Namen Norn, als erster auf einer Welt, die in dieser Geschichte bis hierher nicht benannt ist – unter einem Platz namens Brooklyn Brücke –, dem Kind San Severina das Lied beibrachte, das sie zusammen in dem verlassenen Raum des Schlachtschiffes spielten.

Ich könnte Ihnen erzählen, wie, bei der schließlichen Befreiung der Lll, als die Menge stillschwieg vor der großartigen Musik, ein Mann namens Ron, der als Junge selbst für die Lll gesungen hatte, als er ein Hilfspendler gewesen war, mit zitternden Tränen in den Augenwinkeln und von Emotionen zugeschnürter Kehle, sowohl damals als auch heute, sich zu dem in der riesigen Menschenmenge neben ihm stehenden Lll umwandte und flüsterte – hinweisend nicht nur auf die gespannte Aufmerksamkeit um ihn herum und die unglaubliche Wirkung des kurzen Liedes, sondern auch auf den überwältigenden Höhepunkt, den die Befreiung darstellte – »Haben Sie jemals zuvor etwas Ähnliches gesehen?«

Der Lll schwieg, aber der orientalisch aussehende Jüngling, der neben ihm stand, schnappte mit schockierender, unterdrückter Wut zurück: »Ja, habe ich!« und dann zu dem Lll: »Komm, Muels, laß uns hier verschwinden, he?« und der Lll und der Junge begannen sich stoßend und schiebend einen Weg zum Rand der Menge zu bahnen, um eine Reise, ebenso unglaublich wie die, die ich erzählt habe, anzutreten, während Ron mit offenem Mund dastand, das Sakrileg nicht fassend.

Eine erfreuliche Niederlage: Als Prinz Nactor Jos Körper auf den eisverwüsteten Ebenen des Planeten, der Tantamount umkreiste, verbrannte – erfreulich, weil es Jo frei machte, viele andere Körper zu benutzen, viele Namen.

Ein tragischer Sieg: Als der Lamp, nur ein paar Stunden vor dem Zwischenfall mit Te'k im Central Park, Prinz Nactors Geist zerstörte, indem er seine volle Größe – mehrmals so groß, wie wir ihn bisher gesehen haben – in die Geodätische Überwachungsstation schmetterte, wo Nactor sein Gehirn in einem Elfenbeinei, das mit Nährflüssigkeit gefüllt war, tief in der Station verborgen hatte – tragisch, weil auch der Lamp bei diesem Zusammenstoß endgültig zerstört wurde.

Oder ich kann Ihnen das allerletzte Ende erzählen, das zur selben Zeit stattfand wie der allererste Anfang, als schließlich jemand gekommen war, die Lll zu befreien, und Kometen-Jo – damals noch Norn genannt – Ki, Marbika und ich die Botschaft in einem Organiform von S. Doradus zum Imperiums-Stern brachten, als plötzlich der einkapselnde Mechanismus zusammenbrach und wir die Kontrolle verloren. Als wir anderen darum kämpften, das Schiff zu retten, drehte ich mich einen Augenblick um und sah Norn vorne stehen und in die glitzernde Sonne starren, auf die wir zustürzten. Er hatte angefangen, zu lachen.

Während ich mich bemühte, uns auf den Kurs zurückzubringen, fragte ich: »Was ist denn bloß so komisch?«

Er schüttelte langsam den Kopf, ohne den Blick abzuwenden. »Hast du je die Gedichte von Ni Ty Lee gelesen, Juwel?«

Wie ich schon sagte, war das am Anfang, und ich hatte sie noch nicht gelesen. Ich war zu der Zeit auch noch nicht kristallisiert. »Das ist nicht der richtige Zeitpunkt, über Literatur zu diskutieren«, rief ich – obwohl er mir einen Moment vor dem Zusammenbruch stundenlang geduldig zugehört hatte, als ich ausführlich ein Buch beschrieb, das ich zu schreiben beabsichtigte.

Ki kam durch das Proto-Protoplasma geschwommen. »Ich glaube nicht, daß wir etwas machen können.« Das Licht schimmerte durch die grünliche Gallerte auf seinem furchtverzerrten Gesicht.

Ich sah zu Norn zurück, der sich immer noch nicht bewegt hatte, als der Lichtfleck sich über die Dunkelheit breitete. Das Gelächter hatte aufgehört, und Tränen schimmerten auf seinem Gesicht.

»Dort ist ein Satellit«, schrie Marbika aus der Dunkelheit im Inneren, »vielleicht können wir eine Bruchlandung –«

Wir taten es.

An einem Ort namens Rhys, wo es nichts gab als eine monoproduktive, simplexe Gesellschaft und ein Transportgelände.

Sie starben. Ich war der einzige, der weiterleben konnte, obwohl Norn in der Lage war, die Botschaft einem anderen zu übermitteln, und ich lebte weiter, um dafür Sorge zu tragen, daß sie überbracht wurde –

Oder habe ich diesen Teil der Geschichte schon erzählt?

Ich bezweifle es.

In diesem riesigen multiplexen Universum gibt es fast so viele Welten mit Namen Rhys, wie es Brooklyn Brücken gibt. Es ist der Anfang. Es ist ein Ende. Ich überlasse Sie dem Problem, Ihre Wahrnehmungen zu ordnen und Ihre Reise von einem zum anderen anzutreten.

Die Juwelen von Aptor

Danach wurde sie hinunter zum Meer gebracht. Sie fühlte sich nicht besonders wohl und ließ sich deshalb auf einem Felsen nieder. Ihre Zehen gruben sich in den nassen Sand. Mit leicht nach vorn gezogenen Schultern blickte sie über das Wasser. »Ich fand es schrecklich! Es war einfach entsetzlich! Warum habt ihr mir das gezeigt? Er war doch noch ein kleiner Junge! Wie konnten sie ihm so etwas antun?«

»Es war nur ein Film. Wir haben ihn dir gezeigt, damit du daraus lernen kannst.«

»Aber der Film zeigte etwas, was wirklich geschehen ist!«

»Etwas, das vor einigen Jahren ein paar hundert Meilen von hier geschehen ist.«

»Aber es *ist* geschehen. Ihr habt eine Strahlensonde benutzt, um sie zu beobachten, und als die Bilder auf dem Monitor erschienen, habt ihr davon einen Film gemacht, und – warum habt ihr mir das gezeigt?«

»Was haben wir dich gelehrt?«

Doch sie konnte nicht denken; ihr Bewußtsein war erfüllt von intensiven Bildern und Bewegungen, von leuchtenden Rottönen und von greller Pein. »Er war nur ein Kind,« sagte sie. »Er kann nicht älter als elf oder zwölf gewesen sein.«

»*Du* bist ein Kind. Du bist noch keine sechzehn.«

»Was hätte ich daraus lernen sollen?«

»Sieh dich um. Du solltest etwas erkennen.«

Alles war noch zu lebhaft, zu rot, zu grell . . .

»Du solltest es hier auf diesem Strand erkennen, in den Bäumen dort drüben, in den Felsen, in den Muscheln zu deinen Füßen. Du siehst es, doch du erkennst es nicht.« Seine Stimme wurde freundlicher. »Eigentlich bist du eine hervorragende Studentin. Du lernst sehr rasch. Erinnerst du dich an deine telepathischen Studien vorigen Monat?«

»›Ähnlich wie bei der Sendung und dem Empfang von Radiowellen‹«, zitierte sie, »›werden die zusammenhängenden Muster bewußter Gedankengänge von einer Großhirnrinde abgelesen und auf einer zweiten eingeprägt, woraus eine Wiederholung der empfangenen Gefühlseindrücke resultiert –‹ Aber ich beherrsche es nicht; es hilft *mir* doch nicht!«

»Wie wäre es dann mit Geschichte? Du hast die Prüfung mit

Auszeichnung bestanden. Hilft es dir, wenn du über alle Ereignisse der Welt vor und nach dem Großen Feuer Bescheid weißt?«

»Nun ja. Es ist – . . . es ist interessant.«

»Auch der Film, den du gesehen hast, gehört auf seine Art zur Geschichte. Er spielt in der Vergangenheit.«

»Aber alles war so –« Ihre Augen senkten sich vor den glitzernden Wellen. »Alles war so grauenhaft!«

»Fasziniert dich Geschichte nur, weil sie interessant ist? Möchtest du denn niemals etwas über die Hintergründe der Ereignisse aus deinen Büchern erfahren?«

»Ja, ich möchte die Hintergründe kennenlernen! Ich möchte wissen, warum sie den Mann an das Eichenkreuz nagelten. Ich möchte wissen, weshalb sie ihm das antaten.«

»Eine gute Frage . . . In diesem Zusammenhang fällt mir ein, daß ungefähr zur Zeit dieser Kreuzigung in China beschlossen wurde, die Kräfte des Universums durch einen halb schwarzen und halb weißen Kreis darzustellen. Um sich jedoch ständig vor Augen zu führen, daß es keine reine Kraft gibt und keinen isoliert zu betrachtenden Beweggrund, fügten sie einen weißen Fleck in die schwarze Hälfte ein und einen schwarzen Fleck in die weiße Hälfte. Interessant, nicht?«

Sie runzelte die Stirn bei dem Versuch, den Zusammenhang zu erkennen. Doch er fuhr fort:

»Und erinnerst du dich an die Autobiographie des Goldschmieds, der berichtet, daß er als Vierjähriger in Gegenwart seines Vaters den legendären Salamander am häuslichen Herdfeuer sah? Sein Vater versetzte ihm einen solchen Schlag, daß er quer durch den Raum flog und in einem Topfregal landete, wobei er äußerte, der kleine Cellini sei zu jung, um dieses Ereignis im Gedächtnis zu behalten, wenn es nicht von Schmerzempfindungen begleitet wäre.«

»Ich kenne die Geschichte«, sagte sie. »Und ich entsinne mich, daß Cellini sagte, er sei nicht sicher, ob er sich wegen des Schlages an den Salamander erinnert oder umgekehrt.«

»Ja, ja!« rief er aus. »Die Ursachen sind es, immer die Ursachen . . .« In der Aufregung fiel seine Kapuze zurück, und sie sah sein Gesicht im kupferroten Nachmittagslicht. »Kannst du das Muster nicht erkennen?« Sie sah das Muster des Alters in den Kerben auf seiner Stirn und in den Falten um seine Augen und blickte zu Boden.

»Ich weiß nur nicht, was ein Salamander ist.«

»Er ist den Blauechsen ähnlich, die vor deinem Fenster singen. Nur, daß er nicht blau ist und nicht singt.«

»Weshalb sollte sich irgend jemand daran erinnern wollen?« Sie lächelte, doch er sah sie nicht an.

»Und der Maler«, sagte er, »wie du weißt, war er ein Freund Cellinis, in Florenz. Er malte das Bild der Gioconda. Er mußte sogar das bereits abblätternde Gemälde des letzten Abendmahls des Gekreuzigten im Stich lassen, um sie zu malen. Und er zauberte ein Lächeln auf ihr Gesicht, das die Menschen jahrhundertelang nach dem Grund für dieses seltsame Lächeln fragen ließ. Ja, immer die Frage nach dem Grund, siehst du? Schau dich doch nur um.«

»Wie verhielt es sich mit dem Großen Feuer?« fragte sie. »Als sie Flammen vom Himmel warfen und das Wasser in den Häfen kochte, gab es dafür keine Gründe. Das war genauso wie bei dem Jungen.«

»Oh nein«, sagte er zu ihr. »Es geschah nicht grundlos. Als das Große Feuer kam, schrien die Menschen auf der ganzen Erde zwar, ›Warum? Warum? Wie konnte der Mensch dem Menschen so etwas antun? Was ist der Grund?‹ Doch blicke nur um dich, hier an diesem Ort. Hier auf dem Strand!«

»Ich glaube, ich kann es jetzt noch nicht erkennen«, meinte sie. »Ich sehe nur, was sie ihm angetan haben, und das war entsetzlich.«

»Nun gut.« Er raffte sein Gewand zusammen. »Wenn das Bild dieser Tat verblaßt, wirst du vielleicht langsam begreifen, warum sie es taten. Ich denke, es ist nun Zeit, zurückzugehen.«

Sie glitt von ihrem Felsen und lief neben ihm her, barfuß im Sand. »Dieser Junge . . . Ich bin mir nicht sicher, er war gefesselt. Aber hatte er nicht vier Arme?«

»Das stimmt.«

Sie erschauerte wieder. »Ich kann nicht einfach da stehen und sagen, es war entsetzlich. Ich glaube, ich werde ein Gedicht schreiben. Oder etwas modellieren. Vielleicht beides. Ich muß wieder einen klaren Kopf bekommen.«

»Das ist keine schlechte Idee«, murmelte er, als sie sich den Bäumen am Fluß näherten. »Ganz und gar keine schlechte Idee.«

Und einige Tage später, einige hundert Meilen entfernt . . .

I

Die Wellen stürzten dem Abend entgegen. Gedämpftes Licht schien auf die durchnäßten Schiffe, die an bemoosten Pfählen vorbei in die Docks glitten, während das Wasser gegen das verrottete Gemäuer der Stadt schwappte.

Laufplanken an hölzernen Flaschenzügen kamen scharrend auf Betonblöcken zur Ruhe. Die Mannschaft trottete disziplinlos hinter ihrem trägen Kapitän und dem großen Maat über die Planken, die sich unter dem Tritt der bloßen Füße durchbogen. In lärmenden Gruppen, zu zweit oder auch allein, stürmten sie in die Hafenstraßen, vorbei an dem gelben Licht aus den Kneipeneingängen, an rotgestrichenen Türen, die in verräucherte Räume führten, erfüllt von dem Gestank verbrannten Popcorns, in Räume voller Gelächter und glänzend roter Lippen, bis hin zu den Freudenhäusern.

Der Kapitän, dessen Augen die Farbe des nebelverschleierten Meeres hatten, umfaßte den Griff seines Schwertes und sagte ruhig: »So, jetzt sind sie weg. Wir sollten lieber sofort anfangen, neue Matrosen anzuheuern für die zehn, die wir auf Aptor verloren haben. Gute Leute, Jordde. Ich werde ganz krank, wenn ich an ihre zerschlagenen Knochen und ihr zerschundenes Fleisch denke.«

»Zehn für die Toten«, grinste der Maat, »und zwanzig weitere für die Lebenden, die wir nie wiedersehen werden. Jeder Matrose, der diese Reise mit uns fortsetzen will, muß verrückt sein. Wir haben Glück, wenn wir bloß zwanzig verlieren.« Er war ein drahtiger Mann, der in seiner Kleidung ein wenig verloren wirkte.

»Ich werde ihr nie verzeihen, daß sie uns diese fürchterliche Insel anlaufen ließ.«

»Ich würde das nicht so laut sagen«, murmelte der Maat. »Es steht Euch nicht zu, ihr etwas zu verzeihen. Außerdem hat sie sie begleitet und sich so der gleichen Gefahr ausgesetzt. Sie hatte Glück, daß sie zurückkam.«

Plötzlich fragte der Kapitän: »Glaubt ihr die Wundermärchen, die man über sie erzählt?«

»Warum fragt Ihr, Sir? Glaubt Ihr daran?«

»Nein.« Die Antwort des Kapitäns kam zu rasch. »Daß sie jedoch eine der drei Überlebenden aus einer Gruppe von dreizehn sein soll, ohne daß auch nur ihr Gewand zerrissen wurde . . .«

»Vielleicht rühren sie keine Frau an«, gab Jordde zu bedenken.

»Mag sein«, erwiderte der Kapitän.

»Aber sie verhält sich seitdem sehr seltsam. Sie wandelt nachts umher. Ich habe sie an der Reling beobachtet. Sie blickte vom Leuchtfeuer hinauf zu den Sternen und wieder zurück.

»Zehn gute Männer«, meinte der Kapitän versonnen, »zerhackt und in Stücke gerissen. Ich hätte solche Grausamkeit nicht für möglich gehalten, hätte ich nicht selbst den Arm im Wasser schwimmen sehen. Mich schaudert jetzt noch, wenn ich daran denke: Die Männer, die zur Reling liefen und hinunter deuteten, als er sich aufrichtete, gleich einem Signal, um dann in einem Strudel aus Schaum und grünem Wasser zu versinken.«

»Nun ja«, meinte der Maat, »wir müssen neue Leute finden.«

»Ich bin neugierig, ob sie an Land kommt.«

»Sie wird kommen, Kapitän. Wenn sie will. Ihre Verhaltensweise geht Euch nichts an. Ihr habt Euch mit dem Schiff zu beschäftigen und ansonsten zu tun, was sie verlangt.«

»Ich habe mehr zu tun als das.« Er blickte zurück zu seinem Schiff, das ruhig dalag.

Der Maat legte dem Kapitän die Hand auf die Schulter. »Wenn Ihr solche Reden führt, solltet Ihr das leise tun, und nur in meiner Gegenwart.«

»Ich habe mehr zu tun als das«, wiederholte der Kapitän. Dann setzte er sich plötzlich in Bewegung. Der Maat folgte ihm durch das allmählich dunkel werdende Hafenviertel.

Der Kai lag einen Moment lang ruhig da. Doch plötzlich fiel ein Faß von einem Stapel, und eine Gestalt huschte, wie der Schatten eines Vogels, durch eine Lücke zwischen zwei Frachttürmen.

Zur gleichen Zeit näherten sich zwei Männer auf der von letztem Tageslicht durchfluteten Straße. Der größere der beiden warf einen riesenhaften Schatten mit langen gestikulierenden Armen auf die eng stehenden Gebäude. Seine nackten Füße patschten auf das Kopfsteinpflaster. Häute und Lederriemen waren um seine Unterschenkel gewickelt. Mit einer Hand machte er eine erklärende Bewegung, während er mit dem Rücken der anderen seinen mahagonifarbenen Bart rieb.

»So, du willst anheuern, mein Lieber? Meinst du etwa, die akzeptieren deine Reime und dein Wortgeklingel an Stelle der Muskelkraft beim Tauziehen?«

Der kleinere, bekleidet mit einer weißen Tunika, die von einem Ledergürtel gehalten wurde, lachte trotz der Frotzeleien seines Freundes. »Vor fünfzehn Minuten fandest du die Idee gut, Urson. Du sagtest, es würde mich zu einem richtigen Mann machen.«

»Oh, was dich nicht umbringt, macht dich stärker«, meinte Urson und unterstrich dies mit einer Handbewegung.

Der kleinere schob sich eine schwarze Haarsträhne aus der Stirn. Dann blieb er stehen und schaute hinüber zu den Schiffen. »Du hast mir immer noch nicht erklärt, warum du in den vergangenen drei Monaten keine Heuer mehr bekommen hast.« Geistesabwesend betrachtete er die Takelage, die wie Messer in die blaue Himmelsseide schnitt. »Vor einem Jahr noch hat man dich nie länger als drei Tage hintereinander an Land gesehen.«

Der gestikulierende Arm wand sich plötzlich um die Taille des kleineren Mannes und umfaßte einen ledernen Geldbeutel an seinem Gürtel. »Bist du sicher, Freund Geo«, begann der Riese, »daß wir nicht etwas von deinem Silber für Wein ausgeben sollten, bevor wir auf Fahrt gehen? Wer ›A‹ sagt, muß auch ›B‹ sagen. Jeder, der auf einem Schiff anheuert, sollte blau und pleite sein. Das ist der Beweis dafür, daß man erstens etwas verträgt und zweitens ohne das lästige Geld auskommt.«

»Urson, nimm die Pfoten weg!« Geo hielt den Beutel fest.

»Komm schon«, entgegnete Urson, der wieder nach der Börse haschte. »Du brauchst nicht zu klammern.«

»Hör zu, ich habe dich jetzt fünf Nächte unter Alkohol gesetzt. Es wird Zeit, daß du wieder mal nüchtern wirst. Nimm doch bloß einmal an, sie nehmen uns nicht. Wer wird dann . . .« Doch Urson lachte und grapschte erneut nach dem Beutel.

Geo sprang zurück. »Das reicht jetzt –« In der Rückwärtsbewegung stolperte er über das herabgefallene Faß. Er fiel nach hinten und schlug auf dem feuchten Kopfsteinpflaster auf. Klimpernd löste sich der Geldbeutel.

Sie rangelten am Boden –

Plötzlich schoß der vogelhafte Schatten zwischen den Stapeln hervor. Eine zarte Gestalt sprang nach vorn, ergriff die Börse mit einer Hand und stieß sich mit der anderen von den Containern ab. Zwei weitere Hände bewegten sich seitwärts auf und ab, als er davonrannte.

»Da soll mich doch der Teufel holen«, bemerkte Urson, und dann nochmals: »Da soll mich doch der Teufel holen!«

»He, du!« Geo sprang auf die Füße. »Komm zurück!« Urson hatte den flüchtenden Vierarmigen bereits einige Schritte verfolgt. Er war ungefähr fünfzig Meter weit gekommen, als eine Stimme – wie zerspringendes Glas – ertönte. »Halt, kleiner Dieb, Halt!«

Der Flüchtende blieb stehen, als wäre er gegen eine Wand geprallt.

»Nun komm zurück! Komm zurück!«

Er wandte sich um und ging gehorsam zurück. Seine vorher so leichtfüßigen Bewegungen waren nun mechanisch.

»Das ist ja noch ein Kind«, sagte Urson.

Der dunkelhaarige Junge war nackt bis auf einen zerlumpten Lendenschurz. Er blickte starr an ihnen vorbei. Und er hatte vier Arme.

Auch sie wandten sich jetzt um und schauten.

Sie stand auf den Laufplanken des Schiffes, dunkel vor dem Hintergrund der noch auf den Wellen spielenden Sonne. Eine ihrer Hände hielt etwas in Höhe des Halses gefaßt. Währenddessen verfing sich der Wind in ihrem Schleier, hielt den purpurnen Flor gegen die Lichtschwaden des Horizonts und ließ ihn wieder los. Der Junge – ein Automat – trat an sie heran.

»Gib her, kleiner Dieb.«

Er übergab ihr den Beutel. Sie nahm ihn entgegen. Dann ließ sie die andere Hand herabfallen. Im gleichen Augenblick taumelte der Junge zurück, wirbelte herum und rannte Urson direkt in die Arme. »Hoppla!« sagte er, und dann: »Du gottverdammte Spinne!«

Wie eine Hydra kämpfte der Junge in wütendem Schweigen, um freizukommen. Urson ließ nicht locker. »Hiergeblieben ... Autsch! ... bis du deine Prügel bezogen hast ... so.« Urson umklammerte die Brust des Jungen mit einem Arm. Mit seiner freien Hand umfing er alle vier Handgelenke des Jungen und riß sie hart nach oben. Der dünne Körper erzitterte wie straff gespannter Draht, aber der Junge blieb weiterhin stumm.

Nun kam die Frau über das Dock. »Gehört das Euch, meine Herren?« fragte sie, als sie ihnen den Geldbeutel entgegenstreckte.

»Danke, Madame«, murmelte Urson, und griff danach.

»Ich nehme ihn an mich, Madame«, mischte sich Geo ein. Dann zitierte er:

»Schatten zerfließen
im strahlenden Licht frommer Heiterkeit.
Wo Herzen und Hände sich finden,
wartet die Einigkeit.«

»Vielen Dank«, fügte er hinzu.

Ihre Augenbrauen hoben sich unter dem Schleier. »Ihr seid vertraut mit höfischen Riten? Studiert Ihr vielleicht an der Universität?«

Geo lächelte. »Das tat ich bis vor kurzem. Doch meine Mittel sind knapp, und ich muß irgendwie durch den Sommer kommen. Ich werde zur See fahren.«

»Rechtschaffen, aber vielleicht töricht.«

»Ich bin Dichter, Madame. Man sagt, Dichter seien Toren. Außerdem ist mein Freund der Meinung, die Seefahrt würde einen Mann aus mir machen. Um ein guter Dichter zu sein, muß man ein guter Mann sein.«

»Das ist sehr ehrenwert und weniger töricht. Was ist Euer Freund für ein Mann?«

»Mein Name ist Urson.« Der Riese trat zu ihr. »Ich war stets der beste Mann auf dem Schiff.«

»Urson? Der Bär? Ich dachte, Bären mögen das Wasser nicht. Außer Polarbären, natürlich. Wasser macht sie verrückt. Ich glaube, es gab da einst einen Zauberspruch, in alten Zeiten, um zornige Bären zu zähmen . . .«

Geo fing an zu rezitieren:

»Bruder Bär, sei brav,
genieß den Winterschlaf.
Bleibe ruhig liegen.
Feuer dich nicht brennt,
Wasser dich nicht kennt.
Wenn der Wildbach schwillt,
goldener Honig quillt,
goldene Lachse fliegen.«

»He«, sagte Urson, »ich bin kein Bär!«

»Dein Name bedeutet Bär«, erklärte Geo. Zu der Dame gewandt, meinte er: »Ihr seht, daß ich eine gute Ausbildung genossen habe.«

»Das kann ich von mir leider nicht behaupten«, erwiderte sie. »Poesie und Brauchtum interessierten mich in meiner Jugend etwa ein Jahr lang als Hobby. Das ist schon alles.« Dann blickte sie auf den Jungen hinab. »Ihr beide seht euch ähnlich, mit euren dunklen Augen und eurem dunklen Haar.« Sie lachte. »Gibt es bei Dichtern und Dieben noch weitere Gemeinsamkeiten?«

»Nun«, beschwerte sich Urson mit einer Kinnbewegung, »dieser Kerl hier hat nicht mal eine Handvoll Silber übrig, um die Kehle seines besten Freundes mit einem Schluck guten Weins zu benetzen. Das ist auch eine Art Diebstahl, wenn Ihr mich fragt.«

»Ich habe nicht gefragt«, bemerkte die Frau mit ruhiger Stimme.

Urson reagierte beleidigt.

»Kleiner Dieb«, sagte die Frau, »kleiner Vierarm, wie heißt du?«

Schweigen. Die dunklen Augen blickten finster.

»Ich kann dich zu einer Antwort zwingen.« Damit hob sie die Hand wieder an ihren Hals.

Nun weiteten sich die Augen des Jungen, und er wich zurück gegen Ursons Bauch.

Geo streckte seine Hand nach dem Hals des Jungen aus, an dem ein Keramik-Medaillon an einem Lederriemen hing. Auf weißem Emailgrund befand sich eine schwarz glasierte Schlangenlinie mit einem kleinen grünen Augenpunkt an einem Ende. »Das genügt als Name«, meinte Geo.

»Schlange?« Sie ließ die drohend erhobene Hand fallen. »Wie gut bist du als Dieb?« Sie sah Urson an. »Laßt ihn los.«

»Ohne ihm seinen kleinen Arsch zu versohlen?«

»Er wird nicht weglaufen.«

Urson ließ ihn frei.

Vier Hände bewegten sich vom Rücken des Jungen nach vorn und massierten sich gegenseitig die Handgelenke. Dunkle Augen betrachteten sie aufmerksam, als sie wiederholte: »Wie gut bist du als Dieb?«

Plötzlich langte er in seinen zerlumpten Schurz und zog etwas hervor, das so aussah wie der Riemen um seinen Hals. Er hielt eine Faust in die Höhe, und seine Finger öffneten sich langsam.

»Was ist es?« Urson spähte über Schlanges Schulter. Die Frau beugte sich vor und richtete sich plötzlich wieder auf. »Du . . .« begann sie.

Schlanges Faust schloß sich wie ein Meerespolyp.

»Du bist wirklich ein hervorragender Dieb.«

»Was ist es?« fragte Urson. »Ich konnte nichts sehen.«

»Zeige es ihnen«, sagte sie.

Schlange öffnete seine Hand. Auf der schmutzigen Handfläche, in den Schlingen des Lederriemens, gehalten von einem grob gearbeiteten Drahtnetz, lag eine milchigweiße Kugel von der Größe eines menschlichen Auges.

»Ein ganz hervorragender Dieb«, wiederholte die Frau mit einer Stimme, die seltsam gedämpft klang, im Gegensatz zu den vorangegangenen glasklaren Tönen. Sie hatte jetzt ihren Schleier zurückgeworfen. Geo sah, daß sie ihre Hand erneut zum Hals geführt hatte. In den schlanken Fingerspitzen hielt sie den gleichen Juwel. Nur war der ihre in Platin gefaßt und hing an einer geschmiedeten Goldkette.

Ihr unverschleierter Blick hob sich und traf den Geos. Ein leichtes Lächeln umspielte ihren blassen Mund. »Nein«, meinte sie, »doch nicht ganz so geschickt, wie ich dachte. Zunächst glaubte ich, er hätte meinen gestohlen. Trotzdem, ganz ausgezeichnet. Nachdem Ihr Kenntnis von den alten Riten Leptars habt, könnt Ihr mir sicher sagen, was dieser Tand für eine Bedeutung hat.«

Geo schüttelte den Kopf.

Ein Seufzer drang aus ihrem blassen Mund, und obwohl sie ihn weiterhin fixierte, schien sie sich mit diesem Seufzer zurückzuziehen in die Schatten der Vergangenheit. »Nein«, sagte sie, »es ist alles verloren oder vernichtet von den alten Priestern und Priesterinnen und von den alten Dichtern.

»Laßt den Tropfen erstarren in der Hand,
die Erde öffne sich durch Gesang.
Laßt Jubel zum Ruhm eines Mannes ertönen
und gleichermaßen zum Ruhm einer Schönen.
Die Augen haben ein Bild gefangen . . .«

Sie sprach die Zeilen voller Ehrfurcht. »Ist Euch das bekannt? Könnt Ihr mir sagen, woher es stammt?«

»Nur einen einzigen Vers und den in etwas abgewandelter Form.« Er zitierte:

»Verbrennt das Samenkorn in der Hand,
die Sterne erschüttert mit eurem Gesang.
Laßt Jubel zum Ruhm eines Mannes ertönen
und gleichermaßen zum Ruhm einer Schönen.«

»Tatsächlich.« Sie wirkte überrascht. »Ihr seid besser als alle Priester und Priesterinnen von Leptar. Was ist mit diesem Fragment? Woher stammt es?«

»Es ist ein Vers aus den frühen rituellen Gesängen zu Ehren der Göttin Argo. Sie wurden vor fünfhundert Jahren verboten und alle Aufzeichnungen hierüber vernichtet. Auch der restliche Wortlaut dieses Gedichts ist nicht mehr vorhanden«, erklärte Geo. »Eure Priester und Priesterinnen kannten es wahrscheinlich nicht. Ich selbst entdeckte den Vers, als ich den Einband eines alten Buches löste, das ich in der antiquarischen Sammlung der Tempelbücherei in Acedia gefunden hatte. Offenbar hatte man zum Binden dieses Buches eine Seite von einem noch älteren Band verwendet. Nur auf diese Art und Weise konnte es überliefert werden. Meiner Ansicht nach handelt es sich um Fragmente der in Leptar vor der Bereinigung der Litanei gebräuchlichen Riten. Mir ist bekannt, daß zumindest meine Versvariante dieser Periode zugerechnet werden kann. Vielleicht wurde Eure Version falsch überliefert. Für die Authentizität der meinigen kann ich mich verbürgen.«

»Nein«, meinte sie bedauernd, *»meine* Version ist authentisch. So klug seid Ihr also doch nicht.« Sie wandte sich wieder dem Jungen zu. »Doch ich kann einen guten Dieb gebrauchen. Möchtest du mich begleiten? Und was Euch betrifft, Dichter, so glaube ich, für jemanden Verwendung zu haben, der methodisches Denken gewöhnt ist und auch an Orten herumstöbert, die meinen Priestern und Priesterinnen verwehrt sind. Möchtet auch Ihr mit mir kommen?«

»Wohin gehen wir?«

»Auf dieses Schiff.« Sie deutete mit flüchtigem Lächeln darauf. »Das ist ein prima Boot«, sagte Urson. »An deiner Stelle wäre ich stolz, darauf zu segeln.«

»Der Kapitän steht in meinen Diensten«, erklärte sie Geo. »Er wird Euch anheuern. So werdet Ihr vielleicht die Möglichkeit haben, die Welt zu sehen und Euch zu dem Mann zu entwickeln, von dem Ihr träumt.«

Geo bemerkte Ursons unbehaglichen Blick. »Ich segle nur gemeinsam mit meinem Freund, das haben wir uns gegenseitig versprochen. Außerdem ist er ein guter Seemann, während ich mich da überhaupt nicht auskenne.«

»Auf unserer letzten Fahrt haben wir einige Leute verloren«, berichtete die Frau. »Ich glaube nicht, daß Euer Freund Probleme haben wird, eine Koje zu bekommen.«

»Dann wird es uns eine Ehre sein, an Bord zu kommen«, sagte Geo. »In wessen Diensten werden wir dann eigentlich stehen? Wir wissen immer noch nicht, wer Ihr seid.«

Der Schleier fiel wieder über ihr Gesicht. »Ich bin Hohepriesterin der Göttin Argo. Und wer seid Ihr?«

»Mein Name ist Geo.«

»Ich heiße Euch willkommen an Bord.«

Gerade in diesem Augenblick kamen der Kapitän und Jordde die Straße herunter. Sie traten langsam und schwerfällig aus den Schatten, die nach den Tauen griffen. Der Kapitän spähte an den Schiffen vorbei zum Horizont. Kupferfarbenes Licht verfärbte die Umgebung seiner grauen Augen und ergoß sich in die Fältchen. Die Priesterin wandte sich ihnen zu. »Kapitän, ich habe hier drei Leute als Ersatz für diejenigen, die wir, auch durch meine Torheit, verloren haben.«

Urson, Geo und Schlange sahen sich stirnrunzelnd an und richteten dann ihre Blicke auf den Kapitän.

Jordde zuckte die Achseln. »Ihr wart fast so gut wie wir, Madame.«

»Aber die, die wir angeheuert haben . . .« Der Kapitän schüttelte den Kopf. ». . . sind nicht von dem Kaliber, das ich mir für eine solche Reise wünsche. Ganz und gar nicht.«

»Ich bin ein guter Seemann auf jeder Reise«, meinte Urson, »auch bis zum Ende der Welt und wieder zurück, wenn's sein muß.«

»Du bist kräftig und siehst aus wie ein erfahrener Matrose. Aber der hier« – der Kapitän blickte zu Schlange hin – »einer von den Fremdlingen . . .«

»Sie bringen Unglück über das Schiff«, sagte der Maat. »Auf den meisten Schiffen finden sie keine Heuer, Madame. Der hier ist ja noch ein Kind, und trotz seiner vielen Arme wird er kaum ein Tau einholen oder die Segel reffen können. Und Unglück hatten wir auch schon reichlich.«

»Er ist nicht zum Tau-Aufwickeln hier«, erklärte die Priesterin. »Die kleine Schlange ist mein Gast. Die beiden anderen können an Bord eingesetzt werden. Ich weiß, daß wir Leute brauchen, aber mit diesem hier habe ich meine eigenen Pläne.«

»Wie Ihr wünscht, Madame«, meinte der Kapitän.

»Aber, Priesterin, . . .« begann Jordde.

»Wie Ihr wünscht«, wiederholte der Kapitän, und der Maat trat schweigend zurück. Der Kapitän wandte sich nun Geo zu. »Und wer bist du?«

»Ich heiße Geo und bin Dichter. Doch ich werde tun, was immer Ihr verlangt, Sir.«

»Heutzutage, junger Mann, ist das alles, was ich von einem Matrosen erwarten kann. Eure Kojen findet ihr unten. Es sind eine Menge frei.«

»Und du?« fragte Jordde Urson.

»Ich bin ein Sohn des Meeres und der Wellen, kann dreimal hintereinander Wache schieben, ohne umzufallen, und glaube im übrigen, daß ich schon angeheuert bin.« Er sah zum Kapitän hin.

»Wie heißt du? Du kommst mir bekannt vor. Du siehst jemandem ähnlich, der schon unter mir gearbeitet hat.«

»Man nennt mich den schönen Matrosen, den schnellsten Tau-Aufschießer, den flinksten Leinen-Einholer, den besten Reffer . . .«

»Deinen Namen, Mann, deinen Namen!«

»Manche nennen mich auch Urson.«

»Das ist der Name, unter dem ich dich vorher kannte! Glaubst du wirklich, ich würde wieder mit dir fahren, nachdem ich jedem Maat im Hafen schwarz auf weiß von deinen Schandtaten berichtet habe? Ich müßte schon ein selten verrückter Vogel sein, wenn ich ein Gift wie dich auf meinem Vordeck versprühen würde! Drei Monate hattest du jetzt keine Koje, und wenn du nach dreihundert Jahren eine kriegen würdest, wäre es immer noch zu früh für dich.« Jordde sprach nun zum Kapitän. »Er ist ein Unruhestifter, Sir, er prügelt sich herum. Er ist wild wie die Wellen und stark wie ein Kreuzmast. Wenn ein Mann Schwung und Elan hat, ist das ja in Ordnung, und auf eine Rauferei mehr oder weniger kommt es mir auch nicht an. So gut er als Matrose auch sein mag – ich habe mir geschworen, ihn niemals mehr an Bord zu nehmen, Sir. Ein halbes Dutzend Männer hat er beinahe umgebracht, und wahrscheinlich ein weiteres halbes Dutzend tatsächlich. Kein Maat, der die Matrosen in diesem Hafen kennt, wird ihn je anheuern.«

Die Priesterin der Argo lachte. »Kapitän, nehmt ihn.« Sie sah Geo an. »Die Zauberformel zur Zähmung von Bären wurde vor ihm gesprochen. Jetzt werden wir sehen, wie gut Ihr als

Dichter seid und ob der Zauber seine Wirkung tut.« Schließlich wandte sich sich an Urson. »Hast du jemals einen Menschen getötet?«

Urson schwieg einen Moment. »Ja.«

»Hättest du mir das vorher erzählt, so wäre meine Wahl zuerst auf dich gefallen«, sagte die Priesterin. »Ich habe auch für dich Verwendung. Kapitän, Ihr müßt ihn nehmen. Wenn er ein guter Seemann ist, können wir nicht auf ihn verzichten. *Ich* werde seine besonderen Talente in die richtigen Bahnen lenken. Geo, nachdem Ihr die Zauberformel gesprochen habt und zudem sein Freund seid, übergebe ich ihn Eurer Verantwortung. Außerdem möchte ich mit Euch sprechen, Dichter und Student des Brauchtums. Folgt mir. Heute nacht bleiben alle an Bord.«

Unter ihrer Führung gingen sie alle über die Laufplanken an Deck. Als sie den Wunsch geäußert hatte, mit Geo zu sprechen, hatten sich Urson, Schlange und Jordde Blicke zugeworfen. Doch jetzt, während sie zur Luke hinübergingen, verlor keiner ein Wort.

II

Eine Öllampe ergoß ihr gelbes Licht über die hölzernen Wände. Es roch muffig nach altem, ungelüftetem Bettzeug, als die drei eintraten. Geo rümpfte die Nase und zuckte dann die Achseln.

»Paßt«, sagte Urson, »in dieser Höhle läßt sich's aushalten.« Er kletterte auf die oberste von drei übereinanderliegenden Kojen und klopfte mit der flachen Hand auf das Kissen. »Ich nehme diese hier. Du mit deinen Schlangenarmen siehst aus, als könnte dein Magen etwas vertragen. Du kriegst die mittlere. Und du, Geo, machst dich am besten unten breit.« Er sprang wuchtig auf den Boden. »Je weiter unten, desto besser schläfst du. Wegen des Schlingerns«, erklärte er. »Nun, wie findest du das erste Vorderdeck deines Lebens?«

Der Dichter schwieg. Doppelt gebündelte Nadeln aus Licht

stachen gelbe Punkte in seine dunklen Augen, die verlöschten, als er sich von der Lampe abwandte.

»Ich habe dir die unterste Koje zugeteilt, weil dein Magen bei rauher See ganz schnell revoltieren kann, wenn du oben schläfst und nicht daran gewöhnt bist«, erläuterte Urson und ließ seine Hand schwer auf Geos Schulter fallen. »Ich versprach dir doch, auf dich achtzugeben, alter Freund.«

Doch Geo drehte sich um und schien an etwas ganz anderem interessiert.

Urson sah zu Schlange hinüber, der an der Wand lehnte und sie beobachtete. Ursons Blick war fragend, doch Schlange blieb stumm.

»He, du«, rief Urson Geo zu, »machen wir doch einen Rundgang auf dem Schiff und sehen uns alles an. Ein guter Seemann tut das stets als erstes – wenn er nicht zu besoffen ist. Das zeigt dem Kapitän und dem Maat, daß er seine Augen offenhält, und manchmal erfährt man dabei auch etwas, was einem eventuell später von Nutzen sein kann. Was meinst du –«

»Wann hast du den Mann getötet?«

Die Stimme dröhnte in der Kabine. Sie übertönte sogar das Klatschen des Wassers draußen. Urson stand unbeweglich. Seine Hände verkrampften sich zu einem Knoten aus Muskeln und Knochen. Dann öffneten sie sich wieder. »So etwa vor einem Jahr«, sagte er leise. »Vielleicht auch vor einem Jahr, zwei Monaten und fünf Tagen, an einem Donnerstagmorgen um acht Uhr in der Arrestzelle eines schaukelnden Schiffes. Das wäre jetzt also genau vor einem Jahr, zwei Monaten, fünf Tagen und zehn Stunden.«

»Du hast einen Mann umgebracht? Wie konntest du mir das die ganze Zeit verschweigen und es dann, so ohne weiteres, einer Fremden gegenüber zugeben? Du warst mein Freund. Wir haben unter derselben Decke geschlafen und aus dem gleichen Krug getrunken. Was bist du für ein Mensch?«

»Und was bist du für einer?« fragte der Riese. »Ein neugieriger Bastard, den ich in Stücke hauen würde, wenn . . .« Er sog die Luft scharf ein. ». . . wenn ich nicht versprochen hätte, keinen Stunk zu machen. Tot oder lebendig, ich habe noch niemals jemandem gegenüber ein Versprechen gebrochen.« Er ballte die Fäuste und öffnete sie gleich wieder.

»Urson, ich wollte nicht über dich richten. Das weißt du. Aber erzähl mir davon. Wir waren wie Brüder. Du kannst doch so eine Sache nicht . . .«

Ursons Atem ging schwer. »Dir fällt es sehr leicht, mir zu sagen, was ich kann und was nicht.« Plötzlich hob er eine Hand, machte eine wegwerfende Bewegung und spuckte auf den Boden. Er ging auf die Treppe zu.

In diesem Augenblick setzte das Geräusch ein. Es hatte eine höhere Frequenz als alle normalen Töne und brachte ihre Köpfe fast zum Bersten. Geo hielt sich die Ohren zu und wirbelte zu Schlange herum. Die Augen des Jungen schossen doppelte Lichtpfeile erst auf Urson, dann auf Geo und wieder zurück.

Wieder war das Geräusch zu vernehmen – diesmal jedoch leiser und als das Wort *Hilfe* erkennbar. Nur hatte es keinen richtigen Klang, es war eher das verebbende Summen einer Stimmgabel unter ihrer Schädeldecke, unmittelbar und sehr verzerrt.

Hilfe . . . ihr . . . beiden . . . wiederholten sich die Worte, verwischt und ineinander übergehend.

»He, du«, sagte Urson, »bist du das?«

nicht . . . böse . . . sein . . . waren die nächsten Worte.

»Wir sind nicht böse«, sagte Geo. »Was tust du?«

Ich . . . denke . . . Die Worte schienen von dem Jungen auszugehen.

»Was ist das für eine Art zu denken, die jeder hören kann?« wollte Urson wissen.

Schlange versuchte zu erklären: *nicht . . . jeder . . . nur . . . ihr . . . ihr . . . denkt . . . ich . . . höre . . .* kamen die tonlosen Worte. *ich . . . denke . . . ihr . . . hört . . .*

»Ich weiß, daß wir dich hören«, sagte Urson. »Es ist, als würdest du sprechen.«

»Das meint er nicht«, sagte Geo. »Er meint, daß er unsere Gedanken hört, so wie wir ihn hören. Stimmt das, Schlange?«

wenn . . . ihr . . . laut . . . denkt . . . höre . . . ich . . . euch . . .

»Möglicherweise habe ich soeben ziemlich laut gedacht«,

meinte Urson, »und falls ich etwas Ungehöriges gedacht haben sollte, ja, dann möchte ich mich dafür entschuldigen.«

Schlange schien sich nicht für die Entschuldigung zu interessieren. Er bat erneut: *Hilfe . . . ihr . . . beiden. . .*

»Welche Art von Hilfe brauchst du?« fragte Geo.

»Und in welcher Klemme steckst du, daß du Hilfe brauchst?« fügte Urson hinzu.

euer . . . Geist . . . ist . . . nicht . . . gut. . . sagte Schlange.

»Was soll denn das bedeuten?« fragte Urson.

»Unser Geist ist so gut wie der aller Leptaner. Du hast gehört, was die Priesterin zu meinem Freund hier sagte.«

»Ich glaube, er meint, daß wir nicht besonders gut hören«, sagte Geo. Schlange nickte.

»Oh«, sagte Urson. »Na, dann mußt du eben langsam vorangehen und Geduld mit uns haben.«

Schlange schüttelte den Kopf. *Geist . . . blockiert . . . wenn . . . ihr . . . so . . . laut . . . schreit. . .* Er ging plötzlich hinüber zu den Kojen. *ihr . . . hört . . . und . . . seht . . . besser . . . wenn . . . ihr . . . schlaft. . .*

»Ich denke nicht mal ans Schlafen«, meinte Urson und rieb seinen Bart mit dem Handrücken.

»Ich auch nicht«, gab Geo zu. »Kannst du uns nicht etwas mehr sagen?«

Schlaf. . . sagte Schlange.

»Warum redest du nicht wie ein normaler Mensch?« schlug Urson etwas irritiert vor.

einst . . . sprach . . . ich. . . berichtete Schlange.

»Du meinst, du konntest einst sprechen?« fragte Geo. »Was ist passiert?«

An dieser Stelle öffnete der Junge seinen Mund und deutete darauf.

Geo ging zu ihm hinüber, nahm das Kinn des Jungen in seine Hand, schaute ihm prüfend ins Gesicht und sah in seinen Mund. »Bei der Göttin!«

»Was ist los?« frage Urson.

Geo löste sich von dem Jungen. Sein Gesicht trug einen Ausdruck von Übelkeit. »Sie haben ihm die Zunge herausgeschnitten«, berichtete er dem Riesen. »Und zwar ziemlich grob.«

»Wer auf den sieben Meeren und den sechs Kontinenten hat dir das angetan, mein Junge?« fragte Urson.

Schlange schüttelte den Kopf.

»Komm schon, Schlange«, drängte er, »Du kannst vor Freunden wie uns nicht solche Geheimnisse haben und gleichzeitig erwarten, daß sie dir in was weiß ich für Situationen beistehen. Wer also hat dir deine Stimme genommen?«

welchen . . . Mann . . . hast . . . du . . . getötet. . . ertönte es.

Urson hielt inne, dann lachte er. »In Ordnung«, sagte er, »alles klar.« Seine Stimme erhob sich erneut. »Aber wenn du Gedanken hören kannst, kennst du ja den Mann bereits. Und du weißt auch den Grund. Genau das möchten wir von dir wissen, nur um unserer Freundschaft willen.«

ihr . . . kennt . . . den . . .Mann . . . sagte Schlange.

Geo und Urson tauschten fragende Blicke aus.

schlafen . . . sagte Schlange. *ihr . . . müßt . . . jetzt . . . schlafen. . .*

»Vielleicht sollten wir es versuchen«, meinte Geo, »um herauszufinden, was hier gespielt wird.« Er ging hinüber zu seiner Koje und legte sich hin. Urson schwang sich auf die obere Bettstatt und ließ seine Füße gegen das Holzgestell baumeln. »Es wird heute nacht lange dauern, bis ich einschlafe«, sagte er. »Schlange, kleiner Fremdling!« Er lachte. »Woher kommt ihr eigentlich?« Er warf einen Blick hinunter zu Geo. »Man sieht sie in der ganzen Stadt. Manche sind drei-, einige einäugig. Weißt du, es wird erzählt, daß man bei Matra eine Frau mit acht Brüsten findet und noch zwei weitere mit anderen Abnormitäten.« Wieder lachte er. »Du kennst dich doch aus mit den Riten und der Zauberei. Sind die Fremdlinge nicht auf ihre Art auch eine Form von Magie?«

»Das einzige, was über sie in den Riten erwähnt ist, besagt, daß sie die Asche des Großen Feuers sind, und das war vor der Säuberung, von der ich der Priesterin erzählte. Ich weiß also auch nichts weiter über sie.«

»Die Matrosen kennen Geschichten über das Große Feuer«, entgegnete Urson. »Sie erzählen, daß die Meere kochten, daß Riesenvögel Feuer vom Himmel spuckten und stählerne Bestien aus den Wellen stiegen und die Häfen zerstörten. Worum handelt es sich denn bei den Säuberungen, von denen du gesprochen hast?«

»Vor ungefähr fünfhundert Jahren«, erklärte Geo, »wurden sämtliche Aufzeichungen über die Riten der Göttin Argo vernichtet und durch neue ersetzt, die von dem Zeitpunkt an in den Tempeln galten. Auch alle einschlägigen Hinweise darauf wurden vernichtet und damit ein großer Teil der Geschichte Leptars. Man munkelt, daß die Rituale und Beschwörungsformeln zu machtvoll waren. Doch das ist nur eine Vermutung, und die meisten Priester fühlen sich nicht besonders wohl bei derartigen Spekulationen.«

»War das nach dem Großen Feuer?« wollte Urson wissen.

»Fast tausend Jahre danach«, antwortete Geo.

»Es muß wirklich ein Riesenfeuer gewesen sein, wenn jetzt noch Asche davon aus dem Schoß gesunder Frauen fällt.« Er sah hinunter auf Schlange. »Stimmt es, daß ein Tropfen eures Bluts, mit Essig vermischt, die Gicht vertreibt? Wenn einer von euch ein kleines Mädchen küßt, wird es dann nur Mädchen gebären?« Er lachte.

»Du weißt, daß das nur Ammenmärchen sind«, sagte Geo.

»Es gab da mal einen Kleinen mit zwei Köpfen, der saß vor der Blauen Taverne und spielte den ganzen Tag lang mit einem Kreisel. Allerdings war er nicht ganz richtig im Kopf. Aber die Zwerge und diejenigen ohne Beine, die durch die Stadt fahren und Kunststückchen machen, die sind geschickt. Nur sehr seltsam und still im allgemeinen.«

»Du Blödian«, schimpfte Geo, »du könntest doch ebenfalls einer von ihnen sein! Wie viele Männer kennst du, die dir in Größe und Kraft ebenbürtig sind?«

»Du bist ein blödsinniger Lügner«, erwiderte Urson. Dann dachte er mit zusammengezogenen Brauen nach und zuckte schließlich die Achseln. »Ist ja auch egal. Auf jeden Fall habe ich noch nie von jemandem erfahren, der Gedanken hören kann. Ich würde mich auf der Straße auch äußerst ungemütlich fühlen.« Durch seine Beine hindurch blickte er auf Schlange. »Beherrscht ihr das alle?«

Schlange, in der mittleren Koje, schüttelte den Kopf.

»Da bin ich aber beruhigt«, sagte Urson. »Einmal hatten wir

einen Fremdling auf dem Schiff. Manche Kapitäne heuern sie an. Er hatte einen winzigen Kopf, so groß wie meine Faust oder sogar noch kleiner. Aber seine Brust war breit, und er war auch in jeder anderen Beziehung ein riesenhafter Mann. Seine Augen, sein Mund und alles weitere befanden sich jedoch nicht auf dem kahlen kleinen Kopfstummel, sondern auf seiner Brust. Eines Tages wurde er in eine Rauferei verwickelt, und sein Kopf, falls man das Ding überhaupt als solchen bezeichnen konnte, wurde von einem Marlpfriem gespalten. Blutbesudelt ging er hinunter zum Schiffsarzt. Eine Stunde später kam er wieder, da war das ganze Ding amputiert, und dort, wo sein Hals gewesen wäre, befand sich ein dicker Verband. Unter dem Schlüsselbein blitzten seine großen grünen Augen.« Urson rollte sich auf den Rücken, doch dann schaute er plötzlich über den Kojenrand zu Geo. »He, Geo, was war denn mit diesen kleinen Kugeln? Weißt du, was sie bedeuten?«

»Nein«, meinte Geo. »Aber sie schienen ihr sehr wichtig zu sein.« Er blickte hinauf zwischen seine und Ursons Koje. »Schlange, läßt du mich das Ding noch einmal sehen?«

Schlange hielt ihm den Juwel am Lederriemen hin.

»Woher hast du das?« fragte Urson. »Ach, unwichtig. Ich vermute, wir erfahren es, während wir schlafen.«

Geo griff danach, aber Schlanges Hand schloß sich und drei weitere Hände legten sich darüber. »Ich wollte es dir nicht wegnehmen, ich wollte es nur anschauen«, erklärte Geo.

Plötzlich öffnete sich die Tür zum Vorderdeck, und der lange Maat erschien als Silhouette im hellen Licht der Türöffnung. »Dichter?« rief er. »Sie will dich sprechen.« Dann war er wieder verschwunden.

Geo streifte die beiden anderen mit einem Blick, zuckte die Achseln, schwang sich dann aus der Koje und ging die Stufen hinauf in den Vorraum.

An Deck war es völlig dunkel. Der Himmel war sternenübersät, und man konnte das Meer nur von ihm unterscheiden, weil die untere Hälfte der großen Kugel, in der sie zu schweben schienen, ohne jede Helligkeit war. In der Nähe fiel Licht durch ein Kabinenfenster, weiter hinten ebenso. Geo blieb stehen, um einen Blick hineinzuwerfen, und bewegte sich dann auf das nächste zu, als er nichts erkennen konnte.

Auf halbem Weg öffnete sich eine Tür vor ihm, und ein Lichtstrahl durchschnitt scharf das Deck. Er sprang erschrokken zur Seite.

»Tretet ein«, befahl die Priesterin der Argo. Er betrat eine fensterlose Kabine und blieb einen Schritt hinter der Türschwelle stehen. An den Wänden kräuselten sich Vorhänge, leuchtend grün und scharlachrot. Goldene Weihrauchgefäße thronten auf sich verjüngenden dreibeinigen Ständern unter blaßblauen Rauchschwaden, deren würziger Duft den Raum erfüllte und mit sanfter Schärfe in seine Nasenlöcher biß. Licht fiel auf die polierten Pfosten des riesigen Bettes, das üppig mit Seide, gemustertem Satin und Brokat bedeckt war. Ein riesiger Arbeitstisch, verziert mit holzgeschnitzten Adlern, war mit Papieren, kartographischen Instrumenten, Sextanten, Linealen und Kompassen übersät. Dicke, zerfledderte Wälzer stapelten sich auf einer Ecke. Von den Deckenbalken pendelte ein vielarmiger Petroleumleuchter an massiven Ketten, dessen Schalen teils von Dämonen gehalten wurden, teils von Affenmäulern, die auf den Nabeln von Nymphen brannten oder zwischen den Hörnern von Satyrköpfen, jeweils in den Farben rot, hellgrün und gelb.

»Tretet ein«, wiederholte die Priesterin, »und schließt die Tür.«

Geo tat, wie ihm geheißen.

Sie trat hinter ihren Arbeitstisch, nahm Platz und faltete die Hände vor ihrem verschleierten Gesicht. »Dichter«, begann sie, »Ihr habt Zeit zum Überlegen gehabt. Was haltet Ihr von all dem? Was könnt Ihr mir über unsere bevorstehende Reise erzählen, ohne daß ich Euch Näheres sagen muß?«

»Nur, daß sie für Leptar von entscheidender Bedeutung sein muß.«

»Macht Ihr Euch von der Art ihrer Bedeutung einen Begriff?« fragte sie. »Sie ist so weitreichend, daß sie jeden Mann, jede Frau und jedes Kind in Leptar erschüttern wird, von der höchsten Priesterin bis hinunter zum deformiertesten Fremdling. Die Welt der Worte, der Gefühle und des Geistes war bis jetzt Euer Leben, Dichter. Aber was wißt Ihr von der wirklichen Welt, außerhalb Leptars?«

»Daß sie zum größten Teil aus Wasser besteht, zu einem geringeren Teil aus Festland, und daß sie von Ignoranz beherrscht wird.«

»Was für Geschichten hat Euch Euer Freund, der Bär Urson, erzählt? Er ist ein weitgereister Mann und sollte sich ein wenig auf der Erde auskennen.«

»Die Geschichten der Seeleute handeln von Menagerien wilder Tiere, die niemand je gesehen hat, von Ländern, die auf keiner Karte verzeichnet sind, und von Völkern, denen nie jemand begegnet ist.«

Sie lächelte. »Seit ich an Bord dieses Schiffes bin, habe ich viele Geschichten von Seeleuten gehört, und ich habe mehr von ihnen gelernt als von all meinen Priestern. Ihr selbst, heute abend auf den Docks, wart der einzige außer einigen betrunkenen Matrosen, der mir ein weiteres Teilchen zu dem Puzzle liefern konnte.« Sie machte eine Pause. »Was wißt Ihr über die Juwelen, die Ihr heute abend gesehen habt?«

»Nichts, Madame.«

»Ein gemeiner Dieb, der sich auf den Docks versteckt, besitzt einen davon. Mir, Priesterin der Argo, gehört ein zweiter. Und falls sich ein weiterer in Eurem Besitz befinden sollte, würdet Ihr wohl kaum zögern, ihn gegen den Kuß eines Tavernenmädchens einzutauschen. Was ist Euch über den Gott Hama bekannt?«

»Ich kenne keinen solchen Gott.«

»Ihr, der Ihr alle Riten und Beschwörungsformeln der weißen Göttin Argo deklamieren könnt, kennt nicht einmal den Namen des Schwarzen Gottes Hama! Was wißt Ihr über die Insel Aptor?«

»Nichts, Madame.«

»Dieses Schiff hat Aptor einmal angesteuert und wird nun dorthin zurückkehren. Fragt Euren törichten Freund, den Bären. Er wird Euch Geschichten über Aptor erzählen. Und Ihr, blinder und weiser Poet, Ihr werdet vermutlich mit ihm darüber lachen. Aber ich sage Euch: all seine Geschichten und Legenden, all seine Phantasien sind nichts im Vergleich zur

Wirklichkeit. Nichts. Ihr seid mir vielleicht doch keine große Hilfe. Ich überlege mir, ob ich Euch nicht entlassen soll.«

»Aber Madame . . .«

Die Priesterin sah von der Arbeit auf, in die sie sich gerade vertiefen wollte.

»Madame, was könnt Ihr mir über diese Dinge erzählen? Bis jetzt habt Ihr nur Andeutungen gemacht. Ich besitze weitreichende Kenntnisse über Beschwörungen, Poesie und Zauberei, und ich weiß, daß das alles mit Eurer Aufgabe in Zusammenhang steht. Vermittelt mir all Eure Informationen, und ich werde in der Lage sein, von den meinen vollen Gebrauch zu machen. Mir sind viele Seemannsgeschichten bekannt. Sicher, keine davon handelt von Aptor oder Hama, doch ich bin vielleicht in der Lage, Bruchstücke zusammenzufügen. Im Laufe meines Lebens habe ich gelernt, mit den Legenden und dem Wortschatz von Dieben vertraut zu werden. Das ist mehr, als Eure Priester von sich sagen können, wage ich zu behaupten. Ich hatte Lehrer, die Angst hatten, Bücher auch nur anzurühren, die ich gelesen habe. Und mir graut vor keinem Geheimnis, das Ihr kennt. Wenn es stimmt, daß ganz Leptar in Gefahr ist, müßt Ihr jedem Bewohner das Recht zugestehen, einen Rettungsversuch für seine Brüder zu unternehmen. Ich fordere nur dieses Recht.«

»Nein, Ihr fürchtet Euch nicht«, gab die Priesterin zu. »Ihr seid ehrbar und töricht . . . und ein Poet. Ich hoffe, die an zweiter Stelle genannte Eigenschaft wird von den beiden anderen im Laufe der Zeit ausgelöscht werden. Einerlei, ich werde Euch etwas berichten.« Sie zog eine Karte hervor.

»Hier ist Leptar.« Sie deutete auf eine Insel. Dann fuhr ihr Finger über das Wasser zu einer weiteren. »Das hier ist Aptor. Jetzt wißt Ihr so viel darüber wie jeder gewöhnliche Mensch in Leptar. Es ist ein barbarisches, unkultiviertes Land. Jetzt noch erkennt man gelegentlich gewisse heimtückische Methoden. Sagt mir, welche Legenden Ihr über das Große Feuer gehört habt?«

»Mir ist bekannt, daß Bestien aus dem Meer kamen, um die Häfen der Welt zu zerstören, und daß Vögel Feuer vom Himmel spien.«

»Die älteren Seeleute werden Euch erzählen, daß es sich hierbei um Vögel und Bestien aus Aptor handelte«, erklärte sie. »Natürlich ist die Geschichte im Laufe von fünfzehnhundert Jahren sehr oft wiedererzählt und dabei verfälscht worden; es gibt ja keine Aufzeichnungen darüber. Vielleicht ist Aptor auch zu einem Synonym für alles Böse geworden. Trotzdem vermitteln Euch diese Legenden einen gewissen Eindruck. In den Chroniken, zu denen nur drei oder vier Leute Zugang hatten, wird bestätigt, daß vor etwa fünfhundert Jahren das Volk von Aptor tatsächlich eine Invasion auf Leptar versuchte. Die Berichte über diese Invasion sind sehr verschwommen. Mir ist nicht bekannt, wie weit die Invasoren vorgedrungen sind oder wie erfolgreich sie waren, doch ihr Vorgehen war voller Hinterlist und unterschied sich so völlig von allem, was Euch aus der Geschichte bekannt sein mag . . . Die Methoden waren so abwegig, daß sämtliche Aufzeichungen darüber vernichtet wurden.

Erst kürzlich hatte ich Gelegenheit, zu erfahren, wie eigenartig und unmenschlich diese Methoden waren. Und ich habe guten Grund zu glauben, daß sich die Kräfte von Aptor erneut mobilisieren – vergleichbar mit einer trägen, aber riesenhaften Amöbe des Schreckens. Einmal voll zum Leben erweckt, einmal losgelassen, wird sie nicht mehr aufzuhalten sein. Ihre Fangarme haben sich in den vergangenen Jahren sondierend nach uns ausgestreckt und sich wieder zurückgezogen, bevor ihre Bedeutung erkannt worden ist. In einigen Fällen versetzten sie Leptars Regierung und seiner Religion katastrophale Schläge. All das wurde vor der Bevölkerung streng geheimgehalten; denn wenn es bekannt werden würde, müßten wir auch unsere entsetzliche Dummheit enthüllen, und unsere gesamte Nation wäre paralysiert. Ich wurde ausgesandt, um eventuell einen weiteren Schleier des Geheimnisses zu lüften. Falls Ihr mir bei dieser Aufgabe behilflich sein könnt, seid Ihr mehr als willkommen.«

»Wie verhält es sich mit den Juwelen, und was ist mit Hama?« wollte Geo wissen. »Ist er ein Gott Aptors, unter dessen Namen die Streitkräfte geführt werden? Und sind die Juwelen in irgendeiner Weise Kultgegenstände?«

»Beides stimmt – und stimmt auch wieder nicht«, erwiderte die Priesterin.

»Mich interessiert noch etwas. Ihr sagt, der letzte Versuch einer Invasion Aptors in Leptar war vor fünfhundert Jahren. Zur gleichen Zeit wurden die Rituale der Göttin Argo geändert. Besteht zwischen den Ereignissen ein Zusammenhang?«

»Da bin ich völlig sicher«, erklärte die Priesterin. »Mir ist aber nicht klar, welcher Art. Laßt mich Euch nun die Geschichte der Juwelen erzählen. Der Juwel, den ich um den Hals trage, wurde während der ersten Invasion von Aptor erbeutet. Diese Tatsache kann durchaus der Grund dafür sein, daß wir heute noch ein freies Volk sind. Seit diesem Zeitpunkt wurde das Kleinod im Tempel der Göttin Argo sorgsam aufbewahrt und bewacht, um seine Geheimnisse zu hüten – ebenso wie die wenigen Aufzeichnungen, in denen die Invasion erwähnt wird. Rein zufällig endete diese nur einen Monat vor den Säuberungsaktionen. Dann landete eine kleine Horde des Schrekkens von Aptor an unseren Küsten. Ich kann sie Euch nicht näher beschreiben, da ich nichts von den Vorgängen mitbekam. Doch sie schlugen sich ins Landesinnere, und dort gelang es ihnen, die Göttin Argo zu entführen.«

»Ihr meint wirklich die Göttin Argo in Menschengestalt? Die höchste Priesterin?«

»Ja. Wie Euch bekannt ist, wird in jeder neuen Generation die Tochter der höchsten Priesterin als lebende Inkarnation der Weißen Göttin Argo erkoren. Sie wird aufgezogen und unterrichtet von den weisesten Priestern und Priesterinnnen. Ihr wird jeder Luxus und jegliche Hingabe zuteil. So wird sie zur Göttin in Menschengestalt, bis sie heiratet und selbst Töchter hat. Auf diese Weise wird die Tradition fortgesetzt. Und diese Göttin wurde entführt. Bei dem Überfall wurde eines der angreifenden Wesen niedergemetzelt. Es verweste sofort, verfaulte dort auf dem Boden des Klosterganges. Doch aus der verwesenden Masse bargen wir einen zweiten Juwel von Aptor. Bevor das Wesen verging, hörte man, wie es den Vers von sich gab, den ich Euch rezitierte. Ich wurde dann ausgesandt, um den Feind aufzuspüren und unsere junge Göttin Argo zu befreien oder ihr Schicksal zu klären.«

»Ich werde tun, was in meiner Macht steht, um zur Rettung Leptars beizutragen und Eure Schwester, die höchste Priesterin, zu finden«, schwor Geo.

»Nicht meine Schwester«, sagte die Frau leise, »meine eigene Tochter; denn ich bin die Tochter der letzten Argo, deshalb fiel mir diese Aufgabe zu. Und bis sie tot aufgefunden oder lebend zurückgebracht wird, bin ich wieder die Weiße Göttin Argo in Menschengestalt.« Mit diesen Worten erhob sie sich von ihrer Bank.

Geo senkte den Blick, als Argo ihren Schleier lüftete. Wieder umfaßte sie den Juwel. »Es gibt drei davon«, sagte sie. »Hamas Symbol ist eine schwarze Scheibe mit drei weißen Augen. Jedes Auge wird durch einen Juwel dargestellt. Bei ihrer ersten Invasion führten sie vermutlich alle drei Juwelen mit sich, denn diese sind das Zentrum ihrer Macht. Ohne sie wären sie sofort zurückgeschlagen worden. Im Bereich ihrer Kraft hielten sie sich für unangreifbar – doch es gelang uns, einen davon zu erbeuten und binnen kurzer Zeit hinter sein Geheimnis zu kommen. Ich habe keine Wachen. Wenn ich diesen Juwel trage, brauche ich keine. Ich bin damit so sicher, als würde ich von einer Armee beschützt. Auch das Ausmaß der Verwüstungen, zu denen er mich befähigt, ist unvorstellbar.

Als sie vor einem Jahr über uns hereinbrachen, um meine Tochter zu entführen, müssen sie nach meiner Überzeugung ihre beiden verbliebenen Juwelen bei sich gehabt haben. Vermutlich hatten sie angenommen, daß uns der eine entweder abhanden gekommen war oder daß uns seine Kraft nicht bekannt war. In jedem Fall müssen sie gewußt haben, daß sich in ihrem Besitz zwei Juwelen befanden, wir dagegen nur einen hatten. Jetzt ist das Verhältnis umgekehrt. Durch irgendeine Unachtsamkeit meinerseits gelang es unserem kleinen Dieb, mir einen davon zu stehlen, als wir vor zwei Monaten zum ersten Mal in See stachen. Heute hat er mich vermutlich wiedererkannt und beabsichtigte, eine Belohnung für die Rückgabe des Juwels zu verlangen. Nun aber werde ich ihn mit einer Aufgabe für einen wahren Dieb betrauen: Er soll für mich Hamas dritten und letzten Juwel stehlen. Damit hätten wir Aptor in der Hand und uns gleichzeitig von diesem Unheil befreit.«

»Und wo befindet sich der dritte Juwel?« fragte Geo.

»Vielleicht«, antwortete die Frau, »vielleicht ist er in die Stirn der Statue des Schwarzen Gottes Hama eingelassen, die in einem bewachten Palast irgendwo mitten im Dschungel Aptors steht. Meint Ihr, daß unser Dieb das als Anreiz empfindet?«

»Ich glaube schon«, erwiderte Geo.

»Irgendwo in jenem Palast ist auch meine Tochter versteckt – oder ihre Leiche. Ihr sollt das herausfinden. Sollte sie am Leben sein, so bringt sie zu mir zurück.«

»Und die Juwelen?« fragte Geo. »Wann werdet Ihr uns in ihre Kräfte einweihen, damit es uns gelingt, in den Palast des Hama einzudringen?«

»Ich werde Euch die Kraft des Juwels demonstrieren«, meinte Argo lächelnd. Mit einer Hand hielt sie die Karte in die Höhe, die vor ihr gelegen hatte. Dann klopfte sie mit einem blassen Fingernagel ihrer anderen Hand leicht an den weißen Stein. Die Karte schwärzte sich plötzlich an einer Ecke und ging in Flammen auf. Argo ging zu einer Weihrauchschale und legte das brennende Papier hinein. Dann wandte sie sich wieder Geo zu.

»Ich kann das Gehirn eines einzelnen Menschen vernebeln, wie ich es bei Schlange tat, ich kann aber auch hundert Männer in Verwirrung stürzen. So leicht wie ich diese abgegriffene Karte in Flammen aufgehen lasse, kann ich auch eine ganze Stadt auslöschen.«

»Mit Hilfe dieser Steine«, lächelte Geo, »werden wir sicher eine Chance haben, den Gott Hama zu erreichen und auch wieder zurückzukehren.«

Aber das Lächeln, mit dem sie das seine beantwortete, war eigenartig und flüchtig. »Meint Ihr, daß ich diese Versuchung in Eure Hände legen würde?« fragte sie. »Ihr könntet gefaßt werden, und dann würden sich die Juwelen wieder in Aptor befinden.«

»Aber mit ihrer Hilfe wären wir so mächtig . . .«

»Sie sind bereits einmal erbeutet worden. Wir können nicht das Risiko eingehen, sie erneut zu verlieren. *Falls* Ihr den Palast erreicht, *falls* es gelingt, den dritten Stein zu stehlen, *falls* meine Tochter am Leben ist, und *falls* ihre Rettung glückt, wird sie die Kräfte des Juwels aktivieren können, um Eure Flucht zu ermöglichen. Wenn Ihr und Eure Freunde jedoch nicht *sämtliche* dieser Aufgaben erfüllt, ist die ganze Reise sinnlos gewesen. Dann wird Euch vielleicht der Tod willkommener sein als eine Rückkehr, nach der Euch der Zorn Argos in ihrem Todeskampf treffen würde, der für Euch schrecklicher wäre als die gräßlichsten Qualen, die Aptor ersinnen könnte.«

Geo gab keine Antwort.

»Warum schaut Ihr mich so seltsam an?« fragte Argo. »Ihr habt Eure Poesie, Eure Beschwörungsformeln, Euer Studium. Glaubt Ihr nicht an deren Kraft? Geht zurück zu Eurer Koje und schickt mir den Dieb.« Diese letzten Worte kamen als knapper Befehl. Geo entfernte sich aus dem Raum und ging hinaus in die Dunkelheit. Die plötzliche Kälte machte seine Nase frei. Er hielt inne und blickte zurück auf die Tür, dann hinaus auf das Meer. Einen Augenblick danach eilte er zum Vorderdeck.

III

Geo ging hinunter in den Kojenraum, in dem sich außer Urson und Schlange noch immer niemand sonst aufhielt.

»Nun?« fragte Urson und setzte sich auf die Kante seiner Koje. »Was hat sie dir erzählt?«

»Warum schläfst du nicht?« fragte Geo mit ernster Miene. Er berührte Schlanges Schulter. »Sie will dich jetzt sprechen.«

Schlange stand auf und bewegte sich zur Tür, kam aber wieder zurück.

»Was gibt's?« wollte Geo wissen.

Schlange griff in seinen Schurz und zog den Riemen mit dem Juwel hervor. Er ging hinüber zu Geo, zögerte nur kurz, und legte den Lederriemen dann um seinen Hals.

»Soll ich das für dich aufbewahren?« fragte Geo.

Aber Schlange drehte sich um und war schon verschwunden.

»Na also«, meinte Urson. »Jetzt hast du einen eigenen. Ich

frage mich, was sie bewirken. Oder hast du das herausgefunden? Na kommt schon, Geo, raus mit der Sprache! Was hat sie dir erzählt?«

»Hat Schlange während meiner Abwesenheit irgend etwas verlauten lassen?«

»Keinen Ton«, erwiderte Urson. »Und von Schlaf war ich genauso weit entfernt wie vom Mond. Na, mach schon! Was soll das alles?«

Geo berichtete. Als er geendet hatte, sagte Urson: »Du bist ja verrückt. Du und sie auch. Ihr seid beide verrückt.«

»Ich glaube nicht«, meinte Geo. Er beschloß seine Erzählung mit dem Bericht über Argos Demonstration der Kraft des Steins.

Urson befingerte den Juwel auf Geos Brust und sah ihn sich genau an. »Das soll alles durch so ein kleines Ding bewirkt werden? Sag mal, meinst du, du kannst herausfinden, wie es funktioniert?«

»Ich bin nicht mal sicher, ob ich das will«, erwiderte Geo. »Mir wäre nicht ganz wohl dabei.«

»Du hast ganz recht«, bekräftigte Urson. »Doch was ist der Grund dafür, daß sie uns dorthin schickt, ohne jeglichen Schutz, um etwas zu erledigen, was selbst mit Unterstützung einer ganzen Armee noch total verrückt wäre! Was hat sie denn gegen *uns?*«

»Ich denke nicht, daß sie etwas gegen uns hat«, entgegnete Geo. »Urson, welche Geschichten sind dir über Aptor bekannt? Sie meinte, du würdest mir etwas erzählen können.«

»Ich weiß, daß kein Mensch mit Aptor Handel treibt und daß jeder den Namen Aptor als Fluch verwendet. Alles übrige ist ein Haufen Unsinn.«

»Zum Beispiel?«

»Glaub mir, es ist nur Mist«, bekräftigte Urson. »Meinst du, du könntest hinter das Geheimnis des kleinen Steinchens kommen – wenn du ausreichend Zeit hättest, meine ich? Sie sagte, die Priester vor fünfhundert Jahren hätten es geschafft, und sie scheint sich einzubilden, daß du so schlau bist wie einige von ihnen. Ich bezweifle nicht, daß du es herauskriegst.«

»Erzähl mir erst ein paar von den Geschichten«, bat Geo.

»Man hört von Kannibalen, von Frauen, die Blut trinken, von Wesen, die weder Mensch noch Tier sind, und von Städten, in denen der Tod zu Hause ist. Ich bin mir sicher, daß man es nicht unbedingt als angenehmen Ort bezeichnen würde, wenn man berücksichtigt, daß die Seeleute den Namen Aptor nie erwähnen – außer beim Fluchen. Trotzdem ist das meiste, was man so hört, Blödsinn.«

»Weißt du noch mehr?«

»Es gibt nicht mehr zu wissen.« Urson zuckte die Achseln. »Jedes menschliche Übel, das überhaupt existiert, soll in Aptor seinen Ursprung gehabt haben – ob es sich nun um die Monster handelt, die das Große Feuer brachten, oder um Schuppen. Ich selbst war nie dort und hatte auch nie den Wunsch hinzufahren. Ich begrüße aber die Chance, es einmal zu sehen. Dann kann ich wenigstens auf meiner nächsten Fahrt dem dämlichen Gequatsche widersprechen, das immer wieder zu diesem Thema aufkommt.«

»Sie sagte, die Geschichten, die du mir erzählen würdest, kämen nicht einmal bis auf ein Zehntel an die Wirklichkeit heran.«

»Sie muß gemeint haben, daß in diesen Geschichten nicht einmal ein Zehntel Wahrheit steckt. Und damit hat sie sicher recht. Du hast sie eben mißverstanden.«

»Ich habe sie genau richtig verstanden«, versicherte Geo.

»Dann glaube ich es einfach nicht. Es gibt ein halbes Dutzend Ungereimtheiten in dieser ganzen Sache. Die erste ist, daß der kleine vierarmige Kerl genau in dem Moment zufällig am Kai war, als sie nach zwei Monaten dort einlief. Und dann hatte er auch noch den Juwel bei sich. Er hatte ihn nicht eingetauscht oder bereits verkauft . . .«

»Vielleicht hat er auch ihre Gedanken gelesen, genau wie unsere, als er den Stein stahl«, gab Geo zu bedenken.

»Und wenn das stimmt, weiß er vielleicht auch, wie das Ding funktioniert. Ich schlage vor, wir finden das heraus, sobald er wieder auftaucht. Ich frage mich auch, wer ihm die Zunge herausgeschnitten hat. Fremdling oder nicht, bei solchen Sachen wird mir speiübel«, brummte der Hüne.

»Was das betrifft«, fing Geo an, »so meinte er doch, du kennst den Kerl. Erinnerst du dich nicht?«

»Ich kenne einen Haufen Leute«, sagte Urson, »doch welcher von denen ist es?«

»Du weißt es wirklich nicht?« fragte Geo mit ruhiger Stimme.

»Du sagst das in so seltsamem Ton«, erwiderte Urson stirnrunzelnd.

»Ich stelle dir die gleiche Frage wie Schlange«, fuhr Geo fort. »Wer war der Mann, den du getötet hast?«

Urson sah eine Weile auf seine Hände, streckte die Finger, drehte sie in seinem Schoß wie Fleisch, das er begutachten wollte. Dann, ohne aufzublicken, sagte er: »Es ist lange her, mein Freund, doch die Erinnerung daran ist so deutlich, daß sie mich heute noch erzittern läßt. Ja, ich hätte es dir erzählen sollen. Aber manchmal überkommt es mich, nicht wie eine Erinnerung, sondern wie etwas Greifbares, hart wie Metall, scharf wie Salz, und der Wind trägt meine Stimme und seine Worte zu mir zurück, so klar, daß ich das Zittern bekomme wie ein Spiegel, bei dem der Betrachter und sein Spiegelbild von beiden Seiten die Fäuste gegeneinanderschlagen und versuchen, freizukommen.

Wir waren beim Segelreffen in kühlem, schneidendem Regen, als alles begann. Er hieß Cat. Wir beiden waren die größten Männer an Bord, und die Tatsache, daß wir beide zusammen zum Segelreffen abgestellt worden waren, besagte, daß es eine wichtige Aufgabe war, die ordentlich erledigt werden mußte. Wasser floß in unsere Augen, und unsere Hände rutschten auf den schlüpfrigen Tauen. Es war kein Wunder, daß mir das Segel bei einer plötzlichen Bö entglitt und niedersank im Regen, wobei es noch gegen ein halbes Dutzend Taue schlug und zwei kleine Stage zerbrach. ›Du tollpatschiger Idiot‹, schimpfte der Maat auf dem Deck. ›Was bist du bloß für ein fischfingriger Hundesohn!‹

Und durch den Regen hörte ich Cat an seiner Spiere lachen. ›So wendet sich das Glück!‹ schrie er und ergriff sein eigenes Segel, das sich ebenfalls loszureißen drohte. Ich zog meines heran und befestigte es. Der normale Wetteifer, der zwischen zwei guten Seeleuten besteht, senkte die Saat des Zorns in mein Herz, eines Zorns, der sich als Fluch oder als Retourkutsche entladen haben würde, wenn Regen und Wind nicht so heftig gewesen wären. So band ich bloß mein Segel schweigend fest.

Ich kam natürlich als letzter herunter. Es waren Matrosen an Deck. Als ich unten angekommen war, sah ich, warum mein Segel sich losgerissen hatte. Ein abgenutzter Mastring war zerbrochen und hatte eines der Haupttaue freigesetzt. Deshalb war mir mein Segel entglitten. Der Ring hatte jedoch auch den angesplitterten hinteren Mast zusammengehalten, und in dem Sturm klappte ein Spalt von doppelter Armeslänge ständig auf und zu, auf und zu, wie eine Kinderklapper. In der Nähe lag ein fingerdickes aufgerolltes Tau. Ich klammerte mich fast ausschließlich mit den Zehen an einer Webeleine fest, während ich das Tau sicherte und um den Fuß des gesplitterten Mastes wickelte. Jedesmal, wenn der Spalt zuschnappte, schlang ich es einmal herum und zurrte das nasse Seil fest. Man nennt das, einen Mast tautakeln, und ich machte so weiter, bis der Mast einen Meter umwickelt war und nicht mehr auf- und zuschnappte. Dann hängte ich den zerbrochenen Ring auf einen Haken, damit ich ihn dem Schiffsschmied zeigen und er das Seil durch eine Metallklammer ersetzen konnte.

An diesem Abend, in der Messe, als die Ereignisse des Tages aus meinem Gedächtnis entschwunden waren und mein Bauch mit heißer Suppe gefüllt war, lachte ich mit über die Geschichten, die ein Matrose über einen anderen und dessen Frau erzählte, als der Maat den Raum betrat. ›He, ihr Halunken!‹ brüllte er. Daraufhin herrschte Schweigen. ›Wer von euch hat den hinteren Mast zusammengebunden?‹

Ich wollte gerade rufen, ›Aye, das war ich,‹ doch ein anderer war schneller und brüllte: ›Es war der Großmatrose, Sir?‹ Mit diesem Namen wurden Cat und ich oft gerufen.

›In Ordnung,‹ schnarrte der Maat, ›der Kapitän meint, daß dein Mitdenken in so harten Zeiten belohnt werden sollte.‹ Er nahm eine Goldmünze aus der Tasche und warf sie vor Cat auf den Tisch. ›Das ist für dich, Großmatrose. Ich finde, es war das mindeste, was du tun konntest.‹ Dann stapfte er aus der Messe. Cat wurde mit Hurrarufen bedacht, als er die Münze einsteckte. Ich konnte sein Gesicht nicht beobachten.

Jetzt machte sich Ärger in mir breit, ich wußte nur noch nicht, auf wen ich wütend war. Etwa auf den Matrosen, der den Namen des Helden gerufen hatte? Nein, denn der war auf Deck gewesen, und er hätte mich in dem Regen und der Dunkelheit, noch dazu auf diese Entfernung, sowieso nicht von meinem Rivalen unterscheiden können. Vielleicht auf Cat? Doch er stand bereits vom Tisch auf, um zu gehen. Und der Erste Maat, derselbe, der auch hier auf diesem Schiff Erster Maat ist, stapfte irgendwo draußen auf Deck herum.

Das war wahrscheinlich der Grund, weshalb sich meine Wut erst am nächsten Morgen Luft machte, als die See längst wieder ruhiger war. Aus Unachtsamkeit rempelte mich ein alter Seebär im Gang an, und plötzlich bestand ich nur noch aus Wut und Fäusten. Wir rauften und schlugen aufeinander ein, wir beschimpften uns und rollten auf dem Boden herum. Wir rollten dem Maat direkt vor die Füße, der gerade die Treppe hinunterkam. Er bedachte uns mit Fußtritten und einer Menge Flüche, und als er mich erkannte, sagte er grinsend, ›Ach, der Tollpatsch!‹

Ich hatte schon einen schlechten Ruf als Raufbold. Prügeleien an Bord wird kaum ein Kapitän durchgehen lassen, und das war bereits meine dritte, genau eine zuviel. Der Maat, angetrieben von seiner Meinung über mich, veranlaßte den Kapitän zu der Order, mich auspeitschen zu lassen.

Wie ein Stück Fleisch, das aufgeteilt und versteigert werden sollte, wurde ich bei Sonnenaufgang am nächsten Morgen hinausgeführt und vor der gesamten Mannschaft an den Mast gebunden. Ich dachte, mein ganzer Grimm würde sich nun auf den Ersten Maat richten. Doch die Schwärze meines Zorns wurde weiß und greifbar wie etwas, in das man hineinbeißen konnte, als er die Peitsche Cat zuwarf und rief: ›Hier, Großmatrose! Du hast deinem Schiff schon mal einen guten Dienst erwiesen, nun wisch dir den Schlaf aus dem Gesicht und erweise ihm einen zweiten. Ich möchte zehn Streifen auf dem Rücken von dem hier sehen, und zwar tief genug, um sie leicht zählen zu können, mit einem Finger, der in Salz getaucht wurde.‹

Die Schläge fielen, und ich hielt die ganze Zeit den Atem an. Von zehn Peitschenhieben kann sich ein Mann in einer Woche erholen. Die meisten sinken beim ersten schon in die Knie, wenn das Seil nicht richtig straff sitzt. Ich sank erst zu Boden, als sie die Seile von meinen Handgelenken schnitten. Und erst, als ich eine zweite Goldmünze von der Hand des Ersten Maats auf das Deck fallen hörte, begleitet von den an die Mannschaft gerichteten Worte: ›Hier könnt ihr mal sehen, wie ein guter Seemann zu Geld kommt!‹ kam ein Laut von meinen Lippen. Doch der verlor sich in dem allgemeinen Gebrüll der Männer.

Cat und noch einer schleiften mich zur Arrestzelle. Während ich nach vorn fiel und meine Hände sich im Stroh vergruben, hörte ich Cat sagen: ›Jaja, Brüderchen, so kann einen das Glück verlassen.‹

Dann fiel ich vor Schmerzen in Ohnmacht.

Am Tag danach, als es mir gelang, mich an den Gitterstäben zum Fenster hinaufzuziehen und auf das Achterdeck zu schauen, gerieten wir in den übelsten Sturm, der mir je vorgekommen war. Durch die Striemen in meinem Rücken erschien er mir noch furchtbarer. Verankerungen drohten zu bersten, Planken lösten sich. Eine Welle schwemmte vier Mann über Bord, und während Männer zu ihrer Rettung herbeieilten, kam wieder eine Welle und spülte sechs weitere ins Meer. Der Sturm war so plötzlich aufgekommen, daß kein einziges Segel gerefft worden war, und nun stürzten die verbliebenen Matrosen zu den Webeleinen.

Von meinem Platz am Fenster der Arrestzelle beobachtete ich, wie sich der Mast lockerte, und ich brüllte wie ein Tier bei dem Versuch, die Gitterstäbe herauszureißen. Eilige Füße liefen an meinem Fenster vorbei, doch niemand blieb stehen. Immer wieder schrie ich. Der Schiffsschmied hatte noch keine Gelegenheit gehabt, an meiner provisorischen Reparatur des Achternmastes zu arbeiten und eine Metallklammer anzubringen. Ich hatte es ihm nicht einmal mehr sagen können, was ich ja beabsichtigt hatte. Der Mast hielt keine zehn Minuten. Als er brach, gab es ein Krachen wie Donner. Durch den Zug der halb aufgerollten Segel rissen die Taue wie Bindfäden. Männer wurden weggeschleudert wie Wassertropfen von einer nassen Hand. Der Mast neigte sich vor dem Himmel wie eine Klaue, bevor er gegen den großen Besanmast fiel, wo er weitere Taue bersten ließ und die Männer von Deck wischte, wie man Ameisen von einem Baum entfernt. Wir hatten die Hälfte der Mannschaft verloren, und als wir irgendwie aus den Wolkenbrüchen wieder auftauchten, mit einem geborstenen und einem beschädigten Mast, zählte man elf zerschundene Körper, in denen sich noch Leben regte. Die Krankenstation eines Schiffes faßt zehn Mann, Überzählige werden in die Arrestzelle verlegt. Der Matrose, der mir Gesellschaft leisten sollte, würde entweder der mit den besten Überlebenschancen sein, da er sich mit seiner Lage leichter abfinden konnte, oder aber der, den es am schlimmsten getroffen hatte; er würde von alledem sowieso nicht mehr viel mitbekommen in seinem Zustand. Man entschied sich für die letztere Möglichkeit. Am nächsten Morgen trugen sie Cat herein, während ich noch schlief, und legten ihn neben mich auf das Stroh. Seine Wirbelsäule war in Höhe des Beckens zerschmettert, und eine Spiere hatte sich in seine Seite gebohrt und eine Wunde gerissen, in die man seine Hand hätte hineinlegen können.

Als er zu sich kam, weinte er ununterbrochen – nicht mit den gepeinigten Schreien, die ich tags zuvor ausgestoßen hatte, als ich den Mast fallen sah, sondern leise, zwischen zusammengebissenen Zähnen, wie ein kleines Kind, das seinen Schmerz nicht zeigen will. Es hörte nicht auf, stundenlang. Und dieses leise Weinen brannte sich ein in meine Gedärme und in meine Zunge, schlimmer als der Laut eines jammernden Tieres.

Die Morgendämmerung des folgenden Tages legte Kupferglanz über das Fenster, und rötliches Licht fiel auf das Stroh und auf die schmutzige Decke, in die sie ihn gebettet hatten. Sein Weinen war nun in ein heftiges Keuchen übergegangen, das sich alle paar Sekunden wiederholte, unregelmäßig und sehr laut. Ich dachte, er sei bewußtlos; doch als ich mich hinkniete, um nach ihm zu schauen, hatte er die Augen offen und starrte mir ins Gesicht. ›Du . . .,‹ krächzte er, ›es tut so weh . . . du . . .‹

›Sei ganz ruhig,‹ sagte ich. ›Komm, ganz ruhig.‹

Als nächstes glaubte ich das Wort ›Wasser‹ zu verstehen, doch es gab keines in der Zelle. Mir hätte klar sein sollen, daß die Vorräte des Schiffs zum größten Teil über Bord gegangen waren. Doch inzwischen war ich selbst so hungrig und durstig, daß ich es nur als einen ungeheuren Witz betrachten konnte, als uns gegen sieben Uhr morgens, mit verlegenem Schweigen, schließlich eine Scheibe Brot und eine Blechtasse Wasser hereingeschoben wurden.

Trotz allem öffnete ich ihm den Mund und versuchte, ihm etwas davon einzuflößen. Man hört doch immer, daß die Lippen und die Zunge eines Menschen vor Durst und Fieber nach einiger Zeit schwarz werden. Das ist nicht wahr. Sie nehmen die dunkelrote Farbe fauligen Fleisches an. Und sämtliche Geschmacksknospen auf diesem toten Fleisch waren belegt mit einem weißlichen Sekret, als ob sein Darm mehrere Tage lang nicht gearbeitet hätte. Er konnte nicht schlucken, und das Wasser rann über die roten Grinde in seinen Mundwinkeln.

Er schlug die Augen auf und stieß hervor: ›Du . . . du, bitte . . .‹ Dann fing er an zu weinen.

›Was ist los?‹ fragte ich.

Plötzlich begann er, sich mit großen Anstrengungen zu bewegen. Er langte mit der Hand in sein zerrissenes Hemd und brachte sie, zur Faust geschlossen, wieder hervor, hielt sie mir hin und sagte, ›Bitte . . . bitte . . .‹

Seine Finger öffneten sich, und ich sah drei Goldmünzen. Die Geschichte von zwei der Münzen kam mir plötzlich wieder ins Gedächtnis.

Ich zuckte zurück, als hätte ich mich verbrannt. Dann beugte ich mich wieder vor. ›Was willst du?‹ fragte ich ihn.

›. . . Bitte . . .‹ bat er, während er mir die Hand entgegenstreckte. ›. . . Töte . . . töte . . . mich . . .‹ Dann fing er erneut an zu weinen. ›Es tut so weh . . .‹

Ich richtete mich auf und lief zur gegenüberliegenden Wand der Zelle. Ich kehrte zu ihm zurück. Dann brach ich ihm das Genick über meinem Knie.

Ich hob meinen Lohn auf. Später aß ich das Brot und trank den Rest des Wassers. Dann legte ich mich schlafen. Sie holten ihn ab, ohne Fragen zu stellen. Und nach zwei weiteren Tagen, als das nächste Essen kam, wurde mir, trotz meiner dumpfen Sinne klar, daß ich ohne das Wasser und das Brot wohl verhungert wäre. Schließlich ließen sie mich frei, weil sie meine Arbeitskraft brauchten, vielmehr das, was davon übriggeblieben war. Und das einzige, worüber ich manchmal nachdenke, worüber ich mir *gestatte* nachzudenken, ist, ob ich meinen Lohn zu Recht erhalten habe oder nicht. Ich vermute, zwei der Münzen hätten mir sowieso gehört. Doch manchmal nehme ich sie in die Hand und sehe sie mir an. Dabei frage ich mich, woher er wohl die dritte hatte.« Urson griff mit der Hand in sein Hemd und brachte drei Goldmünzen zum Vorschein. »Ich habe sie nie ausgeben können«, meinte er. Er warf den kleinen Stapel in die Luft und fing ihn im Flug wieder auf. Er lachte. »Nie habe ich sie ausgeben können, für nichts in der Welt.«

»Es tut mir leid«, sagte Geo nach einer Weile.

Urson blickte auf. »Warum? Ich betrachte sie als meine Juwelen, siehst du? Vielleicht hat jeder irgendwo so etwas. Du denkst sicher, es war der alte Cat, der dem kleinen vierarmigen Bastard die Zunge herausgeschnitten hat und sich damit die dritte Münze verdiente, vielleicht während ich in der Arrestzelle saß? Irgendwie will mir das nicht in den Kopf.«

»Hör mal, Urson, ich sagte, es tut mir leid.«

»Ich weiß«, sagte Urson, »ich weiß. Ich habe eine Unmenge von Leuten in meinem bewegten Leben getroffen, und es könnte jeder von ihnen gewesen sein.« Er seufzte. »Ich wüßte aber schon ganz gerne, wer es nun wirklich war. Allerdings glaube ich nicht, daß mir das hilft.« Er hob die Hand zum Mund und kaute an seinem Daumennagel. »Ich hoffe nur, der Junge wird nicht so nervös wie ich.« Er lachte. »Er hätte dann verdammt viele Nägel zu beißen.«

Plötzlich spaltete ihnen ein Geräusch fast den Schädel.

»He«, rief Geo, »das ist Schlange!«

»Und er ist in Schwierigkeiten!« Urson sprang auf den Boden und raste den Gang hinunter. Geo lief ihm nach.

»Laß mich vorangehen!« sagte Geo. »Ich weiß, wo er ist.«

Sie erreichten das Deck und stürzten zu den Kabinen.

»Geh zur Seite«, forderte Urson. Dann warf er sich gegen die Tür. Sie sprang auf.

Argo, die hinter dem Arbeitstisch stand, wirbelte herum. Ihre Hand berührte den Juwel. »Was ist denn . . .«

Doch als sich ihre Aufmerksamkeit nicht mehr auf ihn konzentrierte, hechtete Schlange, der bis jetzt unbeweglich an der Wand gestanden hatte, mit einem Sprung über die Bank zu Geo. Der fing ihn in seinen Armen auf und hielt ihn fest, um ihn zu beruhigen, und sogleich griff eine von Schlanges Händen nach dem Juwel auf Geos Brust.

»Ihr Narren!« zischte Argo. »Versteht ihr denn nicht? Er ist ein Spion Aptors!« Es folgte abruptes Schweigen.

Argo befahl: »Schließt die Tür!«

Urson machte sie zu. Schlange hielt immer noch Geo und den Juwel umfaßt.

»So«, meinte sie, »jetzt ist es zu spät.«

»Was meint Ihr damit?« wollte Geo wissen.

»Wenn ihr nicht hier hereingeplatzt wärt, hätte wieder ein Spion von Aptor seine Geheimnisse preisgegeben und wäre anschließend zu Asche geworden.« Sie atmete schwer. »Doch nun hat er seinen Juwel, und ich habe meinen. Ja, kleiner Dieb, es steht jetzt eins zu eins. Die Kräfte sind nun gleichmäßig verteilt.« Sie sah Geo an. »Was glaubt Ihr denn, wie er so leicht in den Besitz des Steins gelangen konnte? Woher wußte er denn, zu welchem Zeitpunkt ich an Land gehen würde? Oh ja, er ist wirklich sehr gerissen. Hinter ihm steht die gesamte Intelligenz von Aptor. Vermutlich war sogar Euer Eindringen hier ohne Euer Wissen genau vorausgeplant.«

»Nein, er –« begann Urson.

»– Wir gingen an Eurer Tür vorbei«, unterbrach Geo, »als wir ein Geräusch vernahmen und dachten, es könne Ärger geben.«

»Eure Fürsorge kann uns alle das Leben kosten!«

»Sollte er ein Spion sein, dann bedeutet das vermutlich, daß er weiß, wie dieses Ding funktioniert. Laßt ihn von Urson und mir –«

»Macht mit ihm, was Ihr wollt!« fauchte Argo. »Raus hier!«

Die Tür ging auf. »Ich habe Geräusche gehört, Priesterin Argo, und glaubte Euch in Gefahr.« Es war der Erste Maat.

Die Göttin in Menschengestalt atmete schwer. »Ich bin nicht in Gefahr«, sagte sie mit ruhiger Stimme. »Würdet ihr mich jetzt bitte alle allein lassen.«

»Was hat Schlange hier zu suchen?« fragte Jordde plötzlich, als er Geo und den Jungen sah.

»Ich sagte, laßt mich allein!«

Geo wandte sich von Jordde ab und ging an ihm vorbei an Deck, mit Urson im Schlepptau. Nach etwa zehn Schritten warf er einen Blick zurück. Als er sah, daß Jordde aus der Kabine getreten war und die andere Richtung einschlug, stellte er Schlange auf die Füße. »In Ordnung, Kleiner. Lauf!«

In der Passage zum Vorderdeck fragte Urson: »Sag mal, was wird hier eigentlich gespielt?«

»Nun, zunächst mal ist unser kleiner Freund hier kein Spion.«

»Woher willst du das wissen?«

»Weil sie sich nicht darüber im klaren ist, daß er Gedanken lesen kann.«

»Was meinst du damit?« wollte Urson wissen.

»Als ich von dem Gespräch mit der Priesterin zurückkam, begann ich zu vermuten, daß irgend etwas faul war. Du hattest den gleichen Gedanken, und er ging in eine ähnliche Richtung. Aus welchem Grunde sollte unser Unternehmen völlig sinnlos sein, wenn wir nicht alle Aufgaben unserer Mission erfüllen können? Wäre es denn keine Leistung, ihre Tochter, die rechtmäßige Göttin von Leptar, zurückzubringen und wieder in ihr Amt einzusetzen? Ich bin mir auch sicher, daß ihre Tochter wichtige Informationen gesammelt hat, die man gegen Aptor verwenden könnte. Diese Tatsache wäre bereits von sehr großem Nutzen, auch wenn wir den Juwel nicht finden würden. Es ist kein besonders mütterlicher Zug, die junge Priesterin aufzugeben, wenn nicht gleichzeitig ein Juwel für die Mutter dabei herausspringt. Dann stört mich auch der Ton, in dem sie von dem Juwel als dem *ihren* spricht. Es gibt ein altes Sprichwort, überliefert aus der Zeit vor dem Großen Feuer. Es lautet: ›Macht korrumpiert, und totale Macht korrumpiert total.‹ Meiner Meinung nach steht ihr enormer und reichlich ungöttlicher Machthunger im Vordergrund, der Wunsch nach Frieden kommt erst an zweiter Stelle.«

»Aber das heißt doch noch nicht, daß der Kleine hier kein Spion für Aptor ist«, meinte Urson.

»Augenblick. Zu diesem Punkt komme ich gleich. Sieh mal, ich dachte zuerst auch, er wäre einer. Diese Möglichkeit erwog ich zum ersten Mal, als ich mit der Priesterin sprach und sie erwähnte, daß es Spione aus Aptor gäbe. Schlanges zufälliges Auftauchen, die Tatsache, daß es ihm überhaupt gelungen war, der Priesterin den Juwel zu entwenden, die Art und Weise, wie er ihn ihr präsentierte – all das zusammen deutete darauf hin, daß etwas sehr Seltsames im Gange war. Mein erster Gedanke, und auch der ihre, war, daß er für Aptor spionierte. Aber es war ihr nicht bekannt, daß Schlange Gedanken lesen und übertragen konnte. Siehst du nicht den Zusammenhang? Da sie nichts von seinen telepathischen Fähigkeiten wußte, scheidet die andere, ebenfalls mögliche Erklärung für diese seltsamen Ereignisse aus. Urson, warum hat er uns wohl den Juwel anvertraut, bevor er zu ihr ging?«

»Weil er der Meinung war, sie würde versuchen, ihn an sich zu bringen.«

»Genau. Als sie mir befahl, ihn zu ihr zu schicken, war mir der Grund ziemlich klar. Wenn er jedoch ein Spion war und wußte, wie man mit dem Stein umgehen muß, dann hätte er ihn doch mitnehmen und sich Argo als gleichwertiger Gegner gegenüberstellen können. Er wäre dann ruhig zurückgekehrt, wir wären immer noch auf seiner Seite, und sie hätte geschwiegen, besonders, nachdem er ihr lediglich etwas enthüllt hätte, was sie schon zu neun Zehnteln kannte. Sie hätte ihn nicht sorgfältiger zu beobachten brauchen als vorher.«

»Und warum nicht?« fragte Urson.

»Weil er *kein* Spion war und weil er *nicht* wußte, wie der Stein funktionierte. Klar, er hatte seine Kraft einmal zu spüren bekommen. Vielleicht wollte er vortäuschen, er habe ihn irgendwo an seinem Körper verborgen. Aber unter allen Umständen wollte er vermeiden, daß sie ihn in die Hände bekam, aus wichtigen, aber uneigennützigen Gründen. Hier, nimm, Schlange«, forderte ihn Geo auf. »Du weißt jetzt, wie er funktioniert, nicht? Du hast es jetzt gerade von Argo erfahren.«

Der Junge nickte.

»Hier. Warum nimmst du ihn nicht?« Geo nahm den Juwel von seiner Brust und hielt ihn dem Jungen hin.

Schlange fuhr zurück und schüttelte heftig den Kopf.

»Genau, wie ich dachte.«

Urson sah verständnislos drein.

»Schlange hat die Gedanken der Menschen gelesen, Urson. Er wurde mit Dingen konfrontiert, die wir übrigen sozusagen nur aus zweiter Hand erfahren. Ihm ist bewußt, daß die Macht dieser kleinen Kugel dem Geist desjenigen, der sie benutzt, mehr schaden kann als den Städten, die sie zerstören könnte.«

»Na ja«, überlegte Urson, »solange sie ihn für einen Spion hält, haben wir wenigstens einen dieser kleinen Steine, und auch jemanden, der ihn benutzen kann. ... Ich meine, falls das nötig werden sollte.«

»Ich glaube nicht, daß sie ihn weiterhin für einen Spion hält, Urson.«

»Wie bitte?«

»Ich traue ihr zu, genauso logisch denken zu können wie ich. Als sie herausgefunden hatte, daß er den Juwel nicht bei sich trug, wurde ihr klar, daß er so unschuldig war wie du und ich. Ihr einziger Gedanke war jedoch, ihn um jeden Preis in ihren Besitz zu bringen. Bei unserem Eintreten, als sie gerade dabei war, Schlange mit Hilfe des Juwels zu bezwingen, ließ sie ihr schlechtes Gewissen auf ihre ursprüngliche und anscheinend auch logische Anklage zurückgreifen. Sie tat das nur, um uns Sand in die Augen zu streuen. Das Böse versteckt sich gern hinter dem Guten.«

Sie betraten das Vorschiff. Inzwischen hatte sich dort eine Handvoll Matrosen eingefunden. Die meisten schliefen betrunken und schnarchend in ihren Kojen, entlang den Wänden. Einer hatte sich völlig unter seiner Decke vergraben. Er lag in der mittleren Koje, die Urson für Schlange ausgesucht hatte. »Tja«, meinte Urson, »Sieht so aus, als müßtest du umziehen.«

Schlange kletterte in die oberste Koje.

»Nein, nein! Das ist meine!«

Schlange winkte ihn zu sich herauf.

»Was? Wir zwei in einer Koje?« äußerte Urson verwundert. »Schau, wenn du dich bei jemandem wärmen willst, dann geh runter und schlafe bei Geo. Da hast du mehr Platz und wirst nicht gegen die Wand gequetscht. Ich schlafe sehr unruhig, außerdem schnarche ich.«

Schlange rührte sich nicht vom Fleck.

»Vielleicht solltest du lieber tun, was er verlangt«, fand Geo. »Ich habe so den Eindruck, daß. . .«

»Ach so, du hast schon wieder einen Eindruck!« höhnte Urson. »Verdammt, ich bin zu müde zum Streiten«. Er streckte sich aus, und Schlanges schlanker Körper wurde von seinem völlig verdeckt. »He du, nimm deine Ellenbogen zu dir«, hörte Geo Urson noch murmeln, und dann ging nur noch sein leise schnorchelnder Atem . . .

– Das Deck war in Dunst gehüllt, Nässe glänzte in phosphoreszierenden silbernen Streifen. Klar wie Eis war das Himmelsgewölbe – und sternenbesetzt. Das einst grüne Meer schien jetzt luftig-weiß und verblichen. Die Tür der fensterlosen Kabine ging auf, und die Gestalt der Argo schwebte, von weißen Schleiern umweht und wie aus Silber gegossen, durch die aschfahle Tür. Alles schien sich hinter sanft bewegten Schleiern abzuspielen. Wie ein Brandmal auf einem fotografischen Negativ, einer schwarzen Flamme ähnlich, pulsierte ein dunkler Fleck gleich einem Herz an Argos Hals. Sie ging zur Reling und spähte darüber. Eine Knochenhand erschien aus den bleichen Wassern, erhob sich auf einem winkenden Arm und fiel dann in die See. Ein weiterer Arm tauchte in kurzer Entfernung auf, ebenfalls winkend und gestikulierend. Dann drei auf einmal, danach noch zwei.

Farblos wie die gesamte Erscheinung war eine Stimme zu hören: Ich komme. Ich komme. Wir lichten in einer Stunde die Anker. Der Maat hat Order, vor der Morgendämmerung auszulaufen. Laß dich jetzt hören, Geschöpf der Wasser. Sprich zu mir.

Zwei glänzende Arme stiegen herauf, gefolgt von einem verwisch-

ten Gesicht. Die Brust hob sich hoch aus den Wassern, bevor die Gestalt zurückfiel und versank.

Kommst du von Aptor oder von Leptar? *forschte die Erscheinung der Argo mit bleicher Stimme.* Bist du Argo oder Hama verbunden? Ich bin dir so weit gefolgt. Du bist mir Antwort schuldig, wenn ich dir weiter folgen soll.

Ein Rauschen wurde vernehmbar. Der Wind schien es flüstern zu wollen: Das Meer . . . das Meer . . . das Meer . . .

Doch Argo hörte es nicht, denn sie wandte sich von der Reling ab und zog sich in ihre Kabine zurück.

Nun wechselte die Szene. Die Tür zum Vorschiff wurde sichtbar, öffnete sich. Eine Bewegung ging durch den Gang, der mit Birken- und Platanenrinde verkleidet zu sein schien statt mit dunkler Eiche. Die Öllampe verbreitete Magnesiumlicht.

Vor einer Dreiergruppe von Kojen hörte die Bewegung auf. In der unteren lag – Geo! Ein Geo mit eingefallenem, blassem Gesicht und verblichenem Haarschopf. Auf seiner Brust, dunkel pulsierend, ein flammendes Herz, schimmernd in der Undurchsichtigkeit ewigen Schattens. In der obersten Koje lag eine Riesengestalt wie ein aufgedunsener Leichnam – Urson. Einer seiner gewaltigen Arme hing über den Rand der Koje, schlaff und aufgebläht und völlig kraftlos.

Ein anonymes Deckengewirr, das die Gestalt darunter völlig verbarg, wurde in der mittleren Koje sichtbar. Darauf konzentrierte sich jetzt das Bild, kam näher . . . und verging plötzlich, verlor sich im Schatten, im Nichts. . .

Geo setzte sich auf und rieb sich die Augen.

Die Dunkelheit wurde vom Schein der Lampe erhellt. Aus der untersten Koje emporblickend, sah er den hageren Maat auf der anderen Seite des Raums stehen. »He, du!« sagte Jorde zu einem der Männer in den Kojen. »Raus mit dir! Wir laufen aus.«

Der Mann kroch unter seinen unordentlichen Decken hervor.

Der Maat ging zu den nächsten. »Raus, du Hundeschnauze! Aufgestanden, du Fleischklotz! Wir segeln!« Er wandte sich um und bemerkte, daß Geo ihn beobachtete. »Und was ist mir dir los?« wollte er wissen. »Wir laufen aus, hast du nicht gehört? Nee, schlaf du man weiter. Du wirst schon noch gebraucht. Jetzt müssen erfahrene Leute ran!« Er grinste kurz und setzte seine Runde fort. »Eh, du stinkst wie ein altes Weinfaß! Raus aus den Federn! Wir segeln!«

IV

»Dieser Traum . . .« sagte Geo, nachdem der Maat gegangen war. Urson sah aus seiner Koje herab.

»Du hattest ihn auch?«

Beide wandten sich nun Schlange zu.

»Ich vermute, du hast das veranstaltet, eh«? meinte Urson. Schlange kletterte aus der oberen Koje. »Bist du gestern abend auf Deck herumgewandert und hast ein bißchen spioniert?« wollte Geo wissen.

Inzwischen waren fast alle Seeleute aufgestanden. Plötzlich trat einer von ihnen zwischen Urson und Geo. »Tschuldigung, Freund,« sagte er und rüttelte die Gestalt in der mittleren Koje. »He, Whitey, nun mach schon! Du kannst doch nicht noch von gestern nacht besoffen sein! Steh auf, oder du kriegst kein Frühstück!« Der junge Schwarze schüttelte den Mann erneut. »He, Whitey!« Die Gestalt unter den Decken reagierte nicht. Der Matrose versuchte es noch einmal mit kräftigem Rütteln, und als der Mann herumrollte, rutschte die Decke von seinem blonden Schopf. Seine Augen standen weit offen. Sie waren glanzlos. Das Kinn war herabgefallen. »He, Whitey,« sagte der Matrose noch einmal. Dann trat er langsam zurück.

Drei Stunden nach dem Auslaufen war das Schiff in Dunst gehüllt. Urson hatte gleich nach dem Frühstück Dienst, doch Geo und Schlange wurden an diesem Morgen von keinem behelligt. Schlange verdrückte sich, und Geo blieb sich selbst überlassen auf seinem Rundgang über das Schiff. Er befand sich gerade unten bei den Beibooten, als sich Urson durch den schweren Tritt seiner nackten Füße ankündigte.

»He, du«, grinste der Riese, »was suchst du denn hier?«

»Nichts Besonderes«, antwortete Geo.

Urson trug ein aufgeschlossenes Tau über seiner Schulter, das er nun in die Hand nahm. Er lehnte sich an einen Träger und blickte hinaus in den Nebel. »Unsere Reise hat keinen guten Anfang genommen. Die paar Matrosen, mit denen ich bis jetzt gesprochen habe, finden es nicht ganz geheuer.«

»Urson, hast du eine Vorstellung davon, was heute früh wirklich geschehen ist?«

»Vielleicht – vielleicht aber auch nicht. Was denkst du darüber?«

»Erinnerst du dich an den Traum?«

Urson hob fröstelnd die Schultern. »Na klar.«

»Es war beinahe so, als blicke man durch die Augen eines anderen.«

»Unser kleiner vierarmiger Freund sieht die Dinge in einem sehr seltsamen Licht, falls das zutreffen sollte.«

»Urson, wir haben das nicht mit Schlanges Augen gesehen. Ich habe ihn gefragt, kurz bevor er sich auf seine Erkundungstour auf dem Schiff machte. Es ist jemand anders im Spiel. Er hat nur die Bilder aufgefangen und in unsere Gedanken überspielt. Was hast du als letztes gesehen?«

»Meines Erachtens war es die Koje des armen Whitey«, mutmaßte Urson und drehte sich um.

»Und wer hätte normalerweise in der Koje des armen Whitey geschlafen?«

»Schlange?«

»Genau. Glaubst du, daß vielleicht Whitey an Stelle von Schlange dran glauben mußte?«

»Ja, wahrscheinlich. Aber wie, und warum, und durch wen?«

»Durch jemanden, der Schlange töten wollte. Eventuell derselbe, der ihm vor einem Jahr die Zunge herausgeschnitten hat.«

»Ich dachte, wir wären zu dem Ergebnis gekommen, daß wir den Mann nicht kennen.«

»Es muß jemand sein, den du kennst, Urson«, drängte Geo. »Bist du mit irgendwem auf diesem Schiff bereits auf Fahrt gewesen?«

»Glaubst du, ich hätte nicht schon Ausschau gehalten?« fragte Urson. »Es gibt niemanden an Deck, den ich kenne, vielleicht jemanden, den ich mal in einer Hafenbar gesehen habe, aber ganz sicher niemanden, den ich mit Namen kenne.«

»Denk nach, Urson. Mit welchem Mann auf diesem Schiff warst du schon zusammen auf See?« fragte Geo eindringlich.

»Mit Jordde!« Urson fuhr plötzlich herum. »Du verdächtigst den Maat?«

»Genau das.«

»Und du glaubst, daß er versucht hat, Schlange zu töten? Warum hat Schlange es uns dann nicht erzählt?«

»Er war der Meinung, wenn wir es wüßten, würden wir in Schwierigkeiten kommen. Und damit kann er recht haben.«

»Wieso denn?« fragte Urson.

»Sieh mal, wir wissen, daß mit Argo irgendwas nicht stimmt. Je mehr ich darüber nachdenke, desto weniger wird es greifbar. Wenn nun auch mit dem Maat etwas nicht in Ordnung ist, dann steckt er vielleicht mit ihr unter einer Decke. Erinnerst du dich, wie er gestern abend in Argos Kabine auftauchte?«

»Er hat vielleicht nur das getan, was wir vorgegeben haben: Eventuell ist er nur vorbeigelaufen und hat ein Geräusch gehört. Wenn es allerdings seine Augen waren, durch die wir im Traum geblickt haben, dann sieht für ihn alles äußerst seltsam aus.«

»Kann sein, daß auch er ein Fremdling ist, wie Schlange, der die Dinge auf seltsame Weise ›hört‹. Nicht alles Fremde ist sichtbar«, erinnerte ihn Geo.

»Es wäre möglich. Es wäre sogar wahrscheinlich.« Urson entfernte sich von der Stütze des Beiboots, an der er gelehnt hatte. »Ja, ich habe nun zu tun. Ich kann nicht den ganzen Tag hier herumtrödeln. Du denkst noch ein wenig darüber nach, und ich bin gern bereit, dir zuzuhören. Bis dann.« Er schulterte das Tau erneut und ging durch den Nebel davon.

Geo blickte sich um und machte sich dann auf die Suche nach Schlange. Eine Leiter führte zum Oberdeck, und während er hinaufstieg, sah Geo über den Sprossen eine große, nebelverhüllte Gestalt. Nach kurzem Zögern kletterte er weiter. »Hallo.«

Der Kapitän, der an der Reling stand, drehte sich zu ihm um.

»Guten Morgen, Sir«, sagte Geo. »Ich dachte, Ihr wärt der Maat.«

Der Kapitän schwieg einen Augenblick und erwiderte dann: »Guten Morgen. Was willst du?«

»Ich wollte Euch nicht stören, wenn Ihr . . .«

»Du störst mich nicht.«

»Wie lange werden wir nach Aptor brauchen?«

»Noch zweieinhalb Wochen. Etwas weniger, wenn der Wind so bleibt.«

»Aha«, sagte Geo. »Habt Ihr Kenntnis von der Geographie Aptors?«

»Der Maat ist der einzige an Bord, der je einen Fuß auf Aptor gesetzt hat und lebend davongekommen ist. Der einzige, außer Priesterin Argo.«

»Der Maat, Sir? Wann war das?«

»Während einer früheren Fahrt erlitt er dort Schiffbruch. Doch er baute sich ein Floß und trieb aufs offene Meer, wo er glücklicherweise von einem Schiff an Bord genommen wurde.«

»Dann wird er wohl der Anführer des Trupps sein, der auf Aptor an Land geht?«

»Der bestimmt nicht«, entgegnete der Kapitän. »Er hat geschworen, die Insel nie wieder zu betreten. Frag ihn bloß nicht danach. Überleg mal, was das für ein Ort sein muß, wenn man es vorzieht, dem wahrscheinlicheren Tod auf dem Meer entgegenzutreiben, anstatt sich an Land durchzuschlagen. Nein, er wird uns nur durch die Bucht zur Flußmündung lotsen. Ansonsten wird er mit Aptor nichts zu tun haben.

Wir hatten zwei weitere Männer an Bord, die von dort zurückgekehrt sind. Zwölf von ihnen waren zusammen mit der Priesterin Argo in einem Boot. Zehn davon wurden zerstückelt ins Meer geworfen, zwei überlebten und ruderten die Priesterin zurück zum Schiff. Einer von den beiden namens Whitey starb heute früh auf dem Vorschiff. Vor einer knappen halben

Stunde meldete man mir, daß der zweite beim Segelsetzen über Bord fiel und vermißt wird. Das ist kein guter Anfang für unsere Fahrt. Man verliert seine Männer nicht wie Münzen im Spiel. Das Leben ist zu kostbar. «

»Das ist richtig«, sagte Geo. »Vielen Dank für Eure Information und für die Zeit, die Ihr mir gewidmet habt, Sir.«

»Keine Ursache«, erwiderte der Kapitän. Dann wandte er sich ab.

Geo stieg die Leiter hinunter und schlenderte über das Deck. Er spürte eine Berührung an der Schulter und wirbelte herum.

»Schlange, verdammt noch mal, laß die Faxen!«

Der Junge sah schuldbewußt aus.

»Ich wollte dich nicht anbrüllen«, entschuldigte sich Geo und legte dem Jungen die Hand auf die Schulter. »Nun sag schon, was hast du herausgefunden? Ich erzähle dir dann, was ich Neues weiß.«

du ... schlafen ... kam es von Schlange.

»Tut mir leid, mein Freund«, lachte Geo. »Aber ich könnte jetzt nicht für alles Geld der Welt ein Nickerchen machen. Du wirst dich jetzt wohl heiser ›schreien‹ müssen und mir ein paar direkte Fragen beantworten. Sorg aber dafür, daß du korrekt antwortest, selbst wenn mich deine Antworten in Schwierigkeiten bringen könnten. Zunächst einmal, durch wessen Augen haben wir heute nacht gesehen? Durch die des Kapitäns?«

Schlange schüttelte den Kopf.

»Durch die des Maats?«

Schlange nickte.

»Dachte ich mir. Wen wollte er töten? ... Moment mal«, sagte Geo, »kann der Maat auch Gedanken lesen? Ist das der Grund, weshalb du uns Dinge vorenthältst?«

Schlange zuckte die Achseln.

»Na, komm schon! Streng dich ein bißchen an und erkläre.«

weiß ... nicht ... kamen Schlanges Gedanken. *kann ... sehen ... was ... er ... sieht ... hören ... was ... er ... hört ... aber ... nicht ... Gedanken ... hören ...*

»Alles klar. Jetzt laß uns einmal annehmen, daß er keine Gedanken lesen kann. Sag mir: Hat er den Mann in deinem Bett getötet?«

Schlange zögerte einen Augenblick. Dann nickte er.

»Glaubst du, er wollte *dich* umbringen?«

Schlange nickte erneut.

»Nun noch etwas. Wußtest du, daß der Mann, der heute früh an deiner Stelle umgebracht wurde, einer der beiden Überlebenden der letzten Expedition der Priesterin nach Aptor war?« Schlange sah überrascht aus.

»Und daß der zweite heute früh ertrunken ist? Er fiel über Bord und wird seitdem vermißt.«

Schlange war erschrocken.

»Was ist los?«

suchen ... nach ... ihm ... ganzen ... Morgen ... er ... nicht ... tot ... höre ... Gedanken ... gedämpft ... schwach ...

»Wer ist nicht tot?« forschte Geo. »Welcher der beiden?«

zweiter ... Mann ...

»Hast du ihn gefunden?«

kann ... nicht ... finden ... doch ... lebt ... ich ... weiß ...

»Noch eine Frage.« Geo hob den Juwel von seiner Brust. »Wie geht man mit diesem komischen Ding um?«

durch ... ihn ... denken ...

Geo runzelte die Stirn. »Was heißt das? Kannst du mir nicht sagen, wie es funktioniert?«

du ... hast ... keine ... Worte ... antwortete Schlange. *Radio ... Elektrizität ... Dioden ...*

»Radio, Elektrizität, Dioden?« wiederholte Geo. Die Worte kamen ungewohnt über seine Lippen. »Was bedeutet das?«

Schlange hob die Schultern.

Zehn Meter vor ihnen öffnete sich die Tür zu Argos Kabine, und die verschleierte Priesterin trat heraus. Als sie die beiden sah, griff sie sich sofort an ihren Hals. Dann ließ sie die Hand wieder sinken. Schlange und Geo schwiegen.

Oben, auf dem Deck über den Kabinen, war verschwommen die Gestalt des Maats zu erkennen. Geo konnte allerdings nicht sagen, ob er sie beobachtete oder mit dem Rücken zu ihnen stand.

Die Priesterin blieb stehen; dann kehrte sie wieder in ihre Kabine zurück.

Auch der Maat entfernte sich von der Reling.

Am Abend hatte Geo Gelegenheit, Urson von diesen Neuigkeiten zu unterrichten. Der Riese war verblüfft.

»Hast du nichts dazu beizutragen?« wollte Geo wissen.

»Ich hatte den ganzen Tag zu arbeiten«, maulte Urson. Sie standen an der Reling, hinter der dichter Nebel aufstieg. Himmel und Wasser waren nicht mehr zu unterscheiden, alles war Grau in Grau. »He, Vierarm«, rief Urson plötzlich, »was gibt es dort zu sehen?«

Schlange starrte auf das Wasser, sagte aber nichts.

»Vielleicht lauscht er auf irgend etwas«, räumte Geo ein.

»Man sollte meinen, es gäbe Interessanteres zu belauschen als die Fische«, meinte Urson. »Ich vermute, Argo hat besondere Anweisung gegeben, euch beide nicht auf dem Schiff einzusetzen. Manche Leute haben eben Glück. Kommt, gehen wir essen.« Als sie auf die vor der Messe wartenden Matrosen zugingen, hielt Urson plötzlich inne. »Ach, ihr werdet's nicht glauben!« Er ergriff den Stein an Geos Brust. »Nachdem ihr Typen alle mit so feinen Sachen herumlauft, habe ich meine Münzen zum Schmied gebracht und sie in eine Kette einarbeiten lassen. Jetzt kann ich mit den besten von euch mithalten!« Sein Lachen tönte in dem engen Gang, bevor sie sich mit den anderen in den geräumigen Saal schoben.

Traumlose Nächte machten zeitig dem Tag Platz. Das Schiff tauchte unter der Nebeldecke hervor in eine graue, aber klare Morgendämmerung. Um die Frühstückszeit begrenzte ein zerklüfteter Landzipfel den Horizont. Die Mahlzeit war noch in vollem Gange, als Wasser über den Rand der Krüge schwappte und die dunklen Tische hinabfloß. Als das Schiff sich hob, lief es wieder zurück.

Auf dem Ruderdeck drängten sich die Matrosen an der Reling. Vor ihnen ragten die Felsen wie abgebrochene Zahnstummel aus dem Wasser. Urson gesellte sich mit seiner neuen Halskette zu Schlange und Geo.

»Super! Wird das ein Spaß, wenn wir dort durchfahren!«

Plötzlich wandten alle die Köpfe. Argos dunkle Schleier blähten sich im Wind, als sie die Stufen zum Ruderdeck hinaufging. Gemessen bewegte sie sich zwischen den Seeleuten, die zur Seite wichen. Mit einer Hand am Stagseil blieb sie stehen, um über das Wasser auf die dunkle Landzunge zu spähen.

Vom Ruder meldete sich der Kapitän: »Jordde, zerstreut die Leute und übernehmt das Ruder!«

»Aye, Sir«, antwortete der Maat. »Du, du und du dort, auf die Masten!« Er zeigte auf die entsprechenden Männer. »Du auch, und du ebenfalls. He, habt ihr nicht gehört?«

»Ich, Sir?« wandte sich Geo an ihn.

»Ja, du! Hinauf zum Mastspier mit dir!«

»Ihr könnt ihn nicht hinaufschicken!« rief Urson dazwischen. »Er war noch nie oben. Es ist zu böig für einen, der zum ersten Mal nach oben geht! Er weiß nicht einmal. . .«

»Und wer hat dich gefragt?« erwiderte der Maat.

»Niemand hat mich gefragt, Sir, aber –«

»Dann verzieh dich nach unten, bevor ich dich wegen Ungehorsams in die Arrestzelle werfen lasse und dir als Strafe deine drei goldenen Schmuckstücke abnehme. Du meinst wohl, ich erkenne nicht das Gold eines Toten?«

»Das geht zu weit!« brüllte Urson.

Geos Blick wanderte von Argo zum Kapitän. Der Kapitän sah zwar verwirrt aus, doch die Bestürzung, die aus dem Gesicht der Priesterin sprach, schockierte ihn.

Jordde ergriff plötzlich einen Marlpfriem, hob ihn in die Höhe und schrie Urson an: »Hinunter mit dir, bevor ich dir den Schädel einschlage!«

Ursons Faust schoß nach oben.

»Ruhig, Bruder Bär –« begann Geo.

»Leck mich doch am Arsch«, stieß Urson wütend hervor und schwang seinen Arm nach vorn. Irgend etwas warf sich von hinten auf Jordde – es war Schlange! Der Pfriem verfehlte Ursons Schulter nur um Zentimeter. Sein Schwinger jedoch traf den Maat direkt in den Magen, und dieser kippte nach vorn; Schlange hing noch immer auf seinem Rücken. Als er die Reling erreichte, knickte er über ihr ein. Schlanges Beine strampelten. Als sich Jordde wieder aufrichtete, war er von der Umklammerung befreit.

Geo eilte zur Reling und sah Schlanges Kopf in dem aufgewühlten Wasser auftauchen. Hinter ihm brüllte Urson, »Paß auf!« Geo sprang zur Seite, und Jorddes Pfriem zersplitterte die Planke, auf die er sich vorher gestützt hatte.

»Nicht ihn!« rief Argo. »Nein! Nein! Ihn nicht!«

Doch Jordde packte Geo an der Schulter und warf ihn zurück gegen die Reling. Geo bemerkte, daß Urson ein herabhängendes Tau ergriff und sich daran nach vorn schwang. Er versuchte, Jordde mit seinen Füßen wegzustoßen, doch Argo stellte sich dem fliegenden Körper in den Weg und schob ihn mit den Händen zur Seite, so daß er hinausflog und etwa einen Meter vom Kampfplatz entfernt an der Reling landete.

In diesem Moment rutschte Geo auf den nassen Planken aus. Sein Körper kippte nach rückwärts – dann schlug er mit dem Rücken auf das Wasser.

Als er wieder an der Wasseroberfläche auftauchte, rief Urson ihm zu: »Halt aus, Freund Geo, ich komme!« Er schwang seine Arme zurück, dann nach vorn und machte einen Kopfsprung ins Wasser.

Jetzt waren nur noch Argo und Jordde an der Reling zu erkennen. Geo sah, daß sie miteinander rangen.

Urson und Schlange waren dicht neben ihm. Er sah noch, wie Jordde plötzlich die Kette von Argos Hals riß und sie ins Meer warf. Ihre Hände griffen vergeblich nach dem fliegenden Juwel, während sie aufschreiend seinen Fall ins Wasser verfolgte.

Dann griffen Hände nach ihm. Er drehte sich um und sah Schlange unter der Wasseroberfläche verschwinden. Urson stieß plötzlich einen Schrei aus. Als Geo nach Atem rang, klammerten sich Hände an seinen Armen fest und zogen ihn hinunter. Auch Urson war verschwunden.

Er spürte rauhen Sand auf einer Körperseite und sengende Sonne auf der anderen. Seine Augen fühlten sich heiß an, durch die Lider schien organgefarbenes Licht. Dann kam eine

Brise. Er öffnete die Augen – und schloß sie wieder vor dem grellen Licht. Mit dem Gedanken an Kissen und frische Laken drehte er sich um. Als er die Hand ausstreckte, griff sie in den Sand.

Endgültig öffnete er die Augen und stemmte sich hoch. Die krümelnde Substanz war warm und weich unter seinen flachen Händen. Er sah Felsen und dahinter dichten Pflanzenwuchs. Der Sand knirschte, als er taumelnd auf die Knie kam. Er betrachtete seinen mit Sandkörnern bedeckten Arm und griff sich an die Brust.

Seine Hand berührte den Stein. Sie wanderte weiter und ertastete einen zweiten! Er sah hinunter. Sowohl die Kette mit der Platinfassung als auch der Lederriemen mit dem Drahtgitter hingen um seinen Hals. Verwirrt kämpfte er sich auf die Füße, sank aber sofort wieder zu Boden, als der Strand sich rot färbte durch den Blutandrang hinter seinen Augäpfeln. Langsam stand er wieder auf. Der Sand war bloß warm, was bedeutete, daß die tiefhängenden Wolken der Morgendämmerung sich noch nicht lange verzogen hatten.

Mit vorsichtigen Schritten ging Geo den Strand entlang. Sein Blick war der Landseite zugewandt. Als er ihn über das Wasser gleiten ließ, blieb er stehen.

Am Horizont, jenseits der Felsen, lag das Schiff mit eingeholten Segeln. Sie waren also noch nicht weitergesegelt. Er spähte erneut über den Strand und sah in fünfzig Metern Entfernung die Gestalt eines Mannes in der Sonne liegen.

Jetzt setzte er sich in Trab. Sand spritzte um seine Füße und gab unter seinen Zehen nach; er kam nur in alptraumartig langsamer Geschwindigkeit voran. Drei Meter vor der Gestalt hielt er inne.

Vor ihm lag ein junger Neger, dessen Haut die dunkle Färbung satten Humusbodens hatte. Der lange Schädel war geschoren, und wie Geo war er fast nackt. Seetang schlang sich um sein Handgelenk. Seine Fußsohlen und eine offen daliegende Handfläche waren grau und faltig. Sie erinnerten Geo an seine eigenen Hände und Füße, wenn er sein Bad zu lange ausgedehnt hatte.

Er runzelte die Stirn und stand eine volle Minute lang unbeweglich da. Erneut suchte er mit den Augen den Strand ab. Es war niemand sonst zu sehen. In diesem Augenblick bewegte sich der Arm des Mannes wie im Schlaf.

Sofort ließ sich Geo neben der Gestalt auf die Knie fallen, rollte sie herum und hob ihren Kopf. Der Mann öffnete die Augen, blinzelte in das helle Licht und fragte: »Wer bist du?«

»Ich heiße Geo.«

Der Mann setzte sich auf und rammte sofort seine Arme in den Sand, um nicht vornüber zu fallen. Er schüttelte den Kopf und blickte dann wieder nach oben. »Ja«, meinte er, »ich erinnere mich an dich. Was ist passiert? Sind wir auf Grund gelaufen? Ist das Schiff gesunken?«

»Woher kennst du mich?« wollte Geo wissen.

»Vom Schiff. Du warst doch auch auf dem Schiff, oder?«

»Sicher war ich auf dem Schiff. Und ich wurde bei einer Rauferei von diesem verdammten Maat über Bord geworfen. Dem Schiff ist nichts passiert. Es liegt noch dort draußen, man kann es sehen.« Geo war plötzlich still. Dann sagte er: »Du bist doch der Typ, der an dem bewußten Morgen Whiteys Leiche fand!«

»Richtig«. Er schüttelte erneut den Kopf. »Mein Name ist Iimmi.« Er sah nun hinaus zum Horizont. »Ich kann sie sehen. Das Schiff ist dort draußen. Aber wo sind wir eigentlich?«

»Am Strand von Aptor.«

Iimmis Gesicht wurde zu einer schreckensstarren Maske. »Nein. . .« sagte er leise. »Unmöglich. Wir waren mehrere Tagesreisen entfernt von. . .«

»Wie bist du ins Wasser gekommen«?

»Ein Wetter zog auf«, erklärte Iimmi. »Ich befand mich in der Takelage, als mich plötzlich irgend etwas von hinten traf und aus dem Gleichgewicht brachte. Ich dachte, vielleicht hat sich eine Spiere gelöst und mir den Schlag versetzt. Ich glaubte nicht, daß mich in dem Nebel einer sehen würde; die Strömung war viel zu stark für meine Kräfte, und. . .«

Er hielt plötzlich inne und sah sich um.

»Du warst schon früher hier an diesem Strand, stimmt's?« erkundigte sich Geo.

»Einmal«, sagte Iimmi. »Ja, einmal. . .«

»Ist dir klar, wie lange du im Wasser warst?«

Iimmi blickte auf.

»Länger als zwei Wochen!« sagte Geo. »Na komm, probier mal, ob du laufen kannst. Ich muß dir eine Menge erklären, und wir müssen uns auf die Jagd machen.«

»Gibt es hier irgendwo Wasser?« fragte Iimmi. »Ich fühle mich so ausgetrocknet, daß man mich wegblasen könnte.« Er kam strauchelnd auf die Füße und streckte sich.

»Wasser suchen«, meinte Geo. »Das ist eine prima Idee. Vielleicht sogar einen richtigen Fluß. Und wenn wir ihn gefunden haben, möchte ich, so lange wir hier sind, möglichst in seiner Nähe bleiben. Wir haben nämlich ein paar Freunde.«

Iimmi hatte sein Gleichgewicht wiedergefunden, und sie begannen, den Strand hinunterzulaufen.

»Warum schaust du dich immer um?« fragte Iimmi.

»Ich suche meine Freunde.«

Nach fast hundert Metern riegelten Felsen und Pflanzengewirr den Strand ab. Sie kletterten über Gestein und wanden sich durch rankende Gewächse. Schließlich erreichten sie ein Felsufer, das etwa fünf Meter steil abfiel zu einer weiten Flußmündung. Der Fluß verlor sich im Dschungel. Nach weiteren zehn Metern neigte sich das Ufer zur Wasseroberfläche. Sie legten sich flach auf die nassen Steine und saugten das kühle Naß in sich auf, wobei blaue Steine und rote und weiße Kiesel vor ihren Augen tanzten.

Als sie ein Geräusch vernahmen, zogen sie sich eilig vom Wasser zurück und duckten sich auf die Felsen.

»He«, tönte Ursons Stimme aus dem Blattwerk, »ich war schon neugierig, wo ich dich finden würde.«

Das Sonnenlicht zwischen den Zweigen ließ das Gold auf seiner behaarten Brust noch strahlender aufleuchten. »Hast du Schlange nicht gesehen?«

»Ich hatte gehofft, er sei bei dir«, erwiderte Geo. »Urson, das ist Iimmi, einer der beiden Matrosen, die vor zwei Wochen starben.«

Sowohl Iimmi als auch Urson blickten verständnislos. »Trink erst mal was, dann werde ich es euch erklären, so gut ich kann«, sagte Geo.

»Das ist kein übler Vorschlag«, meinte Urson.

Während sich der bärenstarke Mann über das Wasser beugte, begann Geo, Iimmi die Geschichte von Aptor und Leptar zu erzählen. Als er geendet hatte, fragte Iimmi: »Du meinst also, diese Fischwesen im Wasser haben uns hierher gebracht? Auf wessen Seite sind sie denn?«

»Argo ist sich offenbar auch nicht ganz sicher«, antwortete Geo. »Vielleicht auf gar keiner.«

»Und was ist mit dem Maat?« fragte Iimmi. »Meinst du, er hat mich über Bord gestoßen, nachdem er Whitey umgebracht hatte?«

»Ich dachte, du hättest gesagt, er wollte Schlange töten«, wandte Urson ein, der vom Fluß zurückkam.

»Das ist richtig«, erklärte Geo. »Er wollte alle drei loswerden. Vermutlich Schlange als ersten, dann Whitey und Iimmi. Er hat allerdings nicht mit unseren freundlichen Fischwesen gerechnet. Meines Erachtens war es nur ein Zufall, daß es zunächst Whitey erwischte und nicht Schlange. Falls er keine Gedanken lesen kann – und dessen bin ich mir jetzt ziemlich sicher –, hat er vermutlich mitbekommen, wie du die Kojen verteilt hast, Urson. Als er dann herausfand, daß er Whitey ermordet hatte, spornte ihn das nur an, Iimmi schnell aus dem Weg zu räumen.«

»Jemand hat versucht, mich umzubringen«, stimmte Iimmi zu. »Aber ich weiß immer noch nicht, warum.«

»Wenn es einen Spion für Aptor an Bord geben soll, muß es Jordde sein«, sagte Geo. »Der Kapitän hat mir erzählt, daß er schon früher einmal in Aptor war. Damals haben sie ihn wahrscheinlich in ihre Reihen aufgenommen. Iimmi, du und Whitey, ihr wart doch ebenfalls schon an Aptors Küste, wenn auch nur für einige Stunden. Es muß etwas geben, was Jordde über die Insel herausgefunden hat. Er muß befürchtet haben, daß ihr dasselbe entdeckt habt. Es muß sich um etwas Bedrohliches handeln, bedrohlich für Aptor, und es muß etwas sein, was man hier entdecken kann. Vielleicht etwas, das man gar nicht als Bedrohung wahrnehmen würde, etwas, dessen Bedeutung euch erst viel später klar geworden wäre. Allerdings muß es sich um etwas äußerst Auffälliges gehandelt haben.«

Urson fragte:» Was geschah denn damals, als du auf Aptor warst? Auf welche Weise sind die zehn Männer ums Leben gekommen?«

Trotz der Sonnenhitze fröstelte Iimmi. Er sammelte sich einen Augenblick und erzählte dann: »Wir nahmen ein Ruderboot vom Schiff aus, und es gelang uns, zwischen den Felsen durchzukommen. Es war Abend, als wir losruderten. Ich erinnere mich, daß der Mond gerade über dem Horizont aufging, obwohl der Himmel noch blau war. ›Das Licht des Vollmonds ist ein gutes Omen für die Weiße Göttin Argo,‹ erklang ihre Stimme vom Bug des Bootes. Bei unserer Landung war der Himmel hinter ihr schwarz, und der Strand glänzte wie Silber. Whitey und ich blieben als Wache zurück. In der abendlichen Kühle saßen wir auf dem Dollbord und rieben uns die Arme warm. Dabei blickten wir den anderen nach, die paarweise in zwei Fünferreihen den Strand hinaufliefen, gefolgt von Argo.

Plötzlich hörten wir einen Schrei. Sie stürzten herab wie die Geier. Der Mond stand jetzt über uns, und sie verdunkelten die weiße Scheibe mit ihren Schwingen. Sie jagten die Flüchtenden über den Sand. Alles, was wir ausmachen konnten, war ein dunkler Kampf auf dem silbernen Strand. Schwerter erhoben sich in dem weißen Licht, man hörte Schreie und grauenhaftes Schmerzgebrüll, das uns taumelnd ins Meer zurückweichen ließ. Argo rannte mit einer Handvoll übriggebliebener Männer auf das Boot zu. Die Kreaturen verfolgten sie bis hinunter zum Wasser, sie hüpften hinter ihnen her, halb fliegend, halb laufend, und hackten einen nach dem anderen nieder. Ich beobachtete, wie ein Mann nach vorn fiel und sein Kopf vom Körper wegrollte. Das Blut schoß drei Meter weit über den Sand, im Mondlicht hellrot leuchtend. Als eine der Kreaturen an Argos Schleiern zerrte, schrie sie auf und floh ins Wasser. Schwer atmend kletterte sie zurück ins Boot. Man sollte meinen, eine Frau würde nach so einem Erlebnis zusammenbrechen. Sie nicht. Sie stand im Bug, während wir uns die Arme lahmruderten. Sie folgten uns nicht über das Wasser. Irgendwie brachten wir das Boot zum Schiff, ohne es an den Felsen leckzuschlagen.«

»Vermutlich hatten unsere Wasserfreunde damit etwas zu

tun«, sagte Geo. »Iimmi, du hast erwähnt, daß Argos Schleier weggezerrt wurden. Sag mal, erinnerst du dich, ob sie irgendwelchen Schmuck trug?«

»Nein. Sie stand dort in ihrem dunklen Gewand, und ihr Hals war hell und glatt wie Elfenbein.«

»Sie wollte den Juwel nicht auf Aptor tragen, wo ihn diese Monster wieder in die Hände bekommen konnten«, vermutete Urson. »Aber Geo, wenn Jordde ein Spion ist, wieso hat er dann den Stein ins Wasser geworfen?«

»Was immer seine Gründe gewesen sein mögen«, antwortete Geo, »unsere Freunde haben mir jetzt beide anvertraut.«

»Ihr habt gesagt, daß Argo nicht wußte, ob die Meereswesen auf der Seite Aptors oder Leptars sind«, sagte Iimmi. »Aber vielleicht wußte es Jordde und hat ihnen deshalb den Stein zugeworfen.« Er schwieg einen Augenblick. »Freund Geo, ich glaube, du bist einem Irrtum erlegen. Du hast mir erklärt, du seist ein Dichter, und dein Irrtum ist der eines Dichters. Der springende Punkt in deiner Argumentation, weshalb Schlange kein Spion sein kann, ist der, daß Argo zweifelhafte Gründe haben muß, um euch mit einer so unmöglichen Aufgabe zu betrauen, noch dazu schutzlos, und außerdem behauptet, nur die Erfüllung *sämtlicher* Pläne sei von Wert. Du bist zu dem Schluß gekommen, daß eine ehrenhafte Frau wohl kaum das Leben ihrer Tochter geringer einschätzen würde als den Wert eines Juwels. . .«

»Sie ist nicht nur ihre Tochter«, unterbrach Geo, »sondern die Göttin Argo in Menschengestalt.«

»Aber überlegt doch mal«, fuhr Iimmi fort, »ihr seid der Meinung, daß sie euch nur dann so eine undurchführbare Aufgabe stellen kann, wenn es ihr Bestreben ist, sich ihre gegenwärtige Macht zu erhalten. Das mag zum Teil zutreffen. Nun hat sie es aber selbst abgelehnt, den Stein, der sie hätte schützen können, mit nach Aptor zu nehmen. Im Augenblick befinden sich jedoch alle *drei* Juwelen auf Aptor, und falls ihre Geschichte nur annähernd mit den Tatsachen übereinstimmt, ist Leptar jetzt in viel größerer Gefahr, als es das in den vergangenen fünfhundert Jahren je war. Ihr habt die Juwelen, zumindest zwei davon, und könnt sie nicht benutzen. Wo ist euer Freund

Schlange, der mit ihnen umgehen kann? Sowohl Schlange als auch Jordde könnten Spione und ihre Feindschaft nur gespielt sein. Wenn ihr vor dem einen auf der Hut wart, konnte euch der andere an der Nase herumführen. Ihr sagt, daß er Worte und Bilder in menschliche Gehirne projizieren kann? Vielleicht hat er eure umnebelt!«

Eine volle Minute herrschte Schweigen.

»Argo kann von vielen Dingen beeinflußt worden sein«, argumentierte Iimmi weiter, »und ihr habt einige davon verfolgt, während ihr von anderen in die Irre geleitet worden seid.«

Sonnenlicht, das sich im Fluß brach, bebte an der Unterseite der Blätter. Urson ergriff jetzt das Wort. »Ich bin der Meinung, seine Geschichte ist besser als deine, Geo.«

»Was sollen wir dann unternehmen?« fragte Geo mit leiser Stimme.

»Wir folgen dem Wunsch der Göttin, soweit wir können«, sagte Iimmi. »Wir suchen den Tempel des Hama, bringen den Juwel in Sicherheit, befreien die junge Göttin und sind eher bereit zu sterben, als die Steine in die Hände der Bewohner von Aptor fallen zu lassen.«

»So, wie du diesen Ort beschreibst, ist dieser Zeitpunkt wahrscheinlich gar nicht mehr so weit entfernt«, murmelte Urson.

»Trotzdem«, überlegte Geo, »es gibt noch ein paar Ungereimtheiten. Warum haben sie auch dich gerettet, Iimmi? Warum haben sie uns überhaupt hierher gebracht? Und warum wollte Jordde dich und den anderen Matrosen töten?«

»Vielleicht hat der Gott Hama einen seltsamen Sinn für Humor; er gestattet uns, die Juwelen bis zum Portal seines Tempels zu bringen und sie ihm zu Füßen zu legen, bevor wir abgeschlachtet werden,« meinte Iimmi. Er lächelte. »Es gibt auch noch die Möglichkeit, daß deine Version der Geschichte stimmt, Geo. Dann bin ich der Spion, ausgesandt, um deinen Geist zu verwirren.«

Urson und Geo warfen sich Blicke zu.

»Für jede reelle Möglichkeit gibt es eine unendliche Anzahl von Theorien«, sagte Geo schließlich. »Regel Nummer Eins: Gehe von der einfachsten Lösung aus, die alle bekannten Tatsachen berücksichtigt, bis weitere Tatsachen bekannt werden, die die einfachste Lösung in Frage stellen. Regel Nummer Zwei: Suche *danach* – aber auch nicht früher – nach einer neuen Lösung.«

»Dann machen wir uns jetzt auf in den Dschungel«, schlug Iimmi vor.

»Ich bin auch dafür«, sagte Urson.

Geo erhob sich. »Bis jetzt haben uns die Wasserwesen vom Tod errettet. Spricht irgend etwas dagegen, dem Fluß landeinwärts zu folgen? Die Route ist genauso gut wie jede andere, und sie könnte uns zusätzlich mehr Sicherheit bieten.«

»Kein Einspruch meinerseits«, sagte Iimmi.

»Und die Juwelen?« fragte Urson. »Wir sollten sie vielleicht irgendwo vergraben, wo sie nie gefunden werden können. Wenn wir sie endgültig loswären. . .«

»Es mag sich zwar erneut um den Irrtum eines Dichters handeln«, unterbrach Geo, »doch ich würde sie lieber mit mir führen. Wenn wir sie auch nicht benutzen können, so ist es eventuell möglich, mit ihnen zu bluffen.«

»Ich bin auch der Meinung, wir sollten sie bei uns behalten«, sagte Iimmi.

»Ich frage mich allerdings langsam, welchen Stellenwert meine Ansichten in dieser Sache haben«, äußerte Geo.

»Übertreib bloß nicht«, meinte Urson. »Wenn wir uns schon mit dieser Angelegenheit befassen, müssen wir uns auch zutrauen, sie aufs beste zu erledigen. Schauen wir mal, ob wir noch eines dieser Dinger um deinen Hals hängen können, bevor alles vorüber ist.« Dabei zeigte er auf die beiden Steine auf Geos Brust. Dann lachte er: »Noch einen solchen, und du bist so reich wie ich!« Er ließ seine dreifach bestückte Kette klimpern.

V

Die Sonne neigte sich dem Horizont entgegen, während sie flußaufwärts zogen. Sie hielten sich dicht am felsigen Ufer. Oft hatten sie Ranken aus dem Weg zu räumen, die sich von überhängenden Zweigen ins Wasser wanden. Urson brach sich einen Ast ab, so dick wie sein Handgelenk und so lang wie er selbst, und schlug damit spielerisch auf das Wasser. »Der müßte ausreichen, um jedem eine Beule zu verschaffen, der uns behelligt.« Er hob den Ast in die Höhe, so daß Wassertropfen die Rinde entlangrannen wie Funken, gefolgt von dunklen Linien.

»Wir müssen bald ins Gehölz, um etwas Eßbares zu erjagen«, sagte Geo. »Es sei denn, wir wollen warten, bis die Tiere zum Tränken an den Fluß kommen.«

Urson zog an einem weiteren Ast, bis sich die hellen Fasern lösten. »Hier.« Er überreichte ihn Geo. »Für dich werden wir auch gleich einen haben, Iimmi.«

»Eventuell könnten wir vor Einbruch der Dunkelheit noch ein wenig die Gegend erforschen«, schlug Iimmi vor.

Urson reichte ihm seinen Stock. »Ich bin nicht so wild darauf, mich hier umzusehen«, brummte er.

»Auf jeden Fall können wir nicht am Ufer schlafen. Wir müssen uns ein verborgenes Plätzchen im Gebüsch suchen.«

»Könnt ihr nicht erkennen, was sich dort drüben befindet?« frage Geo.

»Wo?« wollte Iimmi wissen. »Nanu . . .?« Durch das dichte Unterholz sah man einen Schatten aufragen. »Ein Felsen, oder eine Klippe?«

»Mag sein«, überlegte Urson. »Dafür sieht es aber zu gleichmäßig aus.«

Geo ging voran ins Unterholz, gefolgt von den beiden anderen.

Ihr Ziel war weiter entfernt und größer, als es vom Fluß her ausgesehen hatte. Einmal passierten sie ein Gelände, auf dem sich große Steine aneinanderfügten wie zu einem Pflaster. In einigen Fugen wuchsen kleine Bäumchen; doch bevor die Steine nach etwa zehn Metern wieder im weichen Dschungelboden versanken, boten sie besseren Halt für die Füße. Dann lichtete sich das Gehölz erneut, und sie erreichten relativ freies Gelände. Vor ihnen erhob sich ein zerfallenes Gebäude. Sechs Träger ragten aus der höchsten Mauer. Das Bauwerk mußte ursprünglich achtzehn bis zwanzig Stockwerke hoch gewesen sein. Eine Mauer fehlte ganz; sie lag in Bruchstücken auf dem Boden. Zerstörte Räume und abgetrennte Korridore vermittelten den Eindruck eines beschädigten Bienenstocks aus Granit. Langsam schoben sie sich näher heran.

Auf der einen Seite lag ein riesiger Metallzylinder schräg über einem Dreckhaufen, der von einer dünnen Metallschiene durchbohrt war, deren eines Ende zwischen Trägerskeletten und Fragmenten der Wandverkleidung im Boden steckte. Fenster blickten wie dunkle Augenhöhlen, und in der Mitte einer Mauer gab eine offfenstehende Tür ein sinnloses Oval frei.

Fasziniert wandten sie sich dem Gebäudewrack zu. Als sie näher kamen, hörten sie von der Tür her ein Geräusch. Sie blieben stehen und hoben ihre Stöcke kampfbereit einige Zentimeter vom Boden. Im Schatten der Tür, drei Meter über der Erde, bewegte sich ein weiterer Schatten, der sich als das längliche graue Maul eines Tieres entpuppte. Auch die Vorderläufe waren zu sehen. Wie ein Hund trug es ein offenbar totes kleineres Tier im Maul. Es hatte sie auch gesehen und beobachtete sie nun reglos.

»Unser Abendessen«, flüsterte Urson. »Los, kommt!« Sie bewegten sich weiter nach vorn, bis sie plötzlich stehenblieben.

Die Bestie schoß mit einem Sprung aus der Türöffnung. Durch die Schatten und die Entfernung hatten sie ihre Größe völlig unterschätzt. Ein etwa eineinhalb Meter langer hundeähnlicher Körper flog ihnen entgegen. Urson traf ihn im Flug mit seinem Stock. Als er zu Boden stürzte, waren Iimmi und Geo mit ihren Stöcken über ihm und droschen auf Kopf und Brust ein. Die beiden hatten bereits sechs Mal zugeschlagen, als die Bestie drohte, sich taumelnd wieder aufzurichten. Urson stürzte vor und rammte ihr seinen Pflock direkt in die Brust. Knochen splitterten und brachen bläulich schimmernd durch das braune Fell, bis sie einen Moment später von Blut bedeckt waren. Das Tier brüllte auf und schlug mit seinen Hinterläufen gegen den Pflock, mit dem Urson es am Boden festnagelte. Dann streckte es zitternd seine Glieder. Die Vorderläufe wurden länger und länger, während der Brustkorb in Todesqualen zusammenfiel. Das lange Maul, welches seine Beute losgelassen hatte, stand offen, der Kopf schlug von einer Seite auf die andere, die rosa Zunge hing schlaff aus dem Maul, schrumpfte zusammen. . .

»Mein Gott!« hauchte Geo.

Das spitze Maul war jetzt abgeflacht, die Klauen in den weichen Pfoten reckten sich, wurden zu Fingern und Daumen. Unbehaarte Haut hatte sich vom Bauch über den ganzen Körper gezogen. Die Hinterläufe wurden länger, nackte Knie beugten sich, als die nun menschlichen Füße sich durch braunes Laub schoben und letzte Zuckungen durch einen Oberschenkel liefen. Als sie aufhörten, fiel das eine Bein wieder in seine ursprüngliche Position zurück. Ein verwahrloster schwarzhaariger Mann lag mit eingedrücktem blutigem Brustkorb auf dem Boden. In einem letzten Aufbäumen warf er seine Hände nach oben und ergriff den Pflock, um ihn sich aus der Brust zu ziehen. Kraftlos glitten seine Finger daran herab, als sich seine Lippen im Todesgrinsen über herrliche weiße Zähne schoben.

Urson trat erst einen Schritt zurück, dann noch einen. Der Pflock löste sich mit einem häßlich saugenden Laut aus der zerfetzten Lunge. Der bärenstarke Mann hatte eine Hand zu seiner eigenen Brust erhoben und berührte seinen goldenen Talismann. »Beim Namen der Göttin!« flüsterte er schließlich.

Geo ging nun hin und hob den Kadaver des kleineren Tieres auf. Dann wandte er sich ab. »Nun«, meinte er, »das Abendessen wird nicht so reichlich wie wir angenommen hatten.«

»Das glaube ich auch«, sagte Iimmi.

Sie liefen zu der Ruine und ließen den Leichnam zurück.

»He, Urson«, sagte Geo endlich. Der Riese hielt immer noch seine Münzen umfaßt. »Faß' dich. Was ist los mit dir?«

»Ich habe bisher in meinem Leben nur ein einziges Mal jemanden gesehen, dessen Körper auf diese Weise zerstört war«, sagte er langsam, »und das war jemand, dem sich eine Spiere in die Seite gebohrt hatte.«

Sie kamen überein, die Nacht im Schutze einer halbverfallenen Mauer des Bauwerks zu verbringen. Sie schlugen Funken aus einemm Stein und einem rostigen Träger und entfachten damit ein Feuer. Nach langem, mühevollem Sägen an einer schartigen Metallschiene, die aus einem Geröllhaufen herausragte, war es ihnen gelungen, das Tier in vier Teile zu zerlegen und fast das gesamte Fell von dem roten Körper zu ziehen.

Mit dünnen Ästen als Halterung schafften sie es sogar, es einigermaßen zu braten. Sie aßen es, um ihren Hunger zu stillen, obwohl es teils verbrannt, teils roh und zudem ungewürzt war. Während sie an der Mauer um das Feuer hockten und rotes saftiges Fleisch von den Knochen rissen, breitete sich die Nacht im Dschungel aus und hielt sie in einer feuerfarbenen flackernden Hülle gefangen.

»Sollen wir es brennen lassen?« fragte Urson. »Feuer vertreibt die Tiere.«

»Sollte es Tiere geben, hungrige Tiere, . . . nun, dann haben sie doch dieses Wesen da draußen«, erinnerte ihn Geo.

Auf zusammengeharkten Blättern streckten sie sich entlang der Mauer aus. Es herrschte vollkommene Stille – kein Insektengebrumm war zu hören, keine geheimnisvollen Laute, nur das beruhigende Rauschen des Flusses hinter den Bäumen.

Geo erwachte als erster. Silberlicht fiel auf seine Augen. Er träumte wieder solche seltsamen Dinge, wie schon einmal. . . . Nein. Er setzte sich auf und sah, daß die ganze Lichtung überflutet war von dem weißen Licht einer außergewöhnlich großen Mondscheibe, die über den Baumwipfeln hing. Selbst das Orange des Feuers verblich daneben völlig. Iimmi und Urson boten einen unheimlichen leichenhaften Anblick. Er wollte gerade Iimmis ausgestreckten Arm berühren, als er hinter sich ein Geräusch vernahm. Flatterndes Tuch? Blitzschnell wandte er den Kopf – und starrte auf die graue Wand. Er sah an dem Betonbau hinauf, der bizarr in die Nacht hineinragte. Es war nichts vorhanden außer Gestein und zerklüfteter Dunkelheit. Erschöpfung hatte sich als unangenehmer und harter Klumpen in seinem Magen breit gemacht. Mit Müdigkeit hatte das wenig zu tun. Er ließ seinen Arm wieder in das Laub fallen und barg seine Wange an der kühlen Haut seiner Schulter.

Das Flattern war erneut einige Sekungen lang zu vernehmen. Er rollte seinen Kopf herum und starrte in den Himmel. Etwas kreuzte die Scheibe des Mondes, und das Geräusch war wieder da. Er ließ seine Augen weiter schweifen. Ein Wesen

. . . nein, mehrere Wesen hockten auf der halb verfallenen Mauer. Hier bewegte sich ein Schatten, dort watschelte etwas zur Seite. Flügel breiteten sich aus und falteten sich wieder.

Sein Nacken, sein Rücken und seine Brust wurden eiskalt und fingen an zu prickeln. Sein Arm verursachte Donnergeräusch, als er sich zu Iimmi hinüberstreckte und ihn an der schwarzen Schulter packte. Iimmi brummte, schreckte zusammen, rollte auf den Rücken und öffnete die Augen. Geo bemerkte, wie sein schwarzer Brustkorb sank, als er ausatmete. Einige Sekunden später wölbte er sich wieder. Iimmi wandte sich Geo zu, der den Finger auf die Lippen legte, bevor er sein Gesicht der Nacht entgegenhob. Noch drei weitere Male erklang das flatternde Geräusch hinter ihnen – hinter der Mauer, wie Geo feststellte. Als er wieder einmal nach unten blickte, erkannte er, daß Iimmi seinen Arm über die Augen gelegt hatte.

Eine Ewigkeit verging. . .

Plötzlich sprangen einige der Gestalten von der Mauer, fielen ihnen entgegen, und wurden mit aufgeblähten Schwingen quer über die Mondscheibe getragen. Sie kreisten, kehrten auf die Mauer zurück und starteten nach einer Pause erneut. Manche von ihnen fielen etwa fünf Meter, bevor sich die Segel ihrer Schwingen füllten und sie wieder aufzusteigen begannen. Diesmal zogen sie weitere Kreise, und noch vor ihrer Rückkehr wurde ein neuer Schwarm in die Nacht hinausgetragen.

Geo ergriff Iimmis Arm und zog ihn von seinen Augen. Die Gestalten fielen herab wie abstürzende Drachen – zwanzig Meter über ihnen, fünfzehn Meter, zehn Meter. Plötzlich ertönte ein durchdringender Schrei. Geo war sofort auf den Füßen, Iimmi stand neben ihm. Beide hielten ihre Stöcke in den Händen. Die Schatten stürzten kreischend herab, begleitet von heftigen Flügelschlägen. Dann stiegen sie wieder hinauf, bewegten sich weg von dem Gemäuer, kehrten zurück.

»Jetzt geht's los«, flüsterte Geo. Er stieß Urson mit dem Fuß an, doch der Riese kniete bereits und stand wenig später auf den Füßen. Mit schlagenden Flügeln, beharrlich und dunkel flogen sie auf die drei zu, wandten sich aber in der bedrohlichen Entfernung von etwa eineinhalb Metern wieder ab. »Ich glaube, daß sie nicht näher an die Mauer herankommen«, vermutete Geo.

»Ich hoffe nur, daß du recht hast«, sagte Urson.

Fünf Meter entfernt gingen sie zu Boden und falteten ihre schwarzen Schwingen im Mondlicht. In dem ständig wachsenden Schwarm blitzte eine metallene Schneide.

Zwei der Kreaturen lösten sich aus dem Schwarm und warfen sich nach vorn. Schwerter schwangen plötzlich im Silberlicht über ihren Köpfen.

Urson packte Geos Stock und schlug zu, so fest er konnte. Es erwischte beide Bestien auf der Brust, warf sie zurück, begleitet von einem Geräusch ihrer elastischen Schwingen, so als wären sie in dunkle Leinentücher hineingetaumelt.

Drei weitere hüpften kreischend über die zu Boden gegangenen. Während ihres Angriffs schaute Urson auf und rammte seinen Pflock einem vierten Monster in den Bauch, das sich von oben auf sie stürzen wollte. Eines entging Iimmis sausendem Stock, und Geo erwischte es an einem behaarten Arm, zog es zur Seite und brachte es aus dem Gleichgewicht. Als das Flügelwesen fiel und sich aus der Rückenlage befreien wollte, verlor es sein Schwert. Geo packte es und stieß von unten in die Eingeweide einer Bestie, die mit ausgebreiteten Schwingen zurücktaumelte. Er riß das Schwert mit einem heftigen Ruck wieder heraus und rammte es der am Boden liegenden Kreatur in den Körper. Es drang ein, und verursachte ein Geräusch wie ein rasch zusammengedrückter Schwamm. Dann hackte er auf einen Schatten zu seiner Linken – und vernahm plötzlich eine Stimme in seinem Kopf. . .

die . . . Juwelen . . .

»Schlange!« brüllte Geo. »Wo zum Teufel steckst du?« Er umklammerte immer noch seinen Stock, den er jetzt nach vorn schleuderte wie einen Speer, direkt in das Gesicht einer heranstürmenden Bestie. Getroffen öffnete sie ihre Schwingen wie einen schwarzen seidenen Fallschirm und mähte drei ihrer Gefährten um, bevor sie selbst zu Boden ging.

Sein Blickfeld klärte sich für einen Moment. Weiß, im hellen Licht des Mondes, sah Geo den Jungen aus dem Dschungel stürzen. Geo riß die Steine von seinem Hals und schleuderte seinen Schatz, gehalten von Kette und Leder, über die Köpfe der kreischenden Kreaturen. Auf dem Höhepunkt ihres Flugbogens erschienen sie ihm als Zwillingsaugen im Licht, bevor sie hinter den Angreifern in das Laub fielen. Schlange warf sich auf die Juwelen, hob sie auf und hielt sie über seinen Kopf.

Feuer schoß aus den Händen des Jungen in doppeltem Strahl und traf sich zwischen den dunklen Körpern. Rotes Licht ließ die gezackte Silhouette eines Flügels erkennen. Ein schrilles Kreischen ertönte, es roch nach verbranntem Fell. Ein weiterer Feuerstoß traf die finstere Horde, Flügel flammten auf und schlugen im Feuer. Eine Kreatur versuchte abzuheben, fiel jedoch in einem Funkenregen zu Boden, der scharfe Schatten in das braune Gesicht meißelte, sich in einem grauenerfüllten roten Auge spiegelte und reißende Fänge aufleuchten ließ.

Entflammte Schwingen verkohlten auf der Erde, dürres Laub entzündete sich und Feuerzungen rasten über die Lichtung. Die Bestien zogen sich zurück, während die drei Männer schwer atmend an der Mauer lehnten. Zwei zurückgebliebene Schatten stürzten sich plötzlich aus der Luft auf Schlange, der noch immer mit erhobenen Armen draußen auf der Lichtung stand.

»Paß auf!« rief Iimmi ihm zu.

Schlange sah nach oben, als die Schwingen über ihm waren und ihn einen Moment lang verbargen. Feuriges Rot leuchtete auf, und plötzlich ließen sie von ihm ab. Laub wirbelte in der Luft; Geo konnte nicht erkennen, ob es der Wind war oder die Bestien. Flügel erhoben sich vor dem Mond, kreisten in der Ferne und verschwanden.

»Hauen wir hier ab«! sagte Urson. Sie rannten auf Schlange zu.

Geo begrüßte ihn: »Bin ich froh, daß du da bist!«

Urson sah den entschwundenen Gestalten nach. »Machen wir uns aus dem Staub.«

Zurückblickend erkannten sie, daß die Flammen an dem Gemäuer angelangt waren und erstarben. Rasch schritten sie dem

Dschungel entgegen. »Schlange«, sagte Geo, als sie einmal anhielten, »das ist Iimmi. Iimmi ... wir haben dir von ihm erzählt.«

Iimmi streckte ihm die Hand entgegen: »Freut mich, dich kennenzulernen.«

»Paß auf«, warnte Geo, »er kann Gedanken lesen. Wenn du also immer noch glaubst, daß er ein Spion ist. . .«

Iimmi grinste. »Denkst du noch an deine Grundregeln? Sollte er ein Spion sein, dann wird es viel zu schwierig, herauszufinden, warum er uns gerettet hat.«

Urson kratzte sich am Kopf. »Wenn wir die Wahl haben zwischen Schlange und gar nichts, dann entscheiden wir uns am besten für Schlange. He, Vierarm, du hast bei mir noch Prügel gut!« Er machte eine Pause und lachte. »Ich hoffe, daß ich eines Tages die Gelegenheit dazu bekomme. Manchmal machst du uns mehr Umstände, als du wert bist!«

»Wo hast du denn eigentlich gesteckt?« wollte Geo wissen. Er legte dem Jungen die Hand auf die Schulter. »Du bist ja ganz naß.«

»Waren unsere Wasserfreunde wieder am Werk?« fragte Urson.

»Vermutlich«, erwiderte Geo.

Schlange streckte Geo eine seiner Hände hin.

»Was soll das? Ach, du möchtest sie nicht bei dir behalten?« Schlange schüttelte den Kopf.

»In Ordnung«, meinte Geo. Er nahm die Steine und hängte sie sich wieder um den Hals.

»Das also kann unser Schatz bewerkstelligen«, sagte Iimmi.

»Und noch viel mehr als das«, erklärte ihm Geo. »Nimm du auch einen, Iimmi. Vielleicht ist es besser, sie nicht zusammen zu tragen.«

Iimmi zuckte die Achseln. »Sie sind vermutlich zu schwer für einen allein. Ich helfe dir tragen.«

Geo löste die Kette mit der Platinfassung von seinem Hals und hängte sie Iimmi um. Als sie unter dem Mondlicht dahinschritten, blitzte der Juwel wie ein Auge auf seiner schwarzen Brust. Schlange winkte ihnen, ihm zu folgen. Sie nahmen sich nur noch die Zeit, in der entschwindenden Dunkelheit die

Schwerter aufzuheben, dann bogen sie um die Ecke des verfallenen Gemäuers. Geo suchte nach dem Leichnam, den sie dort liegengelassen hatten; doch er war verschwunden.

»Wohin gehen wir?« fragte Urson.

Schlange führte sie einfach weiter. Sie kamen in die Nähe des zerstörten Zylinders, und Schlange kletterte den Geröllhaufen unter dem dunklen Eingang hinauf, durch den der Wolfsmensch am Abend vorher herausgestürzt kam. Vorsichtig folgten sie ihm.

Unter der Tür ergriff Schlange den Stein an Geos Hals und hielt ihn in die Höhe. Er erstrahlte jetzt in blau-grünem Licht, das in alle Ecken und Winkel des verfallenen Eingangs drang. Sie traten in einen Korridor, in dem die Metallrahmen von Doppelsesseln aufgereiht standen, deren Polster und Bezüge entweder verrottet oder von Tieren zum Nestbau weggeschleppt worden waren. Stoffreste hingen vor den meist zerbrochenen Fenstern, Äste und Unrat bedeckten den Metallboden. Zwischen den Sesselfragmenten gingen sie auf eine Tür am anderen Ende des Korridors zu. Verblichene Schilder zierten noch die Wände, doch Geo konnte nur einige Buchstaben auf einem weißen, abgesplitterten und stark verrosteten Emailschild erkennen:

O . . . ZI . . . K . . . O

»Hast du eine Ahnung, was für eine Sprache das ist?« forschte Iimmi.

»Ich kriege es nicht raus«, erwiderte Geo.

Die Tür, auf die sie zuschritten, war einen Spalt weit geöffnet. Schlange stieß sie ganz auf, und sie bemerkten, wie etwas durch das zerbrochene Fenster davonhuschte. Im Licht des Steins erkannte man zwei aus ihrer Verankerung gerissene Sessel. Ranken verdeckten das Vorderfenster, in dessen Rahmen nur noch vereinzelte Glassplitter hingen. Eingehüllt in verrottetes Gewebe, Metallbänder um Hand- unf Fußgelenke, lagen zwei Skelette in silbernen Helmen vor den einstigen Sesseln. Offenbar waren sie heruntergefallen . . . vielleicht vor fünfhundert Jahren. Schlange lenkte ihre Aufmerksamkeit auf eine Reihe zerborstener Glasscheiben vor den Sitzen.

Radio . . . tönte es in ihren Köpfen.

Er griff nun hinein in den Unrat auf dem Boden und zog ein Stück verrostetes Metall daraus hervor. *Pistole* . . . sagte er, als er es Geo zeigte.

Die drei Männer untersuchten es. »Wozu dient es?« fragte Urson. Schlange zuckte die Achseln.

»Gibt es hier irgendwo Elektrizität oder Dioden?« forschte Geo, der diese Begriffe noch im Gedächtnis hatte.

Schlange hob wieder die Schultern.

»Weshalb hast du uns das alles hier gezeigt?«

Daraufhin ging der Junge einfach schweigend zur Tür zurück. Als sie den ovalen Eingang erreicht hatten und im Begriff waren, hinauszuklettern, zeigte Iimmi auf die Ruine und fragte: »Weißt du, wie man das Gebäude genannt hat?«

Kaserne . . . antwortete Schlange.

»Ich kenne das Wort«, bemerkte Geo.

»Ich auch«, meinte Iimmi. »Das ist ein Ort, an dem Soldaten untergebracht waren. Das Wort stammt aus einer der alten Sprachen.«

»Richtig«, bestätigte Geo. »Aus einer Zeit, als es noch Armeen gab.«

»Verbergen sich dort die Armeen von Aptor?« fragte Urson. »Diese Schreckgespenster, die wir gerade erst losgeworden sind?«

»Hier drin?« fragte Geo. Die Ränder der Ruine erschienen nun grau vor dem Himmel, ihre Umrisse waren verwischt im Licht des untergehenden Mondes. »Möglicherweise. Es klang zunächst so, als seien sie von dort gekommen.«

»Wohin geht's jetzt?« wollte Urson von Schlange wissen.

Der Junge kletterte hinaus auf die Lichtung. Sie folgten ihm in das dichtere Gehölz, in dem Perlen aus Licht auf den Baumstämmen glänzten, und erreichten schließlich das breite silberne Band des Flusses, von Felsen unterbrochen.

»Unser ursprünglicher Plan war gut. Wir hätten hier bleiben sollen«, bemerkte Geo.

Plätschern und Rauschen und das Flüstern der Blätter am Rande des Dschungels – diese Laute begleiteten sie, als sie sich hinter einigen größeren Felsbrocken auf trockenem Moos zur

Ruhe begaben. Mit Moos und Schlingpflanzen bedeckte Äste spendeten Schatten vor dem Licht des Mondes. Voller Erleichterung fielen sie in die hellen Wasser des Schlafes wie Steine in einen Brunnen –

– die hellen silbernen Wasser schwollen an und breiteten sich aus, nahmen die Gestalt von Masten und Reling und dem puderweißen Meer jenseits des Schiffes an. Auf dem Deck eine weitere Gestalt, hager, fast skelettartig, die näher kam. Die durch die Blässe ins Groteske verzerrten Züge waren die des Kapitäns.

Oh, Maat, *sagte der Kapitän.*

Danach Stille, während Jordde eine Antwort gab, die nicht vernehmbar war.

Ja, *erwiderte der Kapitän.* Ich frage mich auch, was sie vorhat. *Seine Stimme klang hohl, verblichen wie eine Blume, die in der Finsternis wuchs. Der Kapitän klopfte an Argos Kabinentür. Sie ging auf, und beide traten ein.*

Die Hand, die die Tür geöffnet hatte, war so dürr wie ein Zweig im Winter. Spinnweben drapierten die Wände, unwirklich wie Staubschichten. Die Papiere auf dem Arbeitstisch waren dünn wie Seidenpapier und drohten beim nächsten Luftzug zu zerfallen. Mattweißer Rauch ergoß sich statt Licht aus dem Lüster, dessen Verzweigungen und Ölschalen sich wie eine Ansammlung von Spinnen ausnahmen.

Argos bleiche Stimme klang wie zartes zerreißendes Gewebe.

Ja, *sagte sie.* Wir werden mindestens noch sieben Tage hierbleiben.

Aber weshalb? *fragte der Kapitän.*

Ich habe ein Zeichen aus dem Meer erhalten.

Ich möchte Eure Autorität nicht anzweifeln, Priesterin ... *begann der Kapitän.*

Dann laßt es auch bleiben, *unterbrach Argo.*

Mein Maat hat Einspruch dagegen erhoben, daß ...

Euer Maat hat einmal seine Hand gegen mich erhoben, *erklärte die Priesterin.* Er hat es nur meinem Wohlwollen zu verdanken – *hier machte sie eine Pause, und ihre Stimme fuhr schwankend fort* –, daß ich ihn nicht hier und jetzt vernichte. *Hinter ihrem Schleier hätte sich auch ein Totenkopf verbergen können.*

Aber ... *begann der Kapitän –*

Wir warten hier vor der Insel Aptor noch weitere sieben

Tage, *bestimmte Argo. Sie löste ihren Blick nun von der Gestalt des Kapitäns und sah dem Maat direkt in die Augen. Haß strömte aus den dunklen Augenhöhlen, wallte unter dem Schleier hervor. Sie wandten sich zum Gehen. Auf Deck blieben sie stehen und beobachteten das Meer. Wellen jagten davon wie grauer Rauch. Dahinter, am Horizont, leckte eine scharfe Landzunge an den dunklen Bergen. Zu einer Seite hin waren die Klippen kalkweiß, zur anderen zeigten sich rote und blaue Tonschichten. Hinter einem Gipfel lag roter Glanz, wie von vulkanischem Feuer. Der düstere Eindruck wurde gemildert durch den roten Hintergrund und durchbrochen von den unterschiedlich warmen Grautönen einzelner Felsen. Sogar bei Nacht und auf diese Entfernung leuchtete der Dschungel in sattem Grün hinter dem silbernen Halbkreis des Strandes, einem Grün, das auch die Dunkelheit durchdrang, duftend und kraftvoll, Leben verheißend –*

Und dann die dünnen Schreie –

VI

Erwachend rollte Geo herum. Moos und Steine kratzten an seiner Schulter. Er griff nach seinem Schwert und sprang auf die Füße. Auch Iimmi stand schon mit erhobenem Schwert in der Dämmerung, die grau-weiß in den Zweigen lag. Die Luft war frisch, und hinter ihnen plätscherte der kühle Fluß.

Da erklang wieder der dünne Schrei – wie glühender Draht, der durch die Morgenkälte gezogen wurde. Auch Schlange und Urson waren jetzt auf den Beinen. Die Laute kamen aus der Richtung der verfallenen Kaserne. Vorsichtig bewegte sich Geo, von Neugier und Furcht getrieben, auf das Geräusch zu, weg von dem verhältnismäßig ungeschützten Flußufer, hinein in den Dschungel. Die anderen folgten.

Rasch erreichten sie den Dschungelrand, hinter dem die Lichtung vor dem verfallenen Gebäude lag. Sie duckten sich im Schutz der Bäume und beobachteten fasziniert die Szene.

Ein Zwischending aus Affe und Mensch kauerte im Schatten des Gemäuers. Es hatte Schlanges Größe, doch Ursons Statur; seine Körpermitte war von Fell bedeckt, das sich über die Schultern fortsetzte. Mit fleischigen Füßen und riesigen Händen hüpfte es in vier Sprüngen über die Lichtung, stieß einen schrillen Schrei aus und fiel über eine der Bestien her, die in der vergangenen Nacht vom Himmel herabgestoßen waren. Während es an dem toten Körper riß, sah man den Kopf der Bestie hin- und herrollen. Ein Fleischbrocken pendelte aus seinem Maul, als das Affenwesen kurz den Kopf hob. Dann fuhr es fort, seine Beute zu verschlingen.

Plötzlich tauchte ein zweites Wesen aus dem Dschungel auf, das etwa drei Meter vor Geos Versteck, inmitten der Lichtung, stehenblieb, um sich ebenfalls mit einem Stück Aas zu befassen. Sie beobachteten, wie die riesigen, mit bronzefarbenen Krallen bewehrten Finger an breiten, flachen Händen sich immer wieder in die Fasern des Fleisches gruben und das Maul mit den Fangzähnen daran riß.

Ein drittes Tier kam langsam aus dem Gehölz, kleiner als die beiden anderen. Plötzlich sah es eine der im nächtlichen Kampf erschlagenen Bestien, zögerte und ging ihr dann mit entblößten Zähnen an die Kehle. Dabei hob sich eine der membranartigen Schwingen und schlug um das selbstvergessen fressende Tier. Geo konnte nicht erkennen, ob eine Brise die Ursache dafür war oder ein letzter Reflex.

»Kommt, laßt uns gehen«, flüsterte Urson.

Sie zuckten zusammen, als sich ein dünner Schrei erhob.

Das zuerst aufgetauchte Tier hockte in Affenmanier vor ihnen. Sein Kopf war zur Seite geneigt, und tiefliegende erstaunte Augen blitzten unter den gefurchten Brauen. Die Finger mit den Bronzekrallen öffneten und schlossen sich wie im Atemrhythmus, auf dem zerzausten Kopf klebten Dreck und Zweige. Sein Atem zischte durch die leicht mahlenden vollen Lippen.

Urson packte sein Schwert, doch Geo sah es und flüsterte: »Nein, nicht!«

Er streckte seine Hand aus und bewegte sich langsam nach vorn. Die zusammengekauerte Gestalt ging mit sanftem Brummen einen Schritt zurück.

Iimmi begriff nun, was Geo vorhatte. Er gesellte sich zu ihm und schnippte rasch hintereinander mit den Fingern, wobei er mit einer Kinderstimme lockte: »Komm, komm, komm!«

Über die Schulter blickend, lachte Geo Urson leise zu. »Es wird uns nichts tun.«

»Solange wir ihm nichts tun«, fügte Iimmi hinzu. »Es ist eine Art Aasfresser.«

»Eine Art – was?« fragte Urson.

»Es ernährt sich von totem Fleisch«, erklärte Geo. »Aasfresser werden in einigen der alten Legenden erwähnt. Die Geschichte besagt, daß nach dem Großen Feuer offenbar die meisten Tiere dieser Gattung angehörten. In Leptar sind sie allerdings ausgestorben.«

»Komm her, Schätzchen«, lockte Iimmi, »du nettes, süßes, hübsches kleines Kerlchen«!

Es ließ wieder das leise Brummen ertönen, senkte den Kopf, kam zu Iimmi und rieb sich an seiner Hüfte. »Stinkt wie der Teufel«, bemerkte der schwarze Matrose und kraulte es hinter dem Ohr. »Paß doch auf, Großer«! Das Tier hatte ihm einen besonders liebenswürdigen Knuff versetzt, der Iimmi beinahe aus dem Gleichgewicht gebracht hätte.

»Laß dein Schoßtier in Ruhe. Geh'n wir lieber«, schlug Urson vor.

Geo tätschelte den Affenschädel. »Mach's gut, mein Süßer.« Dann wandten sie sich wieder dem Fluß zu.

Als sie an dem felsigen Ufer angelangt waren, meinte Geo: »Jedenfalls wissen wir, daß wir sieben Tage Zeit haben, um den Tempel des Hama zu finden und zurückzukehren.«

Wie bitte?« fragte Iimmi.

»Erinnerst du dich nicht an den Traum über das Schiff?«

»Du hast das gleiche geträumt?«

Geo legte seinen Arm um Schlanges Schulter. »Unser Freund hier kann die Gedanken anderer Leute auf dich übertragen, während du schläfst.«

»Wessen Gedanken waren das?« erkundigte sich Iimmi.

»Die von Jordde, dem Ersten Maat.«

»Bei ihm sehen alle wie Leichen aus. Ich dachte, ich hätte einen Alptraum. Der Kapitän war kaum zu erkennen.«

»Siehst du jetzt ein, daß es einen Grund gibt, Jordde für einen Spion zu halten?«

»Weil er die Dinge mit so seltsamen Augen sieht?« Erneut zeigte sich ein Lächeln auf Iimmis Gesicht. »Eines Dichters Grund, fürchte ich. Doch ich sehe, was du meinst.«

Hinter ihnen ertönte der dünne Schrei, und als sie sich umwandten, sahen sie die grobschlächtige Affengestalt über sich auf den Felsen hocken.

»Na, sieh mal an«, sagte Urson, »da ist dein reizender Freund.«

»Ich hoffe nur, daß wir keinen Mitläufer für den Rest unserer Reise aufgelesen haben«, meinte Geo.

Das Tier hüpfte hinunter über die Felsbrocken und blieb direkt vor ihnen stehen.

»Was ist mit ihm los?« wunderte sich Iimmi.

»Ist mir schleierhaft«, sagte Geo.

Es griff in eine Falte seines Fells und zog einen großen Fleischbrocken hervor, den es ihnen entgegenhielt.

Iimmi lachte. »Frühstück!«

»Das da?« erkundigte sich Urson.

»Hast du etwas Besseres zu bieten?« fragte ihn Geo, der das Fleisch aus den Klauen des Tieres entgegennahm. »Ich danke dir, wundervolles Wesen.«

Es wandte sich um, blickte noch einmal zurück und bewegte sich dann mit großen Sprüngen am Ufer entlang, bevor es wieder im Dschungel verschwand.

Geo drehte und wendete das Fleisch in seiner Hand und betrachtete es von allen Seiten. »Es ist kein Tropfen Blut dran«, sagte er irritiert. »Es ist völlig ausgeblutet.«

»Das heißt lediglich, daß der Verwesungsprozeß länger dauert«, dozierte Iimmi.

»Ich esse nichts davon«, erklärte Urson.

»Glaubst du, daß es eßbar ist, Schlange?« erkundigte sich Geo.

Schlange zuckte die Achseln und nickte dann. »Wirst du auch etwas davon essen?«

Schlange rieb sich den Bauch und nickte wieder.

»Das reicht mir«, fand Geo.

Mit Hilfe der Flammen aus den Juwelen und hölzernen Spießen aus dem Dschungel brieten sie das Fleisch in Kürze knusprig braun. An den Seiten tropfte Fett hinunter und zischte auf den heißen Steinen, die das Feuer eindämmten. Urson saß ein paar Meter entfernt. Er schnüffelte, kam näher, strich sich mit seinen großen Fingern über den behaarten Bauch und murmelte: »Zum Teufel, ich habe Hunger.« Sie machten am Feuer für ihn Platz.

Zum ersten Mal an diesem Morgen berührten Sonnenstrahlen die Baumwipfel und spielten, Augenblicke später, in konzentrischen Linien auf dem Wasser. Die goldenen Flecke dehnten sich immer weiter aus.

»Ich glaube, es wird spät«, meinte Urson, als er die nächste Portion fetten Fleisches loslöste. Er beugte den Kopf nach unten, um den Saft abzulecken, der an seinem Handgelenk hinablief.

»So«, stellte Geo fest, »jetzt wissen wir, daß wir zwei Freunde haben.«

»Wen denn?« wollte Urson wissen.

»Dort oben«, dabei zeigte Geo in die Richtung, in die das Affenwesen auf seinem Weg zurück in den Dschungel verschwunden war, »und dort unten.« Er wies auf den Fluß.

»Da hast du sicher recht«, bestätigte Urson.

»Das erinnert mich an meine Frage«, wandte sich Geo an Schlange. »Wo, zum Teufel, hast du gesteckt, bevor du letzte Nacht hier aufgetaucht bist? Los jetzt, mach ein bißchen Lärm mit deinen Gedanken!«

Strand . . . sagte Schlange.

»Und unsere Wasserfreunde haben dich durch den Fluß hierhergebracht?«

Schlange nickte.

»Wie war es möglich, daß wir dich dort nicht fanden, als Urson, Iimmi und ich dort zusammentrafen?«

noch . . . nicht . . . angekommen . . . antwortete Schlange.

»Wo warst du denn dann?«

Schiff . . .

»Du warst wieder auf dem Schiff?«

nicht . . . auf . . . Schiff . . . erklärte Schlange. Dann schüttelte er den Kopf. *zu . . . schwierig . . . zu . . . erklären . . .*

»So schwierig *kann* es nicht sein«, meinte Geo. »Trotz der

Hilfe, die du geleistet hast, stehst du nämlich unter einem ziemlich schweren Verdacht.«

Schlange stand abrupt auf und winkte ihnen, ihm zu folgen. Sie erhoben sich ebenfalls und gingen ihm nach. Urson, der immer noch an seinem Fleisch kaute, fragte, während sie wieder das Ufer hinaufkletterten und in den Dschungel eindrangen: »Wohin gehen wir jetzt eigentlich?«

Aber Schlange forderte sie lediglich durch Gesten auf, weiterzugehen und den Mund zu halten. Innerhalb weniger Minuten waren sie wieder an der Kaserne, auf der Lichtung. Kein einziger Körper oder Knochen war übriggeblieben. Im Vorbeilaufen erspähte Geo Ursons zu Boden gefallenen Pflock, an einem Ende mit dunklem Blut befleckt. Er lag einsam im Laub. Schlange führte sie zu den Grundmauern der zerstörten Kaserne. Die Sonne stand bereits hoch genug, um die Spitzen der Grashalme zu vergolden, die im Wind gegen das Gemäuer schlugen. Schlange hielt kurz an. Er nahm den Stein von Iimmis Hals und brachte ihn zum Leuchten. Bevor er über die schadhafte Schwelle der ersten leeren Kammer schritt, bedeutete er ihnen erneut zu schweigen.

Sie überquerten rissigen Zementboden, bis sie vor dem schwarzen Rechteck eines weiteren Eingangs standen. Schlange trat ein, gefolgt von den übrigen. Direkt hinter dem sonnenhellen Bereich hingen, im künstlichen Licht des Juwels, riesige zerknitterte schwarze Säcke dicht nebeneinander an den freiliegenden Rohrleitungen direkt unter der Decke. Sie bewegten sich voran, bis sie einem einzeln hängenden Sack gegenüberstanden. Schlange beleuchtete sein unteres Ende und umkreiste es.

»Versucht er, uns zu erklären, daß sie blind sind?« flüsterte Urson. Sie wirbelten herum zu dem Riesen und hielten sich die Finger an die Lippen. Gleichzeitig vernahm man ein Rascheln wie von nassem Papier, als sich ein Flügel aus dem Sack entfaltete und in dem unbedeckten, nach unten hängenden Gesicht ein blindes rotes Auge blitzte, das sich anschließend schloß. Als der Flügel wieder zusammenfiel, liefen sie auf Zehenspitzen durch die Kammer, zurück ins Sonnenlicht. Niemand sprach ein Wort, bis sie den Fluß wieder erreicht hatten.

»Was wolltest du ...« begann Geo mit verärgerter, lauter Stimme. Leiser fuhr er fort: »Was wolltest du uns damit demonstrieren?«

Schlange deutete auf Urson.

»Was er gesagt hat? Daß sie nicht sehen können, sondern nur hören?«

Schlange nickte.

»Toll, herzlichen Dank! *Das* habe ich letzte Nacht auch herausgefunden.«

Schlange zuckte mit den Schultern.

»Aber das ist immer noch keine Antwort auf seine Frage«, warf Iimmi ein.

»Und auf eine weitere«, fügte Geo hinzu: »Weshalb zeigst du uns all diese Dinge? Du scheinst dich hier hervorragend auszukennen. Bist du schon einmal in Aptor gewesen?«

Schlange zögerte einen Augenblick, bevor er nickte.

Keiner sprach ein Wort. Schließlich fragte Iimmi: »Aus welchem Grund hast du diese Frage gestellt?«

»Auf Grund meiner ersten Theorie«, sagte Geo. »Ich habe es schon länger vermutet, und ich glaube, daß auch Schlange es ahnte. Jordde wollte Iimmi, Whitey und Schlange loswerden, und es war reiner Zufall, daß er zuerst Whitey erwischte statt Schlange. Er wollte sich Whitey und Iimmi vom Hals schaffen, weil sie etwas Bestimmtes entdeckt hatten, oder wenigstens entdeckt haben könnten, als sie mit Argo auf Aptor waren. Ich war nun der Meinung, daß er Schlange vielleicht aus den gleichen Gründen umbringen wollte – was bedeutete, daß er in Aptor gewesen sein mußte.«

»Auch Jordde hat sich schon auf Aptor aufgehalten«, warf Urson ein. »Du hast gesagt, daß er bei dieser Gelegenheit zum Spion wurde.«

Alle sahen Schlange an.

»Ich bin nicht dafür, daß wir ihm weitere Fragen stellen«, entschied Geo. »Die Antworten helfen uns nicht im geringsten, und was auch immer wir herausfinden – wir haben eine Aufgabe vor uns, die in sieben ... nein, in sechseinhalb Tagen zu erledigen ist.«

»Ich glaube, du hast recht«, meinte Iimmi.

»Du machst *wirklich* mehr Umstände, als du wert bist«, wandte sich Urson an den Jungen. »Vorwärts!«

Daraufhin übergab Schlange Iimmi die Platinkette mit dem Juwel. Der Schwarze hängte sie sich wieder um den Hals, während sie sich flußaufwärts bewegten.

Um die Mittagszeit hatte die Sonne den Himmel versengt. Sie machten Rast, um zu schwimmen und sich in dem eisigen Wasser abzukühlen, das sich vor ihren gestreckten Armen und tauchenden Köpfen zerteilte. Sie suchten sogar nach ihren Wasserfreunden und erforschten den Grund mit blinden Fingern, die triefende Zweige und nasse Steine ans Licht brachten. Schon bald vergnügten sie sich in einer Wasserschlacht, die Schlange gewann, wie man fairerweise zugeben muß.

Danach lagen sie auf moosbedeckten Steinen zum Trocknen und wehrten die Insekten ab. Die Sonne wärmte ihre Augenlider wie mit goldenen Münzen. »Ich bin hungrig«, sagte Urson und rollte seinen Körper herum.

»Wir haben doch gerade erst gegessen«, wunderte sich Iimmi. ». . . Ich bin auch hungrig«. Er setzte sich auf.

»Wir haben vor fünf Stunden gegessen«, korrigierte Geo. Die Sonne formte Schlingen aus flüssigem Metall in den Wasserwirbeln. »Außerdem können wir nicht den ganzen Tag hier herumliegen. Meint ihr, wir könnten so ein Tier finden, wie wir es gestern von dem . . . Wolf erbeutet haben?«

»Oder ein liebes, nettes Stück Aas«, schlug Iimmi vor.

»Iiih!« Urson schüttelte sich.

»He, wie ist das«, fragte Iimmi Geo, »wenn wir Schlange keine Fragen stellen, bedeutet das auch, daß wir ihn nicht fragen können, wo sich der Tempel befindet?«

Geo hob die Schultern. »Entweder kommen wir hin oder nicht. Wären wir in die falsche Richtung gegangen und er hätte es bemerkt, so hätte er uns sicher davon unterrichtet.«

»Dieses verdammte Herumlaufen im Kreis« ereiferte sich Urson. »He, du kleines vierarmiges Miststück, bist du jemals dort gewesen, wohin wir jetzt gehen?«

Schlange schüttelte den Kopf.

»Weißt du, wie man dort hinkommt?«

Wieder schüttelte er den Kopf.

»Spitze!« Urson schnippte mit den Fingern. »Los, los, Kollegen! Auf ins Ungewisse!« Grinsend beschleunigte er das Tempo, und sie schritten wacker hinter ihm her.

Nach einer Meile stieß ihnen der Hunger seinen spitzen Finger in die Eingeweide. »Hätten wir doch etwas von unserem Frühstück übrigbehalten!« jammerte Urson. »Ihr habt gesagt, in ausgeblutetem Zustand wäre es nicht verdorben!«

Geo wechselte plötzlich vom Flußufer in das Gehölz. »Kommt, laßt uns für Nahrung sorgen.«

Sie mußten sich hier mit ihren Schwertern durch die dichten Schlingpflanzen kämpfen. Dort, wo die Sonne die abgestorbenen Ranken getrocknet hatte, kam man leichter voran. Am Fluß war die Luft heiß gewesen, hier war sie kühl und feucht. Nasse Blätter streiften ihre Arme und Schultern. Schwammig gab der Boden unter ihnen nach.

Sie trafen auf ein Gebäude, an dem Mooszungen bis zu fünfzehn Metern an dem lose zusammengefügten Gestein emporleckten. Nicht mehr als hundert Meter vom Wasser entfernt hatte der Dschungel bereits die Oberhand gewonnen. Das Bauwerk war auf einer Seite leicht in den Morast gesunken. Seine Struktur war bodenständiger und gleichzeitig primitiver als die der Kaserne. Sie scharrten und hackten sich das Portal frei, das aus zwei Steinsäulen von je zwei Metern Durchmesser im Fundament bestand, die in fünfzehn Metern Höhe einen Rundbogen trugen. Die Steine waren unbearbeitet und kantig.

»Es ist ein Tempel«, erklärte Geo plötzlich.

Unrat bedeckte die Stufen, und das wenige Licht, das noch durch das Dschungelgewirr drang, wurde von den tiefen Schatten unter dem Hauptportal aufgesogen. Eine schwarze Linie seitlich der Basalttür zeigte, daß sie einen Spalt breit offenstand. Sie räumten einen Ast von den Stufen und stiegen unter Blättergeraschel hinauf. Auf ihrem Weg stießen sie kleine Steine aus den Rissen in den Quadern. Geo schob sich durch den Türspalt, gefolgt von Iimmi, Schlange und Urson.

Gesteinsbrocken waren aus dem hohen Gewölbe gefallen, so daß sich Bündel von Sonnenstrahlen durch den sanft wallenden Staubschleier zu dem mit Unrat bedeckten Boden kämpfen konnten.

»Meint ihr, daß das Hamas Tempel ist?« fragte Urson. Seine Stimme hallte laut und hohl in dem Raum.

»Das bezweifle ich«, flüsterte Geo zurück. »Wenigstens ist es nicht der, den wir suchen.«

»Vielleicht ist es ein verlassener«, bemerkte Iimmi, »und wir können hier ein paar nützliche Informationen sammeln.«

Etwas Großes, Dunkles flatterte durch einen entfernten Sonnenstrahl. Mit erhobenen Schwertern wichen sie zurück. Nach einem Augenblick vollkommener Stille reichte Geo seinen Stein hinüber zu Schlange. »Schnell, mach Licht!«

Ein blau-grüner Schein ergoß sich von dem hocherhobenen Juwel in Schlanges Hand und ließ Säulenreihen hervortreten, die die Decke an den Seiten stützten. Als das Licht immer heller strahlte, erkannten sie, daß das flatternde Geräusch von einem Vogel verursacht worden war, der völlig harmlos auf einem Tragbalken zwischen zwei Säulen hockte und bei ihrem Anblick den Kopf duckte, ein rauhes Krächzen hören ließ und durch eine Öffnung in der Decke davonflog. Das Echo seiner Flügelschläge war noch Sekunden danach vernehmbar.

Einen Altar konnten sie nicht entdecken, jedoch Türen zwischen den Säulen, und als sich ihre Augen an das Dämmerlicht gewöhnt hatten, sahen sie, daß ein Teil des Gemäuers dem Zahn der Zeit nicht standgehalten hatte. Schlingpflanzen hatten den Spalt fast völlig abgedichtet. Ein grüner Schimmer durchbrach hier und da das Blattwerk.

Nun eilten sie durch den Tempel, dem Altar entgegen. Ihre Füße setzten Steinchen und Schutt in Bewegung.

Hinter einem verbogenen Geländer, hoch erhoben auf Steinstufen, thronte mit gekreuzten Beinen die verfallene Statue eines Mannes, aus schwarzem Fels gehauen. Ein Arm und eine Schulter waren abgebrochen und lagen in Bruchstücken auf den Altarstufen, die Hand, mit Fingern so stark wie Ursons Oberschenkel, unmittelbar hinter dem Altargeländer. Der Kopf der Statue war verschwunden. Die beiden Hände waren so geformt, als hätten sie einst etwas getragen; was es auch gewesen sein mochte, es war nicht mehr vorhanden.

Geo ging am Altargeländer entlang zu einer Reihe von Steinkästen seitlich des Altars, die Grabplatten nicht unähnlich waren.

»Komm her, Schlange, leuchte uns mal!« rief Geo. Schlange erfüllte diesen Wunsch, und mit Iimmis und Ursons Unterstützung löste er einen der Deckel.

»Was ist drin?« fragte Urson.

»Bücher«, antwortete Geo, während er einen der verstaubten Bände ergriff. Iimmi langte ihm über die Schulter und blätterte mit seinen dunklen Fingern darin. »Alte Rituale«, erklärte Geo. »Schaut, hier.« Er hielt Iimmis Hand fest. »Sie sind noch lesbar!«

»Laß mal sehen«, sagte Iimmi. Ich habe bei Eadne auf der Universität von Olese Olwn studiert.«

Lachend sah ihn Geo an: »Dachte ich mir doch, daß mir einige deiner Theorien bekannt vorkamen. Ich war Schüler von Welis. Unsere beiden Lehrer waren verfeindet! So eine Überraschung, du warst also auch in Olese Olwn?«

»Klar«, sagte Iimmi. Er blätterte wieder in dem Band. »Auf dem Schiff habe ich angeheuert, weil ich einen Ferienjob brauchte. Hätte ich geahnt, wo wir landen würden, so hätte ich wohl darauf verzichtet.«

Ihr Magenknurren war augenblicklich vergessen, als die beiden sich mit den Ritualen Hamas befaßten.

»Ganz anders als die der Göttin«, bemerkte Iimmi.

»Anscheinend«, stimmte Geo zu. ». . . Moment mal!« Iimmi hatte einfach so herumgeblättert. »Schau doch, hier!« Geo deutete auf eine bestimmte Stelle.

»Was ist das?« wollte Iimmi wissen.

»Die Zeilen, die Argo zitiert hat . . .«

Laut las er vor:

»Gebettet in dunkles Eichenholz
das Band seiner Schärpe wölbte sich stolz
am Ort, wo Hamas Auge brach,
in Rauch und Asche und Ungemach.

Laßt den Tropfen erstarren in der Hand,
die Erde öffne sich durch Gesang.

Laßt Jubel zum Ruhm eines Mannes ertönen,
und gleichermaßen zum Ruhm einer Schönen.

Ergreife an des Meeres Strand
Salz, Seetang und Gold mit deiner Hand.
In deine Gedanken präge dir ein:
Die Not der Zeit wird ewig sein.

Bedecke mit Salz deines Herzens Schrein.
Salz soll auch in jeder Gehirnfurche sein.
Seetang stampfe in die Erde,
damit er als Gold hervorgebracht werde.

Die Augen haben ein Bild gefangen,
sind zum blutigen Aschenbaum gegangen.
Die Gefängnistore öffnet euch weit!
Werft Schmutz auf der Trauerweide Kleid.«

»Es ist die zweite Version des Gedichts, das ich in den Ritualen Argos fand, wie es vor der Säuberung gebräuchlich war. Ich frage mich, ob es in den alten Ritualen Leptars noch weitere Parallelen zu denen von Aptor und Hama gibt.«

»Höchstwahrscheinlich«, vermutete Iimmi. »Besonders dann, wenn die Invasion Leptars unmittelbar zuvor erfolgt ist und allem Anschein nach auch Grund der Säuberung war.«

»Wie wär's mit etwas zu essen?« warf Urson plötzlich ein. Er hatte sich auf den Altarstufen niedergelassen. »Ihr beiden Intellektuellen habt noch eine Menge Zeit zum Diskutieren. Bis ihr euch einigt, sind wir vielleicht schon verhungert.«

»Er hat recht. Außerdem müssen wir wirklich aufbrechen«, meinte Iimmi.

»Würdet ihr zwei es als Zumutung betrachten, eure geistigen Energien auf Nahrungsbeschaffung zu konzentrieren?« fragte Urson.

»Moment mal«, sagte Geo. »Hier ist ein Abschnitt über Begräbniszeremonien. Ja, genau wie ich dachte.« Er las wieder laut vor:

»Begrabt die erleuchteten Seelen,
laßt in den Gräbern nichts fehlen . . .«

»Was soll das heißen?« erkundigte sich Urson.

»Es bedeutet, daß die Toten mit der gesamten Ausstattung der Lebenden begraben werden. Ich war mir schon ziemlich sicher, wollte es aber noch einmal überprüfen. Sie haben den Toten auch Nahrung mitgegeben.«

»Erstens bin ich neugierig, wo wir Gräber finden sollen, und zweitens habe ich die Nase voll von Toten und Totennahrung.« Urson erhob sich.

»Schaut mal, dort drüben!« rief Geo aufgeregt. Mit Schlange als Schlußlicht erreichten sie die Reihe der versiegelten Türen an der Wand, hinter den Säulen. Geo besah sich die Inschrift. »Grabkammern«, erklärte er, während er an einem Doppelring drehte und die Ringe einzeln in entgegengesetzte Richtungen zog. »In einem alten vernachlässigten Tempel wie diesem müssen die Verschlußmechanismen längst eingerostet sein – zumindest, wenn es sich hier ähnlich verhält wie bei den alten Grabkammern von Leptar.«

»Hast du die alten Gräber studiert?« fragte Iimmi eifrig. »Professor Eadne hat sie immer als Zeitverschwendung betrachtet.«

»Und Welis hat fast von nichts anderem gesprochen!« lachte Geo. »Komm doch mal her, Urson, und befaß dich hiermit.«

Protestierend kam Urson vor, ergriff die Ringe und bog sie, bis er einen davon in der Hand hielt und man hörte, wie der zweite mit einem knackenden Laut im Schloß zerbarst.

»Ich glaube, das genügt«, fand Geo.

Sie zogen nun alle an der Tür, die plötzlich einige Zentimeter nachgab und dann, beim nächsten Zug, aufschwang.

Schlange führte sie in die Kammer.

Auf einem steinernen Tisch lag ein haarloser verrunzelter Körper auf der Seite. Unter der braunen Haut der Arme und Beine traten die Sehnen hervor, hier und da klebten noch Reste von Tuch. Auf dem Boden befanden sich versiegelte Gefäße, Stapel von Pergament und Berge von Zierat.

Geo trat zwischen die Gefäße. »Hier ist Getreide drin«, sagte er. »Helft mir mal.« Zusammen mit Iimmi schleppte er das große Tongefäß zur Tür.

Dann wurde die staubige Luft von einem dünnen Kreischen zerrissen. Erschrocken stolperten die beiden. Das Gefäß krachte zu Boden, zerbrach, und Getreide floß auf den Boden. Erneut war der Schrei zu hören.

Drüben, auf der halb verfallenen Tempelmauer, hockten fünf der affenähnlichen Gestalten vor der grüngefleckten Blätterwand. Eines der Wesen sprang hinab und rannte mit Gekreisch über den mit Unrat bedeckten Boden, direkt zur Tür der Grabkammer. Ihm folgten zwei weitere, dann noch zwei – und eine noch größere Anzahl hatte sich auf die zerbrochene Mauer geschwungen.

Die Gestalten brachen in die Kammer ein, zunächst nur eine, gefolgt von ihren beiden Gefährten. Klauen und Zähne gruben sich in die verrunzelte Haut, weitere Tiere kreischten am Eingang. Die Leiche rollte hin und her unter dem Ansturm der Krallen und Mäuler. Über den gesenkten Köpfen und gekrümmten Rücken erhob sich ein Arm in der Luft, fiel zurück auf die Kante der steinernen Platte und brach in der Mitte des Unterarms, wobei die Skeletthand auf dem Boden in Stücke zerfiel.

Die Augen auf die Szene der Leichenschändung gerichtet, schoben sie sich rückwärts zum Tempeleingang. Dort wandten sie sich um und flohen die Stufen hinunter. Erst als sie den Fluß erreicht hatten und das Sonnenlicht auf den großen Felsen auch sie erwärmte, beruhigten sie sich wieder. Schweigend schritten sie dahin, und als sie nach diesem Erlebnis langsam wieder vom Hunger geplagt wurden, schaute der eine verstohlen in das Gesicht des anderen, um dort sein eigenes Entsetzen widergespiegelt zu sehen.

VII

Als ihnen ein kleineres Tier über den Weg lief, ergriff Schlange einen spitzen Stein und schlug ihm damit blitzschnell den

Schädel ein. Sie viertelten es und brieten es mit Hilfe eines durch die Juwelen entfachten Feuers. Es war beinahe ausreichend, um ihre Mägen zu füllen. Schweigend zogen sie dann weiter den Fluß entlang, ihren eigenen nachmittäglichen Schatten nach.

Urson sah es zuerst. »Schaut mal zum anderen Ufer hinüber!« Der Fluß war an dieser Stelle langsamer und breiter geworden. Trotz der Entfernung konnten sie gegenüber ein befestigtes Ufer erkennen.

Einige hundert Meter weiter entdeckte Iimmi Turmspitzen über den Bäumen, ebenfalls am anderen Ufer. Sie fanden hierfür keine Erklärung, bis der Dschungel dort drüben aufhörte und Gebäude und Türme einer großen Stadt in den Himmel ragten. Viele Türme waren eingefallen oder beschädigt. Die Gerippe von Stahlträgern, ihrer Betonumhüllung beraubt, zeichneten sich als Silhouette vor den gelben Wolken ab. Hochstraßen wanden sich rings um die Türme, viele ebenfalls zerstört. Ihre ins Nichts führenden Enden hingen gigantisch über der Erde. Das Hafenbecken lag verlassen da.

Geo überlegte laut: »Vielleicht ist der Tempel Hamas dort drüben zu finden. Schließlich wurde Argos wichtigster Tempel auch in der größten Stadt auf Leptar errichtet.«

»Kannst du mir mal eine Stadt Leptars nennen, die *so* groß ist?« bemerkte Urson giftig.

»Wie kommen wir rüber?« erkundigte sich Iimmi.

Doch Schlange war bereits auf dem Weg hinunter zum Wasser.

»Ich nehme an, wir sollten ihm folgen«, erklärte Geo, während er über die Gesteinsbrocken kletterte.

Schlange tauchte unter, gefolgt von Iimmi, Geo und Urson. Bevor er zwei Züge geschwommen war, fühlte Geo, wie bekannte Hände von unten seinen Körper ergriffen. Diesmal kämpfte er nicht dagegen an. Er empfand plötzlich die Geschwindigkeit, es war ein Gefühl des Hineingleitens ins Unbewußte.

Dann tauchte er in dem eisigen Wasser wieder auf. Auf der einen Seite befand sich der Fluß, auf der anderen das befestigte Ufer. Er schüttelte sein dunkles Haar aus den Augen und paddelte auf das Ufer zu, als Schlange und Urson rechts von ihm nach oben kamen, Iimmi – eine Sekunde später – links von ihm. Er begann nun zu kraulen, wobei er überlegte, wie er die Ufermauer überwinden sollte. In diesem Moment entdeckte er eine rostige Metalleiter, die ins Wasser führte. Er zog sich an ihren Seiten hoch.

Die erste Sprosse brach unter seinem vollen Gewicht; er wurde halb ins Wasser zurückgeworfen. Seine Hände schabten schmerzhaft über die rostigen Stellen, doch er zog sich erneut nach oben. Diesmal setzte er seinen Fuß auf den Rest der abgebrochenen Sprosse; sie hielt. Oben angekommen, gab er seine Anweisungen: »Bleibt mit euren Füßen an der Seite!« Als erster kam Schlange, dann Urson, unter dessen nackten Füßen eine weitere Sprosse zerbrach, als er halb oben war. Er fiel zurück, konnte sich aber dann fangen. Die Verankerung der Leiter löste sich bei diesem Manöver allerdings etwas aus den Steinen, hielt jedoch. Iimmi gesellte sich als letzter zu ihnen, und als die Gruppe vollzählig auf dem breiten Betondamm versammelt war, der den Fluß in seinen Grenzen hielt, setzte sie sich in Richtung Stadt in Bewegung.

Zerstörung breitete sich vor ihnen aus. Die Gebäude auf der Wasserseite sahen aus, als wären sie vom Himmel herabgeworfen worden und auf der Straße zerborsten, und nicht, als wären sie dort erbaut worden. Träger mit verrosteten Enden wanden sich durch den Mörtel.

Sie erreichten den Straßenbereich und liefen eine enge Gasse hinunter, flankiert von den Schutthaufen zweier größerer Bauten. Nach einigen hundert Metern wuchsen die Gebäude zu Schluchthöhen an. »Wie wollt ihr es anstellen, den Tempel zu finden?« wollte Urson wissen.

»Vielleicht können wir nach oben steigen und uns von einem dieser hohen Gebäude aus einen Überblick verschaffen«, schlug Geo vor. Sie richteten ihren Blick nach oben und sahen, daß der Himmel von dichten Wolken verhangen war. Wo sie sich teilten, sickerte Zwielicht durch.

Ihr Ziel war das nächstbeste Gebäude, von dem die Metallverkleidung herabhing. Sie traten in einen hohen, weiten Raum. Gedämpftes Licht ergoß sich aus weißen Röhren an den

Wänden. Nur ein Viertel brannte, und eine flackerte. In der Raummitte hing ein Metallschild:

EDISON ELEKTROGESELLSCHAFT

Darunter, in kleineren Buchstaben:

»LICHT FÜR JEDES ZEITALTER«

Riesige Zylinder, vier- bis fünfmal so hoch wie ein Mann, krümmten sich unter Rohren, Drähten und Laufplanken über dem Boden. Die vier bahnten sich ihren Weg über eine dieser Planken zu einer Wendeltreppe, die sich hinaufwand zum nächsten Stockwerk.

»Hört mal!« sagte Urson auf einmal.

»Was ist das?« fragte Geo.

Einer der riesigen Zylinder gab einen Summton von sich.

»Es ist der hier.« Urson zeigte darauf. Sie lauschten und setzen dann ihren Aufstieg fort, bei dem sich der große Raum zu drehen schien und unter ihnen versank. Schließlich traten sie in einen dunklen Gang, an dessen Ende ein rotes Signal aufleuchtete:

AUSGANG

In dem roten Dunst des Korridors waren Türen zu erkennen. Als Geo eine davon öffnete, fiel Tageslicht herein. Sie betraten einen Raum, dessen Außenwand weggerissen war. Der Fußboden hing, unregelmäßig gezackt, über herausragenden Eisenträgern.

»Was ist hier bloß passiert?« wunderte sich Urson.

»Ich denke, ein Teil der Autobahn muß gegen die Mauer geschleudert worden sein und sie mitgerissen haben«, versuchte Iimmi zu erklären.

Ein sechs Meter breites Straßenstück ragte in einem irrsinnigen Winkel in den Raum, mit verbogenen Leitplanken, aber vollkommen unbeschädigter Straßenbeleuchtung an den Seiten.

»Meint ihr, wir schaffen es dort hinauf?« fragte Geo. »Es sieht nicht besonders steil aus.«

»Wozu?« erkundigte sich Urson.

»Damit wir hoch genug hinaufkommen und auskundschaften können, ob es hier irgendwo etwas gibt, das aussieht wie ein Tempel.«

»Ach so«, meinte Urson in versöhnlichem Ton.

Während sie auf das Autobahnstück zuliefen, schrie Geo plötzlich: »Rennt!« Unmittelbar nachdem sie sich auf das schräge Betonband gerettet hatten, öffnete sich ein Spalt in dem Fußboden, den sie gerade verlassen hatten. Platten und Zement lösten sich und krachten drei Stockwerke tiefer auf die Straße. Das Straßenstück, auf dem sie nun hockten, schwankte einen guten Meter auf und nieder. Als es wieder zur Ruhe kam, holte Geo tief Luft und warf einen Blick nach unten, wo sich eine Wolke aus Staub und Mörtel langsam setzte.

»Da geht's nach oben!« erinnerte ihn Urson. Sie liefen los. Im großen und ganzen war die Piste in gutem Zustand. Zwar hatten sich an einigen Stellen die Leitplanken gelöst, doch wand sich die Straße selbst sicher in die Höhe, zwischen Bauten hindurch, hinein in den Sonnenuntergang.

Als das Band der Straße sich vor ihnen teilte, nahmen sie die linke Abzweigung. An der nächsten Straßengabel hielten sie sich wiederum links. An einem Gebäude über ihnen hing ein schiefes Schild von der halben Länge eines Dreimasters, das besagte:

ZWKU
Zentrale für
Weltnachrichten,
Kommunikation und
Unterhaltung

Sobald sie um die Ecke des Gebäudes gebogen waren, blieb Schlange stehen und preßte eine Hand an seinen Kopf.

»Was ist los?« fragte Geo.

Schlange trat einen Schritt zurück. Dann deutete er auf das ZWKU.

tut... weh...

»Was tut weh?«

Schlange zeigte wieder auf das Gebäude.

»Ist dort jemand drin, der zu laut denkt?«

Maschine... denkt... sagte Schlange. *Radio...*

»Eine Denkmaschine, die man Radio nennt, ist dort drin und verursacht dir Kopfschmerzen?« interpretierte Geo versuchsweise und mit einem Fragezeichen am Ende.

Schlange nickte.

»›Ja‹ – was?« fragte Urson.

»Ja, es ist ein Radio dort drin und verursacht ihm Kopfschmerzen,« erklärte Geo.

»Wie kommt es, daß das andere Radio, das er uns gezeigt hat, bei ihm keine Kopfschmerzen hervorgerufen hat?« wollte Urson nun wissen.

Iimmi schaute an der imposanten Front der ZWKU hinauf: »Das hier ist vielleicht erheblich größer.«

»Paß auf«, sagte Geo zu Schlange. »Du bleibst hier, bis wir wiederkommen und dir erzählen, was wir gefunden haben. In Ordnung?«

»Vielleicht kommt er daran vorbei«, meinte Urson.

Schlange schaute an der ZWKU hinauf, biß sich auf die Lippe und ging dann entschlossen vorwärts. Sie blickten ihm nach, bis er nach ungefähr zehn Schritten seine Hände an den Kopf preßte und zurücktaumelte. Geo und Iimmi beeilten sich, ihm zu Hilfe zu kommen. Als sie den Einflußbereich der ZWKU verließen, sah Schlanges Gesicht blaß und erschöpft aus.

»Du bleibst jetzt hier stehen«, bestimmte Geo. »Wir kommen ganz sicher zurück, keine Bange«.

Es könnte eventuell drüben aufhören«, überlegte Urson, »und wenn er losrennen würde, hätte er es bald überstanden; es hört vielleicht schon nach dreißig Metern oder so auf.«

»Was macht dir eigentlich Kopfzerbrechen?« wollte Geo wissen.

»Die Juwelen«, gab Urson zu. »Wer soll uns denn raushauen, wenn uns irgend etwas in die Quere kommt?«

Darauf schwiegen sie. Ihre Schatten auf dem Pflaster verblaßten, als wieder gelbe Wolken aufzogen und das Blau überdeckten. »Ich würde sagen, wir überlassen es Schlange«, entschied Geo. »Denkst du, du kannst es schaffen?«

Schlange zögerte und schüttelte dann den Kopf.

Geo sagte zu den anderen: »Gehen wir.«

Ein plötzliches Klicken. Licht flackerte an den Straßenrändern auf. Fast ein Drittel der Beleuchtung funktionierte noch und erstrahlte jetzt auf beiden Seiten der aufsteigenden Rampe, bevor sie sich in der Ferne im Zwielicht verlor.

»Gehen wir«, wiederholte Geo.

Die Lichter warfen doppelte und dreifache Schatten um ihre Gestalten, als sie die nächste Abzweigung zu einer noch höher hinaufführenden Rampe erreichten. Geo schaute sich um. Winzig und durch die Entfernung leicht verwischt saß Schlange auf der Leitplanke, seine Füße auf der unteren Wulst, zwei seiner Arme verschränkt, zwei Ellenbogen über einem Schattenkreis auf die Knie gestützt.

»Ich hoffe, daß einer von euch noch verfolgt, wohin wir gehen«, meinte Geo nach einigen hundert Metern.

»Ich finde den Weg zurück zu EDISON«, sagte Iimmi und fügte hinzu: »Falls das irgend etwas nützt«.

»Merke dir nur die Abzweigungen«, riet Geo.

»Merk' ich mir«, versicherte Iimmi.

»Wenn wir dort ankommen, wo wir hinwollen – wo immer das auch sein mag –, werden wir nichts mehr sehen können«, maulte Urson. »Es wird zu dunkel sein.«

»Dann sollten wir uns beeilen«, riet Geo.

Die untergehende Sonne überzog die eine Seite der Gebäude mit Kupfer, während auf der anderen blaue Schatten hinunterglitten. Schmalere Sträßchen führten zu den umliegenden Bauwerken. Über eine mit Plastikmaterial bedeckte Treppe erreichten sie etwa fünfundzwanzig Meter weiter oben ein breiteres Autobahnstück, von dem sie einen Blick über die Lichterkette werfen konnten, die sie gerade hinter sich gelassen hatten. EDISON und ZWKU ragten immer noch hinter ihnen auf, doch vor ihnen erhob sich ein noch höheres Gebäude. Die niedrigeren Dächer lagen jetzt unter ihnen.

Auf dieser Straße waren weniger Lampen intakt. Oft lagen

fünf oder sechs hintereinander im Dunkeln, so daß sie sich nur im Schein der Beleuchtung eines zwanzig Meter entfernten Sträßchens fortbewegten. Sie waren gerade im Begriff, in einen dieser unbeleuchteten Abschnitte einzutauchen, als die Silhouette einer Gestalt am anderen Ende erschien.

Abrupt blieben sie stehen. Die Gestalt war verschwunden.

Übereinstimmend hielten sie es für eine Sinnestäuschung, liefen weiter, durchdrangen die unvollkommene Dunkelheit auf beiden Straßenseiten mit ihren Augen, bis Geo plötzlich wieder stehenblieb. »Dort. . .«

Etwa fünfzig Meter vor ihnen erhob sich die Gestalt einer anscheinend nackten Frau vom Boden und begann zurückzulaufen. Sie verloren sie aus den Augen, als sie das nächste Stück der dunklen Straße betrat.

»Meint ihr, sie ist vor uns davongelaufen«? wunderte sich Iimmi.

Urson tippte auf den Stein an Iimmis Brust. »Ich wünschte, wir hätten es hier etwas heller.«

Iimmi nickte zustimmend.

Das Skelett lag am Anfang des nächsten beleuchteten Straßenabschnitts. Scharf hob sich der Brustkorb vom Pflaster ab. Die Hände streckten sich über den Kopf, und ein Bein lag in einem unmöglichen Winkel verdreht über dem anderen.

»Was, zum Teufel, ist das?« fragte Urson. »Und wie ist es hier hingekommen?«

»Sieht so aus, als läge es schon ein Weilchen hier,« stellte Iimmi fest.

»Kehren wir jetzt um?« erkundigte sich Urson.

»Ein Skelett tut dir doch nichts«, meinte Geo.

»Vielleicht aber die Lebende, die wir gesehen haben«, konterte Urson.

». . . hier kommt sie schon!« hörten sie Geo flüstern.

Tatsächlich näherten sich ihnen zwei Gestalten. Als Urson, Geo und Iimmi herankamen, blieben die beiden kurz hintereinander stehen, bevor sie zu Boden gingen. Geo konnte nicht erkennen, ob sie umgefallen waren oder sich rasch zu Boden geworfen hatten.

»Weitergehen?« fragte Urson.
»Weitergehen.«
Zögern.
Geo wiederholte: »Weitergehen!«

Zwei Skelette lagen an der Stelle, an der die beiden Gestalten vor weniger als einer Minute verschwunden waren. »Sie sehen nicht gefährlich aus«, konstatierte Geo. »Aber was geht hier vor? Fallen sie alle tot um, wenn sie uns zu Gesicht bekommen?«

»He, hört mal«, sagte Iimmi. »Was ist das?«

Ein eklig platschendes schleimiges Geräusch war zu vernehmen, als etwas vom Himmel fiel. Nein, nicht vom Himmel, sondern von dem Straßenzug, der in ungefähr fünfzehn Meter Höhe den ihren kreuzte. Etwas Unförmiges wuchs in einer Entfernung von drei Metern vor ihnen auf dem Pflaster, dehnte sich aus.

»Los, kommt«, kommandierte Geo. Sie gingen in weitem Bogen um das Zeug herum, das von dem anderen Straßenzug heruntertropfte, und setzten ihren Weg fort, wobei sie noch an vier weiteren Skeletten vorbei mußten. Das Platschen hinter ihnen wurde allmählich zum Rauschen.

Als sie sich umwandten, sahen sie es im Schein der weiß strahlenden Lampen über die Straße auf die Skelette zukriechen, durchsichtig, schwabbelig und pulsierend, von Blasen durchsetzt. Es überschwemmte die Knochen, paßte sich ihrer Form an, wurde zu einem Kopf, zu Armen und Beinen. Das nackte Menschending, nun nicht mehr durchsichtig, schob sich auf die Knie und kam dann zum Stehen. Aus dem Kopf starrten die Augenhöhlen, ein Mund bewegte sich, die Brust begann sich zu heben. Naß und zischend kam der Atem als unregelmäßiges Keuchen aus der Mundöffnung.

Es lief mit erhobenen Händen auf sie zu, während sich hinter ihm in der Dunkelheit die übrigen formierten.

»*Verdammt*«, fluchte Urson. »Was sind. . .?«

»Entweder – oder. Oder beides. Mehr Fleisch oder mehr Knochen«, war Geos Erwiderung.

»Mensch!!« rief Iimmi aus. »Dort hinten!'

Hinter ihnen standen sieben weitere Monster, während sich die anderen von vorn näherten. Urson zog sein Schwert aus dem Gürtel, dessen Schneide im Licht der Straßenlampe blitzte, stürzte sich plötzlich auf die vorderste Gestalt, schlug auf den erhobenen Arm ein und sprang wieder zurück. Aus der Wunde am Ellenbogen rann es am Körper des Monsters hinab.

Der abgeschlagene Unterarm klatschte auf das Pflaster, und sofort zog sich die zuckende gallertartige Masse von den Knochen zurück. Ein zweites Monster trat voll in die Masse hinein, die an seinem Fußknöchel hängenblieb und sogleich absorbiert wurde.

An dieser Stelle befand sich der Eingang zu einem überdachten Treppenaufgang zur nächsten Ebene der Autobahn, in dem sie Schutz suchten und die Stufen hinauf flohen. Geo warf einen Blick zurück. Eines der Monster hatte nun ebenfalls den Aufgang erreicht und begann hinaufzusteigen. Sie befanden sich jetzt in einer Höhe, die einen guten Überblick über die Stadt gewährte. Jenseits des durchsichtigen Treppenaufgangs breitete sich die Stadt in einem Lichtgewebe aus, auf- und absteigend, in Windungen, die an eine Berg- und Talbahn erinnerten. Ein zweifaches Leuchten erregte Geos Aufmerksamkeit: Über dem Fluß, vom Wasser reflektiert, erglühte blaßroter Dunst hinter dem Dschungel, und mitten in der Stadt, eingeschlossen von Gebäuden, leuchtete es hellorange.

Das alles nahm er mit einem Blick in sich auf, während er die Stufen hinaufjagte. Hinter ihnen wurde das gurgelnde Geräusch zu einem Brüllen, als sie den Ausgang erreichten. Kaum war Geo draußen, schrie er den anderen zu: »Rennt!«

Sie schlüpften hinaus und prallten sofort zurück. Vor dem Ausgang wälzte sich ihnen eine Gallertmasse von der Größe eines zweistöckigen Hauses entgegen, an dessen zuckenden Seiten sie sich vorbeidrückten. Lampenlicht durchdrang das transparente Geschwabbel, in dem gerade ein Totenkopf zur Oberfläche gewirbelt wurde, der gleich darauf wieder hinabsank.

»Bei Argo. . .« fluchte Urson.

»Versuch nicht wieder, darauf einzustechen, Urson!« beschwor ihn Geo. »Es würde uns überfluten!«

Es zog sich vom Eingang zurück und zuckte schwerfällig. An seiner Vorderseite war etwas im Gange: Ein halbes Dutzend Gestalten löste sich aus der Masse und lief vor ihr her.

Geo versicherte: »Sie kommen nicht besonders schnell vorwärts –«

»Zum Teufel, machen wir, daß wir fortkommen!« sagte Urson.

Sie stürzten die Straße hinauf, tauchten ein in einen dunklen Abschnitt und sahen ein Leuchten vor sich. Plötzlich brüllte Urson: »Achtung!«

Die Straße brach abrupt ab. Vorsichtig näherten sie sich der Kante. Der Straßenbelag hatte sich von den Trägern gelöst, die sich zu einem zerstörten Gebäude hinunterwölbten, aus dem das orange getönte Licht drang. Eine Wand des Gebäudes stand noch, überragt von ein paar Trägern, die sich in die Dunkelheit bohrten. Das Leuchten kam aus dem Zentrum der Ruine.

»Was kann das sein?« fragte Geo.

»Ich weiß nicht«, erwiderte Iimmi.

Hinter ihnen kam das Rauschen die Straße herauf. Sie erkannten, wie sich durch die Schatten zahllose Gestalten auf sie zubewegten. Plötzlich fielen sie zu Boden, Fleisch löste sich von den Knochen, verwandelte sich in Gallert und wuchs hinauf ins Licht; das Rauschen veränderte sich nicht.

Geo wagte sich als erster hinaus auf die verbogenen Träger, die in den leuchtenden Abgrund führten.

»Du spinnst«, sagte Iimmi. Das Ding schob sich zuckend einen weiteren Meter heran. »Schnell!« Mit Urson in der Mitte tasteten sie sich auf dem sechzig Zentimeter breiten Träger voran. Ihre Körper befanden sich fast völlig im Schatten des Trägers, nur die zum Balancieren ausgestreckten Arme brannten in dem blassen Orange des Widerscheins von unten.

Vor ihnen war an der beschädigten Mauer zu lesen:

ATOMENERGIE
ZUM SEGEN DER MENSCHHEIT

Rote Kleeblätter rahmten die Inschrift ein. Die Träger führten zur Seite und nach unten, wo sie auf weitere trafen. Geo folgte dem Bogen, ließ sich auf die Knie nieder und begann, sich die eineinhalb Meter zum nächsten Betonabschnitt hinunterzuhangeln. Einmal pfiff er durch die Zähne, als er etwas entdeckte; doch er beendete sein Vorhaben, Urson und Iimmi hinter sich. Als Urson die gleiche Entdeckung machte wie Geo, schoß seine Hand hinauf an Iimmis Brust und ergriff den Juwel. Iimmi hielt ihn am Handgelenk fest. »Das hilft uns jetzt auch nicht. Was ist denn los?«

Urson stieß einen Seufzer aus, dann kletterte er langsam und schweigend weiter. Rasch folgte ihm Iimmi –

Die Träger, deren Bereich sie gerade verlassen hatten, waren alle dick mit der zuckenden Masse überzogen. Kugelförmige Gebilde hingen pendelnd von dem Stahlgestänge, erglänzten im Licht, das sie von unten traf, erzitterten, dampften, stürzten hinab in die Dunkelheit. Hier und dort erhob sich etwas Menschenähnliches, blickte um sich, zog die kollektive Masse weiter voran; doch dann sank es zurück und löste sich auf. Die Masse sackte zwischen den Trägern durch, ekelerregend dick, schob sich schwammig voran, leuchtete in schwachem Licht, verdampfte dann schrumpfend, fiel stückweise hinab. Geo wollte gerade weitergehen, als er ausrief: »Wartet mal!«

Das Ding kam nicht weiter. Es rollte bis zu einem gewissen Punkt in dem hellroten Licht, sank zusammen, dampfte, und fiel hinab. Dampfte. Fiel hinab.

»Und es kommt wirklich nicht weiter?« fragte Urson.

»Sieht nicht so aus«, meinte Geo.

Ein Skelett erhob sich. Sein Fleisch zerrann in dem orangefarbenen Licht, bis es dampfend strauchelte und mit einem schlürfenden Laut in die unendlichen Tiefen des Schattens stürzte. Geo mußte sich fest an den Träger vor ihm klammern. Hand und Handgelenk wurden rötlich beleuchtet, am Ellenbogen begann der Schatten.

Was jetzt geschah, ließ ihn so fest pressen, daß ihm der Schweiß ausbrach: Die ganze gigantische Masse, die bis jetzt nur Fühler ausgestreckt hatte, hatte sich zuckend bis zu der zerklüfteten Kante bewegt und rutschte nun herab auf die Stahlträger, raste auf sie zu. Sie prallten zurück.

Doch dann kam das Ding zum Stillstand.

Es brodelte, brannte, wand sich. Und es sank dampfend zwischen die nackten Träger, versuchte, sich zurückzuwälzen. Menschenähnliche Gestalten bemühten sich, auf die Kante zu springen, verfehlten sie und wirbelten durch die Luft wie dampfende Geschosse. Das Ding schleuderte einen riesigen Ausläufer in die sichere Straßenzone, erreichte sie jedoch nicht, sondern schnellte wieder zurück, so daß die gesamte Masse erschüttert wurde und sich von den Trägern löste. Ausläufer rutschten über den Stahl und zitterten in der Luft, bevor das Ding hinabfiel. Im Fall zerbrach es in unzählige Stücke, und dann verloren sie es aus den Augen.

Geo ließ den Träger los. »Mein Arm tut weh.«

Sie kletterten zurück auf die Straße. »Was ging hier eigentlich vor?« frage Iimmi.

»Was es auch war, ich bin froh, daß es vorbei ist«, sagte Urson.

Vor ihnen klapperte etwas im Dunkeln.

Urson hielt an und fragte: »Was war das?«

»Ich bin an etwas gestoßen«, antwortete Geo.

»An was denn?«

»Ich weiß nicht. Ist auch egal«, meinte Geo. »Los, weiter!«

In fünfzehn Minuten erreichten sie die Treppen zu dem darunterliegenden Autobahnabschnitt. Iimmis Gedächtnis war perfekt. Während der nächsten Stunden kamen sie gut voran. Iimmi hatte keine Schwierigkeiten mit den Abzweigungen.

»Mein Gott«, lamentierte Geo und rieb seinen Unterarm. »Habe ich mir den Arm verkrampft dort oben! Er tut fürchterlich weh.«

Urson betrachtete seine Hände und rieb sie aneinander.

Meine Hände fühlen sich seltsam an«, erklärte Iimmi. »Als ob ich einen Sonnenbrand hätte.«

»Sonnenbrand, wie nett«, sagte Geo. »Ich habe richtige Schmerzen.«

Nach weiteren zwanzig Minuten erklärte Iimmi, »So, das wär's.«

»He, da ist Schlange!« sagte Urson. Der Junge sprang von der Leitplanke, und sie rannten ihm entgegen. Er umarmte sie, grinste und zog sie sogleich weiter.

»Du glücklicher kleiner Kerl«, seufzte Urson, »ich wünschte, du hättest uns begleitet.«

»Hat er vermutlich auch, im Geiste«, lachte Geo.

Schlange nickte.

»Was soll die Zerrerei?« fragte Urson. »Übrigens, wenn du bei solchen Gelegenheiten Migräneanfälle kriegst, solltest du uns sicherheitshalber erklären, wie diese Kugeln hier funktionieren.« Er wies auf die Juwelen an Iimmis und Geos Hals.

Aber Schlange zog sie einfach weiter.

»Er meint, wir sollten uns beeilen«, stellte Geo fest. »Dann mal los!«

Durch den eingebrochenen Fußboden war der Abstieg über das Gebäude der EDISON GESELLSCHAFT unmöglich geworden. Allerdings führte das Straßenstück noch weiter hinab, so daß sie diesem Weg folgen konnten. An zwei Stellen hatte es breite Risse, die sie zwangen, an den Leitplanken entlangzuklettern. Hier fehlte die gesamte Straßenbeleuchtung, und man sah den mondbeglänzten Fluß durch die Ruinen. Schließlich brach die Straße eineinhalb Meter über dem Boden völlig ab. Sie mußten über die verbogene Leitplanke auf die zum Fluß führende Straße hinunterspringen. Urson schwang sich zu Schlange und Iimmi hinüber; er schüttelte bei der Landung schmerzerfüllt seine Hände.

»Hilfst du mir, bitte«, bat Geo. »Mein Arm ist völlig unbrauchbar.« Urson kam der Bitte seines Freundes nach.

Schwammig-feucht gurgelte es hinter ihnen, als hätte es auf der Lauer gelegen und wälzte sich jetzt wundgeschlagen und aufgeschwemmt hinter dem abgebrochenen Straßenstück hervor ins Licht, das die Runzeln in der geschrumpften Masse deutlich hervortreten ließ.

»Haut ab!« bellte Ursons Stimme. Sie jagten die Straße hinunter, auf die mondbeschienenen Ruinen der Landungsbrükken zu.

Sie sahen, wie das Ding anschwoll und die ganze Straßenbreite einnahm, sich über zerborstene Platten und über das Geröll der Ruinen ergoß.

Am Hafeneingang blickten sie sich noch einmal um. Die Masse erbebte, streckte Fühler nach rechts und links, aus denen eine Menschengestalt erwuchs. Sie stand vor dem zitternden Gebilde im Mondlicht und winkte ihnen mit hoch erhobenem Arm zu.

Als Geo ins Wasser glitt, wurden ihm sogleich zwei Dinge bewußt, während ihn bekannte Hände ergriffen: Einmal wurde der Juwel von seinem Hals entfernt, und außerdem brannte sein Arm vor Schmerzen, so als würden seine Nerven und Bänder plötzlich von weißglühenden Stahlfasern durchzogen. Jede Vene, jedes noch so winzige Blutgefäß schien Bestandteil eines Gewebes aus Feuer zu sein.

Es dauerte lange, bis er das Bewußtsein wiedererlangte. Einmal wurde er hochgehoben. Er öffnete den Mund, Wasser erwartend, doch ihn umgab nur kühle Luft, und als er die Augen aufschlug, bewegte sich der weiße Mond in raschem Tempo über ihn hinweg, hin zu den dunkeln Umrissen der Bäume, hinter denen er verschwand. Wurde er getragen? Oh, sein Arm ... Er befand sich noch im Dämmerzustand halber Bewußtlosigkeit. Einmal hatte er unerträgliche Schmerzen. Als er jedoch seinen Mund zu einem Schrei öffnen wollte, strömte Dunkelheit herein und umspülte seine Zunge, und er sog die Dunkelheit in seinen Körper und seinen Geist und gab ihr den Namen Schlaf –

– eine Spule mit Kupferdraht entrollte sich auf schwarzen Fliesen. Schnell, heb sie auf! Und dann raus hier, verdammt! Rasch an den schwarzen Säulen vorbei, einen Blick hinein in den höhlenartigen Raum und auf die riesige schwarze Statue am fernen Ende werfen, die sich nach oben hin im Schatten verliert. Männer in dunklen Gewändern. Mir ist nicht nach Beten zumute. Ich bin vor dem Eingang. Darüber eine schwarze Scheibe mit drei weißen Augen. Jetzt durch das Tor, die schwarzen Stufen hinauf. Wird jemand dort oben sein? Mit etwas Glück der Alte Herr selbst. Wieder ein Tor, gekrönt von einem schwarzen Kreis. Langsam aufschieben – Kühle an den Händen. Innen ein Mann vor einem großen Bildschirm mit Gestalten. Kann nichts erkennen, er steht im Weg. Oh, noch einer. Sieh an.

Sollen wir es nun als Erfolg oder als Fehlschlag werten? *fragt einer.* Sind die Juwelen ... in Sicherheit oder verloren?

Wie ist deine Meinung? *fragt der erste.* Ich verstehe gar nichts mehr. *Er seufzt.* Ich glaube, daß ich dieses Ding seit mehr als zwei Stunden nicht aus den Augen gelassen habe, seit sie den Strand betreten haben. Mit jedem Kilometer, den sie näher kamen, wurde meine Angst größer.

Was sollen wir Hama berichten?

Es wäre unklug, jetzt irgend etwas zu sagen. Wir wissen nichts.

Nun, *sagt der andere,* jedenfalls können wir jetzt mit der Stadt der Neuen Hoffnung etwas anfangen, nachdem diese Riesen-Amöbe nicht mehr existiert.

Bist du sicher, daß sie sie vernichtet haben?

Nach den Verbrennungen, die sie über dem offenen Atomreaktor davongetragen hat? Sie hat es gerade noch bis zum Flußufer geschafft und ist inzwischen bestimmt verbrannt und in alle Winde zerstreut.

Und welche Chancen gibst du ihnen? *kommt die Frage.*

Im Augenblick? Kann ich nicht sagen.

Ein Glitzern auf dem Tisch am Eingang. Ja, da ist es. In dem wirren Haufen ein U-förmiger Metallstreifen. Genau, was ich brauche. Super, auch Klebeband! Schnell, bevor sie etwas bemerken. Gut. Nun die Tür zumachen, gaaanz langsam. Mist! Hat geklickt. Brav jetzt, unschuldig schauen, falls sie herauskommen. Ich hoffe, der Alte Herr sieht nicht zu. Vermute, sie kommen nicht. Und wieder die Treppe hinunter, an schwarzen Steinwänden vorbei. Raus, durch ein weiteres Tor, hinein in den Garten: dunkle Blumen, rot, dunkelrot, einige mit etwas Blau, und große Steingefäße. Oh, Priester kommen entgegen. Schon wieder Mist, da kommt Schwachkopf. Wird mich zum Beten führen. Runter hinter dem Gefäß, los, los! Was tun, wenn er mich erwischt? Bestimmt, Sir, ich habe nichts unter meinem Chorhemd. Ich spähe hervor.

Winziger Seufzer der Erleichterung. Kann mir nicht leisten, Lärm zu machen. Sie sind weg. Betrachten wir die Beute. Das schwarze Steingefäß hat oben einen Griff. Ist ungefähr zwei Meter fünfzig hoch. Eins, zwei, drei: Sprung! Festhalten . . . und . . . hochziehen . . . Versuchen, nach oben zu kommen . . . Gut so. Kaltes Gestein unter meinen Zehen. Und hinüber über den Rand, wo sich Erde befindet. Keuch. Keuch. Keuch.

Müßte hier sein, wenn ich mich nicht täusche. Graben, graben,

graben. Feuchte Erde fühlt sich gut an. Autsch! Mein Finger! Da ist es. Eine braune Papiertüte unter schwarzer Erde. Herausziehen. Ist alles vorhanden? Öffnen, hineinsehen. Ganz unten, in der Papierfalte, winzige Kupferschnipsel, ein paar längere Eisenstücke, ein Stück Holz, einige Metallstifte. Meine schmuddelige kleine Hand fügt eine Rolle Kupferdraht und das U-förmige Metallband hinzu. Nun unter das Chorhemd damit und dann . . . wie, zum Teufel, komme ich hier wieder runter? Vergesse ich immer. Rumdrehen, über den Rand klettern, sooo . . ., und hinunter – verdammt, mein Chorhemd! Hat sich an dem blöden Griff verfangen. Und fallenlassen.

Hab' mir wieder das Schienbein aufgeschrammt. Vielleicht lerne ich's eines Tages. Au wei, Schwachkopf wird Krach schlagen, wenn er mein zerrissenes Chorhemd sieht. Egal; sic vita est.

So, mal sehen, ob ich damit klarkomme. Muß mich hinkauern und damit anfangen. Los geht's! Tüte aufmachen und den Inhalt in das Chorhemd über meinem Schoß schütten. Mit schmuddeligen Händen herumkramen.

Das U-förmige Metall, der Kupferdraht, prima. Das Drahtende am Metall festhalten und herum mit der Spule, um das Ende des Stabes. Herum, und herum, und herum. Es geht ein Bi-Ba-Butzemann um unser Haus herum, fidibumm, um unser Haus herum . . . Bis morgen früh habe ich bestimmt meine Spule.

Eine schroffe Stimme: Was hast du denn hier zu suchen?

Schwachkopf regiert wieder. Nichts, Sir. *Metall und Schnipsel und Drähte verschwinden mit hektischen Bewegungen in der Papiertüte.*

Die Stimme: Für alle Novizen unter zwanzig ist der Nachmittagsgottesdienst Pflicht!

Jawohl, Sir. Ich bin sofort zur Stelle, Sir. *Papiertüte genauso hektisch in den Falten des Chorhemdes verbergen. Keinen Augenblick Frieden. Keinen Augenblick! Mit gesenktem Blick durch den Garten, vorbei an einem mürrischen Priester mit Bauchansatz. Spiegel in der Halle reflektieren das Blau und Gelb der Scheiben. Ich sehe darin auch einen mürrischen Priester, der einer kleineren Gestalt mit kurzgeschorenem roten Haar und Sommersprossen auf der Stupsnase folgt. Als wir uns zum Gebet niederlassen, ist ein schwaches Klimpern von Metall vernehmbar, etwas gedämpft durch das dunkle Gewand –*

Geo erwachte, und fast alles um ihn herum war weiß.

VIII

Die bleiche Frau mit den winzigen Augen, die sich über ihn gebeugt hatte, richtete sich auf. Ihr Haar glitt wie weiße Seidenfäden über ihre Schultern. »Bist du jetzt wach? Verstehst du mich?«

»Ist das der Tempel Hamas?« fragte er. Traumgewebe schwebten noch in den entferntesten Winkeln seines Geistes. »Meine Freunde . . . wo sind sie . . .?«

Die Frau lachte. »Deinen Freunden geht es gut. Du warst am schlimmsten dran.« Sie lachte erneut. »Du fragst, ob das der Tempel Hamas ist. Kannst du nicht sehen? Du hast doch Augen. Erkennst du nicht die Farbe der Weißen Göttin Argo?«

Geo sah sich im Raum um. Er bestand aus weißem Marmor, und es gab keine direkte Lichtquelle; die Wände strahlten von selbst.

»Meine Freunde . . .«

»Denen geht's gut. Es ist uns gelungen, ihr Körpergewebe vollkommen zu regenerieren. Ihre Hände müssen der direkten Strahlung nur wenige Sekunden ausgesetzt gewesen sein. Doch du hattest nicht so viel Glück. Dein ganzer Unterarm muß sich minutenlang unter Strahleneinwirkung befunden haben.«

Ein neuer Gedanke schoß Geo durch den Kopf. *Die Juwelen . . .* wollte er sagen, doch statt die Worte auszusprechen fuhr er sich mit beiden Händen an den Hals. Eine Hand fiel ihm auf die nackte Brust, aber was war mit der anderen? Ein äußerst ungutes Gefühl zwang ihn, sich rasch aufzusetzen und hinzusehen. »Mein Arm . . .« flüsterte er.

Von weißen Bandagen umhüllt, endete er ungefähr am Ellenbogen.

»Mein Arm. . .« wiederholte er mit der Verwirrung eines Kindes. »Was ist mit meinem Arm geschehen?«

»Ich habe versucht, es dir zu erklären.« Die Stimme der Frau klang beruhigend. »Wir mußten deinen Unterarm und fast das gesamte Muskelgewebe des Oberarms amputieren. Du wärst sonst gestorben.«

»Mein Arm . . .« Geo fiel zurück auf das Bett.

»Es ist schwer für dich, ich weiß«, sagte die Frau. »Und es ist auch nur ein kleiner Trost, aber wir sind alle blind. Was dir den Arm verbrannt hat, nahm uns vor Generationen durch eine viel stärkere Dosis das Augenlicht. Inzwischen haben wir gelernt, mit vielen dieser schädlichen Auswirkungen fertigzuwerden. Hätten wir euch nicht aus dem Fluß gerettet, ihr wärt alle gestorben. Ihr seid vertraut mit der Religion der Göttin Argo, und ihr verehrt sie. Seid dankbar, daß ihr wieder unter ihre Fittiche zurückgekehrt seid. Wir befinden uns in einem feindlichen Land.« Sie machte eine Pause. ‚Hast du das Bedürfnis, zu reden?«

Geo schüttelte den Kopf.

»Ich kann das Rascheln der Bettücher hören, daraus entnehme ich, daß du etwas genickt oder den Kopf geschüttelt hast. Von Studium der alten Sitten weiß ich, daß das eine ›Ja‹ und das andere ›Nein‹ bedeutet. Ihr müßte Geduld haben mit uns Blinden, wir müssen uns erst an euch gewöhnen. Hast du also das Bedürfnis, zu reden?«

»Ach nein. Nein.«

»Gut.« Sie erhob sich, lächelnd. »Ich komme später noch einmal.« Sie begab sich zu einer Wand. Eine Tür glitt zurück und schloß sich dann wieder hinter ihr.

Er lag lange Zeit still. Dann legte er sich auf den Bauch. Einmal zog er den Armstumpf unter seinen Oberkörper und berührte den sauberen Verband mit der anderen Hand. Rasch ließ er wieder los und schob ihn zur Seite, möglichst weit von sich weg. Da ihm das auch nicht behagte, ließ er ihn wieder an seiner Seite liegen, unter den weißen Tüchern.

Nach langer Zeit stand er auf, setzte sich auf die Bettkante und sah sich im Raum um, der völlig leer war und weder Fenster noch sichtbare Türen enthielt. Dort, wo sie hindurchgetreten war, konnte er keine Nahtstelle oder Spalte entdecken. Er bemerkte, daß sein Überwurf gewaschen und gebügelt am Fußende seines Bettes lag. Er schlüpfte hinein, behindert durch seinen bandagierten Arm. Das Schließen des Gürtels war ein Problem, das er löste, indem er die Schnalle auf einen seiner Finger spießte und das Ende mit den übrigen Fingern hindurchzog. Den leeren Lederbeutel schob er an die gewohnte Stelle.

Sein Schwert war verschwunden.

Ein Gefühl von Unwirklichkeit, weiß wie die Wände, die ihn umgaben, erfüllte ihn, als er noch einmal die Mauern abschritt und nach einer Öffnung suchte.

Er hörte hinter sich ein Geräusch. Die Frau mit den winzigen Augen stand in ihrem weißen Gewand unter einer dreieckigen Tür. »Du hast dich angekleidet, das ist gut.« Sie lächelte. »Fühlst du dich zu erschöpft, um mit mir zu kommen? Wenn nicht, kannst du jetzt essen und deine Freunde sehen. Ich kann dir aber auch dein Essen bringen lassen –«

»Ich komme mit.«

Sie traten in eine Halle aus lumineszierendem Material. Bei jedem Schritt schlug der Saum ihres weißen Gewandes gegen ihre Fersen. Sein eigener barfüßiger Schritt auf dem kühlen Gestein erschien ihm lauter als der der blinden Frau. Plötzlich befanden sie sich in einem größeren Raum mit Bänken, der sich als Kapelle der Göttin Argo herausstellte. Bis auf den Altar am entfernten Ende kam ihm die Einrichtung sehr eigenartig vor. Sie war von einer Einfachheit, die darauf schließen ließ, daß diese Leute auf Schmuck und anderen sichtbaren Zierat keinen Wert legten. Er setzte sich auf eine Bank.

»Warte hier.« Sie entschwand in eine weitere Halle, aus der sie mit Schlange zurückkam. Geo und der vierarmige Junge sahen sich schweigend an, während die Frau sich wieder entfernte. Wie etwas Lebendiges flocht sich plötzlich in Geos Magengrube ein Wunsch zu einem harten Knoten, der Junge möge etwas sagen. Er selbst war dazu nicht imstande.

Beim nächsten Mal brachte die Frau Urson mit. Der Riese trat in die Kapelle, sah Geo und rief aus, »Mein Freund ... was ist ...« Er kam rasch auf Geo zu und legte ihm seine warmen Hände auf die Schultern. »Wieso ...« begann er, kopfschüttelnd.

Grinsend tätschelte Geo jetzt seinen Armstumpf mit der gesunden Hand. »Es scheint so, als hätte Schwabbelbauch schließlich doch noch etwas von mir erwischt.«

Urson nahm Geos Hand in seine und untersuchte sie. Sie

war ziemlich bleich, genauso bleich wie seine eigene, die er zum Vergleich daneben hielt. »Wahrscheinlich ist keiner von uns völlig ungeschoren davongekommen. Einmal bin ich aufgewacht, als sie gerade den Schorf entfernten. Es war ganz schön scheußlich – ich bin lieber gleich wieder eingeschlafen.«

Nun trat Iimmi ein. »Ich habe mich schon gefragt, ...« Er hielt inne und pfiff leise durch die Zähne. »Ich glaube, dich hat's wirklich erwischt, Bruder.« Seine eigenen Arme sahen aus, als wären sie bis zur Hälfte des Unterarms in ein Bleichmittel getaucht worden. Erst in Ellenbogenhöhe ging das helle Rosa wieder in seinen normalen rotbraunen Farbton über.

»Wie ist denn das passiert?« wollte Urson wissen.

»Als wir unseren Drahtseilakt auf diesen verflixten Trägern aufgeführt haben, befanden sich unsere Körper im Schatten der Eisenträger, und die Strahlen erreichten nur unsere Arme. Es handelt sich offenbar um eine sehr differenzierte Strahlungsart, die Materialien wie zum Beispiel Stahl nicht durchdringen kann, aber ...«

»Eine ›sehr ...‹, was bitte?« unterbrach Urson.

»Ich habe beachtliche Informationen erhalten.« Iimmi grinste. »Und dabei etwas erfahren, was dich auch interessieren dürfte, Geo.«

»Erzähl mit erst mal, wo, zum Teufel, wir hier sind«, verlangte Urson.

»Wir sind in einem der Göttin Argo geweihten Kloster«, gab Iimmi Auskunft. »Es befindet sich gegenüber der Stadt der Neuen Hoffnung, auf der anderen Seite des Flusses. Es ist die Stadt, in der wir vorher waren.«

»Der Name kommt mir bekannt vor. Im –« begann Urson, als Schlange ihm einen raschen Blick zuwarf. Er hielt sofort stirnrunzelnd den Mund.

»Uns war bekannt, daß ihr euch in der Stadt der Neuen Hoffnung befandet«, erklärte die blinde Priesterin. »Wir haben euch am Flußufer gefunden, nachdem es euch gelungen war, hinüberzuschwimmen. Wir dachten, ihr würdet sterben, aber offensichtlich habt ihr eine bessere Konstitution als die Bewohner von Aptor. Nach dem Durchschwimmen des Flusses hat euer Lebensfunke noch so lange geglüht, bis wir euch ins Kloster bringen und all die Heilkünste anwenden konnten, die uns zur Verfügung standen, um die Verbrennungen, die euch das tödliche Feuer zufügte, zu lindern.«

Auch von Iimmis Hals war der Juwel verschwunden. Wieder fühlte Geo die Hände, die im Wasser den Lederriemen von seinem Hals rissen. Bei einem Blick auf Geo mußte Iimmi soeben die gleiche Entdeckung gemacht haben, denn seine hellen Hände hoben sich an seine Brust.

»Wenn ihr mir jetzt folgen wollt«, sagte die blinde Argo-Priesterin. »Keiner von euch hat in den vergangenen zwei Tagen etwas anderes als intravenöse Nahrung zu sich genommen. Ihr könnt nun wieder normal essen.« Sie lenkte ihre Schritte in eine weitere Halle, und die kleine Gruppe folgte ihr.

Sie erreichten einen noch großzügigeren Raum, möbliert mit weißen Bänken und langen weißen Tischen. »Das ist der Speisesaal des Klosters«, erklärte ihre Führerin. »Einer der Tische wurde für euch gedeckt. Ihr werdet natürlich nicht mit den Priesterinnen zusammen essen.«

»Und warum nicht?« erkundigte sich Iimmi.

Überraschung zeigte sich auf dem blinden Gesicht. »Ihr seid Männer«, sagte sie lakonisch. Dann führte sie sie an einen Tisch, der beladen war mit Fleisch und Wein und Schalen voller seltsamer Früchte. Sie verschwand, während die vier auf den Bänken Platz nahmen.

Geo griff nach einem Messer. Es herrschte einen Augenblick Schweigen, als sein Armstumpf über den Tisch ragte. »Ich glaube, ich muß mich erst daran gewöhnen«, meinte er zögernd, bevor er das Messer mit der anderen Hand aufnahm.

Während der Mahlzeit fragte Urson: »Was ist mit den Juwelen? Hat die Priesterin sie euch abgenommen?«

»Sie gingen im Wasser verloren.« Geo nickte zustimmend.

»Hm, nun haben wir wirklich ein Problem«, fand Urson. »Hier sitzen wir also, im Tempel der Argo, könnten die Juwelen zurückgeben und vielleicht sogar wieder zu unserer Priesterin auf das Schiff gelangen, ohne uns erneut in die Tinte zu setzen – und dann sind die Juwelen weg!«

»Das bedeutet gleichzeitig, daß auch unsere Wasserfreunde für Hama tätig sind«, schloß Geo.

»Und uns hat man nur dazu benutzt, die Juwelen zu Hamas Tempel zu bringen«, fügte Urson hinzu. »Als sie herausfanden, daß wir nach unserem Abenteuer in der Stadt fast tot waren, haben sie uns vermutlich die Juwelen abgenommen und uns am Ufer liegenlassen.«

»Wahrscheinlich«, sagte Iimmi. »Ja«, meinte Geo, »Hama hat also jetzt seine Juwelen, und uns hat man ausgeschaltet. Vielleicht wurden wir sogar Argo in die Hände gespielt als Belohnung dafür, daß wir sie so weit gebracht hatten.«

»Nachdem wir sowieso gestorben wären, hat er uns damit sogar einen Gefallen getan«, bemerkte Iimmi.

»Und dir ist auch klar, was das bedeutet«, sagte Geo mit einem Blick auf Schlange.

»Was?« Urson verstand nicht. Dann sagte er: »Ach, laßt doch den Jungen für sich selber sprechen. Na komm, Vierarm, verrat's uns. Bist du Hamas Spion oder nicht?«

Geo konnte den Ausdruck, der auf Schlanges Gesicht erschien, nicht deuten. Der Junge schüttelte den Kopf, aber nicht verneinend, eher verständnislos. Plötzlich stand er vom Tisch auf und rannte aus dem Raum. Urson streifte die anderen mit einem Blick. »Nun sagt mir bloß nicht, ich hätte mit meiner Frage seine Gefühle verletzt.«

»Hast du nicht«, erwiderte Geo, »aber ich vielleicht. Ich vergesse immer wieder, daß er Gedanken lesen kann.«

»Was willst du damit sagen?«

»Gerade als du deine Frage gestellt hast, ging mir einiges durch den Kopf, was ziemlich böse Folgen für ihn hätte, wenn es auch nur teilweise zuträfe.«

»Du sprichst in Rätseln.«

»Ich glaube, ich weiß, was du meinst«, sagte Iimmi.

»Ich weiß immer noch nicht –«

»Es läuft darauf hinaus, daß er ein Spion ist!« rief Geo aus. »Und unter anderem log er vermutlich auch in bezug auf das Radio dort in der Stadt, und das hat mich meinen Arm gekostet.«

»Warum, zum . . .« begann Urson; dann sah er die Halle hinunter, dorthin, wo Schlange verschwunden war.

Sie aßen nicht mehr viel. Als sie sich erhoben, fühlte sich

Urson erschöpft und wurde in sein Quartier zurückgebracht.

»Darf ich meinem Freund zeigen, was Ihr mir gezeigt habt?« fragte Iimmi die Priesterin, als sie zurückkehrte. »Er studiert ebenfalls die Rituale.«

»Selbstverständlich«, lächelte die Priesterin. »Als Studenten der Rituale Argos wißt ihr allerdings erstaunlich schlecht Bescheid.«

»Wie ich schon zu erklären versuchte«, entgegnete Iimmi, »wir kommen aus einem Land, in dem sich die Rituale im Laufe der Zeit sehr stark verändert haben.«

»Sicherlich nicht in dem Maße«, meinte die Priesterin lächelnd. »Ihr macht so viel Wirbel um unsere Alltagsgebete, die den Bereich der Wunder nicht einmal berühren.« Sie führte sie durch die Halle. »Euer Erstaunen ist mir völlig unerklärlich. Euer Volk muß noch sehr jung sein und voller Enthusiasmus.« Eine Tür ging auf, und sie betraten einen Raum, der Geos Krankenzimmer ähnelte. Als sie gehen wollte, sagte Iimmi zu ihr: »Wartet. Wollt Ihr uns nicht verraten, wie wir das Zimmer wieder verlassen können?«

»Weshalb wollt ihr es verlassen?«

»Um spazierenzugehen«, erklärte Geo, »und um den Tagesablauf im Kloster zu verfolgen. Glaubt uns, wir sind treue Anhänger der Religion Argos.«

»Drückt einfach in Taillenhöhe gegen die Wand, dann wird sich die Tür öffnen. Aber ihr dürft nicht im Kloster herumwandern, denn es sind Rituale im Gange, die nicht für eure Augen bestimmt sind ... Nicht für eure Augen«, wiederholte sie. »Wie seltsam, daß diese Wendung nie aus unserer Sprache verschwunden ist. Wenn man plötzlich Menschen gegenübersteht, die sehen können, fühlt man sich irgendwie ...« Sie sprach nicht weiter. Nach einer Pause schloß sie abrupt: »Nun, auf jeden Fall könnt ihr so den Raum verlassen.«

Sie trat hinaus, und die Tür schloß sich.

»Hier, schau! Das ist es, was ich dir zeigen wollte.« Er deutete auf einen Stapel alter, jedoch unversehrter Bücher. Geo blätterte darin herum und sah plötzlich zu Iimmi auf.

»He, sag mal, was tun die eigentlich mit *gedruckten* Büchern?«

»Das war Frage Nummer Eins. Jetzt zu Frage Nummer Zwei. Guck dir das mal an!« Er langte über Geos Schulter und blätterte hastig bis zu einer bestimmten Seite.

»Wieso ist diese Hymne . . .« begann Geo, doch Iimmi unterbrach: »Verdammt berechtigte Frage!«

»*Hymne zu Ehren der Göttin Argo*«, las Geo laut. Und dann weiter:

Umschlossen von Asche und Ungemach
der Ort, wo das Herz Argos brach.
Der goldenen Göttin rasche Hand
griff mutig in den wütenden Brand.

Verbrennt das Samenkorn in der Hand,
die Sterne erschüttert mit eurem Gesang.
Laßt Jubel zum Ruhm eines Mannes ertönen
und gleichermaßen zum Ruhm einer Schönen.

Ergreife an des Meeres Strand
Salz, Seetang und Gold mit deiner Hand.
Ein Bild bohrt in deine Gedanken sich ein:
Die Not der Zeit wird ewig sein.

Mach mit Salz deine Zunge gesund.
Salz streu auch auf des Tempels Grund.
Seetang winde ins Haar
und suche nach Gold immerdar.

Die Augen haben ein Bild gefangen,
sind zum blutigen Aschenbaum gegangen.
Die Gefängnistore öffnet euch weit!
Streut Schmutz auf der Trauerweide Kleid.

»Das muß die Hymne sein, von der ich eine Strophe in der Bibliothek in Leptar gefunden habe.«

»Wie ich schon sagte«, meinte Iimmi, »Frage Zwei: Was haben die Rituale Hamas mit den ehemaligen Ritualen der Argo zu tun? Offenbar wurde dieser Zweig der Religion keiner Säuberung unterzogen.«

»Wenn der Bibliothekar der Universität von Olese Olwn das hier sehen könnte«, flüsterte Geo, »würde er die Bände vermutlich mit einer langen Zange ergreifen, sich die Augen zuhalten und sie ins nächste offene Feuer werfen.«

Iimmi sah ihn erstaunt an. »Wieso denn?«

»Erinnerst du dich denn nicht? Die Texte sind verboten. Niemand sollte etwas über sie erfahren, das war einer der Gründe, weshalb sie vernichtet wurden.«

»Ich frage mich, warum.«

»Das ist bereits Frage Nummer Drei. Wie bist du an sie herangekommen?«

»Nun ja, ich hatte die Vermutung, sie hier zu finden. Deshalb habe ich einfach danach gefragt.«

»Und ich glaube, ich kann mit ein paar Antworten auf unsere drei Fragen dienen.«

»Bestens. Leg los!«

»Fangen wir bei Frage Drei an, behandeln dann Frage Eins, und zum Schluß Frage Zwei. Also schön der Reihe nach, nicht? Warum sollte niemand etwas über Argos Rituale erfahren? Ganz einfach aus dem Grund, weil sie denen Hamas so sehr ähnelten. Erinnerst du dich an einige Textstellen, die wir in dem verlassenen Tempel fanden? Wenn nicht, kann ich deine Erinnerung gleich auffrischen. Die beiden Versgruppen sind fast identisch, bis auf eine Namensänderung, den Farbwechsel von schwarz in weiß, einige Unterschiede in der Sprachsymbolik. Meine Theorie ist folgende: Als die Streitmacht Hamas vor fünfhundert Jahren Leptar einnahm, wurde auf Leptar rasch eine Ähnlichkeit zwischen den beiden Religionen festgestellt. Wenn man von der Stadt der Neuen Hoffnung ausgeht, kann man mit Sicherheit annehmen, daß die Zivilisation Aptors zu einem bestimmten Zeitpunkt – sagen wir vor fünfhundert Jahren – wesentlich höher entwickelt war als die Leptars und es den Invasionstruppen nicht übermäßig schwergefallen wäre, die Insel im Kampf zu nehmen. Als nun der erste Juwel in die Hände Leptars fiel und es seinem Volk auf irgendeine Weise gelang, die Angreifer zurückzuwerfen, kamen die Priester Argos zu dem Schluß, daß der sicherste Weg, Leptar vor der Unterwanderung durch eine mögliche neue Invasion zu schützen, die Änderung der Rituale sei, damit sie denen des verfeindeten Gottes Hama so unähnlich wie möglich wären. Vor der Invasion mag es auf Leptar vielleicht sogar einige Anhänger Hamas gegeben haben, doch durch die geänderten Rituale wurden alle eventuellen Spuren solcher Gefolgschaft ausgelöscht.«

»Wie kommst du auf so etwas?«

»Nun, hier auf Aptor existiert offensichtlich eine kleine Gruppe von Argo-Verehrern. Wahrscheinlich gab es sogar Handelsbeziehungen. Das mag auch der Grund dafür sein, daß sich diese Geschichten über Aptor in Seemannskreisen hartnäckig halten. Die Gespenster, die fliegenden Ungeheuer – das sind doch alles keine rein zufälligen Ähnlichkeiten mit den Erzählungen der Matrosen. Was meinst du, wieviele Männer vor Aptor Schiffbruch erlitten haben und weit genug ins Innere der Insel vorgestoßen sind, um das zu sehen, was wir gesehen haben, und dann zurückgekehrt sind und darüber berichtet haben?«

»Ich weiß nur von zweien«, meinte Iimmi trocken.

»Wie?«

»Schlange und Jordde«, gab Iimmi zur Antwort. »Denk daran, daß Argo sagte, es hätte bereits Spione aus Aptor gegeben. Jordde ist sicher, und Schlange vermutlich ebenfalls.«

»Das würde mit Regel Eins übereinstimmen.« Geo erhob sich. »Komm, machen wir einen Spaziergang. Ich möchte mal an die Luft.« Sie schritten hinüber zur Wand. Auf den Druck seiner Hand öffnete sich ein dreieckiges Panel.

Nachdem sie um vier bis fünf Ecken im Korridor gebogen waren, meinte Geo: »Hoffentlich findest du wieder zurück.«

»Ich habe ein mehr oder weniger eidetisches Orientierungsvermögen«, versicherte Iimmi.

Der Gang endete plötzlich vor einer Treppe, die hinunter in eine riesige weiße Halle führte. Am Fuße der ungefähr dreißig Marmorstufen bewegten sich die Priesterinnen in mehreren Formationen. Ihre Gesichter waren starr nach vorn gerichtet, auf jeder Schulter ruhte die Hand der Nachfolgenden. Es waren mehr als hundert, doch ihre Reihen gerieten niemals durcheinander. Gelegentlich ließen sie eine Reihe vorbeiziehen, dann glitten sie selbst weiter. Das blendende Weiß und die Stille ließen das Ganze wie einen Traum erscheinen.

Ein Podest mit der gigantischen Statue einer Knienden, aus glänzendem Marmorgestein gemeißelt, erhob sich am anderen Ende. »Wo kommen alle diese Frauen her?« flüsterte Iimmi. »Und wo halten sich die Männer auf?«

Geo zuckte die Achseln.

Über den Tempelboden schritt eine einzelne Priesterin in ihre Richtung. Sie erreichte die unterste Stufe, und während sie hinaufstieg, erkannte Geo, daß es sich um ihre Betreuerin handelte. Sie kam direkt auf die beiden zu, blieb vor ihnen stehen und sagte mit fast unhörbarer Stimme: »Ihr stört die Ruhe der Meditation. Ich hatte euch gebeten, nicht im Kloster umherzuwandern. Bitte geht mit mir zurück.«

Als sie vorbeischritt, schauten sich Iimmi und Geo stirnrunzelnd an. Nach mehreren Richtungsänderungen sprach Geo sie an: »Verzeiht, Madame, wir wollten nicht respektlos erscheinen, doch wir sind an den Wechsel von Tag und Nacht gewöhnt. Wir brauchen frische Luft und frisches Grün. Dieses unirdische Weiß bedrückt uns und macht uns ruhelos. Könnt Ihr uns den Weg ins Freie zeigen?«

»Nein«, erwiderte die blinde Priesterin leise. »Im übrigen bricht jetzt die Nacht an, und ihr seid keine Geschöpfe, die an der Dunkelheit Gefallen finden.«

»Die Nachtluft und der abendliche Frieden erquicken uns«, entgegnete Iimmi.

»Was wißt ihr denn von der Nacht!« sagte die Priesterin mit einem Anflug von Zynismus in ihrer dunklen Stimme. Sie befanden sich nun in der Kapelle, in der sie nach ihrer Rettung zum erstenmal zusammengetroffen waren.

»Vielleicht könntet Ihr uns wenigstens etwas erzählen«, schlug Geo vor. »Es gibt viele Dinge, die uns interessieren.«

Die Priesterin wandte sich mit einem schwachen Seufzer um. »Nun gut. Wovon wollen wir reden?«

»Was wißt Ihr zum Beispiel über den Schwarzen Gott Hama?«

Mit einem Schulterzucken ließ sich die blinde Priesterin auf einer der Bänke nieder. »Das ist schnell erzählt. In unseren

Tagen ist er nur ein Hirngespinst. Es gibt ihn nicht. Es gibt nur Argo, die Weiße Göttin.«

»Wir haben aber gehört –«

»Ihr wart in dem verlassenen Tempel und habt es mit eigenen Augen gesehen. Das ist alles, was von Hama übriggeblieben ist. Gespenster machen Jagd auf seine zu Staub zerfallenen Heiligen.«

Iimmi und Geo warfen sich erneut ungläubige Blicke zu. »Seid Ihr sicher?« fragte Geo zweifelnd.

»Hinter dem brennenden Berg gibt es vielleicht noch ein paar seiner Anhänger«, überlegte die Priesterin, »aber Hama ist tot in Aptor. Ihr habt die Trümmer seiner Stadt gesehen, der Stadt der Neuen Hoffnung. Ihr wart in fünfhundert Jahren auch die ersten, die sie betreten und wieder verlassen haben.«

»Liegt die Stadt bereits so lange in Schutt und Asche?«

»Jawohl.«

»Was wißt Ihr über die Stadt?«

Wieder ließ die Priesterin einen Seufzer hören. »Es gab eine Zeit, vor vielen Generationen, da war Hama ein großer Gott in Aptor, dem viele Tempel und Klöster geweiht waren, viel mehr als unserer Göttin. Außerhalb dieser religiösen Heiligtümer war das Land wild und barbarisch und zum größten Teil unbewohnbar. Einst hatte es in Aptor Städte gegeben, doch diese waren schon früher durch das Große Feuer zerstört worden. Uns waren lediglich fantastische Aufzeichnungen über eine märchenhafte Zeit vor dem Flammenregen geblieben, eine Zeit unbeschreiblicher Macht, wissenschaftlicher Höhepunkte und einer alles beherrschenden, wenn auch degenerierten, Bevölkerung. Diese Aufzeichnungen waren sehr umfangreich. Sie befanden sich fast ausschließlich in klösterlichem Besitz. Draußen herrschte das Chaos. Die Hälfte der Kinder wurde tot geboren, die andere Hälfte hatte Mißbildungen. Die monströsen Rassen, die sich danach auf der Insel entwikkelten, dienten uns als Mahnung. Wir betrachteten die Aufzeichnungen in diesen Chroniken als Werke des Bösen, die die Welt niemals mehr zu Gesicht bekommen sollte. Die Hama-Priester kamen jedoch nicht zu dem gleichen Ergebnis. Sie entschieden, die in diesen Chroniken enthaltenen Informationen zu verbreiten und zu benutzen, da sie sicher waren, daß nicht wieder die gleichen Fehler gemacht würden, die zum Ausbruch des Großen Feuers führten. Sie öffneten die alten Bücher, und ein Traum materialisierte sich aus diesen Schriften, der Traum der Stadt der Neuen Hoffnung, die jetzt am jenseitigen Ufer in Trümmern liegt. Man baute riesige fliegende Maschinen und gigantische Boote, die ins Meer sanken und Hunderte von Kilometern entfernt in einem fremdländischen Hafen wieder auftauchten. Man machte sich sogar das Metall des Feuers, Uran, zum Wohle der Menschen nutzbar, das zuvor so viel Terror über die Welt gebracht und sie in ein Flammenmeer verwandelt hatte.«

»Und sie machten genau die gleichen Fehler wie die Menschen vor dem Großen Feuer?« vermutete Iimmi.

»Nicht ganz. Sie waren nicht so dumm, das Metall des Feuers zu mißbrauchen, das so furchtbar in der Welt gewütet hatte. Die Geschichte ist ein Zyklus, aber sie wiederholt sich nicht. Es wurde eine neue Kraft entdeckt, die die Bedeutung des Metalls des Feuers gering erscheinen ließ. Durch diese Kraft wurde das gleiche erreicht wie durch das Uran, nur gründlicher und besser. Man konnte Städte vernichten und im Winter die kalten Häuser wärmen, doch man konnte durch sie auch den Geist des Menschen beeinflussen. Es ist überliefert, daß die Menschen vor dem Großen Feuer voller Angst durch die Straßen der Städte liefen. Sie befürchteten, daß jeden Augenblick Feuer vom Himmel auf sie herabfallen könnte, und sie schützten sich in ihrer Panik durch dürftige, nutzlose Vorrichtungen vor der erwarteten Katastrophe.

Geo, Iimmi, könnt ihr euch vorstellen, wie schrecklich es wäre, durch die Straßen zu laufen mit der Gewißheit, daß in jedem beliebigen Moment euer Geist geraubt, vergewaltigt und mißhandelt werden könnte, um gebrochen in euch zurückgelassen zu werden? Nur drei dieser Instrumente wurden hergestellt, doch ihre Existenz wurde durch einige aufsehenerregende öffentliche Demonstrationen bekanntgemacht, der Akt der Selbstzerstörung nahm für die Stadt der Neuen Hoffnung seinen Lauf. Es dauerte genau ein Jahr, bis das Wrack zurückblieb, dem ihr gestern nacht entronnen seid. Im Verlauf des bewußten Jahres wurden Angriffe auf nicht so hochentwickelte Völker durchgeführt, mit denen man noch Monate vorher friedlichen Handel getrieben hatte. Durch Bürgerkriege und Uneinigkeit im Land erstreckten sich die Kämpfe schließlich auch auf die Heimat. Die Instrumente gingen verloren, doch zuvor zerstörten diese fliegenden Maschinen noch die Stadt der Neuen Hoffnung, so daß das Metall des Feuers freigelegt wurde und wiederum Tod ausstrahlen konnte. Noch hundert Jahre nach ihrer Vernichtung, so sagen uns die Chroniken, erstrahlte die Stadt im Feuer des zerstörten Kraftwerks, und unsere Instrumente zeigen an, daß auch heute noch die Lampen entlang der aufragenden Autobahn bei Sonnenuntergang automatisch aufleuchten, so als würden sie von Geisterhand eingeschaltet. Während der ersten hundert Jahre nach dem Ereignis wurden aufgrund des beständigen Feuers in der Stadt immer mehr von uns blind geboren. Schließlich zogen wir uns unter die Erde zurück. Doch es war bereits zu spät.«

Sie erhob sich von ihrem Platz. »Ihr seht also, daß sich Hama selbst vernichtet hat. Heute sind sie alle treue Anhänger der Göttin Argo, die Wesen der Luft, des Landes. . .«

». . . und des Wassers«, schloß Iimmi.

Wieder lächelte sie. »Nicht so ganz. Wir hatten ein wenig Schwierigkeiten mit einer gewissen Art von Wasserwesen, ebenso mit den unbelehrbaren Leichenschändern. Unmittelbar nach dem Großen Feuer sind einige evolutionäre Entwicklungen abartig verlaufen, und nach unserer Ansicht sind die Kreaturen auf diese Weise entstanden. Aus irgendwelchen Gründen gelingt es uns nicht, sie unter Kontrolle zu bringen. Vielleicht ist ihre Intelligenz zu rudimentär, um auch nur auf Schmerz zu reagieren. Alle anderen sind jedoch der Göttin treu ergeben.« Sie wiederholte, »Alle.«

»Und die drei . . . Instrumente? Was ist mit ihnen geschehen?«

Die blinde Priesterin wandte sich Geo zu. »Dreimal darfst du raten . . .« Daraufhin erhob sie sich und schwebte aus dem Raum.

Als sie gegangen war, sagte Geo: »Irgend etwas stimmt hier nicht.«

»Aber was?«

»Zunächst einmal ist uns bekannt, daß ein Tempel Hamas existiert. Dem Traum nach würde ich sagen, daß er ungefähr so aussieht wie das hier.«

»Wie groß ist dieser Komplex eigentlich?«

»Wollen wir uns noch ein bißchen umsehen?«

»Na klar. Meinst du, ihre Unwissenheit in bezug auf Hama war nur gespielt?«

»Mag sein«, räumte Geo ein. Sie verließen den Raum und betraten einen neuen Gang. »Ich kriege Gänsehaut, wenn ich daran denke, wie sie mit den Juwelen den Geist der Menschen beeinflußten . . .«

»Es ist unheimlich zu beobachten«, fand Geo. »Argo benutzte es bei Schlange, als wir sie zum erstenmal sahen. Man wird in einen Automaten verwandelt.«

»Dann hat sie also wirklich unsere Juwelen gemeint.«

Vor ihnen schnitt die Treppe einen weißen Tunnel in die Wand. Sie stiegen hinauf und befanden sich schließlich in einem weiteren Gang. Zum erstenmal sahen sie Türen in den Wänden. »He«, meinte Geo, »vielleicht führt eine davon nach draußen!«

»Bestens. Langsam gefällt es mir hier.« Iimmi öffnete eine der Türen und trat ein. Bis auf die fließenden weißen Wände war es eine Miniaturnachbildung der ebenerdigen Räume des EDISON-Gebäudes. Ein Doppeldynamo surrte, die Wände waren mit Rohren bestückt.

»Hier drin ist nichts.«

Sie probierten eine der gegenüberliegenden Türen, hinter der sie einen weißen Porzellantisch und Wandschränke voller glitzernder Instrumente fanden. »Ich wette, daß sie in diesem Raum deinen Arm amputiert haben«, meinte Iimmi.

»Wahrscheinlich.«

Der nächste Raum sah ganz anders aus. Er strahlte weniger hell, und die Wände waren staubbedeckt. Geo fuhr mit dem Finger über den hellen Boden und besah sich den Halbkreis, der zurückblieb. »Das sieht schon heimatlicher aus.«

»Nennst du das heimatlich?« Iimmi wies auf die Wand gegenüber, an der zwei Bildschirme über einer Maschine aus Metall angebracht waren. Unter jedem abgerundeten Rechteck aus undurchsichtigem Glas befanden sich einige Knöpfe und Skalen, und auf einer Halterung davor zwei Gegenstände, die wie ein Fernglas und Ohrenschützer aussahen.

»Vermutlich wurde der Raum nicht mehr benutzt, seit die Bewohner erblindet sind.«

»Sieht ganz danach aus«, bestätigte Iimmi.

Geo ging zu dem Schirm mit weniger Armaturen und betätigte einen Schalter.

»Warum hast du das getan?«

»Warum nicht?« Plötzlich liefen leuchtend bunte Lichter über den Schirm, Kurven in blauen, grünen und roten Tönen. Sie rissen die Augen auf. »Das ist das erste Mal, daß wir hier Farben zu sehen bekommen!«

Die Farben verblaßten zu grau, zogen sich zu Formen zusammen, und Sekunden später sahen sie einen hellen leeren Raum mit zwei barfüßigen jungen Männern. Einer war ein dunkelhäutiger Neger mit blassen Händen, der andere trug eine wilde schwarze Mähne und hatte nur einen Arm.

»He!« Iimmi gestikulierte mit den Händen. Die Gestalt auf dem Bildschirm tat das gleiche. »Das sind wir!« Als Geo nach vorn ging, kam ihm die Gestalt auf dem Schirm entgegen. Er drehte an einem Schalter, und die Gestalten lösten sich in Farben auf und verschwanden. Dafür sah man ein völlig weißes Feld.

»Was ist das?« fragte Iimmi.

»Ich glaube, wir sehen in einen leeren Raum.« Geo drehte weiter. Als sich das Bild klärte, hatten sie den Speisesaal vor sich, in dem nun mehr als hundert Frauen an den langen Tafeln saßen, die alle ihr blindes Antlitz über Schalen mit roter Suppe beugten. In einer Ecke befand sich der leere Tisch, an dem sie selbst vorher gegessen hatten. »Wetten, daß man von hier aus in alle Räume sehen kann.« Er drehte wieder an dem Knopf. »Vielleicht finden wir Urson und Schlange.« Sie blickten in zwei weitere Räume, bevor die große Tempelhalle im Bild erschien. Bis auf die Statue der knienden Argo war sie leer. Als auch der folgende Raum vom Schirm verschwand, rief Geo aus, »Moment mal!«

»Was gibt's?«

In dem dargestellten Raum standen drei der blinden Frauen vor einem kleineren Bildschirm als dem ihren. Die Frauen konnten das Bild natürlich nicht wahrnehmen, doch Geo war das Gesicht bekannt vorgekommen.

Eine der Frauen trug dieses Ohrenschützer-Gerät und sprach in eine kleine Metallröhre, die sie beim Umherlaufen mit sich führte.

Das Gesicht! »Erkennst du ihn denn nicht?« fragte Geo eindringlich.

»Es ist Jordde!« rief Iimmi aus.

»Sie müssen mit unserem Schiff Kontakt aufgenommen haben und unterhalten sich jetzt über unsere Rückkehr.«

»Ich würde gern hören, was sie sagen«, meinte Iimmi.

Geo sah sich um und nahm dann die metallenen Ohrenschützer aus der Halterung vor dem Bildschirm. »Damit scheint sie zu hören«, äußerte er mit einem Blick auf die Priesterin. Dann stülpte er sie sich über die Ohren.

»Hörst du etwas?«

Geo lauschte.

». . . Ja, natürlich«, sagte die Priesterin gerade.

»Sie beabsichtigt, noch drei weitere Tage im Hafen zu warten, also bis zum Ende der Woche«, berichtete Jordde. »Ich bin sicher, daß sie nicht länger bleiben wird. Sie ist immer noch durch mein Verhalten verunsichert, und die Leute sind aufsässig geworden und könnten eine Meuterei anzetteln, falls sie noch länger zögern sollte.«

»Heute abend werden wir uns der Gefangenen entledigen. Sie haben keinerlei Chance zurückzukehren«, erklärte die Priesterin.

»Haltet sie noch drei Tage auf, danach ist mir egal, was Ihr mit ihnen macht«, sagte Jordde. »Sie hat keine Juwelen, und sie hat keine Ahnung von meiner . . . unserer Macht. Es ist absolut sicher, daß sie Ende der Woche ausläuft.«

»Wie schade, daß wir für unsere Mühe nicht einmal die Juwelen bekommen haben«, bedauerte die Priesterin. »Aber wenigstens befinden sich alle drei jetzt wieder auf Aptor und damit in unserer Reichweite.«

Jordde lachte. »Hama scheint sie nie länger als zehn Minuten festhalten zu können, bevor sie ihm wieder entgleiten!«

»Es steht dir nicht zu, über Hama oder Argo zu richten«, wies ihn die Priesterin zurecht. »Du bist dazu da, deine Arbeit zu leisten. Also leiste sie, berichte und verschone uns und auch dich mit deinen Ansichten. Sie sind unerwünscht.«

»Jawohl, Herrin«, erwiderte Jordde.

»Dann adieu bis zum nächsten Bericht.« Sie legte einen Schalter um, und das Bild auf dem kleinen Schirm verblaßte.

Geo hatte sich inzwischen von dem großen Bildschirm abgewandt und war gerade dabei, das Hörgerät von den Ohren zu nehmen, als er die Priesterin sagen hörte: »Geht jetzt. Bereitet die Gefangenen zum Mondopfer vor. Sie haben zuviel gesehen.« Die Frau verließ den Raum. Geo entfernte die Kopfhörer, während Iimmi ihn ansah.

»Was ist denn los?«

Geo drehte an dem Knopf, der den Schirm verdunkelte.

»Wann holen sie uns?« fragte Iimmi aufgeregt.

»Vermutlich jetzt gleich«, erwiderte Geo. Dann wiederholte er so gut er konnte das Gespräch, das er soeben mitgehört hatte. Iimmis Gesichtsausdruck wurde immer verständnisloser, und schließlich machte sich seine Verwirrung in einem Ausbruch von Empörung Luft. »Aber warum? Warum sollen wir geopfert werden? Was sollen wir denn gesehen haben, was sollen wir denn wissen? Das ist jetzt das zweite Mal, daß ich umgebracht werden soll, verdammt noch mal, und vielleicht erfahre ich endlich, warum!«

»Wir müssen Urson finden und uns aus dem Staub machen.«

»He, was ist jetzt wieder los?«

Seine Entrüstung war verflogen. Geo stand dort mit fest geschlossenen Augen und angespanntem Gesicht, das sich jedoch nach kurzer Zeit wieder entspannte. »Ich habe gerade ganz konzentriert eine Botschaft an Schlange durchgegeben, daß er hierherkommen und Urson mitbringen soll, falls er irgendwo in der Nähe sein sollte.«

»Aber Schlange spionierte doch für –«

»– für Hama, ja. Aber soll ich dir was sagen? Es ist mir völlig gleichgültig.« Er schloß erneut seine Augen und öffnete sie wieder nach einigen Sekunden. »Nun, wenn er kommt, ist's gut, wenn nicht, können wir auch nichts ändern. Gehen wir.«

»Aber weshalb . . .?« begann Iimmi, als er Geo durch die Tür folgte.

»Weil ich das unbestimmte Gefühl habe, daß ein bißchen wundersames Gedankenlesen für uns ganz nützlich sein könnte.«

Sie stürzten durch die Halle, fanden die Treppe, eilten hinab und weiter durch die untere Halle. Als sie um die zweite Ecke bogen, betraten sie gleichzeitig mit Urson und Schlange die kleine Kapelle.

»Ich glaube, meine Botschaft ist angekommen. Wohin jetzt?«

»Meine Freunde, meine Freunde!« rief es hinter ihnen.

Schlange schoß einen der Gänge hinunter, gefolgt von den drei anderen. Urson sah besonders verwirrt aus.

Die Priesterin schwebte hinter ihnen her und rief leise: »Kommt zurück, meine Freunde. Kommt mit mir zurück!«

Versuche von ihr zu erfahren, wie, zum Teufel, wir hier herauskommen!« rief Geo Schlange zu. Der vierarmige Junge raste plötzlich eine Treppe hinauf, schoß um eine Ecke und dann eine weitere Treppe hoch, die in eine Halle führte.

Die Hände des Jungen flogen zum Türgriff und rüttelten daran, bewegten ihn sekundenlang hin und her.

Zurückblickend sah Geo die Priesterin die Treppe heraufsteigen und auf sie zugehen. Ihre weißen Gewänder wehten hinter ihr her, streiften an den Wänden entlang.

Endlich gab die Tür nach. Sie brachen durch Buschwerk und fanden sich auf einem riesigen freien Feld wieder, das von Wald umgeben war. Der Himmel war blaß im Licht des Mondes.

Etwa hundertfünfzig Meter jenseits des Feldes stand eine weiße Statue der Göttin Argo. Während sie durch das silberglänzende Gras hasteten, erschienen Gruppen von Priesterinnen aus verschiedenen Ausgängen, die sich an ihre Fersen hefteten. Geo sah sich um. Die blinde Priesterin hatte ihr Tempo verlangsamt, ihr Gesicht dem Mond zugewandt. Sie führte ihre Hände zum Hals und löste ihr Gewand. Der erste Umhang fiel hinter ihr zu Boden. Während sie voranschritt, entfaltete sich das darunterliegende Tuch feucht und giftig-weiß entlang ihrer Arme, formte sich um ein weißes Gerüst. Dann warf sie sich mit einem grausigen bekannten Schrei in die Luft und stieg mit flatternden Schwingen aufwärts.

Sie flohen weiter.

Dunkle Gestalten verhüllten den Mond, als ihr die Priesterinnen jenseits des Feldes in die mondbleiche Nacht hinaus gefolgt waren. Sie überholte die vier, machte über ihnen kehrt und stieß auf sie herab. Mondlicht glitzerte auf den entblößten Zähnen, eine Brise fing sich in dem weißen Flaum auf der Brust und füllte die bauschenden Schwingen. Nur die winzigen flinken und blinden Augen waren rot wie Rubine in einer Woge von Weiß.

Schlange änderte die Richtung und flüchtete in den Schutz der Bäume.

Mit nur einem Arm kam Geo leicht aus dem Gleichgewicht. Zweimal wäre er fast gestürzt, bevor ihn die Büsche aufnahmen, in die die Flügelwesen nicht folgen konnten. Äste zerkratzten ihm das Gesicht, als er hinter den anderen herhastete, immer ihren Geräuschen folgend. Er glaubte schon, er habe sie verloren, doch eine Sekunde später taumelte er gegen Iimmi, der hinter Schlange und Urson stehengeblieben war. Über den Bäumen hörte man Geräusche wie von Tuch, das im Wind flattert, manchmal schwächer, dann wieder anschwellend. Als sie jedoch ihren Marsch in der undurchdringlichen Finsternis fortsetzten, begleitete sie der Flügelschlag in gleichmäßiger Stärke. »Verdammt . . .« seufzte Iimmi nach einer Minute.

»Es fügt sich langsam alles ineinander«, meinte Geo, mit der Hand auf Iimmis Schulter. »Erinnerst du dich noch an den Wolfsmenschen und an dieses Ding in der Stadt? Die einzigen, die hier ihre Gestalt nicht verändert haben, sind die Leichenschänder. Meiner Ansicht nach machen die meisten Lebewesen auf dieser Insel eine Art Metamorphose durch.«

»Und was ist mit den fliegenden Bestien, denen wir zuerst begegnet sind?« flüsterte Urson. »Sie haben sich doch nicht verwandelt.«

»Anscheinend waren wir gerade Gäste ihrer weiblichen Ausgabe«, erklärte Geo. »Sicher wollte uns Schlange vor ihnen warnen, als er uns in die Kaserne führte. Er versuchte, uns klarzumachen, daß wir ihnen erneut über den Weg laufen könnten.«

»Du meinst, die schwarzen hätten sich in Männer verwandeln können, wenn sie dazu Lust gehabt hätten?«

»Richtig. Doch offensichtlich war es für sie günstiger, ihre Gestalt beizubehalten, nachdem die Frauen sie aus dem Kloster verbannt hatten. Ich gehe jede Wette ein, daß sie nur zur Paarung zusammentreffen.«

»Daher vielleicht auch die Zeremonie des Mondopfers«, bemerkte Iimmi. »Es waren die schwarzen, die männlichen, die vorhin dem Mond entgegengeflogen sind. Auch in Leptar gibt es Gegenden, in denen die Anhängerinnen Argos die Männer völlig meiden.«

»Ich habe auch schon daran gedacht«, meinte Geo. »Die Idee kam mir zum erstenmal, als wir nicht mit den Frauen essen durften.«

Silberlicht erglänzte vor ihnen, und fünf Minuten später hockten sie am Dschungelrand und blickten über die Felsen hinunter auf den schimmernden Fluß.

»Ins Wasser?« fragte Geo.

Schlange schüttelte den Kopf. *Wartet . . .* ertönte es in ihren Köpfen.

Knapp einen halben Meter vom Ufer entfernt erhob sich eine nasse grüne Hand aus den Wellen und schwenkte den Lederriemen und die Kette. Zwei helle Kugeln pendelten um das Handgelenk.

Iimmi und Geo erstarrten. Urson sagte, »Die Juwelen . . .«

Der Riese stürzte plötzlich über die Felsen zum Flußufer.

Drei Schatten, ein weißer und zwei dunkle, trafen sich über ihm und verdunkelten das Mondlicht. Es war nicht erkennbar, ob Urson sie bemerkte; auf jeden Fall blieb er nicht stehen.

Iimmi und Geo richteten sich auf.

Als er das Ufer erreichte, warf er sich auf die Erde und haschte nach den Steinen. Im gleichen Augenblick verschwand er unter flatternden Flügeln. Membranartige Schwingen tauchten ins Wasser, begleitet von kreischenden Lauten, hoch schwang sich ein weißter Flügel in die Luft, klappte wieder nach unten. Sekunden später hatte sich Urson von den Ungeheuern befreit, die teils im Wasser und teils auf dem Land weiterkämpften. Er kam taumelnd auf die Füße, begann, das Ufer wieder hinaufzuklettern. Einmal rutschte er aus, aber es gelang ihm, wieder Fuß zu fassen. Endlich sank er Geo und Iimmi in die Arme. »Die Juwelen ...« hauchte er.

Der Kampf am Wasser setzte sich fort. Etwas zerrte an den Bestien und drückte sie nieder, bis sie still wurden. Wie riesige Blätter segelten die drei Gestalten in der Strömung davon, entfernten sich von den Felsen.

Dann tauchten zwei weitere Umrisse an der Oberfläche auf. Die Gesichter waren nicht zu sehen, nur die sanft schaukelnden glitschigen grünen Rücken.

»Aber das waren doch die, die ...« begann Geo.

»Sind sie tot?« Er fühlte einen leichten Schmerz im Gesicht, wie von unterdrückten Tränen.

Schlange nickte.

»Bist du sicher?« fragte Iimmi langsam.

Ihre ... Gedanken ... haben ... aufgehört ...

Auf dem Boden kauernd, öffnete Urson seine zerkratzten Hände, zeigte die glitzernden Kugeln. Kette und Lederriemen hingen im Schmutz. »Ich habe sie ...« flüsterte er, »... die Juwelen!«

IX

Schlange nahm die Steine aus der schwieligen Hand und hängte einen um Geos, den anderen um Iimmis Hand, während Urson ihm zuschaute.

Dann begaben sie sich zurück in den Dschungel. Das Flügelschlagen hatte aufgehört.

»Wohin wollen wir jetzt?« erkundigte sich Urson.

»Wir folgen der Regel Nummer Eins«, bestimmte Geo. »Nachdem uns bekannt ist, daß hier irgendwo ein Hama-Tempel existiert, versuchen wir ihn zu finden. Wir holen uns den dritten Stein, retten die junge Göttin Argo und kehren zurück zum Schiff.«

»Und das in drei Tagen?« meinte Urson zweifelnd. »Wo beginnen wir mit der Suche?«

»Die Priesterin sprach von einer Anhängerschar Hamas hinter dem Berg des Feuers, womit sie wohl den Vulkan meinte, den wir in der Stadt der Neuen Hoffnung von der überdachten Treppe aus sehen konnten.« Geo wandte sich an Schlange: »Hast du in ihren Gedanken gelesen, ob sie die Wahrheit sagte?«

Schlange nickte.

Nach kurzer Überlegung erklärte Iimmi: »Der Fluß ist dort drüben ... also müßten wir diese Richtung einschlagen.« Er wies den Weg.

In gleichmäßigem Tempo durchschritten sie das schimmernde Blattwerk.

»Mir ist immer noch nicht ganz klar, was sich im Kloster eigentlich abgespielt hat«, bekannte Iimmi. »Waren das wirkliche Argo-Priesterinnen? Und was spielt Jordde für eine Rolle?«

»Deine erste Frage würde ich mit ja beantworten. Die Antwort auf die zweite kann nur sein, daß Jordde für die Priesterinnen spionierte.«

»Und was ist mit Argo ..., ich meine der Argo auf dem Schiff? Und Schlange? Wo steht er?«

»Die Argo auf dem Schiff weiß allem Anschein nach nichts von der Argo hier auf der Insel. Das meinte Jordde mit seiner Bemerkung den Priesterinnen gegenüber, daß sie verunsichert sei. Sie vermutet offenbar genau wie wir auch, daß er ein Spion Hamas ist. Und der hier ...« Er wies auf Schlange. »Nun, ich weiß nicht. Ich weiß wirklich nicht.«

Als das Mondlicht verblaßte, legten sie sich nieder und versuchten zu schlafen. Doch bereits wenige Minuten nachdem sie zur Ruhe gekommen waren und die weiße Scheibe am Horizont verschwunden war, scheuchte Geo sie wieder auf. In der Ferne war der rote Schein des Vulkankegels auszumachen.

Schlange leuchtete ihnen mit Hilfe der Steine, als sie begannen, sich ihren Weg durch das Land zu bahnen, dessen Vegetation immer spärlicher wurde. Abgebrochene Baumstämme lagen über den Felsbrocken, der Boden wurde schlackig, und in der Luft hing beißender Aschegeruch.

Schon bald erhob sich der rote Kraterrand dicht über ihnen.

»Wie weit ist es noch?« wollte Urson wissen.

»Ich glaube, wir befinden uns bereits am Fuße. Vielleicht sollten wir hier rasten und den Morgen abwarten«, schlug Geo vor.

»Hier können wir nicht schlafen«, brummte Urson und stocherte mit seinem Fuß in der Schlacke. Er reckte seine Glieder. »Außerdem haben wir zum Schlafen keine Zeit.«

Geo starrte in den roten Dunst hinauf. »Ich frage mich, was für ein Gefühl es sein mag, mitten in der Nacht dort hineinzublicken.« Er machte sich erneut auf den Weg, gefolgt von den anderen. Nach fünf Metern erschien in Schlanges Licht eine steile Felswand, die sich hinaufschwang in die Finsternis. Sie liefen an ihr entlang, bis sie zu einem etwa fünfzig Zentimeter breiten Felsvorsprung kamen, der diagonal nach oben führte.

»Wir werden doch wohl nicht in der Dunkelheit dort hinaufklettern, oder?« fragte Iimmi.

»Immer noch besser als bei Tag«, meinte Urson. »So kannst du wenigstens nicht sehen, wie tief du fällst!«

Iimmi begann den Aufstieg. Statt sich zu verengen und sie auf diese Weise zum Rückzug zu zwingen, wurde der Vorsprung jedoch nach rund zehn Metern wieder breiter. Er ging in einen normalen Weg über, der sie direkt zu dem roten Schein in der Höhe führte.

»Das ist ein sehr wechselhaftes Land«, murmelte Urson.

»Männer verwandeln sich in Tiere, Dschungel verwandeln sich in Berge«, stellte Iimmi fest.

Geo tastete in der Finsternis nach seinem Armstumpf. »Ich habe mich auch verändert.«

Er rezitierte:

»Man sagt, daß Wandel nicht gerecht und nicht barmherzig sei.
Da Vinci lernte es bei seiner Malerei:
Die Qualität der Farben war ihm wohl egal –
zu Staub zerfiel bald Christi Abendmahl.«

»Wo ist das denn her?« fragte ihn Iimmi.

»Wieder eine Probe aus den alten Büchern«, erklärte Geo. »Es stammt aus einem Gedicht, das vor dem Großen Feuer geschrieben wurde. Ich habe es bei meinem Studium der alten Gräber entdeckt.«

»Wer war dieser da Vinci?«

»Ein Künstler, Maler vermutlich.«

»Und wer ist Christus?« erkundigte sich Urson.

»Ein Gott.«

Die Felsbrocken wurden nun zahlreicher. Geo mußte seinen Armstumpf in die Felsspalten drücken und sich mit dem gesunden Arm hinaufschieben, wobei sich das scharfkantige Vulkangestein tief in seine Handfläche grub. Schlanges Lichter tanzten in der Luft, wenn er sie während des Kletterns in die andere Hand nahm. Er bog um einen weiteren Felsvorsprung, dessen Schatten sich in der Tiefe verlor.

Als die vier zu einer verhältnismäßig ebenen Stelle kamen, blickten sie zurück. Sie befanden sich am Rande einer Schale der Finsternis. Der sternenbesetzte Himmel war heller als ihre samtschwarze Umgebung. Sie marschierten weiter.

Über ihnen senkte sich der glühende Kraterrand durch die Nacht herab; es kam Wind auf, der Schwefelstaub in ihre Haare trug und in ihren Nasen brannte.

»Wir sollten um den Berg herumgehen und von der anderen Seite aus aufsteigen«, schlug Urson vor. »Dort ist der Wind nicht so unangenehm.«

Von jetzt an kletterten sie schräg nach oben, und schon bald legte sich der Wind. Sie konnten wieder direkt auf den Krater zugehen. Der Boden unter ihren Füßen wurde krustig und aschig. Müdigkeit saß in ihren Eingeweiden und lag ihnen schwer im Magen.

»Ich hatte keine Ahnung, wie ausgedehnt der Krater war«, meinte Iimmi. Aus dieser Entfernung bedeckte der rote

Schein, unterbrochen durch einen Felsüberhang, fast ein Viertel des Himmels.

»Wenn wir Pech haben, bricht er jetzt noch aus«, murrte Urson. »Außerdem habe ich Durst. Wenn Hama hinter dem Vulkan leben soll, warum sind wir dann nicht um den Berg herumgegangen statt ihn zu übersteigen?«

»Wir sind jetzt so weit gekommen, daß es Unsinn wäre, zurückzugehen«, fand Iimmi. Ein Stück Gesteinskruste löste sich unter seinem Fuß. Wieder erhob sich der Wind und zwang sie dazu, den Krater noch weiter zu umgehen.

»Ich hoffe nur, du hast dir gemerkt, wie weit wir uns von unserer ursprünglichen Route entfernt haben«, meinte Urson, doch Iimmi beruhigte ihn: »Keine Sorge.«

Im Lichtschein der Juwelen in Schlanges Hand entdeckten sie am Hang kleine gelbe Erhebungen, wie winzige Kugelkakteen, die teilweise zischende Geräusche von sich gaben. Urson wollte wissen, worum es sich dabei handelte.

»Es sind Schwefelkegel«, erklärte Iimmi. »Ablagerungen von Schwefel geraten unter die Erde, werden erhitzt, und daraus entstehen selbständige kleine Vulkane.«

Nach einer verhältnismäßig ebenen Strecke begannen sie den Endaufstieg über die letzten dreißig Meter gewundener Pfade und Felsadern.

Bei einem Blick zurück bemerkte Urson, daß Geo etwa zehn Meter hinter ihnen zurückgeblieben war und in einer Felsnische lehnte. Sofort kletterte Urson zu ihm hinunter. Das Gesicht des jungen Mannes glänzte vor Schweiß im roten Feuerschein.

»Komm, gib mir deine Hand.«

»Ich kann nicht, Urson«, flüsterte Geo. »Ich falle gleich um.«

Urson umfaßte seine Taille und schleppte ihn über den nächsten Felsen. »Nur schön langsam. Du machst doch keinen Wettlauf!« Gemeinsam folgten sie den anderen.

Iimmi und Schlange erreichten als erste den Kraterrand, dann gesellten sich Urson und Geo zu ihnen. Rotes und gelbes Licht flackerte auf Brust und Gesicht, als sie miteinander hineinstarrten in den Schlund des Vulkans.

Rinnsale von Gold liefen an den inneren Kraterwänden hinunter, rote Felszungen leckten, und aus dem sprudelnden Becken erhoben sich Rauchpilze, trieben weit über die Felsen, weg vom Kraterrand.

Weißglühende Explosionen erschütterten das Gestein unter ihnen, blaue Feuersäulen schossen empor und sanken wieder in sich zusammen. An den Kraterwänden kreuzten sich Lichtpfade über ebenholzschwarzen Vertiefungen.

In den Haaren der Gefährten spielte der Wind.

Geo sah sie zuerst, fünfzig Meter vor ihnen am Kraterrand. Blutrot getönt vom Feuerschein, umwehten sie ihre Schleier, während sie heranschritt. Er machte die anderen auf sie aufmerksam, und alle blickten zu ihr hin.

Sie hielt den Kopf hocherhoben, ihr weißes Haar flatterte im warmen Wind, und in den Runzeln ihres Gesichts wechselten sich Feuerschein und Schatten ab. Als sie näherkam, rann das Licht wie Wasser an ihrem windgebauschten Gewand hinunter. Mit einem Lächeln streckte sie ihnen eine Hand entgegen.

»Wer seid Ihr?« fragte Geo überrascht.

»Schatten zerfließen
im strahlenden Licht frommer Heiterkeit«,
rezitierte die Frau mit leiser, aber fester Stimme.

»Wo Herzen und Hände sich finden,
wartet die Einigkeit.«
Sie machte eine Pause. »Ich bin die Göttin Argo in menschlicher Gestalt.«

»Aber ich dachte . . .« begann Iimmi.

»Was hast du gedacht?« erkundigte sich die ältere Frau mit sanfter Stimme.

»Nichts.«

»Er dachte, Ihr wärt viel jünger«, sagte Urson. »Wir sollen Euch in Eure Heimat zurückbringen.« Einer plötzlichen Eingebung folgend, deutete er auf den Vulkan. »Sagt, ist das wieder dieses seltsame Licht, das uns in der Stadt die Hände verbrannt hat? Hat es Euch vielleicht alt gemacht?«

Sie warf einen Blick in den Krater. »Das hier ist natürliches

Feuer«, beruhigte sie ihn, »eine durchtrennte Arterie, aus der das feurige Blut der Erde quillt. Aber auch Wunden sind natürlich.«

Geo trat unruhig von einem Fuß auf den anderen und betastete seinen Armstumpf.

»Wir haben den Auftrag, die Tochter der jetzigen Göttin Argo zu suchen und sie nach Leptar zurückzubringen«, erklärte ihr Iimmi.

Sie lächelte. »Es gibt mehrere Argos. Die Göttin hat viele Gesichter. Seitdem ihr dieses Land betreten habt, sind euch schon einige davon begegnet.«

»Das glaube ich auch«, bestätigte Urson.

Iimmi fragte: »Seid Ihr eine Gefangene des Gottes Hama?«

»Ich bin seine Gefährtin.«

»Wir müssen auch noch den dritten Juwel finden und ihn aufs Schiff bringen. Wir haben nicht viel Zeit . . .«

»Ich verstehe.«

»He, wie verhält es sich eigentlich mit dem Vampirnest dort unten?« Urson deutete rachsüchtig in die Schwärze unter ihnen. »Sie gaben vor, Argo zu dienen. Was habt Ihr mit denen zu tun? Ich traue dem Frieden nicht so ganz!«

»Wandel liegt in der Natur der Göttin.« Sie sah traurig den Hang hinunter. »Geburt – Leben – Tod.« Sie sah die vier wieder an. ». . . Und Wiedergeburt. Wie ich bereits sagte, Argo hat viele Gesichter. Ihr müßt sehr müde sein.«

»Das stimmt«, seufzte Geo.

»Dann folgt mir. Bitte.« Sie wandte sich ab und begann, auf dem Rand des Kraters zurückzulaufen. Schlange und Iimmi schlossen sich ihr an, dann kamen Geo und Urson.

»Mir gefällt das alles nicht«, flüsterte der Riese Geo zu. »Argo ist in diesem Land nicht die gleiche wie in Leptar. Wir kriegen nur noch mehr Schwierigkeiten. Ich sag' dir, sie führt uns in eine Falle! Meiner Meinung nach wäre es das beste, uns mit den beiden Juwelen zufriedenzugeben, die wir jetzt haben, eine Kehrtwendung zu machen und zu sehen, daß wir uns verflüchtigen. Ich sag' dir, Geo –«

»Urson.«

»Was?«

»Urson, ich bin furchtbar müde.«

Schweigend liefen sie ein paar Schritte nebeneinander her. Dann, mit einem tiefen Seufzer, legte er Geo den Arm um die Schulter. »Schon gut«, brummte er. Während sie Argo den felsigen Krater entlang folgten, stützte er den Freund.

Sie schlug einen Pfad ein, der in den Krater hineinführte. »Seid vorsichtig hier«, warnte sie am Rande des steilen Abgrunds.

»Etwas ist faul hier«, bemerkte Urson mit leiser Stimme. »Ich sag' dir, es ist eine Falle. Wie lautet diese Beschwörungsformel? Ich könnte sie jetzt brauchen: *Bruder Bär, sei brav . . .«*

»Genieß den Winterschlaf«,

fuhr Geo fort.

»Bleibe ruhig liegen.
Feuer dich nicht brennt . . .«

»Da bin ich mir nicht so sicher«, murrte Urson, als er in die lodernden Flammen hinuntersah.

»Wasser dich nicht kennt.
Wenn der Wildbach schwillt,
goldener Honig quillt,
goldene Lachse fliegen.«

»Wie ich schon mal sagte«, meinte Urson, »leck . . .«

»Hier hinein!« Argo betrat eine der Höhlen, die sich in den Kraterwänden befanden. Sie hinderte Schlange daran, mit den Juwelen zu leuchten: »Nein, nicht! Sie sind schon zu oft benutzt worden!«

Mit einem Stäbchen, das sie aus ihrem Gewand zog, schlug sie aus dem Felsen Feuer und entzündete damit einen reichverzierten vielarmigen Petroleumlüster, der an Messingketten von der Felsdecke hing. Von einer Ölschale zur anderen trug sie die Flamme, von der Hand eines Dämonen zum Mund eines Teufels, vom Bauch einer Nymphe zum Kopf eines Satyrs. Durch Chemikalien in den einzelnen Schalen brannte jede in einer anderen Farbe. Rot, grün, blau und orange leuchtete das Licht in der kleinen Kapelle und spielte auf den polierten Bänken. Auf dem Altar standen zwei Statuen gleicher Größe: die eines sitzenden Mannes und die einer knienden Frau. Geo und Urson starrten jedoch den Petroleumlüster an.

»Was gibt's?« frage Iimmi, als er ihren hypnotisierten Blick bemerkte.

»Genau der gleiche Leuchter hängt in Argos Kabine auf dem Schifff. Und schau mal dort drüben. Wo haben wir so etwas vorher schon gesehen?« Sie kannten diesen undurchsichtigen gläsernen Bildschirm aus dem Kloster.

»Nehmt Platz«, forderte sie Argo auf. »Bitte, nehmt doch Platz.«

Sie sanken auf die Bänke. Der einmal unterbrochene Aufstieg hatte ihre Wadenmuskeln und ihre Gesäßmuskeln verkrampft.

»Hama hat Euch sogar in der Gefangenschaft eine eigene Kapelle zugestanden«, stellte Geo fest. »Doch wie ich sehe, müßt Ihr Euren Altar mit ihm teilen.«

»Ich bin doch Hamas Mutter«, lächelte Argo.

Geo und Urson runzelten ungläubig die Stirn.

»Ihr wißt selbst, daß Argo die Mutter aller Wesen und Trägerin allen Lebens ist. Ich bin auch die Mutter aller Götter.«

»Diese blinden Frauen waren doch sicher keine echten Priesterinnen, oder?« fragte Urson. »Sie wollten uns umbringen. Ich wette, sie sind in Wirklichkeit auf Hama hereingefallen ...«

»So einfach ist das alles nicht. Eigentlich sind sie Dienerinnen von Argo, doch wie ich schon erklärte, ich habe viele Gesichter. Leben und Tod sind meine Domänen. Die Bewohner des Klosters, aus dem ihr geflohen seid, sind ein ... wie soll ich sagen ... ein degenerierter Zweig dieser Religion. Sie sind wirklich beim Untergang der Stadt der Neuen Hoffnung erblindet. Für sie bedeutet Argo nur Tod, Herrschaft über alle Männer. Argo ist nicht nur Hamas Mutter, sie ist auch seine Frau und seine Tochter.«

»Dann verhält es sich so, wie wir vermutet haben«, meinte Geo. »Jordde ist keiner von Hamas Spionen. Er steht in den Diensten der abtrünnigen Argo-Priesterinnen.«

»Ja«, bestätigte Argo, »nur daß ›abtrünnig‹ vielleicht das falsche Wort ist. Sie glauben, daß ihr Weg der richtige ist.«

»Dann müßten sie auch für all das verantwortlich sein, was sich auf Leptar tut – nur, daß sie es auf irgendeine Weise

Hama anlasten«, vermutete Geo. »Auch sie waren bestimmt nur hinter den Juwelen her. Ihr selbst erweckt nicht den Eindruck einer Gefangenen. Ihr habt Euch mit Hama verbündet, um zu verhindern, daß Argos Priesterinnen die Herrschaft über Leptar gewinnen.«

»Nichts wäre einfacher«, erwiderte die Göttin. »Leider hast du in fast allen anderen Punkten falsch geraten.«

»Aber warum hat uns dann Jordde den Juwel nachgeworfen, nachdem er ihn Argo – ich meine, der anderen Argo – vom Hals gerissen hatte?«

»Nachdem er meiner Tochter den Juwel entrissen hatte, warf er ihn den Wesen des Meeres zu, weil er wußte, daß sie ihn nach Aptor zurückbringen würden. Einmal auf der Insel, hätten die Priesterinnen eine größere Chance gehabt, ihn zu erbeuten. Meine Tochter, die während der Abwesenheit ihrer eigenen Tochter deren Stelle einnimmt, weiß nicht, daß sie ein anderes Erscheinungsbild der Argo bekämpft. Sie ist der Meinung, all ihre Anstrengungen seien gegen das Übel gerichtet, das Hama in Leptar verbreitet hat. Doch es gibt einen größeren Feind als die blinden Priesterinnen, den sie überwinden muß.«

»Hama ...?« fragte Iimmi vorsichtig.

»Größer als Hama. Es ist ihr eigenes Ich. Es ist schwer für mich, ihr zuzusehen, ohne sie gelegentlich durch ein Wort auf den richtigen Weg zu führen. Mit den wissenschaftlichen Hilfsmitteln hier auf Aptor wäre das kein Problem. Doch ich muß mich zurückhalten. Im großen und ganzen hat sie sich gut entwickelt; es gibt aber so viel mehr zu tun. Sie hat euch wohl geleitet und euch mit den richtigen Aufgaben betraut, ihr habt sie bis jetzt auch zu meiner Zufriedenheit erledigt.«

»Sie wies uns an, den dritten und letzten Juwel von Hama zu stehlen und mit Euch zum Schiff zurückzukehren. Könnt Ihr uns dabei behilflich sein?« fragte Geo.

Argo lachte. »Sobald ich euch Komplimente mache, bringt ihr alles völlig durcheinander. Wenn ihr den Juwel an euch gebracht habt, wen sollt ihr dann nach Leptar zurückbringen?«

»Die Göttin Argo in Menschengestalt.«

»Habt Ihr nicht gesagt, die Argo auf dem Schiff sei Eure Tochter? Aber sie erklärte, Ihr wärt *ihre* Tochter ...« Geo war verwirrt.

Lachend meinte Argo: »Als meine Enkelin hier in Aptor ... geraubt wurde, hatte ich sie bereits erwartet. Seht mal!«

Sie drehte an einem Knopf unter dem Bildschirm. Ein helles Bild entstand: ein schlafendes Mädchen mit kurzem rotem Haar und Sommersprossen auf der Stupsnase, in der Nähe des Mundes eine leicht zur Faust geschlossene Hand. Über der jugendlich knospenden Brust das weiße Laken. Auf einem Tisch neben dem Bett eine Vorrichtung, bestehend aus einem U-förmigen Stück Metall, das auf ein Brett montiert war, eine halb abgerollte Spule Draht, ein paar kleine Metallstücke – und daneben eine zerknüllte Papiertüte.

»Das ist meine Enkelin.« Sie schaltete den Bildschirm aus. »Sie ist diejenige, die ihr auf das Schiff bringen müßt.«

»Wie sollen wir an den Juwel herankommen?« erkundigte sich Geo.

Argo wandte sich an Schlange: »Ich glaube, das war deine Aufgabe.« Dann sah sie die drei anderen an. »Ihr müßt euch erst ausruhen. Danach könnt ihr euch um den Juwel und um meine Enkelin kümmern. Kommt mit mir. Ein Lager ist für euch bereit, in dem hinteren Raum, dort könnt ihr schlafen.« Sie erhob sich und schritt voran zu dem besagten Raum. Ihr Lager bestand aus weichen Zweigen und Decken. Argo wies auf ein Rinnsal, das von einem in die Felswand geschlagenen Becken herabfloß. »Dieses Wasser ist rein, ihr könnt davon trinken.« Dann deutete sie auf einen Jutesack in der Ecke: »Dort findet ihr Früchte, solltet ihr Hunger bekommen.«

»Endlich schlafen!« Urson reckte die Fäuste in die Luft und gähnte.

Als sie es sich bequem machten, sagte Argo: »Dichter?«

»Ja?«

»Ich weiß, daß du noch müder bist als alle anderen, doch ich muß dich einen Moment allein sprechen.«

Während Geo aufstand, erhob sich auch Urson. Er wandte sich an Argo: »Laßt ihn. Er braucht seine Ruhe mehr als wir alle. Wenn Ihr ihn über Rituale und Beschwörungen befragen wollt, dann nehmt Euch doch Iimmi statt dessen. Er weiß genauso viel wie Geo.«

»Ich brauche einen Dichter«, meinte Argo lächelnd, »keinen Studenten. Ich brauche jemanden, der so leiden mußte wie er. Komm!«

»Moment!« Urson ergriff den Juwel an Geos Brust, den ihm Schlange am Eingang zur Kapelle wieder umgehängt hatte. »Das läßt du lieber hier bei mir.«

Geo runzelte die Stirn.

»Es kann immer noch eine Falle sein.«

»Gib ihm doch den Stein, wenn es ihn beruhigt«, schlug Argo vor.

Geo ließ sich den Juwel von Urson abnehmen.

»Nun folge mir«, befahl Argo.

Gemeinsam verließen sie den Raum und gingen durch die Kapelle zurück zum Eingang, wo Argo ihren Blick auf dem Lavagestein ruhen ließ. Licht drang durch ihr Gewand und zeigte die dunkle Silhouette ihres Körpers, als sie, ohne sich umzuwenden, sprach: »Feuer ist ein wunderbares Lebenssymbol, meinst du nicht?«

»Es ist auch ein Symbol für den Tod. Eines der Feuer in Aptor verbrannte meinen Arm.«

Sie sah ihn jetzt an. »Dir und Schlange ging es am schlechtesten. Ihr habt beide etwas von eurem Fleische hiergelassen, das nun auf Aptor zerfällt. Ich glaube, das verbindet euch auf irgendeine Weise mit dem Land . . .« Sie hielt einen Augenblick inne. »Du mußt wissen, daß er viel größere Schmerzen zu erdulden hatte als du. Weißt du überhaupt, wie er seine Zunge verloren hat? Ich habe es von dem Bildschirm in der Kapelle aus beobachtet. Jordde hat ihm die Faust zwischen die Zähne gerammt, und als sich sein Mund öffnete, ergriff er das rote Fleisch mit einer Zange und zog ihm die Zunge heraus so weit es ging. Dann umwickelte er sie mit einem dünnen Draht und setzte diesen unter Strom. Du weißt nicht, was Elektrizität ist, oder?«

»Ich habe das Wort schon gehört.«

»Wenn Elektrizität in hoher Dosis einen dünnen Draht durchläuft, wird dieser weißglühend. Und der weißglühende

Draht wurde immer enger gezogen, bis sich die Muskelfasern von dem verbrannten Stumpf lösten. Das Kind war jedoch schon vorher ohnmächtig geworden. Ich frage mich, ob der Junge imstande ist, noch weitere Schmerzen zu ertragen.«

»Jordde und die blinden Priesterinnen haben ihm das angetan?«

»Jordde und ein paar Männer auf dem Boot, das die beiden von ihrem Floß rettete, mit dem sie Aptor verlassen hatten.«

»Wer ist Jordde eigentlich? Urson hat ihn schon vorher als Ersten Maat gekannt, doch ich kann seiner Geschichte nichts entnchmen.«

»Mir ist die Geschichte auch bekannt. Du kannst ihr wohl etwas entnehmen, aber vielleicht ist es etwas, was du lieber nicht wissen möchtest.« Sie seufzte. »Dichter, wie gut kennst du dich selbst?«

»Was meint Ihr damit?«

»Was weißt du vom Innenleben eines Menschen, von seinen Beweggründen? Davon wirst du in deiner Dichtung erzählen, falls sie einzigartig sein soll.«

»Ich verstehe immer noch nicht ...«

»Ich habe eine Frage an dich, es ist ein poetisches Rätsel. Wirst du versuchen, es zu lösen?«

»Wenn Ihr mir dafür eine Frage beantwortet.«

»Wirst du dein Bestes tun, mein Rätsel zu lösen?« forschte Argo.

»Ja.«

»Dann werde ich auch deine Frage nach bestem Vermögen beantworten. Wie lautet sie?«

»Wer ist Jordde, und was sind die Gründe für sein Verhalten?«

Argo begann: »Einst war er ein sehr vielversprechender Novize im Kloster der Argo in Leptar, Student der Mythen und Rituale wie Iimmi und du, und auch er fuhr zur See, um die Welt kennenzulernen. Doch sein Schiff ging unter; er wurde zusammen mit einigen anderen an die Küste Aptors geworfen. Sie kämpften gegen die Schrecken der Insel, wie ihr es getan habt. Viele verloren ihr Leben, doch zwei stellten sich der Macht Hamas und Argos wie ihr – der eine war ein vierarmiger Schiffsjunge, der von euch Schlange genannt wird, der andere war Jordde. Seine Andersartigkeit erlaubte es dem einen, die Gedanken der Menschen zu lesen, während der andere diese Gabe nicht besaß. Insgeheim verschworen sie sich verschiedenen Mächten. Der zweite Teil deiner Frage betrifft das *Warum.* Wenn du mein Rätsel gelöst hast, wirst du dir diese Frage vielleicht selbst beantworten können. Ich weiß, daß sie beide die einzigen Überlebenden waren. Ich weiß auch, daß Schlange Jordde gegenüber nicht über die Wahl sprechen wollte, die er getroffen hatte, und daß Jordde den Jungen überzeugen wollte, ihm zu folgen. Als sie gerettet wurden, setzte sich das Streitgespräch fort. Schlange, in kindlicher Verbohrtheit, wollte weder über seine Entscheidung sprechen noch über seine Fähigkeit, Gedanken zu lesen, selbst unter der Folter der Zange und des glühenden Drahts nicht. Übrigens, der glühende Draht war ein Gegenstand, den Jordde von den blinden Priesterinnen mit nach Leptar zurücknehmen wollte, um der Bevölkerung damit zu helfen. Es wäre ein großer Fortschritt gewesen; doch alles, was er je damit angefangen hat, war, eine größere Waffe zu konstruieren. Innerhalb eines Jahres wurde Jordde zu einem brutalen Ersten Maat, Schlange zu einem Hafendieb. Beide warteten ab. Als dann die Gelegenheit kam, handelten beide. Warum? Vielleicht kannst du mir das erklären, Dichter.«

»Ich danke Euch für Eure ausführliche Antwort. Wie lautet nun *Eure* Frage?«

Erneut warf sie einen Blick hinunter in die Flammen und rezitierte:

»Des dunklen Raumes Ebenbild
ist, wo des Körpers Säfte sich ergießen.
Und wieder diese Gleichheit gilt
am Ort, wo ein und aus sie fließen.

Durch die helle Kammer, mit frischem Schwung,
winden sich Linien, silbrig-fein,
verblassen auf Pfaden der Erinnerung,
nur ein Symbol können sie noch sein.

Furcht durchströmt den rastlosen Raum.
Im Flammendom entspringt der Liebe Traum.«

»Das habe ich noch nie gehört«, erklärte Geo. »Ich bin mir noch nicht einmal sicher, ob ich die Frage verstanden habe. Mir sind weder Diktion noch Stil dieser Verse bekannt.«

»Ich bezweifelte ohnehin, daß du es kennen würdest«, sagte Argo mit einem Lächeln.

»Gehört es zu alten Argo-Ritualen?«

»Meine Enkelin hat es verfaßt. Die Frage lautet: Kannst du mir erklären, was es bedeutet?«

»Oh«, meinte Geo. »Mir war nicht klar . . .« Er schwieg einige Augenblicke und begann: »Des dunklen Raumes Ebenbild ist, wo die Körpersäfte sich ergießen . . . und wo ein und aus sie fließen. Ist es das Herz? Das menschliche Herz mit seinen vier Kammern? Dort, wo des Körpers Säfte sich ergießen.«

»Ich denke, das wird als Teil der Antwort genügen.«

»Dann die helle Kammer«, überlegte Geo, »der Flammendom. Vermutlich ist der Geist des Menschen gemeint. Die silbrigfeinen Linien, auf den Pfaden der Erinnerung verblassend . . . Ich bin mir nicht sicher.«

»Du kommst doch sehr gut damit zurecht.«

»Könnte es sich auf die ›zwei Seiten‹ beziehen, die ›jedes Ding hat‹? Oder auf etwas Ähnliches in der Richtung?«

»Möglicherweise«, gab Argo zu, »doch ich muß gestehen, daß ich es nicht so interpretiert hätte. Am meisten verwirren mich jedoch die beiden letzten Zeilen.«

»Furcht durchströmt den rastlosen Raum«, wiederholte Geo, »im Flammendom entspringt der Liebe Traum. Ich nehme an, es handelt sich hier erneut um Geist und Herz. Man bringt im allgemeinen Liebe mit dem Herzen in Verbindung und Furcht mit dem Geist. Wahrscheinlich meinte sie damit, daß Herz und Geist über Liebe und Furcht bestimmen.«

»Das wäre möglich.« Argo lächelte. »Du mußt sie unbedingt fragen . . . wenn du sie aus den Klauen Hamas befreit hast.«

»Möchte Eure Enkelin Poetin werden?« erkundigte sich Geo.

»Ich kann nicht sagen, was sie werden möchte. Sie kann

sehr anstrengend sein. Aber du mußt jetzt schlafen, denn morgen werdet ihr den letzten Teil eurer Mission erfüllen müssen.«

»Ich danke Euch«, erwiderte Geo, froh über die Verabschiedung.

»Ich bin entsetzlich müde.«

Bevor er zu seinen Gefährten zurückkehrte, senkte er seinen Blick noch einmal hinab in den Vulkan. Feuerzungen leckten an dem schwarzen Gestein. Er wandte sich ab und trat in die Finsternis zurück.

X

Die Morgendämmerung kroch über den Kraterrand. Argo deutete den rückwärtigen Hang hinunter auf einen schwarzen Tempel zwischen Rasenflächen und Bäumen am Fuße des Berges. »Der Tempel Hamas. Dort liegt eure Aufgabe. Viel Glück!«

Sie stiegen den aschebedeckten Hang hinab und hatten nach etwa einer halben Stunde die ersten Bäume erreicht, die die dunklen Gebäude und die ausgedehnten Gärten umschlossen. Beim Überqueren der ersten Rasenfläche ertönte plötzlich eine Notenfolge aus einem Baum.

»Ein Vogel!« jubelte Iimmi. »Seit wir Leptar verlassen haben, habe ich keinen mehr gehört.«

Eine kleine leuchtend blaue Eidechse von der Länge eines Fingers rannte den Baumstamm hinunter. Ihr saphirfarbener Bauch hob sich im ersten Morgenlicht. Sie öffnete ihr rotes Mäulchen, ihre Kehle vibrierte, und wieder hörte man das Singen.

»Na ja, jedenfalls war ich ziemlich nahe dran«, lachte Iimmi.

Sie setzten ihren Weg fort, bis Geo laut überlegte: »Ich frage mich, warum ihr immer meint, die Dinge müßten sich so darstellen, wie ihr es von ihnen erwartet.«

»Ganz einfach«, erklärte Urson. »Wenn etwas so klingt wie

das, was wir gerade gehört haben, muß es ein Vogel sein.« Er schüttelte sich. »Eidechsen!!«

»Auf jeden Fall war sie hübsch.«

»Quatsch!« sagte Urson.

»Wenn ihr hier herumlauft und die Dinge nach ihrem Anschein beurteilt, so kann euch das in echte Schwierigkeiten bringen – besonders hier auf dieser Insel.«

Aus dem Gebüsch hinter ihnen drang ein Geräusch, und sie blickten sich um. »Stehenbleiben!« kommandierte der Mann in den Büschen schroff.

Sie gehorchten.

Er trug ein dunkles Gewand. Sein weißes Haar umschloß das braune Gesicht wie ein eng sitzender Helm.

Ursons Hand glitt zu seinem Schwert, während Schlange seine Hände von sich streckte.

»Wer seid ihr?« forschte der dunkle Mann.

»Wer seid Ihr?« parierte Urson.

»Ich bin der Gott Hama in Menschengestalt.«

Keiner sprach ein Wort. Schließlich erklärte Geo: »Wir sind als Reisende hier nach Aptor gekommen. Wir führen nichts Böses im Schilde.«

Als der Mann nach vorn trat, tanzten Lichtflecke auf seinem Gewand. »Kommt mit mir«, befahl Hama. Er wandte sich um und ging weiter durch die Bäume, gefolgt von den vier Gefährten.

Im frühen Morgenlicht, in dem die Sonne mit rosa Zungen an den riesigen Gefäßen zu beiden Seiten des Weges leckte, betraten sie den Tempelgarten und schließlich den Tempel selber.

Die Spiegelwände in der Halle warfen ihre Bilder zurück, als sie daran vorbeigingen. Zwischen Onyx-Säulen erstreckte sich der glänzende Tempelboden, und auf dem gigantischen Altar befand sich die riesenhafte Statue eines mit gekreuzten Beinen sitzenden Mannes, der in einer seiner massigen Hände eine Sichel hielt, in der anderen eine Ährengarbe, die vier Stockwerke hinauf zur Decke strebte. Nur eines der drei Augen in seinem Kopf war geöffnet.

Im Vorübergehen wanderte Hamas Blick von den Juwelen

an Iimmis und Geos Hals zu dem starrenden Auge. »Die Morgengebete haben noch nicht begonnen. Sie fangen in einer halben Stunde an. Bis da hoffe ich, den Grund eures Besuches erfahren zu haben.«

Am anderen Ende der Halle ging es eine Treppe hinauf, dann durch eine Tür, über der sich ein schwarzer Kreis mit drei Augen befand. Sie wollten gerade eintreten, als Geo sich umsah, die Brauen zusammenzog und Iimmis Augen begegnete. »Schlange?« formte er mit den Lippen.

Iimmi zuckte, um sich blickend, mit den Schultern. Der Junge war nicht zu sehen.

Der Raum war mit Bildschirmen ausgestattet, wie sie sie bereits aus der Kapelle im Vulkan und aus dem Kloster der blinden Priesterinnen kannten. Ferner gab es einen langen Arbeitstisch und ein Fenster, aus dem man einen Blick auf den Tempelgarten hatte.

Hama stand ihnen gegenüber. Schlanges Verschwinden war ihm offenbar nicht bewußt. Während er die Tür schloß, erklärte er: »Ihr seid gekommen, um die Mächte von Aptor herauszufordern. Ihr wollt den Juwel des Gottes Hama stehlen und die Göttin Argo rauben. Wollt ihr bestreiten, daß dies der Zweck eures Besuches ist? Nimm die Hände von deinem Schwert, Urson! . . . Ich kann dich augenblicklich töten, wenn ich will!«

Ihre Faust schob sich unter dem Laken hervor, und sie preßte die Augenlider aufeinander, so stark sie konnte, während sie von sich gab: »Huaaahhh, verdammt!« Und wieder: »Verdammt! Ich bin müde!« Sie rollte herum und kuschelte sich in die Kissen. Dann öffnete sie nacheinander ihre Augen und betrachtete im Liegen den fast fertigen Motor auf dem Tisch an ihrem Bett. Ihre Augen schlossen sich wieder.

Sie schlug sie erneut auf. »Heute früh kann ich es mir nicht leisten, wieder einzuschlafen«, sagte sie leise vor sich hin. »Eins, zwei, drei!« Damit warf sie ihre Bettdecke zur Seite, setzte sich auf, stellte ihre Füße auf den Steinboden und kam zum Stehen. Der Schock des kalten Steins unter ihren Füßen ließ sie blinzeln. Sie machte ein Geräusch durch ihre zusammengebissenen Zähne und erhob sich dann auf die Zehen.

Als das nichts half, fiel sie wieder aufs Bett und verbarg ihre Füße unter der Decke. Mit zehn Metern Messingrohr, so überlegte sie schläfrig, könnte ich die Warmwasserleitung anzapfen und unter den Fußboden führen – was schätzungsweise reichen würde, um die Quadratmeter in diesem Raum zu erwärmen. Rechnen wir doch mal durch: zehn Meter Rohr von vier Zentimeter Durchmesser ergibt eine Quadratmeterzahl von 22/7 mal 3/2 mal 30, das sind 990, geteilt durch 7, ergibt . . . Sie hielt inne. Verdammt schlimm, wenn man schon solche Berechnungen anstellte, nur um nicht aufstehen zu müssen. Erneut öffnete sie ihre Augen und stellte die Füße auf den Boden, blieb sogar bewußt stehen, während sie sich heftig am Kopf kratzte.

Danach begab sie sich zum Schrank.

Sie zog eine weiße Tunika hervor, arbeitete sich hinein, und band sich den Ledergürtel um die Taille. »Horrido!« sagte sie leise. Dann stürmte sie aus der Tür, die beinahe hinter ihr zugeknallt wäre, doch sie wirbelte blitzartig herum und fing sie gerade noch rechtzeitig auf, um sie sacht den letzten Zentimeter heranzudrücken. Willst du dich erwischen lassen?, fragte sie sich, als sie auf Zehenspitzen zur Nachbartür hinüberschlich.

Sie öffnete die Tür und sah in den Raum. Schwachkopf sah richtig süß aus, wenn er schlief! Peinlich genau den Steinfugen folgend, lief eine Schnur vom Tisch neben dem Bett des Priesters über den Steinfußboden bis zur Türschwelle, die kaum zu entdecken war, wenn man nicht direkt danach suchte. Das hatte sie auch beabsichtigt, als sie sie am Abend vorher dort ausgelegt hatte, bevor die Priester vom Vespergottesdienst zurückkehrten. Das eine Ende hatte sie mit einem selbst ausgetüftelten Spezialknoten an dem elektrischen Auslöser seines Weckers befestigt. Schwachkopf hatte die ärgerliche Angewohnheit, seinen Wecker jeden Abend neu zu stellen, um sicherzugehen, daß der rote Sekundenzeiger noch funktionierte. Ihre Pläne für den heutigen Morgen schlossen eine Überprüfung und Auflistung seiner Gewohnheiten ein. Seinen Weckertick hatte sie drei Nächte hintereinander beobachtet, während sie mit dem Kopf nach unten an dem massiven Mauervorsprung über seinem Fenster hing.

Sie zog jetzt an der Schnur, bis sie nicht mehr in den Fugen entlanglief, sondern eine gerade Linie bildete und sich schließlich, bei noch stärkerem Ziehen, vom Boden abhob. Mit einem leisen Geräusch fiel der Auslöseknopf des Weckers unter den Tisch. Schlaff lag die Schnur auf dem Fußboden.

Wieder zog sie ein wenig daran und hob das Ende einige Zentimeter in die Höhe. Mit ihrer freien Hand zupfte sie daran, bis sie gleichmäßige Vibrationen feststellte. Der von ihr erfundene Knoten war wirklich genial: Durch das Vibrieren lösten sich zwei einander gegenüber angebrachte Schlingen von einer dritten, worauf ein vier Millimeter langes Stück aufgenähten Gummibandes auseinandergezogen wurde und nun seinerseits eine weitere Schlinge von einem kurzen Stück Draht der Stärke Vier und mit einer Tragfestigkeit von einem dreiviertel Gramm zog. Die entgegengesetzt verlaufenden Vibrationen lösten eine weitere derartige Konstruktion von der anderen Seite des Auslöseknopfes – und der Knoten war frei. Rasch wickelte sie die Schnur um ihre Hand, richtete sich auf und schloß, dank des gut geölten Schlosses, vollkommen lautlos die Tür. Der Türgriff war sogar noch ein klein wenig fettig, wie sie bemerkte. Wie unvorsichtig!

Sie trat zurück in ihr eigenes Zimmer, in dem sich das Sonnenlicht durch das hohe Fenster über den Arbeitstisch ergoß. Ihre eigene Uhr zeigte an, daß es noch sehr früh am Morgen war. Sie nahm die Teile des Motors auf. »Ich bin dafür, daß wir dich heute ausprobieren. Nein?« Sie grinste. »Doch!« Sie stopfte die Teile in die Papiertüte, verließ das Zimmer und knallte die Tür . . . nein, herumwirbelnd fing sie sie erneut im letzten Moment auf. Sie brummte durch die Zähne. »Willst du wirklich entdeckt werden?« Nun runzelte sie die Stirn. »Ja. Und denk auch *daran*. Sonst kommst du nie weiter.«

Beim Durchqueren der Halle hörte sie den Gesang einer Blauechse aus dem Garten. »Genau die richtigen Töne!« Ihr Lächeln kam zurück. »Ein gutes Omen!«

Im Tempel lief sie das Seitenschiff hinunter, vorbei an den schwarzen Säulen, bis sie plötzlich durch eine Bewegung auf der anderen Seite gestopt wurde, die nicht mehr war als der Schatten eines Vogels im Flug. Sie war sich aber nicht ganz sicher. »Denk daran«, beschwichtigte sie sich, »du fühlst dich bei dieser ganzen Angelegenheit nicht wohl, und du willst gefaßt werden. Es wäre leicht, dir etwas vorzugaukeln, damit du aus Furcht die ganze Sache bleiben läßt.« Bevor sie zwei weitere Säulen passiert hatte, sah sie es erneut. »Oder aber«, überlegte sie weiter, »du ignorierst vielleicht mit voller Absicht die reichlich offensichtliche Tatsache, daß dort drüben jemand ist. Sei also vorsichtig.«

Dann erkannte sie, was es war: Ein Nackter mit vier Armen schlich zwischen den Pfeilern herum. Das erinnerte sie an etwas, doch ihre Gedanken wurden abgelenkt, ehe sie sich der Erinnerung bewußt wurde. Sie schossen direkt zurück in ihr Gehirn, als er sie anstarrte. Sie hatte Angst.

Wenn er auf mich zukommt, weiß ich vor Angst nicht, was ich machen soll. Also gehe *ich* lieber auf ihn zu. Außerdem will ich wissen, wie er aussieht. Sie trat zwischen den Säulen hervor. Ein rascher Blick bestätigte ihr, daß der Tempel bis auf sie beide leer war.

Er ist noch ein Kind, dachte sie, als sie drei Viertel der Entfernung hinter sich gebracht hatte, ungefähr in meinem Alter. Und wieder versuchten seltsame Gedanken zu ihr durchzudringen, aber erfolglos; denn er kam jetzt auch auf sie zu und blieb vor ihr stehen. Drahtig lagen seine Muskeln unter der braunen Haut, eine schwarze Haarmähne bedeckte teilweise die Stirn, und unter dem schwarzen Gestrüpp der Brauen leuchteten unergründliche Augen.

Sie schluckte. »Was hast du hier zu suchen? Weißt du, daß dich hier jemand finden könnte? Dann gäbe es furchtbaren Krach. Man würde vielleicht sogar annehmen, daß du das Auge Hamas stehlen willst.« Oh, das hätte ich nicht sagen sollen! Er hat so eine komische Bewegung gemacht. »Am besten verschwindest du hier, bevor sie in der nächsten halben Stunde alle zum Frühgottesdienst hierher kommen!«

Nach diesen Worten schoß er plötzlich an ihr vorbei und stürmte auf den Altar zu.

»He!« rief sie und rannte hinterher.

Schlange übersprang das Messinggeländer des Altars.

»Warte einen Moment!« keuchte sie im Näherkommen. »So warte doch!«

Als sie ihre Beine über das Geländer schwang, drehte sich Schlange zu ihr um. »Hör mal. Ich habe meine Karten auf den Tisch gelegt, aber nur aus einem Schuldkomplex heraus. Du hast deine aber auch aufgedeckt.«

Schlange runzelte die Stirn, neigte seinen Kopf zur Seite und grinste dann.

»Wir können einander doch helfen, oder? Du willst das dort oben haben, und ich auch.« Sie deutete auf den Kopf der Statue. »Wir könnten zusammenarbeiten. Erst kriege ich es für eine kleine Weile, dann kannst du es haben.« Er hörte ihr zu, und sie vermutete, daß ihre Taktik Erfolg hatte. »Wir helfen uns gegenseitig. Komm, schlag ein!« Sie streckte ihm ihre rechte Hand entgegen. Alle vier Hände griffen danach.

Nanu, dachte sie, ich hoffe, er ist nicht beleidigt.

Doch als alle seine Hände ihre Rechte umfaßt hielten, legte sie noch ihre linke Hand oben drauf. »Gut. Dann los jetzt. Also, ich habe mir das gestern abend alles genau zurechtgelegt. Wir haben nicht viel Zeit. Gehen wir erst mal herum . . .« Doch er griff nach der aufgerollten Schnur unter ihrem Gürtel und ging hinüber zu den Altarstufen, von denen die Getreidehalme durch Hamas Faust zur Decke wuchsen. In einer Hand die Schnur, hangelte er sich mit seinen restlichen drei Händen an einem Halm hinauf bis zu dem Punkt, an dem die ersten breiten Metallblätter aus dem Stengel sprossen. Seine schmutzigen Füße strampelten wie bei einem Frosch. Dann fand er mit den Zehen Halt, zog sich ganz zu den Blättern hoch und blickte auf sie herab.

»Ich kann dort nicht hochklettern, mir fehlt deine Zugkraft.«

Schlange zuckte die Achseln.

»Ach, verdammt noch mal, ich werde schon auf meine Weise hinaufkommen.« Sie lief über den Altar bis zu dem massigen Fuß der Statue. Da Hama im Schneidersitz saß, lag sein Fuß auf der Seite. Sie benutzte die Zehen als Stufen und klammerte sich an dem göttlichen Fußballen fest, stieg über Knöchel und Schienbein, dann den schwarzen Oberschenkel wieder hinab, bis sie in der Leistenbeuge stehenblieb.

Schlange betrachtete sie von seinem Beobachtungsposten aus über das riesige Knie hinweg. Sie befanden sich ungefähr auf gleicher Höhe.

»Juhuu!« Sie winkte ihm zu. »Wir treffen uns am Schlüsselbein!« Bevor sie über die stilisierten Falten in Hamas Lendentuch weitere drei Meter nach oben gelangte, streckte sie Schlange die Zunge heraus. Eine vergleichsweise realistische Bauchfalte bildete einen gefährlichen Vorsprung, auf dem sie sich zentimeterweise bis zu dem eingesunkenen Nabel vortasten konnte. Ihre Hände hinterließen Schweißabdrücke auf dem schwarzen Gestein.

Mit einem raschen Blick vergewisserte sie sich, daß Schlange den nächsten Blattkranz erreicht hatte.

Der Nabel des Gottes entpuppte sich aus der Nähe als kreisrunde Tür von etwa eineinhalb Metern Durchmesser. Sie trocknete die Hände an ihrem Überwurf, ging in die Hocke und begann damit, das Zahlenschloß zu knacken. Nachdem sie die erste Ziffer zweimal hintereinander verpaßt hatte, wischte sie sich erneut den Schweiß von den Händen und fing wieder von vorne an. Nach den Plänen im Hauptsafe des Tempels, an dem sie das Knacken von Kombinationsschlössern geübt hatte, befand sich hinter dieser Tür eine Leiter, die hinaufführte in die Statue. Sie erinnerte sich mit aller Deutlichkeit daran – was ihr vermutlich das Leben rettete.

Als sie nämlich zur zweiten Ziffer kam, das Schloß in der anderen Richtung weiterdrehte und das verheißungsvolle Klikken der dritten Ziffer vernahm, zog sie am Türgriff – und wurde beinahe hinabgestoßen, als die Tür nach außen schwang. Fest umklammerte sie den Griff, während ihre Füße auf dem schwarzen Stein den Halt verloren.

In fünfzehn Metern Höhe, direkt über dem geheiligten Schoß, hing sie in der Luft, eineinhalb Meter von der Statue entfernt.

Nachdem sie sich mit geschlossenen Augen die Gesetze der Bewegung verdeutlicht hatte, bestand ihre erste Maßnahme darin, die Tür in Schwung zu bringen.

Wenn ihr Körper jedoch nach außen schwang, glitt die Tür nach innen, und umgekehrt. Nach einer Weile gab sie diese Bemühungen auf und ließ sich einfach hängen, wobei sie sich beglückwünschte, daß sie ihre Hände getrocknet hatte. Doch sobald ihre Arme zu schmerzen begannen, änderte sie ihre Meinung – denn mit feuchten Händen hätte sie es schon längst überstanden. Als nächstes versuchte sie sich an Falltechniken im Judo zu erinnern. Dann schloß sie die Augen und bastelte sich so gut es ging ein altes Gedicht zusammen, das von einer jungen Frau handelte, die sich in ähnlicher Lage befand. Der Refrain lautete jedenfalls »Die Abendglocke darf nicht läuten . . .«

Die Tür schloß sich, jemand umfaßte ihre Taille. Sie machte die Augen nicht auf, fühlte jedoch, wie ihr Körper gegen das schräg ansteigende Gestein gepreßt wurde; prickelnd fielen ihre Arme zur Seite. Ihre Muskelbänder brannten vor Schmerzen, die zu einem Pochen abebbten. Dann erst schlug sie die Augen auf. »Wie, zum Teufel, bist du hier heruntergekommen?« fragte sie. Schlange stützte sie, als sie durch die offene Tür taumelte. Sie beendete die Massage ihrer Arme. Woher wußte er wohl von der Leiter?

Sie standen auf den untersten Sprossen, die sich im Dunkel verloren.

Mit einem verwirrten Gesichtsausdruck sah er sie an.

»Was ist los?« erkundigte sie sich. »Ach so, keine Sorge, ich bin schon in der Lage, dort hinaufzuklettern. He, kannst du nicht sprechen?«

Schlange schüttelte den Kopf.

»Oh.« Wieder bewegte sich etwas am Rande ihrer Erinnerung, etwas Unangenehmes. Schlange kletterte bereits die Leiter wieder empor, die er vor einer Minute so rasch hinabgestürmt war. Als sie sich vergewissert hatte, daß niemand im Tempel war, zog sie hastig die Tür zu und folgte ihm.

Der Aufstieg erfolgte in völliger Dunkelheit. Irgendwie verlor sie ihr Zeitgefühl, und sie konnte nicht mehr sagen, ob sie nun zehn Minuten geklettert war oder zwei oder zwanzig. Einmal tastete sie nach der nächsten Sprosse, doch ihre Hand griff ins Leere. Der unterbrochene Aufstiegsrhythmus verursachte ihr Herzklopfen, auch ihre Arme begannen wieder leicht zu schmerzen. Die nächste Sprosse war wieder dort, wo sie hingehörte, die übernächste auch und die folgende ebenfalls.

Erneut zählte sie die Sprossen. Nach der sechsundsiebzigsten fehlte noch eine, und darüber war wiederum nichts, so daß sie mit ihrer Hand an den Holmen entlangglitt, bis sie – deprimierend genug – eine Rundung in der Wand ertastete. »He, du!« flüsterte sie in die Finsternis.

Etwas berührte sie an der Taille. »He, laß das!« Es fuhr an ihrem Bein hinunter, umfaßte ihren Knöchel und zog daran. »Nimm dich in acht!« warnte sie.

Es zog weiter. Als sie den Fuß hob, wurde er gut einen halben Meter zur Seite gezogen, auf festen Untergrund gesetzt und dort festgehalten. Dann wurde sie am Arm und gleichzeitig um die Taille gefaßt und weggezogen. Einen Moment lang versteifte sie sich, bevor sie sich an die Zahl der Arme ihres Gefährten erinnerte, und nahm dann den zweiten Fuß von der Leiter, wagte aber nicht, ihn in der Dunkelheit aufzusetzen, aus Angst, mehr als dreißig Meter in die Tiefe des Schachts zu stürzen. Er führte sie am Arm durch einen Tunnel, der nach ihrer Erinnerung durch die Schulter führen mußte.

An dem anschließenden steil abfallenden Teil erkannte sie, daß sie sich jetzt im Oberarm befanden. Ohne visuelle Orientierung machte sie die starke Neigung ein wenig schwindlig. Es half etwas, die Hand auszustrecken und mit den Fingern an der Wand entlangzugleiten.

»Ich komme mir vor wie Eurydike«, sagte sie laut.

du . . . komisch . . . erklang das Echo einer Stimme in ihrem Kopf.

»He, was war das?« Doch die Stimme blieb stumm. Nach einer scharfen Biegung wurde der Boden ebener. Der Teil des Ganges, in dem sie sich jetzt aufhielten, lag etwa in Höhe der Pulsader. Am Handgelenk wurde es hell. Über eine Treppe und durch eine Falltür kamen sie ins Freie, hoch oben im Tempel. Unter ihnen lag die riesige leere Halle, neben ihnen ragten bronzene Getreidehalme durch die Faust empor, auf der sie jetzt standen. Sie wuchsen noch weitere fünfzehn Meter in die Höhe, bis sie sich zu Ähren öffneten. Jenseits der gigantischen dunklen Brust neigte sich von der anderen Hand der Statue die gewaltige Sichel in die Schatten.

»Komm«, befahl sie, »jetzt folgst du mir.« Sie führte ihn auf dem Unterarm entlang, kletterte über den welligen Bizeps, die Schulter entlang und durch die Vertiefung am Hals bis direkt unter die gerundete Ohrmuschel.

»Hast du die Schnur noch?«

Schlange reichte sie ihr.

»Ich würde sagen, meine Papiertüte ist schwer genug.« Ein Ende der Schnur band sie nun an der Tüte fest, das andere warf sie über das Ohr der Statue, fing es wieder auf und verknotete es so weit oben wie möglich. Dann zog sie daran.

»Ich hoffe, es funktioniert. Ich habe gestern alles durchgerechnet. Die Zugfestigkeit dieser Vorrichtung liegt bei ungefähr hundertzehn Kilo, das dürfte für uns beide reichen.« Sie setzte ihren Fuß auf die Rundung der Halssehne und kam in sieben Schwüngen bis zum Ohrläppchen, das sie überwand, indem sie die vordere Kante als Drehpunkt verwendete. Vom Gehörgang aus schickte sie einen Blick zu Schlange hinunter. »Na, komm schon! Beeil dich!«

Schlange war Augenblicke später bei ihr.

Auch das Ohr war hohl. Es führte in einer zylinderförmigen Passage durch den Kopf des Gottes. Freundlicherweise hatte der Architekt bei seinem Entwurf in den Lidern der Statue Schlitze gelassen. Sie kletterten eine Leiter an der Seite der Passage hoch und tauchten in einem Durcheinander aus Rohren auf, die das Haar des Gottes darstellen sollten. Dort, wo die Stirn in gefährlichem Winkel nach unten abfiel, sah man noch ein kurzes Stück der Nase und darüber die mittlere Augenbraue. Auf den nächsten zweihundert Metern bis zu den Altarstufen gab es nichts besonderes. »So, jetzt kannst du mir eine echte Hilfe sein,« sagte sie zu Schlange. »Halte mich am Handgelenk fest und laß mich hinunter, aber langsam. Ich hole den Juwel.«

Sie umfaßten gegenseitig ihre Handgelenke, während Schlanges übrige drei Hände und seine Kniegelenke sich um fünf verschiedene Rohre legten, die aus dem Kopf ragten.

Langsam glitt sie nach vorn, bis ihre freie Hand kein Gestein mehr unter sich fühlte und sie auf die Länge ihrer beiden Arme hinuntergelassen wurde. Sie befand sich genau über der Nase des Gottes. Vor ihr lag das geöffnete Auge, über dem sich das Lid wölbte, und das Weiße zu beiden Seiten der ebenholzschwarzen Iris schimmerte matt im Halbdunkel. In dieser Entfernung verloren alle Züge der Statue ihren menschlichen Charakter – sie starrte in eine dunkle Höhlung. In der Mitte der Iris, in einer kleinen Vertiefung, gehalten von einer Metallvorrichtung, befand sich der Juwel.

Sie streckte ihre freie Hand danach aus.

Von irgendwoher ertönte ein Gong, Licht überflutete ihren Körper. Als sie aufblickte, strahlte gleißendes Licht in ihre Augen. Von Panik ergriffen, hätte sie fast Schlanges Handgelenk losgelassen, doch eine Stimme in ihrem Kopf (ihre eigene oder eine fremde, sie wußte es nicht) rief aus:

halt . . . aus . . . verdammt . . .

Sie griff nach dem Juwel. Das Metallrohr, das den Juwel getragen hatte, war schlecht verankert und neigte sich, als sie die Hand wegzog. Durch die Neigung mußte sich ein Mechanismus in Gang gesetzt haben, denn das riesige Lid schloß sich über dem Ebenholz und dem Elfenbein des Auges. Pendelnd bewegte sie sich an ihrem Seil aus Knochen und Fleisch und blickte über die Schulter in den Tempel hinab, halb geblendet von dem Lichtschein über ihr. Sie vernahm Gesang, den sie als Anfang einer Prozessionshymne erkannte.

Die Morgenrituale hatten begonnen!

Die steinernen Glieder des Gottes erglänzten im Licht. Gestalten ergossen sich in den Tempel, winzig klein und unendlich weit weg. Sie mußten sie doch sehen! Doch die Hymne, klangvoll und mächtig, stieg empor wie eine Flut. Sie stellte sich plötzlich vor, daß sie hinabstürzte und in den Klängen ertrank. Schlange hievte sie nach oben, sie fühlte Gestein an ihrem Arm, an ihrer Wange. Die Faust an ihrer Seite hielt sie fest geschlossen. Eine weitere hilfreiche Hand kam herab, dann die nächste, und schließlich lag sie zwischen den Metallrohren, und er befreite sein Handgelenk aus ihrem Griff, bevor er sie auf die Füße zog. Einen Moment lang lag ihr Blick auf der Menschenmenge in der Halle.

Ihr Körper wurde von eisiger Nervosität ergriffen, als sich Augen und Gehirn plötzlich der schwindelnden Tiefe bewußt wurden. Sie taumelte. Schlange fing sie auf und geleitete sie schließlich zurück zur Leiter. »Wir haben ihn!« sagte sie zu ihm, bevor sie den Abstieg wagten. Sie holte tief Luft und öffnete ihre Faust, um zu sehen, ob er noch da war. Beruhigt betrachtete sie anschließend noch einmal die Menschen dort unten, deren nach oben gewandte Gesichter wie Perlen auf dem dunklen Boden schimmerten. Triumph straffte ihre Schultern und durchflutete ihre Arme und Beine, so daß sie für Augenblicke ihre Schmerzen vergaß. Schlange grinste, eine Hand auf ihrer Schulter. Noch einmal sprach sie es aus: »Wir haben ihn!«

Im Kopf der Statue stiegen sie die Leiter hinab. Schlange trat als erster aus dem Ohr, haschte nach der Schnur und ließ sich hinunter auf die Schulter.

Sie zögerte, dann nahm sie den Juwel in den Mund und folgte. An seiner Seite entfernte sie den Juwel wieder aus seinem Versteck und rieb ihre Schultern. »Mann, werde ich morgen Muskelkater haben! Tu mir den Gefallen und binde meine Tüte los.« Nachdem er die Schnur von der Tüte gelöst hatte, kletterten sie zusammen über Bizeps und Unterarm zu der Falltür im Handgelenk.

Mit einem Blick auf die Gottesfürchtigen überlegte sie: »An welcher Stelle wohl Schwachkopf zu finden ist . . .« Doch Schlange nahm ihr den Juwel aus der Hand. Sie hatte nichts dagegen und sah zu, wie er den Stein hoch über seinen Kopf erhob.

Die Perlengesichter verschwanden, während sich überall im Tempel die Köpfe senkten.

»Sagenhaft!« grinste Argo. »Los, komm!« Allerdings ging Schlange nicht in den Tunnel, sondern bog um die Faust herum, wobei er gleichzeitig einen der bronzenen Getreidehalme packte und durch eine Öffnung zwischen Daumen und Zeigefinger der Statue glitt. »Dort entlang?« wollte sie wissen. »Na gut, vielleicht. Weißt du, ich werde ein Epos über dieses Erlebnis schreiben. In Stabreimen. Du weißt hoffentlich, was Stabreime sind . . .?«

Schlange aber war schon weg, und sie folgte ihm rasch. Mit ihren Knien klammerte sie sich an den riesigen Stengeln fest. Er hatte mitten in den Blättern auf sie gewartet. Sie machten es sich dort bequem und ließen ihre Augen noch einmal über die faszinierte Versammlung schweifen.

Wieder hielt Schlange den Juwel in die Höhe, wieder beugten sich die Köpfe, wieder erklang die Hymne, deren Worte sich im Nachhall verloren. Die Töne schwangen sich auf und kamen als Echo zurück, sie dröhnten in den Ohren und sandten Schauer über Argos Nacken. Eilig rutschten sie den letzten Halm hinunter. Als sie endlich auf den Altarstufen standen, legte sie ihre Hand auf Schlanges Schulter und sah über das Geländer hinweg, wie die Menge näherrückte. Sie erkannte keine einzelnen Gesichter, sah sie nur als Masse, gewaltig und vertraut. Sie wichen zurück, als Schlange mit dem hoch erhobenen Juwel nach vorn trat. Er kletterte als erster über das Altargeländer und half ihr anschließend hinüber.

Nun spürte sie den Schmerz in ihren Schultern, und ihr wurde die Ungeheuerlichkeit des Diebstahls voll bewußt, während ihr ein Schauer nach dem anderen über den Rücken lief. Die Altarstufen erschienen ihr entsetzlich kalt unter den Füßen.

Sie gingen weiter, als der letzte Ton der Hymne im Echo verklang und die Halle erfüllt war von dröhnender Stille.

Schlange und Argo fühlten gleichzeitig den Drang, zurückzublicken zur aufragenden Statue Hamas. Alle drei Augen waren nun fest geschlossen. Beim Weiterlaufen begleitete sie das Rascheln Hunderter dunkler Gewänder.

Wie sie jetzt erst bemerkte, war ein Scheinwerfer auf sie beide gerichtet. Das war auch der Grund, weshalb die Menge außerhalb des Lichtkegels, der sie umgab, so düster erschien. Das Blut pulsierte in ihrer Kehle, doch sie schritten voran, hinein zwischen die matten Gesichter und durch die Gasse der dunklen Gewänder.

Die letzte Gestalt gab ihnen am Tempeleingang den Weg frei. Sie konnte das Sonnenlicht draußen im Garten sehen.

Einen Moment lang standen sie still, den Juwel über ihren Köpfen. Dann stürzten sie aus dem Portal und die Stufen hinunter.

Als wäre ihr Abgang das Signal, ertönte hinter ihrem Rükken erneut die Hymne, deren Klänge ihnen folgten. Wie gejagte Tiere wirbelten sie am Fuße der Treppe herum in der Erwartung, daß die Priester in dunkler Flut aus dem Portal strömen und sich an die Verfolgung machen würden.

Doch es erklangen nur die Gesänge. Sie flossen hinaus ins Licht, umfingen sie, transparent wie ein Strom oder das Meer.

»Laßt den Tropfen erstarren in der Hand,
die Erde öffne sich durch Gesang.
Laßt Jubel zum Ruhm eines Mannes ertönen
und gleichermaßen zum Ruhm einer Schönen.«

Über dem Gesang hörten sie ein helles Gezwitscher aus den Bäumen. Starr vor Furcht hefteten sie ihre Augen auf den Tempeleingang – doch es zeigte sich niemand. Schlange entspannte sich und grinste.

Sie kratzte sich am Kopf, verlagerte ihr Gewicht auf das andere Bein und schaute ihn an. »Ich schätze, sie verfolgen uns nicht.« Es klang beinahe enttäuscht. Dann kicherte sie: »Ich glaube, wir haben ihn!«

»Keine Bewegung!« wiederholte Hama.

»Ja, aber . . .« fing Urson an.

»Ihr befindet euch in keinerlei Gefahr«, bemerkte der Gott, »es sei denn, ihr tut etwas Unüberlegtes. Bis jetzt habt ihr euch sehr weise verhalten. Tut das weiterhin. Ich habe euch eine Menge zu erklären.«

»Zum Beispiel?« forschte Geo.

»Ich werde mit den Eidechsen beginnen«, lächelte der Gott.

»Womit?«

»Mit den singenden Eidechsen. Ihr seid vor wenigen Minuten durch eine Baumgruppe gegangen. Ihr hattet gerade die unangenehmste Zeit eures ganzen Lebens hinter euch, und plötzlich erklang Gezwitscher aus den Bäumen. Was war es denn?«

»Ich dachte, es wäre ein Vogel«, meinte Iimmi.

»Warum ein Vogel?«

»Weil ein Vogel einfach so klingt.« Urson war ungeduldig. »Wozu brauchen wir eine dämliche Eidechse, um uns an so einem Morgen vollzwitschern zu lassen?«

»Deine zweite Begründung ist wesentlich besser als deine erste. Ihr braucht keine Eidechse, aber ihr braucht einen Vogel, denn ein Vogel bedeutet für euch Frühling, Leben, Glück, Freude. Wenn ihr den Gesang eines Vogels hört, habt ihr die gleichen Empfindungen, die die Menschen Tausende und aber Tausende von Jahren hatten. Dichter haben diese Gefühle in allen Sprachen beschrieben, Catullus in Latein, Keats in Englisch, Li Po in Chinesisch, Darnel X24 in Neu-Englisch. Ihr habt erwartet, einen Vogel zu hören, weil ihr nach dem, was ihr durchgemacht habt, einfach einen Vogel hören *mußtet.* Eidechsen huschen unter feuchten Steinen hervor, schlängeln sich über Grabplatten. Es war keine Eidechse, die ihr nötig hattet.«

»Was haben Eidechsen eigentlich damit zu tun, daß wir jetzt hier sind?« erkundigte sich Urson.

»Weshalb ihr hier seid?« Der Gott hatte Ursons Frage leicht abgewandelt. »Dafür gibt es sicher viele Gründe. Nennt mir doch einige.«

»Ihr habt Argo Unrecht zugefügt – zumindest der Argo von Leptar«, erklärte ihm Geo. »Wir wollen dieses Unrecht wiedergutmachen. Ihr habt die junge Argo entführt, und offenbar auch ihre Großmutter. Wir sind gekommen, um sie nach Hause zu bringen. Ihr habt die Kraft der Juwelen mißbraucht, und wir sind gekommen, um Euch den letzten wegzunehmen.«

Hama lächelte. »Nur ein Dichter kann solche Ehrlichkeit mit Weisheit verwechseln. Ich hatte geglaubt, euch diese Informationen abschwatzen zu müssen.«

»Ich war mir ziemlich sicher, daß Ihr dies alles schon wußtet.«

»Richtig.« Sein Ton veränderte sich. »Ist euch bekannt, wie die Juwelen funktionieren?«

Sie schüttelten die Köpfe.

»Eigentlich handelt es sich dabei um ganz einfache mechanische Vorrichtungen, einfach in der Konzeption, allerdings schwierig in der Handhabung. Ich werde es euch erklären.

Während der ersten glorreichen Jahre der Stadt der Neuen Hoffnung, nach dem Großen Feuer, wurde entdeckt, daß das Gehirn des Menschen keine den Radiowellen ähnlichen Ströme produzierte. Man fand allerdings heraus, daß das elektrische Grundmuster die Radiowellen beeinflussen konnte, und zwar auf die gleiche Weise wie ein Minensuchgerät auf das Vorhandensein von Metall reagiert.«

»Radio?« äußerte Geo fragend.

»Genau. Ach, ich vergaß, daß ihr darüber ja überhaupt nichts wißt. Ich kann es euch jetzt auch nicht im einzelnen erklären. Es genügt, wenn ich euch sage, daß jeder der drei Juwelen einen sorgsam geschliffenen Kristall enthält, der konstant Strahlen aussendet, die auf die erwähnten Gedankenmuster reagieren, wobei der Kristall wie ein Vergrößerungsglas und gleichzeitig wie ein Spiegel wirkt. Er reflektiert und vervielfältigt die Energie des Gehirns, wandelt sie um in Hitze oder Licht oder irgendeine Art elektromagnetischer Strahlung, die euch wieder unbekannt sein dürfte, so daß der Kristall zum gewaltigen Energieträger wird, wie ihr selbst gesehen habt.«

Er fuhr fort: »Aber die Funktionsweise der Juwelen ist eigentlich von zweitrangiger Bedeutung, genau wie die Möglichkeit der Hitzeentwicklung. Ihre wichtigste Eigenschaft ist, daß man mit ihrer Hilfe den Geist eines Menschen durchdringen kann. Und nun kommen wir zu den Eidechsen.«

»Moment mal. Bevor wir zu den Eidechsen kommen: Bedeutet das, daß man sich damit in fremde Gehirne drängen kann, wie es Schlange tut?«

»Ja, nur auf andere Art. Schlange wurde mit der Fähigkeit geboren, seine Gedankenmuster auf andere zu übertragen. Er hat also die gleiche Kraft wie die Juwelen, nur nicht annähernd so stark. Denn mit den Juwelen kann man die Gedanken eines Menschen zerstören –«

»Man kann sich in seine Gedanken einschleichen und ihn am Denken hindern?« wollte Iimmi wissen.

»Nein«, erwiderte der Gott. »Die bewußten Gedanken eines Menschen sind dafür zu intensiv, sonst hätten eure Gedanken jedesmal aufgehört, wenn Schlange mit euch sprach. Es funktioniert auf andere Weise. Wieviele Beweggründe hat ein Mensch für eine einzige Handlung?«

Sie sahen ihn verständnislos an.

»Weshalb zieht ein Mann zum Beispiel seine Hand aus dem Feuer?«

»Weil es weh tut«, meinte Urson. »Warum sonst?«

»Ja, warum sonst?« fragte Hama.

»Ich sehe, was Ihr meint«, sagte Geo. »Er zieht sie auch heraus, weil er weiß, daß sie außerhalb des Feuers *nicht* weh tut. Genau wie der Vogel – ich meine, wie die Eidechse. Ein Grund für unsere Reaktion war, daß es wie ein Vogel klang, der andere, daß wir gerade in diesem Augenblick auch einen Vogel hören wollten. Der Mann zieht seine Hand heraus, weil ihm das Feuer weh tut *und* weil er möchte, daß es ihm nicht weh tut.«

Geo faßte diese Erklärung zusammen: »Mit anderen Worten gibt es für jede Handlung mindestens zwei Gründe.«

»Stimmt«, bestätigte Hama. »Ihr werdet bemerkt haben, daß einer dieser Gründe aus dem Unterbewußtsein geliefert wird – und der Juwel beeinflußt dieses Unterbewußtsein. Wenn also der Mann seine Hand im Feuer hat, kann man sein Unterbewußtsein ausschalten, das ihm sagt, daß die Schmerzen in der Hand außerhalb des Feuers aufhören. Völlig verwirrt – aber unter den gleichen Schmerzen – wird er seine Hand im Feuer lassen, bis sie ein verkohlter Stumpf ist.«

Geo befühlte seinen durchtrennten Arm.

»Die Diktatoren haben im Verlauf der Geschichte dieses Planeten ähnliche Methoden angewendet. Sie ließen die Bevölkerung zum Beispiel im unklaren über die Verhältnisse außerhalb ihres eigenen Landes und brachten sie auf diese Art dazu, um ihren Aufenthalt unter eben diesen Verhältnissen zu kämpfen. Es ist so wie in dem alten Sprichwort: ›Überzeuge einen Sklaven, frei zu sein, und er wird alles tun, um Sklave bleiben zu können.‹ Weshalb singt ein Poet? Erstens, weil er Musik liebt, und zweitens, weil ihn die Stille schreckt. Weshalb stiehlt ein Dieb? Nun, weil er sich in Besitz des Diebesguts bringen will, und auch, weil er sich beweisen will, daß ihn das Opfer nicht erwischt . . .«

»So ist Argo wieder an Schlange herangekommen«, sagte Geo zu Urson. »Mir ist das jetzt völlig klar. Er dachte nur an Flucht, und sie schaltete sein Bestreben aus, nicht gefaßt zu werden. Also konnte ihm sein Unterbewußtsein nicht sagen, in welche Richtung er fliehen sollte, und er rannte in die Richtung, die sie befahl, nämlich direkt zu ihr hin.«

»Das ist richtig«, sagte Hama. »Aber man gewann noch eine weitere Erkenntnis aus der Verwendung der Juwelen. Oder besser ausgedrückt, man hatte endlich aus der Erfahrung das gelernt, was uns die Geschichte schon Tausende von Jahren vorher gelehrt haben sollte: Kein Mensch kann über einen anderen absolute Macht ausüben, ohne sich seine eigene geistige Freiheit zu bewahren. Denn wie gut seine Absichten zu Beginn der Machtausübung auch immer sein mögen, so ist doch sein zweiter Beweggrund stets der gleiche; er hat Angst vor der Freiheit – vor seiner eigenen genauso wie vor der anderer. Nur ein Mensch, den die Freiheit ängstigt, wird solche Macht begehren und auch ausüben, und die Macht wird ihn schließlich zu ihrem Sklaven machen. Aus diesem Grunde sind die Juwelen von Übel. Deshalb haben wir euch gerufen, um sie von uns zu nehmen.«

»Um sie von euch zu nehmen? Weshalb habt ihr sie nicht einfach zerstört, als sie sich noch in eurem Besitz befanden?« fragte Geo ungläubig.

»Wir sind alle bereits infiziert«, lächelte der Gott. »Wir hier auf Aptor sind nur eine kleine Schar. Es war nicht leicht, unsere Gemeinschaft so zu organisieren und die wissenschaftlichen Erkenntnisse aus der Zeit vor dem Großen Feuer zusammenzutragen. Die Juwelen wurden schon zu oft benutzt und mißbraucht, als daß wir sie jetzt vernichten könnten. Wir müßten uns zuerst selbst vernichten. Deshalb haben wir Argo geraubt und euch den zweiten Juwel überlassen, in der Hoffnung, daß ihr auch den dritten und letzten erbeuten wollt. Jetzt seid ihr gekommen, und gerade wird der Juwel gestohlen.«

»Schlange?«

»Ja.«

»Aber wir glaubten, er sei Euer Spion«, sagte Geo.

»Sein Unterbewußtsein wird davon geleitet, daß er glaubt,

er sei mein Spion«, erklärte Hama. »Ihm ist nur bewußt, daß seine Handlungen gegen das Übel gerichtet sind, das er in Jordde erkannt hat. Spion wäre ein zu harter Ausdruck für ihn. Sagen wir lieber, kleiner Dieb. Zu meinem Spion wurde er ganz ungewollt als Kind, während er sich mit Jordde auf der Insel befand. Ich habe euch in groben Zügen erklärt, wie sein Geist arbeitet. Wir sind hier im Besitz von Geräten, die Schlanges Fähigkeit in ähnlicher Weise wie die Juwelen vervielfältigen können. Mit diesen Geräten haben die blinden Priesterinnen zu Jordde Kontakt aufgenommen und ihn zu ihrem Spion gemacht. Damit haben wir auch Schlange erreicht, der uns nie zu Gesicht bekommen hat und auch eigentlich nie richtig mit uns gesprochen hat. Es handelte sich im Grunde nur um etwas, das Schlange hier gesehen hat, als er zum ersten Mal hier war.«

»Augenblick mal«, unterbrach Iimmi. »Jordde hat Whitey umgebracht, und er wollte mich auch umbringen wegen etwas, das wir hier gesehen hatten. Es muß sich um das gleiche handeln. Aber um was?«

Hama lächelte. »Es würde euch nichts nützen, wenn ich es verriete. Vielleicht könnt ihr es von Schlange erfahren oder von meiner Tochter, der Göttin Argo in Menschengestalt.«

»Aber was sollen wir denn jetzt machen?« Geo war ratlos. »Sollen wir die Juwelen Argo übergeben? Ich meine, der Argo auf dem Schiff? Sie hat die Juwelen bereits benutzt, um Macht über die Gedanken eines Menschen auszuüben, nämlich über Schlanges, und das würde bedeuten, daß auch sie schon ›infiziert‹ ist.«

»Zu einem Zeitpunkt hast du den Grund ihrer ›Infektion‹ erraten. Wir haben euch seit eurer Landung auf unseren Bildschirmen beobachtet. Kannst du dich noch an den Grund erinnern?«

»Meint Ihr, weil sie auf ihre Tochter eifersüchtig ist?« fragte Geo.

»Ja. Einerseits waren ihre Motive patriotischer Art. Sie wollte Leptar helfen. Andererseits war sie selbstsüchtig und machthungrig. Ohne ihre Selbstsucht wäre sie allerdings nicht so weit gekommen. Ihr müßt die junge Argo zurückbringen und der Infektion Gelegenheit zum Abklingen geben.«

»Und was ist mit den Juwelen? Sie werden alle drei in einer Hand sein. Ist das keine große Versuchung?« gab Geo zu bedenken.

»Es muß jemand mit dieser Versuchung konfrontiert werden und sie überwinden. Ihr kennt die Gefahr, die die Steine hier auf Aptor darstellen.«

Hama wandte sich dem Bildschirm zu und drehte an einem Knopf. In dem Viereck entstand das Bild der Tempelhalle. Auf der Schulter der mächtigen Statue befanden sich zwei mikroskopisch kleine Gestalten im Licht eines Scheinwerfers. Sie gelangten zum Ellenbogen.

Hama vergrößerte das Bild. Die beiden bewegten sich auf dem Unterarm entlang, hin zu den goldenen Getreidehalmen in der schwarzen Faust des Gottes. Nacheinander rutschten sie an einem der Stengel hinunter, kletterten über das Altargeländer. Das Bild vergrößerte sich noch einmal.

»Schlange!« rief Geo.

»Er hat den Stein!«

»Und Argo ist bei ihm«, fügte Iimmi hinzu, »ich meine, ... eine von den Argos.« Sie umstanden den Schirm und beobachteten, wie die Menge sich vor den verängstigten Kindern teilte. Argo suchte Halt an Schlanges Schulter.

Doch plötzlich schaltete Hama das Gerät aus. Verständnislos blickten sie ihn an. »Ihr seht also«, meinte der Gott, »daß sie den Juwel erbeutet haben. Um Argos und Hamas willen, bringt ihn nach Leptar. Die junge Argo wird euch behilflich sein. Obwohl es uns alle schmerzt, sie zu verlieren, so ist sie doch auf die Reise vorbereitet – vielleicht mehr als ihr. Nehmt sie mit. Wollt ihr das tun?«

»Ja«, sagte Iimmi.

»Ich auch«, versprach Geo als nächster.

»In Ordnung«, meinte Urson schließlich.

»Gut. Dann folgt mir.« Hama wandte sich lächelnd zur Tür. Es ging über die lange Treppe, an den steinernen Wänden vorbei, durch die Halle, dann hinten am Tempel entlang. Er ging langsam und lächelte still vor sich hin wie einer, der sehr lange auf etwas gewartet hat, was schließlich doch noch gekommen ist. Sie verließen den Tempel über die hellen Stufen.

»Ich frage mich, wo die Kinder sind«, meinte Urson.

Hama führte sie durch den Garten, zwischen den Reihen hoher schwarzer Gefäße hindurch, die in der Nähe der Büsche standen. Aus einem Seitenweg gesellte sich die alte Argo mit einem Lächeln des Wiedererkennens zu der Gruppe. Schon bald bogen sie vom Pfad ab und traten zwischen zwei Gefäße.

Argo drehte mit fleckigen Händen zwei Drahtenden zusammen, während Schlange den Juwel auf das provisorische Thermo-Element setzte. Seine Arme lagen auf den Knien. Jetzt ging auch Argo in die Hocke, um sich wie er auf den Stein zu konzentrieren. Das Thermo-Element glühte: Elektrizität durchströmte die Kupferwicklung, der Metallkern wurde zum Magneten, ein Zeiger ruckte einmal, dann ein zweites Mal. Die Schleifbürsten gaben ein leises Geräusch, als die Drehgeschwindigkeit zunahm und die kupfernen Konturen der Drähte verwischte.

»He«, flüsterte sie, »schau doch, wie es läuft! Schau, wie das Ding läuft!« Völlig selbstvergessen starrten die jungen Diebe auf den summenden Motor, beobachtet von den beiden Göttern, die neben einem Steingefäß standen und mit einem Lächeln auf sie herabblickten.

XI

Unter den Bäumen erhob sie sich auf die Zehen und küßte die hohe Stirn des Priesters. »Schwachkopf, ich finde dich süß!« Sie blinzelte rasch und wischte mit den Fäusten unter ihren Augen herum. Dann erinnerte sie sich an etwas: »Oh, ich habe gestern im biologischen Labor Yoghurt angesetzt. Acht Liter davon stehen zur Fermentierung im Tarantelkäfig, du mußt daran denken, sie herauszunehmen. Und kümmere dich um die Hamster. Bitte, vergiß die Hamster nicht!«

Das war die letzte von ungefähr zwanzig bis fünfundzwanzig Abschiedsszenen. Sie hatte ihre Muschelsammlung übergeben, diverse Gedichte ausgetauscht, sich zu einer Anzahl von Streichen bekannt und den beiden alten Göttern Argo und Hama die Ehre erwiesen.

Dann begannen sie den Anstieg auf den Vulkan, während der Tempel hinter ihnen zwischen den Bäumen verschwand.

»Wir haben zwei Tage Zeit, um zum Schiff zu gelangen.« Geo sah mit zusammengekniffenen Augen in den blassen Himmel.

»Vielleicht sollten wir jetzt die Juwelen zusammenlegen, sie sozusagen aus dem Verkehr ziehen, nachdem wir ihre Macht kennen.« Urson machte diesen Vorschlag.

»Was meinst du damit?« fragte Iimmi.

Urson nahm den Lederbeutel von Geos Gürtel. »Gib mir deinen Stein.«

Nach kurzem Zögern nahm Geo den Lederriemen von seinem Hals. Urson legte den Stein in den Beutel.

»Ich glaube, es kann nichts schaden«, meinte Iimmi, als auch er seine Kette hineingleiten ließ.

»Und hier ist meiner!« Argo hatte den dritten getragen. Sie hatte die Schnur, die ihr beim Besteigen der Statue nützlich gewesen war, zu einem kleinen Säckchen verknüpft, in dem der Juwel lag, und sich die Kordel um den Hals gehängt. Diese gab sie ihm nun. Urson zog den Beutel zusammen und verstaute ihn an seinem Gürtel.

»So«, meinte Geo, »ich schlage vor, daß wir den Fluß anpeilen, um zu Eurer Mutter und zu Jordde zu gelangen.«

»Jordde? Wer ist Jordde?«

»Er spioniert für die blinden Priesterinnen. Und er ist derjenige, der Schlanges Zunge herausgeschnitten hat.«

»Herausgeschnitten ...?« Plötzlich dämmerte es ihr. »Ja, richtig – vier Arme, die Zunge – ich sah es im Film, jetzt erinnere ich mich!«

»Wo habt Ihr es gesehen?« fragte Iimmi. »Woran erinnert Ihr Euch?«

Argo wandte sich zu Schlange. »Ich weiß jetzt, wo ich dich schon gesehen habe.«

»Ihr kennt Schlange?« Urson staunte.

»Nein, ich bin ihm nie begegnet. Aber vor einem Monat

habe ich in einem Film gesehen, was passiert ist. Es ist furchtbar, was sie ihm angetan haben!«

»Was ist ein Film?«

»Wie? Ach so, es ist so etwas Ähnliches wie ein Bildschirm, nur daß man darauf Dinge sehen kann, die in der Vergangenheit geschehen sind. Auf jeden Fall hat mir Schwachkopf diesen Film vor etwa einem Monat gezeigt. Danach ging er mit mir zum Strand und erwartete, daß ich dort etwas erkennen sollte, etwas, das mit dem Film zusammenhing.«

»Etwas erkennen? Was war es?« Iimmi ergriff sie an der Schulter und schüttelte sie. »Was hättet Ihr erkennen sollen?«

»Warum ...?« Das Mädchen war erschrocken.

»Weil einer meiner Freunde umgebracht wurde und ich dem gleichen Schicksal gerade noch entgehen konnte, und das alles, weil wir am Strand etwas gesehen haben sollten! Nur weiß ich nicht, was.«

»Aber ...« begann Argo, »... aber ich weiß es doch auch nicht! Ich konnte nichts sehen oder erkennen, und Schwachkopf brachte mich zurück zum Tempel.«

»Schlange, weißt du, was sie erkennen sollten?« fragte Geo. »Oder wenigstens, warum Argo es sehen sollte, nachdem ihr gezeigt wurde, was man mit dir gemacht hatte?«

Der Junge zuckte die Achseln.

Iimmi fixierte Schlange. »Weißt du es nicht, oder willst du es bloß nicht sagen? Also los jetzt! Das ist der einzige Grund, warum ich es so lange ausgehalten habe – ich will wissen, was hier gespielt wird!«

Schlange schüttelte den Kopf.

»Ich will wissen, weshalb ich beinahe umgebracht wurde!« bohrte der schwarze Matrose. »Du weißt es, und ich verlange, daß du es mir sagst!« Iimmi hob die Hand zum Schlag.

Schlange schrie auf.

Der Schrei riß sich los von den angespannten Stimmbändern. Dann wirbelte der Junge herum und stürzte davon.

Urson hielt ihn fest und warf ihn krachend ins Gebüsch. »So nicht«, knurrte der Riese, »diesmal entkommst du mir nicht!«

»Paß doch auf!« rief Argo. »Du tust ihm weh! Urson, laß ihn los!«

»He, nun mal langsam«, mischte sich Geo ein. »Schlange, du bist uns eine Erklärung schuldig. Laß ihn los, Urson!«

Unter Protestgemurmel ließ Urson den Jungen aufstehen. »Er wird mir nicht noch einmal entwischen.«

Geo kam zu den beiden hinüber. »Laß ihn in Ruhe. Hör mir zu, Schlange. Weißt du, was es so Wichtiges am Strand zu sehen gab?«

Schlange nickte.

»Kannst du es uns nicht sagen?«

Der Junge schüttelte wieder den Kopf und blickte auf Urson.

»Du brauchst dich nicht vor ihm zu fürchten«, erklärte Geo irritiert. »Urson wird dir nichts tun.«

Doch Schlange schüttelte nur erneut den Kopf.

»Na gut, wir können dich nicht zwingen. Gehen wir!«

»Ich könnte ihn schon zwingen«, brummte Urson vor sich hin.

»Nein«, meinte Argo. »Ich glaube nicht, daß du das könntest. Ich habe gesehen, wie es das letzte Mal jemand versucht hat. Ich glaube jedenfalls nicht, daß *du* das fertigbrächtest.«

Der späte Vormittag brachte die Mittagshitze. Es kam der Nachmittag, und es wurde feucht im Dschungel. Leuchtende Insekten schossen durch das Blattwerk wie winzige rote und blaue Messer. Brust, Gesicht und Schultern wurden von nassen Blättern gestreift.

Am Rande eines felsigen Abschnitts zog Urson plötzlich das Schwert und schlug auf einen Schatten ein, der sich als mittelgroßes katzenähnliches Tier entpuppte. Sein Blut rann über den Stein und vermengte sich mit den schmutzverkrusteten Blättern auf dem Boden.

Niemand machte den Vorschlag, die Juwelen zum Feuermachen zu benutzen. Während Iimmi damit beschäftigt war, über einer Handvoll Holzspäne aus zwei Steinen Funken zu schlagen, fragte er plötzlich: »Warum hat man Euch einen Film über ein entsetzliches Ereignis gezeigt, bevor man Euch an den Strand führte?«

»Vielleicht sollte ich sensibilisiert werden, um etwas Bestimmtes am Strand zu erkennen.«

»Wenn man durch Horror sensibilisiert wird, dann hätte ich zu jenem Zeitpunkt so aufnahmefähig wie nur irgend möglich sein müssen«, stellte Iimmi fest.

»Wie meinst du das?« fragte Geo.

»Ich hatte doch gerade beobachtet, wie zehn Männer am Strand in Stücke gehackt wurden, erinnerst du dich nicht?« Die Funken sprangen über, Feuer flackerte auf.

Während der Mahlzeit holte Argo ein Päckchen Salz aus ihrer Tunika hervor und verschwand dann mit Schlange im Dikkicht, aus dem sie nach zwei Minuten mit einer rötlichen Ranke wieder auftauchten. Sie erklärte, daß man die Rinde abziehen und mit dem Mark das Fleisch zum Würzen einreiben könne. »Dort im Tempel hatte ich einen herrlichen Kräutergarten«, erzählte sie, als sie sich vor dem Feuer niedergelassen hatte. »Es gab eine ganze Abteilung für Giftpflanzen wie Todesengel, Wolfsmilch, Stechapfel, Pfaffenhut, Elfenkraut – die ganze Sammlung.« Sie lachte, doch ihr Lachen hörte abrupt auf. »Ich glaube nicht, daß ich dorthin zurückkehren werde. Auf jeden Fall nicht in geraumer Zeit.« Sie drehte die Ranke zusammen. »Es war wirklich ein herrlicher Garten.« Sie gab den Stengel wieder frei.

Jenseits des felsigen Plateaus begann niedriges Gehölz, in dem es feuchter und düsterer war. »Seid ihr sicher, daß wir auf dem richtigen Weg sind?« fragte Urson.

»Ziemlich«, meinte Iimmi.

»Ganz bestimmt«, bestätigte Argo. »Wir werden in der Nähe seiner Quelle auf den Fluß.«

Rasch kam die Dämmerung.

»Etwas geht mir nicht aus dem Kopf«, sinnierte Geo nach einer Weile.

Argo fragte, was es denn sei.

»Hama erklärte uns, daß die Juwelen stets denjenigen infizierten, der sie benutzt hat, um die Gedanken anderer zu beeinflussen . . .«

»Die Infektion ist eigentlich schon latent vorhanden«, korrigierte Argo, »sie kommt dadurch nur zum Ausbruch.«

»Gut. Auf jeden Fall gab Hama zu, daß auch er infiziert sei. Zu welcher Gelegenheit hat er denn die Juwelen benutzt?«

»Sehr oft. Viel zu oft. Das letzte Mal, als ich entführt wurde. In diesem Fall hat er mit Hilfe des Juwels Teile des Monsters unter Kontrolle gebracht, dem ihr in der Stadt der Neuen Hoffnung den Garaus gemacht habt, um mich und die Juwelen wieder nach Leptar zu bringen.«

»Ein Teil dieses Monsters? Kein Wunder, daß es so rasch verrottet ist, als es tot war.«

»Wie bitte?« Iimmi verstand nicht.

»Argo – ich meine Eure Mutter – erzählte mir, daß es gelungen war, einen der Entführer zu töten, und daß dieser sofort zerschmolz.«

»Wir konnten nicht die gesamte Masse unter Kontrolle bringen«, erklärte sie. »Eigentlich hatte das Ungeheuer keinen Geist. Aber wie alles Lebendige besaß es trotzdem diesen zweifachen Antrieb.«

»Und was wurde durch diese Entführung erreicht?« wollte Iimmi wissen.

Argo grinste. »Auf diese Weise seid ihr hierher gekommen und bringt jetzt die Juwelen weg.«

»Das ist alles?«

»Nein, wirklich! Reicht das denn nicht?« Sie machte eine kleine Pause. »Wißt ihr, ich habe einmal ein Gedicht geschrieben, das sich mit diesem Thema befaßt – dem zweifachen Antrieb und all dem.«

Geo rezitierte:

»Des dunklen Raumes Ebenbild
ist, wo des Körpers Säfte sich ergießen.
Und wieder diese Gleichheit gilt
am Ort, wo ein und aus sie fließen.«

»Wo hast du das her?«

»Der dunkle Raum ist Hamas Tempel – stimmt's?«

»Und sein Ebenbild ist der Tempel Argos«, fuhr sie fort. »Sie sollten jedenfalls Ebenbilder sein. Und deren Ebenbilder sind dann wiederum die Kinder. Die Kraft des Alters steht der Kraft der Jugend gegenüber, verstehst du?«

»Ich verstehe.« Geo lächelte. »Und die Säfte des Körpers, die ein und aus fließen?«

»Das bezieht sich auf alles, was der Mensch tut, sein Kommen und Gehen, seine großartigen Ideen, seine Errungenschaften, aber auch auf seine unwichtigen Gedanken. Das alles resultiert aus dem Zusammenwirken der vier Kräfte.«

»Vier? Ich dachte, es wären nur zwei!« rief Urson aus.

»Nein, ganz und gar nicht! Es können Tausende sein!«

»Das ist zu kompliziert für mich«, meinte Urson. »Wie weit ist es noch bis zum Fluß?«

»Wir dürften bis zum Abend dort sein«, schätzte Iimmi.

»Und die Richtung stimmt auch«, versicherte Argo. »Glaube ich jedenfalls.«

»Noch eins«, fuhr Geo fort. Unter der Blätterschicht war der Boden jetzt schwarz und schwammig. »Wie ist Eure Großmutter nach Aptor gelangt?«

»Mit dem Hubschrauber.«

»Womit?«

»Mit einem Gerät, das so aussieht wie ein Boot und das in der Luft fliegt, aber viel schneller als ein Boot.«

»Ich hatte nicht von der Transportart gesprochen.«

»Als sie fand, daß ihre Tochter in Leptar ordnungsgemäß regierte, begab sie sich für immer nach Aptor. Ich habe selbst nichts davon gewußt, bis ich entführt wurde. Hier habe ich eine Menge gelernt.«

»Ich denke, wir auch«, meinte Geo. »Mysteriös ist nur noch die Sache mit dem Strand.«

»Dann beeilen wir uns doch, dort hinzukommen«, murrte Urson. »Wir werden immer langsamer, obwohl wir so wenig Zeit haben.«

Die Luftfeuchtigkeit wurde beinahe unerträglich. Von den zunächst noch glänzenden Blättern tropfte es jetzt auf den glitschigen Untergrund. Durch die Äste fiel blasses Licht, reflektiert von nassem Blattwerk.

Zweimal war in einigen Metern Entfernung ein platschendes Geräusch zu hören, als ein zuvor unsichtbares Tier davonhuschte. »Hoffentlich trete ich nicht auf etwas, das die Absicht hat, ein Stück aus meinem Fuß herauszubeißen.«

»Ich bin ganz gut in Erster Hilfe«, meinte Argo beruhigend. »Außerdem ist mir kalt.«

Das Gehölz lichtete sich, und Ursons Füße versanken bei jedem Schritt im Schlamm des Waldbodens, der jetzt mit metergroßen Tümpeln bedeckt war, in denen sich die Bäume spiegelten.

Nachdem Geo sie vor Treibsand gewarnt hatte, schritten sie vorsichtiger aus. »Bleibt einfach in Reichweite eines Baumes«, riet er.

»Ja, sie stehen nur so weit auseinander!« beschwerte sich Argo.

Genau in diesem Moment schrie Geo auf. Er war den anderen ein wenig voraus, und als sie ihn erreichten, war er bereits knietief eingesunken. Er warf sich auf die Seite, um mit seinem gesunden Arm ein dünnes schwarzes Bäumchen zu erhaschen. Als er versuchte, sich auch mit seinem Stumpf anzuklammern, rutschte er jedoch an der Rinde ab.

»Halt aus!« rief Urson, der um den Tümpel lief, das Bäumchen mit einer Hand umfaßte und Geo mit der anderen herauszog. Er war bis zum Oberschenkel mit grauem Schlamm bedeckt. Während Urson noch dabei war, Geo auf sicheres Gelände zu verfrachten, kippte das Bäumchen zur Seite und stürzte in einem Wurzelgewirr klatschend in den Schlamm. Aus dem tropfenden Geflecht huschte ein unbekanntes Tier. Dann versank der Baum im blasigen Schlamm.

»Bist du in Ordnung?« Urson stützte Geo immer noch, »Geht's wieder?«

Geo rieb seinen Armstumpf und nickte. »Na klar.« Auf ihrem weiteren Weg durch den Schlamm blieben sie zusammen.

Als sie die Bäume hinter sich gelassen hatten, bemerkte Geo plötzlich, wie sich der gesamte Sumpf vor seinen Füßen bewegte. Platschend trat er einen Schritt zurück, doch Urson packte ihn an der Schulter. Kleine Wellen erschienen an der Wasseroberfläche, breiteten sich aus, kreuzten sich, bis alles mit einem feinen Wellennetz bedeckt war.

Dann stiegen sie herauf. Grüne Rückenpartien durchbrachen das Wasser, richteten sich auf, Wasserbäche rannen über grüne Gesichter und grüne Oberkörper. Sie waren zu dritt, dann zu viert. Vier weitere tauchten ans Licht, dann viele, viele mehr, mit fleckig-grünen Körpern.

Geo fühlte ein plötzliches Ziehen im Kopf, an seinen Gedanken. Der Anblick der Gefährten zeigte ihm, daß sie die gleiche Empfindung hatten.

»Das sind . . .« begann Urson.

Geo unterbrach ihn: »Das sind sie, die uns . . . getragen haben . . .« Da war das Ziehen wieder, und sie gaben ihm nach. Geo legte seine Hand an den Kopf. »Sie wollen, daß wir . . . mit ihnen gehen . . .« Plötzlich setzte er sich in Bewegung, glitt in den bekannten halbbewußten Zustand, der über ihn gekommen war, als er den Fluß überqueren wollte, dort bei der Stadt der Neuen Hoffnung, oder als er vom Schiff aus ins Meer gefallen war.

Nasse Hände griffen nach ihren Körpern und geleiteten sie sicher durch den Sumpf, trugen sie durch tiefere Wasserstellen. Dann führte man sie über trockenes Land mit dichterem Pflanzenwuchs. An den Flanken glitschiger Felsen spiegelte sich streifig der Sonnenuntergang.

Tropfende Moosbaldachine hingen in den Ästen. Das Wasser bedeckte jetzt ihre Knie, ging dann bis zur Taille und schließlich bis zum Hals. Kiesel und Muscheln zeigten sich in heller Flut, so als hätten sich ihre Augen auf eine neue Art von Licht, wie es beispielsweise auf dem Meeresboden herrschte, eingestellt. Die Luft knisterte weiß, statisch, elektrisch aufgeladen, änderte sich in Blau und später in Schwarz. Rote Augen glommen in der Düsternis. Durch einen Riß in dem Pflanzenteppich erkannten sie, wie sich der Mond durch die Wolken schob und sie in Silber tauchte. Vor einem Felsen starrte ein Nackter hinauf zu der weißen Scheibe. Er begann ein Geheul, als sie vorüberkamen (zumindest öffnete er den Mund und warf den Kopf zurück; doch ihre Ohren waren voll von der Nacht und konnten nichts hören). Plötzlich war er auf allen vieren. Ein Windhauch blies in seine Schwanzspitze, fing sich im rauhen Haar seines Unterleibs, und das Licht lag gleißend auf seinen gespitzten Ohren, der verlängerten Schnauze, den dürren Hinterbeinen. Einmal wandte er den Kopf, bevor er hinter dem Felsen in der Dunkelheit verschwand.

Vor den offenen Himmel fiel ein Baumvorhang, und Flammenaugen glitzerten in der Ferne. Wieder spülte Wasser um ihre Knie, senkte sich hinab, bis sie am dunklen Strand den Sand unter ihren Füßen spürten und das Donnern des Meeres, das Rauschen des Flusses vernahmen. Im Voranschreiten befingerten nasse Blätter ihre Wangen, kitzelten ihre Schienbeine und klatschten gegen ihre Bäuche. Alles blieb zurück.

Als sie die größte der Höhlen betraten, flackerte Licht auf den nassen Steinen. Ihre Augen stellten sich darauf ein, und sie sahen den Schaum, der sich auf dem Sandboden hin- und herbewegte, sahen die schwarzen Flechten des Seetangs in den Felsspalten und verschlungen im Sand, dort, wo sie das Wasser hingespült hatte. Die Hände mit den Schwimmhäuten gaben sie frei.

Feierschein lag auf den steilen braunen Felswänden, die sie umgaben. Sie erhoben ihre Augen zu dem Alten auf dem Felsenthron. Seine langen, dünnen Knochen wurden von eingesunkenen Membranen gehalten. Aus dem breitnasigen Gesicht blickten graue, umwölkte Augen. Wasser rann über die Felsenbank, auf der er saß, umgeben von den anderen.

Die Gefährten sahen sich an. Argos nasses Haar, jetzt in tiefem Kastanienbraun, klebte an ihrem Kopf und malte schmale Streifen auf ihren Nacken. Draußen goß es in Strömen.

Eine Stimme, verstärkt durch den natürlichen Nachhall in der Höhle, dröhnte ihnen entgegen: »Träger der Juwelen!« Bei diesen Worten bemerkte Geo die gleiche Dumpfheit wie bei Schlanges stillen Botschaften. »Wir haben euch hierher gebracht, um euch zu warnen. Als älteste Form intelligenten Lebens auf diesem Planeten haben wir vom Delta des Nils den Bau der Pyramiden beobachtet. Wir sahen den Mord an Cäsar vom Ufer des Tibers. Wir waren dabei, als die spanische Armada von England vernichtet wurde, und vor dem Großen Feuer folgten wir dem mächtigen Metallfisch der Menschen durch die Meere. Wir haben uns weder mit Argo noch mit Hama verbündet. Unser ist das geschlechtslose Wesen des Ozeans. Wir berühren die Menschen nur, wenn sie vom Tode aufgedunsen sind. – Ihr habt die Juwelen von Aptor getragen und benutzt, die Augen Hamas, den Schatz Argos, die Zerstörer der Vernunft, das Spielzeug von Kindern. Ob ihr sie nun zur Beeinflussung des Geistes oder zum Entfachen des Feuers verwendet – alle Träger der Juwelen sind verkrüppelt. Aber wir können euch warnen, so wie wir die Menschen vorher gewarnt haben. Wie zuvor werden uns einige zuhören, andere nicht. Euer Geist ist euer Eigentum, dafür verbürge ich mich. Und nun beschwöre ich euch: Werft die Juwelen ins Meer!

Das Meer verliert nichts. Wenn Zeit und Wogen ihr Werk vollendet und das Böse herausgewaschen haben, werden sie euch zurückgegeben werden. Denn dann werden die Wogen der Zeit auch eure Unzulänglichkeiten hinweggewaschen haben.

Kein intelligentes Lebewesen, nichts, was den zweifachen Lebensimpuls fühlt, ist frei von dieser Ansteckungsgefahr. Doch wir selbst sind alt und können sie eine Million Jahre bewahren, bevor wir in der gleichen Weise infiziert werden wie ihr. Das Leben eurer jungen Rasse ist zu konzentriert, um jetzt schon mit solcher Macht umgehen zu können. Wieder sage ich euch: Werft die Juwelen ins Meer!

Die Erkenntnisse, die die Menschheit benötigt, um Hunger und Qual aus der Welt zu verbannen, sind in zwei Tempeln auf dieser Insel zusammengetragen. In beiden findet sich das Wissen, die Juwelen nutzbringend zu verwenden – und beide sind infiziert. In Leptar jedoch, wohin ihr sie bringen wollt, gibt es keinerlei Möglichkeit, sie anders als zu Bösem zu nutzen. Es wird dort nur der Hang zur Zerstörung vorhanden sein.«

»Und ich?« ließ sich Argo vernehmen. »Ich bin in der Lage, die Menschen auf Leptar zu lehren.« Sie ergriff eine von Schlanges Händen. »Wir haben einen Stein für unseren Motor verwendet!«

»Du wirst etwas anderes finden, das deinen Motor in Gang setzt. Zunächst mußt du noch etwas erkennen, das du bereits gesehen hast.«

»Am Strand?« forschte Iimmi.

»Ja.« Der Alte nickte, begleitet von einer Art Seufzer. »Am Strand. Unsere Wissenschaft gestattet uns Dinge, die euch unmöglich erscheinen – zum Beispiel, euch wochenlang durch das Meer zu tragen, ohne daß euer Körper verwest. Wir können uns wie Schlange in eure Gedanken schleichen und vieles mehr. Unsere Weisheit ist sogar unvergleichlich größer als die Argos oder Hamas. Werdet ihr uns die Juwelen anvertrauen und sie ins Meer werfen?«

»Wie könnten wir euch die Juwelen überlassen?« fragte Urson. »Wie können wir zunächst einmal sicher sein, daß ihr sie nicht gegen Hama und Argo verwendet? Ihr sagt, keiner ist dagegen gefeit. Und wir haben nur euer Wort darauf, wie lange es dauern würde, bis ihr zum Opfer werden könntet. Es gelingt euch bereits jetzt, der Menschen Geist zu beeinflussen. So habt ihr uns auch hierher gebracht. Nach Hamas Worten ist das die Ursache der Verführung, und ihr habt es bewiesen.«

»Außerdem«, meinte Geo, »gibt es da noch etwas. Wir haben unsere Aufgabe schon ein dutzendmal in Frage gestellt durch das Abwägen verschiedener Motive, und jedesmal kommen wir zu dem gleichen Ergebnis: Wir haben eine Aufgabe, und wir sollten sie erfüllen. Wir sind beauftragt, Argo und die Juwelen zum Schiff zu bringen, und das tun wir auch.«

»Er hat recht«, bestätigte Iimmi. »Hier greift wieder einmal Regel Nummer Eins: Folge der einfachsten Theorie, die sämtliche Gegebenheiten berücksichtigt.«

Der Alte seufzte zum zweiten Mal. »Einst, vor fünfzehnhundert Jahren, ging ein Mann, der einen dieser Metallvögel steuern sollte, nachdenklich am Ufer des Meeres auf und ab. Er hatte eine Aufgabe zu erfüllen. Wir versuchten ihn zu warnen, so wie wir euch gewarnt haben. Doch er schob die Hände in die Taschen seiner Uniform und sprach die gleichen Worte zu den Wellen, die ihr soeben gesprochen habt. Die Warnung war aus seinem Geist verbannt. Ohne seine Hände aus den Taschen zu nehmen, kletterte er über die Dünen am Strand, und am Abend trank er eine Tasse Kaffee mehr als sonst. Um fünf Uhr am nächsten Morgen, als die rote Sonne schräg über dem Flugfeld stand, kletterte er in seinen Metallvogel, startete, flog einige Zeit über das Meer und sah hinunter auf das Wasser, das wie zerknitterte Aluminiumfolie unter der aufsteigenden Sonne lag, bis er wieder Festland erreichte. Dort erfüllte er seine Aufgabe. Er drückte auf einen Knopf, der zwei Feuergeschosse in einer Kobalthülse auslöste. Das Land stand in Flammen. In den Häfen kochte das Meer. Und zwei Wochen danach war auch er tot. Die Substanz, die deinen Arm verbrannt hat, Dichter, hat auch ihm das Gesicht verbrannt, hat die Lungen in seiner Brust und das Gehirn in seinem Schädel zum Sieden gebracht.« Er machte eine Pause. »Jawohl, wir können den Geist eines Menschen kontrollieren. Wir hätten seine Müdigkeit vertreiben, die Furcht und den Terror beschwichtigen und seine unbewußten Rechtfertigungen akzeptieren können, so, wie es die Menschen jetzt mit Hilfe der Juwelen tun könnten. Hätten wir es aber getan, so hätten wir gleichzeitig auch die ... Menschlichkeit beschwichtigt, an die er sich klammerte. Ja, wir können uns den Geist des Menschen untertan machen – aber wir tun es nicht.« Die Stimme schwoll an. »Doch niemals, niemals nach dem Tag an der Küste vor dem Großen Feuer, war die Versuchung so groß wie heute.« Die Stimme bekam wieder den gewohnten Klang. Beinahe humorvoll tönte sie jetzt. »Vielleicht habt ihr recht. Vielleicht ist die Versuchung sogar für uns zu groß. Vielleicht haben wir jetzt den Punkt erreicht, an dem uns die Juwelen helfen würden, eine Grenze zu überschreiten, die wir nie zuvor überschritten haben, und Dinge zu tun, die wir noch nie getan haben.« Er machte erneut eine Pause. »So, ihr habt unsere Warnung vernommen. Die Entscheidung nimmt euch keiner ab, das schwöre ich euch!«

Schweigend standen sie in der gewaltigen Höhle, auf ihren Gesichtern wechselten Licht und Schatten im Schein des Feuers. Geo wandte sich um und warf einen Blick in die regenverhangene Düsternis außerhalb der Höhle.

»Dort draußen ist das Meer«, ließ sich die Stimme wieder hören. »Trefft eure Entscheidung! Die Flut kommt herein.«

Bevor sie es aussprechen konnten, wurde es bereits ihren Gedanken entrissen.

Zwei Kinder sahen, wie sich ein Motor im Schatten drehte. Geo und Iimmi erblickten die Tempel Argos in Leptar, und von Ursons Gedanken ging etwas Düsteres aus. Einen Augenblick lang erschienen ihnen sämtliche Bilder gleichzeitig – dann war alles vorüber.

Die Stimme dröhnte: »Also gut, dann behaltet sie!«

Wie gewölbtes Glas spülte eine Welle über den Boden vor

dem Felsen, von dem das Feuer herableuchtete. Dann überflutete sie das brennende Treibholz. Mit einem Zischen versank alles in Dunkelheit. Verkohlte Holzstücke erglommen noch kurz im Wasser, wirbelten herum und verlöschten.

Sie spürten das Klatschen des Regens auf ihren Körpern, die Hände, die ihnen Halt gaben und sie gleichzeitig hineinzogen in das warme Meer und in die Dunkelheit. Und dann das Nichts ... Schlanges Gedanken wanderten wieder, diesmal durch die Augen des Kapitäns hindurch:

Im Regen sprang die Kabinentür auf, im Türrahmen flatterten die nassen Schleier. Ein Blitz machte sie transparent. Jordde erhob sich von seinem Stuhl, die Tür fiel mit dem Donnerschlag ins Schloß.

Ich habe das Zeichen aus dem Meer erhalten, *sagte sie.* Morgen steuert Ihr das Schiff in die Mündung des Flusses.

Die Stimme des Kapitäns: Aber, Priesterin Argo, ich kann das Schiff nicht nach Aptor bringen. Wir haben bereits zehn Leute verloren. Ich kann nicht weitere Opfer ...

Und der Sturm, *lächelte Jordde.* Wenn das Wetter morgen auch so ist, wie kann ich das Schiff durch die Felsen manövrieren?

Ihre Nüstern blähten sich; sie preßte ihre Lippen zu einer kalkweißen Linie zusammen und sah Jordde an.

Der Kapitän dachte: Was ist mit ihnen los? Was bedeutet diese verwirrende Spannung? Das alles zermürbt mich, und ich bin sehr müde ...

Ihr werdet morgen an der Küste vor Anker gehen, *zischte Argo.* Sie sind zurückgekehrt, mit den Juwelen!

Der Kapitän dachte: Sie reden miteinander in einem Code, den ich nicht verstehe. Ich bin furchtbar müde. Ich muß mein Schiff und meine Leute schützen, das ist meine Aufgabe, dafür bin ich verantwortlich.

Argo wandte sich an den Kapitän. Kapitän, ich habe Euch angeheuert, damit Ihr mir gehorcht. Ihr gabt mir Euer Versprechen, als ich Euch in meine Dienste nahm. Dabei war Euch bekannt, daß es auf Aptor gefährlich werden könnte. Ihr müßt Eurem Maat Anweisung geben, das Schiff morgen früh an Aptors Küste zu lotsen.

Der Kapitän dachte: Ja, ja. Diese Erschöpfung, diese Ungewißheit. Doch ich muß mich aufraffen, muß weitermachen . . . Jordde, *begann er.*

Jawohl, Kapitän, *antwortete der Maat, seinem Befehl vorgreifend.* Wenn es das Wetter erlaubt, werde ich das Schiff so dicht wie möglich an die Küste heranbringen, Sir. *Ein dünnes Lächeln umspielte seine Lippen, als er zu Argo hinübersah.*

XII

Er spürte rauhen Sand auf einer Körperseite und sengende Sonne auf der anderen. Seine Augen fühlten sich heiß an, durch die Lider schien orangefarbenes Licht. Er drehte sich um, wollte die Hände im Sand vergraben, doch es gelang ihm nur mit einer.

Rasch schlug er die Augen auf. Der Sand knirschte, als er sich aufrichtete und seinen Blick über das Wasser schweifen ließ. Zunächst bemerkte er die Sonne, die nur Zentimeter über dem Horizont hing, danach das Schiff.

Es steuerte auf die Flußmündung am Ende des Strandes zu. Im Aufstehen blickte er um sich. Er war allein. Er begann, auf die Flußmündung zu seiner Linken zuzulaufen, dorthin, wo Felsen und Pflanzenwuchs das Ende des Strandes markierten. Der Sand unter seinen Füßen war noch kühl.

Wenige Augenblicke später stürmte Iimmis dunkle Gestalt aus dem Dschungel in die gleiche Richtung. Geo machte ihn durch einen Zuruf auf sich aufmerksam. Sie trafen keuchend aufeinander und setzten ihren Weg gemeinsam fort.

Unter den ersten Bäumen fanden sie die rothaarige Argo, die sich im Schatten breiter Palmwedel die Augen rieb. Schweigend gesellte sie sich zu ihnen, und bald erreichten sie die Felsgruppe wenige hundert Meter flußaufwärts.

Durch den Regen war der Fluß gefährlich angeschwollen. Er spie braune Wasserwogen ins Meer, die sich schäumend an den Felsen brachen und schmutzig unter ihnen brodelten. Die

Flußmündung war beinahe eineinhalbmal so breit, wie Geo sie in Erinnerung hatte.

Obwohl der Himmel über der braunen Brühe klar war, grollte die See bösartig und zeigte der Sonne ihre weißen Zähne. Das Schiff benötigte noch weitere fünfzehn Minuten, um sich an den Granitnadeln vorbei zum Felsufer zu manövrieren.

»So reißend«, flüsterte Argo beim Anblick der turbulenten Wirbel. Das war der einzige menschliche Laut in dem Donnern der Wassermassen.

Der Schiffsbug durchpflügte die Wogen, bis schließlich das Fallreep heruntergelassen wurde, das unruhig gegen die Felsen schlug. Die Leute versammelten sich auf Deck.

»He«, Argo deutete mit dem Finger, »dort ist meine Mutter!«

»Wo, zum Teufel, sind Schlange und Urson?« fragte Iimmi.

»Das dort unten ist doch Schlange.« Geo wies mit seinem Stumpf in die Richtung. »Schau!«

Schlange kauerte in der Nähe des Fallreeps, der Schiffsbesatzung durch einen Felsvorsprung verborgen, aber von Geo und seinen Gefährten deutlich zu erkennen.

»Ich gehe mal runter. Ihr bleibt hier.« Geo tauchte in dem Gebüsch unter, immer das Felsufer und das wild schäumende Meer im Auge, bis er zu einer kleinen Erhebung etwa drei Meter über Schlanges Felsennest gelangte.

Geo sah hinunter auf das Schiff. Jordde stand am Anfang der unruhig im Auf und Ab der Schiffsbewegung pendelnden, fünf Meter langen Laufplanke. Er hielt eine schwarze Peitsche in der Hand, die allerdings in einem Kasten endete, den er sich auf den Rücken geschnallt hatte. Mit erhobener Peitsche trat er auf die wacklige Planke.

Geo fragte sich gerade, was die Vorrichtung bedeuten mochte, als er bereits die dumpfe Antwort in Schlanges Gedanken hörte:

Mit ... diesem ... Gerät ... Zunge ... herausgeschnitten ... nur ... an ... Peitsche ... fehlt ... Draht ... Schlange wußte also, daß er sich dicht hinter ihm befand. Bevor er sich der Bedeutung dieser Information ganz bewußt wurde, sprang Schlange mit der Geschwindigkeit eines herabstoßenden Vogels aus seinem Versteck und hinunter zum Fallreep, kam auf die Füße und stürzte auf Jordde zu, den er offenbar von der Planke stoßen wollte.

Jordde hob die Peitsche und ließ sie auf die Schulter des Jungen fallen. Es war kein richtiger Schlag, nur eine Berührung, doch Schlange taumelte und fiel auf ein Knie, wobei er nach der Planke griff. Von seinem Standort aus hörte Geo ihn aufschreien.

»Ich habe dir mit diesem Ding schon die Zunge herausgeschnitten«, sagte Jordde emotionslos. »Jetzt werde ich den Rest deines Körpers in Stücke schneiden.« Er drehte einen Knopf an seinem Gürtel und hob die Peitsche erneut –

Geo schoß auf die Laufplanke zu. Ein plötzlicher Anfall von Wut und Furcht hatte diese Reaktion ausgelöst, doch als er Jordde am Ende der Planke gegenüberstand, zwischen sich den zusammengesunkenen Jungen, fragte er sich, ob das besonders klug gewesen war. Er konnte den Gedanken nicht verfolgen, sondern mußte der herabfallenden Peitsche ausweichen, was ihm aber nicht gelang.

Sie traf ihn mit dem Gewicht der Schwerkraft, streifte seine Wange, fiel dann über die Schulter und auf seinen Rücken. Er schrie. Er hatte das Gefühl, als sei seine ganze Gesichtshälfte versengt worden und als liefe über Schulter und Rücken eine zentimetertiefe Wunde. Weiße Glut war in seinem Mund, und er mußte an sich halten, um nicht in den brodelnden Abgrund zwischen Schiffsrumpf und Fels zu springen. Als die Peitsche weggezogen wurde, strömte Wasser in seine Augen. Sein gesunder Arm, mit dem er sich im Hocken an der Planke festklammerte, zitterte wie die lose Saite einer Gitarre. Zurückweichend taumelte Schlange gegen ihn und riß ihn fast um. Als Geo den Tränenschleier vor seinen Augen weggeblinzelt hatte, sah er zwei hellrote Striemen auf der Schulter des Jungen. Mit einem Grinsen trat Jordde hinaus auf die Planke.

Als die Peitschenschnur erneut herabfiel, war ihm nicht ganz klar, was geschah. Er selbst lehnte sich nach einer Seite, Schlanges Füße verschwanden nach der anderen. Dann sah man von ihm nur noch vier Fingergruppen an den Rändern der Planke. Geo wurde wieder durchgeschüttelt und schrie gellend auf.

Von einem Rand der Planke verschwanden zwei Hände, die sich zu denen gegenüber gesellten. Als Jordde zum vierten Mal ausholte, um diesen lästigen Einarmigen von der Planke zu holen, bewegten sich die Finger rasch in Richtung auf Jorddes Füße. Ein Arm tauchte auf und packte Jordde am Fußgelenk, so daß der Schlag weit daneben ging. Geos Glieder zitterten immer noch, als er gleichzeitig versuchte, die wacklige Planke zu verlassen und dem Brechreiz zu widerstehen.

Jordde hatte zwar das Gleichgewicht verloren, doch gelang es ihm, sich im Umdrehen an der Reling festzuhalten. Genau zu dem Zeitpunkt schoben sich Schlanges Beine nacheinander wieder auf die Laufplanke. Er rollte sich ganz hinauf und blieb in der Hocke.

Geo stolperte auf unsicheren Füßen vom Fallreep. An seinem ursprünglichen Beobachtungsposten ließ er sich auf einen Stein niederfallen. Dann legte er seinen gesunden Arm quer über den Magen und lehnte sich nach vorn, um seinen Rücken kühlen zu lassen. Er wandte seine Augen nicht von der Szene.

Halb im Sitzen schlug Jordde die Peitsche seitlich, doch Schlange war etwa dreißig Zentimeter hochgesprungen, so daß der Schlag unter seinen Füßen entlangging. Alle vier Arme von sich gestreckt, fand er sein Gleichgewicht wieder. Ein Peitschenhieb traf die Bordwand, hinterließ dort einen Brandfleck und schwang wiederum nach vorn. Auch diesmal rettete sich Schlange durch einen Sprung.

Plötzlich fiel ein Schatten auf Geo. Er sah, wie Urson auf die Planke zuschritt, wo er sich wie ein Bär mit dem Rücken zu Geo hinkauerte. »Na komm, versuch's doch mal mit jemandem, der ein bißchen größer ist als du. Marsch, runter hier, Junge! Jetzt bin ich dran!« Er hatte sein Schwert gezogen.

Schlange drehte sich um und griff nach etwas an Ursons Körper, doch Urson schob ihn von sich, während er an ihm vorbei auf das Festland sprang. Urson lachte über seine Schulter hinweg. »Die an meinem Hals brauchst du nicht!« rief er ans Ufer. »Hier, heb das für mich auf!« Er warf Geos Lederbeutel ans Ufer. Kurz darauf ließ Jordde die Peitsche sausen. Sie mußte Urson an der Brust erwischt haben, denn sein Rükken versteifte sich abrupt. Dann stürzte er vor und brachte sein Schwert mit solcher Wucht nieder, daß er sicher Jordde das Bein abgeschlagen hätte, wäre dieser noch auf seinem Platz gewesen. Er war aber an den Rand des Schiffes zurückgesprungen, so daß sich das Schwert fast zehn Zentimeter in die Planken bohrte. Beim Herausziehen kam der nächste Schlag. Die Peitsche wand sich um Ursons Mitte wie eine Schlange und kam nicht mehr frei.

Urson heulte auf und stieß mit seinem Schwert zu. Es bohrte sich zentimetertief in Jorddes Bauch. Mit einem völlig überraschten Gesichtsausdruck beugte sich der Maat nach vorn, ergriff die Peitschenschnur und zog daran, brüllend vor Schmerzen.

Mit geschlossenen Augen und offenem Mund stolperte Jordde noch zwei Schritte über die Planke, bevor er den Halt verlor.

Urson, dessen Geheul nicht aufhören wollte, gab die Peitsche ebenfalls nicht frei, sondern ruckte zurück und stürzte auf der anderen Seite hinunter. Für Augenblicke hingen die beiden über dem Fallreep, die Peitsche zwischen sich. Durch das Rollen des Schiffs schwenkte die Laufplanke zur Seite, löste sich und fiel mit Getöse ins Wasser, die Männer unter sich begrabend.

Geo und Schlange kletterten auf den Felsvorsprung. Von hinten näherten sich Argo und Iimmi.

Unter ihnen in der Gischt wurde einmal ein Durcheinander von Gliedern sichtbar. Auf unerklärliche Art und Weise hatte sich die Schnur um Ursons Hals gewickelt; die Planke stand beinahe senkrecht im Wasser. Dann waren sie verschwunden.

Das Schiff begann nun an die Felsen heranzutreiben. Mit jeder Welle wurde es zwei Meter hereingetragen, dann einen Meter zurück, dann wieder zwei Meter zur Küste. Nach vier einlaufenden Wellen, in der Zeit von vier sehr tiefen Atemzügen, schrammte die Flanke an der Felswand entlang. Geo hörte, wie die Laufplanke im Wasser zerbarst.

Die Bewegung des Flusses verbarg alles andere.
Geo trat zwei Schritte zurück, umklammerte seinen Armstumpf und erbrach sich vor Schmerz und Entsetzen.
Die Stimme des Kapitäns erklang: »Weg von den Felsen! Bringt das Schiff von den Felsen weg, bevor es in Stücke geschlagen wird!«
Iimmi nahm Geo am Arm. »Komm, mein Freund!« Er schaffte es, Geo an Bord zu hieven. Argo und Schlange sprangen hinter ihnen an Deck, gerade rechtzeitig, bevor das Schiff von der Küste wegtrieb.
Geo lehnte an der Reling. Unter ihm kämpfte das Wasser wütend zwischen den Felsen, schoß brodelnd am Flußufer dahin, und als er dann seine Augen hob, lag die See ruhig vor der hellen Linie des Strandes. Der langgezogene sandige Rand der Insel blieb zurück als imposanter und geradliniger Halbkreis, der in seinem Bogen den gesamten Sonnenglanz einfing und ihn ins Meer zurückwarf, Welle auf Welle. Geos Rücken brannte, sein Magen war eingesunken und zittrig wie die Hand eines alten Mannes, er hatte einen Arm verloren, und Urson . . .
»Kapitän«, sagte er mit der Hand an seinem Armstumpf. Dann, brüllend: »Kapitän!«
Der kleine Rotschopf ergriff seine Schulter. »Es . . . es hilft doch nichts!«
»Kapitän!« rief er erneut.
Der ältere grauäugige Mann kam heran. »Was gibt es?«
Er sieht müde aus, dachte Geo. *Ich bin müde.*
Auch Iimmi stand jetzt neben ihm. Geo schwieg. Iimmi sagte, »Entschuldigung, Sir, ich glaube nicht, daß Ihr noch irgend etwas tun könnt.«
»Bist du ganz sicher?« fragte der Kapitän mit einem Blick auf das wirre schwarze Haar, die Schrammen im Gesicht, die unergründlichen Augen.
»Bist du wirklich . . .«
»Ist schon gut«, meinte Geo. Er wandte sich wieder der Reling zu. Unten im Wasser wurden immer noch Holzsplitter gegen die Schiffsflanke gespült, die wieder im weißen Schaum versanken. Nur noch Splitter. Nur . . .

Argos Stimme war zu vernehmen. »Schaut euch den Strand an!«

Geo schickte seinen Blick hinüber und versuchte, auf einmal einzufangen, was sich ihm bot. Jenseits des aufgewühlten Wassers war eine Zone der Ruhe. Der helle Sand auf dem schmucklosen Halbrund erschien dunkel in einigen Senken und spiegelnd hell auf manchen kleinen Erhebungen. Am Rande des Dschungels kräuselten sich Blätter und Ranken in vielerlei grüner Gestalt und Beschaffenheit um die blattschweren Äste. Ihm wurde klar, daß jedes einzelne Fragment in dem grünen Vorhang, der in der Sonne hing, ein Blatt mit Ober- und Unterseite war, ein vollständiges System von Skeletten und Adern, genau wie es sein Arm gewesen war. Und auch sie würden wahrscheinlich eines Tages abfallen. Auch die Felsen waren völlig verschieden voneinander, in bestimmter Weise geformt und gezeichnet, doch ihre Eigenheiten verwischten sich, als das Schiff sich entfernte – so wie seine Erinnerung an das ganze Abenteuer sich langsam verwischte. Der Fels dort drüben sah aus wie der Kopf eines halb untergetauchten Bullen; die beiden flachen nebeneinander erinnerten an ausgebreitete Adlerflügel. Und die Wellen, in ihrer Gemessenheit und Großartigkeit, rollten eine nach der anderen zum Strand, im einzigartigen Rhythmus eines guten Gedichts: friedvoll, wohlgeordnet und ruhig. Geo versuchte, die chaotischen Gedanken über Ursons Tod mit den Wellen hinauszuschicken, und sie strömten hinein zwischen die glasgrünen Wellen, die an den stillen Strand schlugen. Er versuchte, die Qual in seinem Körper auszubreiten über das Gewebe aus Gischt und schimmerndem Grün, und zu seiner Überraschung paßte es ganz vorzüglich. Irgendwo in seinem Innern begann sich ein sehr tiefes Verständnis zu entwickeln.

Geo wandte sich von der Reling ab. Seine Füße schlitterten über das nasse Deck, als er sich zum Vorschiff begab. Erst jetzt hatte er seinen verstümmelten Arm losgelassen. Locker hing die Hand an seiner Seite.

Später am Abend kam er zurück an Deck. Er traf die verschleierte Priesterin an der Reling. Als er sich näherte, drehte sie sich zu ihm um und sagte mit ruhiger Stimme: »Ich wollte Euren Bericht nicht hören, bevor Ihr nicht etwas zur Ruhe gekommen seid.«

»Es geht mir besser«, sagte Geo. »Wir haben Euch Eure Tochter zurückgebracht, ob es Euch nun gefällt oder nicht. Die Juwelen hat Schlange, er wird sie Euch übergeben. Und Eure Tochter wird Euch alles über Hama berichten.«

»Das hat sie bereits getan«, erwiderte die Priesterin mit einem Lächeln. »Ihr habt Euch sehr tapfer geschlagen, Dichter.«

»Danke.« Damit wandte er sich um und ging zurück zum Vorderdeck.

Als Schlange an diesem Abend hinunterkam, lag Geo auf dem Rücken in seiner Koje und verfolgte die Linien des Holzes an der Unterseite des Bettes über ihm. Sein Kopf ruhte auf seinem gesunden Arm. Schlange berührte ihn an der Schulter.

»Was gibt's?« Geo drehte sich auf die Seite und sah zwischen den beiden Bettgestellen hervor.

Schlange hielt Geo den Lederbeutel hin.

»Was, du hast sie Argo noch nicht übergeben?«

Schlange nickte.

»Ja, weshalb hat sie sie denn nicht genommen? Ich will sie auf jeden Fall nicht mehr sehen.«

Schlange streckte ihm den Beutel erneut entgegen und fügte hinzu: *schau* . . .

Geo nahm den Beutel, zog ihn auf und schüttelte den Inhalt in seine Hand: drei goldene Ketten. An jeder hing eine goldene Münze. Geo runzelte die Stirn. »Wie ist das möglich, daß die hier drin sind? Ich dachte . . . wo sind die Juwelen?«

Im . . . *Meer* . . . sagte Schlange. *Urson* . . . *hat* . . . *sie* . . . *vertauscht* . . .

»Was faselst du da? Was soll das heißen?

Möchte . . . *nichts* . . . *sagen* . . .

»Es ist mir egal, was du möchtest oder nicht möchtest, du kleiner Mistkerl!« Geo packte ihn bei der Schulter. »Los, raus mit der Sprache!«

Bei . . . *den* . . . *blinden* . . . *Priesterinnen* . . . erklärte Schlange schnell. *Er ... hat ... mich ... gefragt ... wie ... die ... Juwelen ... funktionieren ... du ... und ... Iimmi ... auf ... Erkundung ... und ... danach ... habe ... ich ... nicht ... gehört ... auf ... seine ... Gedanken ... böse ... Gedanken ... böse ...*

»Aber er ... er hat dir doch das Leben gerettet!«

Aus ... welchem ... Grund ... sagte Schlange. *Am ... Ende*

»Du hast am Ende seine Gedanken gelesen? Was hat er gedacht?«

Bitte ... schlaf ... sagte Schlange. *Viel ... Haß ... viel ... böser ... Haß* ... Die Stimme in seinem Kopf verstummte. *und ... Liebe ...*

Geo fing an zu weinen. Ein Knoten in seiner Kehle zerriß, und er versuchte, diesen Laut mit den Zähnen festzuhalten, versuchte herauszufinden, warum er weinte. Weinte er, weil er müde war oder Angst hatte, weinte er um Urson oder um seinen verlorenen Arm, oder wegen des unvermeidlichen Wachstums seiner Seele, das mit solcher Qual verbunden war? Sein Körper schmerzte – besonders zwei scharfe Striemen auf seinem Rücken. Er konnte nicht aufhören zu weinen.

Iimmi, der sich die Koje über Geo ausgesucht hatte, kam einige Minuten nach dem Abendessen zurück. Geo war nicht nach Essen zumute gewesen.

»Was macht dein Magen?«

»Fühlt sich komisch an. Aber etwas besser.«

»Gut. Du weißt doch, daß dich Essen wieder ins Gleichgewicht bringt. Er führt dich sozusagen zurück auf den Boden der Tatsachen.«

»Ich werde bald wieder etwas essen«, versprach Geo, und nach einer Pause: »Ich wette, du wirst nie herausfinden, was du am Strand gesehen hast und was dich zur Gefahr werden ließ.« Das Klatschen des Wassers am Schiffsrumpf war kaum vernehmbar. Sie hatten jetzt Kurs auf Leptar genommen.

Iimmi lachte. »Ich habe es bereits herausgefunden!«

»Auf welche Art? Und wann? Was war es?«

»Zur gleichen Zeit wie du«, erwiderte Iimmi. »Ich habe nur geschaut. Und später hat mir Schlange die Einzelheiten erklärt.«

»Wann?« wiederholte Geo.

»Ich habe mich vor dem Abendessen aufs Ohr gelegt, und dabei ist er das Ganze mit mir durchgegangen.«

»Was war es denn, was du gesehen hast – oder vielmehr, was wir gesehen haben?«

»Nun, erinnerst du dich noch, was Jordde vorhatte, als er als Schiffbrüchiger nach Aptor kam?«

»Erwähnte Argo nicht, daß er Priester werden wollte? Die alte Argo, meine ich.«

»Richtig«, bestätigte Iimmi. »Erinnerst du dich auch noch an deine Theorie?«

»Hatte ich eine bestimmte Theorie?«

»Ja, du meintest, daß man durch Qualen und Entsetzen empfänglicher für alles würde.«

»Oh ja, ich entsinne mich.«

»Du hattest recht damit. Jetzt brauchst du nur noch ein wenig von Hamas Theorie aus seiner Lehre über den zweifachen Lebensimpuls dazuzunehmen und das Ganze gut zu schütteln. Es handelte sich nicht darum, daß wir etwas Bestimmtes gesehen hatten, sondern es ging um eine Situation oder vielmehr eine Erfahrung, die wir gemacht hatten. Der Strand war von völlig untergeordneter Bedeutung. Es hätte überall geschehen können. Der Mensch, mit seinen ständig diametral auseinanderliegenden Beweggründen, versucht stets, Gegensätze zu vereinen. Wenn man Hamas Theorie weiterverfolgt, kommt man zu dem Ergebnis, daß *jede* Handlung aus der Vereinigung zweier Beweggründe resultiert. Wenn du davon ausgehst, was wir alles mitgemacht haben, unsere Verwirrung, unsere Qualen, all die Ungereimtheiten, und es vergleichst mit einer höheren Ordnung, wie wir sie beispielsweise im Rhythmus des Meeres fanden, in den Wellen und Gezeiten, in seiner alles beherrschenden Ruhe oder auch in der Anordnung der Zellen eines Blattes, in der Konstellation der Sterne, dann geschieht etwas mit dir: Du wirst reifer. Du wächst innerlich, wirst verständnisvoller und versöhnlicher, und noch vieles mehr.«

»Ich verstehe«, meinte Geo.

»Und das war es auch, was wir gesehen haben, oder sagen

wir, die Erfahrung, die wir machten, als wir heute früh vom Schiff aus auf den Strand blickten. Chaos, von Ordnung regiert. Ordnung, abgegrenzt durch Chaos.«

»Auch das verstehe ich«, erklärte Geo. »Und ich nehme sogar an, daß Jordde die Verwirrung und das Entsetzen bekannt waren, die beiden Impulse, die dieser Erfahrung zugrundelagen – zum Beispiel mit ansehen zu müssen, wie zehn Männer von den Vampiren in Stücke gehackt wurden, oder einen Film über einen Jungen ansehen zu müssen, dem die Zunge herausgetrennt wurde, oder aber das durchmachen zu müssen, was wir durchgemacht haben, seitdem wir auf Aptor gelandet sind – und gleichzeitig die Ruhe und Ordnung zu erkennen, die von der See oder vom Strand ausgehen. Jetzt meine Frage: Weshalb wollte er jemanden umbringen, nur weil dieser Jemand Erfahrungen gemacht hat, die, wie ich vermute, grundsätzlich religiöser Art sind?«

»Du hast genau das richtige Wort gewählt.« Iimmi lächelte. »Jordde war Novize und Anhänger der nicht besonders liberalen Religion der Argo. Als Jordde mit Schlange auf Aptor war, hatten die beiden vermutlich ebensoviel mitgemacht wie wir. Auch sie hatten überlebt. Auch sie traten aus dem Dschungel des Schreckens und erlebten den großartigen Rhythmus von Sand und Wellen. Auch sie gingen durch die gleiche Hölle wie du und ich und Argo; ich meine die junge Argo. Es muß genau in diesem Moment gewesen sein, als die blinden Argo-Priesterinnen über ihre Bildschirme mit Jordde Kontakt aufgenommen haben. Man kann damit Bilder und Klänge von fast jedem Ort aus empfangen, aber man kann auch überall hin Bilder und Klänge senden. Mit anderen Worten materialisierte sich mitten in dem religiösen oder mystischen Erlebnis – wie immer man es auch bezeichnen will – eine Stimme aus der dünnen Luft, die von sich behauptete, die Stimme der Göttin zu sein. Kannst du dir nicht vorstellen, wie sich das auf seine geistige Verfassung ausgewirkt hat?«

»Ich nehme an, er verlor dadurch jeden Bezug zur Realität«, erwiderte Geo. »Jedenfalls wäre das bei mir so gewesen.«

»Richtig«, bestätigte Iimmi. »Jordde war niemals das, was man als gefestigte Persönlichkeit bezeichnen würde. Durch dieses Ereignis wurde er noch labiler. Außerdem wurde er geistig abartig. Schlange, der seine Gedanken beobachtete, mußte diesen entsetzlichen Abkapselungsprozeß eines bis dahin aktiven und fähigen gesunden Geistes miterleben. Auch bei Urson fand er solche Symptome, nur dauerte es bei ihm etwas länger. Es muß verheerend sein, das sozusagen von innen mitzuerleben, deshalb weigerte er sich auch, Ursons Gedanken weiter zu verfolgen. Sein Vorsatz, die Juwelen an sich zu bringen, zehrte beständig an seinem seelischen Gleichgewicht, seinem Verständnis, seiner Fähigkeit, Ungereimtheiten zu akzeptieren. Nimm nur das Beispiel mit der Blauechse. Derartige Anzeichen haben wir einfach übersehen. Schlange hatte mit Hama fast zufällig telepathischen Kontakt aufgenommen. Hamas Information, die blinden Priesterinnen wären selbst scharf auf die Juwelen, war für den Jungen ein Motiv – es war der zweite Beweggrund, Hama zu dienen. Der erste war der Gedanke an die Zerstörung von Jorddes Geist unter dem Einfluß der blinden Priesterinnen.«

»Nun gut, aber ich verstehe immer noch nicht, weshalb Jordde jemanden töten wollte, der seine ›Erleuchtung‹ miterlebt hatte.«

»Weil Jordde inzwischen die Fertigkeit erworben hatte, die jedem unbeweglichen Geist eigen ist. Für ihn wurde alles doppelsinnig – die Situation, der Strand, all das bedeutete für ihn die Manifestation seines Gottes. Von den blinden Priesterinnen hatte er erfahren, daß auch Schlange von etwas berührt worden war, das nach deren Meinung durch und durch böse war, das sie als Feind und als Teufel betrachteten. Nach seinen erfolglosen Konvertierungsversuchen auf dem Floß und später auf dem Schiff schnitt er dem Jungen schließlich in einem Anfall religiösen Wahns mit Hilfe des Generators und des Drahts, die er von den Priesterinnen erhalten hatte, die Zunge heraus. Weshalb er jeden töten wollte, der seinen ›heiligen‹ Strand betreten hatte? Nun, einmal, weil das Böse ihm zu stark vorkam; Schlange hatte seinen Bemühungen zu lange widerstanden, und er wollte verhindern, daß auch andere dem Teufel verfallen könnten. Aber zum zweiten, weil er auf jeden im voraus eifersüchtig war, der eventuell auch die Stimme der Göttin vernehmen könnte. Er gönnte niemandem diesen Augenblick der Verklärung.«

»Mit anderen Worten, er ging davon aus, daß ihm und Schlange etwas Übernatürliches widerfahren war, etwas, das mit dem Strand in unmittelbarem Zusammenhang stand. Und das sollte nur ihm allein gehören.«

»Stimmt.« Iimmi ließ sich zurücksinken in seine Koje. »Es ist zum Teil verständlich, da beide nicht mit der Technologie Aptors in Berührung gekommen sind. Für sie kann es durchaus diesen Anschein erweckt haben.«

Auch Geo lehnte sich zurück. »Es wird mir jetzt klar, daß mit mir beinahe . . . das gleiche geschehen wäre, zumindest bei gleichen Voraussetzungen.« Er schloß die Augen. Schlange kam herein und schwang sich in die oberste Koje. Im Schlaf erzählte ihm der Junge von Urson und seinen letzten Gedanken, Dinge, die er überraschenderweise meist schon wußte, über seinen Haß, abgrundtiefen Haß, und über seine Liebe.

Am nächsten Morgen, als er aus dem Vorschiff trat, fiel heller Sonnenschein über sein Gesicht, so daß er die Augen zusammenkneifen mußte. Dabei sah er sie im Schneidersitz auf der strammgezogenen Persenning in einem der aufgebockten Rettungsboote sitzen.

»Hallo, dort oben!« rief er.

»Hallo, dort unten! Wie geht's dir?«

Geo zuckte die Achseln.

Argo schob ihre Füße über das Dollbord und sprang mit ihrer Papiertüte in der Hand hinunter aufs Deck. In der Nähe seiner Schulter sagte sie grinsend: »He, komm doch mal mit. Ich möchte dir etwas zeigen!«

»Gern.« Er folgte ihr.

»Ich wette, du freust dich schon wieder auf dein Studium«, meinte sie im Laufen. »Du und Iimmi, ihr habt bestimmt gemeinsame Kurse und werdet euch dort wiedersehen.«

»Mag sein.«

»Mann, bist du langweilig!« Unter ihrem kurzen Rotschopf zog sie eine Schnute.

»Ich hoffe, daß Iimmi und ich in einigen Kursen zusammentreffen.«

»Das klingt schon besser.« Plötzlich war sie ernst. »Du machst dir Gedanken über deinen Arm. Weshalb?«

Wieder hob Geo die Schultern. »Ich fühle mich nicht als vollständiger Mensch. Wahrscheinlich bin ich wirklich kein vollständiger Mensch.«

»Erzähl keinen Unsinn«, meinte sie. »Vielleicht wird dir Schlange einen abtreten. Wie steht es mit den medizinischen Einrichtungen auf Leptar?«

»Ich glaube nicht, daß man das dort machen könnte.«

»Auf Aptor haben sie Gliedmaßen verpflanzt«, erklärte Argo. »Das Problem der Antikörper wurde dort auf höchst interessante Weise gelöst. Sieh mal, . . .«

»Ja, aber das war in Aptor. Wir begeben uns jetzt wieder auf den Boden der Wirklichkeit.«

»Vielleicht gelingt es mir, einen der Tempelärzte rüberkommen zu lassen.« Und mit einem Schulterzucken: »Vielleicht aber auch nicht.«

»Das wäre zu schön, um wahr zu sein.«

Als sie das Heck des Schiffes erreichten, nahm Argo ihre Apparatur aus der Papiertüte. »Ich habe es in meiner Tunika gehabt. Hoffentlich habe ich es gestern abend richtig trocken gerieben.«

»Es ist Euer Motor«, meinte Geo.

»Genau.« Sie stellte ihn auf eine niedrige Schrankreihe an der Rückwand der Kabinen.

»Wie wollt Ihr ihn in Gang setzen? Er benötigt doch dieses Zeug, diese Elektrizität.«

»Es führen viele Wege nach Rom«, versicherte ihm Argo. Sie langte hinter einen Schrank und zog ein seltsames Gebilde aus Glas und Draht hervor. »Die Linse habe ich von meiner Mutter«, erklärte sie. »Sie ist wirklich furchtbar nett. Sie hat mir ein eigenes Labor versprochen, ganz für mich allein. Und ich sagte, ich würde ihr den gesamten Führungskram überlassen, was doch sehr gerissen von mir war, unter diesen Umständen. Was meinst du?« Sie beugte sich über die Vorrichtung. »Also, diese Linse hier bündelt das Sonnenlicht – ein herrlicher Tag heute! – konzentriert es auf diese Thermo-Elemente. Der Schiffsschmied hat mir das zusätzliche Metall gegeben. Er ist reizend. Du, wir müssen von nun an unsere Gedichte austauschen. Ich meine, du wirst sicher eine Menge über deine ganzen Erlebnisse schreiben. Ich werde das auf alle Fälle tun. Egal, man schafft hier eine Verbindung.«

Sie drehte zwei Drahtpaare zusammen und richtete die Linse aus. Die Thermo-Elemente glühten auf unter der Linse. Ein Zeiger setzte sich in Bewegung.

Aufblickend bemerkte Geo, wie Schlange und Iimmi über dem Geländer des Kabinendaches lehnten und zusahen.

»He«, rief Argo, »geht aus dem Licht!«

Grinsend traten sie zur Seite.

Die Schleifbürsten gaben ein leises Geräusch, als die Drehgeschwindigkeit zunahm und die kupfernen Konturen der Drähte verwischte. »Schau doch, wie das Ding läuft!« Sie trat zurück, die Fäuste stolz in die Seiten gestemmt. »Schau doch nur, wie es läuft!«

– Ende –

Einzelrechte und Übersetzernachweise

The Ballad of Beta-2
© Copyright 1965 by Ace Books, Inc.
Ins Deutsche übertragen von Annette von Charpentier

Empire Star
© Copyright 1966 by Samuel R. Delany
Ins Deutsche übertragen von Waltraud Götting

The Jewels of Aptor
© Copyright 1968 by Samuel R. Delany
Original version © Copyright 1962 by Ace Books, Inc.
Ins Deutsche übertragen von Uta Münch

SCIENCE
FICTION

Band 22 084

Samuel R. Delany

In meinen Taschen die Sterne wie Staub

Deutsche Erstveröffentlichung

IN MEINEN TASCHEN DIE STERNE WIE STAUB ist ein Epos um politische Intrigen vor dem Hintergrund einer vom Untergang des Menschengeschlechts geprägten Zukunft in der grenzenlosen Weite des Alls.

»Unverwechselbar das Werk eines Genies ... Das Buch ist schillernde Entdeckungsreise und spannendes Abenteuer in einem ...« *Locus*

BASTEI LÜBBE

Sie erhalten diesen Band im Buchhandel, bei Ihrem Zeitschriftenhändler sowie im Bahnhofsbuchhandel.

SCIENCE
FICTION

Band 24 011
Samuel R. Delany
Dhalgren

Eins ist sicher: Dhalgren ist ein Roman außerhalb der Konventionen, ob man ihn als Science Fiction oder als große Literatur sieht . . . Vielleicht kann man Dhalgren am besten als ein Raum-Zeit-Abenteuer verstehen . . . das sich mit nichts weniger auseinandersetzt als mit der Natur der Realität . . .

New York Times

Große Literatur läßt sich letzten Endes daran erkennen, daß man aus ihr Nutzen für die eigene Entwicklung ziehen kann . . . Der Nutzen, den man aus Dhalgren ziehen kann, steht außer Zweifel. Das Buch stellt eine Erfahrung dar, . . . nach der man mehr von der Welt versteht und den geistigen Horizont ein wenig über das erweitert, was man sich bisher als die äußerste Grenze vorgestellt hat.

Theodore Sturgeon

BASTEI
LÜBBE

Sie erhalten diesen Band im Buchhandel, bei Ihrem Zeitschriftenhändler sowie im Bahnhofsbuchhandel.